해저 2만 리

지은이 쥘 베른 Jules Verne

1828년 프랑스 서부의 항구도시 낭트에서 태어났으며, 어린 시절부터 바다와 그 너머에 있는 미지의 땅을 동경했다. 열한 살 때 사촌누이를 사랑하여, 산호 목걸이를 선물하려고 인도행 무역선에 몰래 탔다가 아버지에게 들켜서 돌아온다. 이때 아버지한테 약속한 한마디—"앞으로는 꿈속에서만 여행하겠다"—는 참으로 암시적이다. 열아홉 살 때 법률을 공부하러 파리로 상경하지만 독서와 극장 순례로 시간을 보낸다. 20대에는 극작가를 지망하지만 오랫동안 빛을 보지 못했다. 서른 네 살 때인 1862년, 친구가 제작한 기구(거인호)에서 영감을 얻어 쓴 『기구를 타고 5주간』이 출판업자 에첼의 눈에 띄어 이듬해인 1863년에 출판되자마자 큰 인기를 얻는다. 일약 인기작가가 된 베른은 '경이의 여행' 시리즈라고 일컬어지는 수많은 걸작을 1년에 한 편 이상씩 40여 년 동안 꾸준히 쓰게 된다. 1905년에 사망할 때까지 80편이 넘는 장편소설을 썼고, 전 세계에서 번역되어 수많은 애독자를 열광시켰다.

그린이 질베르 모렐 Gilbert Maurel

1950년 프랑스 니스에서 태어났다. '갈리마르'를 비롯한 여러 출판사의 아동 도서에 삽화를 그렸으며, 『아르카숑의 샘』을 비롯한 그림책도 여러 권 펴냈다. 지금은 라로셸에 거주하면서 아틀리에를 운영하고 있고, 그곳 해양박물관 전시에도 자문 역으로 참여하고 있다.

옮긴이 김석희

서울대학교 인문대 불문학과를 졸업하고 대학원 국문학과를 중퇴했으며, 1988년 한국일보 신춘문예에 소설이 당선되어 작가로 데뷔했다. 영어·프랑스어·일본어를 넘나들면서 존 파울즈의 『프랑스 중위의 여자』, 존 러스킨의 『나중에 온 이 사람에게도』, 키란 데사이의 『상실의 상속』, 로라 잉걸스 와일더의 『초원의 집』 시리즈, 쥘 베른의 『지구 속 여행』과 『신비의 섬』, 시오노 나나미의 『로마인 이야기』 시리즈, 홋타 요시에의 『고야』 등 200여 권을 번역했다. 역자후기 모음집 『번역가의 서재』 등을 펴냈으며, 제1회 한국번역상 대상을 수상했다.

Vingt mille lieues sous les mers

Written by Jules Verne and Illustrated by Gilbert Maurel

Copyright ⓒ HACHETTE LIVRE, 2001

Published by arrangement with HACHETTE LIVRE

All rights reserved.

Korean Translation Copyright ⓒ 2009 by JAKKAJUNGSIN

Korean edition is published by arrangement with HACHETTE LIVRE

through Imprima Korea Agency

이 책의 한국어판 저작권은 Imprima Korea Agency를 통해
HACHETTE LIVRE와의 독점 계약으로 작가정신에 있습니다.
저작권법에 의해 한국 내에서 보호를 받는 저작물이므로 무단전재와 무단복제를 금합니다.

청소년문학
Hachette Classic
아셰트클래식
1

해저 2만 리

Vingt mille lieues sous les mers

쥘 베른 지음 · 질베르 모렐 그림 · 김석희 옮김

작가정신

차례

제1부

chapter 1
떠다니는 암초 ·········· 009

chapter 2
찬반 논쟁 ·········· 018

chapter 3
주인님 좋으실 대로 ·········· 025

chapter 4
네드 랜드 ·········· 032

chapter 5
모험을 찾아서 ·········· 042

chapter 6
전속력으로 전진! ·········· 049

chapter 7
알려지지 않은 종류의 고래 ·········· 060

chapter 8
움직임 속의 움직임 ·········· 070

chapter 9
네드 랜드의 분노 ·········· 079

chapter 10
바다의 사나이 ·········· 090

chapter 11
'노틸러스'호 ·········· 100

chapter 12
동력은 오직 전력뿐 ·········· 110

chapter 13
몇 가지 숫자 ·········· 118

chapter 14
검은 바닷물 ·········· 126

chapter 15
초대장 ·········· 141

chapter 16
해저 평원의 산책 ·········· 155

chapter 17
해저의 숲 ·········· 163

chapter 18
태평양 해저 4천 리 ·········· 171

chapter 19
바니코로 섬 ·········· 182

chapter 20
토러스 해협 ·········· 194

chapter 21
지상에서 보낸 며칠 ·········· 204

chapter 22
네모 선장의 벼락 ·········· 217

chapter 23
악몽의 잠 ·········· 233

chapter 24
산호 왕국 ·········· 243

제2부

chapter 1
인도양 ⋯⋯⋯⋯⋯⋯⋯⋯⋯⋯⋯⋯⋯⋯⋯⋯ 257

chapter 2
네모 선장의 새로운 제안 ⋯⋯⋯⋯⋯⋯⋯ 270

chapter 3
1천만 프랑짜리 진주 ⋯⋯⋯⋯⋯⋯⋯⋯ 284

chapter 4
홍해 ⋯⋯⋯⋯⋯⋯⋯⋯⋯⋯⋯⋯⋯⋯⋯⋯ 298

chapter 5
아라비아 터널 ⋯⋯⋯⋯⋯⋯⋯⋯⋯⋯⋯⋯ 317

chapter 6
그리스의 섬들 ⋯⋯⋯⋯⋯⋯⋯⋯⋯⋯⋯⋯ 329

chapter 7
지중해에서 보낸 48시간 ⋯⋯⋯⋯⋯⋯⋯ 343

chapter 8
비고 만의 보물 ⋯⋯⋯⋯⋯⋯⋯⋯⋯⋯⋯ 355

chapter 9
사라진 대륙 ⋯⋯⋯⋯⋯⋯⋯⋯⋯⋯⋯⋯⋯ 367

chapter 10
해저 탄광 ⋯⋯⋯⋯⋯⋯⋯⋯⋯⋯⋯⋯⋯⋯ 379

chapter 11
사르가소 해 ⋯⋯⋯⋯⋯⋯⋯⋯⋯⋯⋯⋯⋯ 392

chapter 12
향유고래와 수염고래 ⋯⋯⋯⋯⋯⋯⋯⋯ 404

chapter 13
떠다니는 빙산 ⋯⋯⋯⋯⋯⋯⋯⋯⋯⋯⋯⋯ 420

chapter 14
남극에 도달하다 ⋯⋯⋯⋯⋯⋯⋯⋯⋯⋯⋯ 434

chapter 15
사고인가 재난인가? ⋯⋯⋯⋯⋯⋯⋯⋯⋯ 451

chapter 16
공기가 모자라다 ⋯⋯⋯⋯⋯⋯⋯⋯⋯⋯ 460

chapter 17
혼 곶을 거쳐 아마존 강으로 ⋯⋯⋯⋯⋯ 472

chapter 18
오징어 ⋯⋯⋯⋯⋯⋯⋯⋯⋯⋯⋯⋯⋯⋯⋯ 484

chapter 19
멕시코 만류 ⋯⋯⋯⋯⋯⋯⋯⋯⋯⋯⋯⋯⋯ 499

chapter 20
서경 17도 28분·북위 47도 24분 ⋯⋯⋯ 513

chapter 21
대학살 ⋯⋯⋯⋯⋯⋯⋯⋯⋯⋯⋯⋯⋯⋯⋯ 523

chapter 22
네모 선장의 마지막 말 ⋯⋯⋯⋯⋯⋯⋯ 536

chapter 23
결말 ⋯⋯⋯⋯⋯⋯⋯⋯⋯⋯⋯⋯⋯⋯⋯⋯ 545

옮긴이의 주 ⋯⋯⋯⋯⋯⋯⋯⋯⋯⋯⋯⋯⋯ 547
쥘 베른과 그의 시대 ⋯⋯⋯⋯⋯⋯⋯⋯⋯ 558
옮긴이의 덧붙임 ⋯⋯⋯⋯⋯⋯⋯⋯⋯⋯⋯ 563

제 1 부

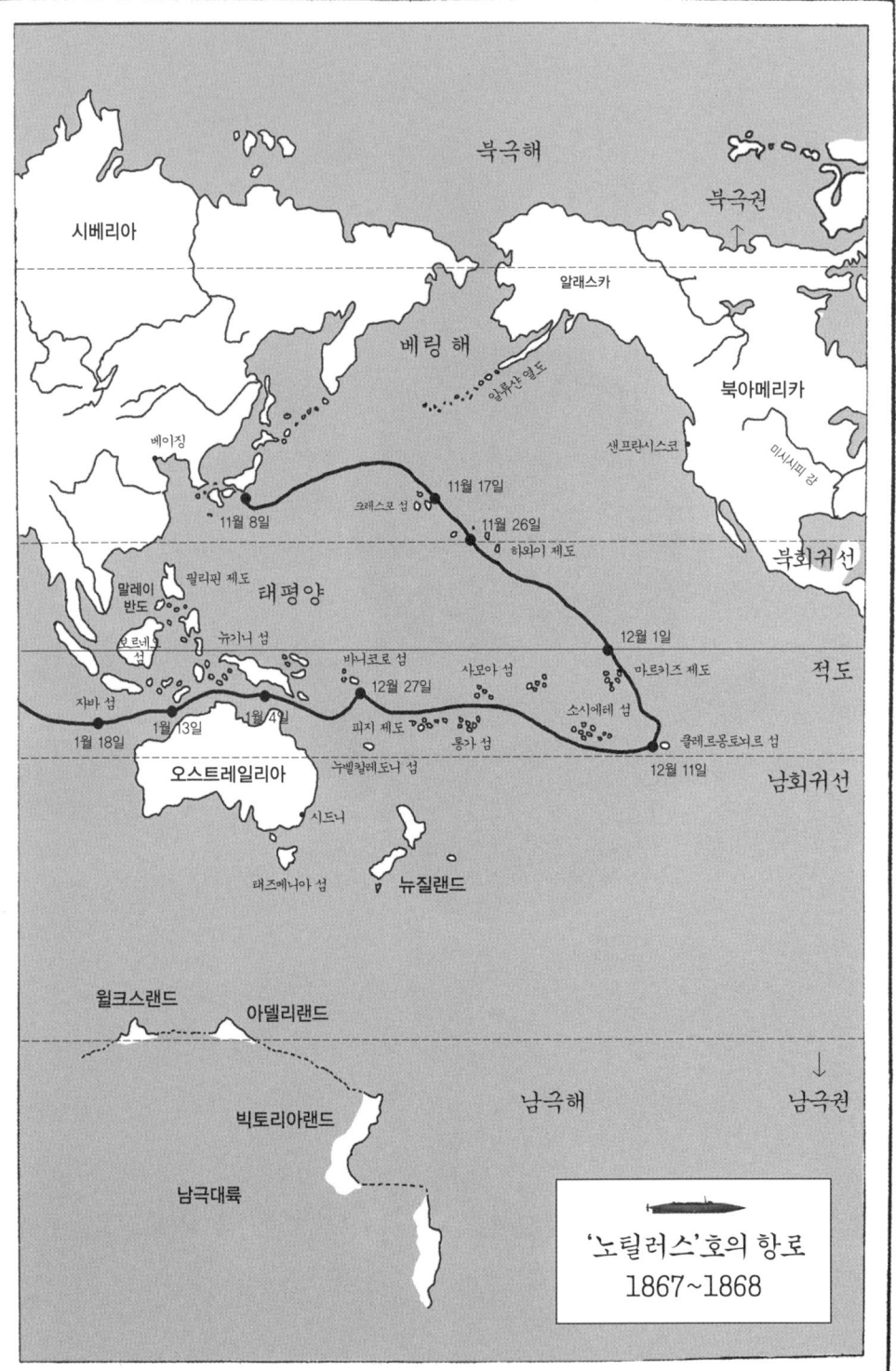

chapter 1
떠다니는 암초

1866년은 이상야릇한 사건으로 주목을 받은 해다. 그 사건은 설명되지도 않았고 설명할 수도 없는 현상이어서, 아직도 누구나 기억하고 있을 것이다. 희한한 소문이 항구의 주민들을 선동하고 내륙의 일반 대중까지 흥분시키는 바람에, 바다와 관계된 사람들은 특히 불안에 휩싸였다. 유럽과 아메리카의 무역상·선주·선장·선원들, 각국의 해군장교들, 그리고 결국에는 두 대륙의 여러 나라 정부들까지도 모두 이 문제를 심각하게 여기게 되었다.

사실은 벌써 오래전부터 많은 배가 바다에서 '거대한 물체'를 만나고 있었다. 그것은 물렛가락처럼 길쭉하게 생겼는데, 때로는 인광을 발했고 고래보다 훨씬 크고 빨랐다.

이 물체의 출현과 관련하여 각종 항해일지에 기록된 사실들은 문제의 물체 또는 생물의 생김새, 놀랄 만큼 빠른 속도와 이동 능력, 특수한 생명력 등에 대해 거의 일치된 견해를 나타냈다. 그것이 고래라면, 그 크기는 이제까지 과학이 분류한 어떤 고래보다도 훨씬 컸다. 퀴비에도, 라세페드도, 뒤메릴도 카트르파주[1] 도, 직접 보지 않았다면—다시 말해서 그들 자신의 과학적인 눈으로 직접 목격하지 않았다면—그런 괴물의 존재를 결코 인정하지 않았을 것이다.

여러 경우에 행해진 관찰 결과를 평균하면—그 물체의 길이를 60미터로 과소평가하거나, 길이 5킬로미터에 너비 1.5킬로미터라고 과대평가한 것은 빼고—이 놀랄 만한 괴물은 이제까지 어류학자가 인정한 최대의 동물보다 훨씬 크다고 단언할 수 있을 것이다. 물론 그 괴물이 정말로 존재한다면.

하지만 그 괴물은 실제로 존재했고, 그것은 부인할 수 없는 엄연한 사실이었다. 환상적인 것을 추구하는 인간 심리의 경향을 고려하면, 이 초자연적인 괴물의 출현에 전 세계가 들끓은 것도 쉽게 이해할 수 있다. 이제는 그것을 인간의 상상력이 지어낸 가공의 존재로 물리쳐버릴 수는 없게 되었다.

1866년 7월 20일, 콜카타-버마 해운회사 소속의 '가버너 히긴슨' 호가 오스트레일리아 동쪽 8킬로미터 해상에서 움직이고 있는 이 물체를 만났기 때문이다. 이 물체를 처음 보았을 때 베이커 선장은 알려지지 않은 암초를 만난 줄 알았다. 그래서 그 정확한 위치를 측정할 준비를 하고 있을 때, 그 불가해한 물체에서 두 개의 물기둥이 휘파람 소리를 내면서 공중으로 50미터나 솟구쳐 올랐다. 따라서 그것이 간헐천을 내뿜는 암초가 아니라면, '가버너 히긴슨' 호는 공기와 증기가 섞인 물기둥을 뿜어내는 미지의 수생 포유류를 만난 것이 분명했다.

같은 해 7월 23일, 서인도-태평양 해운회사 소속의 '크리스토발 콜론' 호도 태평양에서 그와 비슷한 현상을 관찰했다. 그렇다면 이 신비한 고래는 놀랄 만큼 빠른 속도로 이동할 수 있다는 얘기가 된다. '가버너 히긴슨' 호와 '크리스토발 콜론' 호는 700해리(海里)[2] 이상 떨어진 해도상의 두 지점에서 사흘 간격으로 그 괴물을 목격했기 때문이다.

보름 뒤에 다시 2000해리 떨어진 해상에서 그 괴물이 목격되었다. 미국과 유럽 사이의 대서양을 반대 방향으로 항해하고 있던 프랑스의 정기여객선 '엘베티아' 호와 영국의 정기우편선 '섀넌' 호가 서경 60도 35분·북위 42도 15분 지점에서 괴물을 보았다고 서로 통신을 주고받은 것이다. 동시에 이루어진 관찰 결과, 이 포유류의 길이는 적어도 100미터가 넘는 것으로 추정되

기선의 혁명

기선은 19세기의 혁명이다.
바람의 변덕에 맞서기 위해 전함들은 앞을 다투어 이 기술을 채택했다.
그리하여 바다는 외륜과 스크루에 얻어맞았고,
하늘은 석탄 때는 연기로 어두워졌다.
하지만 상선의 경우는 20세기까지도 범선이 주도했다.

160마력의 증기기관과 외륜을 갖춘
프랑스 최초의 기선 '스핑크스'호(1830년).
이 배는 돛을 보조로 달았다.

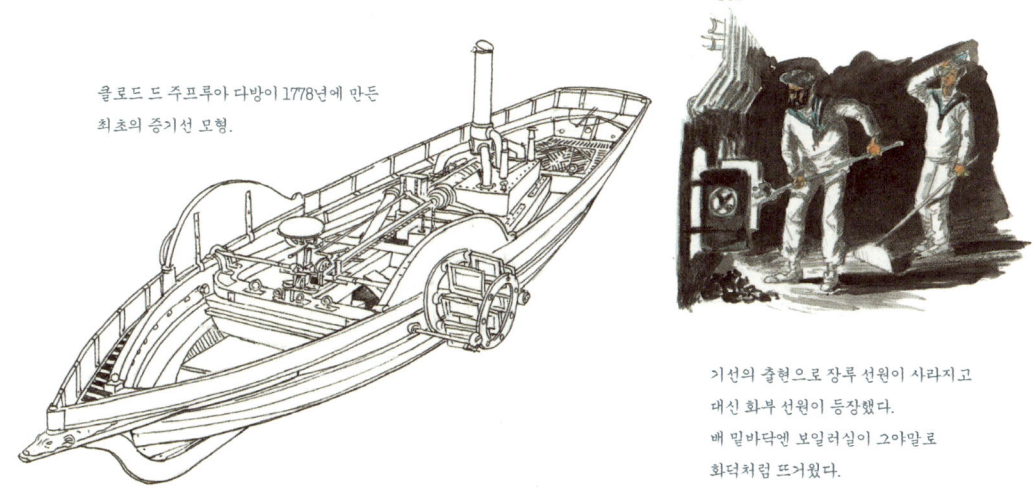

클로드 드 주프루아 다방이 1778년에 만든
최초의 증기선 모형.

기선의 출현으로 장루 선원이 사라지고
대신 화부 선원이 등장했다.
배 밑바닥엔 보일러실이 그야말로
화덕처럼 뜨거웠다.

011

외륜과 스크루

대서양 횡단 화객선 '그레이트이스턴'호.
1858년 진수할 당시 세계 최대의 증기선이었으며,
1865년부터는 유럽과 미국 사이의 해저 케이블을
부설하는 일에 전용되었다.

6개의 마스트를 갖추었고, 2개의 외륜(직경 20m)과
1개의 스크루(반경 4m)로 추진력을 얻었다.
외륜은 19세기에 점차 스크루로 대체되었다.

키   회전식 스크루   나사식 스크루

측량선 '르나르'호는
165마력의 증기기관을 장착한 스크루로
움직였다(1846년).

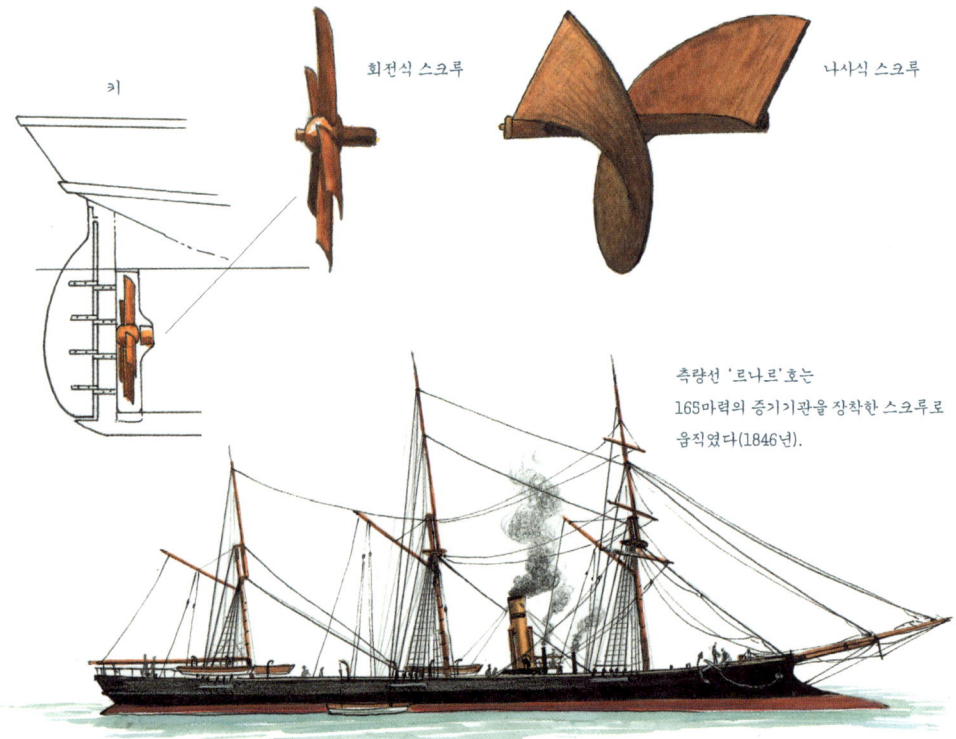

었다. '섀넌'호와 '엘베티아'호는 둘 다 선체 길이가 100미터인데, 그 괴물에 비하면 훨씬 작아 보였기 때문이다. 알류샨 열도[3] 근해에 자주 출몰하는 가장 큰 고래인 '쿨람마크'와 '움굴리크'도 아무리 크게 자라봤자 56미터를 넘지 못했다.

연이어 날아드는 이러한 보고들, 대서양 횡단 정기여객선 '페레이레'호에서도 괴물을 보았다는 새로운 목격담, 이즈만 해운 소속의 '에트나'호와 괴물의 접촉, 프랑스의 순양함 '노르망디'호 장교들이 작성한 비망록, '로드 클라이드'호에서 피츠제임스 제독의 참모들이 작성한 보고서―이 모든 것이 여론을 들끓게 했다. 이 사건은 태평스러운 기질의 나라에서는 유쾌한 농담거리가 되었지만, 영국이나 미국이나 독일처럼 진지하고 실제적인 나라에서는 심각한 관심거리가 되었다.

대도시라면 어디에서나 이 괴물이 화제가 되었다. 카페에서는 괴물을 노래했고, 신문에서는 괴물을 조롱했으며, 극장에서는 괴물을 무대에 올렸다. 삼류 신문들은 이 사건을 온갖 허무맹랑한 풍설을 퍼뜨릴 수 있는 기회로 삼았다. 신문에는 북극지방의 가공할 흰 고래 '모비 딕'[4]에서부터 500톤급 선박을 다리로 휘감아 깊은 바다 속으로 끌고 갈 수 있는 크라켄[5]에 이르기까지 상상 속의 거대한 생물들이 죄다 등장하여 지면을 장식했고, 덕분에 신문들은 날개 돋친 듯이 팔려나갔다. 이런 괴물의 존재를 인정한 고대의 보고서들, 아리스토텔레스[6]와 플리니우스[7]의 견해, 바다 괴물에 관한 폰토피단 주교[8]의 노르웨이 이야기, 파울 에게데[9]의 견문록도 신문에 실렸다. 끝으로 해링턴 선장의 보고서도 실렸는데, 그가 1857년에 '카스틸리안'호 선상에서 거대한 바다뱀을 보았다고 주장했을 때만 해도 그 말을 의심할 수 있는 사람은 아무도 없었다.

이어서 학계와 과학 잡지에서는 괴물의 존재를 믿는 사람과 믿지 않는 사람들 사이에 끝없는 논쟁이 벌어졌다. '괴물 문제'는 사람들의 마음에 불을 질렀다. 과학을 편든 기자들은 재치 편에 선 기자들과 맞서서 이 기념할 만한 전쟁에 막대한 잉크를 쏟아 부었다. 개중에는 실제로 피를 흘린 사람도 있었다. 바다뱀 논쟁이 모욕적인 인신공격으로 발전했기 때문이다.

여섯 달 동안 일진일퇴의 공방전이 계속되었다. 브라질의 지리학연구소, 베를린의 국립과학원, 영국의 학술협회, 워싱턴의 스미스소니언연구소에서 내놓은 묵직한 논문들, 「인디언 아키펠라고」와 무아뇨 신부의 「코스모스」, 페터만의 「미타일룽겐」[10] 같은 잡지에 실린 논설들, 프랑스를 비롯한 여러 나라의 유력 신문에 실린 과학 기사들—이 모든 반격에 대해, 나머지의 소수파 언론은 흔들리지 않는 재치로 응수했다. 이들 재치 편에 선 필자들은, 괴물을 퇴치해야 한다고 주장하는 쪽에서 린네[11]의 말을 금과옥조인 양 인용하자, 이를 비틀어 "자연은 바보를 낳지 않는다"[12]고 주장하고, 따라서 크라켄이나 바다뱀이나 모비 딕이나 그밖에 정신 나간 뱃사람들이 지어낸 괴물의 존재를 인정하여 자연이 거짓말을 했다고 비난하지 말라고 충고했다. 마지막 결정타는 많은 사람에게 공포의 대상이 되고 있는 유력한 풍자 신문에 그 신문사의 가장 고명한 기자가 쓴 기사였다. 그는 히폴리토스[13]처럼 괴물에 박차를 찔러 넣어 치명타를 가했고, 처참한 꼴이 된 괴물을 끌어내어 세상 사람들의 웃음거리로 만들었다. 재치가 과학보다 세다는 것을 입증한 셈이다.

1867년의 처음 두 달 동안, 괴물 문제는 완전히 죽어서 땅속에 파묻힌 것 같았다. 되살아날 가망이 전혀 없는 듯이 보였을 때 새로운 정보가 세상에 널리 알려졌다. 게다가 이번에는 단순히 과학적 문제를 푸는 것이 아니라 심각한 실제적 위험을 해결해야 했다. 문제는 전혀 다른 양상을 띠고 있었다. 괴물은 작은 섬이나 바위나 암초가 되었다. 하지만 그것은 정체도 알 수 없고 붙잡을 수도 없는, 떠다니는 암초였다.

1867년 3월 5일 밤, 몬트리올 대양해운 소속의 '모라비안' 호가 서경 72도

15분 · 북위 27도 30분 지점에서 어느 해도에도 실려 있지 않은 암초에 우현을 부딪쳤다. '모라비안'호는 바람과 400마력짜리 증기기관의 힘으로 13노트의 속도를 내고 있었다. 선체가 튼튼하지 않았다면 충돌로 구멍이 뚫려, 캐나다에서 승선한 237명의 승객과 함께 침몰하고 말았을 것이다.

사고는 아침 다섯 시게, 동이 막 트고 있을 무렵에 일어났다. 당직 선원들은 고물로 달려가 바다를 유심히 살펴보았지만, 500미터 전방에서 무언가가 해수면을 힘껏 내리치기라도 한 것처럼 물이 세차게 소용돌이치는 것밖에는 보이지 않았다. 선원들은 그 위치를 정확히 기록했고, '모라비안'호는 별다른 손상을 입지 않은 채 항해를 계속했다. 배는 해저 바위에 부딪쳤을까? 아니면 난파선 잔해에 부딪쳤을까? 그것은 확인할 수 없었지만, 드라이독에서 선체를 점검해보니 용골(龍骨)[14]의 일부가 파손되어 있었다.

이 사고 자체는 아주 심각했지만, 몇 주 뒤에 비슷한 상황에서 비슷한 사고가 일어나지 않았다면 다른 수많은 사고와 마찬가지로 잊혀졌을 것이다. 더구나 이번에는 충돌한 배의 국적과 그 선박 회사의 평판 때문에 세상 사람들은 엄청난 충격을 받았다.

영국의 유명한 선주 큐나드[15]의 이름은 모르는 사람이 없을 것이다. 선견지명이 있는 이 사업가는 1840년에 적재량이 1162톤이나 되는 400마력짜리 외륜 목선 세 척을 이용하여 리버풀과 캐나다의 핼리팩스를 왕복하는 우편 수송 사업을 시작했다. 8년 뒤에 회사는 적재량 1820톤에 650마력짜리 선박 네 척을 추가로 투입했고, 다시 2년 뒤에는 적재량과 마력이 훨씬 큰 선박 두 척을 더 보유하게 되었다. 1853년에 우편수송 독점권을 갱신한 큐나드 해운은 '아라비아'호 · '페르시아'호 · '차이나'호 · '스코샤'호 · '자바'호 · '러시아'호를 차례로 선단에 추가했다. 이 기선들은 모두 그때까지 대양을 항해한 선박들 중에서는 '그레이트 이스턴'호 다음으로 큰 선체와 빠른 속력을 가지고 있었다. 1867년 당시 큐나드 해운은 외륜선 여덟 척과 스크루선 네 척을 합하여 모두 열두 척의 배를 소유하고 있었다.

내가 이렇게 자세히 설명하는 까닭은 현명하고 대담한 경영으로 전 세계에 알려진 이 해운 회사의 중요성을 모든 사람에게 확실히 알려주기 위해서다. 어떤 해운 회사도 이만큼 수완 좋게 운영되지 않았고, 어떤 사업도 이만한 성공을 거두지 못했다. 지난 26년 동안 큐나드 해운 소속의 선박들은 대서양을 무려 2천 차례나 횡단했지만, 항해를 취소하거나 목적지에 연착한 적이 단 한 번도 없었고, 우편물이나 사람이나 선박을 잃은 적도 없었다. 프랑스의 강력한 도전을 받으면서도, 큐나드 해운이 여전히 다른 해운 회사들보다 많은 승객의 선택을 받고 있는 것—최근 몇 년 동안의 공식 자료를 보면 알 수 있다—은 그 때문이다. 따라서 큐나드 해운의 제1급 기선이 사고를 당했을 때 대소동이 일어난 것도 놀라운 일은 아니었다.

1867년 4월 13일, 바다는 잔잔하고 바람도 적당했다. '스코샤'호는 서경 15도 12분·북위 45도 37분 위치에 있었다. 배는 1천 마력에 13.43노트의 속력을 내고 있었다. 외륜은 규칙적으로 수면을 때리고 있었다. 흘수는 6.7미터, 배수량은 6624입방미터였다.

오후 네 시 17분, 승객들이 갑판에서 간식을 먹고 있을 때, '스코샤'호 좌현의 외륜 뒤쪽에 사실상 거의 감지할 수 없을 정도의 충격이 느껴졌다.

'스코샤'호가 무언가에 부딪친 것이 아니라, 무언가가 배에 부딪친 것이다. 그것은 뭉툭한 둔기가 아니라, 무언가를 자르거나 구멍 내는 예리하고 뾰족한 도구였다. 하지만 충격이 그리 대수롭지 않게 여겨졌기 때문에, 선창에서 일하는 사람들이 갑판으로 뛰어 올라오면서 소리를 지르지 않았다면 아무도 걱정하지 않았을 것이다.

"배가 가라앉고 있다! 가라앉고 있다!"

승객들은 겁에 질렸다. 하지만 앤더슨 선장이 재빨리 승객들을 안심시켰다. 사실 위험은 절박하지 않았다. '스코샤'호에는 수밀실(水密室)[16]이 일곱 개나 설치되어 있어서, 어느 한 곳이 침수되더라도 배 전체에 물이 찰 염려는 전혀 없었다.

앤더슨 선장은 당장 선창으로 내려갔다. 다섯 번째 수밀실로 물이 쏟아져 들어오고 있었다. 물이 차는 속도로 보아 상당히 큰 구멍이 난 것 같았다. 이 수밀실에 보일러가 없었던 것이 그나마 천만다행이었다. 여기에 보일러가 있었다면 불이 당장 꺼져버렸을 것이다.

앤더슨 선장은 당장 정선(停船)을 명했고, 한 선원이 손상 정도를 확인하기 위해 물속으로 들어갔다. 잠시 후 선체 밑바닥에 지름 2미터가량의 구멍이 뚫린 것이 확인되었다. 이렇게 큰 구멍을 막을 수는 없었다. '스코샤' 호는 외륜을 반쯤 물에 담근 채 항해를 계속할 수밖에 없었다. 배는 클리어 곶[17]에서 500킬로미터가량 떨어져 있었고, 예정보다 사흘 늦게 입항하여 리버풀 사람들을 몹시 걱정시켰다.

독에 들어와 있는 '스코샤' 호를 기술자들이 점검했다. 배를 살펴본 기술자들은 자기 눈을 믿을 수가 없었다. 흘수선보다 2.5미터 아래에 이등변삼각형 모양의 구멍이 뻥 뚫려 있었던 것이다. 잘린 선은 깨끗했다. 펀치로 구멍을 뚫었다 해도 이보다 더 정확하게 잘라내지는 못했을 것이다. 따라서 선체에 구멍을 뚫은 그 도구는 놀랄 만한 강도를 갖고 있는 것이 분명했다. 게다가 4센티미터 두께의 철판에 이런 식으로 구멍을 뚫으려면 엄청난 추진력이 필요하다. 그렇게 구멍을 뚫은 뒤에는 다시 반대 방향으로 강한 역추진력을 받아 배에서 떨어져나갔을 텐데, 어떻게 그런 식으로 움직일 수 있는지 정말 불가사의했다.

이것이 가장 최근에 일어난 사건이었고, 그 결과 여론이 또다시 들끓기 시작했다. 그 순간부터 원인을 알 수 없는 해난 사고는 모두 괴물 탓으로 여겨졌다. 이 환상의 괴물은 불행히도 꽤 자주 일어나고 있는 조난 사고의 책임을 몽땅 뒤집어쓰게 되었다. 해마다 선박협회에 보고되는 3천 척의 조난선

가운데 승무원 전원과 함께 소식이 끊긴 기선이나 범선이 무려 2백 척이나 되었기 때문이다.

그 배들이 사라진 것은 이제—옳든 그르든—'괴물' 탓으로 돌려지고 있었다. 게다가 두 대륙을 오가는 해상 교통이 점점 위험해지고 있었기 때문에, 그 가공할 고래를 무슨 수를 써서라도 바다에서 없애버리라는 요구가 날로 높아지고 있었다.

chapter 2
찬반 논쟁

이런 일들이 벌어지고 있을 무렵, 나는 미국 네브래스카 주 북서부의 황무지를 탐험하고 돌아오는 길이었다. 프랑스 정부가 나를 파리 자연사박물관의 교수 자격으로 이 탐험에 참가시켰다. 네브래스카에서 여섯 달을 보낸 뒤, 나는 귀중한 표본들을 가지고 4월 말 뉴욕에 도착했다. 6월 초에 뉴욕에서 배를 타고 프랑스로 귀국할 예정이었다. 뉴욕에서 기다리는 동안 네브래스카에서 채집한 광물·식물·동물 표본들을 분류하면서 시간을 보낼 작정이었는데, '스코샤' 호 사건이 일어난 것이다.

나는 화제가 되고 있는 이 문제를 잘 알고 있었다. 어떻게 모를 수 있겠는가? 나는 유럽과 미국에서 발행되는 신문들을 읽고 또 읽었지만 해답은 전혀 나오지 않았다. 이 수수께끼는 내 호기심을 자극했다. 하지만 거기에 대해 뭔가 확실한 의견을 정리하지 못한 채 극단에서 극단으로 오락가락했을 뿐이다. '뭔가'가 있는 것은 의심할 여지가 없었다. 성 토마[18]처럼 의심 많은 사람들은 '스코샤' 호의 옆구리에 난 상처를 만져보라.

내가 뉴욕에 도착했을 때는 괴물 문제가 한창 뜨거운 논쟁거리가 되어 있었다. 자격도 없는 몇몇 사람은 괴물이 떠다니는 섬이거나 좀처럼 포착하기 어려운 암초라는 가설을 내놓았지만, 이 가설은 이제 완전히 허물어졌다. 암초의 배 속에 엔진이 들어 있지 않다면, 어떻게 그처럼 놀라운 속도로 돌아다닐 수 있단 말인가?

떠다니는 선체, 즉 난파선의 거대한 잔해라는 의견도 배제되었다. 이유는 역시 그 물체가 움직이는 속도였다.

이렇게 되면 남은 가능성은 두 가지였고, 그래서 사람들은 완전히 다른 견해를 각각 지지하는 두 파로 갈라졌다. 한쪽은 엄청난 힘을 가진 괴물이라는 설을 지지했고, 또 한쪽은 엄청나게 빠른 속도로 움직이는 '잠수함'이라고 주장했다.

이 두 번째 가설은 나름대로 근거가 있다고 인정받을 수도 있었지만, 구세계와 신세계에서 행해진 조사를 통해 배제되었다. 그런 기계장치를 개인이 제작한다는 것은 생각도 못할 일이었다. 개인이 그런 잠수함을 언제 어디서 만들 수 있겠는가? 그리고 어떻게 그 사실을 비밀로 유지할 수 있겠는가?

그런 파괴 무기를 소유할 수 있는 것은 적어도 국가뿐이고, 인류가 전쟁 무기의 성능을 개선하려고 애쓰는 이 불행한 시대에는 어느 나라가 다른 나라들 몰래 이런 무서운 장비를 시험하는 것이 전혀 불가능하다고 생각할 수는 없었다. 샤스포 총[19] 다음에는 어뢰가 개발되었고, 어뢰 다음에는 수중 장갑함이 개발되었고, 그 다음에는…… 반동이 일어난다. 적어도 나는 그렇게 되기를 바라고 있다.

하지만 각국 정부들이 선언한 것을 보면, 전쟁 무기라는 가설도 배제할 수밖에 없었다. 대륙 간 교통이 위험해지고 있어서 이 일은 공공의 이익과 관련된 문제가 되었고, 따라서 각국 정부의 정직성은 의심할 수 없었다. 어쨌든 어느 나라 정부가 그런 잠수함을 건조했다면, 어떻게 대중의 눈을 피할 수 있겠는가? 그런 상황에서 비밀을 유지하는 것은 개인에게는 보통 어려운 문제가 아니고, 모든 행위가 적대적인 열강들의 감시를 받고 있는 국가의 경우에는 아예 불가능하다.

그래서 영국·프랑스·러시아·프로이센·스페인·이탈리아·미국, 심지어는 터키에서까지 조사가 이루어진 뒤, '모니터'호[20] 같은 잠수함이 사건에 관련되었다는 가설은 완전히 배제되었다.

그리하여 대중 언론이 괴물설에 끊임없이 조롱을 퍼부었는데도 괴물설이 또다시 표면으로 떠올랐고, 사람들의 상상력은 이쪽으로 계속 발전하여, 결국에는 기상천외한 물고기 중에서도 가장 터무니없는 환상적인 물고기를 만들어내기에 이르렀다.

내가 뉴욕에 도착했을 때 몇몇 사람이 이 사건에 대한 내 의견을 물었다. 나는 프랑스에서 『심해의 신비』라는 두 권짜리 책을 출판한 바 있었다. 특히 학계에서 호평을 받은 이 책 덕분에 나는 박물학에서 비교적 잘 알려지지 않은 영역인 그 방면의 전문가로 여겨지게 되었다. 그래서 사람들이 내 견해를 알고 싶어한 것이다. 나는 해양 전문가가 아니라고 말하면서 소극적인 자세를 취했다. 하지만 곧 막다른 골목에 몰렸기 때문에 내 생각을 표명할 수밖에 없었다. 「뉴욕 헤럴드」지는 '파리 자연사박물관 교수인 피에르 아로낙스 박사'에게 어떤 식으로든 의견을 밝히라고 공개 요구까지 했다.

나는 이 요청을 받아들였다. 더 이상 침묵을 지킬 수 없었기 때문에 어쩔 수 없이 입을 연 것이다. 나는 정치적으로나 과학적으로나 모든 각도에서 문제를 분석했다. 4월 30일자 신문에 발표한 글을 여기에 요약하겠다.

> 여러 가설을 하나하나 검토해본 결과, 다른 모든 가설이 배제되었기 때문에 강력한 힘을 가진 해양 동물의 존재를 인정하지 않을 수 없다. 대양의 심해는 우리에게 전혀 알려지지 않은 영역이다. 측심연(測深

鉛)[21]은 아직까지 심해의 밑바닥에 닿지 못했다. 그 깊은 바다에서는 무슨 일이 일어나고 있을까? 수심 2만~2만 5천 미터에는 어떤 생물이 살고 있을까? 아니, 그런 곳에 생물이 살 수는 있는 것일까? 만약 살고 있다면 그런 동물은 어떤 구조를 갖고 있을까? 우리는 짐작조차 할 수 없다.

하지만 나에게 제기된 문제의 해답은 양자택일의 형태를 취할 수 있다. 우리는 지구에 살고 있는 온갖 다양한 생물을 모두 알고 있거나, 아니면 모두 알지는 못하거나 둘 중 하나다.

우리가 모든 생물을 알지는 못한다면, 그리하여 자연계에 아직도 우리가 모르는 어류가 숨어 있다면, 본질적으로 '심해성' 구조를 가진 미지의 물고기나 고래가 존재할 가능성을 배제할 수 없다. 측심연이 닿지 않는 심해에 사는 그런 생물이 문득 변덕이 나거나 우발적으로 이따금 해수면 가까이 올라올 가능성도 있다.

반대로 우리가 모든 생물을 알고 있다면, 이미 목록에 실려 있는 해양 생물들 중에서 문제의 동물을 찾아야 한다. 이 경우 나는 거대한 일각고래의 존재를 인정하고 싶다.

'바다의 유니콘'이라고 불리는 평범한 일각고래는 18미터까지 자라는

일각고래 상상화
상상의 동물인가 실재의 동물인가?
고대 그림에 묘사되어 있는 일각고래.

경우가 많다. 이 고래의 크기를 다섯 배 내지 열 배로 키우고, 그 크기에 걸맞은 강한 힘을 부여하고, 보통 일각고래의 뿔보다 훨씬 크고 강력한 무기를 달아주면, 우리가 찾는 동물이 될 것이다. 그 동물은 '섀넌' 호 선원들이 확인한 크기와 '스코샤' 호에 구멍을 내는 데 필요한 도구와 선체를 부수는 데 필요한 힘을 가지고 있을 것이다.

일각고래는 일종의 상아칼로 무장하고 있다. 일부 박물학자들은 그것을 미늘창이라고 부르는데, 이것은 강철만큼 단단한 이빨이다. 일각고래의 이빨이 고래의 몸에 박힌 채 발견된 경우도 있었다. 일각고래가 보통 고래를 공격하면 반드시 성공한다. 드릴로 술통에 구멍을 뚫듯 선체를 꿰뚫은 일각고래의 이빨을 간신히 제거한 경우도 있었다. 파리 대학 의학부 박물관에는 길이 2.25미터에 지름이 48센티미터나 되는 일각고래의 이빨이 소장되어 있다.

이제 그보다 열 배나 큰 무기를 가진, 열 배나 힘센 동물을 상상해보라. 그리고 그 동물이 시속 20노트의 속력으로 달려와 배에 부딪친다면 충분히 참사를 일으킬 수 있을 것이다.

따라서 나는 추가 정보를 얻을 수 있을 때까지는 거대한 일각고래를 문제의 괴물로 상정하고 싶다. 그 일각고래는 미늘창이 아니라 장갑 순양함처럼 충각 장비로 무장하고 있고, 군함과 같은 무게와 기동력도 갖추고 있을 것이다.

설명할 수 없는 현상은 이로써 설명될 것이다. 물론 사람들이 무엇을 보고 느끼고 경험했든, 실제로는 아무것도 존재하지 않았을 가능성은 항상 남아 있다!

막판에 이런 말을 덧붙인 것은 내 소심함 때문이었다. 하지만 나는 학자로서 권위를 지키고 싶었고, 미국인들에게 웃음거리가 될 위험을 피하고 싶었다. 미국인들은 웃을 때는 거리낌없이 웃어대기 때문이다. 그래서 빠져나갈 구멍을 남겨두기는 했지만, 사실 속으로는 나도 '괴물'의 존재를 인정하고 있었다.

내 글은 뜨거운 논쟁과 물의를 불러일으켰다. 많은 사람이 내 의견을 지지했지만, 어쨌든 내가 제시한 해답은 상상력이 활동할 수 있는 여지를 남겨 놓았다. 인간의 정신은 초자연적인 존재를 상상하기를 좋아한다. 바다는 초자연적인 존재가 활동하기에 가장 좋은 무대다. 그런 거대한 짐승을 낳고 키울 수 있는 환경은 바다뿐이기 때문이다. 그들에 비하면 육상 동물은 코끼리나 코뿔소조차도 난쟁이처럼 왜소해 보인다. 바다는 이제까지 알려진 포유류 가운데 가장 큰 동물인 고래가 사는 곳이고, 어쩌면 놀랄 만큼 큰 연체동물과 보기만 해도 무시무시한 갑각류와 길이가 100미터나 되는 바다가재와 무게가 200톤이나 나가는 게들이 살고 있을지도 모른다! 그렇지 않다고 어떻게 단정할 수 있겠는가? 옛날 지질시대의 육상 동물은 포유류도, 영장류도, 파충류도, 조류도 모두 거대한 몸집을 갖고 있었다. 조물주는 원래 거대한 거푸집으로 거대한 동물을 만들었지만, 시간이 갈수록 몸집이 서서히 줄어들었다. 끊임없이 변화하고 있는 지구의 중심부와는 달리 변화가 거의 없는 바다, 그 미지의 심해에는 태초의 거대한 동물이 아직 남아 있을 수도 있지 않은가? 일 년 전이나 백 년 전이나 천 년 전이나 한결같은 형태를 유지하고 있는 그 거대한 종의 마지막 변종을 바다가 가슴속 깊이 감추고 있지 말란 법이 어디 있는가?

하지만 나는 더 이상 이런 망상에 대해 이러쿵저러쿵 말할 자격이 없다. 시간이 갈수록 나에게 무서운 현실로 변해버린 이런 망상은 이제 그만두자! 되풀이 말하거니와, 그때 이미 사람들은 이 사건의 본질에 대해 각자 나름의 생각을 굳혔고, 대중은 전설의 바다뱀과는 아무런 공통점도 없는 거대한 괴물의 존재를 의심 없이 받아들였다.

그러나 일부에서는 그것을 단순히 해결해야 할 과학적 문제로 생각한 반면, 좀더 적극적인 성향의 사람들은 대서양 횡단의 안전을 확보하기 위해 이 가공할 괴물을 바다에서 완전히 없애야 한다고 생각했다. 특히 미국과 영국에는 여기에 동의하는 사람이 많았다. 상공업 관계 신문들은 주로 이런 관점에서 문제를 다루었다. 이 점에서는 「선박무역신문」, 「상선정보」, 「해운식민신문」 같은 신문들도 보험료를 올리겠다고 위협하는 해상보험회사의 사보들과 의견이 일치했다.

여론이 정해지자 미국이 먼저 발 벗고 나섰다. 뉴욕에서는 일각고래를 사냥하기 위한 원정 준비가 진행되었다. 쾌속 순양함인 '에이브러햄 링컨'호가 언제라도 출항할 채비를 갖추었다. 패러것 함장은 어떤 무기든 마음대로 가져갈 수 있는 권한을 부여받고, '에이브러햄 링컨'호의 무장을 적극적으로 서둘렀다.

하지만 매사가 늘 그렇듯이, 일단 괴물을 사냥하기로 결정하고 나자 공교롭게도 괴물이 더 이상 나타나지 않게 되었다. 달포 동안 괴물은 전혀 소식이 없었다. 어떤 배도 괴물을 만나지 못했다. 일각고래는 자기를 없애려는 음모가 진행되고 있음을 알아차린 것 같았다. 그 계획은 너무 많이 논의되었고, 대서양을 횡단하는 해저 케이블을 통해서도 논의되었다! 익살꾼들은 이 영리한 녀석이 전보를 도중에 가로채어 그것을 자기한테 유리하게 이용하고 있다고 주장했다.

순양함은 원정에 대비하여 무장을 갖추었고 무시무시한 사냥 도구까지 갖추었지만, 그 배를 어디로 보내야 할지 아는 사람이 아무도 없었다. 날로 초조감이 높아지고 있었다. 그런데 6월 3일, 괴물이 출현했다는 소식이 전해졌다. 샌프란시스코와 상하이를 잇는 태평양 항로를 항해하던 한 기선이 열흘 전에 북태평양에서 또다시 그 괴물을 보았다는 것이다.

이 소식은 엄청난 흥분을 불러일으켰다. 패러것 함장은 24시간 안에 출항하라는 명령을 받았다. 식량이 배에 실렸다. 선창에는 석탄이 넘쳐흘렀다. 승무원은 한 사람도 빠짐없이 소집 명령에 응했다. 이제는 보일러에 불을 지피고 닻을 올리기만 하면 되었다! 반나절의 지체도 용납되지 않았다! 어쨌든 패러것 함장은 한시라도 빨리 출항하고 싶어서 몸이 달았다.

'에이브러햄 링컨'호가 브루클린 부두를 떠나기 세 시간 전에 나는 이런 편지를 받았다.

> 뉴욕 5번가 호텔[22]
> 파리 자연사박물관 교수
> 아로낙스 박사 귀하
>
> 귀하께서 '에이브러햄 링컨'호의 원정에 참가하기를 원하신다면, 미국 정부는 기꺼이 귀하를 프랑스 대표로 원정대에 맞아들이고자 합니다. 패러것 함장은 귀하를 위해 선실을 준비해놓고 있습니다.
>
> 해군장관
> J. B. 호브슨[23]

chapter 3
주인님 좋으실 대로

J. B. 호브슨의 편지가 도착하기 3초 전까지만 해도 나는 서북항로를 탐색하거나 유니콘을 사냥할 생각은 꿈에도 하지 않았다. 그런데 해군장관의 편지

를 읽은 지 3초 뒤에는 세상을 떠들썩하게 하는 그 괴물을 추적하여 세상에서 없애버리는 것이야말로 나의 진정한 사명이며 내 생애의 유일한 목적임을 깨달았다.

나는 고된 여행에서 돌아온 지 얼마 안 되었기 때문에, 지친 몸은 휴식을 갈망하고 있었다. 내가 바라는 것은 내 조국을 다시 보고, 내 친구들과 식물원에 있는 내 작은 숙소와 귀중한 컬렉션을 다시 보는 것뿐이었다. 하지만 이제는 아무것도 나를 막을 수 없었다. 나는 피곤도, 친구들도, 채집품도 다 잊어버렸다. 그리고 미국 정부의 제의를 두 번 생각할 필요도 없이 받아들였다.

'어쨌든……' 하고 나는 생각했다. '모든 길은 유럽으로 통하니까, 유니콘은 틀림없이 나를 프랑스 해안 쪽으로 데려가줄 거야. 그 상냥한 동물은 나에 대한 각별한 호의로 유럽 근해에서 붙잡혀주겠지. 녀석의 이빨을 50센티미터만이라도 자연사박물관으로 가져갈 수 있으면 좋겠군.'

하지만 그런 행운이 올 때까지는 북태평양에서 유니콘을 찾아다녀야 한다. 그것은 프랑스와 정반대 방향으로 나아가야 한다는 뜻이었다.

"콩세유!"[24] 나는 짜증스럽게 소리쳤다.

콩세유는 내가 다닌 모든 여행에 동행한 내 하인이었다. 플랑드르[25] 출신의 그 정직하고 성실한 젊은이를 나는 무척 좋아했고, 그도 내 호의에 보답해주었다. 냉정하고 침착한 성격을 타고난 그는 질서정연함을 신조로 삼고, 무슨 일이든 열심히 진지하게 하는 성미였다. 웬만한 일에는 놀라지도 않고, 손재주가 뛰어나서 어떤 일을 시켜도 만족스럽게 해냈고, 이름과는 어울리지 않게 남이 먼저 청하지 않으면 절대로 제 의견을 내세우지 않았다.

식물원이라는 좁은 공간에서 학자들과 가깝게 지내는 동안, 콩세유는 나름대로 전문 지식을 갖게 되었다. 그는 특히 박물학 분류의 전문가로, 문(門)·강(綱)·목(目)·과(科)·속(屬)·종(種)을 곡예사처럼 능숙하게 넘나들었다. 하지만 그의 과학적 지식은 거기서 끝났다. 그는 분류에 관한 이론에는 정통했지만, 그 실제에 대해서는 거의 알지 못했다. 그는 보통 고래와 향유고래도 구별하지 못했을 것이다. 하지만 정말 훌륭하고 충직한 젊은이였다!

지난 10년 동안 콩세유는 내가 과학 연구를 위해 가는 곳이면 어디든 따라다녔다. 여행이 아무리 멀고 피곤해도 불평 한마디 하지 않았다. 중국이나 콩고처럼 먼 나라로 여행을 떠날 때도 두말없이 가방을 꾸렸다. 그는 어디든 여행했고, 그것을 당연하게 생각했다. 게다가 몸이 건강해서 어떤 병에도 코웃음 쳤다. 그는 힘센 근육을 갖고 있었고, 두려움을 몰랐다. 그에게는 두려움을 느끼는 신경이 아예 없는 것 같았다.

콩세유는 서른 살이었고, 주인과의 연령비는 15대 20이었다. 다시 말해서 내 나이는 마흔 살이었다.

콩세유에게는 한 가지 결점이 있었다. 완고한 형식주의자여서, 나에게 반드시 삼인칭으로 말하는 것이다. 정말 곤혹스럽고 짜증이 날 정도였다.

"콩세유!" 나는 열에 들뜬 사람처럼 떠날 준비를 하면서 다시 한 번 콩세유를 불렀다.

나는 물론 이 충직한 젊은이를 믿고 있었다. 여느 때 같으면 내 여행에 따라갈 마음이 있는지 어떤지 물어보지도 않았을 것이다. 하지만 이번 여행은 한없이 계속될 수도 있는 원정이었고, 순양함조차도 간단히 침몰시킬 수 있는 동물을 추적하는 위험한 모험이었다. 세계에서 가장 냉정한 사람도 한번 생각해볼 필요가 있는 문제였다. 콩세유는 뭐라고 할까?

"콩세유." 나는 세 번째로 하인을 불렀다.

이윽고 콩세유가 나타났다.

"주인님이 부르셨습니까?"

"그래, 떠날 준비를 해주게. 두 시간 뒤에 떠날 거야."

"주인님이 좋으실 대로." 콩세유는 침착하게 대답했다.

"잠시도 낭비할 시간이 없어. 여행 용품과 코트, 셔츠, 양말을 아낌없이 그리고 되도록 많이 트렁크에 꽉꽉 채워넣게. 빨리!"

"주인님의 채집품은요?"

"그건 나중에 처리하지."

"뭐라고요! 아르케오테리움, 히라코테리움, 오레오돈, 카이로포타미[26] 그리고 주인님의 다른 뼈들도 모두 놓고 가신단 말씀이세요?"

"호텔에 맡길 거야."

"주인님의 살아 있는 바비루사(인도산 멧돼지)는요?"

"우리가 없는 동안 누군가가 돌봐주겠지. 어쨌든 동물은 모두 프랑스로 보내라고 지시할 거야."

"그럼 우리는 파리로 돌아가는 게 아니군요?"

"물론…… 돌아가기는 돌아가지……" 나는 얼버무렸다. "하지만 먼길로 돌아서 갈 거야."

"주인님은 어떤 우회로를 원하십니까?"

"아니 뭐, 별 차이는 없어. 프랑스로 곧장 돌아가지 않는다는 것뿐이지. '에이브러햄 링컨' 호를 타고 갈 거야."

"주인님이 좋으실 대로." 콩세유는 침착하게 대답했다.

"그 괴물…… 저 유명한 일각고래 때문이야. 우리는 그놈을 바다에서 없애버릴 거야! 그래도 명색이 『심해의 신비』를 쓴 저자인데, 패러컷 함장과 동행하기를 거절할 수는 없잖아. 영광스러운 사명이지만…… 위험하기도 해. 결과가 어떻게 될지는 아무도 몰라. 그런 괴물들은 변덕이 심할 수 있으니까 말이야. 하지만 그래도 갈 거야! 패러컷 함장은 배짱과 용기를 가진 사람이거든!"

"주인님이 가시는 곳이라면 어디든 저도 가겠습니다."

"다시 한 번 생각해봐. 자네한테는 아무것도 숨기고 싶지 않아. 이번에는 돌아올 수 없는 여행이 될지도 몰라!"

"주인님이 좋으실 대로."

15분 뒤에 트렁크가 준비되었다. 콩세유는 순식간에 짐을 꾸린 것이다. 그래도 빼놓은 것은 하나도 없을 것이다. 이 젊은이는 조류나 포유류를 분류하듯 솜씨 좋게 셔츠와 코트를 분류했기 때문이다.

호텔의 승강기는 우리를 2층 라운지에 내려놓았다. 나는 1층으로 이어진 층층대를 몇 계단 내려갔다. 그리고 언제나 많은 사람에게 포위되어 있는 카운터에서 계산을 끝내고, 박제 동물과 말린 식물 꾸러미는 파리로 보내라고 지시했다. 바비루사를 위해서는 은행에 계좌를 개설하여 충분한 사료비가 지급되도록 조치한 다음, 콩세유를 데리고 마차에 뛰어올랐다.

"주인님이 좋으실 대로."

한 번 타는 운임이 20프랑인 이 사륜마차는 브로드웨이를 따라 유니언 광장까지 간 다음, 4번가를 따라 바우어리 거리와의 교차점까지 가서 캐서린 거리로 구부러져 34번 부두 앞에 멈춰 섰다. 거기서 도강선 '캐트린'호가 사람과 말과 마차를 브루클린으로 실어 날랐다. 브루클린은 이스트 강 왼쪽 연안에 있는 뉴욕의 변두리였다. 몇 분 뒤에 우리는 '에이브러햄 링컨'호가 쌍둥이 굴뚝으로 검은 연기를 토해내고 있는 부두에 서 있었다.

우리의 트렁크들은 당장 순양함 갑판으로 운반되었다. 나는 서둘러 배에 올라타고 패러컷 함장을 찾았다. 한 수병이 나를 선미 갑판으로 데려갔다.

호감이 가는 용모의 장교가 다가와 나에게 손을 내밀었다.

"피에르 아로낙스 박사님이시죠?"

"그렇습니다. 패러것 함장님이신가요?"

"그렇습니다. 잘 오셨습니다, 아로낙스 박사님. 선실은 준비되어 있습니다."

나는 인사를 하고, 출항 준비를 하고 있는 함장을 남겨둔 채 수병의 안내를 받아 나에게 배당된 선실로 갔다.

'에이브러햄 링컨'호는 이 새로운 임무에는 안성맞춤인 배였고, 장비도 완전히 갖추고 있었다. 이 쾌속 순양함은 증기 압력을 7기압까지 올릴 수 있는 과열장치를 갖추고 있었다. 증기 압력이 7기압인 상태에서는 일반적으로 18.3노트까지 속력을 낼 수 있었다. 상당히 빠른 속력이지만, 그 거대한 고래와 경쟁하기에는 아직도 부족했다.

순양함의 숙박 설비도 항해 능력 못지않게 뛰어났다. 내 선실은 고물에 있었고, 장교실과 이어져 있었다. 나는 완전히 만족했다.

"여기서는 편안히 지낼 수 있겠군." 나는 콩세유에게 말했다.

"물레고둥 껍데기 속에 들어간 집게처럼 편안하겠는데요."

나는 트렁크를 적당히 챙겨 넣는 일을 콩세유에게 맡기고, 닻 올리는 장면을 구경하러 갑판으로 돌아갔다.

때마침 패러것 함장이 '에이브러햄 링컨'호를 브루클린 부두에 묶어두고 있는 마지막 밧줄을 풀라고 지시하고 있었다. 내가 15분만 늦게 도착했어도 이 순양함은 떠나버렸을 것이고, 나는 그 놀랍고 초자연적이고 불가사의한 원정에 참여할 기회를 놓쳐버렸을 것이다. 사실 그 원정에 대해서는 아무리 소상하게 이야기해도 끝까지 믿으려 하지 않는 사람도 있을 것이다.

패러것 함장은 하루, 아니 한 시간도 낭비하고 싶어 하지 않았다. 괴물이 목격된 것으로 전해진 바다로 한시라도 빨리 달려가고 싶어서 안달이 나 있었다. 함장은 기관사를 불렀다.

"준비됐나?"

"예, 함장님."

"출항!" 패러것 함장이 외쳤다.

이 명령이 압축 공기를 통해 기관실로 전달되자마자 기관실 선원들은 시동을 걸었다. 수증기가 반쯤 열린 밸브를 통해 쉿쉿 소리를 내며 쏟아져 나왔다. 기다란 수평 피스톤이 신음 소리를 내며 구동축의 크랭크를 밀었다. 스크루의 날이 점점 빨리 물을 때리자, '에이브러햄 링컨'호는 구경꾼을 가득 실은 수많은 나룻배와 전마선(傳馬船) 사이를 뚫고 당당하게 나아갔다.

브루클린 부두와 뉴욕의 이스트 강변 일대는 구경꾼으로 가득 메워져 있었다. 50만 명의 가슴속에서 만세삼창이 터져 나왔다. '에이브러햄 링컨'호가 허드슨 강에 이르러 길쭉한 반도 끝을 돌 때까지 수천 장의 손수건이 빽빽이 들어찬 군중 머리 위에서 계속 나부꼈다.

이어서 순양함은 허드슨 강의 오른쪽 연안을 따라 별장이 늘어서 있는 뉴저지 해안을 지나고, 요새들 사이를 지나갔다. 요새들은 저마다 가장 큰 대포를 쏘아 우리의 출항을 환송해주었다. 그때마다 '에이브러햄 링컨'호는 미국 국기를 세 번 내렸다 올리면서 답례를 보냈다. 깃대 꼭대기에서는 미국 국기에 새겨진 37개의 별[27]이 아름답게 빛났다. 이어서 배는 샌디훅[28] 주변 수로를 표시하기 위해 띄워둔 부표를 피하기 위해 속도를 늦추고, 샌디훅의 좁은 모래톱 언저리를 따라 나아갔다. 여기서도 수천 명의 구경꾼이 박수갈채로 순양함의 장도를 축복해주었다.

호위하는 보트와 보급선들은 계속 순양함을 따라오다가, 뉴욕 항으로 들어가는 물길을 표시하는 두 개의 신호등을 켠 등대선을 만난 뒤에야 겨우 순양함을 떠났다.

시계가 세 시를 알리고 있었다. 수로 안내인이 보트로 내려가, 바람이 불어가는 쪽에서 그를 기다리고 있는 작은 범선에 올라탔다. 보일러의 화력이 강해졌다. 스크루는 더욱 빠른 기세로 물을 때렸고, 순양함은 롱아일랜드의 얕은 해안을 따라 나아갔다. 여덟 시에 순양함은 북서쪽에 보이는 파이어 섬의 불빛을 뒤로 하고 대서양의 검은 물결 위를 전속력으로 달리고 있었다.

chapter 4
네드 랜드

패러럿 함장은 그가 지휘하는 순양함에 걸맞게 훌륭한 해군장교였다. 함장과 배는 일심동체였다. 그는 배의 영혼 자체였다. 그는 문제의 고래에 대해 털끝만 한 의심도 품지 않았으며, 그 고래가 과연 존재하느냐 아니냐를 놓고 부하들이 토론하는 것도 용납하지 않았다. 그는 선량한 여자들이 리바이어던[29]의 존재를 믿듯이, 이성이 아니라 신앙으로 그 고래의 존재를 믿고 있었다. 괴물은 분명히 존재했고, 그는 그 괴물을 바다에서 없애버리겠다고 맹세했다. 그는 자신의 섬을 황폐하게 만드는 뱀과 싸우기 위해 용맹하게 나아가는, 로도스 기사단[30]의 기사 디외도네 드 고조 같았다. 패러럿 함장이 일각고래를 죽이든가 아니면 일각고래가 패러럿 함장을 죽이든가, 둘 중 하나였다. 타협은 결코 있을 수 없었다.

장교들도 함장과 같은 의견이었다. 그들이 드넓은 바다를 바라보면서 일각고래와 만날 가능성을 계산하고 토론하고 논쟁하는 것을 들을 수 있었다. 자진해서 망루 꼭대기로 올라가 망을 보는 사람까지 있었다. 여느 때 같으면 그런 일은 끔찍하게 힘들고 싫은 일로 생각했을 것이다. 해가 날마다 하늘에 반원을 그리는 동안, 배의 삭구(索具)[31]에는 안달이 나서 한곳에 가만히 앉아 있을 수도 없고 갑판이 너무 뜨거운 탓에 걸어다닐 수도 없는 사람들이 가득했다. 하지만 '에이브러햄 링컨'호는 고래가 출현한 태평양 해역에 아직 발도 들여놓지 못한 상태였다.

승무원들은 일각고래를 만나 작살을 박고 갑판 위로 끌어올려 난도질하고 싶은 열망에 온통 사로잡혀 있었다. 그들은 바다를 유심히 살폈다. 패러것 함장은 급사든 갑판원이든 항해사든 장교든 누구든 간에 고래를 처음 발견하는 사람에게는 2천 달러의 상금을 주겠다고 말했다. 그러니 '에이브러햄 링컨'호에 타고 있는 승무원들 가운데 얼마나 많은 사람이 눈을 부릅뜨고 고래를 찾았을지는 여러분의 상상에 맡기겠다.

나도 다른 사람들 못지않게 고래 찾기에 열중하여, 날마다 나에게 할당된 정찰 시간을 절대로 남에게 빼앗기려 하지 않았다. 순양함은 '아르고스'[32]라고 불려도 좋을 만한 이유를 백 가지는 지니고 있었을 것이다. 예외는 콩세유뿐이었다. 그는 우리가 열중해 있는 문제에 도통 무관심했고, 그래서 배를 휩쓸고 있는 열광에 약간의 '찬물'마저 뿌리고 있었다.

앞에서도 말했듯이, 패러것 함장은 세심한 주의를 기울여 거대한 고래를 잡는 데 필요한 장비를 모두 갖추고 있었다. 어떤 포경선도 그렇게 완전한 장비를 갖출 수는 없었을 것이다. 손으로 던질 수 있는 작살에서부터 갈고리 달린 화살을 발사하는 나팔총과 터지는 총탄을 발사하는 산탄총에 이르기까지 세상에 알려져 있는 무기란 무기는 죄다 갖추고 있었다. 앞갑판에는 포신이 굵고 구경이 좁은 최신형 후장식(後裝式) 대포가 장착되어 있었다. 이것은 1867년도 세계박람회[33] 때 전시될 예정인 대포와 같은 모델이었다. 이 귀중한 미국제 무기는 4킬로그램짜리 원뿔형 포탄을 평균 16킬로미터 거리까지 쉽게 쏘아보낼 수 있었다.

따라서 '에이브러햄 링컨'호에는 온갖 파괴 무기가 갖추어져 있었다. 하지만 이보다 훨씬 훌륭한 무기가 있었으니, 그것은 바로 작살잡이의 명수 네드 랜드였다.

네드 랜드는 마흔 살쯤 되어 보였다.

캐나다 출신인 네드는 믿을 수 없을 만큼 손재주가 뛰어나, 이 위험한 직업에서 그를 따라갈 사람은 아무도 없었다. 그의 기술과 침착성, 용기와 교활함은 놀랄 정도였고, 그의 작살을 피할 수 있는 것은 여간내기가 아닌 참고래나 보기 드물게 약삭빠른 향유고래뿐이었다.

네드는 마흔 살쯤 되어 보였다. 180센티미터가 넘는 키와 건장한 체격에 음울하고 과묵한 성격이었다. 하지만 때로는 공격적으로 시비를 걸기도 했고, 남에게 반박이라도 당하면 몹시 화를 냈다. 그는 외모 때문에, 특히 얼굴 표정을 강조해주는 강렬한 눈빛 때문에 사람들의 이목을 끌었다.

패러것 함장이 그를 고용한 것은 참 잘한 일이었다고 나는 믿는다. 믿을 만한 네드의 눈과 팔은 나머지 승무원들을 모두 합친 것만큼의 가치가 있었다. 그는 언제든지 발사할 태세를 갖춘 대포와 성능 좋은 망원경을 겸비한 사람에 비유할 수 있었다.

그 캐나다인은 원래 프랑스인이어서, 아무리 과묵한 사람이라 해도 나에게 얼마간의 호의를 보여준 것은 나도 인정할 수밖에 없다. 내 국적이 그의 마음을 끌어당긴 것은 분명하다. 그는 캐나다의 일부 지방에서 아직도 쓰이고 있는 라블레[34] 시대의 말을 써볼 수 있는 기회를 얻었고, 나에게는 고색창연한 옛 프랑스어를 들어볼 수 있는 기회였다. 이 작살잡이의 가족은 퀘벡 출신이었고, 그 도시가 아직 프랑스 영토였을 때 이미 억세고 대담한 어부 가문이 되어 있었다.

네드는 차츰 잡담에 익숙해졌다. 나는 그가 북극해에서 겪은 모험담을 듣기를 좋아했다. 그가 겪은 무용담이나 고래와의 싸움을 이야기할 때의 표현법은 타고난 시인처럼 자연스러운 시적 감흥을 보여주었다. 그의 이야기는 서사시의 형태를 지니고 있었다. 나는 캐나다판 호메로스[35]가 낭송하는 북극지방의 『일리아스』를 듣고 있는 듯한 기분이 들었다.

나는 지금 이 억세고 대담한 친구를 내가 알고 있는 그대로 묘사하고 있다. 나중에 우리는 둘도 없는 친구가 되었다. 우리를 묶어준 그 확고한 우정은 그 무서운 경험을 함께 나누면서 시작되고 단단하게 다져졌다. 아아, 용감한 네드! 그대를 좀 더 오래 기억할 수 있도록 백 년만 더 살고 싶구나!

그런데 그 바다 괴물에 대해 네드는 어떤 의견을 가지고 있었을까? '에이브러햄 링컨'호에서 바다 괴물이 일각고래라고 믿지 않는 사람은 오직 네드뿐이었다. 내가 그를 이 화제에 끌어들이려고 하면 그는 화제를 돌리기까지 했다.

뉴욕을 떠난 지 3주 뒤인 6월 25일의 아름다운 저녁, 순양함은 파타고니아[36] 해안의 블랑코 곶에서 50킬로미터쯤 떨어진 지점을 지나고 있었다. 우리는 이미 남회귀선을 통과했고, 마젤란 해협[37]은 남쪽으로 1000킬로미터밖에 떨어져 있지 않았다. 일주일도 지나기 전에 '에이브러햄 링컨'호는 태평양을 항해하고 있을 터였다.

네드와 나는 선미 갑판에 앉아 신비로운 파도를 바라보면서 이런저런 이야기를 나누고 있었다. 심해는 아직도 인간의 눈길이 닿지 않은 채 신비에 싸여 있다. 나는 교묘히 에둘러서 거대한 일각고래 이야기로 대화를 이끌어, 이 원정이 성공할 가능성이 어느 정도나 되는가를 검토했다. 그러다가 네드가 한마디도 하지 않고 내 이야기를 듣기만 하는 것을 알아차리고, 좀 더 직접적으로 네드를 다그쳐보았다.

"그런데 자네는 무엇 때문에 우리가 쫓고 있는 그 고래의 존재를 그렇게 의심하는 건가? 무슨 특별한 이유라도 있나?"

작살잡이는 대답하는 대신 나를 한참 바라보다가 버릇처럼 이마를 탁 때리고는 생각을 정리하듯 눈을 감고 마침내 입을 열었다.

"아마 있을 겁니다, 아로낙스 박사님."

"하지만 전문 고래잡이에다 거대한 해양 동물을 잘 알고 있는 자네 같은 사내는 바다 괴물이 거대한 고래라는 설을 쉽게 받아들일 수 있을 텐데. 이런 상황에서 의심을 품는 게 가장 어울리지 않는 사람은 바로 자네야!"

"박사님이 잘못 생각하신 게 바로 그 점입니다. 보통 사람들은 거대한 혜성이 하늘을 가로지른다거나 땅속에 선사시대의 괴물이 살고 있다는 말을 믿고 싶어 하죠. 하지만 천문학자나 지질학자는 그런 환상적인 주장을 받아들이지 않습니다. 그건 고래잡이도 마찬가지예요. 저는 고래를 수백 마리나 추적해서 수많은 녀석에게 작살을 꽂았고 수십 마리나 죽였지만, 고래가 아무리 힘이 세고 아무리 좋은 무기를 갖고 있어도 꼬리나 이빨로 기선의 철판 선체를 꿰뚫을 수는 없었을 겁니다."

"하지만 고래 이빨이 배에 구멍을 뚫은 사건은 실제로 여러 번 일어났지 않은가."

"그건 아마 목선이었겠죠. 구멍 뚫린 배를 직접 본 적은 없지만, 반대되는 증거가 나올 때까지는 참고래나 향유고래나 바다의 유니콘인 일각고래가 그런 짓을 해낼 수 있다고는 믿을 수 없습니다."

"하지만 내 말 좀 들어보게……."

"아니에요, 박사님. 다른 얘기는 뭐든지 해도 좋지만, 그 얘기만은 그만둡시다. 아마 거대한 오징어나……."

"그건 고래보다 훨씬 있을 수 없는 일이야. 오징어는 연체동물에 불과해.

바다 속 괴물들

대왕오징어는 몸길이가 최대 15미터에 달하는 십완류 동물이다.

오래전부터 인간의 상상력은 바다에 온갖 전설적인 동물을 키워왔다.

세이렌과 듀공

알드로반디가 상상한 괴물(1638년)과 가오리.

해우(바다소)

듀공

앙브루아즈 파레가 묘사한 비행 괴물(16세기)과 날치.

037

연체동물이라는 말 자체가 암시하듯, 오징어의 살은 부드러워. 오징어의 길이가 100미터라 해도 척추동물은 아닐 테고, 그러니까 '스코샤'호나 '에이브러햄 링컨'호 같은 배는 절대로 해칠 수 없어. 따라서 크라켄이나 그런 괴물의 묘기는 모두 꾸며낸 얘기로 생각할 수밖에 없어."

"그렇다면 박사님……." 네드는 놀리는 듯한 투로 말했다. "박사님은 박물학자로서 거대한 고래가 존재한다는 견해를 고수하시는 겁니까?"

"그래. 사실이 지니는 필연성을 근거로 자신 있게 내 생각을 되풀이하건대, 나는 참고래나 향유고래나 돌고래처럼 척추동물에 속하고 엄청난 돌파력을 가진, 그리고 뿔 모양의 이빨을 갖춘 거대하고 힘센 포유류가 존재한

미국의 포경선

(보일러에서는 고래 기름을 녹였다)

증기기관에도 불구하고 돛은 20세기 초까지 유용하게 쓰였다.

다고 믿고 있네."

"흐음." 작살잡이는 설득당하기 싫다는 투로 고개를 저었다.

"생각해봐. 그런 동물이 실제로 존재하고, 수 킬로미터 깊이의 심해에 살고 있다면, 엄청나게 힘센 몸뚱이를 가져야 할 거야."

"그런데 무엇 때문에 그렇게 힘센 몸뚱이가 필요하죠?"

"그렇게 깊은 바다에 살면서 수압을 견디려면 엄청나게 강한 힘이 필요할 테니까."

"그래요?" 네드는 나를 바라보며 눈을 깜박거렸다.

"그래. 그건 몇 가지 통계 자료로 쉽게 증명할 수 있어."

"아아, 통계라! 통계 같은 건 얼마든지 조작할 수 있지요!"

"사업에서는 그럴 수 있지만, 수학에서는 그렇게 안 돼. 들어보게. 기압이 10미터 높이 물기둥의 수압과 같다고 하세. 현실에서는 1기압과 맞먹는 물기둥의 높이가 더 낮을 거야. 바다는 소금물인데, 소금물은 민물보다 밀도가 높으니까 말일세. 그런데 자네가 물속에 들어가면 자네 몸은 10미터 내려갈 때마다 1기압에 해당하는 압력을 받게 돼. 다시 말해서 체표면적 1평방센티미터마다 1킬로그램의 압력을 받게 되지. 수심 100미터에서는 이 수압이 10기압, 수심 1000미터에서는 100기압, 수심 1만 미터에서는 1000기압이 돼. 다시 말해서 자네가 10킬로미터 깊이까지 내려갈 수 있다면, 자네 몸은 1평방센티미터마다 1000킬로그램의 압력을 받게 되는 거야. 자네 몸의 체표면적이 몇 평방센티미터나 되는지 아나?"

"글쎄요."

"약 1만 7000평방센티미터라네."

"그렇게 많나요?"

"그런데 기압은 사실 1평방센티미터당 1킬로그램보다 조금 많으니까, 체표면적이 1만 7000평방센티미터인 자네 몸은 지금 이 순간 1만 7568킬로그램의 압력을 견디고 있는 걸세."

"나는 그런 압력을 전혀 느끼지 못하는데 말입니까?"

"자네가 느끼지 못해도 압력을 받고 있는 건 사실이야. 그런데도 자네 몸이 짜부라지지 않는 건 단지 자네 몸속에 들어가 있는 공기가 똑같은 힘을 갖고 있기 때문이지. 내부의 압력과 외부의 압력이 완전한 균형 상태를 이루고 있는 거야. 양쪽의 압력이 서로 상쇄돼서, 자네는 아무런 불편도 느끼지 않고 그 압력을 견딜 수 있는 걸세. 하지만 물속에서는 문제가 달라."

"아, 이제 알겠습니다." 네드가 갑자기 흥미를 보이면서 대꾸했다. "물속에서는 물이 나를 완전히 둘러싸고 있고 내 몸속으로는 들어오지 않으니까 그런 거군요."

"맞았어. 그러니까 수심 10미터까지 내려가면 자네는 1만 7568킬로그램의 압력을 고스란히 받게 돼. 100미터 깊이에서는 그 압력의 열 배인 17만 5680킬로그램, 1000미터 깊이에서는 그 압력의 백 배인 175만 6800킬로그램, 1만 미터 깊이에서는 적어도 그 압력의 천 배인 1756만 8000킬로그램의 압력을 받게 되지. 다시 말해서 자네는 수압 프레스에 깔린 것처럼 납작해질 거야."

"정말 놀랍군요!"

"그러니까 몸의 길이가 수백 미터나 되고 그에 걸맞은 몸통 둘레를 가진 척추동물이 그렇게 깊은 심해에 살고 있다면, 체표면적은 수백만 평방센티미터나 될 테고, 그 몸을 짓누르는 수압은 수십억 킬로그램이나 될 걸세. 그런 수압을 견디려면 골격이 얼마나 튼튼하고 몸의 저항력이 얼마나 강할지 상상해보게."

"그런 수압을 견디려면 몸이 장갑 군함처럼 20센티미터 두께의 철판으로 되어 있어야 할 겁니다."

"그래, 그런 동물이 특급열차 같은 속도로 움직이면서 선체에 부딪치면 배가 어떤 피해를 입게 될지 상상해보게."

"아······ 예······ 아마도."

네드는 이런 수치에 마음이 흔들리면서도 여전히 승복할 마음은 나지 않는 듯이 말했다.

"어떤가? 이젠 납득이 가나?"

"한 가지는 납득했습니다. 그런 동물이 바다 밑바닥에 살고 있다면, 박사님이 말씀하시는 정도로 힘이 셀 게 분명하다는 거죠."

"하지만 그런 동물이 존재하지 않는다면, '스코샤'호에 일어난 사건을 과연 어떻게 설명할 수 있겠나?"

"아마······."

"그래, 어서 말해보게."

"그 사건은 사실이 아니기 때문일 겁니다." 네드는 자기도 모르게 아라고[38]의 유명한 반론을 흉내내어 대답했다.

하지만 이 대답은 작살잡이의 완고함을 증명해주었을 뿐이다. 나는 그를 더 이상 다그치지 않았다. '스코샤'호에 일어난 사건은 부인할 수 없는 사실이었다. 구멍은 메우지 않으면 안 될 정도로 크게 뚫려 있었다. 구멍의 존재를 그보다 더 결정적으로 증명할 수는 없을 것이다. 구멍은 저절로 뚫리지도 않았고, 물속에 잠겨 있는 바위나 무기로 뚫리지도 않았다. 그렇다면 어떤 동물의 뿔이나 이빨이 구멍을 뚫었다고 생각할 수밖에 없다.

내 견해에 따르면, 그리고 앞에서 열거한 이유 때문에 이 동물은 척추동물문, 포유강, 물고기와 비슷한 형태의 고래목에 속할 수밖에 없다. 고래목 중에서 어떤 과―참고래과, 향유고래과, 돌고래과―와 어떤 속과 어떤 종으로 분류해야 하는지는 나중에 결정하면 된다. 이것을 결정하려면 먼저 미지의 그 괴물을 해부해야 할 것이다. 해부하려면 우선 잡아야 하고, 잡으려면 작살을 쏘아야 하는데, 그것이 네드 랜드의 임무였다. 작살을 쏘려면 먼저 고래를 보아야 하는데, 그것이 이 배의 임무였다. 그리고 고래를 보려면 우선 고래를 만나야 하는데, 이것은 운에 달려 있었다.

chapter 5
모험을 찾아서

'에이브러햄 링컨' 호의 항해는 한동안 별다른 사건 없이 평온하게 계속되었다. 하지만 네드 랜드의 놀라운 솜씨를 입증하고 또 그가 얼마나 믿을 만한 사람인지를 보여주는 사건이 일어났다.

6월 30일, 순양함은 포클랜드 제도[39] 앞바다에서 미국 포경선단과 교신했다. 포경선들은 일각고래를 한 마리도 보지 못했다고 말했다. 하지만 '먼로' 호 선장은 네드 랜드가 '에이브러햄 링컨' 호에 타고 있다는 것을 알고는, 자기가 발견한 고래 한 마리를 잡는 것을 도와달라고 부탁했다. 패러것 함장은 네드의 솜씨를 보고 싶어서, 네드가 '먼로' 호에 타는 것을 허락했다. 그리고 재수 좋게도 네드는 겨우 몇 분 동안 고래를 추적한 뒤, 한 마리가 아니라 두 마리를 한꺼번에 잡았다. 네드가 던진 작살이 한 마리의 심장을 꿰뚫고 또 다른 고래에 맞았던 것이다.

괴물이 네드 랜드와 맞붙게 되면, 나는 괴물이 이기는 쪽에 돈을 걸지는 않을 것이다.

순양함은 엄청나게 빠른 속도로 남북 아메리카 대륙의 남동 해안을 따라 내려왔다. 7월 3일, 우리는 버진 곶 근처에서 마젤란 해협을 보았다. 하지만 패러것 함장은 그 구불구불한 해협으로 들어가고 싶지 않아서, 마젤란 해협을 통과하는 대신 혼 곶을 우회하는 쪽으로 방향을 돌렸다.

승무원들은 모두 함장의 결정을 지지했다. 그렇게 좁은 해협에서 일각고래를 만날 리도 없거니와 "괴물은 덩치가 너무 커서 좁은 해협을 통과할 수 없다"고 수병들은 단언했다.

7월 6일 오후 세 시경, '에이브러햄 링컨'호는 남쪽으로 25킬로미터 거리에 있는 외딴 섬을 돌았다. 남아메리카 대륙 남단에 있는 그 섬은 섬이라기보다는 암초였다. 네덜란드 선원들은 고향 마을의 이름을 따서 그 섬을 혼곶이라고 불렀다. 우리 배는 이제 북서쪽으로 방향을 돌렸다. 이튿날 순양함의 스크루는 마침내 태평양의 물결을 때리고 있었다.

"빈틈없이 살펴!" 수병들은 서로에게 계속 외치고 있었다.

그리고 그들은 실로 놀랄 만큼 빈틈없이 바다를 살폈다. 눈이나 망원경을 단 1분도 쉬지 않았다. 2천 달러의 상금을 받을 생각에 눈도, 망원경도 약간 어지러워진 것은 사실이다. 그들은 밤낮으로 쉬지 않고 바다를 살폈다. 밤눈이 밝은 사람은 승산이 50퍼센트나 높아졌고, 그래서 상금을 탈 가능성도 상당히 높았다.

돈의 유혹은 별로 느끼지 못했지만, 나도 누구 못지않게 열심히 망을 보았다. 식사도 몇 분 만에 후딱 해치우고, 잠자는 시간도 아껴가면서, 햇볕이 쨍쨍 내리쬐거나 거친 바람이 몰아쳐도 아랑곳하지 않고 갑판을 거의 떠나지 않았다. 때로는 앞갑판 난간에 기대어 앞을 살피기도 했지만, 때로는 뒷갑판 난간 너머로 몸을 내밀고 바다를 시야 끝까지 하얗게 만드는 그 솜털 같은 항적(航跡)을 탐욕스러운 눈으로 응시하곤 했다. 고래가 변덕스럽게 수면 위로 검은 등을 들어 올리면, 나도 장교나 병사들과 똑같은 감정에 사로잡힐 때가 많았다. 그럴 때면 순양함 갑판은 순식간에 사람들로 메워졌다. 갑판 승강구가 홱 올라오고, 장교와 병사들이 물밀듯 쏟아져 나왔다. 다들 숨을 헐떡이고 불안하게 눈알을 굴리면서, 파도를 헤치고 나아가는 고래를 바라보곤 했다. 나도 눈알이 닳아 빠져서 장님이 될 위험을 무릅쓰고 뚫어

나도 누구 못지않게 열심히 망을 보았다.

지게 고래를 바라보았다. 그러면 언제나 냉정한 콩세유는 침착하게 같은 말을 되풀이하곤 했다.

"눈을 너무 크게 뜨지 않으면 좀 더 잘 보실 수 있을 텐데요."

하지만 흥분은 언제나 오래가지 못했다. '에이브러햄 링컨'호는 문제의 동물 쪽으로 방향을 바꾸었지만, 단순한 참고래나 평범한 향유고래에 불과한 그 동물은 곧 빗발치는 저주를 받으며 유유히 사라지곤 했다.

한동안 날씨가 아주 좋았다. 항해는 최상의 조건에서 이루어지고 있었다. 이맘때는 원래 폭풍의 계절이었다. 남반구의 7월은 유럽의 1월에 해당하기 때문이다. 하지만 바다는 계속 잔잔해서 멀리까지 볼 수 있었다.

네드는 여전히 의심을 버리지 않았다. 자기가 망을 볼 때를 빼고는 바다를 살피지 않는 척했다. 적어도 눈에 보이는 고래가 한 마리도 없을 때는 바다에 관심을 두지 않았다. 그의 뛰어난 시력은 우리한테 큰 도움이 되었을 테지만, 완고한 캐나다인은 열두 시간 가운데 여덟 시간을 선실에 틀어박혀 책을 읽거나 잠을 자면서 보냈다. 나는 그의 무관심을 수백 번이나 비난했다.

그러면 네드는 이렇게 대답하곤 했다.

"저곳엔 아무것도 없어요, 박사님. 설령 있다 해도, 우리가 그걸 발견할 가능성이 얼마나 되겠습니까? 우리는 무턱대고 헤매고 있잖아요? 사람들은 태평양의 망망대해에서 그 짐승을 보았습니다. 아니, 보았다고 말하고 있습니다. 그건 저도 인정합니다. 하지만 그 후 벌써 달포가 지났어요. 박사님이 말하는 일각고래의 기질로 보건대, 녀석은 같은 해역에서 빈둥거리기를 좋아하지 않는 데다 엄청난 속도로 움직일 수 있습니다. 박사님도 잘 알고 계시겠지만, 자연은 어떤 일도 거꾸로 하지 않습니다. 따라서 천성적으로 느린 동물한테 그렇게 빠른 속력을 부여하지는 않았을 겁니다. 빨리 움직일 필요가 있으니까 빨리 움직이는 능력을 타고났겠죠. 따라서 그 짐승이 정말로 존재한다면, 지금쯤은 수백 킬로미터 떨어진 곳으로 가버렸을 겁니다!"

나는 대꾸할 말이 없었다. 확실히 우리는 어둠 속을 더듬고 있었다. 하지만 다른 방법이 있을까? 우리가 성공할 가능성은 희박했다. 하지만 아무도 희망을 버리지 않았고, 일각고래의 존재나 녀석이 또다시 출현할 가능성을 의심하는 수병은 한 사람도 없었다.

우리는 7월 20일에 서경 105도에서 남회귀선을 통과했고, 7월 27일에는 서경 110도에서 적도를 통과했다. 순양함은 현재 위치를 측정한 뒤 좀 더 서쪽으로 방향을 돌려, 태평양 한복판으로 들어가고 있었다. 패러것 함장은 괴물이 좀 더 깊은 바다에 자주 나타날 가능성이 크다고 생각했다. 이것은 아주 현명한 판단이었다. 괴물은 대륙이나 섬에서 멀리 떨어져 있을 것이다. 괴물은 대륙이나 섬에 접근하기를 꺼리는 것 같았다. 갑판 장교의 말마따나 "육지 근처에는 물이 충분치 않기 때문"일 것이다. 순양함은 투아모투 제도와 마르키즈 제도와 하와이 제도를 지나고, 서경 132도에서 북회귀선을 통과한 다음, 동중국해를 향해 계속 나아갔다.

우리는 마침내 괴물이 마지막으로 장난을 친 현장에 도착했다. 사실 우리는 오직 이곳에 오는 것만을 목적으로 삼고 있었다. 심장이 두근거렸다. 이렇게 심장이 빠르게 고동치면 치료할 수 없는 동맥류가 생기지나 않을까 겁이 날 정도였다. 잘 설명할 수는 없지만, 배에 타고 있는 모든 이의 신경이

지나치게 흥분해 있었다. 아무도 먹지 않고, 아무도 자지 않았다. 하루에도 스무 번씩 망루에 올라앉은 수병의 착각이나 실수가 참을 수 없는 고통을 불러일으켰고, 하루에 스무 번씩 되풀이된 이 흥분과 낭패 때문에 우리는 온종일 과민 상태에 빠져 있었다. 과민증이 너무 심해져서 조만간 반동이 일어날 것 같았다.

그리고 결국 반동이 일어났다. 석 달 동안, 하루하루가 백 년처럼 길게 느껴지는 석 달 동안, '에이브러햄 링컨'호는 북태평양을 구석구석 누비고 다녔다. 고래가 나타나면 서둘러 쫓아가고, 갑자기 회전하고, 지그재그로 나아가다가 갑자기 멈춰서고, 후퇴하다가 다시 전진하고—이 모든 움직임이 빠른 속도로 연속해서 일어났기 때문에, 엔진을 완전히 망가뜨리려고 일부러 그러는 것처럼 여겨질 정도였다. 우리는 일본 동해안과 미국 서해안 사이의 해역을 한 치도 남기지 않고 샅샅이 뒤졌다. 하지만 아무것도 없었다. 난바다가 끝없이 펼쳐져 있을 뿐이었다. 거대한 일각고래나 물속에 잠긴 작은 섬, 난파선의 잔해, 떠다니는 암초는 흔적도 없었고, 조금이라도 초자연적인 것은 하나도 찾아볼 수 없었다.

그때 반동이 일어났다. 우선 실망감이 찾아와 사람들 마음속으로 스며들어, 불신의 심사가 비집고 들어갈 길을 열어주었다. 그러자 수치심과 분노가 3대 7로 뒤섞인 새로운 분위기가 생겨났다. 모두 바보가 된 기분을 느꼈고, 신기루에 감쪽같이 속았다는 생각에 더욱 화가 치밀었다. 1년 동안 쌓인 산더미 같은 주장이 한꺼번에 와르르 무너져 내렸고, 사람들의 머릿속에는 그저 먹고 자는 데 시간을 쏟아부어 그동안 바보처럼 낭비한 시간을 벌충하자는 생각뿐이었다.

인간의 마음은 실로 변덕스러운 것이어서, 우리는 이쪽 극단에서 저쪽 극단으로 순식간에 옮아갔다. 이번 항해를 가장 열심히 지지했던 사람이 가장 과격한 비판자가 되었다. 그렇게 일어난 반동은, 마치 불길처럼, 보일러 화부들이 일하는 선창에서 장교들의 갑판 당직실로 올라갔다. 패러것 함장이 보기 드물게 완고하고 끈덕진 사람이 아니었다면, 순양함은 다시 남쪽으로 뱃머리를 돌렸을 것이다.

사실 이 헛된 수색을 더 이상 계속할 수는 없었다. '에이브러햄 링컨'호는 그동안 최선을 다했으니까 자신을 나무랄 이유는 전혀 없었다. 미국 해군에서 그들보다 더 강한 인내와 열의를 보여준 장병들은 아무도 없었고, 실패한 것은 누구의 탓도 아니었다. 이제 남은 길은 집으로 돌아가는 것뿐이었다.

이런 건의가 함장에게 전달되었다. 그러나 함장은 여전히 흔들리지 않았다. 수병들은 불만을 감추지 않았고, 근무 상태는 엉망이 되었다. 실제로 선상 반란이 일어났다는 뜻은 아니지만, 패러것 함장은 한동안 참고 있다가 콜럼버스가 그랬듯이 사흘만 기다려달라고 요구했다. 사흘이 지나도 괴물이 나타나지 않으면 조타수는 배의 방향을 돌리라는 명령을 받을 것이고, '에이브러햄 링컨'호는 대서양으로 가게 될 터였다.

이 약속이 이루어진 것은 11월 2일이었다. 처음 나타난 효과는 의기소침했던 승무원들이 용기를 되찾은 것이었다. 그들은 다시 기운을 내어 열심히 바다를 살폈다. 추억이 담겨 있는 태평양을 마지막으로 한 번 더 보고 싶어 했다. 다들 열심히 망원경을 들여다보았다. 이것이 일각고래에 대한 마지막 도전이었다. 일각고래도 이제는 정체를 드러내라는 이 강력한 도발에 응하지 않을 수 없었다.

이틀이 지났다. '에이브러햄 링컨'호는 여전히 느린 속도로 나아가고 있었다. 승무원들은 고래가 우연히 근처를 지나가면 녀석의 주의를 끌거나 냉담한 그놈을 흥분시키기 위해 온갖 수단을 다 써보았다. 엄청난 양의 베이컨을 고물에 매달아 물속을 끌고 다녀보기도 했지만, 상어들만 기쁘게 해주었을 뿐이다. 순양함이 정지해 있는 동안 보트들이 사방으로 흩어져 주변 바다를 이 잡듯이 뒤지기도 했다. 하지만 바다 속의 신비는 전혀 밝혀내지 못한 채

보트들이 순양함 주변 바다를 이 잡듯이 뒤졌다.

11월 4일 저녁이 왔다.

 이튿날 정오가 되면 유예 기간이 끝날 것이다. 패러것 함장은 현재 위치를 측정한 뒤, 약속한 대로 남동쪽으로 방향을 돌려 북태평양을 떠나라고 명령해야 할 것이다.

 순양함은 동경 136도 42분·북위 31도 15분 해상에 있었다. 일본 땅은 바람이 불어가는 쪽으로 300킬로미터 정도밖에 떨어져 있지 않았다. 어둠이 내리덮이고 있었다. 방금 여덟 시를 알리는 종이 울렸다. 두꺼운 구름이 초승달을 가렸다. 바다는 고물 밑에서 조용히 오르내리고 있었다.

 나는 앞갑판에서 우현 난간 너머로 몸을 내밀고 있었다. 콩세유는 내 옆에서 앞을 응시하고 있었다. 돛대 끝과 뱃전을 잇는 밧줄 위에 올라앉은 승무원들은 날이 점점 어두워질수록 어둠 속에 묻혀가는 수평선을 살피고 있었다. 야간용 망원경을 갖춘 장교들은 점점 짙어지는 어둠 속을 들여다보고 있었다. 어두컴컴한 바다가 이따금 구름장 사이로 비치는 달빛을 받아 반짝거렸다. 그러나 잠시 후에는 모든 빛이 다시 어둠 속으로 사라지곤 했다.

 나는 콩세유를 지켜보면서, 그 성실한 젊은이가 주변 분위기에 조금이나마 영향을 받고 있는 것을 알아차렸다. 아니, 적어도 내 눈에는 그렇게 보였다. 난생 처음으로 콩세유의 신경이 호기심에 떨리고 있는 것 같았다.

 "콩세유, 지금이 2천 달러를 손에 넣을 수 있는 마지막 기회야."

 "저는 그 돈을 기대한 적이 없어요. 미국 정부가 10만 달러를 약속했다 해도, 그 돈을 탈 사람은 아무도 없을 겁니다."

"자네 말이 맞아. 우리가 생각 없이 뛰어든 이 일은 결국 미친 짓이었어. 우리가 얼마나 많은 시간을 낭비했는지 생각해봐! 괜히 쓸데없는 걱정만 하면서! 이 일에 뛰어들지 않았다면 벌써 여섯 달 전에 프랑스로 돌아갈 수 있었을 텐데."

"주인님의 작은 아파트로, 주인님의 박물관으로 돌아갈 수 있었겠지요. 저는 주인님의 화석을 다 분류했을 것이고, 바비루사는 식물원 우리 속에 자리를 잡고 호기심 많은 파리 사람들의 마음을 사로잡고 있을 겁니다."

"맞아. 사람들이 모두 우리를 비웃을 거야."

"맞습니다." 콩세유가 조용히 말했다. "사람들은 모두 주인님을 비웃을 겁니다. 그리고 이런 말씀을 드려도 괜찮을지?"

"괜찮아. 말해보게."

"주인님은 비웃음을 받아 마땅합니다."

"정말이야!"

"주인님만큼 명망 있는 학자라면 절대로 남의 비웃음을······."

하지만 콩세유는 이 아첨을 끝맺지 못했다. 주위의 적막을 뚫고 커다란 목소리가 울려 퍼졌기 때문이다. 네드 랜드의 목소리였다.

"나타났다! 바람 불어오는 쪽 뱃전에!"

chapter 6
전속력으로 전진!

이 외침 소리를 듣고 모든 승무원이 작살잡이 쪽으로 달려갔다. 함장, 장교들, 하사관들, 수병들, 급사들, 심지어는 기관사들도 기관실을 비우고, 화부들까지도 보일러를 내팽개친 채 달려왔다. "정선!" 명령이 떨어졌고, 이제 순양함은 관성에 따라 물 위를 미끄러지고 있었다.

칠흑같이 어두웠다. 네드의 눈이 아무리 좋다 해도 이 어둠 속에서 도대체 무엇을 보았는지, 그리고 어떻게 볼 수 있었는지 궁금했다. 내 심장은 금방이라도 터질 것처럼 쿵쿵 뛰고 있었다.

하지만 네드의 눈은 틀림이 없었다. 곧이어 우리는 모두 네드가 가리키고 있는 물체를 포착했다.

'에이브러햄 링컨'호에서 우현 쪽으로 300미터쯤 떨어진 수면이 밑에서 빛을 발하고 있는 것처럼 보였다. 착각일 리가 없었다. 그것은 결코 평범한 인광이 아니었기 때문이다. 괴물은 몇 길 물속에서 강렬한 빛을 내뿜고 있었다. 여러 선장의 보고서에 묘사된 것과 똑같았다. 이 환상적인 빛은 엄청나게 강력한 발광체에서 나오고 있는 것이 분명했다. 빛을 받아 환하게 빛나는 수면은 거대하고 길쭉한 타원형을 이루었고, 그 중심에는 참을 수 없을 만큼 강렬한 빛이 응축되어 활활 타오르는 것 같았지만, 중심에서 멀어질수록 빛은 차츰 희미해졌다.

"야광충의 군집일 뿐이야!" 장교 하나가 소리쳤다.

"천만에." 나는 자신 있게 대답했다. "평범한 돌맛조개나 살파(원색동물의 일종)는 저렇게 강력한 빛을 내지 않아요. 저 빛은 본질적으로 전기적 성질을 띠고 있습니다. 저길 보세요! 움직이고 있습니다. 앞으로, 뒤로…… 우리 쪽으로 곧장 다가오고 있어요!"

배에서 외침소리가 일어났다.

"조용!" 패러것 함장이 소리쳤다. "키를 바람머리로! 후진!"

수병들은 키 쪽으로 달려갔다. 기관사들은 기관실로 달려갔다. 엔진은 당장 후진 위치로 들어갔고, '에이브러햄 링컨'호는 좌현 쪽으로 반원을 그리며 후퇴했다.

"키를 중앙으로! 전진!"

이 명령이 실행되자 순양함은 타원형 발광체의 중심에서 빠른 속도로 멀어져갔다.

아니, 내가 잘못 말했다. 순양함은 멀어지려고 '시도'했지만, 그 초자연적인 괴물이 우리보다 두 배나 빠른 속도로 다가왔다.

우리는 숨도 쉬지 못했다. 두려움보다는 놀라움 때문에 오금이 굳어버린 듯 아무 소리도 내지 못했다. 괴물은 아주 쉽게 우리를 따라잡았다. 괴물은 14노트로 달리고 있는 순양함을 한 바퀴 빙 돌아, 빛나는 먼지 같은 광선 속에 우리를 가두어버렸다. 그리고는 특급열차의 기관차가 소용돌이치는 연기를 남기듯 인광 꼬리를 뒤에 길게 남기면서 3~4킬로미터쯤 멀어져갔다. 그러다가 갑자기 어두운 수평선 끝에서 속력을 내어 놀라운 속도로 '에이브러햄 링컨'호를 향해 돌진해오더니, 겨우 5~6미터 떨어진 곳에 갑자기 멈춰서 빛을 꺼버렸다. 빛이 서서히 사라지는 게 아니라 빛의 원천이 순식간에 고갈된 것처럼 갑자기 사라져버렸으니까, 괴물이 물속으로 가라앉았기 때문에 빛이 사라진 것은 아니었다. 이어서 괴물은 반대쪽에 다시 나타났다. 그것은 괴물이 배를 빙 돌아갔거나 배 밑으로 지나갔다는 뜻이다. 괴물은 금방이라도 배에 충돌할 것 같았다. 충돌은 우리에게 치명적이 될 수도 있었다.

나는 순양함의 움직임에 어리둥절했다. 배는 계속 달아나기만 할 뿐 괴물을 공격할 생각은 하지 않았다. 괴물을 사냥하러 온 배가 오히려 괴물한테

괴물은 몇 길 물속에서 강렬한 빛을 내뿜고 있었다.

쫓기고 있었다. 그래서 나는 패러것 함장한테 그 점을 지적했다. 좀처럼 내색하지 않는 그의 냉정한 얼굴이 형언할 수 없는 놀라움을 드러내고 있었다.

내 말을 듣고 함장은 이렇게 대답했다.

"내가 상대하고 있는 녀석이 얼마나 무서운 놈인지 짐작도 가지 않습니다. 이 어둠 속에서 쓸데없이 내 배를 위험에 빠뜨리고 싶지는 않아요. 어쨌든 정체도 알 수 없는 물체를 어떻게 공격할 수 있겠습니까. 방어하기도 어렵습니다. 날이 밝을 때까지 기다립시다. 아침에는 형세가 역전될 겁니다."

"그럼 함장님은 저 동물의 정체에 대해서 벌써 확신을 갖고 계시군요?"

"저건 분명 거대한 일각고래입니다. 하지만 전기고래이기도 합니다."

"가까이 가면 전기뱀장어나 전기가오리만큼 위험할까요?"

"아마 그럴 겁니다. 녀석이 전기 충격을 줄 수 있는 능력이 있다면, 조물주가 창조한 동물 가운데 가장 무서운 놈일 겁니다. 내가 조심할 수밖에 없는 이유는 바로 그거예요."

그날 밤에는 모든 승무원이 전투 위치를 지켰다. 아무도 잠자리에 들 생각을 하지 않았다. 괴물보다 빨리 움직일 수 없는 '에이브러햄 링컨'호는 차츰 속력을 늦추었다. 일각고래도 순양함처럼 파도에 몸을 내맡긴 채 흔들리고 있었다. 고래는 전투 현장에 남아 있기로 작정한 것 같았다.

그런데 자정 무렵 고래가 사라졌다. 아니, 거대한 반딧불이처럼 '꺼져버렸다.' 괴물은 떠나버렸을까? 이것은 기대할 일이 아니라 두려워해야 할 일이었다. 하지만 열두 시 53분에 귀가 먹먹해질 만큼 요란하게 쉿쉿거리는 소리가 들려왔다. 세찬 물줄기가 불규칙하게 뿜어나오는 소리 같았다.

패러것 함장과 네드와 나는 고물에 있었다. 우리는 캄캄한 어둠 속을 꼼꼼히 살폈다.

"네드 랜드." 함장이 말했다. "자네는 고래가 물 뿜는 소리를 자주 들었겠지?"

"예. 하지만 발견하기만 하면 2천 달러를 벌 수 있는 고래 소리는 들은 적이 없습니다."

"자네는 상금을 받을 자격이 있어. 그런데 이 소리는 고래들이 분기공으로 물을 뿜을 때 내는 소리와 똑같나?"

"똑같긴 하지만 이 소리가 훨씬 큽니다. 그건 확실합니다. 이건 뒤에 있는 고래가 내는 소리예요. 허락해주신다면, 동이 트자마자 녀석과 한두 마디 대화를 나눠보겠습니다."

"녀석이 자네 말을 들을 준비가 되어 있는지 모르겠군." 나는 회의적인 투로 말했다.

"내가 작살 네 개 거리까지 접근하면 녀석도 내 말을 들을 수밖에 없을 겁니다." 작살잡이가 대답했다.

"하지만 자네가 그렇게 가까이 접근하려면 보트가 필요하겠지?" 함장이 물었다.

"물론입니다."

"그러려면 내 부하들의 목숨을 걸어야겠지?"

"그리고 제 목숨도 걸어야죠." 네드 랜드는 간단히 대답했다.

오전 두 시경, 빛이 다시 나타났다. '에이브러햄 링컨'호에서 8킬로미터나 떨어져 있었지만 빛은 여전히 밝았다. 거리가 멀고 바람 소리와 파도 소리가 시끄러운데도 괴물의 꼬리가 물을 내리치는 소리는 똑똑히 들을 수 있었고, 괴물의 거친 숨소리까지 들려왔다. 거대한 일각고래가 숨을 쉬기 위해 수면으로 올라오면 녀석의 허파 속으로 빨려드는 공기는 2천 마력짜리 엔진의 거대한 피스톤 속으로 빨려드는 수증기 같았다.

'흐음.' 나는 속으로 생각했다. '1개 기병대와 맞먹는 마력을 가진 고래라면 정말 대단한 녀석이겠군!'

다들 동이 틀 때까지 계속 전투 준비를 했다. 포경 용구가 난간을 따라 즐비하게 배치되었다. 부함장은 작살을 1.5킬로미터 거리까지 쏘아보낼 수 있는 나팔총과 아무리 힘센 동물에게도 치명적인 총탄을 발사할 수 있는 기다란 산탄총을 장전하라고 명령했다. 네드 랜드는 작살을 날카롭게 갈았을 뿐이다. 평범한 작살도 그의 손에 들어가면 무서운 무기가 되었다.

여섯 시에 동이 트기 시작했다. 첫 햇살이 비치자마자 일각고래의 빛은 사라졌다. 일곱 시에는 해가 완전히 떠올랐지만, 아무리 성능 좋은 망원경도 꿰뚫어볼 수 없을 만큼 짙은 안개가 끼어 가시거리가 크게 줄어들었다. 그래서 다들 실망하고 안달을 했다.

나는 뒷돛대로 올라갔다. 장교 몇 명이 벌써 돛대 꼭대기에 앉아 있었다.

여덟 시에 안개가 수면 위를 무겁게 흐르기 시작하더니 짙은 소용돌이가 되어 흩어졌다. 안개가 걷히면서 수평선이 차츰 모습을 드러냈다.

갑자기 네드의 목소리가 어젯밤처럼 울려 퍼졌다.

"좌현 뒤쪽!"

모두 네드가 가리키는 쪽을 돌아보았다.

순양함에서 2킬로미터쯤 떨어진 곳에 기다랗고 검은 형체가 수면 위로 1미터쯤 올라와 있었다. 꼬리가 격렬하게 물을 내리쳐 세찬 소용돌이를 만들어내고 있었다. 어떤 동물의 꼬리도 그처럼 힘차게 물을 내리치지는 못했을 것이다. 녀석이 긴 커브를 그리며 움직이자, 눈부시게 하얀 항적이 녀석의 진로를 알려주었다.

순양함은 고래에게 다가갔다. 나는 녀석을 마음껏 자세히 관찰할 수 있었다. '섀넌'호와 '엘베티아'호의 보고는 고래의 크기를 다소 과장했다. 내가 보기에는 몸길이가 기껏해야 80미터밖에 안 되었기 때문이다. 몸통 둘레는 짐작하기 어려웠지만, 몸매는 보기 좋게 균형이 잡혀 있는 것처럼 보였다.

그 놀라운 동물을 관찰하고 있을 때, 증기가 섞인 두 개의 물줄기가 분기공에서 뿜어나와 40미터 높이까지 솟구쳤다. 그것으로 녀석의 호흡법은 확인되었다. 나는 녀석이 척추동물문, 포유강, 단자궁아강, 어형군, 고래목이라고 확실하게 결론지었다. 하지만 어느 과에 속하는지는 결정을 내릴 수가 없었다. 고래목은 참고래과와 향유고래과와 돌고래과로 이루어져 있고, 일각고래는 돌고래과로 분류된다. 이 세 개의 과는 다시 여러 개의 속으로 나뉘고, 속은 다시 종으로 나뉘고, 종은 다시 변종으로 나뉜다. 아직 녀석의 변종이나 종이나 속이나 과는 알 수 없었지만, 하늘과 패러겻 함장이 도와준다면 분류 작업을 끝낼 수 있다고 확신했다.

승무원들은 명령이 떨어지기만을 초조하게 기다리고 있었다. 함장은 그 동물을 유심히 관찰하다가 기관장을 불렀다. 기관장은 쏜살같이 뛰어 올라왔다.

"증기 압력은 충분한가?"

"예, 함장님."

"좋아. 화력을 올려! 전속력으로 전진!"

승무원들은 만세삼창으로 이 명령을 환영했다. 드디어 싸울 때가 온 것이다. 곧이어 순양함의 굴뚝 두 개가 검은 연기를 뭉게뭉게 토해내고, 갑판이 부르르 진동했다.

'에이브러햄 링컨'호는 강력한 스크루에 밀려 고래 쪽으로 다가갔다. 고래는 순양함이 가까이 오도록 내버려두었다가 웬만큼 가까워지자 슬며시 이동하여 같은 거리를 유지했다. 하지만 굳이 물속으로 잠수하지는 않았다.

이런 추적이 45분 동안 계속되었지만, 순양함은 고래와의 거리를 단 1미터도 좁히지 못했다. 이런 식으로 계속 추적해봤자 녀석을 따라잡을 수 없다는 것이 분명해졌다.

패러겻 함장은 화가 나서 무성한 턱수염을 잡아 비틀고 있었다.

"랜드!"

캐나다인이 다가왔다.

"아직도 보트를 내려야 한다고 생각하나?"

"아닙니다, 함장님. 놈은 자기가 원하지 않으면 우리가 따라잡게 내버려두지 않을 테니까요."

"그럼 어떻게 해야 좋지?"

"최대 압력을 유지하세요. 허락만 하신다면 제가 뱃머리 사장(斜檣) 밑에서 대기하고 있다가 사정거리 안으로 접근하면 작살을 쏘겠습니다."

"좋아!" 함장이 말하고는 기관장에게 지시했다. "속력을 더 높이게!"

네드 랜드가 위치를 잡았다. 보일러에는 석탄이 가득 넣어졌고, 스크루는 분당 43회전의 속력으로 돌아가고, 밸브를 통과하는 수증기가 으르렁거렸다. 속도 측정기로 재보니 순양함의 속도는 18.5노트였다. 하지만 그 빌어먹을 고래도 역시 18.5노트의 속도로 움직이고 있었다.

한 시간 동안 순양함은 이 속도를 유지했지만, 고래와의 간격은 1미터도 좁혀지지 않았다. 미국 해군에서 가장 빠른 군함으로서는 치욕적인 일이었다. 깊은 분노가 승무원들을 사로잡았다. 그들은 괴물에게 욕설을 퍼부었지만, 괴물은 대꾸조차 해주지 않았다. 패러것 함장은 이제 수염을 비트는 것이 아니라 잘근잘근 씹고 있었다.

기관장이 다시 불려왔다.

"이게 최대 압력인가?"

"그렇습니다!"

"압력이 얼마나 되지?"

"6.5기압입니다."

"10기압으로 올려!"

이것은 그야말로 미국식 명령이었다. 미시시피 강에서 벌어지는 경주에서 경쟁자들을 따돌리기 위해 한껏 속력을 올린 배도 이보다 더 빨리 달릴 수는 없었을 것이다.

기선의 화부용 연장들

"콩세유." 나는 가까이 서 있는 하인에게 말했다. "이러다가 배가 폭발해 버릴 수도 있다는 걸 알고 있나?"

"주인님 말씀은 모두 옳습니다."

하지만 솔직히 말하면 나는 되든 안 되든 한번 시도해보는 것이 기뻤다.

증기압력계의 눈금이 올라갔다. 보일러에는 석탄이 넘쳐흘렀고, 송풍기는 불길 위로 공기를 급류처럼 내뿜었다. 배의 속도가 더 빨라졌다. 돛대 아랫부분을 받치고 있는 받침대가 뒤흔들렸다. 굴뚝은 소용돌이치는 연기를 모두 내보내기에는 너무 좁아 보였다.

배의 속도를 다시 측정했다.

"항해사, 속도가 얼마야?" 함장이 물었다.

"19.3노트입니다."

"화력을 더 올려!"

기관장은 명령에 따랐다. 증기압력계가 10기압을 가리켰다. 하지만 일각고래도 똑같이 '화력을 올려' 전혀 힘들이지 않고 19.3노트의 속도로 움직이고 있었다.

얼마나 놀라운 추격전인가! 내 모든 존재를 뒤흔든 그때의 감정은 무어라 형언할 수가 없다. 네드는 작살을 들고 자기 위치에서 대기하고 있었다. 고래는 몇 번이나 우리의 접근을 허용했다.

"거리가 좁혀지고 있습니다! 따라붙고 있어요!" 캐나다인이 외쳤다.

하지만 네드가 작살을 던질 준비를 하면, 고래는 엄청난 속도로 달아나곤 했다. 내가 보기에 그 속도는 30노트를 밑돌지 않았다. 순양함이 최대 속력을 내도 고래는 그 주위를 빙빙 돌면서 우리를 놀려댔다. 모든 사람의 가슴에서 분노의 함성이 터져나왔다.

아침 여덟 시경에 잡힌 간격은 정오가 되어도 전혀 좁혀지지 않았다. 패러 것 함장은 좀 더 직접적인 수단을 쓰기로 결정했다.

"그러니까 저놈은 '에이브러햄 링컨'호보다 더 빨리 달릴 수 있단 말이지. 좋아. 그럼 포탄보다 더 빨리 달릴 수 있는지 알아보자. 갑판장, 앞쪽 대포에 포수를 배치해!"

이물의 대포가 당장 장전되어 고래를 조준했다. 그리고 포탄을 발사했지만, 포탄은 1킬로미터도 떨어져 있지 않은 고래 위를 아슬아슬하게 스쳐 지나갔다.

"좀 더 조준을 잘하는 자가 없나!" 함장이 소리쳤다. "저 빌어먹을 놈한테 포탄을 박아넣는 사람에게는 5백 달러를 주겠다!"

반백의 턱수염을 기른 늙수그레한 포수—아직도 그의 모습이 눈에 선하다—가 앞으로 나섰다. 결연한 태도에 차분한 눈매를 가진 사람이었다. 그는 대포를 고래 쪽으로 돌리고 세심히 조준했다. 성원을 보내는 승무원들의 함성 속에서 요란한 포성이 울렸다.

포탄은 표적에 이르러 명중했지만 각도가 약간 빗나가는 바람에 고래의 옆구리를 스치고는 3킬로미터 깊이의 물속으로 가라앉았다.

"제기랄!" 늙은 포수는 성난 듯이 소리쳤다. "저 빌어먹을 놈은 온몸이 15센티미터 두께의 철판으로 덮여 있어!"

"빌어먹을!" 패러것 함장이 소리쳤다.

다시 추적이 시작되었다. 함장은 내 쪽으로 몸을 기울였다.

"이 배가 폭발할 때까지 저놈을 추적할 겁니다!"

"아, 당연히 그래야죠!"

아무리 대단한 놈이라도 고래는 증기기관보다 더 피로를 느끼기 쉬울 테고, 따라서 조만간 지칠 것이다. 그것이 우리의 유일한 희망이었다. 하지만 그런 행운은 일어나지 않았다. 몇 시간이 지나도 여전히 고래는 피로를 느끼는 낌새조차 보이지 않았다.

하지만 '에이브러햄 링컨'호가 지칠 줄 모르고 결연하게 싸웠다는 말은 덧붙여두어야겠다. 그 불운한 11월 5일 순양함이 달린 거리는 적어도 500킬로미터는 되었을 것이다. 하지만 결국 밤이 찾아와, 파도치는 바다를 어둠으로 감싸버렸다.

나는 원정이 끝났다고, 이제는 두 번 다시 그 환상의 괴물을 보지 못할 거라고 생각했다. 하지만 내 예상은 빗나갔다.

밤 열 시 50분, 바람이 불어오는 쪽으로 5킬로미터쯤 떨어진 해상에 다시 전광이 나타났다. 그 빛은 어젯밤만큼 선명하고 밝았다.

일각고래는 꼼짝도 하지 않고 있는 것 같았다. 아마 낮에 몸을 너무 혹사해서 피로를 느꼈을 것이다. 그래서 넘실대는 파도에 몸을 내맡긴 채 잠을 자고 있는 것일까? 패러것 함장은 이 기회를 붙잡기로 결심했다.

함장이 몇 가지 명령을 내렸다. 순양함은 적의 잠을 깨우지 않도록 천천히 그리고 조심스럽게 접근했다. 바다 한복판에서 깊이 잠든 고래를 만나는 일은 드물지 않고, 그런 고래를 공격해서 성공하는 경우도 있었다. 네드 랜드는 잠자고 있는 고래를 작살로 잡은 적이 많았다. 이제 네드는 뱃머리에 자리를 잡았다.

순양함은 고래 쪽으로 다가가 그리 멀지 않은 곳에서 엔진을 끄고, 달려오던 여세로 조용히 전진했다. 우리는 감히 숨도 쉬지 못했다. 깊은 정적이 갑판을 뒤덮었다. 우리는 이제 빛의 중심에서 30미터밖에 떨어져 있지 않았다. 가까이 갈수록 눈부신 빛 때문에 앞이 보이지 않았다.

앞갑판 난간 너머로 몸을 내밀고 있던 나는 네드가 내 아래쪽에 있는 것을 보았다. 네드는 버팀밧줄을 한 손으로 움켜잡고, 다른 손에는 무시무시한 작살을 꼬나들고 있었다. 움직이지 않는 괴물과 우리 사이의 거리는 6미터도 채 되지 않았다.

갑자기 네드의 팔이 힘차게 움직이더니, 작살이 앞으로 날아갔다. 작살이 표적에 꽂히는 순간 둔탁한 소리가 울려 퍼졌다. 작살이 단단한 물체에 닿은 듯한 소리였다.

전광이 갑자기 꺼졌다. 두 개의 거대한 물기둥이 순양함 갑판을 덮치더니, 앞뒤로 홍수처럼 흐르면서 승무원들을 쓰러뜨리고 돛대의 밧줄을 끊어 버렸다.

엄청난 충격이었다. 나는 난간을 붙잡을 새도 없이 난간 너머 바다로 내동 댕이쳐졌다.

chapter 7
알려지지 않은 종류의 고래

이 뜻밖의 추락에 나는 깜짝 놀랐지만, 그래도 감각 기능은 잃지 않았다. 처음에 나는 약 6미터 깊이까지 가라앉았다. 나는 수영의 명수인 바이런이나 에드거 앨런 포[40]만큼 수영을 잘한다고 주장하지는 않겠지만, 그래도 수영에 어느 정도 능숙했기 때문에 이렇게 물속에 처박혀도 공포심은 일어나지 않았다. 두 번 힘차게 물을 걸어차자, 나는 다시 수면으로 올라왔다.

내 첫 번째 관심사는 순양함의 위치를 확인하는 일이었다. 승무원들은 내가 사라진 것을 알아차렸을까? '에이브러햄 링컨'호는 방향을 바꾸었을까? 패러것 함장은 나를 위해 보트를 띄웠을까? 구조될 가망은 있을까?

바다는 칠흑같이 어두웠다. 검은 물체가 동쪽으로 사라지는 게 보였다. 거리가 멀어서 배의 위치를 나타내는 불빛이 희미해 보였다. 그것은 '에이브러햄 링컨'호였다. 나는 버림받은 기분을 느꼈다.

"사람 살려! 사람 살려!"

나는 순양함 쪽을 향해 필사적으로 헤엄을 치면서 소리쳤다.

옷이 방해가 되었다. 물에 젖은 옷이 달라붙어 몸을 제대로 움직일 수 없었다. 나는 가라앉고 있었다. 질식할 것 같았다.

"사람 살려!"

이것이 내가 마지막으로 외친 소리였다. 입 안이 물로 가득 찼다. 나는 깊은 바다 속으로 가라앉으면서 필사적으로 팔다리를 허우적거렸다.

그때 갑자기 억센 손이 내 옷을 움켜잡았다. 나는 내 몸이 수면으로 끌려올라가는 것을 느꼈다. 그리고 목소리를 들었다.

"주인님이 내 어깨에 기대주신다면, 좀 더 쉽게 헤엄칠 수 있을 텐데요."

나는 충직한 콩세유의 팔을 움켜잡았다.

"아, 자넨가? 콩세유!"

"예, 주인님의 분부를 기다리고 있습니다."

"고래와 충돌했을 때 자네도 나와 같이 바다로 떨어진 모양이군?"

"아뇨, 저는 주인님을 모시는 하인 아닙니까. 그래서 주인님을 따라온 겁니다."

이 훌륭한 젊은이는 자기가 한 일을 아무렇지도 않게 여기는 것 같았다.

"그럼 순양함은?"

"순양함은……" 콩세유는 뒤를 돌아보며 대답했다. "그 배는 믿지 않는 게 좋을 것 같습니다."

"무슨 소리야?"

"제가 배에서 뛰어내릴 때, 조타수가 '스크루와 키가 부서졌다'고 외치는 소리를 들었거든요."

"부서져?"

"예, 괴물의 이빨에 당했어요. '에이브러햄 링컨'호가 입은 피해는 그것뿐인 것 같았습니다. 하지만 불행히도 그 배는 더 이상 조타할 수 없습니다."

"그럼 우리는 끝장이야!"

"아마 그렇겠지요." 콩세유는 침착하게 대답했다. "하지만 아직 몇 시간은 여유가 있습니다. 몇 시간이면 아주 많은 일을 해낼 수도 있지요."

콩세유의 냉정하고 침착한 태도가 나에게 새로운 힘을 주었다. 나는 좀 더 힘차게 헤엄을 쳤다. 하지만 납덩이처럼 달라붙어 있는 옷이 몸놀림을 방해했고, 수면 위에 계속 떠 있기가 무척 어려웠다. 콩세유가 이것을 알아차렸다.

"주인님의 옷을 약간 찢어야 하는데, 괜찮겠죠?"

그러고는 내 옷 속에 칼날을 밀어 넣어 위에서 아래까지 단번에 잘랐다. 그리고 헤엄을 치는 나에게 매달려 천천히 내 옷을 벗겼다.

다음에는 내가 콩세유에게 똑같은 일을 해주었다. 우리는 바싹 붙어서 '항해'를 계속했다.

하지만 상황은 여전히 위급했다. '에이브러햄 링컨'호 사람들은 우리가 실종된 것을 모를 수도 있다. 설령 알아차렸다 해도, 키와 스크루가 파손된 배가 바람을 거슬러 우리에게 돌아올 수는 없을 것이다. 따라서 우리가 기대를 걸 수 있는 것은 보트뿐이다.

이런 정황을 콩세유는 침착하게 설명하고, 그에 따라 계획을 세웠다. 얼마나 놀라운 인물인가! 냉정한 젊은이는 마치 집에 있는 것처럼 태연히 행동하고 있었다.

그리하여 순양함의 보트에 구조되는 것이 우리에게 남은 유일한 기회이고, 따라서 되도록 오랫동안 보트를 기다릴 수 있도록 조치를 취할 필요가 있다는 결론이 내려졌다. 나는 둘 다 기진맥진하지 않도록 힘을 나누어야 한다고 판단했다. 그래서 우리는 이렇게 하기로 했다. 한 사람이 다리를 쭉 뻗은 채 물 위에 드러누우면, 다른 사람이 헤엄을 치면서 그 사람을 밀고 간다. 예인선 역할을 10분씩 번갈아 맡으면 몇 시간은 헤엄칠 수 있을 것이다. 어쩌면 동이 틀 때까지 버틸 수 있을지도 모른다.

가능성은 희박했지만, 희망은 사람의 가슴속에 단단히 뿌리를 내리는 법이다. 게다가 우리는 둘이었다. 나는 아예 모든 희망을 버리고 가장 깊은 절망 속에 빠지려

한 사람이 다리를 쭉 뻗은 채 물 위에 드러누우면…….

고 애썼지만, 끝내 희망을 버릴 수가 없었다. 있을 성싶지 않은 일이지만, 그것은 사실이다.

순양함과 고래의 충돌은 밤 열한 시경에 일어났다. 그래서 나는 해가 뜰 때까지 여덟 시간만 헤엄을 치면 된다고 생각했다. 둘이 교대로 헤엄을 친다면 충분히 해낼 수 있는 일이었다. 다행히 바다가 잔잔해서 우리를 별로 지치게 하지 않았다. 나는 이따금 짙은 어둠 속을 응시하며, 그 너머를 꿰뚫어보려고 애썼다. 어둠을 깨뜨리는 것은 우리의 움직임 때문에 생긴 인광뿐이었다. 나는 내 손 위에서 부서지는 빛나는 잔물결을 바라보았다. 희미하게 빛나는 수면은 창백한 빛의 조각들로 뒤덮여 있었다. 우리는 수은이 가

득 든 욕조 속에서 헤엄치고 있는 것 같았다.

밤 한 시경, 나는 갑자기 심한 피로를 느꼈다. 다리에 쥐가 나서 뻣뻣해졌다. 어쩔 수 없이 콩세유가 나를 떠받쳐야 했다. 우리의 생존은 이제 콩세유의 고군분투에 달려 있었다. 이윽고 콩세유가 가엾게도 헐떡거리기 시작했다. 그는 숨이 차서 가쁜 숨을 몰아쉬고 있었다. 나는 콩세유가 오래 버틸 수 없으리라는 것을 알아차렸다.

"나를 놓아줘! 나를 놓아두고 혼자 가!"

"주인님을 버리고 가라고요? 안 됩니다! 주인님이 물에 빠져 죽느니, 제가 먼저 물에 빠져 죽겠습니다."

바로 그때 달이, 바람에 밀려 동쪽으로 흘러가던 구름장을 뚫고 얼굴을 내밀었다. 수면이 달빛으로 환해졌다. 이 고마운 달빛 덕분에 우리는 다시 기운을 차렸다. 나는 다시 머리를 들어 수평선을 이리저리 둘러보다가 마침내 순양함을 찾아냈다. 8킬로미터쯤 떨어져 있는 배는 간신히 알아볼 수 있는 검은 점으로 보였다. 그런데 보트는 한 척도 보이지 않았다.

나는 소리를 지르려고 했다. 하지만 이렇게 먼 거리에서 소리를 질러봤자 무슨 소용이 있겠는가? 부르튼 입술에서는 아무 소리도 나오지 않았다. 콩세유는 그래도 조금은 말할 수 있었다. 나는 콩세유가 외치는 소리를 들었다.

"사람 살려! 사람 살려!"

우리는 잠시 헤엄을 멈추고 귀를 기울였다. 저 윙윙거리는 소리는 혈압 때문에 충혈된 내 귀의 울림일까? 아니면 콩세유의 외침에 대한 응답일까?

"저 소리, 자네도 들었나?" 내가 속삭였다.

"예, 들었습니다."

그러고는 또 한 번 허공을 향해 필사적인 외침을 내질렀다.

이번에는 틀림없었다. 사람 목소리가 응답했다. 저 소리는 바다 한복판에 내버려진 또 다른 불운한 희생자의 목소리일까? 그 충돌로 바다에 내동댕이쳐진 다른 사람의 목소리일까? 아니면 순양함의 구명보트가 어둠을 뚫고 우리를 부르는 소리일까?

　콩세유는 있는 힘을 다하여 고개를 들었다. 마지막 경련을 견디며 헤엄치고 있는 내 어깨를 붙잡고 물 밖으로 반쯤 몸을 내밀었다가, 기진맥진하여 다시 아래로 내려왔다.

　"뭘 보았나?"

　"예, 하지만 지금은 말하지 않고 힘을 아껴두겠습니다."

　콩세유는 무엇을 보았을까? 무슨 영문인지, 괴물이 비로소 내 마음에 되돌아왔다. 하지만 내가 들은 것은 분명 사람의 목소리였다. 요나[41]가 고래 배 속에서 살았던 시대는 지난 지 오래다!

　콩세유는 다시 나를 앞으로 밀고 가면서, 이따금 고개를 들어 앞을 바라보고 소리를 질렀다. 그러면 목소리가 거기에 응답하곤 했다. 목소리는 점점 가까워지고 있었다. 나도 그 목소리를 간신히 들을 수 있었다. 내 체력은 이미 한계에 이르러, 손가락이 더 이상 말을 듣지 않았다. 내 손은 더 이상 나를 물 위에 띄워놓지 못했다. 경련을 일으키며 벌어진 입은 소금물로 가득 차 있었다. 사지가 얼어붙고 있었다. 나는 마지막으로 고개를 들었다가 물 속으로 가라앉았다.

　그 순간, 단단한 물체가 부딪쳤다. 나는 거기에 매달렸다. 이어서 누군가가 나를 잡고 다시 수면 위로 끌어올리는 것을 느꼈다. 나는 허탈 상태에 빠져 정신을 잃었다.

　누군가가 내 몸을 위아래로 움직이며 문질러준 덕분에 금세 정신이 든 모양이다. 나는 눈을 가늘게 떴다.

　"아, 콩세유."

　"예, 접니다."

　그 순간, 수평선 위로 가라앉는 마지막 달빛 속에서 나는 콩세유의 얼굴이 아닌 또 다른 얼굴을 보았다. 나는 그 얼굴을 당장 알아보았다.

"네드!"

"예, 박사님. 상금을 좇고 있는 네드입니다!"

"그럼 자네도 순양함이 고래와 충돌했을 때 바다로 내던져진 모양이군!"

"예, 하지만 나는 박사님이나 콩세유보다 운이 좋아서, 물에 빠지자마자 떠다니는 섬에 올라탈 수 있었지요."

"섬이라니?"

"좀 더 정확히 말하면, 우리가 쫓고 있던 그 거대한 일각고래……."

"무슨 소린지 모르겠군. 자세히 좀 설명해주게."

"하지만 나는 내가 던진 작살이 왜 고래 가죽에 꽂히지 않았는지, 작살이 왜 무뎌졌는지를 금방 알아차렸어요."

"왜지? 왜 그랬지?"

"그건 이 고래가 철판으로 되어 있기 때문입니다."

네드의 마지막 말은 내 마음에 커다란 변화를 일으켰다. 나는 우리가 피난처로 삼은, 물에 반쯤 가라앉은 그 물체 꼭대기로 내 몸을 끌어올렸다. 그리고 그것을 발로 걷어찼다. 확실히 단단했다. 큰 해양 포유류의 몸을 이루고 있는 유연한 물질과는 전혀 달리, 무엇으로도 꿰뚫을 수 없는 단단한 물질이었다.

그러나 이 단단한 물질은 선사시대 동물들이 지니고 있었던 것과 같은 갑각일 수도 있다. 이 동물은 거북이나 악어 같은 양서(兩棲) 파충류로 분류할 수 있을지도 모른다.

하지만 아니었다! 내가 서 있는 거무튀튀한 표면은 매끄럽고 광택이 났다. 그리고 겹쳐 있는 부분은 전혀 없었다. 두드리면 금속 같은 소리가 났고, 못을 박아 연결한 금속판으로 이루어져 있는 것처럼 보였다.

더 이상은 의심할 여지가 없었다. 전 세계 학자들의 골치를 썩이고 남북반구의 뱃사람들을 당혹스럽게 만들고 괴롭힌 동물, 괴물, 자연 현상은 놀랍게도 인간이 만들어낸 경이로운 물체라는 것을 인정할 수밖에 없었다.

아무리 환상적이고 신화적인 존재를 발견했다 해도 그렇게 놀라지는 않았을 것이다. 조물주라면 어떤 놀라운 생물도 만들어낼 수 있을 테고, 그것은 누구나 쉽게 믿을 수 있다. 하지만 인간의 손이 만든 신비로운 물건을 갑자기 발견하면, 도저히 믿기지 않는 기적적인 물건을 제 눈으로 보게 되면, 그것은 사람의 마음을 혼란에 빠뜨리기에 충분하다.

하지만 의심할 여지는 전혀 없었다. 우리는 잠수함의 등 위에 앉아 있었던 것이다. 그리고 내가 판단할 수 있는 한, 그 잠수함은 거대한 강철 물고기 모양을 하고 있었다. 그것이 네드의 의견이었고, 콩세유와 나도 거기에 동의할 수밖에 없었다.

"하지만 이 장치를 움직이려면 기계가 있어야 하고, 기계를 작동하는 사람도 있어야 하지 않을까?" 내가 말했다.

"물론 그래야겠죠." 캐나다인이 대답했다. "하지만 나는 벌써 세 시간 동안 이 떠다니는 섬 위에 있었는데, 그동안 이 안에 사람이 있는 기미는 전혀 없었어요."

"배가 움직이지는 않던가?"

"파도에 흔들리기는 했지만, 움직이지는 않았습니다."

"우리는 이 배가 아주 빠르게 움직일 수 있다는 것을 확실히 알고 있어. 그만한 속도를 내려면 엔진이 필요하고, 엔진을 작동하려면 전문 기술자가 필요해. 그럼 우

우리는 잠수함의 등 위에 앉아 있었다.

리는 구조되었다고 생각해도 되겠군."

"글쎄요." 네드는 미심쩍은 목소리로 대답했다.

그 순간, 내 말을 증명이라도 하듯 그 이상한 선체의 고물에서 요란한 소리가 났다. 분명히 스크루를 돌리는 소리였다. 이어서 움직이기 시작했다. 우리는 물 위로 1미터 가까이 나와 있는 꼭대기 부분을 간신히 움켜잡았다. 다행히 속도는 별로 빠르지 않았다.

"물속으로 들어가지만 않으면 걱정 없는데……." 네드 랜드가 중얼거렸다. "하지만 물속으로 잠수하기로 결정하면 우리 목숨은 서푼어치도 안 될 거예요!"

그렇게 되면 서푼은커녕 한 푼어치도 안 될 것이다. 하지만 지금은 기계 속에 틀어박혀 있는 사람들과 의사소통을 하는 것이 중요했다. 나는 표면에 뚫려 있는 출입구, 전문 용어를 빌리자면 '해치'를 찾았다. 하지만 철판 이음매를 따라 일정한 간격을 두고 줄지어 단단하게 박혀 있는 못들은 꿈쩍도 하지 않았다.

게다가 달도 이제는 우리를 칠흑 같은 어둠 속에 남겨둔 채 사라져버렸다. 잠수함 안으로 들어가는 길을 찾으려면 동이 트기를 기다릴 수밖에 없었다.

따라서 우리의 안부는 오로지 잠수함을 운전하고 있는 조타수의 변덕에 달려 있었다. 그들이 잠수하기로 결정하면 우리는 끝장이었다. 하지만 잠수하지만 않으면 그들과 접촉할 수 있을 거라고 나는 확신했다. 그들이 자체적으로 공기를 만들지 않는 한, 이따금 수면 위로 올라와 신선한 공기를 재보급할 필요가 있었다. 따라서 잠수함 내부를 바깥 공기와 접촉시키기 위한 구멍이 필요하다.

순양함에 구조될지 모른다는 희망은 완전히 사라졌다. 우리는 서쪽으로 실려 가고 있었다. 속도는 짐작컨대 비교적 느린 12노트 정도였다. 스크루는 수학적일 만큼 규칙적으로 물을 때렸지만, 이따금 수면 위로 올라와 인광을 띤 물줄기를 높이 뿜어올렸다.

새벽 네 시경, 속도가 갑자기 빨라졌다. 파도가 우리를 마구잡이로 덮쳤기 때문에, 현기증 나는 속도에 대처하기가 어려웠다. 다행히 네드 랜드가 철갑 위쪽에 박혀 있는 커다란 고리를 발견했다. 우리는 그것을 단단히 움켜잡았다.

기나긴 밤이 드디어 끝났다. 나는 기억력이 별로 좋지 않아서, 그동안 내가 받은 느낌을 모두 되살릴 수는 없다. 하지만 한 가지 점은, 비록 사소한 것이지만 머리에 떠오른다. 바람과 파도에 흔들리는 동안, 멀리서 뭐라고 형언하기 어려운 화음이 희미하게 들려오는 듯했다. 그러면 이 잠수함의 정체는 도대체 무엇일까? 이 수상한 배 안에는 어떤 존재가 살고 있을까? 그들은 어떤 방법으로 그렇게 엄청난 속도를 낼 수 있는 것일까?

햇빛이 나타났다. 아침 안개가 우리를 겹겹이 둘러쌌지만, 그것도 이내 산산이 흩어졌다. 선체의 윗부분은 수평면을 이루고 있었다. 그 부분을 주의 깊게 조사하려는 순간, 나는 배가 서서히 가라앉고 있는 것을 알아차렸다.

"이봐! 빌어먹을!" 네드가 선체를 발로 쿵쿵 구르면서 소리를 질렀다. "문 열어! 이 불한당 놈들아!"

하지만 스크루가 힘차게 돌아가고 있는데 소리를 내는 것은 여간 어렵지 않았다. 다행히 잠수가 멈추었다.

갑자기 배 안에서 빗장을 여는 소리가 들리더니, 철판 하나가 위로 올라오고, 한 사내가 나타났다. 그는 묘한 소리를 지르고는 순식간에 사라졌다.

잠시 후 여덟 명의 건장한 사내가 무표정한 얼굴로 소리 없이 나타나 우리를 그 무시무시한 기계 속으로 끌고 내려갔다.

chapter 8
움직임 속의 움직임

납치는 난폭하게, 게다가 전광석화처럼 신속하게 이루어졌다. 우리는 주위를 둘러볼 틈도 없었다. 그 떠다니는 감옥에 들어갈 때 네드와 콩세유가 어떤 기분을 느꼈는지는 모르지만, 나는 온몸이 오싹했다고 말할 수밖에 없다. 우리가 상대하고 있는 자들은 누구일까? 독특한 방식으로 바다를 이용하고 있는 새로운 유형의 해적인 것은 분명했다.

해치가 닫히자마자 나는 캄캄한 어둠 속에 갇혔다. 밝은 곳에서 갑자기 들어왔기 때문에 아무것도 볼 수가 없었다. 나는 맨발이 철제 층층대에 닿는 것을 느꼈다. 네드 랜드와 콩세유가 놈들에게 단단히 붙잡힌 채 나를 따라왔다. 층계를 다 내려가자 문이 열렸고, 우리가 들어가자마자 쾅 소리를 내면서 다시 닫혔다.

그곳에 있는 것은 우리뿐이었다. 어디인지는 알 수 없었다. 짐작조차 할 수 없었다. 모든 것이 새까맸다. 아무리 캄캄한 밤에도 희미한 빛이 조금은 어른거리게 마련인데, 이곳은 너무 새까매서 몇 분이 지나도 그런 빛조차 전혀 볼 수 없었다.

네드 랜드는 그런 취급을 당하는 데 격분하여 거침없이 분노를 터뜨렸다.

"나쁜 놈들! 칼레도니아 사람도 이놈들보다는 친절해. 식인종만 아니라는 것뿐이지. 하긴 놈들이 식인종이라 해도 나는 놀라지 않을 거야. 하지만 내가 얌전히 당하진 않을걸."

"진정해, 네드." 콩세유가 조용히 타일렀다. "너무 성급하게 흥분하지 마. 아직 프라이팬 속에 들어간 건 아니니까."

"프라이팬은 아니지만, 우리는 지금 오븐 속에 있어. 어쨌든 오븐 속처럼 캄캄해. 다행히 나한테는 아직 보위 나이프[42]가 있지. 아무리 어두워도 이 칼을 쓸 수 있을 만큼은 보여. 저 악당놈들 가운데 누구라도 나한테 손가락 하나만 대면……."

"화내지 말게, 네드." 내가 말했다. "쓸데없이 난폭하게 굴면 우리 입장이 더 나빠질 뿐이야. 어쩌면 놈들이 지금 우리 이야기를 듣고 있을지도 몰라. 우선 여기가 어디인지, 그것부터 조사해보세."

나는 두 손을 내밀고 앞으로 나아갔다. 다섯 걸음 만에 철판으로 된 벽에 이르렀다. 나는 돌아서다가 나무 탁자에 부딪쳤다. 탁자 주위에는 등받이 없는 의자가 몇 개 놓여 있었다. 이 감옥의 바닥은 뉴질랜드산 아마포로 만든 두꺼운 깔개로 덮여 있어서 우리의 발소리를 죽여주었다. 벽에는 아무 장식도 없었고, 문이나 창문도 전혀 없는 것 같았다. 나와 반대 방향으로 돌고 있던 콩세유가 나와 부딪쳤다. 우리는 감방 한복판으로 돌아왔다. 방은 길이 6미터에 너비 3미터쯤 되어 보였다. 천장은 아주 높아서, 키가 큰 네드조차 어느 정도인지 알아낼 수가 없었다.

한동안은 아무 변화도 없었지만, 30분쯤 뒤에 우리 눈이 갑자기 눈부신 빛에 노출되었다. 강렬한 빛이 별안간 감방을 가득 채우는 통에, 처음에는 견디기가 어려울 정도였다. 그 빛이 하얗고 강렬한 것을 보고, 나는 그 빛이 잠수함 주위에 엄청난 인광을 만들어낸 그 전광이라는 것을 알아차렸다. 나는 본능적으로 눈을 감을 수밖에 없었지만, 잠시 후에 다시 눈을 떠보니 그 빛은 천장에 박혀 있는 반구형의 불투명 유리에서 나오고 있었다.

"드디어 앞을 볼 수 있게 됐군." 네드 랜드가 사냥칼을 꼬나들고 방어 자세를 취한 채 소리쳤다.

"그래." 나는 일단 대답한 뒤, 감히 정반대의 말을 덧붙였다. "하지만 상황은 조금도 밝아지지 않았어."

"주인님이 인내심을 가지신다면." 콩세유가 침착하게 말했다.

실내가 갑자기 밝아진 덕분에 우리는 방을 자세히 조사할 기회를 얻었다. 방에는 탁자와 의자 다섯 개 말고는 아무것도 없었다. 출입문은 보이지 않았고, 아무 소리도 들리지 않는 것으로 보아 밀봉하듯 빈틈없이 닫혀 있는 게 분명했다. 이 배에 있는 것은 모두 죽어버린 것 같았다. 배가 아직 수면에 떠 있는지 아니면 깊은 바다 속으로 가라앉고 있는지도 알 수 없었다.

그러나 불이 켜진 것은 그럴 이유가 있기 때문일 것이다. 그래서 나는 이 배의 승무원이 이제 곧 나타날 거라고 생각했다. 누군가를 영원히 감옥에 처넣어두고 싶었다면, 감옥에 불을 켜줄 리가 만무하다.

내 예상은 틀리지 않았다. 빗장을 벗기는 소리가 나더니, 문이 열리고 두 남자가 들어왔다.

한 사람은 작달막하지만 우람한 근육을 갖고 있었다. 딱 바라진 어깨, 굵은 팔다리, 숱 많은 머리털로 덮인 얼굴, 박력 있는 콧수염, 빈틈없이 날카로운 눈매…… 온몸이 프로방스[43] 사람들의 특징인 그 남쪽 지방의 활기로 충만해 있었다. 인간의 동작은 그 사람의 됨됨이를 나타낸다고 말한 디드로[44]의 주장은 정곡을 찔렀다. 이 작달막한 사내야말로 그 주장의 산 증거였다. 그는 일상 대화 속에서도 열변을 토하고, 비유법과 과장법을 쓸 거라는 느낌이 들었다. 하지만 정말로 그런지 어떤지를 알아낼 수 있는 기회는 끝내 오지 않았다. 내 앞에서는 내가 전혀 알아들을 수 없는 이상한 언어만 사용했기 때문이다.

또 한 사람은 좀 더 자세히 묘사할 만하다. 그라티올레나 엥겔[45]의 제자라면 골상만 보고도 그가 어떤 인물인지 쉽게 알 수 있었을 것이다. 나는 그의 뚜렷한 특징을 당장 알아차렸다. 첫째는 자신감. 그의 머리는 두 어깨가 이루는 곡선에서 위엄 있게 솟아 있었고, 상대를 바라보는 검은 눈은 냉정하고 확신에 차 있었기 때문이다. 다음은 침착성. 창백한 혈색은 피가 조용히 흐른다는 증거였기 때문이다. 다음은 정력. 이것은 빠르게 수축하는 눈썹 근육이 입증해주었다. 마지막은 용기. 깊은 호흡은 강한 생명력과 대범함을 나타내는 징후였기 때문이다.

그는 또한 자부심이 강한 사람이었다. 안정되고 침착한 표정은 숭고한 사상을 반영하는 듯했고, 몸놀림과 얼굴 표정이 통일성을 갖고 있는 것으로 보아 그는 분명 솔직하고 너그러운 사람이었다. 이것은 골상학자들의 관찰 결과와 일치했다.

그를 보자 '나도 모르게' 마음이 놓이는 것을 느꼈다. 우리의 대화에는 좋은 징조였다.

나이는 서른다섯 살로 보이기도 하고 쉰 살로 보이기도 했다. 어느 쪽에 더 가까운지는 알 수 없었다. 그는 키가 컸고, 넓은 이마와 우뚝한 코, 윤곽이 또렷한 입술, 깨끗하고 고른 치아를 갖고 있었다. 손은 길고 가늘어서, 수상학 용어를 사용하면 대단히 '정신적'이었다. 다시 말해 고결하고 열정적인 영혼에게 어울리는 손이었다. 그는 분명 내가 이제까지 만난 남자들 가운데 가장 훌륭한 인물이었다. 두드러진 특징 하나는 눈이었다. 두 눈 사이가 많이 벌어져 있어서, 수평선의 4분의 1을 시야에 넣을 수 있을 정도였다. 그는 시야가 넓을 뿐만 아니라, 네드 랜드보다 더 뛰어난 시력—이 능력은 내가 나중에 확인했다—도 갖고 있었다. 이 묘한 인물이 무언가

넓은 이마와 우뚝한 코, 윤곽이 또렷한 입술······.

를 열심히 바라보고 있을 때는 눈썹이 가운데로 모이고 넓은 눈꺼풀이 수축하여 눈동자를 가리곤 했다. 그렇게 해서 시야를 좁히고 한곳에 초점을 맞추었다. 그 응시는 얼마나 놀라웠던가! 그는 멀리 떨어져 있는 물체도 크게 보고, 사람의 영혼 자체를 꿰뚫어보았다! 우리 눈에는 뿌옇게 보이는 깊은 물속도 꿰뚫어 볼 수 있었고, 바다 밑바닥까지 속속들이 볼 수 있었다.

두 사내는 해달 모피로 만든 모자를 쓰고, 물개 가죽으로 만든 장화를 신고, 몸에 달라붙지 않아서 자유롭게 움직일 수 있는 특수한 옷감으로 만든 옷을 입고 있었다.

키가 큰 쪽—이 배의 우두머리가 분명해 보였다—은 우리를 유심히 바라볼 뿐, 아무 말도 하지 않았다. 그러다가 옆의 동료를 돌아보며, 내가 알아들을 수 없는 말로 대화를 나누었다. 그 언어는 소리가 낭랑하고 조화롭고 나긋나긋했다. 음절에 붙는 악센트와 억양이 아주 다양한 것 같았다.

키가 작은 쪽은 고갯짓으로 대답했고, 전혀 이해할 수 없는 말을 두세 마디 덧붙였다. 그러고는 눈빛으로 나에게 무언가를 묻고 있는 것 같았다.

나는 고상하고 정확한 프랑스어로 당신 말을 전혀 모르겠다고 대답했지만, 그는 내 말을 알아듣지 못하는 것 같았다. 상황이 조금 골치 아프게 되었다.

"주인님은 우리 사정을 설명하려고 애쓰셔야 합니다." 콩세유가 말했다. "아마 이 신사분들도 몇 마디 정도는 이해할 수 있을 겁니다."

그래서 나는 우리가 겪은 모험담을 털어놓기 시작했다. 모든 음절을 하나씩 따로 떼어서 또박또박 발음하고, 아무리 사소한 것도 생략하지 않고 자세히 설명했다. 나는 우선 우리의 이름과 신분을 밝혔다. 나는 아로낙스 박사, 콩세유는 내 하인, 그리고 네드는 작살잡이라고 정식으로 소개했다.

차분하고 온화한 눈을 가진 남자는 공손하다고 할 만큼 조용히, 그리고 놀랄 만큼 정신을 집중하여 내 말에 귀를 기울였다. 하지만 그의 얼굴에는 내 이야기를 이해한 징후가 전혀 나타나지 않았다. 내가 이야기를 끝낸 뒤에도 그는 한 마디도 하지 않았다.

영어를 써보는 방법이 아직 남아 있었다. 세계 공용어라고 할 수 있는 영어를 사용하면 말이 통할지도 모른다. 나는 영어를 조금 할 줄 알았고, 독일어도 조금은 알고 있었다. 글은 술술 읽을 수 있지만 정확히 말할 수는 없었다. 하지만 지금은 우리 이야기를 제대로 이해시키는 것이 중요했다.

"네드, 이번엔 자네 차례야." 내가 말했다. "어떤 영국인도 써본 적이 없는 최고의 영어를 가방에서 꺼내봐. 나보다는 성공하도록 애써주게."

네드한테 대사를 일러줄 필요는 전혀 없었다. 그는 내 이야기를 그대로 되풀이했다. 형식은 전혀 달랐지만 내용이 비슷했기 때문에, 나도 네드의 말을 다소는 알아들을 수 있었다. 캐나다인은 타고난 성격대로 열심히 이야기했다. 그는 갇혀 있는 것을 불평하고, 무고한 사람을 가두어놓는 것은 인권유린이라면서 도대체 무슨 법률에 따라 우리를 이런 식으로 억류해놓는 거냐고 따지고, '인신보호법'까지 들먹이며 우리를 불법 감금하고 있는 자들을 고발하겠다고 으르댔다. 네드는 두 팔을 휘두르며 격렬한 몸짓을 하고, 소리를 지르고, 마지막에는 표현력이 풍부한 팬터마임으로 배가 고파 죽겠다는 뜻을 전달했다.

우리는 허기를 거의 잊고 있었지만, 배가 고파 죽을 지경인 것은 사실이었다.

작살잡이는 상대가 이번에도 전혀 알아듣지 못하는 것처럼 보였기 때문에 깜짝 놀랐다. 우리를 찾아온 두 손님은 얼굴 근육 하나 까딱하지 않았다. 그들은 아라고의 언어도, 패러데이[46]의 언어도 이해하지 못하는 것이 분명했다. 아는 언어를 다 써보았는데도 소용이 없었기 때문에 나는 몹시 당황했다. 어떻게 하면 좋을지 몰라서 쩔쩔매고 있을 때, 콩세유가 나섰다.

"주인님이 허락하신다면, 제가 독일어로 이야기를 해보겠습니다."

"뭐? 독일어를 안다고?"

"플랑드르 사람이니까요."[47] 콩세유가 대답했다. "주인님이 반대하시지 않는다면……."

"반대하다니, 천만에. 어서 해보게."

그러자 콩세유는 우리의 모험담을 세 번째로 침착하게 늘어놓았다. 하지만 콩세유의 뛰어난 악센트와 우아한 표현에도 불구하고, 독일어 역시 프랑스어나 영어와 마찬가지로 성공하지 못했다.

마침내 나는 마지막 수단으로, 어릴 적에 학교에서 배운 라틴어 지식을 총동원하여 이야기하기 시작했다. 키케로[48]가 그런 엉터리 라틴어를 들었다면 귀를 틀어막았을 것이다. 그래도 나는 끝까지 해냈다. 하지만 결과는 마찬가지였다.

마지막 시도마저 실패로 끝나자, 두 사내는 이해할 수 없는 언어로 몇 마디 나눈 다음, 세계 어디에서나 통하는 미소 한 번 던지지 않은 채 물러가버렸다. 문이 다시 닫혔다.

"이건 모욕이야!" 네드가 스무 번째로 분통을 터뜨렸다. "우리는 그 악당 놈들한테 프랑스어로, 영어로, 독일어로, 라틴어로 이야기했어. 그랬으면 한마디 정도는 대꾸해주는 것이 예의잖아!"

"진정하게, 네드." 나는 불같이 화를 내는 작살잡이를 달랬다. "화를 내봤자 아무 도움도 안 돼."

"박사님은 모르시겠어요?" 성미가 괄괄한 작살잡이는 고집스럽게 말했다. "우리는 이 쇠우리 속에 갇힌 채 굶어 죽을 수도 있단 말입니다."

"설마." 콩세유가 냉정하게 말했다. "당분간은 견딜 수 있어."

"이보게들." 내가 말했다. "절망하면 안 돼. 그래도 아까보다는 상황이 나아졌잖나. 이 배의 선장과 승무원들을 판단하기는 아직 일러."

"나는 벌써 판단을 내렸습니다." 네드가 반박했다. "놈들은 불한당이에요."

"좋아, 그런데 어느 나라 출신이지?"

"악당들의 나라겠죠."

"이보게 네드, 그런 나라는 아직 세계지도에 표시되어 있지 않아. 솔직히 말하면 그 두 사람의 국적은 판단하기 어려워. 우리가 알 수 있는 건 영국인도 아니고, 프랑스인도 아니고, 독일인도 아니라는 것뿐일세. 하지만 내가 보기에 선장과 그 부하는 아무래도 남쪽 지방 태생인 것 같네. 분위기가 어딘지 모르게 남쪽 사람 같아. 하지만 외모만 보고는 스페인 사람인지, 터키 사람인지, 아랍 사람인지, 인도 사람인지 판단할 수가 없네. 게다가 언어는 도무지 이해할 수가 없어."

"세계 언어를 전부 다 알지 못하면 불리하군요." 콩세유가 말했다. "세계 공용어가 없으니까 불편해요."

"세계 공용어가 있어봤자 우리한테는 아무 도움도 안 될걸!" 네드 랜드가 말했다. "놈들은 먹을 것을 달라고 요구하는 사람들을 괴롭히려고 자기들끼리만 통하는 말을 만들어냈다는 걸 모르겠어? 입을 벌리고 턱을 움직이고 입술을 빨면서 입맛을 다시면 그게 무슨 뜻인지는 세계 어디서나 이해할 수 있잖아? 충분히 이해하고도 남지. 그런 몸짓은 퀘벡에서도, 투아모투에서도, 파리에서도, 지구 반대편에 있는 곳에서도 '배가 고프니 먹을 것을 달라'는 뜻이잖아?"

"그럴까?" 콩세유가 말했다. "세상에는 어리석은 사람도……."

콩세유가 말하고 있을 때 문이 열리고 급사가 들어왔다. 급사는 우리가 입을 옷을 가져왔다. 무슨 옷감으로 만든 것인지는 알 수 없지만, 뱃사람들이 입는 저고리와 바지였다. 나는 재빨리 옷을 입었고, 콩세유와 네드도 나를 본받았다.

우리가 옷을 입는 동안, 급사—그는 벙어리였고, 아마 귀도 먹었을 것이다—는 탁자에 삼 인분의 식사를 차려놓았다.

"이건 참 의미심장한데요." 콩세유가 말했다. "그리고 아주 좋은 징조예요."

"흥!" 캐나다인은 여전히 성난 얼굴로 대꾸했다. "여기서 먹을 수 있는 음식이라야 뻔하지. 도대체 자네는 뭘 기대하나? 거북이 간? 상어 지느러미? 아니면 돔발상어 스테이크?"

"먹어보면 알겠지." 콩세유가 대답했다.

은제 뚜껑이 덮인 접시가 식탁보 위에 조화롭게 놓여 있었다. 우리는 식탁에 자리를 잡았다. 우리가 그래도 문명인을 상대하고 있는 것은 분명했다. 우리 위로 쏟아지는 전깃불만 아니었다면, 리버풀의 아델피 호텔이나 파리의 그랑 호텔에 앉아 있는 듯한 기분이 들었을 것이다. 포도주나 빵은 하나도 없었다. 물은 깨끗하고 맑았지만, 물은 역시 물이었고 그래서 네드의 입맛에는 맞지 않았다. 차려진 음식 속에서 나는 맛있게 조리된 다양한 생선을 알아보았다. 하지만 몇 가지 요리는, 맛은 있었지만 재료가 무엇인지는 판단할 수 없었다. 동물성인지 식물성인지도 분간할 수 없었다. 식기 세트는 우아하고 고상했다. 포크와 나이프·스푼·접시를 비롯한 모든 식기에는 '움직임 속의 움직임(MOBILIS IN MOBILI)'이라는 구절로 둘러싸인 'N'이라는 글자가 새겨져 있었다. 그것을 그대로 베끼면 다음과 같다.

$$\text{MOBILIS IN MOBILI}$$
$$N$$

'움직임 속의 움직임!' 여기서 라틴어 전치사 'IN'을 '위에'가 아니라 '속에'로 해석하면, 이 잠수함과 딱 들어맞는다. 'N'은 심해를 지배하는 그 수수께끼 같은 인물의 머리글자일 것이다.

네드와 콩세유는 생각을 하느라 시간을 낭비하지 않고 당장 먹기 시작했다. 나도 얼른 그들을 본받았다. 사실 나는 우리의 운명에 대해 더 이상 불안을 느끼지 않았다. 이 배에 타고 있는 사람들이 우리를 굶겨 죽이고 싶어하지 않은 것은 분명해 보였기 때문이다.

하지만 세상만사에는 끝이 있게 마련이다. 열다섯 시간 동안 아무것도 먹지 않은 사람들의 허기도 마찬가지다. 식욕이 채워지자 잠이 쏟아졌다. 죽음과 싸우면서 끝없이 긴 밤을 보낸 뒤의 자연스러운 반응이었다.

"아아, 한숨 잘 수 있다면······." 콩세유가 말했다.

"나는 벌써 곯아떨어졌어." 네드가 말했다.

콩세유와 네드는 깔개 위에 드러누워 깊이 잠들어버렸다.

나는 쏟아지는 잠에 그들만큼 호락호락 굴복하지 않았다. 너무나 많은 생각이 머릿속에서 우글거렸고, 답할 수 없는 수많은 의문이 마음을 짓눌렀고, 너무나 많은 영상이 눈앞에 어른거려 눈을 완전히 감을 수가 없었다.

우리가 있는 곳은 어디일까? 우리를 데려가고 있는 이 야릇한 힘은 무엇일까? 나는 잠수함이 가장 깊은 심해로 내려가고 있는 듯한 기분을 느꼈다. 아니, 느꼈다고 생각했다. 잠이 들지도 않았는데 무서운 악몽이 나를 괴롭혔다. 나는 신비로운 피난처에 살고 있는 미지의 동물들의 세계를 언뜻 보았다. 이 잠수함도 그 동물들 가운데 하나였다. 잠수함도 그들처럼 살아서 움직였고, 그들처럼 만만찮은 존재였다. 이어서 내 머리가 조금 차분해지고, 상상은 졸음 속으로 사라져갔다. 나는 깊은 잠 속으로 빠져들었다.

chapter 9
네드 랜드의 분노

얼마나 오래 잤는지는 모르나, 오래 잔 것만은 분명하다. 피로가 완전히 가시고 상쾌한 기분으로 깨어났기 때문이다. 내가 맨 먼저 깨어났다. 콩세유와 네드는 아직도 꼼짝하지 않고, 생명이 없는 덩어리처럼 방구석에 길게 드러누워 있었다.

나는 딱딱한 잠자리에서 일어나자마자 머리가 맑아지고 활력이 솟아나는 것을 느꼈다. 나는 방을 주의 깊게 조사하기 시작했다.

방의 내부 배치는 달라진 게 하나도 없었다. 감옥은 여전히 감옥이었고, 포로는 여전히 포로였다. 하지만 우리가 자고 있는 사이에 식탁이 깨끗이 치워져 있었다. 우리의 처지가 조금이라도 달라질 조짐은 전혀 없었다. 우리는 이 감방 안에서 언제까지나 살아야 할 운명이 아닐까 하는 생각이 들었다.

머리는 맑았지만 가슴은 무거운 것에 짓눌린 듯 답답했기 때문에, 기약 없는 포로 생활이 더욱 불쾌하게 느껴졌다. 가슴이 답답해서 숨을 쉬기가 어려웠다. 공기가 부족해서 허파가 더 이상 기능을 발휘하지 못했다. 감방은 널찍했지만, 그 안에 있는 산소를 우리가 거의 다 소비해버린 모양이었다. 사람은 한 시간에 100리터의 공기 속에 들어 있는 산소를 소비한다. 한 시간이 지나면 이 공기는 거의 같은 양의 이산화탄소로 바뀌어 호흡할 수 없게 된다.

따라서 우리 감방은 공기를 빨리 갈아넣을 필요가 있었다. 우리 방만이 아니라 잠수함 전체의 공기도 갈 필요가 있을 것이다.

이것이 내 마음을 괴롭힌 의문이었다. 이 떠다니는 주택의 선장은 환기 문제를 어떻게 처리하고 있을까? 열을 이용하여 염소산칼륨에 포함되어 있는 산소를 분리하고 가성알칼리로 이산화탄소를 흡수하는 화학적 방법으로 호흡에 필요한 공기를 얻고 있을까? 그렇다면 필요한 원료를 얻기 위해 육지와 접촉을 유지해야 할 것이다. 아니면 고압 탱크에 공기를 저장해두었다가, 승무원들이 공기를 필요로 할 때 압력을 줄여서 방출하고 있을까? 그럴 수도 있다. 아니면 훨씬 자연스럽고 경제적이고 따라서 가장 가능성이 큰 방법, 다시 말해서 고래처럼 수면으로 떠올라 24시간 동안 사용할 공기를 잠수함에 다시 채우는 방법을 쓰고 있을까? 어떤 방법을 사용하든, 되도록 빨리 그 방법을 쓰는 것이 현명할 것 같았다.

벌써 나는 감방에 얼마 남지 않은 산소를 마시기 위해 숨을 가쁘게 몰아쉬어야 했다. 그런데 그때 갑자기 소금기 가득한 맑은 공기가 허파로 들어왔다. 그 공기를 들이마시자 당장 기운이 나고 기분이 상쾌해졌다. 그것은 요오드가 듬뿍 들어 있는 진짜 바닷바람이었다. 나는 입을 크게 벌리고, 신선한 산소 분자를 허파에 가득 채웠다. 동시에 나는 배가 앞뒤로, 또는 좌우로 흔들리는 것을 알아차렸다. 흔들림은 가벼웠지만 분명히 감지할 수 있을 정도였다. 이 금속 괴물은 고래들과 똑같이 숨을 쉬기 위해 방금 수면으로 떠오른 것이 분명했다. 이 배의 환기 방법은 이제 분명해졌다.

나는 신선한 공기를 허파에 가득 채우자, 공기가 들어온 길을 찾아보았다. 생명의 공기를 우리에게 보내준 '통풍 기관'은 대체 어디에 있을까? 그것은 금방 찾을 수 있었다. 문 위에 구멍이 뚫려 있고, 그곳으로부터 신선한 공기가 들어와 우리 감방에 산소를 공급해주고 있었다.

내가 여기까지 관찰했을 때, 네드와 콩세유가 기운을 북돋워주는 상쾌한 공기를 마시고 거의 동시에 깨어났다. 그들은 눈을 비비고 기지개를 켠 다음 벌떡 일어섰다.

"주인님은 편히 주무셨는지요?" 콩세유가 여느 때처럼 공손하게 물었다.

"아주 잘 잤어. 네드, 자네도 잘 잤나?"

"푹 잤습니다. 하지만 이게 사실일까요? 바닷바람을 들이마시고 있는 듯한 기분이 드는데요."

뱃사람이 잘못 생각할 리가 없다. 나는 그가 자는 동안에 일어난 일을 말해주었다.

"그러니까, 이른바 일각고래가 '에이브러햄 링컨'호 가까이 있을 때 우리가 들은 그 으르렁대는 소리는 그 때문이었군요."

"그래, 그건 괴물이 숨 쉬는 소리였어."

"지금이 몇 시인지 전혀 모르겠는데, 혹시 저녁 먹을 시간이 아닐까요?"

"저녁? 저녁보다는 아침 먹을 시간일 가능성이 더 커. 여기에 들어온 지 하루가 지난 건 분명하니까."

"그럼 우리가 스물네 시간 동안 잠을 잤다는 말씀이군요!" 콩세유가 말했다.

"그래."

"그렇다고 해둡시다." 네드가 말했다. "저녁이든 아침이든, 급사를 다시 보았으면 좋겠군요."

"두 끼를 한꺼번에 주면 더욱 좋고요." 콩세유가 말했다.

"맞아." 네드가 맞장구쳤다. "우리는 두 끼를 먹을 자격이 있어. 적어도 나는 저녁과 아침을 한꺼번에 너끈히 먹어치울 수 있거든."

"네드, 기다려보세. 그들이 우리를 굶겨 죽일 작정이 아닌 건 분명해. 그렇지 않다면 어제 준 식사는 쓸데없는 낭비일 테니까."

"우리를 살찌울 작정이 아니라면 그렇겠죠."

"허튼소리. 그들은 식인종이 아니야."

"놈들이 예외를 만들지도 몰라요." 캐나다인은 진지하게 대꾸했다. "그들은 아마 오랫동안 신선한 고기에 굶주렸을 겁니다. 그렇다면 우리처럼 건강하고 체격 좋은 세 남자가……."

"그런 생각은 깨끗이 떨쳐버리게. 그리고 무엇보다도 그런 생각을 이 배의 주민들한테 화를 내는 핑계거리로 삼지 말아주면 좋겠네. 그건 사태를 악화시킬 뿐이니까."

"어쨌든 나는 배가 고파 죽을 지경입니다. 저녁이든 아침이든, 음식은 도대체 어디 있는 거야?"

"우리도 이젠 이 배의 규칙에 따라야 돼. 아무래도 우리의 배꼽시계가 주방장의 시간을 알리는 종보다 빨리 가는 모양이군."

"그렇다면 우리의 배꼽시계를 제대로 다시 맞춰야겠군요." 콩세유가 침착하게 말했다.

"자네다운 말이군, 콩세유." 성마른 캐나다인이 대꾸했다. "자네는 걱정하지도 안달복달하지도 않고 늘 침착해. 자네는 무언가를 받기도 전에 고맙다는 말부터 할 사람이고, 불평할 바에는 차라리 굶어 죽을 사람이야."

"그래서 어쩌자는 거야?" 콩세유가 되물었다.

"불평을 하자는 거야! 불평하는 것만으로도 조금은 도움이 될 거라구. 그 해적놈들! 박사님이 놈들을 식인종이라고 부르지 못하게 하니까 점잖게 해적놈이라고 부르겠지만, 그것도 놈들한테는 사실 과분한 호칭이야. 어쨌든 그 해적놈들이 나를 이 숨막히는 감방에 계속 가두어둔다면, 내가 분노를 터뜨릴 때 양념으로 어떤 욕설을 쓰는지 알게 될 거야. 내가 얌전히 갇혀 있을 거라고 생각한다면, 놈들은 중대한 실수를 저지르고 있는 거야. 이것 보세요, 박사님. 솔직히 말씀해보세요. 박사님은 우리가 이 쇠우리에 오랫동안 갇혀 있을 거라고 생각하세요?"

"솔직히 말하면 나도 모르겠네."

"박사님이 어떻게 생각하는지, 그걸 묻고 있는 겁니다."

"나는 이렇게 생각하네. 우리가 우연히 중대한 비밀을 알게 됐다고. 따라서 그 비밀을 지키는 것이 이 잠수함 승무원들한테 이익이 된다면, 그리고 그 이익이 세 사람의 목숨보다 더 중요하다면, 우리는 큰 위험에 빠져 있는 것이라고. 하지만 그렇지 않다면, 우리를 삼킨 이 괴물은 기회가 오자마자 우리를 인간 세상으로 다시 돌려보내주겠지."

"괴물이 우리를 승무원으로 징발하지 않는다면, 그리고 우리를 계속 승무원으로 붙잡아둘 생각이 아니라면 그렇겠죠." 콩세유가 말했다.

"'에이브러햄 링컨'호보다 훨씬 빠르고 훨씬 우수한 순양함이 이 강도들의 소굴을 쳐부수고, 우리와 놈들을 함께 돛대에 목매달 그날까지 말인가?" 네드가 대꾸했다.

"그 말도 일리가 있어." 내가 말했다. "하지만 아직 아무도 우리한테 그런 제안을 하지 않았네. 그러니까 그런 경우에 어떻게 할지 의논해봤자 아무 의미도 없어. 다시 말하지만, 상황을 지켜보고 거기에 따라 결정을 내리도록 하세. 아무 일도 하지 말고 기다려보자는 얘기야. 사실 할 일도 없으니까."

"천만에요." 고집스런 작살잡이가 대꾸했다. "우리는 무언가를 해야 합니다."

"그게 뭔데?"

"탈출하는 겁니다!"

"감옥에서 탈출하는 것은 육지에서도 어렵지만, 잠수함 감옥에서 빠져나가는 건 아예 불가능할 것 같은데?"

"이봐, 네드." 콩세유가 말했다. "주인님이 말씀하시는데 왜 아무 대꾸도 못하나? 잘난 아메리카 사람이 할 말이 없어서 쩔쩔매다니, 그거 참 믿을 수가 없군."

작살잡이는 눈에 띄게 당황했지만, 아무 말도 하지 않았다. 운명이 우리를 끌어들인 이 상황에서 빠져나가는 것은 불가능했다. 하지만 캐나다인은 절반은 프랑스인이기도 하다. 네드 랜드는 그것을 입증했다.

"아로낙스 박사님." 네드는 잠시 생각한 다음 입을 열었다. "감옥에서 도망칠 수 없을 때는 어떻게 해야 하는지, 박사님은 모르시죠?"

"그래."

"아주 간단합니다. 감옥 안에서 지내는 데 익숙해져야……."

"정말 그렇군요." 콩세유가 말했다. "배 위나 밑에 있는 것보다 안에 있는 편이 훨씬 낫지요."

해저 항해

해저 항해 기구의 이용에 대한 관심은 고대부터 있었다. 그러나 그 관심이 실행에 옮겨지는 과정은 매우 느렸다. 사실, 완벽한 잠수함이 개발된 것은 최근에 이르러서였다.

부시넬의 '터틀'호(1776년)
추진 장치
풀턴의 '노틸러스'호(1801년)
이중 밑바닥
수면에서는 돛으로 추진력을 얻을 수 있었다.

부시넬이 제작한 '터틀'호는 잠수함의 시초라고 할 수 있다. 왜냐하면 '잠수'와 '항해'의 요소들을 두루 갖추었기 때문이다.

부시넬의 잠수함은 일종의 병기였다.

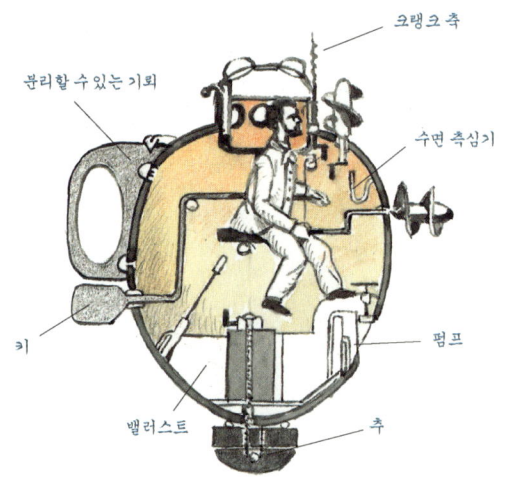

분리할 수 있는 기뢰
크랭크 축
수면 측심기
키
밸러스트
추
펌프

목재 스크루는 수동으로 움직였다.

085

잠수함의 추진 장치

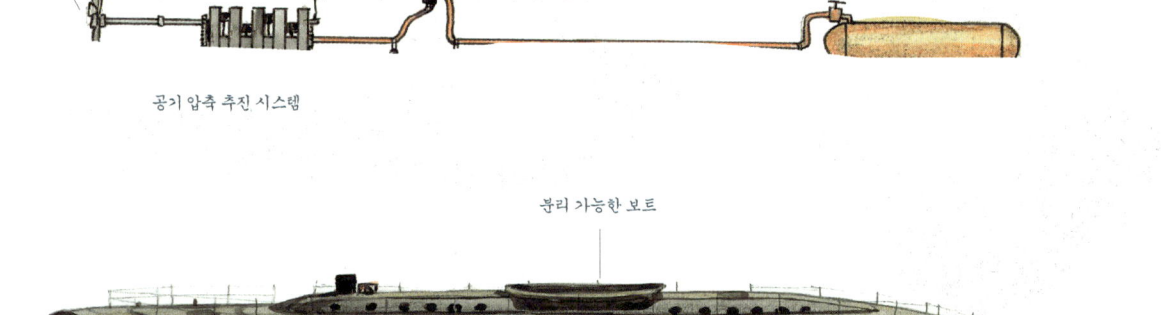

스크루
압력 조정기
부피 117㎥, 압력 12kg/㎠
공기 압축 추진 시스템

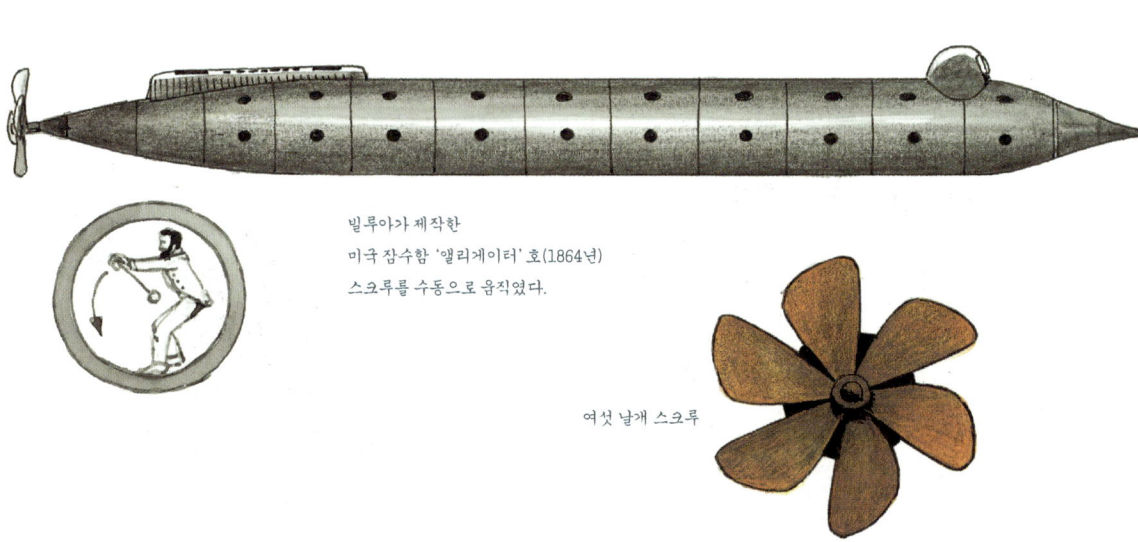

분리 가능한 보트
프랑스 잠수함 '플롱죄'호(1863년)

빌루아가 제작한
미국 잠수함 '앨리게이터'호(1864년)
스크루를 수동으로 움직였다.

여섯 날개 스크루

"간수와 옥졸과 보초를 모조리 처치하는 겁니다!"

"뭐라고? 이 배를 탈취한다는 말인가? 자네 진심으로 그런 생각을 하고 있나?"

"진심입니다."

"말도 안 돼!"

"왜요? 적당한 기회가 올지도 모릅니다. 그 기회를 잡지 말라는 법은 없지요. 이 배에 타고 있는 사람이 스무 명뿐이라면, 프랑스인 두 명과 캐나다인 한 명에게 맞서지는 못할 겁니다. 안 그래요?"

그런 의견에는 반대하기보다 찬성하는 편이 현명했다. 그래서 나는 말했다.

"무슨 일이 일어나는지 좀 두고 보세. 하지만 그때까지는 화가 나더라도 꾹 참아주면 좋겠네. 우리가 성공하려면 책략을 쓸 수밖에 없는데, 화를 내면 유리한 기회를 만들 수 없을 거야. 그러니까 일이 어떻게 돌아가든, 너무 짜증만 내지 말고 순순히 받아들이겠다고 약속하게."

"좋습니다. 약속하죠." 네드는 시큰둥하게 대답했다. 나를 안심시키는 말투는 아니었다. "공격적인 말이나 행동은 절대 하지 않겠습니다. 배가 고파질 시간에 맞춰서 식사가 오지 않아도."

"분명히 약속했네, 네드."

우리의 대화는 여기서 끝났다. 이어서 우리는 각자 상념에 잠겼다. 나는 작살잡이의 약속을 받아내기는 했지만, 환상 따위는 거의 품지 않았다. 네드가 말한 유리한 기회가 오리라고는 생각지 않았다. 잠수함이 이렇게 순조롭게 움직이려면 승무원도 많이 있어야 할 것이고, 싸움이 벌어지면 우리가 질 것은 뻔했다. 게다가 그들과 싸우려면 자유롭게 행동할 필요가 있었지만, 우리는 이 감방에 꼼짝없이 갇혀 있는 상태였다. 철판으로 에워싸인 이 밀폐된 감방에서 빠져나갈 방법조차 알 수 없었다. 이 잠수함의 야릇한 선장이, 지켜야 할 비밀을 갖고 있다면—그럴 가능성이 아주 높았다—우리가 배에서 자유롭게 행동하도록 허락할 리가 없었다. 어쩌면 그는 폭력적인 수단으로 우리를 제거하거나, 외딴 섬에 내버리지 않을까? 그것은 알 수 없는 일이다. 하지만 이 모든 추측이 나에게는 아주 그럴듯하게 여겨졌다. 작살잡이가 아니고는 아무도 탈출의 희망을 품지 못할 거라는 생각이 들었다.

게다가 네드는 사태를 생각할수록 점점 우울해지고 있었다. 네드가 목구멍 속에서 욕설을 으르렁거리는 소리가 들렸다. 그의 몸놀림이 또다시 험악해지는 것도 눈에 띄었다. 네드는 벌떡 일어나, 우리에 갇힌 들짐승처럼 방 안을 돌아다니며 벽을 주먹과 발로 때리고 걷어차기 시작했다. 시간이 갈수록 허기가 우리를 괴롭히기 시작했다. 하지만 이번에는 급사가 나타나지 않았다. 그들이 정말로 우리에게 선의를 갖고 있다 해도, 표류자의 처지인 우리를 오랫동안 잊어버린 게 분명했다.

네드 랜드는 유난히 용량이 큰 위장을 갉아먹는 듯한 통증에 시달려, 점점 흥분하기 시작했다. 나는 정말로 걱정이 되었다. 네드가 뭐라고 약속했든지 간에 승무원이 오면 그가 분노를 폭발시키지나 않을까.

두 시간 동안 네드의 분노는 점점 격렬해졌다. 그는 소리를 지르고 비명을 질렀지만, 아무 소용이 없었다. 철판 벽은 귀머거리였다. 배 안에서는 아무 소리도 들리지 않았다. 배는 죽은 듯이 누워 있었다. 배는 움직이고 있지 않았다. 움직이고 있다면, 스크루의 진동 때문에 선체가 흔들리는 게 느껴졌을 것이다. 배는 육지에서 멀리 떨어진 바다 밑바닥에 가라앉았을 것이다. 죽음 같은 정적이 무시무시하게 느껴졌다.

이 감방에 격리되어 버림받은 상태가 얼마나 오래 계속될지, 감히 짐작도 가지 않았다. 선장과 만났을 때 품었던 희망은 점점 사라져갔다. 그의 친절한 표정, 너그러운 관상, 고상한 행동도 내 마음에서 모두 사라졌다. 그 수수께끼 같은 인물은 본질적으로 무자비하고 잔인한 인간일 것이라는 생각이 들었다. 그의 입장에서는 그렇게 될 수밖에 없었을 것이다. 나에게는 그가 인정머리라고는 전혀 없는, 동정심도 전혀 느끼지 못하는, 같은 인간을 영원히 증오하기로 맹세한, 인류의 무자비한 적으로 느껴졌다.

그때 문득 한 생각이 떠올랐다. 그는 우리를 이 밀폐된 감방에 가두어둔 채, 극도의 굶주림에 시달린 사람들을 덮치는 그 무서운 유혹에 우리를 내던진 것은 아닐까? 이 끔찍한 생각은 내 머릿속에서 점점 힘을 얻었고, 상상력이 발동하자 미칠 듯한 공포가 나를 사로잡기 시작했다. 콩세유는 여전히 침착했다. 네드는 화가 나서 사납게 날뛰고 있었다.

이때 밖에서 무슨 소리가 들리더니, 금속판을 밟는 발소리가 울려 퍼졌다. 빗장이 벗겨지고 문이 열리고 다시 급사가 나타났다.

네드는 내가 미처 말릴 새도 없이 그 불운한 급사에게 덤벼들어 바닥에 쓰러뜨리고는 목을 움켜잡았다. 급사는 억센 손아귀에 목이 졸려 질식해가고 있었다.

콩세유는 벌써 반쯤 질식한 급사의 목에서 작살잡이의 손을 떼어내려고 애쓰고 있었다. 나도 달려가서 급사를 도우려고 했다. 하지만 그 순간 어디선가 들려온 말소리를 듣고 그 자리에 못이 박힌 듯 굳어버렸다. 그 말은 분명 프랑스어였다.

"진정하세요, 랜드 씨. 그리고 아로낙스 박사, 내 말 좀 들어보세요!"

네드는 급사에게 덤벼들어 바닥에 쓰러뜨렸다.

chapter 10
바다의 사나이

목소리의 주인공은 이 배의 선장이었다.

네드 랜드는 벌떡 일어났다. 하마터면 목 졸려 죽을 뻔한 급사는 선장의 명령에 따라 비틀거리며 밖으로 나갔다. 이 배에서 선장의 권위가 워낙 지엄했기 때문에, 급사는 캐나다인에게 화난 기색조차 보이지 못했다. 콩세유도 그답지 않게 관심을 보였고, 나는 깜짝 놀랐다. 우리는 말없이 이 장면의 대단원을 기다렸다.

   선장은 팔짱을 낀 채 탁자 옆에 기대어 우리를 유심히 바라보았다. 말하기 전에 망설이고 있는 것일까? 아니면 우리한테 프랑스어로 말을 건 것을 후회하고 있을까? 그럴지도 모른다.

   잠시 침묵이 흘렀다. 아무도 침묵을 깰 생각을 하지 않았다.

   이윽고 선장이 차분하고 또렷한 음성으로 입을 열었다.

   "나는 프랑스어도, 영어도, 독일어도, 라틴어도 똑같이 잘할 수 있습니다. 우리가 처음 만났을 때 여러분의 얘기에 대답할 수도 있었지만, 우선 여러분에 대해 알고 싶었고, 또 이야기를 들은 뒤에는 그것을 곰곰 생각해보고 싶었어요. 여러분이 네 언어로 말한 내용은 모든 점에서 일치했고, 그래서 나는 여러분의 정체에 대해 확신을 가질 수 있었습니다. 이제 나는 운명이 나에게 데려다준 여러분이 파리 자연사박물관 교수이며 과학적 임무를 띠고 외국에 파견된 피에르 아로낙스 박사, 박사의 하인인 콩세유, 미국 해군의 순양함 '에이브러햄 링컨'호에 타고 있었던 캐나다 태생의 작살잡이 네드라는 것을 알고 있습니다."

   나는 맞다는 뜻으로 고개를 끄덕였다. 선장이 나에게 아무것도 묻지 않았으니까 대답할 필요는 없었다. 그는 외국 말투가 전혀 없는 완벽한 프랑스어를 유창하게 구사했다. 문장은 훌륭했고, 어휘 선택도 적절했고, 발음도 놀랄 만큼 유창했다. 그런데도 나는 그가 프랑스인이 아니라는 느낌을 받았다.

선장은 이렇게 말을 이었다.

"여러분은 내가 두 번째로 찾아올 때까지 시간이 너무 오래 걸린다고 생각했을 겁니다. 그건 여러분의 신원을 확인한 뒤 여러분을 어떻게 처리해야 할지 진지하게 생각해보고 싶었기 때문입니다. 나는 오랫동안 망설였습니다. 불운한 사정 때문에 여러분은 인간 사회와 인연을 끊은 사람과 마주치게 되었습니다. 여러분은 내 생활을 방해했습니다······."

"본의가 아니었소." 내가 말했다.

"그래요?" 선장이 목청을 높였다. "'에이브러햄 링컨'호가 나를 찾으려고 바다를 샅샅이 뒤진 것도 본의가 아니었습니까? 당신이 그 배에 탄 것도 본의가 아니었나요? 당신들이 쏜 포탄이 내 배를 스치고 지나간 것도 본의가 아니었습니까? 여기 있는 랜드 씨가 작살로 나를 공격한 것도 본의가 아니었습니까?"

나는 이 말 속에 숨어 있는 분노를 느꼈다. 하지만 나에게는 그런 비난을 자연스럽게 해명할 수 있는 답변이 준비되어 있었다.

"당신은 유럽과 미국에서 당신에 대해 어떤 논의가 이루어졌는지 모르고 있군요. 당신이 잠수함으로 배를 공격하여 일으킨 여러 차례의 사고가 두 대륙에서 여론을 들끓게 한 것도 모르고 있어요. 당신만이 비밀을 쥐고 있는 그 불가해한 사건들을 설명하기 위해 얼마나 많은 가설과 소문이 만들어졌는지, 거기에 대해서는 굳이 말씀드리지 않겠습니다. 하지만 태평양 한복판까지 당신을 추적해온 '에이브러햄 링컨'호 승무원들은 거대하고 강력한 바다 괴물을 추적하고 있는 줄 알았고, 무슨 수를 써서라도 그 괴물을 바다에서 소탕할 필요가 있다고 생각했다는 걸 아셔야 합니다."

선장의 입술에 희미한 미소가 떠올랐다. 이어서 선장은 조용한 목소리로 말했다.

"아로낙스 박사, 당신은 그 순양함이 잠수함을 추적해서 포탄을 쏜 게 아니라 괴물을 쫓고 있었다고, 정말로 그렇게 단언할 수 있습니까?"

이 질문에 나는 좀 당황했다. 패러것 함장은 괴물이 아니라 잠수함을 발견했다 해도 한순간의 망설임도 없이 포탄을 쏘았을 것이기 때문이다. 함장은 거대한 일각고래만이 아니라 잠수함을 파괴하는 것도 자신의 의무라고 생각했을 것이다.

"그러니까……" 선장이 말을 이었다. "당신은 내가 여러분을 적으로 취급할 권리가 있다는 것을 이해하실 겁니다."

나는 대꾸하지 않았다. 아무리 강력한 주장도 힘 앞에서는 맥을 못 추는데, 논쟁을 벌여봤자 무슨 소용이 있겠는가?

"나는 오랫동안 망설였습니다." 선장이 아까 한 말을 되풀이했다. "내가 당신들을 환대해야 할 의무는 전혀 없습니다. 당신들과 헤어지고 싶었다면 당신들을 다시 만나고 싶지도 않았을 것입니다. 당신들이 피난처로 삼았던 이 배의 갑판 위로 당신들을 돌려보낼 수도 있었을 것입니다. 그리고 나는 바다 속으로 잠수하여, 당신들이 세상에 존재했다는 것을 잊어버릴 수도 있었을 것입니다. 나한테 그럴 권리가 없나요?"

"그건 야만인의 권리겠지요. 문명인의 권리는 아닙니다."

그러자 선장이 날카로운 목소리로 대꾸했다.

"아로낙스 박사, 나는 당신이 말하는 의미의 문명인은 아닙니다! 나는 사회와 인연을 끊었어요. 그 이유를 평가할 권리는 오직 나만이 갖고 있습니다. 그래서 나는 사회의 규칙에 따르지 않습니다. 내 앞에서 다시는 사회의 규칙을 들먹이지 마시오!"

선장은 분명하게 또박또박 말했다. 눈에서 분노와 경멸의 불꽃이 번득였다.

나는 이 남자의 무서운 과거를 언뜻 본 것 같았다. 그는 인간의 법 테두리를 벗어났을 뿐만 아니라, 어떤 것에도 속박되지 않은 독립적인 존재가 되었다. 그는 가장 엄밀한 의미에서의 자유인이었다. 그는 해상에서도 모든 공격을 좌절시킬 수 있는데, 어느 누가 감히 바다 밑바닥까지 그를 추적하려 하겠는가? 어떤 배가 그의 잠수함과 충돌하고도 멀쩡할 수 있겠는가? 아무리 두꺼운 철갑도 그 강력한 충각 장비의 공격을 버텨내지는 못할 것이다. 그에게 왜 그런 짓을 하는지 해명해보라고 요구할 수 있는 사람은 아무도 없었다. 그를 심판할 수 있는 것은 오직 신―그가 신을 믿는다면―과 양심―그가 양심을 갖고 있다면―뿐이었다.

 이런 생각이 빠르게 내 마음을 스치고 지나가는 동안, 선장은 자신의 껍데기 속에 틀어박힌 것처럼 말이 없었다. 나는 호기심과 두려움이 뒤섞인 눈으로 그를 바라보았다. 오이디푸스가 스핑크스[49]를 바라볼 때의 눈빛이 꼭 그러했을 것이다.

 오랜 침묵이 흐른 뒤, 선장이 다시 입을 열었다.

 "그래서 나는 망설였지만, 인간이라면 누구나 관대한 대우를 요구할 권리가 있고, 그 자연스러운 관대함이 내 이익과도 일치할지 모른다는 생각이 들었습니다. 운명이 당신들을 여기로 보냈으니, 이 배에 남아도 좋습니다. 여러분은 자유롭게 행동할 수 있습니다. 다만 한 가지 조건이 있는데, 그 조건을 받아들이겠다고 약속만 하면 됩니다."

 "계속하세요." 내가 말했다. "그 조건이란 게 적어도 명예를 소중히 여기는 사람이 받아들일 수 있는 것이겠지요?"

 "물론입니다. 내 조건은 이렇습니다. 예기치 않은 상황이 벌어지면 어쩔 수 없이 당신들을 몇 시간, 경우에 따라서는 며칠 동안 선실에 가두어둘 수도 있다는 것. 나는 폭력을 쓰고 싶지 않으니까, 다른 상황에서도 마찬가지지만, 특히 그런 경우에는 명령에 순순히 따라주시기 바랍니다. 그렇게만

해주면 당신들을 책임지겠습니다. 절대 폐는 끼치지 않겠습니다. 당신들이 보아서는 안 될 것을 보지 않도록 하는 것은 내 책임이니까요. 이 조건을 받아들이시겠습니까?"

이 배에서는 기묘한 일, 그러니까 사회의 법 테두리를 벗어나지 않은 사람들이 보아서는 안 될 일이 일어나고 있는 모양이었다! 앞으로 나는 온갖 놀라운 일을 겪게 되지만, 이것도 결코 작은 놀라움은 아니었다.

"좋습니다. 수락하겠습니다. 하지만 한 가지 물어봐도 될까요? 딱 한 가지만."

"말해보세요."

"당신은 우리가 배에서 자유롭게 행동할 수 있다고 하셨지요?"

"전적으로 자유롭게."

"그 자유가 무슨 뜻인지 묻고 싶군요."

"배 안을 왔다갔다 하고, 특별한 경우를 빼고는 여기서 일어나는 모든 일을 조사하고 관찰할 자유를 말합니다. 요컨대 나와 내 동료들이 누리고 있는 것과 똑같은 자유지요."

우리가 서로 다른 이야기를 하고 있는 것은 분명했다.

"미안하지만, 죄수들한테도 감옥 안을 돌아다닐 자유는 주어집니다. 그 정도 자유로는 만족할 수 없습니다."

"어쨌든 그걸로 만족해야 할 겁니다."

"뭐라고요? 그럼 우리는 이제 두 번 다시 친구도 친척도 고향도 볼 수 없다는 겁니까?"

"그렇습니다. 하지만 사람들이 자유와 동일시하는 그 견딜 수 없는 땅의 속박을 포기하는 것은 당신이 생각하는 만큼 큰 희생이 아닙니다."

"말도 안 돼!" 네드 랜드가 소리쳤다. "나는 탈출을 시도하지 않겠다고는 절대 약속하지 않겠어."

"당신의 약속은 필요 없어요, 랜드 씨." 선장이 차갑게 말했다.

"선장." 나는 나도 모르게 흥분하여 대답했다. "당신은 우리 처지를 이용하고 있어요. 이건 너무 잔인합니다."

"천만에. 잔인하기는커녕 자비로운 겁니다. 당신들은 말하자면 전투에서 사로잡힌 포로들이에요. 나는 한마디 명령만 내리면 당신들을 깊은 바다 속으로 내던질 수도 있었는데, 이렇게 배 안에 놓아두고 있습니다. 당신들은 나를 공격했어요. 당신들은 아무도 알아서는 안 될 비밀—내 모든 존재의 비밀—을 찾으러 왔습니다. 그런데 이제는 나와 아무 관계도 없는 육지로 당신들을 돌려보내줄 것 같소? 천만에! 당신들을 붙잡아두는 것은 당신들이 아니라 나를 보호하기 위해서요."

선장의 말에는 굳은 결의가 담겨 있었다. 무슨 말을 해도 그 결심을 뒤집을 수는 없을 것이다.

"그러니까…… 죽느냐 사느냐, 둘 중 하나를 택하라는 거로군요?"

"그렇소."

"이보게들." 나는 네드와 콩세유에게 말했다. "이런 질문에는 어떤 대답도 할 수 없어. 하지만 어떤 약속도 우리를 이 배의 주인한테 묶어놓지는 못해."

"맞는 얘기요." 선장이 말했다. 그리고는 조금 부드러워진 목소리로 말을 이었다.

"자, 그럼 내가 할 말을 마저 끝내겠소. 아로낙스 박사, 나는 당신을 잘 알고 있어요. 당신의 동료들은 어떤지 몰라도, 적어도 당신은 나와 운명 공동체가 된 것을 불평할 이유가 없어요. 내가 애독하는 책들 중에는 당신이 심해에 관해서 쓴 책도 있는데, 나는 그 책을 자주 읽었지요. 그 책에서 당신은 지상의 과학이 허용하는 최대 한계에 이르렀습니다. 하지만 모든 것을 다 알지는 못합니다. 아직도 보아야 할 게 많아요. 그러니까 당신은 내 배에서 보낸 시간을 절대로 후회하지 않을 겁니다. 당신은 경이로운 나라들을 여행하게 될 겁니다. 당신의 정신은 항상 놀라운 나머지 마비 상태에 빠져 있을 겁니다. 끊임없이 눈앞에 전개되는 광경에 싫증이 나기는 어려울 겁니다. 나는 새로운 해저 세계일주를 시작하려는 참입니다. 어쩌면 이번이 마지막 여행이 될지도 몰라요. 나는 지금까지 숱한 여행에서 답사했던 곳을 모두 다시 찾아갈 작정입니다. 당신은 내 연구 동료가 될 겁니다. 오늘부터 당신은 신천지에 들어가게 됩니다. 일찍이 어떤 인간도—물론 나와 내 부하들은 빼고—본 적이 없는 것을 보게 될 겁니다. 그리고 우리의 지구는 내 노력을 통해서 그 마지막 비밀을 드러낼 겁니다."

이 말이 나한테 엄청난 영향을 미친 것은 부인할 수 없다. 선장은 내 약점을 찔렀고, 나는 그런 숭고한 생각도 자유를 빼앗긴 것을 보상해줄 수는 없다는 사실을 잠시 망각했다. 하지만 어쨌든 이 중요한 문제도 시간이 해결해줄 것이다. 그래서 나는 이렇게 대답했다.

"당신이 인간 사회와 관계를 끊었다 해도, 인간다운 감정까지 다 포기했다고는 믿을 수 없습니다. 우리는 당신 배에 구조된 조난자이고, 이 은혜는 평생 잊지 않을 겁니다. 과학에 대한 흥미가 자유에 대한 욕망까지도 억누를 수 있다면, 우리의 만남은 나한테 큰 보상을 약속해줄 것이라고 믿습니다."

나는 협정이 맺어졌다는 표시로 선장이 악수를 청할 줄 알았다. 그러나 선장은 손을 내밀지 않았다. 이럴 때는 당연히 악수를 청해야 하는 것 아닌가.

"마지막으로 한 가지만 더……." 나는 그 불가사의한 인물이 물러가려는 기색을 보이는 순간 얼른 말했다.

"뭡니까, 박사?"

"당신을 뭐라고 불러야 합니까?"

"그냥 네모[50] 선장이라고 부르세요. 나한테 당신과 당신 친구들은 단지 '노틸러스'[51]호의 승객일 뿐입니다."

네모 선장이 소리를 질렀다. 급사가 나타났다. 선장은 어느 나라 말인지 알 수 없는 그 외국어로 지시를 내렸다. 그리고는 네드와 콩세유를 돌아보며 말했다.

"선실에 식사가 준비되어 있을 테니, 이 사람을 따라가세요."

"싫다고는 하지 않겠소!" 작살잡이가 말했다.

콩세유와 네드는 서른 시간이 넘게 갇혀 있던 감방을 마침내 떠났다.

"아로낙스 박사, 우리 점심도 준비되어 있는데 내가 안내하지요."

"좋으실 대로."

나는 네모 선장을 따라갔다. 바로 문 밖에 전등이 켜진 복도가 있었다. 배의 통로와 비슷했다. 10미터쯤 걸어가자 눈앞에서 또 다른 문이 열렸다.

나는 식당으로 들어갔다. 장식도 가구도 소박한 방이었다. 흑단 장식품이 가득 들어 있는 참나무 찬장이 방 양쪽에 세워져 있었다. 가장자리가 물결 모양으로 되어 있는 찬장 선반 위에는 아름다운 도자기와 값을 매길 수 없을 만큼 귀중한 유리그릇들이 반짝이고 있었다. 접시들은 천장에서 내려오는 빛을 반사하여 은은하게 빛나고 있었다. 눈부신 빛이 천장에 그려진 아름다운 그림을 통과하면서 부드러워졌다.

방 한복판에 푸짐하게 차려진 식탁이 놓여 있었다. 네모 선장이 내 자리를 가리켰다.

"자, 앉으시죠. 몹시 시장하실 텐데, 많이 드세요."

식사는 온갖 해산물 요리로 이루어져 있었다. 하지만 몇 가지는 어디서 난 재료인지, 동물성인지 식물성인지도 짐작이 가지 않았다. 음식이 맛있다는 것은 인정할 수밖에 없었다. 나는 그 음식의 독특한 풍미에 곧 익숙해졌다. 어느 요리에나 인(燐)이 듬뿍 들어 있는 것 같았다. 그래서 나는 재료가 모두 해산물일 거라고 판단했다.

네모 선장이 나를 지켜보고 있었다. 나는 아무 말도 하지 않았지만, 네모 선장은 내가 무엇을 궁금해 하는지 알아차리고, 묻기도 전에 대답했다.

나는 식당으로 들어갔다.

"이 요리들은 대부분 처음 보는 음식일 겁니다. 하지만 안심하고 드셔도 됩니다. 맛있고 영양도 풍부하지요. 나는 오래전에 뭍에서 나는 음식을 포기했지만, 그래도 건강은 전혀 나빠지지 않았습니다. 승무원들도 나와 똑같은 음식을 먹지만, 모두 건강합니다."

"그럼 이 음식은 모두 해산물이군요?"

"그렇습니다. 바다는 내가 필요로 하는 것을 모두 공급해주지요. 이따금 그물을 던졌다가 끌어올리면, 그물이 가득 차서 거의 찢어질 정도예요. 나는 사람이 접근할 수 없다고 여겨지는 심해 한복판으로 사냥을 나가서, 해저의 숲에 살고 있는 사냥감을 추적합니다. 내 가축들은 넵투누스[52]의 목동이 치는 가축처럼 드넓은 바다 목장에서 안심하고 풀을 뜯지요. 그곳에 나는 나 혼자 경작하는 넓은 농장을 가지고 있습니다. 만물을 창조하신 조물주가 항상 씨를 다시 뿌려주지요."

나는 놀란 눈으로 네모 선장을 바라보며 대꾸했다.

"그물에 물고기가 많이 걸린다는 건 잘 알겠지만, 어떻게 해저의 숲에서 사냥감을 추적할 수 있는지, 게다가 아무리 적은 양이라 해도 어떻게 육고기가 식탁에 오를 수 있는지, 이해할 수가 없군요."

"하지만 나는 뭍에 사는 동물의 고기는 절대로 요리에 쓰지 않는데요."

"그럼 이건 뭡니까?"

나는 부드러운 쇠고기 몇 조각이 남아 있는 접시를 가리켰다.

"아하, 그걸 쇠고기라고 생각하셨나본데, 거북이 고기일 뿐입니다. 이것도 당신은 돼지고기 스튜로 생각하겠지만, 사실은 돌고래 간입니다. 주방장은 솜씨가 좋고, 다양한 해산물을 저장하는 기술도 뛰어나지요. 음식들을 모두 맛보세요. 이건 해삼으로 만든 잼인데, 말레이 사람들은 세계 어디에도 이렇게 맛있는 음식은 없다고 할 겁니다. 그리고 이건 고래 젖에다 북해의 거대한 해초에서 얻은 설탕을 넣어서 만든 크림입니다. 끝으로, 세상에서 제일 맛있는 과일 못지않게 향긋한 이 말미잘 잼을 권하고 싶군요."

나는 식도락보다 호기심 때문에 네모 선장이 권하는 음식들을 맛보았다. 그동안 네모 선장은 믿을 수 없는 이야기로 나를 매혹시켰다.

"아로낙스 박사, 이 거대하고 무진장한 바다 목장은 나한테 먹을 것만이 아니라 입을 것도 줍니다. 당신이 지금 입고 있는 옷감은 조개의 일종인 쌍각류가 분비하는 족사(足絲)로 짠 겁니다. 그걸 고대인들이 사용한 자줏빛 염료나 내가 군소(고둥의 일종)라는 연체동물에서 뽑아내는 아름다운 보라색 염료로 물들인 것이죠. 당신 선실의 화장대 위에 놓여 있는 향수는 해초를 증류해서 만든 겁니다. 당신의 침대는 바다에서 제일 부드러운 해초로 만든 것이고, 펜은 고래뼈로 만들었고, 잉크는 오징어 먹물로 만든 겁니다. 세상 만물이 언젠가는 모두 바다로 돌아가듯, 내가 사용하는 것은 모두 바다에서 나옵니다!"

"바다를 사랑하시나보군요, 선장."

"사랑하고말고요! 바다는 아주 중요합니다. 바다는 지구의 10분의 7을 덮고 있지요. 바다의 숨결은 건강하고 순수합니다. 바다는 드넓은 황무지이나, 여기서 인간은 결코 혼자가 아닙니다. 사방에서 고동치는 생명을 느낄 수 있으니까요. 바다는 거대하고 초자연적인 존재가 살 수 있는 환경입니다. 바다는 움직임과 사랑 그 자체예요. 어느 시인이 말했듯이, 바다는 살아 있는 무한입니다.[53] 그리고 박사, 바다에는 동물계·식물계·광물계의 세

가지 자연이 함께 존재하고 있습니다. 동물계를 대표하는 것은 식충류 4군(群), 체절동물 3강(綱), 연체동물 5강, 척추동물 3강인데, 척추동물에는 포유류와 파충류와 수많은 어류가 포함됩니다. 어류는 수많은 목(目)으로 이루어져 있고, 거기에 1만 3천 개 이상의 종(種)이 딸려 있습니다. 그중 민물에서 사는 것은 10분의 1밖에 안 됩니다. 바다는 자연의 광대한 저장고입니다. 지구는 바다에서 시작되었고, 결국 바다로 끝날지도 몰라요. 바다에는 완벽한 평화가 있습니다. 바다는 폭군의 것이 아닙니다. 해수면에서는 아직도 부도덕한 권리를 주장할 수 있고, 인간들이 서로 싸우고 서로를 파멸시키고 온갖 잔학 행위를 저지를 수 있지만, 수면에서 10미터만 내려가면 그들의 힘은 사라지고, 그들의 영향력은 시들고, 그들의 권위는 자취를 감춥니다. 바다의 품에 안겨서 살아보세요! 오직 바다에서만 인간은 독립을 누릴 수 있습니다! 이곳에서 나는 어떤 지배자도 인정하지 않습니다! 여기서는 누구나 자유롭습니다!"

네모 선장은 열변을 쏟아내다가 갑자기 입을 다물었다. 너무 흥분해서 평상시의 조심성을 잊어버렸나? 말을 너무 많이 했나? 네모 선장은 흥분한 듯 잠시 방안을 오락가락했다. 이윽고 그는 흥분을 가라앉히고 평소의 냉정한 표정으로 돌아와 나를 돌아보았다.

"아로낙스 박사, '노틸러스'호를 견학하시고 싶다면 안내해드리지요."

chapter 11
'노틸러스'호

네모 선장이 일어났다. 나도 따라 일어났다. 방 뒤에 있는 문이 양쪽으로 열

렸다. 그곳에는 내가 방금 나온 방과 똑같은 크기의 방이 있었다.

그 방은 서재였다. 흑단 나무로 만든 책꽂이에는 똑같은 모양으로 제본된 책들이 빽빽이 꽂혀 있었다. 책꽂이는 방의 모양을 따라 놓여 있고, 그 밑에 갈색 가죽을 씌운 소파가 편안한 곡선을 그리고 있었다. 손쉽게 옮길 수 있는 가벼운 독서용 책상 몇 개가 독서대 구실을 하고 있었다. 서재 한복판에 놓인 커다란 테이블은 상당히 오래된 것처럼 보이는 신문을 비롯한 정기간행물로 뒤덮여 있었다. 둥근 천장에 박힌 네 개의 젖빛 유리 전구에서 쏟아지는 불빛이 조화로운 방에 넘쳐흘렀다. 나는 세심하게 꾸며진 이 방을 보고 진심으로 경탄했다. 내 눈을 거의 믿을 수 없을 정도였다.

나는 소파에 길게 드러누운 선장에게 말했다.

"이 서재는 어느 대륙의 어떤 궁전에 갖다놓아도 될 만큼 훌륭하군요. 이런 서재가 당신과 함께 깊은 바다 속을 여행한다고 생각하니, 정말 놀랍습니다."

"여기보다 더 은밀하고 조용한 곳을 어디서 찾을 수 있겠습니까? 파리 박물관에 있는 당신의 연구실도 이만큼 조용하고 평화로운가요?"

"천만에요. 게다가 내 연구실에 있는 장서는 여기에 비하면 빈약하기 짝이 없습니다. 이곳에는 책이 6천 내지 7천 권쯤……."

"1만 2천 권입니다. 이 책들이 아직도 나와 육지를 연결해주는 유일한 끈이지요. '노틸러스'호가 처음 물속으로 잠수한 날, 나에게 세계는 끝난 것이나 마찬가지였어요. 그날 나는 마지막으로 책과 잡지와 신문을 샀고, 그후로는 인간들이 아무 생각도 하지 않고 아무 글도 쓰지 않았다고 믿고 싶습니다. 이 책들은 마음대로 읽고 이용하셔도 좋습니다."

나는 네모 선장에게 고맙다고 말하고, 책꽂이로 다가갔다. 온갖 언어로 쓰인 과학과 도덕과 문학 서적은 많았지만, 경제를 다룬 책은 한 권도 찾아볼 수 없었다. 이 배에서는 경제에 관한 책이 완전히 금지된 것 같았다. 묘하게도 책들은 언어에 따라 분류되어 있지 않았다. 이는 '노틸러스'호 선장이 어떤 언어로 된 책을 골라잡아도 자유롭게 읽을 수 있다는 것을 의미했다.

장서 중에는 고금의 대가들의 걸작들이 눈에 띄었다. 그중에는 인류가 역사와 시와 소설과 과학 분야에서 이룩해낸 가장 아름다운 것들이 모두 포함되어 있었다. 호메로스에서 빅토르 위고까지, 크세노폰에서 미슐레까지, 라블레에서 조르주 상드까지.[54] 하지만 이 서재의 장서는 역사나 문학보다 과학에 더 비중을 두고 있었다. 기계학·탄도학·수로학·기상학·지리학·지질학 등을 다룬 서적이 박물학 저술과 거의 같은 공간을 차지하고 있는 것을 보고, 나는 네모 선장이 주로 그런 분야에 관심을 두고 연구하고 있다는 것을 알아차렸다. 훔볼트와 아라고의 전집, 푸코와 앙리 생트 클레르 드빌, 샤를, 밀른 에드워즈, 카트르파주, 틴들, 패러데이, 베르틀로, 세키 신부, 페터만, 모리 중령, 아가시[55] 등의 저서, 과학 아카데미의 보고서, 여러 지리학회의 회보도 보였다. 그리고 가장 눈에 잘 띄는 자리에 내가 쓴 책 두 권이 꽂혀 있었다. 네모 선장이 나를 비교적 친절하게 맞아준 것은 아마 그 때문일 것이다. 조제프 베르트랑[56]의 저서 가운데 『천문학의 기초』는 나에게 결정적인 연대를 알려주었다. 나는 그 책이 1865년에 출판된 것을 알고 있었기 때문에, '노틸러스'호가 완성된 것은 그 이후라고 결론지을 수 있었다. 따라서 네모 선장이 수중 생활을 시작한 것은 기껏해야 3년 전이다. 그보다 최근에 나온 저서를 찾아내면 시기를 좀 더 정확하게 결정할 수 있을 것이다. 하지만 그것을 조사할 시간은 앞으로도 얼마든지 있을 테니까, 지금은 그것 때문에 경이로운 '노틸러스'호 견학을 미루고 싶지 않았다.

"이 서재를 마음대로 이용할 수 있게 해주셔서 정말 고맙습니다. 이곳은 정말 과학의 보고로군요. 잘 이용하겠습니다."

"이 방은 서재만이 아니라 끽연실이기도 합니다."

"끽연실요? 배 안에서 담배를 피운단 말입니까?"

"그렇습니다."

"그렇다면 아직도 아바나[57]와 관계를 유지하고 있다고 결론지을 수밖에 없군요."

"전혀 그렇지 않습니다. 이 시가를 피워보세요. 이건 아바나에서 온 것이 아니지만, 시가 감정가라면 진가를 인정할 겁니다."

나는 선장이 내민 시가를 받아들었다. 모양은 아바나 시가와 비슷했지만, 잎이 황금색인 것 같았다. 나는 멋진 청동 받침대 위에 놓여 있는 작은 라이터로 불을 붙이고, 이틀 만에 담배맛을 보게 된 기쁨에 겨워 첫 모금을 깊이 빨아들였다.

"훌륭하군요. 하지만 이건 담배가 아닌데요."

"맞습니다. 이 담배는 아바나에서 온 것도 아니고, 동양에서 온 것도 아닙니다. 사실은 니코틴이 듬뿍 들어 있는 해초의 일종이지요. 이 해초는 바다가 공급해주지만, 좀 인색합니다. 아직도 아바나 담배가 그립습니까?"

"오늘부터는 아바나 담배를 경멸하겠습니다."

"그럼 실컷 피우세요. 그리고 시가가 어디서 왔는지는 궁금해 하지 마세요. 이 시가는 어느 나라 전매청이 허가해준 건 아니지만, 그 때문에 질이 떨어진다고는 생각지 않습니다."

"질이 떨어지기는커녕 훨씬 좋은데요."

네모 선장은 이야기하면서 우리가 서재에 들어올 때 이용한 출입문 맞은편에 있는 문을 열었다. 나는 그 문을 지나 휘황찬란하게 불이 켜진 넓은 객실로 들어갔다.

그곳은 길이가 10미터, 너비가 6미터, 높이가 5미터쯤 되고, 네 귀퉁이를 잘라낸 직사각형의 방이었다. 아라베스크 무늬로 장식된 천장에서 밝으면서도 부드러운 빛이 내려와, 이 박물관에 모여 있는 온갖 귀중품을 비추고 있었다. 이곳은 명실상부한 박물관이었다. 아름다운 것에는 돈을 아끼지 않

그곳은 명실상부한 박물관이었다.

는 지적인 사람이 자연과 예술의 보물을 이 방에 모두 수집해놓았지만, 전형적인 화가의 아틀리에처럼 예술적인 혼란상을 보이고 있었다.

수수한 무늬의 태피스트리로 덮여 있는 벽에는 똑같은 액자에 든 거장들의 작품이 30점가량 걸려 있고, 그 사이사이에는 눈부시게 빛나는 투구와 갑옷 따위가 걸려 있었다. 그것들은 엄청난 가치를 지닌 그림들이었다. 나는 그 대부분을 유럽의 개인 컬렉션이나 전시회에서 본 적이 있었다. 라파엘로의 마돈나, 레오나르도 다 빈치의 성처녀, 코레조의 님프, 티치아노의 여인상, 베로네세의 경배, 무리요의 성모 승천, 홀바인의 초상화, 벨라스케스의 수도사, 리베라의 순교자, 루벤스의 시골 장터, 테니르스의 풍경화 두 점, 헤리트 다우와 메추와 파울 포터의 소품 풍속화 세 점, 제리코와 프뤼동의 유화, 바크호이센과 베르네의 해양화 몇 점은 옛 거장들의 다양한 유파를 대표하고 있었다.[58] 현대 예술품 중에는 들라크루아, 앵그르, 드캉, 트루아용, 메소니에, 도비니[59] 등의 서명이 든 그림들이 포함되어 있었다. 이 훌륭한 박물관 구석의 대좌에는 가장 훌륭한 고대 예술품을 복제한 대리석상과 청동상이 세워져 있었다. '노틸러스'호 선장이 예언한 놀라움이 벌써 내 마음에 밀어닥치기 시작했다.

"아로낙스 박사." 그 괴짜 인물이 입을 열었다. "이렇게 어수선한 방에 격식을 차리지 않고 맞아들인 것을 양해해주십시오."

"네모 선장, 당신이 어떤 인물인지 알아내려고 애쓸 필요도 없이, 당신을 예술가로 인정해도 될까요?"

"기껏해야 아마추어에 지나지 않습니다. 나도 한때는 인간의 손으로 창조된 뛰어난 작품들을 즐겨 모았지요. 나는 탐욕스러운 수집가였고, 지칠 줄 모르고 돌아다니면서 가치 있는 물건을 몇 개 찾아낼 수 있었습니다. 이 예술품들은 이제 내게는 죽은 거나 다름없는 이 세상의 마지막 추억입니다. 내 눈에는 현대 예술가들도 고대인과 마찬가지예요. 그들은 2천 살일 수도 있고 3천 살일 수도 있습니다. 내 마음속에서 그들은 모두 한데 뒤섞여 있습니다. 대가들은 나이와 시대를 초월하여 영원한 젊음을 누리지요."

"그럼 저 작곡가들은?"

나는 판벽널 하나를 가득 채우고 있는 유명한 악기 제작자의 오르간을 가리키면서 물었다. 오르간 위에는 베버와 로시니, 모차르트, 베토벤, 하이든, 마이어베어, 에롤, 바그너, 오베르, 구노[60] 같은 작곡가들의 악보가 흩어져 있었다.

"저 음악가들은 오르페우스[61]와 동시대인입니다. 죽은 사람의 기억 속에서는 시대의 차이가 지워져버리니까요. 나는 죽은 사람입니다. 지하 2미터 무덤 속에서 쉬고 있는 당신 친구들과 마찬가지로."

네모 선장은 입을 다물고 골똘히 생각에 잠긴 것 같았다. 나는 상당히 감동한 눈빛으로 그를 바라보면서 그 기묘한 얼굴을 말없이 분석했다. 그는 귀중한 모자이크 탁자 모서리에 기댄 채 더 이상 나를 바라보지 않았다. 내가 거기에 있다는 것도 잊어버린 듯했다.

나는 그의 명상을 존중하고, 이 방을 장식하고 있는 진귀한 물건들을 계속 조사했다.

예술품들과 나란히 자연계의 희귀한 산물들이 중요한 자리를 차지하고 있었다. 그것은 주로 식물과 조개와 해산물이었고, 분명 네모 선장이 직접 채집한 것들이었다. 객실 한복판에는 분수가 있었다. 거거(車渠) 껍데기 하나로 만들어진 수반 안에서 물줄기가 불빛을 받으며 오르내리고 있었다. 거거는 연체동물 중에서 가장 큰 조개인데, 그 껍데기로 만든 수반은 물결 모양의 가장자리 둘레가 6미터나 되었다. 따라서 그것은 파리의 생쉴피스 성당 문간에 있는 거대한 성수반보다 훨씬 컸다. 이 성수반은 베네치아 공화국이 프랑수아 1세[62]에게 선물한 아름다운 거거 조개로 만든 것이었다.

 분수 주위에는 구리로 보강된 멋진 진열장이 있었다. 이제까지 박물학자가 조사할 수 있었던 해산물 가운데 가장 귀중한 것들이 분류되어 이름표가 붙어 있었다. 내 마음속에 있는 과학자의 기질이 얼마나 큰 기쁨을 느꼈을지는 충분히 상상할 수 있을 것이다.

 식충류로는 진기한 폴립형 강장동물과 극피동물 표본이 있었다. 폴립형 강장동물로는 관산호와 부채꼴 팔방산호, 시리아에서 나는 해면, 몰루카 제도에서 나는 침산호, 노르웨이 근해에서 나는 나뭇가지 모양의 산호, 다양한 꽃 모양의 산호, 바다맨드라미, 그리고 내 스승인 밀른 에드워즈가 신중하게

분류한 온갖 종류의 돌산호가 눈에 띄었다. 아름다운 부채조개, 레위니옹 섬에서 나는 눈알고둥, 카리브 해에서 나는 '넵투누스의 전차', 다양한 산호도 있었고, 마지막으로 산호초를 이루는 온갖 기기묘묘한 폴립 군체(群體)가 눈에 띄었다. 이 폴립 군체가 모이면 섬이 되고, 결국에는 대륙이 된다. 가시로 덮인 극피동물로는 불가사리·거미불가사리·바다나리·갯고사리·성게·해삼 따위가 있었다.

신경질적인 패류학자가 그렇게 다양한 연체동물이 들어 있는 수많은 진열장을 보았다면 아마 놀라서 까무러쳤을 것이다. 그것은 가치를 헤아릴 수 없이 귀중한 컬렉션이었지만, 그것을 전부 다 설명할 시간은 없다. 다종다양한 해산물 중에서 기념으로 몇 가지만 예를 들겠다. 빨간색과 갈색 바탕에 하얀 반점이 규칙적으로 떠올라 있는 인도양의 망치조개, 온몸에 뿔이 돋아나 있는 화려한 색깔의 소라—유럽의 유수한 박물관에서도 보기 힘든 이 소라는 하나에 2만 프랑은 나갈 것이다. 오스트레일리아 근해에서 나는 평범한 망치조개도 인기가 있다. 세네갈에서 나는 이국적인 새조개, 부서지

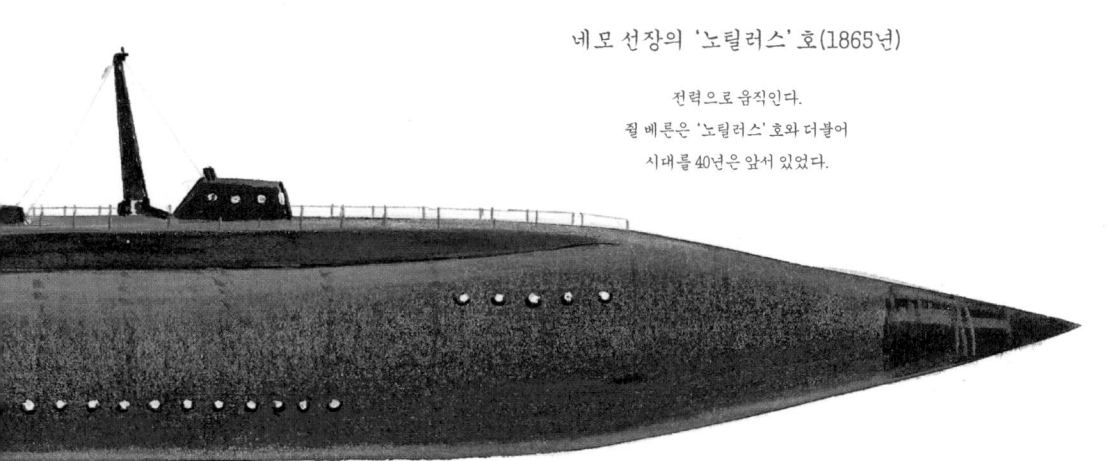

네모 선장의 '노틸러스'호(1865년)

전력으로 움직인다.
쥘 베른은 '노틸러스'호와 더불어
시대를 40년은 앞서 있었다.

기 쉬운 하얀 조가비—이 조개가 내쉰 숨은 비누 거품처럼 부글거리며 나왔을 것이다. 자바 근해에서 나는 다양한 물뿌리개조개, 몸이 관처럼 생겼고 가장자리가 잎사귀 모양으로 되어 있어서 수집가들이 군침을 흘리는 백악질의 조개, 아메리카 대륙 연안에서 발견되는 황록색 밤고둥, 오스트레일리아 근해에서 흔히 볼 수 있는 적갈색 밤고둥, 복잡한 껍데기로 유명한 멕시코 만 연안의 밤고둥, 남양에서 발견되는 별 모양의 밤고둥, 그리고 마지막으로 가장 희귀한 뉴질랜드산 뿔소라, 황화한 분홍조개, 귀중한 비너스조개, 트랑크바르 해안에서 나는 격자무늬 삿갓조개, 반짝반짝 빛나는 진주층이 줄무늬를 이루고 있는 터번조개, 중국 근해에서 나는 초록색 앵무조개, 희귀한 원뿔 모양의 코이노둘룸조개, 인도와 아프리카에서 화폐로 쓰이는 다양한 별보배조개, 말레이 제도에서 가장 귀중한 조개인 '바다의 영광', 끝으로 총알고둥과 송곳고둥, 홍줄고둥, 나사조개, 대추고둥, 투구조개, 소라고둥, 물레고둥, 하프조개, 방추조개, 날개조개, 삿갓조개, 유리조개, 클레오도라조개 등, 과학이 가장 매력적인 이름을 붙여준 섬세하고 연약한 조개들이 모두 모여 있었다.

 그와는 별도로 특별히 구획된 칸에는 아름다운 진주가 불빛 속에 장식되어 있었다. 홍해의 키조개에서 채취한 분홍색 진주, 전복에서 채취한 초록색 진주, 노란색 진주, 파란색 진주, 흑진주도 있었다. 이것들은 모든 바다의 다양한 연체동물과 북반구의 하천에서 자라는 독특한 말조개가 빚어낸 진귀한 진주였다. 희귀한 진주조개가 농축해낸 진주는 헤아릴 수 없는 가치를 지니고 있었다. 비둘기 알보다 더 큰 진주도 몇 개 있었다. 따라서 그것은 프랑스의 여행가 타베르니에[63]가 페르시아 왕에게 300만 프랑에 판 진주보다 더 가치 있고, 내가 전에 세계 최고라고 생각한, 무스카트의 이맘[64]이 소유하고 있는 진주보다도 더 귀중한 것이었다.

 이 컬렉션의 가치를 평가하는 것은 사실상 불가능했다. 네모 선장은 이런 표본들을 손에 넣기 위해 어마어마한 돈을 썼을 것이다. 그가 도대체 무슨 돈으로 수집가의 변덕을 달랠 수 있었는지 궁금했다. 내가 그런 생각을 하고 있을 때 네모 선장이 말을 걸었다.

"조개들을 조사하고 계시는군요. 그건 정말로 과학자의 흥미를 끌 만합니다. 하지만 나는 그것들을 내 손으로 직접 채집했기 때문에 더욱 매력을 느낍니다. 지구상에 내가 수색하지 않은 바다는 하나도 없어요."

"이런 보물로 가득 찬 바다를 돌아다니는 기쁨은 나도 이해할 수 있습니다. 그럼 당신은 이 보물을 손수 모았군요. 유럽의 어떤 박물관도 여기에 견줄 만한 해산물 컬렉션은 갖고 있지 않습니다. 하지만 여기서 다 감탄해버리면, 이 보물을 싣고 있는 배를 감탄할 말이 남지 않게 될 겁니다. 당신만의 비밀을 캐내고 싶지는 않지만, 이 '노틸러스'호가 지니고 있는 추진력, 이 배의 조타 장치, 거기에 생명을 불어넣는 강력한 매개체, 이 모든 것이 내 호기심을 한계점까지 끌어올리고 있습니다. 저 벽에 기구가 걸려 있는 게 보이는데, 어떤 기능을 하는지 도무지 모르겠군요. 괜찮으시다면……."

"아로낙스 박사, 아까도 말씀드렸듯이 당신은 자유롭게 돌아다닐 수 있습니다. 따라서 '노틸러스'호 안에서 당신이 갈 수 없는 곳은 전혀 없습니다. 어디든 마음대로 가셔도 좋습니다. 당신의 안내인 역할을 맡는 것은 나한테도 더없는 즐거움이고요."

"뭐라고 감사드려야 할지 모르겠군요. 하지만 당신의 친절을 남용하지는 않겠습니다. 나는 다만 저 과학적 기구들이 어떤 기능을 갖고 있는지……."

"내 침실에도 같은 기구들이 있는데, 거기에 가서 용도를 설명하지요. 하지만 우선 당신을 위해 마련한 선실에 가봅시다. 이 배에서 어떤 생활을 하게 될지 알아둘 필요가 있으니까요."

나는 네모 선장을 따라 방구석에 있는 문을 지나 복도로 나갔다. 선장은 나를 앞쪽으로 데려갔다. 내가 안내된 방은 선실이 아니라 침대와 화장대와 몇 가지 가구를 갖춘 우아한 침실이었다.

나는 그저 고맙다는 말밖에 나오지 않았다.

"내 침실은 바로 옆방입니다." 선장은 문을 열면서 말했다. "내 침실은 우리가 방금 나온 그 객실로 통해 있습니다."

나는 선장의 방으로 들어갔다. 거의 수도사의 오두막처럼 검소한 방이었다. 가구라고는 작은 쇠침대와 작업대, 그리고 세면대와 변기가 전부였다. 간접 조명이 방을 밝히고 있었다. 그 방은 전혀 쾌적하지 않았다. 최소한의 필요만 충족시킬 수 있는 방이었다.

네모 선장이 의자를 가리켰다.

"자, 앉으세요."

내가 의자에 앉자 선장은 말하기 시작했다.

chapter 12
동력은 오직 전력뿐

네모 선장은 침실 벽에 걸린 기구들을 가리키면서 말했다.

"아로낙스 박사, 저건 '노틸러스'의 항해에 필요한 기구들입니다. 나는 객실에서와 마찬가지로 여기서도 항상 저것을 보고, 바다 한복판에 있으면서도 내 위치와 정확한 방향을 알 수 있지요. 저 기구들 가운데 일부는 당신도 이미 아는 것들입니다. 온도계는 '노틸러스'호 내부의 온도를 알려주고, 기압계는 대기의 압력을 측정하여 날씨 변화를 예보해주고, 습도계는 공기 중에 있는 습기의 양을 알려줍니다. 폭풍우 예보기로는 혼합액의 분리 상태를 통해 폭풍우가 다가오고 있음을 미리 알 수 있지요. 나침반은 항로를 나타내고, 육분의는 태양의 고도로 현재의 위도를 알려주고, 크로노미터는 현재의 경도를 계산하는 데 쓰입니다. 그리고 끝으로 주야간 겸용 망원경은 '노틸러스'호가 수면에 떠 있을 때 수평선을 살피는 데 사용하지요."

"이것들은 일반적으로 쓰이는 항해 장비니까 그 정도는 나도 알고 있습니다. 하지만 다른 기구들은 '노틸러스'호에만 특별히 설치되어 있는 것 같군요. 문자반에 바늘이 움직이고 있는 저 기구는 압력계가 아닙니까?"

"맞습니다. 그건 바깥의 물과 연결되어 있어서 수압을 알려줍니다. 그걸 보면 내 배가 현재 어느 정도의 깊이에 있는지를 알 수 있지요."

네모 선장의 방

"그리고 저건 신형 측심기인가요?"

"온도를 이용한 측심기인데, 물의 깊이에 따라 달라지는 온도를 나타내지요."

"저 기구들은 용도가 뭔지, 짐작도 안 가는데요."

"그것을 설명하기 전에 우선 몇 가지 설명해야 할 것이 있습니다. 그러니 내 말을 잘 들어주세요."

네모 선장은 잠시 말을 끊었다가 다시 이었다.

"이 배에는 강력하고 민감하고 쓰기 편한, 게다가 온갖 종류의 일에 적합한 원동력이 있습니다. 말하자면 이 배를 지배하는 최고 권력 같은 존재지요.

모든 일은 그것에 의해 이루어지고 있습니다. 그것은 열과 빛을 공급해주는, 내 기계들의 영혼입니다. 그 원동력은 바로 전기입니다."

"전기라고요?" 나는 놀라서 소리쳤다.

"그렇습니다, 박사."

"하지만 이 배의 빠른 기동력은 전기의 힘과는 거의 관계가 없는 것 같은데요. 지금까지 전기의 동력 생산 능력은 지극히 제한되어 있어서, 작은 힘밖에는 만들어낼 수 없습니다."

"아로낙스 박사, 내 전기는 세간에서 흔히 쓰이는 전기가 아니에요. 그 문제에 대해서는 더 이상 말하고 싶지 않군요."

"그렇다면 굳이 캐묻지는 않겠지만, 정말 놀랍군요. 한 가지만 묻겠습니다. 주제넘은 질문으로 생각되면 대답하지 않으셔도 좋습니다. 그 놀라운 동력을 생산하기 위해 어떤 원료를 사용하고 있는지는 모르지만, 그 원료는 금방 소모될 게 뻔합니다. 예를 들면 아연이 그렇지요. 육지와는 완전히 관계를 끊었다면, 원료는 어떻게 보충합니까?"

"대답하지요. 물론 해저에는 아연·철·금·은 따위가 무진장으로 매장되어 있어서, 마음만 먹으면 얼마든지 채굴할 수 있습니다. 하지만 나는 지구의 금속에 전혀 신세를 지지 않고, 바다 자체에서 전기를 생산하는 방법을 찾아내기로 결심했지요."

"바다에서?"

"그렇습니다, 박사. 방법은 얼마든지 있었어요. 예를 들면 서로 다른 깊이에 전선을 가라앉히고, 그 사이에 회로를 만들 수도 있었을 겁니다. 그러면 수온 차이로 전기를 얻을 수 있었겠지요. 하지만 나는 좀 더 실용적인 방법을 쓰기로 결정했습니다."

"어떤 방법인데요?"

"바닷물의 성분은 당신도 알고 있을 겁니다. 1000그램의 바닷물 가운데

96.5퍼센트가 물이고, 2.66퍼센트 정도는 염화나트륨이고, 그밖에 염화마그네슘과 염화칼륨·브롬화마그네슘·황산마그네슘·황산칼슘·탄산칼슘이 조금씩 들어 있습니다. 따라서 염화나트륨의 비율이 상당히 높다는 것을 알 수 있을 겁니다. 내가 바닷물에서 추출하는 것은 이 나트륨입니다."

"나트륨이라고요?"

"그렇습니다. 나트륨을 수은과 섞으면 분젠[65] 전지의 아연을 대신할 수 있는 아말감이 생깁니다. 수은은 절대로 소모되지 않습니다. 나트륨만 소모되지요. 나트륨은 바다가 얼마든지 공급해줍니다. 나트륨 전지는 가장 많은 에너지를 만들어내는 것으로 인정받아야 합니다. 나트륨 전지의 동력은 아연 전지의 두 배니까요."

"현재 상황에서 나트륨이 가장 적당하다는 것은 충분히 알겠습니다. 나트륨은 바다에서 얼마든지 찾을 수 있으니까요. 거기까지는 좋습니다. 하지만 나트륨 전지를 만들려면 우선 나트륨을 만들어야 합니다. 좀 더 정확히 말하면 바닷물에서 나트륨을 추출해야 합니다. 그건 어떻게 하십니까? 물론 전지를 쓸 수도 있겠지만, 내가 잘못 생각한 게 아니라면 전기 장치가 필요로 하는 나트륨은 바닷물에서 추출되는 양보다 훨씬 많을 겁니다. 따라서 생산량보다 소비량이 훨씬 많을 텐데요."

"그래서 나는 나트륨을 추출할 때 전지를 사용하지 않고, 석탄을 태울 때 나오는 열을 이용합니다."

"석탄이라고요?"

"아니면 해탄(海炭)이라고 해둘까요?"

"그럼 해저 탄광을 채굴할 수 있다는 얘긴가요?"

"나중에 작업하는 광경을 보게 될 겁니다. 조금만 참으세요. 시간은 얼마든지 있으니까. 한 가지만 기억해두세요. 나는 모든 것을 바다에서 얻고 있다는 겁니다. 바다는 전기를 생산하고, 전기는 '노틸러스'호에 열과 빛과 동력을 줍니다. 한마디로 말해서 생명을 주는 것이죠."

"하지만 숨 쉬는 공기는 주지 않겠죠?"

"공기도 필요한 만큼 만들 수 있겠지만, 내가 원할 때마다 수면으로 올라가면 되니까 굳이 만들 필요는 없을 겁니다. 하지만 전기가 숨 쉴 공기를 공급해주지는 않는다 해도, 강력한 펌프를 작동해서 특수 탱크에 공기를 저장해줍니다. 그래서 나는 원하는 만큼 오랫동안 깊은 바다 속에 머무를 수 있지요."

"정말 놀라울 뿐입니다, 선장. 당신은 전기의 진정한 동력을 발견하셨군요. 언젠가는 사람들도 그것을 발견하겠지만……."

"글쎄요. 사람들이 과연 그것을 발견할지는 모르겠습니다." 네모 선장은 냉담하게 말했다. "그거야 어쨌든, 당신은 내가 그 귀중한 수단을 응용해서 만들어낸 가장 중요한 것에 벌써 익숙해졌어요. 우리한테 태양보다 더 한결같은 빛을 주는 것은 바로 전기입니다. 그리고 이 시계를 보세요. 이건 전기 시계인데, 가장 정밀한 크로노미터보다 훨씬 정확하게 시간을 알려줍니다. 나는 이 시계를 이탈리아 시계처럼 24시간으로 나누었어요. 내게는 밤도 낮도 없고, 해도 달도 없고, 있는 것이라고는 내가 바다 밑바닥까지 가져오는 인공 광선뿐이니까요. 자, 보세요. 지금은 오전 열 시입니다."

"그렇군요."

"저것도 전기를 응용한 겁니다. 우리 눈앞에 있는 저 문자반은 이 배의 속도를 알려줍니다. 전기회로가 속도 측정기의 스크루와 연결되어 있어서, 바늘이 엔진의 실제 속도를 알려주지요. 보세요. 지금 현재 우리는 15노트의 적당한 속도로 움직이고 있습니다."

"정말 놀랍군요. 당신이 언젠가는 바람과 물과 증기를 대신하게 될 이 동력을 이용한 건 참으로 옳았습니다."

"아직 끝나지 않았습니다, 아로낙스 박사." 네모 선장이 일어나면서 말했다.

"나를 따라오세요. '노틸러스'호의 뒷부분으로 가봅시다."

나는 이 잠수함의 앞부분을 벌써 다 알아버렸다. 중앙에서 이물까지 이어지는 앞부분의 정확한 구조를 설명하면 이렇다. 5미터 길이의 식당은 수밀격벽을 사이에 두고 서재와 이어져 있다. 서재의 길이도 역시 5미터다. 10미터 길이의 객실은 역시 격벽을 사이에 두고 선장의 침실과 이어져 있다. 침실의 길이는 5미터, 그 옆에 있는 내 침실의 길이는 2.5미터. 끝으로 7.5미터 길이의 공기탱크가 이물까지 뻗어 있다. 따라서 앞부분의 전체 길이는 약 35미터다. 격벽에 달려 있는 문은 고무로 완전히 밀폐되어 있어서, '노틸러스'호의 선체에 구멍이 뚫려 물이 새더라도 배 안에 있는 사람들은 절대 안전하다.

나는 네모 선장을 따라 뱃전으로 나 있는 통로를 지나서 배의 중앙에 이르렀다. 이곳에는 두 개의 수밀격벽 사이에 수직갱처럼 위아래로 관통한 공간이 있었다. 그리고 벽에 단단히 붙어 있는 철제 층층대가 꼭대기까지 뻗어 있었다.

나는 그 층층대가 무엇에 쓰는 거냐고 물어보았다.

"보트로 올라가는 사다리입니다."

"아니, 보트가 있습니까?" 나는 놀라서 물었다.

"그럼요. 가볍고, 절대로 물에 가라앉지 않는 훌륭한 보트지요. 산책을 하거나 낚시할 때 사용합니다."

"그럼 보트를 타고 싶을 때는 수면으로 올라가야 하잖습니까?"

"전혀 그렇지 않아요. 보트는 '노틸러스'호 선체 윗부분에 고정되어 있습니다. 거기에 보트를 넣어둘 수 있도록 우묵하게 파인 곳이 있지요. 보트를 거기에 넣고 튼튼한 볼트로 고정하면, 상갑판의 일부가 되어버립니다. 이 층층대는 '노틸러스'호 선체의 해치로 이어져 있고, 해치는 보트 옆구리에 뚫려 있는 비슷한 구멍과 이어져 있습니다. 나는 그 이중문을 통해 보트 안으로 들어갑니다. 그러면 '노틸러스'호의 구멍은 닫히고, 나는 보트에 난 구멍을 압력 스크루로 닫습니다. 그런 다음 볼트를 풀면, 보트는 엄청난 기세로 떠오릅니다. 수면으로 올라가면, 그때까지 단단히 고정해둔 해치를 열고, 돛대를 올리고, 돛을 달거나 노를 저어서 마음대로 돌아다닙니다."

"그럼 배로 돌아올 때는 어떻게 합니까?"

"나는 돌아오지 않습니다, 박사. '노틸러스'호가 나한테로 돌아오지요."

"당신의 지시에 따라서?"

"그렇습니다. 나는 전선으로 이 배와 연결되어 있으니까, 전보를 보내면 됩니다."

"과연!" 나는 이 놀라운 장치에 도취해버렸다. "아주 간단하군요."

상갑판으로 통하는 수직갱을 지나자 2미터 길이의 선실이 있고, 거기에서 콩세유와 네드가 열심히 음식을 먹고 있었다. 곧이어 문 하나가 열리고, 거대한 식료품 창고 사이에 자리 잡고 있는 길이 3미터의 주방이 나타났다.

모든 요리는 가스보다 훨씬 화력이 세고 다루기 쉬운 전기로 이루어졌다. 조리기구 밑에는 전선이 고르게 분포되어 있어서, 백금판 위의 열을 일정하게 유지해주었다. 바닷물을 증발시켜 훌륭한 음료수를 만드는 증류장치에 열을 가하는 것도 전기였다. 주방 옆에는 쾌적한 욕실이 있었다. 수도꼭지만 틀면 더운물과 찬물을 마음대로 쓸 수 있었다.

주방 다음에는 5미터 길이의 승무원실이 있었다. 하지만 그 방은 문이 닫혀 있어서 내부 구조는 볼 수 없었다. 승무원실을 보면 '노틸러스'호를 움직이는 데 얼마나 많은 인원이 필요한지 알 수 있었을 텐데.

맨 끝에는 네 번째 격벽에 의해 승무원실과 갈라진 기관실이 있었다. 문이 열려 안으로 들어가 보니, 네모 선장—그는 분명 제1급 기관사였다—이 배를 움직이기 위한 기계장치를 설치해놓은 방이었다.

기관실은 불이 환하게 켜져 있었고, 길이는 20미터가 넘었다. 방은 두 부분으로 완전히 나뉘어 있었다. 첫 번째 부분에는 발전설비가 있었고, 두 번째 부분에는 동력을 스크루로 전달하는 기계장치가 놓여 있었다.

나는 방에 들어선 순간부터 그 방에 가득 차 있는 독특한 냄새에 놀랐다.

네모 선장은 내 반응을 당장 알아차렸다.

"나트륨을 쓰기 때문에 가스가 좀 나오지만, 그저 조금 불편할 뿐입니다. 어쨌든 우리는 아침마다 수면 위로 올라가서 환기를 시키니까요."

그가 말하는 동안 나는 '노틸러스'호의 기계장치를 흥미롭게 조사했다.

"보시다시피 나는 룸코르프[66] 전지 대신에 분젠 전지를 쓰고 있습니다. 룸코르프 전지로는 분젠 전지와 같은 힘을 낼 수 없

기관실은 불이 환하게 켜져 있었다.

을 겁니다. 분젠 전지는 크고 강력하기 때문에 조금만 있어도 됩니다. 나는 분젠 전지가 더 바람직한 해결책이라는 걸 알았지요. 여기서 만들어진 전기는 뒤쪽으로 보내지고, 거기서 거대한 전자석을 거쳐 레버와 기어로 이루어진 특수한 장치를 움직입니다. 그 움직임이 구동축을 통해 스크루에 전달되지요. 스크루는 지름이 6미터, 피치[67]가 7.5미터, 1분에 120회전까지 가능합니다."

"그러면 속도는?"

"시속 30노트입니다."

여기에는 아직도 수수께끼가 남아 있지만, 나는 그 수수께끼를 풀려고 애

쓰지 않았다. 어떻게 전기가 그런 힘을 낼 수 있는가? 거의 무한한 이 힘은 어디서 나오는가? 전압이 엄청나게 높은 신형 코일에서 나오는 것일까? 전대미문의 레버 장치로 전달되는 전력을 무한히 늘릴 수 있을까? 이 점을 나는 이해할 수가 없었다.

"네모 선장, 나는 성과에만 주목하고, 그것을 굳이 설명하려고 애쓰지는 않겠습니다. 나는 '노틸러스'호가 '에이브러햄 링컨'호 주위에서 움직이는 것을 내 눈으로 직접 보았기 때문에, 시속 30노트가 어느 정도의 속도인지 알고 있습니다. 하지만 속도가 전부는 아닙니다. 잠수함을 운전하려면 자기가 어디로 가고 있는지 알아야 합니다! 오른쪽으로 가고 있는지 왼쪽으로 가고 있는지, 올라가고 있는지 내려가고 있는지를 알 수 있어야 합니다. 심해에서는 물의 저항이 점점 높아져서 수백 기압에 이를 텐데, 그렇게 깊은 곳에는 어떻게 내려갑니까? 그리고 어떻게 다시 수면으로 올라옵니까? 한곳에 머무르려면 어떻게 합니까? 이런 질문들이 주제넘은가요?"

"전혀 그렇지 않습니다, 박사." 선장은 잠시 망설인 뒤에 대답했다. "당신은 영원히 이 잠수함을 떠나지 않을 테니까요. 객실로 갑시다. 거기가 우리의 진짜 연구실이지요. 거기에 가면 '노틸러스'호에 대해서 당신이 알고 싶은 것은 전부 다 알 수 있을 겁니다."

chapter 13
몇 가지 숫자

잠시 뒤에 우리는 객실 소파에 앉아서 시가를 피우고 있었다. 선장은 '노틸러스'호의 평면도와 단면도와 투시도가 담겨 있는 청사진을 보여주었다. 그러고는 설명하기 시작했다.

"이 배의 각종 크기는 이렇습니다. 배는 양쪽 끝이 원뿔형으로 되어 있는 길쭉한 원통 모양입니다. 시가와 아주 비슷한 형태인데, 이미 런던에서 이런 설계도를 채택해서 이런 구조의 배를 만들고 있습니다. 원통의 전체 길이는 정확히 70미터, 폭은 가장 넓은 곳이 8미터입니다. 따라서 고속 기선처럼 폭과 길이의 비율이 정확히 1 대 10이 아니라, 길이가 충분히 길고 고물의 폭이 충분히 넓어서, 아무 방해도 받지 않고 쉽게 물을 가를 수 있지요.

폭과 길이의 수치를 보면 '노틸러스'호의 표면적과 부피를 계산할 수 있을 겁니다. 표면적은 1011.45평방미터, 부피는 1507.2입방미터입니다. 그러니까 물에 완

우리는 객실 소파에 앉았다.

전히 잠기면 1507입방미터, 즉 1507톤의 물을 밀어낸다는 뜻이지요.

이 배를 잠수함으로 설계할 때, 나는 10분의 1만 수면 위로 나오고 10분의 9가 물속에 잠겨 있는 상태에서 평형을 이루게 하고 싶었습니다. 다시 말하면 이 배는 전체 부피의 10분의 9인 1356.48입방미터의 물을 밀어내야 하고, 따라서 배의 무게는 1356.48톤이 되어야 합니다. 아까 말한 크기로 배를 건조했을 때 이 무게를 넘지 않도록 해야 했지요.

'노틸러스'호는 이중 선체로 되어 있습니다. 안쪽 선체와 바깥쪽 선체로 말입니다. 하지만 이들 두 선체는 T자 모양의 강철로 이어져 있어서 아주 튼튼합니다. 이런 구획식 구조 덕택에 속이 꽉 찬 하나의 덩어리로 되어 있는

것처럼 저항력이 강합니다. 선체는 절대로 우그러들거나 깨지지 않습니다. 틈새가 벌어지지 않고 단단히 이어져 있는 것은 대갈못으로 단단히 고정되어 있기 때문이 아니라 구조 자체가 튼튼하기 때문이지요. 재료를 완벽하게 조립해서 하나의 덩어리처럼 일체화된 구조 덕분에 아무리 거친 바다에서도 끄떡없습니다.

이중 선체는 강철판으로 만들어져 있는데, 철재는 밀도가 물의 7~8배나 됩니다. 바깥쪽 선체는 두께가 적어도 5센티미터는 되고, 무게는 394.96톤입니다. 그리고 안쪽 선체와 용골—높이가 50센티미터에 너비가 25센티미터인데, 이것만 해도 무게가 62톤이나 됩니다—과 기계류와 밸러스트,[68] 각종 설비와 부품들, 격벽, 내부 버팀대 등을 합한 무게는 961.62톤입니다. 여기에 바깥쪽 선체의 무게인 394.96톤을 합하면 배의 총무게는 정확히 1356.58톤이 됩니다. 아시겠습니까?"

"알겠습니다."

"따라서 '노틸러스'호가 이런 상태로 물에 떠 있으면, 10분의 1만 물 밖으로 나갑니다. 그런데 이 10분의 1과 같은 용량을 가진 물탱크를 설치하면, 다시 말해서 용량이 150.72톤인 물탱크를 설치하면, 그리고 탱크에 물을 가득 채우면, 배는 그만큼 무거워져서 1507톤의 물을 밀어내고 물속에 완전히 잠길 겁니다. 실제로도 이런 일이 일어납니다. 물탱크는 '노틸러스'호의 아래쪽 뱃전에 설치되어 있는데, 마개를 열면 탱크가 가득 차고, 배는 수면 바로 아래로 가라앉습니다."

"알겠습니다. 하지만 이제부터가 정말로 어려워집니다. 수면 바로 아래로 내려갈 수 있는 방법은 알겠지만, 수면 아래로 내려가면 잠수함은 부력을 받을 테고, 따라서 10미터 내려갈 때마다 1기압씩, 또는 1평방센티미터당 1킬로그램의 부력을 받게 되잖습니까?"

"맞습니다."

"그렇다면 '노틸러스'호 전체를 물로 가득 채우지 않는 한, 어떻게 깊은 바다 밑바닥까지 내려갈 수 있는지 이해할 수가 없군요."

"아로낙스 박사, 정역학(靜力學)과 동역학(動力學)[69]을 혼동하면 안 됩니다. 그건 심각한 오류를 낳을 수 있으니까요. 모든 물체는 가라앉으려는 경향을 갖고 있기 때문에, 바다 속으로 내려가는 데에는 노력이 거의 필요치 않습니다. 내 말을 들어보세요."

"듣고 있습니다."

"'노틸러스'호가 잠수할 수 있도록 무게를 늘리기로 결정했을 때, 나는 깊이 내려갈수록 바닷물의 용적이 점점 줄어드는 것만 걱정하면 되었습니다."

"확실히 그렇군요."

"그런데 물은, 결코 압축할 수 없는 건 아니지만 압축하기가 아주 어렵습니다. 실제로 최근에 계산한 바에 따르면 용적의 압축률은 10미터 내려갈 때마다, 다시 말해서 1기압당 1천만분의 436에 불과합니다. 1000미터 깊이까지 내려가고 싶으면 1000미터 높이의 물기둥의 압력, 즉 100기압에 해당하는 압력 때문에 줄어드는 용적만 고려하면 됩니다. 그러면 용적의 감소율은 10만분의 436이 되지요. 따라서 배수량을 1507.2톤이 아니라 1513.77톤으로 늘려야 합니다. 결국 늘어나는 무게는 6.57톤밖에 안 돼요."

"그것밖에 안 됩니까?"

"그렇습니다, 박사. 이 계산은 쉽게 확인할 수 있습니다. 이 배에는 100톤짜리 용량의 보조 탱크가 여러 개 있습니다. 그래서 상당히 깊은 곳까지 내려갈 수 있지요. 수면으로 떠올라 거기에 머물고 싶으면 보조 탱크에서 물을 빼내기만 하면 됩니다. '노틸러스'호가 다시 물 밖으로 전체의 10분의 1만 내놓게 하고 싶으면 모든 물탱크를 비우면 되지요."

이렇게 수치까지 제시하면서 설명하는데, 어떻게 반박할 수 있겠는가.

"당신의 계산이 옳다고 생각합니다. 경험이 날마다 입증하고 있는데, 이의

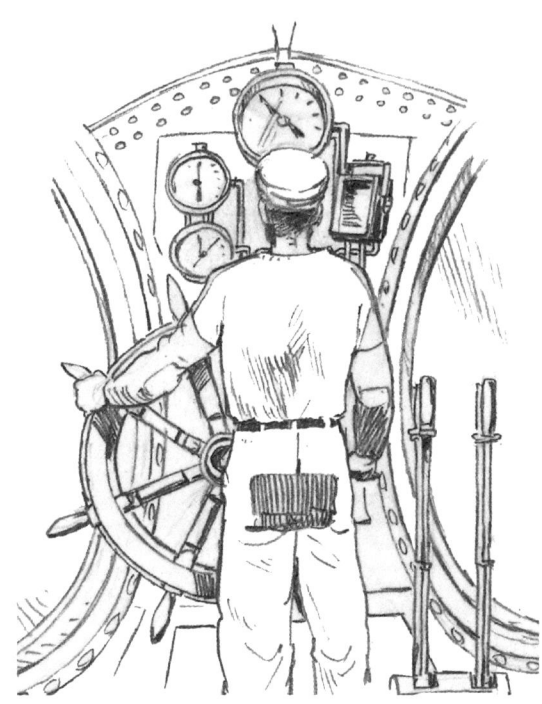
'노틸러스'호의 조종실

를 제기해봤자 바보처럼 보일 뿐이겠지요. 하지만 나는 이제 정말로 어려운 문제에 직면……."

"뭔데요?"

"1000미터 깊이까지 내려가면 '노틸러스'호의 외벽은 100기압의 압력을 받게 됩니다. 그때 배의 무게를 줄여서 다시 수면으로 돌아가기 위해 보조 탱크를 비우고 싶으면, 100기압의 압력을 이겨낼 수 있는 강력한 펌프가 필요합니다. 100기압이라면 1평방센티미터당 100킬로그램의 압력인데, 그렇게 강력한 힘을……."

"그런 힘은 오직 전기만이 낼 수 있습니다." 네모 선장이 내 말을 가로막았다. "되풀이 말하지만, 내 기계류의 힘은 거의 무한합니다. '노틸러스'호의 펌프는 엄청난 힘을 갖고 있지요. 펌프가 내뿜는 물줄기가 '에이브러햄 링컨'호에 폭포수처럼 떨어졌을 때, 당신도 봤을 겁니다. 어쨌든 보조 탱크는 1500미터에서 2000미터 깊이까지 내려갈 때에만 엔진을 아끼기 위해서 사용합니다. 수면에서 8킬로미터 내지 12킬로미터 내려간 심해를 방문하고 싶으면, 시간은 좀 더 오래 걸리지만 확실한 방법을 사용합니다."

"그게 뭔데요?"

"그것을 설명하려면 자연히 '노틸러스'호가 어떻게 조종되는지를 설명해야 합니다."

"빨리 듣고 싶군요."

"배를 왼쪽이나 오른쪽으로 돌리려면, 즉 수평면 위에서 배의 방향을 좌우로 바꿀 때는 넓은 날이 달린 평범한 키를 사용합니다. 키는 선미재(船尾材)[70] 뒤에 붙어 있고, 타륜(舵輪)과 도르래로 조종하지요. 하지만 양쪽 뱃전에 붙어 있는 두 개의 경사면을 이용하면 '노틸러스'호를 수직 방향으로 움직일 수도 있습니다. 이 경사면의 기울기는 마음대로 바꿀 수 있고, 배 안에서 강력한 레버로 조종합니다. 경사면이 배와 평행을 이루면 배는 수평으로 움직입니다. 경사면이 기울어지면, 그 각도와 스크루의 추진력에 따라 '노틸러스'호는 내가 원하는 만큼 오랫동안 비스듬히 내려가거나 올라갑니다. 하지만 좀더 빨리 수면으로 올라가고 싶으면 스크루를 사용합니다. 수압 때문에 '노틸러스'호는 수소를 채운 풍선이 하늘로 쏜살같이 올라가듯 휙 떠오르지요."

"브라보!" 나는 소리쳤다. "그런데 조타수는 어떻게 물속에서 당신이 원하는 항로를 따라가죠?"

"조타수는 '노틸러스'호 선체 상부에 돌출해 있는 밀폐된 방에 자리를 잡고 있습니다. 그 방에는 렌즈 모양의 유리창이 달려 있지요."

"유리가 그렇게 강한 압력을 견딜 수 있습니까?"

"그럼요. 크리스털 유리는 충격을 받으면 깨지기 쉽지만, 대체로 상당히 강한 저항력을 지니고 있습니다. 1864년에 북해 한복판에서 전등 불빛을 이용하여 물고기를 잡는 실험을 한 적이 있는데, 겨우 7밀리미터 두께의 유리판이 빛을 통과시켜 열을 발산하면서 무려 16기압의 압력을 견딜 수 있었어요. 내가 사용하는 유리는 중심 두께가 그보다 30배 두꺼운 21센티미터나 됩니다."

"아, 알겠습니다. 하지만 밖을 볼 수 있으려면 어둠을 몰아내는 빛이 있어야 하는데, 캄캄한 바다 한복판에서 어떻게……."

"조타실 뒤에 강력한 전기 반사경이 있습니다. 거기서 나오는 광선은 1킬로미터 앞에 있는 바다도 비출 수 있지요."

"대단합니다, 선장. 정말 대단해요! 과학자들의 관심을 끌었던, 이른바 일각고래의 인광이 무엇이었는지 이제야 알았습니다. 그런데 말이 나온 김에 묻겠는데요, 세상을 떠들썩하게 만든 '노틸러스'호와 '스코샤'호의 충돌이 사고였는지 어떤지 말씀해주실 수 있겠습니까?"

"아, 그건 순전한 사고였습니다. 그때 나는 수심 2미터 깊이에서 항해하고 있었는데, 갑자기 그 배와 부딪친 겁니다. 어쨌든 그 배가 심각한 손상을 입지는 않은 것 같더군요."

"그렇습니다. 하지만 '에이브러햄 링컨'호와 만났을 때는……."

"아로낙스 박사, 미국 해군의 가장 우수한 배가 그렇게 된 것은 유감이지만, 나는 공격을 받고 있었기 때문에 방어할 수밖에 없었어요. 그래도 나는 그 순양함이 나를 더 이상 공격할 수 없는 상태로 만드는 정도로 만족했습니다. 가까운 항구로 가면 손상된 부분을 수리하기는 어렵지 않을 겁니다."

"아아, 네모 선장." 나는 확신을 가지고 소리쳤다. "당신의 '노틸러스'호는 정말 굉장한 배군요!"

"그렇습니다." 네모 선장은 자랑스럽게 대답했다. "나는 이 녀석을 내 몸처럼 사랑합니다.[71] 바다의 우연에 지배되고 있는 당신네 배에서는 만사가 위험합니다. 얀센[72]이 말했듯이, 바다에서는 한눈에 나락의 밑바닥에 온 듯한 인상을 받지만, '노틸러스'호를 타고 있으면 아무리 해저에 있어도 무섭다는 느낌이 들지 않습니다. 이 배의 이중 선체는 더없이 튼튼하니까 걱정할 만한 선체 변형은 조금도 일어나지 않습니다. 삭구가 없으니 배가 이리저리 뒤흔들려서 삭구에 부담이 갈 염려도 없고, 강풍에 날아가버릴 돛도 없고, 증기 압력으로 폭발해서 산산조각 날 보일러도 없고, 이 배는 나무가 아니라 금속으로 되어 있으니까 불이 날 위험도 없고, 전기로 동력을 얻으니까 석탄이 떨어질 염려도 없고, 이렇게 깊은 바다 속을 항해하는 배는 이 배뿐이니까 충돌 사고를 걱정할 필요도 없고, 수면에서 몇 미터만 내려가면 고요하니까 폭풍을 견뎌내야 할 필요도 없습니다! 그렇습니다, 박사. 이 배는 정말로 최고입니다! 선장보다 조선업자, 조선업자보다는 기관사가 배를 더욱 신뢰한다는 게 사실이라면, 내가 얼마나 '노틸러스'호를 깊이 신뢰하고 있는지 아실 겁니다. 나는 선장인 동시에 조선업자이고 기관사이기도 하니까요!"

네모 선장의 열변은 내 마음을 사로잡고도 남았다. 불타는 눈빛과 열정적인 몸짓은 선장을 딴사람처럼 보이게 했다. 그는 이 배를, 마치 아버지가 자식을 사랑하듯 그렇게 사랑하고 있었다!

하지만 주제넘은 질문일지는 몰라도 한 가지 질문이 본능적으로 떠올랐다. 나는 묻지 않을 수 없었다.

"그럼 당신이 기관사인가요?"

"그렇습니다. 나는 대륙의 주민이었을 때 런던과 파리와 뉴욕에서 공부했습니다."

"하지만 이렇게 훌륭한 '노틸러스'호를 어떻게 몰래 만들 수 있었지요?"

"이 배의 부품들은 세계 각지에서 운송회사를 거쳐 나한테 보내졌습니다. 용골은 프랑스의 크뢰조 제철소에서 만들었고, 구동축은 런던의 펜 회사가, 선체의 철판은 리버풀의 레어드 회사가, 스크루는 글래스고의 스콧 회사가, 물탱크는 파리의 카유 회사가, 기계류는 독일의 크루프 회사가, 뱃머리의 돌출부는 스웨덴의 모탈라 공장에서, 정밀 기기는 뉴욕의 하트 형제 회사가 만들었지요. 나는 이들 제조업체에 각각 다른 이름으로 설계도를 보내 제작을 주문했답니다."

"하지만…… 부품들이 만들어지고 나면 조립하고 조정해야 하지 않습니까?"

"나는 큰 바다 한복판에 있는 작은 무인도에 공장을 세웠습니다. 거기서 내가 가르치고 훈련시킨 동료들과 함께 '노틸러스'호를 완성했지요. 작업이 끝난 뒤에는 불을 질러, 그 섬에 우리가 있었다는 흔적을 모조리 없애버렸습니다. 할 수만 있었다면 그 섬을 폭파해서 날려버렸을 겁니다."

"비용도 엄청나게 많이 들었을 텐데요?"

"철선(鐵船)은 톤당 1125프랑이 듭니다. '노틸러스'호는 배수량이 약 1500톤이니까, 건조 비용은 168만 7천 프랑이지요. 거기에다 장비 값을 포함하면 약 2백만 프랑, 이 배에 실려 있는 예술품과 기타 수집품 가격을 포함하면 4백만 내지 5백만 프랑은 됩니다."

"마지막으로 한 가지만 묻겠습니다."

"물어보세요."

"그럼 당신은 굉장한 부자겠군요?"

"억만장자지요. 프랑스 정부가 지고 있는 100억 프랑의 부채도 별로 어렵지 않게 갚을 수 있을 겁니다."

나는 그런 식으로 말하고 있는 이 괴상한 인물을 뚫어지게 바라보았다. 이 사람은 남의 말을 쉽사리 믿는 나를 놀리고 있는 것일까? 두고 보면 알게 되겠지.

chapter 14
검은 바닷물

지구상에서 물로 덮여 있는 면적은 3억 8325만 5800평방킬로미터,[73] 곧 380억 헥타르 이상으로 추산된다. 수량은 140억 입방킬로미터에 이르고, 이것을 공 모양으로 만들면 지름이 240킬로미터, 무게는 300경(京) 톤이 될 것

항해 계기들

이다. 300경이라는 수를 이해하려면, 100경이 10억의 10억 배라는 사실을 기억해야 한다. 이 수량은 지구상의 모든 하천이 4만 년 동안 쏟아내는 물의 양과 거의 맞먹을 것이다.

지질학적 시대에서, 불의 시대 다음에는 물의 시대가 왔다. 처음에는 바다밖에 없었다. 그러다가 고생대 실루리아기에 산봉우리들이 여기저기 나타나기 시작했고, 섬들이 자태를 보였다가 국지적인 홍수로 다시 사라지고, 다시 수면 위로 떠오른 섬들이 서로 연결되면서 땅덩어리를 이루고, 마침내 대륙이 지금 우리에게 익숙해져 있는 지리적 위치에 자리를 잡았다. 육지는 바다의 면적을 1억 2900만 평방킬로미터, 즉 129억 헥타르나 점령했다.

대륙의 지형 때문에 바다는 크게 다섯으로 나뉘었다. 북극해 · 남극해 · 인도양 · 대서양 · 태평양이 그것이다.

수은 측심기

경사계

전기 속도계

노트(1시간에 1마일) 속도 측정

항해 마일(1852m)당 나아간 거리 표시

127

태평양은 북극권과 남극권 사이에 북쪽에서 남쪽까지 길게 뻗어 있고, 동서로는 아시아와 아메리카 대륙 사이에 뻗어 있다. 동서의 거리는 경도로 치면 145도에 이른다. 태평양은 모든 바다 중에서 가장 고요하다. 해류는 폭이 넓고 느리다. 조수 간만의 차이는 아주 적고, 강우량이 풍부하다. 내가 운명적으로 지극히 기묘한 상황 속에서 처음으로 여행하게 된 바다는 그러했다.

"아로낙스 박사" 하고 네모 선장이 나를 불렀다. "원하신다면 정확한 현재 위치를 측정해서 항해의 출발점을 정합시다. 지금이 정오 15분 전이군요. 수면으로 돌아가겠습니다."

선장은 전기 벨을 세 번 울렸다. 펌프가 물탱크에서 물을 빼내기 시작했다. 압력계 바늘이 변화하는 압력과 '노틸러스'호의 상승을 알려주다가 멈추었다.

"도착했습니다." 선장이 말했다.

나는 상갑판으로 이어지는 중앙 층층대 쪽으로 걸어갔다. 철제 계단을 올라가 열린 해치를 통해 '노틸러스'호 위로 나왔다.

상갑판은 수면 위로 80센티미터밖에 올라와 있지 않았다. '노틸러스'호의 이물과 고물은 방추 모양을 하고 있어서, 전체적으로 길쭉한 시가와 비슷했다. 선체의 철판들은 거대한 육지 파충류의 몸을 덮고 있는 비늘처럼 약간씩 겹쳐져 있었다. 가장 성능 좋은 망원경으로 관찰한 사람들조차 이 배를 해양 동물로 착각한 이유가 바로 그것이었다.

상갑판 한복판쯤에 선체에 반쯤 묻힌 채 윗부분만 불룩하게 올라와 있는 보트가 보였다. 상갑판의 앞뒤에는 적당한 높이의 구조물이 하나씩 있었는데, 벽면은 약간 경사져 있고, 일부는 두꺼운 유리 렌즈로 덮여 있었다. 하나는 '노틸러스'호를 조종하는 조타수의 방, 또 하나는 진로를 비추는 강력한 탐조등을 놓아두는 방이었다.

바다는 아름답고 하늘은 맑았다. 길쭉한 배는 넘실거리는 물결에 거의 영향을 받지 않았다. 가벼운 동풍이 수면에 잔물결을 일으켰다. 안개가 걷혀서, 끝없이 이어져 있는 수평선을 한눈에 바라볼 수 있었다.

아무것도 보이지 않았다. 암초도, 작은 섬도 보이지 않았다. '에이브러햄 링컨'호는 사라지고 없었다. 그야말로 망망대해였다!

네모 선장은 위도를 계산하기 위해 육분의로 태양의 고도를 재려는 참이었다. 그는 태양이 움직여 육분의에 그려져 있는 수평선 끝에 닿기를 기다리고 있었다. 육분의를 지켜보는 동안 그는 근육 하나 움직이지 않았다. 대리석으로 만든 손이 육분의를 들고 있었다 해도 그보다 더 안정되지는 못했을 것이다.

네모 선장은 태양의 고도를 쟀다.

"정오." 네모 선장이 말했다. "아로낙스 박사, 언제든 원하시면……?"

나는 일본 근해의 누런 바다를 마지막으로 바라보고 객실로 내려갔다.

객실에서 선장은 크로노미터로 경도를 계산하고, 그것을 방금 관측한 태양의 각도와 대조하여 현재 위치를 계산했다. 그러고는 나에게 그 결과를 말해주었다.

"아로낙스 박사, 우리는 현재 동경 137도 15분……."

"그건 어느 자오선을 기준으로 한 겁니까?" 내가 얼른 물었다. 선장의 대답을 들으면 그의 국적을 알 수 있을지도 모른다고 생각했기 때문이다.

"나는 파리와 그리니치와 워싱턴의 자오선에 맞추어져 있는 여러 개의 크로노미터를 갖고 있습니다만, 당신을 위해서 파리 자오선을 기준으로 삼겠습니다."

이 대답에서는 아무것도 알아낼 수 없었다. 나는 고개를 숙여 절을 했고, 선장은 말을 이었다.

"파리 자오선에서 동쪽으로 137도 15분, 위도는 북위 30도 7분, 일본 연안에서 약 500킬로미터 떨어진 곳입니다. 오늘은 11월 8일, 정오, 우리의 해저 탐험 여행은 지금 이 순간 시작됩니다."

"신이여, 우리를 지켜주소서!"

"아로낙스 박사, 당신은 마음대로 연구해도 좋습니다. 나는 수심 50미터에서 동북동쪽으로 진로를 잡았습니다. 여기 해도가 있으니 진로를 더듬어보시죠. 객실은 마음대로 사용하시고, 괜찮으시다면 나는 이만 물러가겠습니다."

혼자 남은 나는 깊은 상념에 잠겼다. 내 생각은 오로지 '노틸러스'호의 선장에만 집중되어 있었다. 어디에도 속하지 않은 자유인이라고 자랑하는 그 괴상한 인물의 국적을 알아낼 수 있을까? 그가 인류 전체에 품고 있는 증오심, 무서운 복수를 추구하고 있을지도 모르는 그 증오심을 심어준 사람은 누구일까? 그는 인정받지 못한 과학자일까? 콩세유의 표현을 빌리면 '상처받은' 천재일까? 현대판 갈릴레이[74]일까? 아니면 정치 혁명으로 인생을 망친 미국의 모리 같은 사람일까? 아직은 알 수 없었다. 나는 우연히 그의 배에 던져졌고, 내 목숨은 그의 손아귀에 들어 있었다. 그런 나를 네모 선장은 냉정하지만 정중하게 맞아주었다. 다만 그는 내가 내민 손을 잡지 않았다. 그리고 자기 손을 나에게 내밀지도 않았다.

나는 꼬박 한 시간 동안 내 마음을 사로잡는 수수께끼를 파헤치려고 애쓰면서 이런 생각에 잠겨 있었다. 그때 문득 내 눈길이 탁자 위에 펼쳐져 있는 거대한 해도에 떨어졌다. 나는 우리가 관측한 경도와 위도의 교차점을 손가락으로 짚었다.

바다에도 육지의 강과 마찬가지로 흐름이 있다. 온도와 색깔로 구분되는 뚜렷한 해류가 바다의 강이다. 가장 두드러진 것은 멕시코 만류라고 불리는 해류다. 과학자들은 지구에 있는 주요 해류 다섯 개의 방향을 알아냈다. 첫째는 북대서양 해류, 둘째는 남대서양 해류, 셋째는 북태평양 해류, 넷째는 남태평양 해류, 그리고 다섯째는 남인도양 해류다. 옛날 카스피 해와 아랄 해가 아시아의 거대한 호수들과 연결되어 하나의 바다를 이루었을 때는 북인도양에 여섯 번째 해류가 존재했을 가능성도 있다.

해도를 보니 지금 우리가 있는 위치를 해류 하나가 흐르고 있었다. 일본어로 '쿠로시오'(黑潮), '검은 바닷물'이라는 뜻이다. 이 해류는 벵골 만에서 수직으로 내리쬐는 열대의 태양에 덥혀진 뒤, 말라카 해협[75]을 가로질러 아시아의 해안을 따라 북상하다가 북태평양으로 방향을 바꾸어 알류샨 열도까지 나아간다. 이 해류는 녹나무를 비롯한 열대 산물을 실어 나르고, 따뜻한 물의 순수한 쪽빛은 태평양의 물결과 뚜렷한 대조를 이룬다. '노틸러스' 호는 이 해류를 가로지를 예정이었다. 나는 이 해류가 거대한 태평양 속으로 사라질 때까지 눈으로 해류의 흐름을 좇았다. 내가 해류에 실려가는 듯한 기분을 느끼고 있을 때, 네드 랜드와 콩세유가 객실 문간에 나타났다.

선량한 두 친구는 눈앞에 진열되어 있는 놀라운 물건들을 보고는 석상이 된 듯 멍하니 서 있었다.

"여기가 어디지?" 캐나다인은 계속 소리치고 있었다. "퀘벡 박물관인가?"

"미안하지만 퀘벡 박물관보다는 솜라르 박물관[76]처럼 보이는데?" 콩세유가 대꾸했다.

"이보게들." 나는 그들에게 들어오라고 손짓하면서 말했다. "여긴 캐나다도 프랑스도 아니고, 해수면보다 50미터 밑에 있는 '노틸러스'호라네."

"주인님이 그렇게 말씀하신다면 틀림없이 그렇겠죠." 콩세유가 대답했다. "하지만 솔직히 말해서 이 방은 저 같은 플랑드르 출신도 놀랄 만하군요."

"마음껏 놀라게. 그리고 잘 봐둬. 자네 같은 분류 애호가가 할 일이 있으니까."

굳이 콩세유를 부추길 필요도 없었다. 콩세유는 벌써 진열장 위로 고개를 숙이고 박물학자의 전문 용어를 중얼거리고 있었기 때문이다. 복족류, 개오지과, 무늬개오지속…….

그러는 동안, 패류학자와는 거리가 먼 네드 랜드는 네모 선장과 무슨 이야기를 했느냐고 나에게 묻고 있었다. 네모 선장이 어떤 작자인지 알아냈느냐? 선장은 어디 출신이냐? 어디로 가고 있느냐? 얼마나 깊은 곳까지 우리를 데려갈 작정이냐? 요컨대 나에게 대답할 시간도 주지 않고 수천 가지 질문을 퍼부었다.

나는 내가 알고 있는 것, 아니 오히려 내가 모르는 것을 모두 그에게 말해주고, 지금까지 무엇을 보고 들었느냐고 그에게 물어보았다.

"아무것도 못 보았고, 아무 소리도 못 들었습니다! 이 배의 승무원도 아직 못 보았어요. 승무원도 사람이 아니라 전기라고 생각하세요?"

"전기?"

"박사님은 분명 그렇게 생각하실 겁니다. 하지만……" 매사에 외곬으로 생각하는 버릇이 있는 네드가 말을 이었다. "이 배에 사람이 몇 명이나 있는지 말해줄 수 없습니까? 열 명? 스무 명? 쉰 명? 아니면 백 명?"

"그건 나도 몰라. 어쨌든 '노틸러스'호를 탈취한다느니 탈출한다느니 하는 생각은 당분간 접어두게. 이 배는 현대 산업의 걸작이야. 이 배를 보지 못했다면 두고두고 후회할 뻔했어. 이 놀라운 배를 보기 위해서라면 지금 우리가 놓여 있는 처지를 기꺼이 받아들일 사람이 얼마든지 있을 걸세. 그러니 제발 진정하고, 주위에서 일어나는 일을 관찰하려고 애써보게."

"관찰이라고요?" 작살잡이가 소리쳤다. "도대체 뭐가 보여야 관찰을 하죠! 이 철판 감옥에서는 절대로 밖을 내다볼 수 없을 겁니다. 우리는 아무것도 못 본 채 그저 맹목적으로 움직이고 항해하고……."

네드 랜드가 이렇게 말한 순간, 갑자기 방이 캄캄해졌다. 그야말로 칠흑처럼 어두워졌다. 천장의 불이 너무 빨리 꺼져서, 그 갑작스런 변화에 눈이 아플 정도였다. 정반대로 캄캄한 곳에서 갑자기 눈부시게 밝은 곳으로 나갔을 때 눈이 아픈 것과 마찬가지였다.

우리는, 유쾌한 일이든 불쾌한 일이든 어떤 놀라운 일이 우리를 기다리고 있는지 모른 채, 꼼짝도 않고 말없이 서 있었다. 무언가가 미끄러지는 소리가 들렸다. '노틸러스'호의 옆면을 이루는 철판이 열리거나 닫히는 듯한 소리였다.

"이제 끝장이야!" 네드 랜드가 말했다.

"히드로해파리목!" 콩세유가 중얼거렸다.

하지만 갑자기 객실 양쪽에서 빛이 나타났다. 타원형 구멍을 통해 빛이 들어오고 있었다. 이제 전류가 바깥의 물을 환히 비추었다. 크리스털 유리 두 장이 우리와 바다 사이를 가로막고 있었다. 처음에는 나도 약한 유리창이 깨질지 모른다는 생각에 몸을 떨었지만, 튼튼한 구리 창틀에 보강된 유리는 거의 무한한 강도를 갖고 있었다.

'노틸러스'호에서 반경 2킬로미터 안에 있는 바다가 환히 바라보였다. 얼마나 멋진 광경인가! 어떤 말로 그것을 묘사할 수 있을까? 그 투명한 바닷물에 빛이 비쳤을 때의 효과, 빛이 바다의 위쪽과 아래쪽으로 차츰 사라져 가는 그 광경을 제대로 묘사할 수 있는 사람이 어디 있겠는가!

바다가 투명하다는 것은 널리 알려져 있다. 바닷물이 민물보다 더 맑다는 것은 누구나 알고 있다. 바닷물 속을 떠다니는 광물질과 유기물질이 실제로 바닷물을 더욱 투명하게 만들어주기 때문이다. 서인도 제도의 일부 해역은 물이 놀랄 만큼 맑아서 150미터 깊이의 모랫바닥을 환히 들여다볼 수 있다. 햇빛은 수심 300미터 깊이까지 뚫고 들어갈 수 있다. 하지만 '노틸러스'호가 항해하고 있는 환경에서는 물속에서 나온 빛이 바다의 심장 속으로 뚫고 들어갔다. 그것은 빛을 받은 물이 아니라, 물 같은 빛이었다.

심해는 인광에 의해 푸른빛을 낸다고 믿은 에렌베르크[77]의 가설을 믿는다면, 자연은 바다의 주민을 위해 가장 화려하고 극적인 광경 하나를 따로 남겨둔 것이 분명하다. 이제 나는 수없이 다양한 불빛의 효과를 보고 그것을 알 수 있었다. 내 양쪽에는 전인미답의 심연으로 열린 창이 있었다. 객실이 어두워서 바깥 불빛이 더욱 환해 보였다. 우리는 이 순수한 크리스털 유리가 거대한 수족관의 유리라도 되는 것처럼 그 유리 속에 펼쳐지는 광경을 바라보았다.

'노틸러스'호는 움직이지 않는 듯이 보였다. 눈의 기준점이 전혀 없었기 때문이다. 하지만 이따금 뱃머리가 가른 물살이 엄청난 속도로 우리의 눈앞을 지나가곤 했다.

우리는 경탄에 빠진 채 유리창 앞에 멍하니 서 있었다. 너무나 놀라운 광경에 모두 넋을 잃었다. 아무도 침묵을 깨려고 하지 않았다. 이윽고 콩세유가 말했다.

"네드, 자네는 보고 싶어 했지? 이제 우리는 볼 수 있어!"

"놀랍군. 정말 놀라워!" 캐나다인은 완전히 넋을 잃고, 분노나 탈출 계획도 까맣게 잊어버렸다. "이렇게 환상적인 광경을 볼 수만 있다면 아무리 먼 길도 기꺼이 가겠어!"

"아아!" 내가 소리쳤다. "이제야 그 사람을 이해할 수 있겠군! 그는 자기한테만 가장 놀라운 경이를 보여주는 자기만의 세계를 만들어냈어!"

"그런데 물고기들은 다 어디 갔지? 한 마리도 안 보여!" 캐나다인이 외쳤다.

"그건 왜 걱정하나? 물고기에 대해선 쥐뿔도 모르면서." 콩세유가 대꾸했다.

"내가? 나는 이래 봬도 어부야!"

두 친구 사이에 토론이 시작되었다. 그들은 둘 다 물고기에 대해 알고 있

내 양쪽에는 전인미답의 심연으로 열린 창이 있었다.

었지만, 전혀 다른 방식으로 알고 있었기 때문이다.

잘 알려져 있듯이 어류는 척추동물문의 네 번째이자 마지막 강에 속한다. 어류는 '이중의 혈액순환을 하는 냉혈동물, 아가미로 호흡하며, 수중 생활에 적합한 신체 구조를 가진 척추동물'로 정의되었다. 어류에는 등뼈가 뼈 같은 척추골로 이루어진 경골어류와 연골성 척추골로 이루어진 연골어류가 있다.

캐나다인도 경골어류와 연골어류의 이런 차이를 알고 있었겠지만, 콩세유는 더 많이 알고 있었다. 이제 네드와 친구가 되었기 때문에, 콩세유는 자기가 네드보다 조금이라도 덜 박식하다는 것을 인정할 수 없었다. 그래서 콩세유는 말했다.

"네드, 자네는 물고기를 잘 잡는 솜씨 좋은 어부야. 그 매력적인 동물을 수없이 잡았겠지. 하지만 물고기를 어떻게 분류하는지는 아마 모를걸."

"알고 있어." 작살잡이가 진지하게 대꾸했다. "물고기는 먹을 수 있는 것과 먹을 수 없는 것으로 분류되지."

"그건 먹보의 분류법이야." 콩세유가 대꾸했다. "경골어류와 연골어류의 차이를 아나?"

"아마 알 거야."

"그럼 그 두 강의 하위 구분도 아나?"

"그런 건 몰라."

"그럼 잘 듣고 기억해둬! 경골어류는 여섯 종류로 분류돼. 첫째, 완전하고 움직일 수 있는 위턱과 빗 모양의 아가미를 가진 극기류. 여기에는 열다섯 개 과가 딸려 있고, 지금까지 알려진 물고기의 4분의 3이 여기에 속하지. 대표적인 것은 농어."

"농어는 맛이 좋지."

"둘째, 배 밑과 가슴 뒤쪽에는 지느러미가 달려 있지만, 어깨뼈에는 지느러미가 달려 있지 않은 복기류. 민물고기는 대부분 여기에 속해. 대표적인 것은 잉어와 강꼬치고기."

"흥!" 캐나다인은 경멸하는 표정으로 코웃음을 쳤다. "민물고기라고!"

"셋째, 가슴 밑에 지느러미가 달려 있고 어깨뼈에도 직접 지느러미가 달려 있는 완기류. 여기에는 네 개 과가 딸려 있고, 대표적인 것은 혀가자미, 문치가자미, 넙치, 파랑쥐치, 서대 등등."

"맛이 끝내주지!" 물고기를 음식이라는 관점에서만 생각하기를 좋아하는 작살잡이가 소리쳤다.

"넷째." 콩세유는 그래도 전혀 화를 내지 않고 말을 이었다. "몸이 길쭉하고 배지느러미가 없고 껍질이 두껍고 대개 끈적끈적한 무족류. 여기에는 과가 하나밖에 딸려 있지 않아. 대표적인 것은 뱀장어와 전기뱀장어."

"그건 맛이 별로야!"

"다섯째, 턱은 완전하고 자유롭게 움직이지만 아가미는 아치형을 따라 쌍으로 배열된 작은 볏 모양을 하고 있는 관새류. 여기에도 과가 하나밖에 딸려 있지 않아. 대표적인 것은 해마와 실고기."

"그런 건 쓰레기야, 쓰레기!"

"끝으로 여섯째, 턱뼈가 턱을 이루는 상악골 옆에 단단히 붙어 있고 아치 모양의 구개가 두개골과 꿰매 붙인 것처럼 맞물려 있어서 움직일 수 없는 유악류. 배지느러미가 없고, 두 개의 과로 이루어져 있고, 대표적인 것은 복어와 개복치."

"그런 물고기는 냄비를 망쳐가면서 요리할 가치가 없어."

"어때, 좀 알겠어?"

"한마디도 못 알아듣겠지만 계속해. 아주 재미있군."

"연골어류에 딸려 있는 것은 세 종류뿐이야."

"그럼 더욱 좋지."

"첫째, 턱이 움직일 수 있는 고리 모양으로 유착되어 있고 아가미가 수많은 구멍으로 이어져 있는 원구류. 여기에 딸려 있는 과는 하나뿐이고, 대표적인 것은 칠성장어."

"그건 먹을수록 맛이 있더군."

"둘째, 아가미는 원구류와 비슷하지만 아래턱을 움직일 수 있는 판새류. 연골어류 중에서는 가장 수가 많고, 두 개의 과로 이루어져 있지. 대표적인 것은 상어와 가오리."

"뭐라고?" 네드가 소리쳤다. "상어와 가오리가 같은 종류에 속한다고? 이봐, 친구. 가오리를 위해서 하는 말인데, 가오리와 상어를 함께 넣어두지 않는 게 좋을 거야."

"셋째, 아가미가 하나의 구멍으로 통해 있고, 그 구멍에 아가미 딱지가 달려 있는 경린류. 여기에는 네 개의 속이 딸려 있고, 대표적인 것은 철갑상어."

"아아, 콩세유. 자네는 제일 좋은 것을 맨 마지막을 위해 남겨두었군. 어쨌든 내 생각에는 그래. 그런데 다 끝났나?"

"그래. 하지만 이것을 다 알아도, 사실은 여전히 아무것도 모른다는 걸 알아야 돼. 과는 다시 속, 아속, 종, 변종으로 분류되니까……."

"이봐, 친구." 작살잡이가 유리창으로 몸을 기울이면서 말했다. "저기 수많은 변종이 지나가고 있어!"

"야아, 정말 많군! 꼭 수족관 안에 들어온 것 같은데!"

"아니야." 내가 말했다. "수족관은 우리에 불과하지만, 저 물고기들은 하늘을 나는 새처럼 자유로우니까."

"콩세유, 저 물고기들의 이름을 말해줘. 어서!" 네드가 재촉했다.

"난 못해. 그건 주인님의 전문 분야야."

사실 그 훌륭한 젊은이는 동물 분류에 광적일 만큼 열중했지만, 박물학자는 아니었다. 그가 참치와 가다랑어를 구별할 수 있을지도 의심스럽다. 요컨대 콩세유는 모든 물고기의 이름을 술술 댈 수 있는 캐나다인과는 정반대였다.

"저건 파랑쥐치." 내가 말했다.

"그리고 저건 중국파랑쥐치." 네드 랜드가 응수했다.

"유악류, 복어목, 쥐치복과, 발리스테스속." 콩세유가 중얼거렸다.

네드와 콩세유를 합치면 뛰어난 박물학자가 되었을 것이다.

캐나다인은 틀리지 않았다. 단단한 몸이 거친 피부로 덮여 있고 등지느러미의 가시로 무장한 파랑쥐치 떼가 꼬리 양쪽에 곤두선 네 줄의 가시를 흔들면서 '노틸러스'호 주위를 헤엄치고 있었다. 몸 위쪽은 회색, 아래쪽은 흰색이고 황금색 반점이 검은 물결 속에서 별처럼 반짝반짝 빛나는 파랑쥐치의 피부보다 더 매력적인 것은 세상에 없을 것이다. 파랑쥐치 무리 속에서 가오리 몇 마리가 바람에 펄럭이는 식탁보처럼 물결치고 있었다. 거기에 몸 위쪽은 노르스름하고 배 언저리는 오묘한 분홍색이고 눈 뒤에 세 개의 가시가 돋아나 있는 중국가오리가 한 마리 섞여 있는 것을 발견하고 나는 떨 듯이 기뻤다. 이것은 희귀종이고, 일본 화집에서만 그것을 본 라세페드 백작[78] 시대에는 그것이 실제로 존재하는지도 확실치 않았다.

두 시간 동안 온갖 해양 동물이 '노틸러스'호를 호위했다. 그들이 아름다움과 다채로운 색깔과 속도를 겨루면서 장난을 치고 뛰어오르는 동안, 나는 초록색의 고생놀래기, 두 개의 검은 줄무늬가 특징인 바르바리숭어, 꼬리지느러미가 둥글고 하얀 바탕에 등에만 보라색 얼룩무늬가 있는 망둥이, 등이 푸르고 머리가 은빛인 고등어, 이름만으로도 더 이상 설명이 필요 없는 화려한 아주리, 꼬리지느러미가 검은 줄무늬로 장식되어 있는 감성돔, 여섯 개의 띠를 우아하게 두르고 있는 조니퍼감성돔, 입이 피리처럼 생긴 아울로스토미, 몸길이가 1미터에 이르는 대주등치, 가시곰치, 반짝이는 작은 눈과 거대한 입과 빽빽한 이빨을 가진 2미터 길이의 바다뱀 따위를 발견했다.

절정에 이른 우리의 경탄은 여전히 식을 줄 몰랐다. 모두 감탄사를 연발했다. 네드는 물고기의 이름을 댔고, 콩세유는 그것을 분류했다. 나는 물고기들의 화려한 색깔과 아름다운 형태에 황홀해졌다. 나는 지금까지 자연 환경에서 자유롭게 돌아다니는 살아 있는 동물을 관찰할 기회를 한 번도 갖지 못했다.

황홀해진 우리의 눈앞을 일본과 중국 해역의 모든 물고기가 지나갔지만, 그것을 일일이 거론하지는 않겠다. 하늘을 나는 새보다 훨씬 수가 많은 이 물고기들은 분명 눈부신 불빛에 이끌려 우리 배 쪽으로 달려오고 있었다.

그때 갑자기 객실에 불이 켜졌다. 금속판이 다시 닫혔다. 매혹적인 광경도 사라졌다. 하지만 그 후에도 나는 오랫동안 꿈속을 헤매고 있었다. 그러다가 갑자기 내 눈이 벽에 걸려 있는 기구에 멈추었다. 나침반은 여전히 동북동쪽을 가리키고, 압력계는 수심 50미터에 해당하는 5기압을 나타내고, 속도계는 15노트의 속도를 알려주고 있었다.

나는 네모 선장이 나타날 줄 알았는데, 내 예상은 빗나갔다. 시계가 오후 다섯 시를 가리키고 있었다.

네드와 콩세유는 그들의 선실로 돌아갔다. 나도 내 방으로 돌아갔다. 벌써 식사가 준비되어 있었다. 요리는 거북 수프, 숭어의 하얀 살과 간, 청줄돔 회로 이루어져 있었다.

저녁에는 책을 읽고 글을 쓰고 생각을 하면서 보냈다. 이윽고 눈이 감겼기 때문에, 나는 해초 침대에 편안히 드러누워 깊은 잠 속으로 빠져들었다. 그 동안에도 '노틸러스'호는 '검은 바닷물'의 빠른 흐름 속을 미끄러지듯 나아가고 있었다.

chapter 15
초대장

이튿날인 11월 9일, 나는 열두 시간의 긴 잠에서 깨어났다. 여느 때처럼 콩세유가 '주인님이 밤새 안녕하셨는지' 보고 시중을 들려고 들어왔다. 캐나다인은 잠자는 것 말고는 아무 일도 한 적이 없는 사람처럼 여태 자고 있었다.

나는 콩세유가 마음대로 지껄이게 내버려두고, 굳이 대꾸하려고 애쓰지도 않았다. 나는 사실 어제 오후부터 네모 선장이 보이지 않는 것에 신경이 쓰였다. 하지만 오늘은 선장을 다시 볼 수 있을 거라고 생각했다.

나는 곧 연체동물의 족사로 짠 옷을 입었다. 콩세유는 한두 번 이 옷감에 대해 언급한 적이 있는데, 나는 그 옷감이 털격판담치가 바위에 달라붙기 위해 분비하는, 명주실처럼 광택 있고 부드러운 실로 짠 것이고, 털격판담치는 지중해 연안에 많이 사는 홍합의 일종이라고 말해주었다.

이 족사는 아주 부드럽고 따뜻하기 때문에, 전에는 이 실로 스타킹과 장갑 같은 고운 옷감을 만들었다. 따라서 '노틸러스'호 승무원들은 육상에서 나는 목화나 양이나 누에가 없어도 경제적으로 옷을 지어 입을 수 있었다.

나는 옷을 입고 객실로 갔다. 객실에는 아무도 없었다.

나는 진열장에 있는 귀중한 조개류를 연구하는 데 몰두했다. 말렸는데도 여전히 아름다운 색깔을 유지하고 있는 희귀한 해양식물로 가득 찬 식물표본 전시관도 둘러보았다. 그 귀중한 수생식물들 속에서 나는 잎이 소용돌이 모양인 클라도스테품, 공작꼬리, 잎덩굴손을 가진 콜러파, 곡식 같은 알갱이가 달려 있는 칼리탐눔, 진홍색의 섬세한 비단풀, 부채 모양의 우뭇가사리, 버섯의 갓처럼 생겨 오랫동안 식충류로 분류된 아케타불룸, 그리고 온갖 종류의 켈프를 발견했다.

꼬박 하루가 지나도록 네모 선장은 모습을 보이지 않았다. 객실 유리창의 금속판도 열리지 않았다.

'노틸러스'호의 진로는 여전히 동북동쪽이었고, 속도는 12노트, 수심은 50~60미터를 유지하고 있었다.

이튿날인 11월 10일도 전날과 마찬가지였다. 나는 버림받은 듯한 고독감에 사로잡혔다. 승무원들도 전혀 모습을 드러내지 않았다. 네드와 콩세유는 거의 온종일 나와 함께 지냈다. 그들도 선장이 나타나지 않는 데 놀라고 있었다. 그 이상한 사람이 병이 났을까? 우리에 대한 태도를 바꿀 작정인가?

콩세유도 지적했듯이, 어쨌든 우리는 완전한 자유를 누렸다. 음식은 맛있고 푸짐했다. 주인은 손님들에게 약속을 지키고 있었다. 우리가 불평할 이유는 전혀 없었다. 어쨌거나 우리는 묘한 처지에 놓여 있었지만 충분한 보상을 받고 있으니까, 아직까지는 선장을 비난할 권리가 없었다.

내가 우리 모험에 대해 일기를 쓰기 시작한 것은 바로 그날이었다. 그래서 나는 상세하고 정확하게 우리의 모험을 기록할 수 있었다. 기묘한 일이지만, 나는 해초로 만든 종이에 일기를 썼다.

11월 11일 새벽, 신선한 공기가 '노틸러스'호 안을 흐르고 있었기 때문에, 나는 배가 산소를 보충하려고 다시 수면 위로 올라간 것을 알았다.

나는 중앙 층층대 쪽으로 가서 상갑판으로 올라갔다.

아침 여섯 시였다. 하늘은 온통 구름으로 뒤덮여 우중충했고, 바다도 잿빛이었지만 잔잔했다. 너울은 거의 일지 않았다. 네모 선장도 상갑판으로 올까? 나는 여기서 선장과 만나게 되기를 기대하고 있었다. 하지만 내 눈에 띈 것은 유리방 안에 앉아 있는 조타수뿐이었다. 나는 불룩 튀어나온 보트 위에 앉아서 소금기 섞인 산들바람을 만족스럽게 들이마셨다.

안개가 햇빛을 받아 조금씩 걷히고 있었다. 해가 동쪽 수평선 위로 떠올랐다. 바다는 태양 아래에서 꽃불처럼 타올랐다. 높은 하늘에 흩어져 있던 구름이 온갖 현란한 색깔로 물들었다. 수많은 '고양이 혀'(가장자리가 톱니처럼 깔쭉깔쭉하고 가볍고 작은 구름)가 온종일 바람이 불 것을 예고하고 있었다.

하지만 폭풍에도 끄떡하지 않는 '노틸러스'호에 바람이 무슨 대수겠는가? 나는 유쾌한 해돋이에 감탄하고 있었다. 너무나 행복하고 기운이 절로 솟아났다. 바로 그때 누군가가 상갑판으로 올라오는 소리가 들렸다.

나는 네모 선장에게 인사할 준비를 하고 있었지만, 나타난 것은 선장이 아니라 그의 부관이었다. 나는 선장이 우리를 처음 찾아왔을 때 동행한 그를 만난 적이 있었다. 그는 상갑판으로 올라왔지만, 내가 있는 것을 알아차리지 못한 것 같았다. 그는 강력한 망원경을 눈에 대고 수평선을 유심히 살폈다. 그런 다음 해치로 걸어가서 다음과 같은 문장을 말했다. 내가 그 문장을 기억하는 것은 아침마다 똑같은 상황에서 똑같은 문장이 되풀이되었기 때문이다. 그 문장은 다음과 같았다.

"나우트론 레스포크 로르니 비르치."

무슨 뜻인지는 알 수 없었다.

이 말을 한 뒤, 부관은 다시 아래로 내려갔다. 나는 '노틸러스'호가 다시 수중 항해를 시작하려는 모양이라고 짐작했다. 그래서 나도 해치 아래로 내려가, 복도를 지나 내 방으로 돌아갔다.

이런 상태로 닷새가 지났다. 상황은 전혀 달라지지 않았다. 아침마다 나는 상갑판으로 올라갔다. 그리고 부관이 올라와서 똑같은 말을 했다. 네모 선장은 여전히 나타나지 않았다.

네모 선장을 다시는 만날 수 없을 거라고 결론지은 11월 16일, 네드와 콩세유와 함께 내 방으로 돌아와 보니 탁자 위에 편지가 놓여 있었다.

나는 서둘러 편지를 뜯었다. 편지는 분명하고 대담한 필체로 적혀 있었다. 고딕체처럼 보이는 글씨는 독일어 서체를 연상시켰다.

편지는 다음과 같은 내용이었다.

'노틸러스'호 선내

아로낙스 박사 귀하

네모 선장은 내일 아침 크레스포 섬에 있는 숲에서 벌어질 사냥 파티에 아로낙스 박사를 초대합니다. 네모 선장은 아로낙스 박사께서 아무쪼록 참석해주기를 바라며, 박사의 동료들도 동행할 수 있으면 기쁘겠습니다.

1867년 11월 16일
'노틸러스'호 지휘관 네모 선장

"사냥이라고?" 네드가 소리쳤다.
"크레스포 섬의 숲에서!" 콩세유가 덧붙였다.
"그럼 그 사람은 이따금 육지에 올라가는군요?" 네드 랜드가 물었다.
"분명히 그렇게 씌어 있는 것 같은데." 나는 편지를 다시 읽으면서 말했다.
"그럼 초대를 받아들여야죠." 캐나다인이 말했다. "일단 육지에 올라가면, 어떻게 할지 결정할 수 있을 겁니다. 어쨌든 나는 신선한 사슴 고기를 몇 덩어리 먹을 수 있다면, 그것만으로도 싫다고 하지 않겠습니다."
대륙과 섬에 대해 두려움을 품고 있는 네모 선장이 숲에서 사냥을 하겠다면서 우리를 초대한 것은 앞뒤가 맞지 않았지만, 나는 그 모순의 의미를 이해하려고 애쓰지 않고 대답했다.
"우선 크레스포 섬이 어디 있는지 조사해보세."
해도를 조사해보니 서경 167도 50분·북위 32도 40분에 크레스포 선장이 1801년에 발견하여 해도에 그려 넣은 작은 섬이 하나 있었다. 그 오래된 스페인 지도에는 섬 이름이 '로카 데 라 플라타'로 되어 있었다. 이것은 '은 바위'라는 뜻이다. 그렇다면 우리는 출발점에서 3000킬로미터나 왔다는 얘기가 되고, '노틸러스'호의 진로도 조금 바뀌어서 이제는 남동쪽을 향하고 있었다.

나는 동료들에게 북태평양 한복판에 눈에 띄지 않게 떠 있는 그 작은 바위섬을 보여주었다.

"네모 선장이 이따금 상륙한다면, 적어도 완전한 무인도를 선택할 거야."

네드는 말없이 고개만 끄덕이고 콩세유와 함께 방에서 나갔다. 말이 없고 무뚝뚝한 급사가 갖다준 저녁을 먹은 뒤, 나는 잠자리에 들었지만 다소 걱정스러운 기분이 들지 않는 것은 아니었다.

이튿날인 11월 17일 아침에 눈을 떠보니, '노틸러스'호가 전혀 움직이지 않고 있었다. 나는 얼른 옷을 입고 객실로 갔다.

네모 선장이 거기에 있었다. 그는 나를 기다리고 있다가, 내가 들어가자 일어나서 인사를 하고 사냥에 동행할 생각이냐고 물었다.

네모 선장이 지난 일주일 동안 모습을 보이지 않은 것에 대해 한마디도 하지 않았기 때문에, 나도 그 이야기는 꺼내지 않고 동료들과 함께 기꺼이 동행하겠다고 대답했다.

그러고는 이렇게 덧붙였다.

"그런데 한 가지 묻고 싶은 게 있습니다."

"물어보세요. 대답할 수 있는 질문이라면 대답하겠습니다."

"당신은 육지와 관계를 끊었다고 했는데, 크레스포 섬에 당신의 숲이 있다는 건 어찌된 일입니까?"

"내가 소유하고 있는 숲은 햇빛도 태양열도 필요 없습니다. 그 숲에는 사자도 호랑이도 퓨마도, 그밖에 어떤 네발짐승도 살지 않습니다. 그 숲을 아는 사람은 나뿐이고, 숲은 오직 나만을 위해서 자랍니다. 그 숲은 육지의 숲이 아니라 해저의 숲입니다."

"해저의 숲!" 나는 소리쳤다.

"그렇습니다, 아로낙스 박사."

"그런데 나를 거기에 데려가겠다는 겁니까?"

"그렇습니다."

"걸어서?"

"게다가 발도 적시지 않고."

"사냥하는 동안?"

"사냥하는 동안."

"손에 총을 들고?"

"손에 총을 들고."

나는 '노틸러스'호의 선장을 바라보았다. 내 얼굴에는 결코 그에게 반갑지 않은 표정이 떠올라 있었다.

'이 사람은 틀림없이 머리가 돌았어.' 나는 속으로 생각하고 있었다. '발작을 일으킨 게 분명해. 그 발작이 지난 일주일 동안 계속되었고, 아직도 계속되고 있는 거야. 정말 안됐군! 미치광이보다는 그냥 별난 괴짜였을 때가 더 좋았는데!'

이런 생각이 내 얼굴에 분명히 드러나 있었을 테지만, 네모 선장은 그냥 자기를 따라오라고 말했을 뿐이었다. 나는 모든 것을 체념한 사람처럼 그를 따라갔다.

우리는 식당에 도착했다. 벌써 아침 식사가 차려져 있었다.

"아로낙스 박사, 더 이상 격식을 차리지 말고 식사를 함께 들어주세요. 먹으면서 얘기합시다. 나는 숲 속 산책을 약속했지만, 당신을 레스토랑에 데려가겠다고는 약속하지 않았습니다. 그러니까 점심 식사는 아마 상당히 늦어질 겁니다. 그 점을 고려해서 아침을 든든히 먹어두세요."

나는 양껏 먹었다. 식사는 다양한 생선과 해삼에 '포르피리아 라키니아타'나 '로렌시아 프리마페디타'처럼 식욕을 돋구는 해초를 곁들인 것이었다. 우리는 맑은 물을 마셨는데, 네모 선장이 하는 것을 보고 나도 '로도메니 팔메'라고 불리는 해초에서 추출한 알코올음료를 물에 몇 방울 떨어뜨렸다. 캄차카 반도에는 이 음료를 물에 타서 마시는 습관이 있다고 한다.

네모 선장은 처음에는 말없이 먹기만 했다. 그러다가 말을 꺼냈다.

"내가 크레스포 숲에 함께 가자고 제의하자, 당신은 내가 모순된 말을 하고 있다고 생각했습니다. 그 숲이 해저 숲이라고 말해주자 당신은 내가 미쳤다고 생각했어요. 사람을 너무 성급하게 판단하면 안 됩니다."

"하지만 선장, 분명히 말하지만……."

"내 말을 들어보세요. 듣고 나면 나를 미쳤다고 비난해야 할지, 아니면 일관성이 없다고 비난해야 할지 알게 될 겁니다."

"좋습니다. 계속하세요."

"당신도 잘 알고 있듯이, 인간은 숨 쉴 공기만 공급되면 물속에서도 얼마든지 살 수 있습니다. 물속에서 일하는 사람은 방수복을 입고, 펌프와 밸브를 통해 바깥 공기를 받아들이는 금속 헬멧을 머리에 씁니다."

"잠수복 말씀이군요."

"그렇습니다. 하지만 인간은 그런 상태에서는 결코 자유롭지 않습니다. 공기 주입 펌프에 고무관으로 묶여 있는 것은 쇠사슬로 육지에 묶여 있는 거나 마찬가지예요. 우리가 그런 식으로 '노틸러스'호에 묶여 있다면, 그렇게 멀리까지 갈 수는 없을 겁니다."

"하지만 어떻게 그 제약에서 벗어날 수 있죠?"

"루케롤-드네루즈 장비[79]를 쓰면 됩니다. 당신의 동포인 두 프랑스인이 개발한 건데, 내가 목적에 맞게 개량했지요. 그걸 사용하면 몸의 어떤 장기도 전혀 괴롭히지 않고 새로운 생리적 조건을 시험해볼 수 있을 겁니다. 이 장비는 50기압의 압력으로 공기를 채워 넣은 두꺼운 철판 탱크로 이루어져 있습니다. 이 탱크를 배낭처럼 가죽 끈으로 등에 고정시키는 겁니다. 탱크 윗부분에는 일방통행 방식으로 공기가 보관되어, 정상적인 압력으로만 공기가 빠져나올 수 있습니다. 루케롤 장비에서는 이 공기통에서 사용자의 입과 코를 둘러싼 일종의 마스크까지 고무관 두 개가 연결되어 있는데, 하나는 숨 쉴 공기를 받아들이는 데 쓰이고 또 하나는 숨 쉬고 난 공기를 내보내는 데 쓰입니다. 둘 다 호흡할 때 필요에 따라 서로 닫을 수 있습니다. 하지만 해저의 수압은 상당히 강하기 때문에, 나는 잠수복 같은 구리 헬멧으로 머리를 완전히 둘러싸야 했습니다. 숨을 들이쉬고 내쉴 때 쓰는 고무관은 이 헬멧으로 이어져 있지요."

"알겠습니다, 네모 선장. 하지만 탱크에 넣은 공기는 순식간에 없어져버릴 텐데요. 공기 속에 산소가 15퍼센트 아래로 내려가면 숨을 쉴 수 없습니다."

"맞습니다. 하지만 아까도 말했듯이 '노틸러스'호의 펌프는 상당한 압력으로 공기를 저장할 수 있고, 따라서 탱크는 아홉 시간 내지 열 시간 동안 숨 쉴 수 있는 공기를 공급할 수 있습니다."

"좋습니다. 더 이상 의문을 제기하지 않겠습니다. 하지만 마지막으로 한 가지만 더 묻겠습니다. 해저에서는 어떻게 길을 밝힐 수 있습니까?"

"룸코르프 램프[80]를 이용하면 됩니다. 루케롤 장비는 등에 짊어지고, 룸코르프 램프는 허리띠에 차지요. 내가 활용하는 룸코르프 램프는 중크롬산칼륨이 아니라 나트륨이 들어 있는 분젠 전지를 갖추고 있습니다. 여기서 생산된 전기를 유도 코일이 받아들여서 특수한 랜턴으로 보내는 겁니다. 이 랜턴 안에는 이산화탄소가 조금 들어 있는 유리 코일이 있습니다. 장비가 작동하는 동안 이 이산화탄소는 지속적으로 하얀 빛을 냅니다. 이런 장비를 갖추면 숨도 쉴 수 있고 앞을 볼 수도 있습니다."

"어떤 의문을 제기해도 그처럼 명쾌하게 척척 대답하시니, 더 이상 의심할

해저 탐험가

미지 세계를 발견하는 기쁨, 또는 미지 세계의 자원을 탈취하려는 욕망에 떠밀려,
해저 탐험가들은 미지의 세계를 정복하기 위한 기술을 개발하고 있다.

잠수기

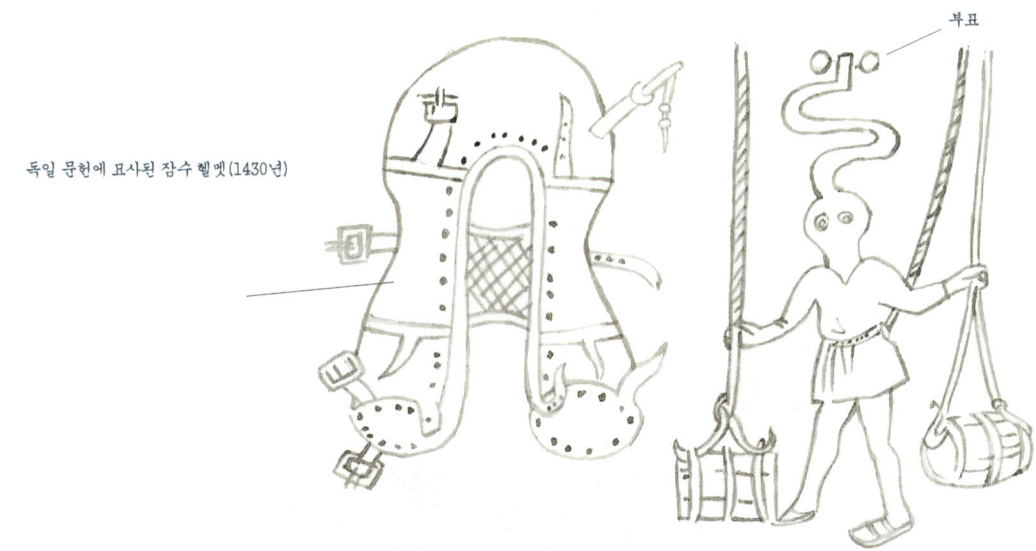

독일 문헌에 묘사된 잠수 헬멧(1430년)

부표

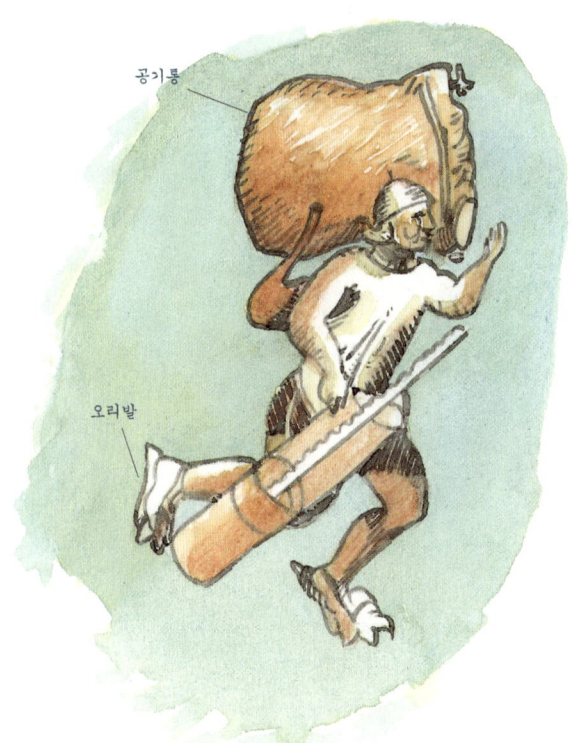

보렐리의 잠수기(1680년)

공기통

오리발

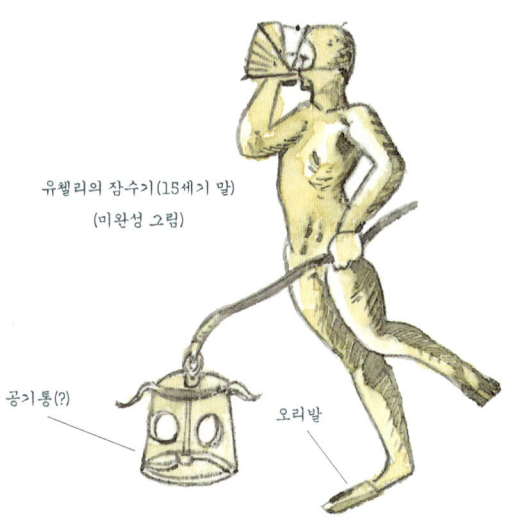

산소통 이용의 아이디어가 곧 출현한다.

유첼리의 잠수기(15세기 말)
(미완성 그림)

공기통(?)

오리발

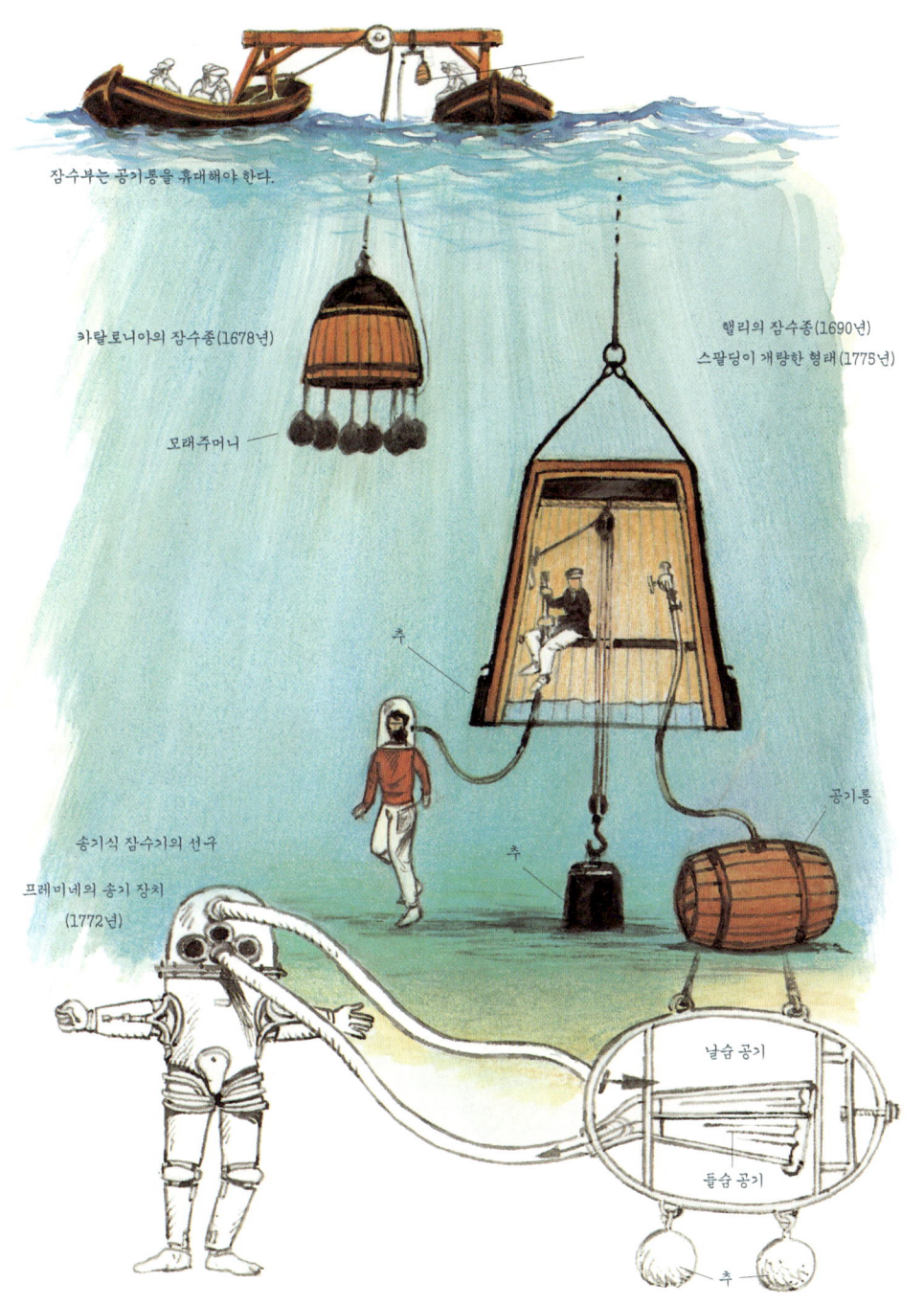

헬멧식 잠수기

오귀스트 드네루즈

브누아 루케롤

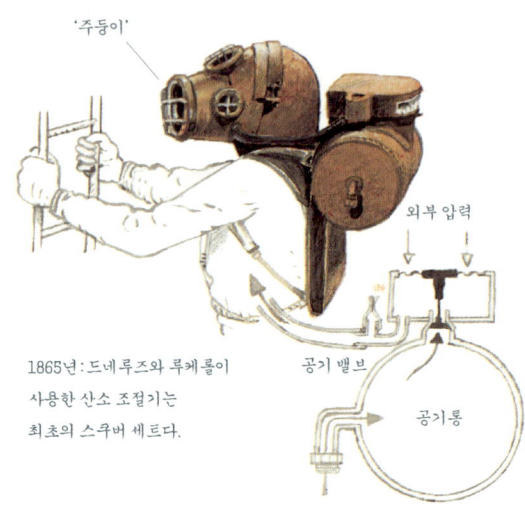

1865년: 드네루즈와 루케롤이 사용한 산소 조절기는 최초의 스쿠버 세트다.

1840~1845년:
어거스트 시베가 만든 잠수기를 착용하고 난파선에서 작업.

이 잠수기가 연결된 공기 공급기가 수면 위의 펌프에서 작동.

1819년에 어거스트 시베가 만든 최초의 잠수헬멧.

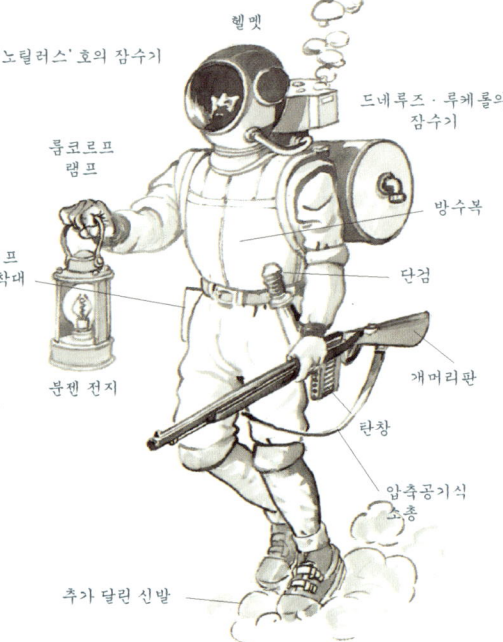

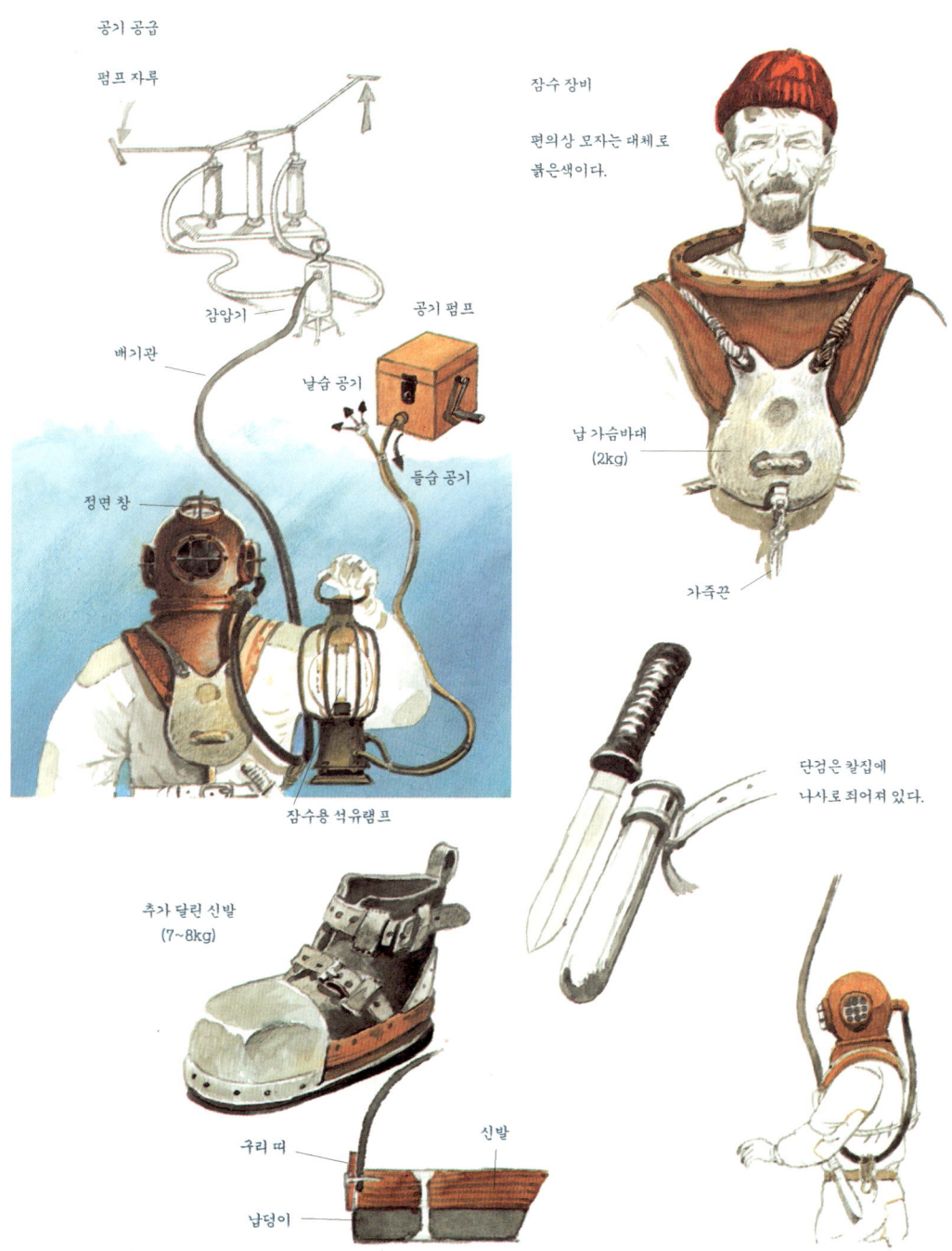

수가 없군요. 하지만 루케롤 장비와 룸코르프 램프는 인정할 수밖에 없다 해도, 당신이 나에게 줄 총에 대해서는 의견을 유보해야겠는데요."

"하지만 내 총은 화약으로 작동하지 않습니다."

"그럼 공기총인가요?"

"그렇습니다, 박사. 이 배에는 초석도 유황도 목탄도 없는데, 어떻게 화약을 만들 수 있겠습니까?"

"하지만 공기보다 밀도가 855배나 높은 물속에서 총을 쏘려면 상당한 저항을 이겨내야 할 텐데요."

"그건 전혀 문제가 안 됩니다. 풀턴[81]이 처음 고안한 이후 영국인 필립스 콜스와 버니, 프랑스인 퓌르시와 이탈리아인 란디가 개량한 특수한 총이 있습니다. 이 총은 특수한 밀폐 장치를 갖추고 있어서, 물속에서도 발사할 수 있습니다. 하지만 나는 화약을 구할 수 없기 때문에, 화약 대신 '노틸러스' 호의 펌프에서 얼마든지 얻을 수 있는 압축공기를 사용했지요."

"하지만 공기는 금방 바닥날 텐데요?"

"예, 하지만 나한테는 필요한 만큼 더 많은 공기를 공급해줄 수 있는 루케롤 탱크가 있잖습니까? 필요한 건 적당한 마개뿐입니다. 어쨌든 해저 사냥에서도 공기나 탄약을 그리 많이 쓰지는 않는다는 것을 당신도 직접 알게 될 겁니다."

"그래도 어두컴컴한 곳에서 공기보다 훨씬 밀도가 높은 물속에 잠겨 있으면, 총알은 별로 멀리 나가지 않을 테고, 사냥감한테 치명상을 입히기도 어렵지 않겠어요?"

"정반대입니다. 이 총으로 쏘면 모든 총알이 치명적입니다. 동물이 맞으면, 살짝 스치기만 해도 마치 벼락이라도 맞은 것처럼 쓰러집니다."

"이해할 수가 없군요!"

"이 총이 발사하는 것은 보통 탄알이 아니라, 오스트리아의 화학자 레니브

뢰크가 발명한 유리 캡슐이기 때문입니다. 나는 그것을 꽤 많이 갖고 있지요. 이 유리 캡슐은 강철 탄피에 싸여 있고 납 덩어리가 들어 있어서 무겁습니다. 게다가 라이덴 병[82]처럼 고압 전기가 축적되어 있지요. 이 전기는 아주 가벼운 충격으로도 방전되기 때문에, 아무리 힘센 동물도 당장 쓰러져 죽습니다. 덧붙여 말하면 이 캡슐은 4번 구경[83]밖에 안 되니까, 완전히 장전하면 최고 열 발까지 들어갈 수 있습니다."

"더 이상 할 말이 없군요." 나는 식탁에서 일어나면서 말했다. "이제 내가 할 일은 총을 받는 것뿐입니다. 당신이 어디에 가든 따라가겠습니다."

네모 선장은 나를 '노틸러스'호의 고물로 데려갔다. 네드와 콩세유의 선실을 지날 때, 나는 그들을 불렀다. 그들은 당장 나와서 우리와 합류했다.

우리는 기관실 근처에 있는 작은 방으로 들어갔다. 이 방이 우리가 옷을 갈아입을 곳이었다.

chapter 16
해저 평원의 산책

이 방은 '노틸러스'호의 무기고 겸 탈의실이었다. 수십 벌의 잠수복이 벽에 걸린 채 해저 산책을 나갈 사람들을 기다리고 있었다.

네드는 그것을 보고 눈에 띄게 망설였다.

"네드." 내가 말했다. "크레스포 섬의 숲은 사실은 수중 숲이라네!"

"그래요?" 신선한 물고기를 먹겠다는 꿈이 사라지자 작살잡이는 실망하여 소리쳤다. "박사님은 어떠세요? 저 괴상망측한 옷을 입으실 겁니까?"

"물론이지."

"박사님은 마음대로 하세요." 작살잡이는 어깨를 으쓱하면서 대답했다. "하지만 나는 억지로 입히지 않는 한 절대로 입지 않을 겁니다."

"아무도 강요하지는 않습니다." 네모 선장이 말했다.

"콩세유, 자네도 위험을 무릅쓸 작정인가?" 네드가 물었다.

"나는 주인님이 가시는 곳이면 어디든 따라간다네."

선장이 신호를 보내자 승무원 두 명이 들어와서 우리가 무거운 방수복을 입는 것을 도와주었다. 방수복은 이음매가 없는 고무로 만들어져 있고, 상당한 수압을 견딜 수 있도록 되어 있었다. 탄력이 있으면서도 튼튼한 갑옷 같았다. 상의와 바지가 한 벌을 이루고 있었다. 바지 끝에는 밑창에 납을 넣은 두꺼운 장화가 달려 있었다. 상의는 가슴을 수압에서 보호하여 허파가 자유롭게 기능을 발휘할 수 있도록 가늘고 길쭉한 구리판으로 보강되어 있었다. 소매 끝에는 손을 자유롭게 움직일 수 있을 만큼 부드러운 장갑이 달려 있었다.

상당히 개량된 이 잠수복은 18세기에 발명되어 격찬을 받은 잠수 용구—코르크로 만든 가슴바대, 구명조끼, 잠수복, 구명대 등—와는 하늘과 땅 차이였다는 것을 알 수 있을 것이다.

네모 선장과 그의 부하 한 사람—놀랄 만큼 건장해 보이는 헤라클레스 같은 남자—과 콩세유와 나는 곧 잠수복을 입었다. 이제 머리에 헬멧만 쓰면 되었다. 하지만 그 전에 나는 우리가 사용할 총을 미리 살펴볼 수 없겠느냐고 선장에게 물었다.

'노틸러스'호의 승무원 한 사람이 아주 단순해 보이는 총을 나에게 건네주었다. 비교적 큰 개머리판은 속이 빈 강철판으로 되어 있었다. 개머리판은 압축 공기를 저장하는 탱크 구실을 하고 있었다. 방아쇠를 당기면 밸브가 열리면서 탱크 속의 공기가 금속관으로 들어간다. 개머리판 속에 있는 탄창에는 약 열 발의 전기 총알이 들어 있고, 용수철 장치가 자동적으로 이 총알을 총신에 장전하도록 되어 있었다. 총알 한 발이 발사되면 곧바로 다음 총알이 총신 안으로 들어가 발사될 준비를 하는 것이다.

"네모 선장, 이 무기는 정말 완벽하고 다루기도 쉽군요. 시험 발사를 한번 해보고 싶은데요. 하지만 어떻게 바다 밑바닥으로 내려갈 겁니까?"

"'노틸러스'호는 이미 밑바닥에 내려와 있습니다. 이곳은 수심이 10미터지요. 배에서 나가기만 하면 됩니다."

"하지만 어떻게 나가지요?"

"곧 알게 될 겁니다."

네모 선장은 머리를 공 모양의 헬멧 속으로 집어넣었다. 콩세유와 나도 똑같이 했지만, 그 전에 캐나다인이 "사냥 잘들 하쇼!" 하고 빈정거렸다. 잠수복 맨 위에 달린 구리 칼라에는 나사산이 있어서, 헬멧을 나사로 잠수복에 고정시킬 수 있도록 되어 있었다. 헬멧에는 두꺼운 유리로 덮인 구멍이 세 개 뚫려 있어서, 헬멧 안에서 고개를 돌리기만 하면 어느 쪽이든 볼 수 있었다. 루케롤 장치를 등에 부착하자마자 작동하기 시작하여, 나는 아주 쉽게 숨을 쉴 수 있었다. 룸코르프 램프를 허리띠에 차고 총을 들자 떠날 준비가 끝났다. 하지만 솔직히 말하면 무거운 옷 속에 갇힌 데다 납으로 된 장화 밑창이 너무 무거워서, 내 힘으로는 한 발짝도 떼어놓을 수 없었을 것이다.

그러나 선장은 이런 어려움을 내다보고 있었다. 내 몸이 탈의실 옆의 작은 방으로 떠밀려 들어가는 것을 느낄 수 있었기 때문이다. 다른 사람들도 비슷하게 운반되어 나를 따라왔다. 우리 뒤에서 밀폐문이 닫히는 소리가 들리고, 캄캄한 어둠이 우리를 에워쌌다.

잠시 후 쉿쉿거리는 요란한 소리가 들렸다. 차가운 감각이 발에서 가슴 쪽으로 올라오기 시작했다. 배 안에 장치된 마개를 열어서 바닷물을 안으로 들인 모양이었다. 이제 바닷물은 작은 방을 가득 채우고 있었다. 그러자 '노틸러스'호 뱃전에 나 있는 두 번째 문이 열렸다. 희미한 빛이 안으로 들어왔다.

잠시 후 우리 발은 바다 밑바닥을 밟고 있었다.

이 수중 산책이 준 감동을 어떻게 표현할 수 있을까? 그런 경이로움은 어떤 말로도 표현할 수 없다. 화가의 붓도 심해의 독특한 효과를 제대로 묘사할 수 없는데, 펜이 어떻게 그것을 묘사할 수 있겠는가?

네모 선장이 앞장서서 걸었다. 그의 부하는 몇 걸음 뒤에서 우리를 따라오고 있었다. 콩세유와 나는 금속 껍질을 통해 말을 나눌 수 있기라도 한 것처럼 바싹 붙어 있었다. 옷과 신발과 공기통의 무게는 더 이상 느낄 수 없었고, 두꺼운 헬멧의 무게도 느낄 수 없었다. 내 머리는 헬멧 속에서 꼬투리 속의 아몬드처럼 흔들렸다. 이 모든 물건이 물에 둘러싸이자, 그것이 밀어낸 물의 부피와 같은 무게를 잃고 가벼워졌다. 아르키메데스[84]가 발견한 물리 법칙 덕택에 물속에서 아주 편안한 기분을 느꼈다. 나는 더 이상 내 힘으로 움직일 수 없는 물체가 아니라, 완전히 자유롭게 움직일 수 있었다.

햇빛의 침투력은 놀라울 정도였다. 수면보다 10미터나 밑에 있는 바닥을 환히 비추고 있었기 때문이다. 햇빛은 물을 쉽게 통과했지만, 햇빛의 색깔은 분산되었다. 100미터쯤 떨어져 있는 물체는 또렷이 볼 수 있었다. 그 너머에 있는 물은 아름다운 군청색을 띠고 있었고, 거리가 멀어질수록 물빛은 점점 파래져서 몽롱한 어둠 속으로 서서히 사라져갔다. 나를 둘러싸고 있는 물은 육지의 대기보다 더 밀도가 높지만 거의 대기만큼 투명한 일종의 공기였다. 머리 위에 잔잔한 수면이 보였다.

우리는 부드러운 모래 위를 걷고 있었다. 해변의 모래처럼 모래밭에 파도의 흔적이 남아 있지는 않았다. 이 눈부신 카펫은 놀랄 만큼 강하게, 거의 거울처럼 햇빛을 반사했다. 그래서 널리 퍼진 빛은 물 분자를 가득 채웠다. 10미터 깊이의 물속이 대낮처럼 환했다고 말하면, 사람들이 과연 내 말을 믿을까?

15분 동안 나는 반짝이는 모래밭 위를 걸어다녔다. 기다란 모래톱 같은 윤

크레스포 섬의 해저 풍경

곽을 떠올리고 있던 '노틸러스'호가 서서히 시야에서 사라졌지만, 심해에 밤이 찾아오면 '노틸러스'호의 탐조등이 눈부신 빛을 내보내어 우리가 귀로를 찾을 수 있도록 도와줄 터였다. 지상에서 희끄무레한 탐조등 불빛만 본 사람은 이해하기 어려울 것이다. 지상에서는 공기 중에 차 있는 먼지 때문에 탐조등이 마치 빛을 받은 안개처럼 보이지만, 수면 위와 수면 밑에서는 불빛이 그것과는 비교도 할 수 없을 만큼 순수하게 전달된다.

우리는 끝없이 넓어 보이는 모래 평원 위를 걷고 있었다. 나는 두 손으로 물의 커튼을 젖히며 나아갔다. 내가 지나가면 커튼은 금세 닫혔다. 내가 남긴 발자국은 물의 압력으로 순식간에 지워졌다.

나는 곧 몇 가지 물체의 형태를 분간할 수 있었지만, 너무 멀어서 윤곽은 확실치 않았다. 식충류가 양탄자처럼 덮여 있는 웅장한 바위가 보였다. 나는 당장 이곳의 독특한 풍경에 매료되었다.

오전 열 시였다. 햇빛은 비스듬히 해수면에 부딪쳐, 프리즘을 통과한 것처럼 굴절하여 분해되었다. 꽃과 바위, 작은 식물, 조가비, 말미잘에 떨어진 햇빛은 그것들의 가장자리를 태양 스펙트럼의 일곱 가지 색깔로 물들였다. 온갖 색조가 어우러진 이 광경, 빨간색·주황색·노란색·초록색·보라색·남색·파란색이 복잡하게 얽히면서 끊임없이 변하는 만화경, 미친 색채화가의 팔레트 같은 이 광경은 문자 그대로 경이였고, 눈을 위한 향연이었다. 아, 내 머리를 도취시키는 생생한 감각을 콩세유에게 이야기하고, 콩세유와 함께 다투어 감탄사를 내지를 수 있다면 얼마나 좋을까! 왜 나는 네모 선장과 그의 부하가 사용하는 몸짓 언어로 내 생각을 전달할 수 없는가! 어쩔 수 없이 나는 혼잣말을 했다. 내 머리를 감싼 헬멧 속에서 목청껏 소리를 지르면서 쓸데없이 공기를 소비하고 있었다.

이 놀라운 광경을 보자 콩세유도 나처럼 걸음을 멈추었다. 그 충실한 녀석은 그 대표적인 식충류와 연체동물 앞에서, 늘 그랬듯이, 그것들을 분류하고 있었을 것이다. 바닥에는 말미잘과 극피동물이 잔뜩 널려 있었다. 다양한 이시디움, 혼자 외롭게 살아가는 코르눌라리움, 전에는 '백산호'라고 불린 오쿨리눔의 군체, 버섯처럼 삐죽삐죽 돋아나 있는 균산호, 근육질 원반으로 바닥에 달라붙어 있는 말미잘—이 모든 것이 꽃밭을 이루고 있었고, 푸르스름한 촉수를 가진 히드라가 드문드문 박혀 있었다. 모래 속에 박힌 별불가사리와 사마귀처럼 오톨도톨한 돌기가 돋아나 있는 가시불가사리도 보였다. 나는 바닥에 수없이 흩어져 있는 그 멋진 연체동물들을 발로 짓밟을 수밖에 없는 것이 못내 가슴아팠다. 바닥에는 부챗살 무늬가 있는 가리비, 망치조개, 코키나조개, 밤고둥, 투구조개, 천사의 날개 같은 비단호두조개를 비롯하여 무진장한 해산물이 가득 널려 있었다. 하지만 그렇다고 걸음을 멈출 수도 없는 노릇. 우리는 계속 앞으로 나아갔다. 고깔해파리 떼가 군청색 촉수를 끌면서 우리 위를 지나갔다. 둘레에 하늘색 꽃줄 장식이 달려 있는 해파리의 갓은 젖빛이나 오묘한 장밋빛을 띠고 있어서 햇빛을 양산처럼 가려주었고, 대합은 주위가 어두웠다면 인광을 흩뿌려 우리 앞길을 밝혀주었을 것이다.

나는 어서 따라오라고 계속 손짓을 보내고 있는 네모 선장을 따라 거의 쉬지 않고 걸어가면서, 500미터 안에 있는 이 모든 경이로운 것을 눈에 담았다. 곧이어 바닥의 상태가 바뀌었다. 평평한 모래밭이 사라지고, '연니'(軟泥)[85]라고 부르는 끈적끈적한 진흙층이 나타났다. 이어서 우리는 아직 물에 떠내려가지 않고 왕성하게 자라고 있는 해초밭을 지나갔다. 곱게 짠 옷감 같은 이 해초밭은 잔디처럼 푹신해서, 사람 손으로 짠 양탄자 같았다.

식물은 우리 앞에만 펼쳐져 있는 것이 아니라 위에도 있었다. 지금까지 알려진 2천여 종의 풍부한 해초들 가운데 몇 가지가 해수면에 얼기설기 얽혀서 격자 시렁 같은 모양을 이루고 있었다. 기다란 리본처럼 물에 떠 있는 해초가 보였다. 공 모양의 해초도 있고, 관 모양의 해초도 있었다. 녹조류는 수면에

해초

더 가까이 떠 있고, 홍조류는 중간 깊이에 떠 있고, 가장 깊은 곳에서 바다 정원이나 꽃밭을 만드는 일은 갈조류나 흑조류가 떠맡고 있었다.

이 해초들은 실로 창조의 기적이며, 세계 식물계의 경이라고 할 수 있다. 지구에서 가장 작은 식물도 가장 큰 식물도 모두 해초다. 넓이가 5평방밀리미터밖에 안 되는 곳에 거의 눈에 보이지 않을 만큼 작은 식물이 4만 개나 모여 있는가 하면, 길이가 무려 500미터가 넘는 해초도 발견되었기 때문이다.

우리가 '노틸러스'호를 떠난 지 한 시간 반이 지났다. 정오가 다 되고 있었다. 나는 햇빛이 더 이상 굴절하지 않고 수직으로 내리꽂히는 것을 보고 정오가 된 것을 알아차렸다. 마술적인 색깔들은 서서히 사라져가고 있었다. 에메랄드와 사파이어 색은 우리의 하늘에서 희미해졌다. 우리는 규칙적으로 걸음을 내딛고 있었다. 바닥을 밟을 때마다 발소리가 놀랄 만큼 크게 울려 퍼졌다. 아주 작은 소리도 엄청나게 빠른 속도로 전달되었다. 육상에서는 귀가 그렇게 빠른 속도로 전달되는 소리에 익숙지 않다. 물은 공기보다 더 좋은 소리 전도체라서 공기보다 네 배나 빨리 소리를 전달하기 때문이다.

이때 바닥이 아래쪽으로 가파르게 기울어졌다. 햇빛은 전혀 굴절하지 않고 한 가지 색깔이 되었다. 우리는 수심 100미터 깊이에 이르렀고, 이제 10기압의 수압을 받고 있었다. 하지만 나는 잠수복 덕분에 수압의 영향을 전혀 느끼지 못했다. 손가락이 조금 뻣뻣해졌을 뿐이지만, 이 불편도 곧 사라졌다.

익숙지 않은 옷을 입고 두 시간 동안이나 걸었으니 피곤할 만도 한데, 피로감도 전혀 없었다. 물의 부력 덕분에 나는 놀랄 만큼 쉽게 움직이고 있었다.

100미터 깊이에서도 나는 희미하게나마 여전히 햇빛을 볼 수 있었다. 강렬한 햇빛은 이제 낮이 밤으로 바뀔 때의 불그레한 어스름으로 변해 있었다. 하지만 그래도 길은 충분히 찾을 수 있을 만큼 밝아서, 아직은 룸코르프 램프를 켤 필요가 없었다.

바로 그때 네모 선장이 걸음을 멈추었다. 그는 내가 따라잡기를 기다렸다가, 그리 멀지 않은 곳에 어둠을 배경으로 어렴풋이 떠오른 검은 형체를 가리켰다.

'저게 크레스포 섬의 숲인 모양이군' 하고 나는 생각했다. 내 생각이 옳았다.

chapter 17
해저의 숲

우리는 마침내 숲 언저리에 이르렀다. 그 숲은 네모 선장의 광대한 왕국에서 가장 아름다운 곳이었을 것이다. 네모 선장은 그 숲을 자기 것으로 생각했고, 태초에 이 세상에 처음 나타난 인간처럼 그 숲에 대한 소유권을 주장했다. 어쨌든 해저의 토지를 놓고 그와 소유권을 다툴 사람이 어디 있겠는가? 네모 선장보다 더 용감한 개척자가 도끼를 들고 와서 검은 덤불을 베어낼 수 있겠는가?

숲은 나무처럼 거대한 식물로 이루어져 있었다. 그 거대한 식물 아치 밑으로 들어가자마자 기묘한 형태의 가지가 눈을 사로잡았다. 그렇게 놀라운 형태를 본 것은 난생 처음이었다.

　바다를 카펫처럼 뒤덮고 있는 풀도, 관목의 무성한 가지도, 어느 것 하나 바닥을 기거나 아래로 늘어져 있지 않았다. 수평으로 뻗은 것도 없었다. 모두가 하나같이 수면을 향해 올라가고 있었다. 가느다란 꽃실도, 아무리 얇은 풀잎도, 강철 줄기처럼 똑바로 곧게 서 있었다. 해초와 덩굴식물은 좁은 곳에 빽빽이 밀집해 있었고, 태어난 환경의 그러한 과밀 상태에 순응하여 엄격한 수직선을 따라 자라고 있었다. 식물들은 움직이지 않았지만, 내가 손으로 움직이면 당장 원래 위치로 돌아갔다. 이곳은 수직이 지배하는 영토였다.

　나는 이 기묘한 숲과 그 주변의 어스름에 곧 익숙해졌다. 숲의 바닥에는 날카로운 바위가 잔뜩 박혀 있어서 피하기가 어려웠다. 해저 식물상은 비교적 완전해 보였고, 식물이 다양하지 않은 열대나 극지방보다 훨씬 풍부했다. 하지만 나는 한동안 무심결에 동물계와 식물계를 혼동했다. 동물인 식충류를 수생식물로 착각한 것이다. 하지만 그런 실수를 하지 않을 사람이 어디 있겠는가? 해저 세계에서는 동물과 식물이 너무나 비슷했다.

　나는 식물계의 모든 산물이 겉보기에만 바닥에 붙어 있는 것을 알아차렸다. 뿌리가 없는 수생식물은 자기가 달라붙어 있는 고착점에 관심이 없었다. 고착점이 모래든 조가비든 자갈이든 무척추동물의 외골격이든 상관하지 않았다. 고착점은 생명을 유지하기 위해서가 아니라 단순한 접촉점으로 필요할 뿐이었다. 이 식물들은 스스로 번식했고, 생존의 원동력은 그들을 낳고 키워주는 물이었다. 대부분의 식물은 잎을 내는 대신, 환상적인 모양의 박판을 갖고 있었다. 하지만 박판의 색깔은 비교적 좁은 범위에 한정되어 있어서 분홍색·진홍색·초록색·연두색·황갈색·갈색뿐이었다. 나는 산들바람에 애원하는 듯이 보이는 부채꼴의 비단풀, 어린 가지를 뻗고 있는 미역, 꼬불꼬불한 것을 다 펴면 높이가 15미터나 되는 다시마, 꼭대기에서부터 줄기가 자라는 삿갓말, 그밖에 꽃이 피지 않는 온갖 심해 식물을 다시 본 셈이지만, 이번에는 '노틸러스'호의 표본처럼 말린 것이 아니라 살아 있는 것들이었다. 어느 재치 있는 박물학자는 이렇게 말했다. "동물계는 꽃을 피우고 식물계는 꽃을 피우지 않는 기묘한 세계"라고.

온대의 나무만큼 크고 다양한 관목들 사이나 그 축축한 그늘에는 살아 있는 꽃을 가진 진짜 덤불이 자라고 있었다. 식충류로 이루어진 산울타리 위에서 복잡한 줄무늬가 얼기설기 새겨진 뇌산호가 활짝 꽃을 피우고 있었다. 투명에 가까운 촉수를 가진 노란 카리오필룸, 무리를 이루고 있는 말미잘, 벌새처럼 이 가지에서 저 가지로 날아다니는 파리고기가 환상적인 분위기를 자아내고 있었다. 가시 돋친 턱과 날카로운 비늘을 가진 노란 레피산트와 모노칸티드가 도요새 무리처럼 우리 발밑에서 튀어 올랐다.

한 시쯤 네모 선장이 정지 신호를 보냈다. 길고 얇은 잎이 화살처럼 서 있는 나무 그늘 밑에 몸을 쭉 뻗고 드러누웠을 때 나는 무척 기뻤다.

이 휴식 시간은 꿀맛이었다. 아쉬운 점은 대화의 즐거움을 맛볼 수 없다는 것뿐이었다. 하지만 말을 할 수도 없었고, 대답할 수도 없었다. 나는 그저 내 헬멧을 콩세유의 헬멧 가까이 가져갔을 뿐이다. 나는 그 훌륭한 젊은이의 눈이 기쁨으로 빛나는 것을 볼 수 있었다. 콩세유는 만족감을 나타내기 위해 거북 등딱지 같은 잠수복 안에서 익살스럽게 몸을 움직였다.

네 시간 넘게 걸었는데도 배가 고프지 않은 것이 놀라웠다. 내 위장이 무엇 때문에 허기를 느끼지 않았는지는 나도 모르겠다. 하지만 식욕이 없는 것과는 반대로 자고 싶은 욕망은 억누를 수가 없었다. 이것은 모든 잠수부들에게 일어나는 일이다. 그때까지는 걷고 있었기 때문에 졸음을 이겨낼 수 있었지만, 이제 움직임을 멈추자 두꺼운 유리 뒤에서 당장 눈이 감겼다. 나는 저항할 수 없는 잠 속으로 빠져들었다. 사실 나는 네모 선장과 그의 우락부락한 부하를 흉내내고 있었다. 그들은 벌써 크리스털처럼 투명한 물 속에

무시무시한 거미게

길게 드러누워 깊이 잠들어 있었다.

얼마나 오래 잤는지는 모르지만, 다시 깨어나 보니 어느새 해가 수평선 쪽으로 기울어가고 있는 듯했다. 네모 선장은 벌써 일어나 있었다. 나는 기지개를 켜려다가 뜻밖의 광경을 보고 벌떡 일어났다.

겨우 몇 걸음 떨어진 곳에서 키가 1미터나 되는 무시무시한 거미게가 금방이라도 덤벼들 태세를 갖추고 교활한 눈빛으로 나를 노려보고 있었다. 내 잠수복은 거미게한테 물려도 끄떡하지 않을 만큼 두꺼웠지만, 그래도 나는 겁에 질려 부들부들 떨지 않을 수 없었다. 바로 그때 콩세유와 '노틸러스'호 선원이 깨어났다. 네모 선장이 부하에게 그 기괴한 갑각류를 가리키자, 부하는 개머리판으로 단번에 거미게를 때려눕혔다. 나는 괴물의 징그러운 다리가 끔찍한 경련을 일으키며 뒤틀리는 것을 보았다. 이 사건으로 나는 어두운 심해에는 분명 거미게보다 훨씬 가공할 동물들이 출몰하고, 내 잠수복은 그런 강력한 동물의 공격에서 나를 지켜주지 못하리라는 것을 깨달았다. 그때까지는 한 번도 그런 생각을 해본 적이 없었지만, 이제 나는 눈을 크게 뜨고 잠시도 경계를 게을리 하지 않기로 결심했다. 어쨌든 이 휴식은 여기서 소풍을 끝내고 돌아간다는 신호일 것이다. 하지만 내 예상은 빗나갔다. 네모 선장은 '노틸러스'호로 돌아가는 대신, 대담한 모험을 계속했기 때문이다.

바닥은 여전히 내리막이었다. 기울기가 점점 가팔라지면서 우리를 더 깊은 심해로 데려갔다. 수심이 150미터쯤 되는 곳에서 깎아지른 절벽 사이에 끼여 있는 좁은 골짜기에 도착한 것은 세 시경이었을 것이다. 훌륭한 장비 덕분에 우리는, 그때까지 인간이 잠수할 수 있는 한계로 여겨졌던 깊이를 무려 90미터나 돌파했다.

나는 수심이 150미터라고 말했지만, 사실 깊이를 측정할 수 있는 기구는 전혀 없었다. 하지만 아무리 맑은 바다에서도 햇빛이 수심 150미터보다 더 깊이 뚫고 들어갈 수는 없었다. 내가 있는 곳에서는 열 걸음 떨어져 있는 것도 보이지 않았다. 그래서 손으로 더듬으며 앞으로 나아가고 있는데, 갑자기 눈부시게 하얀 빛이 보였다. 네모 선장이 램프를 켠 것이다. 그의 부하도 램프를 켰다. 콩세유와 나도 그들을 본받았다. 나는 나사를 돌려 코일과 유리 나사선을 접속시켰다. 네 개의 불빛은 사방 25미터의 바다를 환히 비추었다.

네모 선장은 어두운 숲 속으로 계속 뚫고 들어갔다. 관목은 점점 드물어지고 있었다. 나는 식물이 동물보다 더 빨리 사라지고 있다는 것을 알아차렸다. 수생식물은 이미 메마른 바닥을 포기하고 있었지만, 식충류·절지동물·연체동물·어류 같은 동물은 아직도 많이 볼 수 있었다.

나는 걸으면서 룸코르프 램프에서 나오는 불빛이 이 어두운 심해의 주민들을 자동적으로 끌어들일 거라고 생각했다. 하지만 동물들은 불빛에 가까이 와도, 사냥꾼을 실망시킬 만큼 먼 거리를 유지했다. 나는 네모 선장이 걸음을 멈추고 총을 겨누는 것을 여러 번 보았다. 하지만 잠시 관찰한 뒤 선장은 다시 일어나 걸어가곤 했다.

네 시쯤, 우리의 멋진 해저 탐험이 마침내 끝났다. 어마어마하게 높은 암벽이 앞을 가로막고 우뚝 솟아 있었다. 거대한 바위 덩어리로 이루어진 화강암 절벽이었다. 절벽에는 어두운 동굴이 뚫려 있었지만, 올라갈 수 있는 길은 전혀 없었다. 이것은 크레스포 섬의 해안이었다. 다시 말하면 육지였다.

선장이 갑자기 걸음을 멈추었다. 그의 신호를 받고 우리도 멈춰섰다. 내가 아무리 그 절벽 너머로 가고 싶어도 걸음을 멈출 수밖에 없었다. 네모 선장의 영토는 여기서 끝났다. 선장은 자신의 영토를 떠나고 싶어 하지 않았다. 그 경계선 너머에는 네모 선장이 다시는 발을 들여놓으려 하지 않는 육지가 놓여 있었다.

우리는 발길을 돌렸다. 네모 선장이 또다시 앞장서서 작은 원정대를 이끌었다. 그는 잠시도 망설이지 않고 길을 찾았다. '노틸러스'호로 돌아가는 길은 아까 왔던 길과는 다른 것 같았다. 새 길은 아주 가파르고 그래서 무척 힘들었지만, 순식간에 우리를 수면 가까이로 데려갔다. 그래도 감압이 지나치게 빨리 일어날 정도는 아니었다. 수압이 너무 갑자기 줄어들면 몸에 심각한 혼란이 일어나 잠수부들에게 치명적인 내상을 일으켰을 것이다. 곧 햇빛이 나타나 점점 강해졌다. 태양은 이미 수평선 위에 낮게 떠 있었기 때문에, 다시 빛이 굴절하여 스펙트럼 고리가 나타났다.

수심 10미터 깊이에서 우리는 온갖 종류의 작은 물고기 떼 사이를 지나갔다. 그것들은 하늘을 나는 새보다 더 수가 많고 더 활기찼지만, 총을 쏠 만한 사냥감은 아직 우리 눈앞에 나타나지 않았다.

그때 갑자기 선장이 총을 들어 관목 사이에서 움직이는 물체를 겨누는 것이 보였다. 총알이 발사되었다. 희미하게 쉿쉿거리는 소리가 들리더니, 몇 걸음 떨어진 곳에 동물 하나가 떨어졌다.

그것은 커다란 해달이었다. 네발짐승 중에서 오로지 바다에서만 사는 유일한 동물이다. 길이가 1.5미터나 되는 해달은 확실히 귀중했다. 위쪽은 밤색이고 아래는 은색인 해달 모피는 러시아와 중국 시장에서 대단한 인기를 얻고 있었다. 해달 모피는 윤이 나고 아름다워서, 적어도 2천 프랑의 가치가 있었다. 나는 동그란 머리와 짧은 귀, 둥근 눈, 고양이처럼 하얀 수염, 물갈퀴와 발톱이 달린 발, 털이 더부룩한 꼬리를 가진 이 진기한 동물을 감탄하는 눈으로 바라보았다. 이 귀중한 육식동물은 어부들의 남획으로 희귀 동물이 되어가고 있었다. 해달은 주로 북태평양에서 피난처를 찾았지만, 이곳에서도 해달은 곧 절멸할 터였다.

네모 선장의 부하가 다가와서 해달을 어깨에 둘러멨다. 우리는 다시 출발했다.

한 시간 동안 모래 평원이 우리 앞에 펼쳐졌다. 모래 평원은 수면에서 2미터도 안 되는 곳까지 올라갈 때도 많았다. 그러면 나는 수면에 거꾸로 비친 우리의 영상을 또렷이 볼 수 있었다. 우리의 머리 위에는 우리의 모든 움직임과 몸짓을 복제한 똑같은 무리가 나타났다. 그들은 물구나무를 서서 행진하고 있다는 것만 빼고는 모든 점에서 우리와 똑같았다.

또 다른 광경도 내 관심을 끌었다. 그것은 구름의 변화였다. 구름은 순식간에 만들어졌다가 순식간에 사라졌다. 하지만 다시 잘 생각해보니, 내가 구름이라고 생각한 것은 너울의 높이가 변화하기 때문에 생겨나는 현상이었다. 물마루가 부서지면 수면에 양 떼 같은 물거품이 생긴다는 것도 나는 알아차렸다. 나는 머리 위를 지나가는 커다란 새들의 그림자도 좇을 수 있었다. 새들이 지나가면 수면에 가벼운 자국이 남았기 때문이다.

내가 사냥꾼의 심금을 울리는 가장 멋진 사격 솜씨를 목격한 것은 바로 그때였다. 커다란 새 한 마리가 날개를 활짝 펴고 우리 쪽으로 내려오고 있었다. 물속에서도 새의 모습을 또렷이 볼 수 있었다. 네모 선장의 부하가 총을 겨누고 있다가, 새가 수면에서 겨우 몇 미터 떨어진 곳까지 내려왔을 때 총을 쏘았다. 새는 수면에 떨어졌다가 솜씨 좋은 사냥꾼의 손이 닿는 곳으로 내려왔고, 사냥꾼은 가까이 내려온 새를 재빨리 낚아챘다. 그것은 바다새 중에서도 가장 멋진 알바트로스였다.

우리는 두 시간 동안 모래 평원과 해초 초원을 걸었다. 초원은 걷기가 무척 어려웠다. 실제로 나는 걸음을 거의 떼어놓을 수가 없었다. 바로 그때 1킬로미터쯤 떨어진 곳에서 어두운 물을 꿰뚫고 있는 희미한 불빛이 보였다.

'노틸러스'호의 탐조등이었다. 우리는 20분도 지나기 전에 배로 돌아갈 수 있을 테고, 나는 마음대로 숨을 쉴 수 있을 것이다. 내가 짊어진 탱크 속에는 산소가 충분치 않아서 숨을 쉬기가 어려웠기 때문이다. 하지만 우리의 귀환을 약간 지연시킨 사건이 일어날 줄은 나도 미처 예상치 못했다.

나는 스무 걸음쯤 뒤처져 있었는데, 갑자기 네모 선장이 내 쪽으로 돌아오는 것이 보였다. 그는 힘센 손으로 나를 떠밀어 넘어뜨렸고, 그의 부하도 콩세유에게 똑같은 짓을 했다. 처음에는 그들이 왜 다짜고짜 우리를 공격하는지 알 수가 없었지만, 선장이 내 옆에 엎드려 꼼짝하지 않는 것을 보고 안심했다.

나는 해초 덤불 속에 쓰러져 있다가 살짝 고개를 들어보았다. 거대한 형체가 인광을 내면서 요란하게 지나가는 것이 보였다.

혈관 속에서 피가 얼어붙었다! 가공할 상어들이 우리를 노리고 있었던 것이다. 그것은 청새리상어 한 쌍이었다. 청새리상어는 거대한 꼬리와 흐리멍덩한 눈을 가지고 있고, 주둥이 옆에 나 있는 구멍으로 인광 물질을 분비하는 무시무시한 짐승이다. 쇠처럼 단단한 턱으로 사람 하나를 통째로 씹어 으깰 수 있는, 괴물처럼 시뻘건 주둥이! 콩세유가 그들을 분류하느라 바쁜지 어떤지는 알 수 없지만, 나는 뾰족한 이빨이 잔뜩 돋아나 있는 위협적인 주둥이와 희멀건 뱃가죽을 과학적인 관점에서 연구할 배짱은 거의 없었다. 나는 박물학자가 아니라 그 상어들한테 잡아먹힐 수 있는 사냥감으로서 그들을 바라보았다.

다행히 그 탐욕스러운 짐승은 눈이 나쁘다. 그들은 갈색 꼬리로 우리를 스치면서도 우리를 알아차리지 못하고 지나갔다. 이것은 밀림 한복판에서 호랑이를 만난 것보다 더 위험한 만남이지만, 우리는 기적처럼 그 위험에서 벗어났다.

30분 뒤에 우리는 탐조등의 안내를 받아 '노틸러스'호에 도착했다. 바깥문은 아직 열려 있었다. 네모 선장은 우리가 첫 번째 방으로 들어가자마자 그 문을 닫았다. 그러고는 버튼을 눌렀다. 배 안에서 펌프가 작동하는 소리가 들렸다. 나는 주위에서 수위가 내려가는 것을 느꼈다. 잠시 후에는 방의 물이 완전히 빠져나갔다. 안쪽 문이 열리고, 우리는 탈의실 안으로 들어갔다.

이곳에서 우리는 잠수복을 벗었다. 그것도 쉬운 일은 아니었다. 나는 기진맥진했고, 온종일 음식도 못 먹은 데다 졸려서 금방이라도 쓰러질 것 같았다. 나는 이 놀라운 해저 소풍에 더없이 경탄한 채 내 방으로 돌아갔다.

chapter 18
태평양 해저 4천 리

이튿날인 11월 18일 아침, 나는 어제의 피로에서 완전히 회복되어 있었다. 상갑판으로 올라가 보니, 때마침 '노틸러스'호의 부관이 아침마다 외치는 그 말을 하고 있었다. 그 순간, 그 문장은 바다 상태에 관한 것일지도 모른다는 생각이 떠올랐다. 어쩌면 그 문장은 '아무것도 보이지 않는다'는 뜻이 아닐까.

실제로 바다는 텅 비어 있었다. 수평선에 돛대 하나 보이지 않았다. 크레스포 섬의 고지대도 밤새 사라져버렸다. 바다는 파란빛만 빼고는 프리즘의 모든 빛깔을 흡수하고, 파란빛을 사방으로 반사하여 아름다운 쪽빛을 띠었다. 긴 무지개가 너울거리는 물결 위에 규칙적으로 나타났다.

내가 그 멋진 풍경에 감탄하고 있을 때 네모 선장이 나타났다. 그는 내가 있다는 것을 모르는 듯, 일련의 천체 관측을 시작했다. 그 일이 끝나자 탐조등을 둘러싸고 있는 테두리에 기대어 먼 바다를 물끄러미 바라보았다.

그러는 동안 스무 명쯤 되는 선원이 상갑판으로 올라왔다. 모두 건장하고 힘센 사내들이었다. 그들은 밤새 쳐둔 그물을 끌어올리러 온 것이다. 그들의 국적은 다양해 보였지만, 모두 유럽인의 전형적인 특징을 지니고 있었다. 나는 그들 속에서 아일랜드인, 프랑스인, 그리스인, 크레타인이 분명한 사람을 하나씩 찾아냈고, 슬라브인도 몇 명 찾아냈다. 그들은 되도록 말을 아꼈고, 자기들끼리는 어느 나라 말인지 짐작조차 할 수 없는 그 이상한 언어만 사용했다. 따라서 나는 그들에게 질문하는 것을 포기할 수밖에 없었다.

그물이 배 위로 인양되었다. 그물은 노르망디 연안에서 사용하는 저인망이었다. 주머니 모양의 그물은 바다에 떠 있는 활대 때문에 반쯤 열려 있었고, 바닥 그물에는 사슬이 꿰어져 있었다. 쇠틀로 주머니를 끌고 다니면, 주머니는 바다 밑바닥을 쓸면서 해산물을 긁어모은다.

그날은 어족이 풍부한 이곳 수역에서 진기한 물고기가 몇 마리 걸려들었다. 우스꽝스러운 몸놀림 때문에 '광대'라는 별명이 붙은 아귀, 빨간색 좁은 줄무늬가 있는 파랑쥐치, 맹독을 지닌 복어, 올리브색을 띤 칠성장어, 은빛 비늘로 덮여 있는 마크로히눔, 전기뱀장어나 전기가오리와 맞먹는 강력한 전기를 가진 얼룩통구멍, 갈색 줄무늬를 가진 노톱테리드, 초록빛을 띤 대구, 다양한 망둥이. 대형 물고기도 몇 마리 잡혔다. 길이가 1미터나 되는 갈고등어 한 마리, 푸른색과 은색으로 장식된 가다랑어 몇 마리, 그리고 당당한 참치도 세 마리나 잡혔다. 그렇게 빨리 헤엄치는 참치도 저인망을 벗어나지는 못했다.

그물에 걸린 고기는 어림잡아 500킬로그램쯤 되어 보였다. 상당히 많은 어획량이지만, 그렇다고 깜짝 놀랄 정도는 아니었다. '노틸러스'호는 몇 시간 동안 그물을 끌고 다니면서 바다 세계에 사는 모든 생물을 그 밧줄 감옥에 집어넣었다. '노틸러스'호가 빠른 속도로 달리면서 불빛으로 물고기들을 유인한 덕분에 싱싱하고 맛있고 푸짐한 음식이 보장되었다.

이 다양한 해산물은 당장 저장실로 보내져, 일부는 싱싱한 채로 요리되고 나머지는 보존되었다.

어로작업이 끝나고 공기가 새로 보충되자, 나는 '노틸러스'호가 다시 해저 여행을 계속할 거라고 생각했다. 그래서 내 방으로 돌아갈 준비를 하고 있는데, 네모 선장이 나를 돌아보며 불쑥 말을 걸었다.

"이 바다를 보세요, 박사. 바다야말로 진정한 생명을 갖고 있지 않습니까? 화를 내기도 하고 때로는 부드러워지는 순간도 있지 않습니까? 어제는 바다도 우리처럼 잠들었지만, 평화로운 밤을 보내고 이제 다시 깨어나고 있군요!"

안녕하냐는 말도, 잘 잤느냐는 말도 없었다! 남이 들었다면, 이미 시작된 대화를 계속하고 있는 줄 알았을 것이다.

"보세요." 선장은 다시 말을 이었다. "태양의 애무를 받으면서 깨어나고 있습니다! 다시금 하루의 생활을 시작하려 하고 있어요! 바다라는 생명체의 모든 생활을 연구하는 것은 얼마나 흥미로운지 모릅니다! 바다는 맥박이 뛰고, 동맥이 있고, 발작을 일으킵니다. 바다에서도 실제로 동물의 혈액순환과 똑같은 순환이 일어난다는 사실을 발견한 모리 대령을 나는 전적으로 지지합니다."

네모 선장은 내 대답을 기대하는 것도 아닌 눈치여서, '맞습니다'라느니 '그럼요'라느니 '옳으신 말씀'이라느니 맞장구를 치는 것은 무의미하게 여겨졌다. 선장은 한마디 할 때마다 오랫동안 뜸을 들이면서, 주로 자신에게 말하고 있었다. 말하자면 나를 상대로 혼잣말을 하고 있었다.

"그렇습니다." 선장이 다시 말을 이었다. "바다는 실제로 순환하고 있습니다. 그리고 세상 만물을 창조하신 조물주는 바다가 끊임없이 움직이도록 바다에 열과 소금과 작은 동물을 늘려주었습니다. 조물주가 해야 할 일은 그것뿐이었지요. 열은 밀도의 차이를 낳고, 밀도의 차이는 조류를 일으킵니다. 극지방에서는 증발이 거의 일어나지 않지만 열대지방에서는 증발이 아주 빨리 일어나기 때문에, 열대와 극지방의 물은 끊임없이 교환됩니다. 나는 수면의 물이 바닥으로 내려왔다가 다시 위로 올라가는 것도 발견할 수 있었어요. 그것이야말로 바다의 호흡입니다. 나는 수면에서 덥혀진 소금물 분자가 깊은 곳으로 내려가고, 영하 2도에서 최대 밀도에 도달하고, 온도가 더 내려가면 가벼워져서 다시 위로 올라가는 것을 관찰했습니다. 북극과 남극에 가면 이 현상의 결과를 직접 보게 될 테고, 선견지명을 가진 이 자연의 법칙을 통해 얼음이 수면에서만 만들어질 수 있는 이유도 이해하게 될 겁니다."

네모 선장이 말하는 동안 나는 속으로 중얼거렸다. '남극이라고! 이 대담한 사람은 우리를 거기에 데려갈 수 있다는 건가?'

선장은 입을 다물고, 자기가 그토록 끊임없이 연구한 영역을 바라보고 있었다. 그러고는 다시 말을 이었다.

"바다에는 엄청나게 많은 양의 소금이 있습니다. 바다에 녹아 있는 소금을 추출해내면 2억 8천만 입방킬로미터가 되는데, 이것을 지구 전체에 깔아놓으면 10미터가 넘는 소금층이 생겨날 겁니다. 이렇게 많은 소금이 바다에 녹아 있는 것을 단순한 자연의 변덕으로 생각지는 마세요. 절대 그렇지 않습니다. 소금은 바닷물의 증발을 방해하고, 그래서 바람이 지나치게 많은 수증기를 가져가버리는 것을 막아주지요. 바람이 수증기를 너무 많이 머금고 있으면 온대지방은 온통 물에 잠겨버릴 겁니다. 소금은 지구 전체의 경제를 안정시키는 중요한 역할을 맡고 있는 셈입니다!"

네모 선장은 말을 끊고 벌떡 일어나 상갑판을 가로질러 몇 걸음 걸어가다가 나에게로 돌아왔다. 그러고는 다시 말을 이었다.

"바다에 살고 있는 작은 동물인 적충류의 역할도 그에 못지않게 중요합니다. 적충류는 한 방울의 물에도 수백만 마리나 들어 있고, 1밀리그램이 되려면 80만 마리가 모여야 할 만큼 작은 생물이지만, 바다의 소금을 흡수하고 바닷물의 고체 성분을 흡수하여 산호와 돌산호를 만들지요. 따라서 적충류야말로 석회질 대륙을 만든 진정한 건설자입니다. 미네랄 성분을 빼앗긴 물방울은 가벼워져서 수면으로 올라오고, 물이 증발한 뒤 수면에 남아 있던 소금을 흡수하여 무거워집니다. 그러면 다시 작은 동물들이 흡수할 수 있는 새로운 성분을 가지고 아래로 내려가지요. 그리하여 올라가고 내려가는 이중의 흐름이 생겨나고, 끊임없는 움직임과 영원한 생명이 생겨나는 겁니다! 바다에서는 육지보다 더 격렬하고 더 활발하고 더 헤아릴 수 없을 만큼 무한한 생명이 곳곳에서 번창하고 있습니다. 인간에게는 바다가 죽음의 세계지만, 수많은 동물에게는 생명의 세계입니다. 그리고 나한테도!"

이런 식으로 열변을 토하는 네모 선장은 완전히 딴사람이 되어 있었다. 그는 내 마음에 이상한 감동을 불러일으켰다.

"이곳에는 진정한 생명이 있습니다! 나는 바다에 도시를 세우는 것도 상상할 수 있습니다. '노틸러스'호처럼 아침마다 숨을 쉬기 위해 수면으로 올라오는 해저 주택들이 모여 있는 곳, 자유로운 도시, 독립된 도시들! 하지만 또 모르지요. 어떤 폭군이……."

네모 선장은 격렬한 몸짓으로 말을 끝냈다. 그리고는 불쾌한 생각을 떨쳐 버리려는 듯 나에게 직접 말을 걸었다.

"아로낙스 박사, 바다의 깊이가 얼마나 되는지 아십니까?"

"내가 알고 있는 건 주요 측량 결과뿐입니다."

"내가 확인할 수 있도록 그걸 말씀해주시겠습니까?"

"내가 기억하고 있는 숫자를 몇 가지 말씀드리죠. 내 기억이 정확하다면, 북대서양의 평균 수심은 8200미터, 지중해의 평균 수심은 2500미터로 밝혀졌습니다. 가장 깊은 수심 측량은 남대서양의 남위 35도선 부근에서 이루어졌는데, 결과는 1만 2000미터와 1만 4091미터, 그리고 1만 5149미터였습니다. 요컨대 해저가 평평하다면 평균 수심은 약 7000미터가 될 겁니다."

"좋습니다, 박사. 내가 그보다 많은 사실을 분명히 제시할 수 있다면 좋겠

잠수 중인 '노틸러스'호

군요. 태평양의 이 일대는 평균 수심이 4000미터밖에 안 됩니다."

이렇게 말한 다음 네모 선장은 해치 쪽으로 가서 층층대를 내려갔다. 나도 그를 따라 객실로 들어갔다. 당장 스크루가 돌아가기 시작했고, 속도계는 곧 20노트를 가리켰다.

그 후 며칠이 지나고 몇 주가 지나는 동안, 네모 선장은 나를 거의 찾아오지 않았다. 나는 어쩌다 한 번씩 그를 보았을 뿐이다. 부관은 정기적으로 우리의 위치를 확인하고 있었다. 나는 해도에 표시된 현재 위치를 보고 '노틸러스'호의 진로를 정확히 알 수 있었다.

콩세유와 네드는 나와 함께 많은 시간을 보냈다. 콩세유는 해저 소풍 때 본 놀라운 광경을 친구에게 말해주었고, 캐나다인은 우리와 함께 가지 않은 것을 못내 아쉬워했다. 하지만 나는 앞으로도 바다의 숲을 찾아갈 기회가 또 있을 거라고 생각했다.

객실 금속판은 거의 날마다 몇 시간씩 열렸지만, 해저 세계의 신비는 아무리 봐도 싫증이 나지 않았다.

'노틸러스'호의 진행 방향은 대체로 남동쪽이었고, 수심 100미터 내지 150미터 깊이에 계속 머물러 있었다. 그런데 어느 날 '노틸러스'호가 기묘한 변덕을 부려서, 경사판을 이용하여 갑자기 2000미터 깊이까지 내려갔다. 온도계는 섭씨 4.25도를 가리켰다. 이 깊이에서는 어느 위도에서나 온도가 일정한 것 같았다.

11월 26일 오전 세 시, '노틸러스'호는 서경 172도 지점에서 북회귀선을 통과했다. 27일에는 그 유명한 쿡 선장[86]이 1779년 2월 14일 죽음을 맞은 하와이 제도 근처를 통과했다. 이때 우리는 출발점에서 4860해리 떨어진 곳에 있었다. 그날 아침 상갑판으로 올라가 보니, 바람 불어가는 쪽으로 3킬로미터쯤 떨어진 곳에 하와이 제도를 이루는 일곱 섬 중에서 가장 큰 하와이 섬이 보였다. 해변의 농경지, 해안선과 나란히 달리는 산맥들, 해발 4200미터 높이로 우뚝 솟은 마우나케아 산을 또렷이 볼 수 있었다. 그물에 걸려든 해산물 가운데 우아한 부채꼴의 단단한 말미잘은 이곳의 특산물이었다.

'노틸러스'호는 여전히 남동쪽으로 달리고 있었다. 12월 1일 서경 142도 지점에서 적도를 통과했고, 계속해서 빠른 속도로 항해한 뒤 4일에는 마르키즈 제도가 보이는 곳에 이르렀다. 서경 139도 32분·남위 8도 57분 지점에서 5킬로미터쯤 떨어진 곳에, 프랑스 영토인 마르키즈 제도에서 가장 큰 누쿠히바 섬의 마르탱 곶이 보였다. 하지만 내가 본 것은 수평선 위로 우뚝 솟은 산봉우리들뿐이었다. 네모 선장이 육지에 가까이 가는 것을 좋아하지 않았기 때문이다. 그물이 또다시 수많은 해산물을 끌어올렸다. 연하늘색 지느러미와 황금빛 꼬리를 가진 만새기는 세상 어느 것과도 비교할 수 없을 만큼 맛이 좋다. 비늘이 거의 없지만 맛은 뛰어난 홀로김노시, 뼈 같은 턱을 가진 오스토린크, 가다랑어만큼 맛이 좋은 고등어—모든 물고기가 '노틸러스'호의 주방에서 식용으로 분류될 가치가 있었다.

'노틸러스'호는 프랑스 국기의 보호를 받고 있는 이 매력적인 섬들을 떠난 뒤, 12월 4일부터 10일까지 약 3000킬로미터를 항해했다. 이 항해에서 우리는 엄청나게 큰 무리를 지은 참오징어 떼를 만났다. 참오징어는 오징어와 밀접한 관계를 가진 연체동물이고, 실제로 프랑스 어부들은 이것을 오징어로 분류한다. 참오징어는 두족강 이새과에 속하는데, 여기에는 오징어와 꼴뚜기도 포함된다. 이 참오징어는 특히 고대의 박물학자들이 많이 연구했고, 갈레노스[87] 이전에 살았던 그리스의 의사 아테나이오스의 말을 믿는다면, 광장의 웅변가들에게 수많은 은유를 제공해주었을 뿐만 아니라, 부자들의 식탁에 오르는 맛있는 요리가 되기도 했다.

'노틸러스'호가 야행성인 이 연체동물 군단을 만난 것은 12월 8일부터 9일에 걸친 밤이었다. 참오징어는 수백만 마리나 되었다. 그들은 청어와 정어리를 따라 온대에서 더 따뜻한 지방으로 이주하고 있었다. 우리는 객실 유리창을 통해, 그들이 물고기나 다른 연체동물을 쫓아다니고, 기관차 구실을 하는 튜브를 이용하여 뒤쪽으로 놀랄 만큼 빨리 헤엄치는 것을 지켜보았다. 작은 것은 잡아먹고 큰 것에는 잡아먹히면서, 자연이 머리를 부풀릴 수 있는 뱀의 머리장식처럼 그들의 머리에 심어놓은 열 개의 다리를 어지럽게 흔들어대는 것도 보았다. '노틸러스'호는 속도가 빨랐지만, 몇 시간 동안이나 이 거대한 오징어 무리에 한데 섞여 항해했다. 그리고 끌어올린 그물에는 헤아릴 수 없이 많은 해산물이 걸려들었다. 그 중에서 나는 도르비니[88]가 태평양 특산물로 분류한 아홉 종의 동물을 찾아냈다.

이 항해에서는 바다가 가장 놀라운 광경을 끊임없이, 그리고 아낌없이 보여주었

참오징어는 수백만 마리나 되었다.

다. 그런 광경들은 한없이 다양하게 바뀌었다. 바다는 우리를 즐겁게 해주려고 무대와 배경을 계속 바꾸었고, 거기에 초대된 우리는 물속에서 조물주의 작품을 감상했을 뿐만 아니라 바다의 가장 무서운 신비도 보았다.

12월 10일, 나는 객실에서 책을 읽고 있었다. 네드 랜드와 콩세유는 반쯤 열린 금속판의 유리창을 통해 불빛을 받은 바닷물을 지켜보고 있었다. '노틸러스'호는 움직이고 있지 않았다. 물탱크를 가득 채운 '노틸러스'호는 1000미터 깊이의 바닥에 놓여 있었다. 그 심해에는 생물이 거의 살지 않았고, 대형 물고기만 이따금 나타날 뿐이었다.

내가 읽고 있었던 책은 장 마세[89]가 쓴 『위장의 봉사자』라는 재미있는 책

이었다. 내가 그 책의 현명한 가르침을 맛보고 있을 때 콩세유가 내 독서를 방해했다.

"잠깐만 이리 와주시겠습니까?" 여느 때와는 다른 말투였다.

"왜 그래, 콩세유?"

"주인님이 보셔야 할 게 있어서요."

나는 일어나서 유리창 쪽으로 몸을 기울이고 밖을 내다보았다.

환한 불빛 속에 검은빛을 띤 거대한 물체가 물속에 가만히 떠 있었다. 나는 그 거대한 고래의 정체를 확인하려고 애쓰면서 유심히 관찰했다. 하지만 그때 문득 어떤 생각이 머리를 스쳤다.

"배다!" 나는 소리쳤다.

"맞습니다." 네드 랜드가 대답했다. "난파선이 가라앉은 거예요!"

'종의 진화'의 한 보기―실러캔스

실러캔스는 자신의 골격 안에 고생대에서 현세에 이르는 생존의 흔적을 그대로 간직하고 있다.

지느러미는 자리의 흔적이다.

화석화한 '다리'

네드의 말이 옳았다. 그것은 끊어진 밧줄이 아직도 매달려 있는 난파선이었다. 선체 상태가 좋아 보였으니까, 난파한 지 몇 시간밖에 지나지 않았을 것이다. 갑판에 60센티미터 높이의 돛대 밑둥 세 개가 남아 있는 것으로 보아, 배를 조종할 수 없게 되자 선원들이 돛대를 잘라버린 모양이었다. 하지만 배는 결국 옆으로 뒤집혀 물이 가득 들어찼을 것이다. 배는 아직도 좌현 쪽으로 기울어져 있었다. 물 속에 가라앉은 이 배의 잔해는 처참한 광경이었다.

하지만 갑판의 광경은 그보다 훨씬 비참했다. 갑판에는 아직도 몇 구의 시체가 밧줄로 꽁꽁 묶인 채 누워 있었다. 갑판에 있는 사람은 네 명이었다. 모두 남자였고, 그중 하나는 아직도 키를 잡고 있었다. 그리고 아이를 두 팔로 끌어안은 채 뒷갑판 채광창에서 반쯤 빠져나온 여자가 보였다. 젊은 여자였다. 나는 그녀의 이목구비를 확인할 수 있었다. '노틸러스'호의 환한 불빛을 받은 그 얼굴은 아직 물의 분해 작용을 받지 않고 있었다. 그녀는 안간힘을 써서 아이를 머리 위로 들어 올렸지만, 가엾은 어린것은 엄마의 목을 아직도 두 팔로 끌어안고 있었다. 네 선원의 모습은 보기만 해도 끔찍했다. 그들은 발작적인 움직임으로 몸이 뒤틀려 있었다. 몸을 배에 휘감고 있는 밧줄에서 벗어나려고 안간힘을 다하다가 죽어간 것이다. 조타수만이 침착하게 키를 움켜잡고 있었다. 그의 얼굴은 맑고 진지했다. 반백의 머리카락이 이

실러캔스의 진화 형태

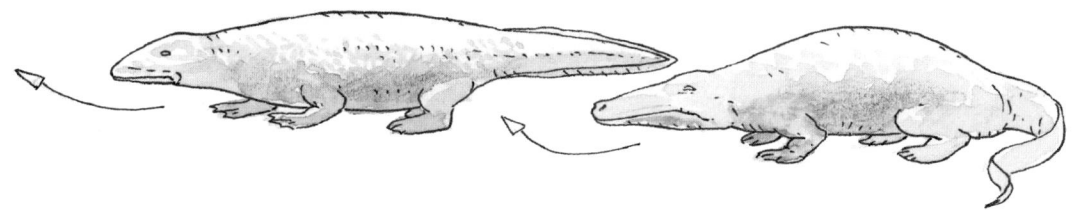

마에 찰싹 달라붙어 있었다. 그는 깊은 바다 속에서도 여전히 난파선을 운전하고 있는 것 같았다.

얼마나 놀라운 광경인가! 우리는 최후의 순간에 찍은 사진처럼 조난 현장이 생생이 담겨 있는 이 난파선을 보고 심장만 격렬하게 고동칠 뿐, 아무 말도 나오지 않았다. 게다가 벌써 거대한 상어들이 사람 고기의 유혹에 이끌려 눈을 번득이며 다가오고 있는 것이 보였다.

'노틸러스'호는 침몰한 배 주위를 돌고 있었다. 난파선 꽁무니에 적혀 있는 글자가 언뜻 눈에 띄었다.

'플로리다'호, 선덜랜드[90]

chapter 19
바니코로 섬

그 끔찍한 광경을 시작으로 '노틸러스'호는 그후 수많은 조난 현장과 마주치게 되었다. '노틸러스'호가 배들이 좀 더 자주 다니는 해역으로 나왔을 때부터 우리는 완전히 썩어서 물속에 떠 있는 난파선 잔해나 밑바닥에 가라앉아 녹슬어가고 있는 대포·포탄·닻·쇠사슬을 비롯한 수많은 쇠붙이를 목격했다.

하지만 '노틸러스'호에 타고 있는 우리는 외딴 섬에 살고 있는 것 같았다. 12월 11일, 투아모투 제도가 시야에 들어왔다. 일찍이 부갱빌[91]이 '가공할 무리'라고 부른 이 제도는 서경 125도 30분에서 151도 30분, 남위 13도 30분에서 23도 50분 사이에, 뒤시 섬에서 라자레프 섬까지 동남동쪽에서 서북서쪽으로 2000킬로미터에 걸쳐 뻗어 있는 섬 무리다. 860평방킬로미터의 면적을 차지하고 있는 투아모투 제도는 60여 개의 섬으로 이루어져 있고, 그중에서도 특히 주목할 만한 것은 프랑스 보호령인 강비에 제도다. 이 섬들은 산호섬인데, 산호의 활동으로 느리지만 꾸준히 상승하고 있으니까 언젠가는 모두 연결될 것이다. 이 새로 생긴 섬은 다시 이웃 섬 무리와 연결될 테고, 그리하여 나중에는 뉴질랜드와 누벨칼레도니 섬에서 마르키즈 제도까지 이어지는 다섯 번째 대륙이 생겨날 것이다.

내가 이 가설을 네모 선장에게 설명하자, 그는 시큰둥하게 대답했다.

"지구가 필요로 하는 것은 새로운 대륙이 아니라 새로운 인간입니다!"

우연하게도 '노틸러스'호는, 1822년에 '미르니'호의 벨링스하우젠[92] 선장이 발견한 클레르몽토뇌르 섬 근처를 지나게 되었다. 그래서 나는 이 해역의 섬들을 만들어낸 돌산호를 연구할 수 있었다.

돌산호를 산호와 혼동해서는 안 된다. 돌산호의 조직은 딱딱한 석회질 껍질로 덮여 있기 때문이다. 나의 훌륭한 스승인 밀른 에드워즈는 돌산호 구조의 변화에 따라 돌산호를 다섯 종류로 분류했다. 폴립 모체를 분비하는 작은 동물은 구멍 속에 수십억 마리씩 살고 있는데, 그들의 몸을 덮고 있는 석회질은 침전하여 바위와 암초와 섬을 만든다. 때로는 둥근 고리를 이루어 초호(礁湖)라고 부르는 작은 호수를 둘러싸지만, 고리에 틈새가 있어서 바다와 이어져 있다. 누벨칼레도니 섬과 투아모투 제도 앞바다에 있는 산호초처럼 해안과 평행하는 보초(堡礁)를 이루기도 하고, 때로는 레위니옹 섬이나 모리셔스 섬의 경우처럼 가장자리가 깔쭉깔쭉한 암초를 이루기도 한다. 이 암초는 깎아지른 높은 절벽으로 되어 있어서, 그 근처 바다는 아주 가파르고 깊은 골짜기를 이룬다.

겨우 수백 미터 거리를 두고 클레르몽토뇌르 해안을 따라 항해하는 동안, 나는 육안으로는 볼 수 없을 만큼 작은 이 노동자들이 빚어낸 거대한 작품을 감탄하며 바라보았다. 절벽은 주로 의혈산호·갯산호·별산호·뇌산호라고 불리는 돌산호들의 작품이었다. 이 산호들은 특히 파도가 거친 해수면 근처에서 잘 자라기 때문에 위에서부터 토대를 만들기 시작하고, 분비물의 잔해가 많아지면서 차츰 아래로 내려간다. 적어도 그것이 다윈[93]의 가설이었다. 다윈은 이런 식으로 산호초의 형성 과정을 설명하고 있는데, 내가 보기에는 해수면 바로 밑에 잠겨 있는 산이나 화산 꼭대기에 돌산호가 산호초를 만든다는 가설보다 훨씬 그럴듯하다.

나는 이 진기한 절벽을 자세히 관찰할 수 있었다. 절벽 바로 옆에서 잰 수심은 300미터였고, 우리 배에서 나가는 불빛이 이 멋진 절벽을 환히 비추었기 때문이다.

콩세유는 이렇게 거대한 장벽이 생기려면 얼마나 오래 걸리느냐고 물었다. 그래서 내가 과학자들은 산호초의 성장 속도를 1세기에 3밀리미터로 계산했다고 대답하자, 콩세유는 깜짝 놀랐다.

"그럼 이 절벽이 만들어지려면 도대체······?"

"19만 2천 년이야. 그러니까 성경에 나오는 날수를 훨씬 넘어서지. 어쨌든 석탄은 홍수로 물에 잠긴 숲이 광물화한 것인데, 나무가 석탄이 되려면 그보다 훨씬 오랜 시간이 필요해. 하지만 성경의 '하루'는 두 차례의 해돋이 사이를 말하는 게 아니라 아주 긴 시간이야. 성경에 따르면 태양은 천지창조 첫날부터 존재한 게 아니니까."

'노틸러스'호가 해수면으로 올라갔을 때, 나는 클레르몽토뇌르 섬의 전모를 볼 수 있었다. 나지막한 섬에 나무가 울창하게 우거져 있었다. 폭풍우와 회오리바람이 돌산호 바위를 비옥한 땅으로 만들어준 게 분명했다. 어느 날 가까운 육지에서 태풍에 실려온 씨앗 하나가 부엽토로 덮인 석회암층에 떨어졌다. 이 부엽토는 썩은 물고기와 해초로 이루어진 것이었다. 코코야자 열매 하나가 파도에 떠밀려 새로 생긴 해안에 도착했다. 코코넛 씨앗은 거기에 뿌리를 내리고 싹을 틔웠다. 나무는 점점 자라서 물의 증발을 막아주었다. 시내가 생겨났다. 식물이 늘어나기 시작했다. 작은 동물과 벌레와 곤충이 다른 섬에서 나무줄기를 타고 바람에 밀려 해안에 도착했다. 거북이 알을 낳으러 왔고, 새들이 어린 나무에 둥지를 틀었다. 이런 식으로 동물이 늘어났고, 초목으로 뒤덮인 비옥한 토지에 이끌려 인간이 나타났다. 작은 동물의 거대한 작품인 이 섬들은 그렇게 형성되었다.

저녁 무렵 클레르몽토뇌르 섬은 멀리 사라지고, '노틸러스' 호는 눈에 띄게 진로를 바꾸었다. 서경 135도선에서 남회귀선을 통과한 뒤, '노틸러스' 호는 열대지방을 횡단하여 서북서쪽으로 방향을 틀었다. 여름의 태양은 아낌없이 햇빛을 쏟아부었지만 우리는 조금도 더위를 느끼지 않았다. 수심 30미터 내지 40미터에서는 수온이 절대로 10도나 12도를 넘지 않기 때문이다.

12월 15일, 우리는 매력적인 소시에테 제도 서해안을 지나갔다. 태평양의 여왕인 타히티 섬이 있는 제도다. 아침에 나는 바람 불어가는 쪽으로 몇 킬로미터 떨어져 있는 이 섬의 높은 산봉우리를 보았다. 바다는 '노틸러스' 호의 식탁을 풍성하게 해주었다. 고등어·가다랑어·다랑어 같은 맛있는 물고기와 뱀장어의 일종인 곰치도 식탁에 올랐다.

'노틸러스' 호는 이제 1만 3000킬로미터를 항해했다. '아르고' 호와 '포르토프랑스' 호와 '포틀랜드 공작' 호[94] 선원들의 마지막 안식처가 된 통가 제도와 라페루즈의 친구인 랭글[95] 선장이 목숨을 잃은 사모아 제도 사이를 통과할 때, 항해 거리 측정기는 1만 5640킬로미터를 기록하고 있었다. 이어서 피지 제도가 보였다. 야만인들이 낭트 출신의 뷔로[96] 선장과 '유니언' 호 선원들을 학살한 곳이다.

남북으로 556킬로미터, 동서로 496킬로미터에 걸쳐 있는 피지 제도는 서경 174도에서 179도, 남위 6도에서 2도 사이에 자리 잡고 있으며, 수많은 섬과 암초로 이루어져 있다. 주요 섬은 비티레부 섬과 바누아레부 섬, 카다부 섬이다.

1643년에 이 섬무리를 발견한 사람은 타스만[97]이었다. 1643년은 토리첼리[98]가 기압계를 발명하고, 루이 14세[99]가 즉위한 해다. 이들 세 가지 사건 가운데 어느 것이 인류에게 가장 유익했는지는 독자들의 판단에 맡기겠다. 이어서 1774년에 쿡 선장이 왔고, 1793년에는 당트르카스토[100]가 왔고, 마지막으로 뒤몽 뒤르빌[101]이 1827년에 이 피지 제도의 지리적 혼란을 해결했다. '노틸러스'호는 와일레아 만으로 다가갔다. 라페루즈의 조난에 얽힌 비밀을 처음으로 밝혀낸 딜런[102] 선장에게 끔찍한 재난이 닥친 곳이다.

우리는 와일레아 만의 바닥을 여러 번 뒤져서 맛있는 굴을 잔뜩 잡았다. 그리고 세네카[103]의 가르침에 따라 식탁에서 직접 굴을 까서 양껏 먹었다. 코르시카 섬에 흔한 이 연체동물은 '오스트레아 라멜로사'로 알려진 종이다. 와일레아 만에는 굴이 아주 많았다.

이때 네드가 자신의 식탐을 후회하지 않은 것은 굴이 세상의 모든 음식 가운데 소화불량을 일으키지 않는 유일한 음식이기 때문이다. 한 사람이 생명을 유지하기 위해 날마다 필요로 하는 315그램의 질소를 공급하려면 이 머리 없는 연체동물을 적어도 16다스 이상은 먹어야 한다.

12월 25일, '노틸러스'호는 뉴헤브리디스 제도 한복판을 지나고 있었다. 이 섬 무리는 1606년에 키로스[104]가 발견했고, 1768년에 부갱빌이 탐험했으며, 1773년에 쿡 선장이 뉴헤브리디스로 이름지었다. 이 섬 무리는 아홉 개의 섬으로 이루어져 있고, 동경 164도에서 168도, 남위 15도에서 2도 사이에 북북서쪽에서 남남동쪽으로 480킬로미터에 걸쳐 띠 모양으로 길게 뻗어 있다. 우리는 아루 섬 바로 옆을 지나갔다. 정오에 관찰했을 때 이 섬은 아주 높은 봉우리가 솟아 있는 초록빛 숲처럼 보였다.

크리스마스였다. 네드는 중요한 가족 축제인 크리스마스를 몹시 그리워하고 있는 듯했다. 신교도들은 이 축제에 광적으로 열광한다.

나는 일주일 동안 네모 선장을 보지 못했다. 그런데 12월 27일 아침에 네모 선장이 객실로 들어왔다. 이번에도 그는 5분 전에 헤어졌다 다시 만난 사람처럼 인사도 하지 않았다. 그때 나는 해도에서 '노틸러스'호의 항로를 추적하느라 바빴다. 네모 선장은 나에게 다가와, 해도상의 한 점을 손가락으로 짚으면서 불쑥 말했다.

"바니코로."[105]

이 이름은 마술적인 힘을 발휘했다. 바니코로는 라페루즈의 배가 조난한 작은 섬 무리의 이름이었다. 나는 벌떡 일어났다.

"이 배가 지금 바니코로 가고 있는 겁니까?"

"예."

"그럼 '부솔'호와 '아스트롤라베'호가 재난을 당한 그 유명한 섬에 갈 수 있겠군요?"

"그게 당신 소원이라면."

"바니코로에는 언제쯤 도착합니까?"

"벌써 도착했습니다."

바니코로 섬

나는 앞장서서 상갑판으로 올라가, 탐욕스런 눈길로 수평선을 살폈다.

북동쪽에 크기가 서로 다른 두 개의 화산섬이 나타났다. 둘레가 60킬로미터쯤 되는 산호초가 섬을 둘러싸고 있었다. 우리는 뒤몽 뒤르빌이 르셰르슈 섬이라고 이름 지은 바니코로 섬 근처, 좀 더 정확히 말하면 동경 164도 32분·남위 16도 4분에 자리 잡고 있는 작은 바누 항 근처에 와 있었다. 섬은 해변에서 높이 1000미터에 가까운 카포고 산꼭대기까지 푸른 초목으로 뒤덮여 있었다.

'노틸러스'호가 섬 바깥쪽을 고리처럼 둘러싸고 있는 암초 사이의 좁은 수로를 통과하자, 암초에 부딪쳐 부서지는 파도에서 벗어났다. 그곳 바다는 수심이 60미터 내지 80미터였다. 맹그로브[106]의 초록빛 그늘 아래에서 우리가 다가가는 것을 보고 깜짝 놀라는 원주민들이 보였다. 물속에 거의 잠긴 채 전진하는 검고 길쭉한 형체는 그들의 마음에 공포심을 불러일으킬 만했다. 그들은 그 형체를 무시무시한 고래로 생각했을까?

바로 그때 네모 선장이 라페루즈의 조난에 대해 뭘 알고 있느냐고 물었다.

"누구나 알고 있는 것밖에는 모릅니다."

"그럼 누구나 알고 있는 게 뭔지 말씀해주실 수 있겠습니까?" 선장은 약간 빈정거리는 투로 물었다.

"물론이죠."

나는 뒤몽 뒤르빌이 마지막 저서에서 내린 결론을 이야기했다. 다음은 그 내용을 간추린 것이다.

1785년, 루이 16세는 라페루즈와 그의 부관 랭글 대위에게 세계 일주 항해를 명했다. 그들은 정찰함 '부솔'호와 '아스트롤라베'호를 타고 떠났지만, 다시는 돌아오지 않았다.

1791년, 두 정찰함의 운명을 걱정한 프랑스 정부는 '르셰르슈'(탐색)호와 '에스페랑스'(희망)호라는 대형 전함 두 척을 무장시켰다. 이 배들은 9월 28일 브뤼니 당트르카스토의 지휘 아래 브레스트 항을 떠났다. 두 달 뒤, '앨버마를'호의 선장 보엔이 뉴조지아 섬 해안에서 난파선 잔해를 보았다고 주장했다. 하지만 이 정보—좀 의심스러운 정보이기는 했지만—를 모르는 당트르카스토는 헌터[107] 선장의 보고서에 라페루즈가 조난한 곳으로 지적된 애드미럴티 제도로 향했다.

그의 수색은 헛수고로 끝났다. '에스페랑스'호와 '르셰르슈'호는 바니코로 바로 옆을 지나갔으면서도 그 섬에 들르지 않았다. 이 항해는 대체로 불운했다. 당트르카스토와 장교 두 명과 수병 여럿이 이 항해에서 목숨을 잃었기 때문이다.

조난자들의 확실한 흔적을 처음으로 발견한 사람은 태평양 항해의 전문가인 딜런 선장이었다. 1824년 5월 15일 딜런 선장의 '성 패트릭'호가 뉴헤브리디스 제도의 티코피아 섬 근처를 지나갔다. 여기서 한 인도인 뱃사람이 카누를 타고 다가와, 딜런에게 조각칼로 글자를 새긴 은제 칼자루를 팔았다. 그는 6년 전 바니코로 섬에 머물고 있을 때, 오래전 바니코로의 암초에 좌초한 배의 승무원이었던 유럽인 두 명을 보았다고 주장했다.

딜런은 그것이 흔적도 없이 사라져 전 세계를 떠들썩하게 만든 라페루즈의 배일 거라고 추측했다. 딜런에게 정보를 제공한 사람은 바니코로 섬에 가면 아직도 난파선 잔해를 찾을 수 있다고 말했다. 그래서 딜런은 바니코로 섬에 가려고 했지만, 바람과 조류 때문에 뜻을 이루지 못했다.

딜런은 콜카타로 돌아갔다. 거기서 영국의 아시아협회와 동인도회사가 그의 발견에 흥미를 가졌다. 딜런은 이들의 지원으로 배 한 척을 빌려 '르셰르슈'호라고 이름 짓고, 1827년 1월 23일 프랑스인 대리인과 함께 다시 바니코로 섬으로 떠났다.

'르셰르슈'호는 태평양의 여러 항구에 들른 뒤, 1827년 7월 7일, 지금 '노틸러스'호가 떠 있는 바니코로 앞바다의 바누 항에 닻을 내렸다.

여기서 그는 쇠로 만든 연장, 닻, 도르랫줄, 선회포, 18파운드짜리 포탄, 천체 관측 기구의 파편, 고물 난간, 1785년경 브레스트 무기 공장의 품질보증 마크였던 '바쟁 제조'라는 글자가 새겨진 청동 종을 비롯하여 난파선 잔해를 많이 수집했다. 이제 의심할 여지가 없었다.

딜런은 10월까지 그 비극의 현장에 남아서 추가 정보를 수집했다. 그런 다음 바니코로를 떠나 뉴질랜드로 갔다가, 1828년 4월 7일 콜카타를 거쳐 마침내 프랑스로 돌아와 샤를 10세의 환영을 받았다.

하지만 그때는 딜런이 한 일을 까맣게 모르는 뒤몽 뒤르빌이 이미 다른 곳으로 조난선을 찾아 떠난 뒤였다. 한 포경선이 루이지아드 제도와 누벨칼레도니 섬에서 야만인들이 훈장과 성 루이의 십자가를 갖고 있는 것을 보았다고 보고했기 때문이다.

그래서 뒤르빌과 '아스트롤라베'호는 바다로 나가, 딜런이 바니코로를 떠난 지 두 달 뒤 호바트에 닻을 내렸다. 여기서 그는 딜런이 난파선 잔해를 발견한 것을 알았고, 콜카타의 '유니언'호 부선장인 제임스 홉스라는 사람이 동경 156도 30분·남위 8도 18분에 있는 섬에 상륙했다가 원주민들이 쇠막대와 빨간 옷감을 사용하고 있는 것을 보았다는 것도 알았다.

뒤몽 뒤르빌은 별로 신용할 수 없는 신문에 보도된 이런 이야기를 믿어야 할지 어떨지 몰라서 몹시 당황했다. 그래서 결국 그는 딜런의 발자취를 따라가기로 결정했다.

1828년 2월 10일, 티코피아에 도착한 '아스트롤라베'호는 그 섬에 살고 있는 탈영병을 안내인 겸 통역으로 고용하여 바니코로 섬으로 떠났다. 뒤르빌은 2월 12일 그 섬을 보았고, 14일까지 섬 주변의 암초를 따라 나아가다가 20일에 마침내 산호초 안으로 들어가 바누 항구에 닻을 내렸다.

2월 23일, 선원 몇 명이 섬을 한 바퀴 돌고 난파선 잔해 몇 점을 찾아서 돌아왔다. 그곳 원주민들은 모르쇠로 버티거나 거짓말로 둘러대면서 뒤르빌을 사고 현장으로 안내하기를 거절했다. 그들이 조난자들을 학대했다면 이런 수상한 태도를 취하는 것도 납득이 간다. 실제로 그들은 뒤르빌이 라페루즈와 그 부하들의 원수를 갚으러 온 게 아닐까 하고 두려워하는 것 같았다.

하지만 뒤르빌은 선물을 주어 원주민의 환심을 사고, 보복을 두려워할 필요는 전혀 없다고 설득했다. 결국 2월 26일 원주민들은 부함장인 자키노[108]를 조난 현장으로 안내했다.

수심이 5~7미터쯤 되는 파쿠 암초와 바누 암초 사이에 닻과 대포, 쇠막대기와 납막대기가 석회질 침전물에 덮인 채 놓여 있었다. '아스트롤라베'호의 보트와 포경용 보트가 현장으로 파견되었다. 선원들은 무게가 900킬로그램이나 나가는 닻과 주철로 만든 200밀리미터 대포, 납막대기, 선회포 두 문을 간신히 인양했다.

뒤몽 뒤르빌은 원주민들한테서 라페루즈가 섬 주변의 암초에서 배 두 척을 모두 잃고 더 작은 배를 만들었지만 그것마저도 가라앉아버렸다는 사실을 알아냈다. 어디에 침몰했는지는 아무도 몰랐다.

'아스트롤라베'호 선장은 맹그로브 그늘에 그 저명한 항해가와 그의 부하들을 기리는 기념비를 세웠다. 산호 위에 세운 사각뿔 모양의 피라미드였고, 손버릇이 나쁜 원주민들을 유혹할 만한 쇠붙이는 전혀 쓰지 않았다.

뒤몽 뒤르빌은 섬을 떠나고 싶었지만, 선원들이 건강에 좋지 않은 해안에서 열병에 걸려 몹시 약해져 있었고 뒤르빌 자신도 중병에 걸렸기 때문에 3월 17일에야 겨우 출발할 수 있었다.

한편 프랑스 정부는 딜런이 수행한 일을 뒤몽 뒤르빌이 모르고 있을 것을 우려하여, 아메리카 서해안에 배치되어 있던 '바요네즈'호라는 군함을 바니코로 섬으로 보냈다. 르 고아랑 드 트로믈랭[109]이 지휘하는 '바요네즈'호는 '아스트롤라베'호가 떠난 지 몇 달 뒤에야 바니코로 앞바다에 닻을 내렸지만, 원주민들이 라페루즈 기념비를 존중한다는 것만 확인했을 뿐 새로운 증거는 전혀 찾지 못했다.

이것이 내가 네모 선장에게 한 이야기의 골자다.

내 이야기가 끝나자 네모 선장은 말했다.

"그럼 조난한 선원들이 바니코로에서 만든 세 번째 배의 마지막 안식처는 아직 아무도 모르는군요?"

"아무도 모릅니다."

태평양 탐험

뒤몽 뒤르빌(1790~1842)과
아델리랜드에 도착한 '아스트롤라베'호

라페루즈(1741~1788)와
이스터 섬

뒤르빌은 프랑스의 선배 항해가인
라페루즈의 자취를 따라 항해를 떠난 끝에,
마침내 라페루즈의 실종에 얽힌 수수께끼를 알아냈다.
그 후 뒤르빌은 남극대륙을 발견하여 이름을 날렸으며,
철도 사고로 비명횡사했다.

라페루즈는 루이 16세의 명령으로 태평양 탐험에 나서기 전에
이미 해군 장교로서 이름을 날리고 있었다.
그는 1786년에 이스터 섬을 발견했고, 1788년에는 남태평양을
항해하던 중에 원인을 알 수 없는 이유로 실종되었는데,
그 원인은 1828년에 뒤르빌이 밝혀냈다.

쿡 선장은 여러 차례의 오랜 항해를 통해 태평양의 많은 섬을 발견했다.
그는 오스트레일리아의 동쪽 해안에 상륙한 최초의 유럽인이었고,
남극권까지 항해함으로써 이 위도보다 남쪽에는 대륙이 존재하지 않는다는
사실을 확인했다. 그는 1779년 샌드위치(하와이) 제도에 상륙했으나,
원주민의 공격을 받고 사망했다.

쿡 선장(1728~1779)과
폴리네시아

네모 선장은 말하는 대신에 객실로 따라오라는 손짓을 했다. '노틸러스'호는 물속으로 몇 미터 가라앉았고, 금속판이 열렸다.

나는 유리창으로 달려가 원생동물과 해면동물과 강장동물에 뒤덮인 산호 덩어리를 바라보았다. 무지개 양놀래기, 글리피시돈, 새다래, 다이어코프, 얼개돔 같은 매력적인 물고기들이 수없이 헤엄치고 있었다. 그리고 그 사이로 인양 갈고리가 끌어올리지 못한 난파선의 일부가 보였다. 쇠등자, 닻, 대포, 포탄, 캡스턴, 뱃머리—이것들은 모두 난파선에서 나온 물건이지만, 지금은 살아 있는 꽃으로 덮여 있었다.

내가 그 가슴 아픈 잔해를 바라보고 있을 때, 네모 선장이 엄숙한 목소리로 말했다.

"라페루즈 선장은 1785년 12월 7일 '부솔'호와 '아스트롤라베'호를 이끌고 떠났습니다. 우선 보타니 만에 닻을 내린 뒤, 통가와 누벨칼레도니 섬을 방문하고, 산타크루즈 제도로 가다가 하파이 제도의 노무카 섬에 들렀어요. 이어서 그들은 바니코로 주변에 있는 알려지지 않은 암초에 도착했습니다. 앞서가고 있던 '부솔'호가 남해안에 좌초하자, '아스트롤라베'호가 도우러 왔지만 역시 좌초하고 말았습니다. '부솔'호는 당장 부서지고 말았지만, '아스트롤라베'호는 바람을 피해서 좌초했기 때문에 며칠 동안 버텼지요. 원주민들은 조난자들을 비교적 따뜻하게 맞아주었습니다. 조난자들은 섬에 남아서 난파선 잔해로 작은 배를 한 척 만들었지요. 선원 몇 명은 자진해서 바니코로 섬에 남았습니다. 병들고 쇠약해진 나머지 사람들은 라페루즈와 함께 떠났습니다. 이 배는 솔로몬 제도로 갔지만, 솔로몬 제도의 주요 섬 서해안에 있는 디셉션 곶과 새티스팩션 곶 사이에서 선원을 모두 태운 채 침몰했지요."

"그런데 그걸 어떻게 아십니까?"

"이것이 내가 그 마지막 조난 현장에서 발견한 겁니다."

네모 선장은 프랑스 문장(紋章)이 새겨져 있고 소금물 때문에 완전히 부식해버린 양철 상자 하나를 보여주었다. 그가 상자를 열자, 누렇게 바랬지만 아직 글씨를 읽을 수 있는 서류 뭉치가 나타났다.

그것은 프랑스 해군 장관이 라페루즈 선장에게 보낸 명령서였고, 여백에 루이 16세의 서명이 남아 있었다!

"뱃사람에게는 얼마나 멋진 죽음입니까!" 네모 선장이 말했다. "산호 무덤은 평화로운 안식처가 되어줍니다. 하느님이 내 동료들과 나에게도 그런 안식처를 주신다면 얼마나 좋겠습니까!"

chapter 20
토러스 해협

12월 27일 밤부터 28일 새벽 사이에 '노틸러스'호는 놀랄 만큼 빠른 속도로 바니코로 해안을 떠났다. 배는 남서쪽으로 방향을 잡아, 라페루즈 섬에서 뉴기니 섬의 남동쪽 끝까지 3000킬로미터를 사흘 만에 달렸다.

1868년 1월 1일 이른 아침, 콩세유가 상갑판에 있는 나에게 다가왔다.

"주인님이 허락하신다면 새해 인사를 드리고 싶습니다. 새해 복 많이 받으십시오."

"아니, 그렇게 말하면 꼭 내가 파리 식물원의 내 연구실에 있는 것 같잖아? 하지만 기꺼운 마음으로 새해 인사를 받도록 하지. 고맙네. 그런데 지금 우리가 놓여 있는 상황에서 '복 받은 새해'가 무슨 뜻이지? 포로 생활이 올해는 끝날 거라는 뜻인가? 아니면 올해도 이 기묘한 항해가 계속될 거라는 뜻인가?"

"글쎄요. 솔직히 말씀드리면 뭐라고 대답해야 할지 잘 모르겠습니다. 우리가 진기한 것을 목격하고 있고, 지난 두 달 동안 따분할 틈도 없었다는 것은 의심할 수 없는 사실이지 않습니까. 갈수록 더욱 놀라운 것을 보게 되고, 계속 이런 식으로 나가면 막판에는 어떻게 될지 모르겠습니다. 평생 두 번 다시 이런 기회는 얻지 못할 겁니다."

"두 번 다시 오지 않을 기회야."

"게다가 네모 선장은 자신의 라틴어 이름에 걸맞게 살고 있어서, 마치 이 세상에 없는 사람처럼 우리를 조금도 방해하지 않고 있습니다."

"그건 그래."

"그래서 우리가 모든 것을 볼 수 있는 해가 '복 받은 새해'일 거라고 저는 믿습니다."

"모든 것이라고? 모든 것을 보려면 아주 긴 해가 될지도 몰라. 그런데 네드 랜드는 어떻게 생각하고 있나?"

"네드의 생각은 저와는 정반대예요. 네드는 대단한 위장을 가진 적극적인 사람입니다. 그래서 물고기를 보고 끊임없이 물고기를 먹는 것만으로는 만족하지 못합니다. 스테이크에 익숙하고 브랜디나 진을 좋아하는 순수한 앵글로색슨인이 포도주도 빵도 고기도 없는 식사에 만족할 리가 없지요."

"나는 그런 식사도 전혀 괴롭지 않아. 이 배에서 주는 음식만 먹고도 아주 잘 해나가고 있지."

"저도 그렇습니다. 그래서 네드가 탈출하고 싶어 하는 만큼 저는 이 배에 남아 있고 싶습니다. 따라서 새해가 네드에게 좋은 해라면 저한테는 나쁜 해가 될 것이고, 네드한테 나쁜 해라면 저한테는 좋은 해가 될 겁니다. 어쨌거나 누군가는 만족하겠지요. 요컨대 새해에는 주인님이 원하시는 일이 모두 이루어지기 바랍니다."

"고맙네, 콩세유. 새해 선물이 뭐냐는 질문은 나중으로 미루고, 당분간은 선물 대신 다정한 악수로 만족해줄 수 없을까? 지금 내가 줄 수 있는 건 그것뿐이니까 말이야."

"다정한 악수보다 더 좋은 선물은 없습니다."

이 말을 남기고 충실한 하인은 내 곁을 떠났다.

1월 2일, 우리는 일본 근해를 떠난 뒤 5250해리를 항해했다. '노틸러스'호 앞에는 오스트레일리아 북동 해안의 위험한 산호해가 펼쳐져 있었다. 우리 배는 1770년 6월 10일 쿡 선장의 배가 침몰할 뻔했던 그 위험한 암초와 몇 킬로미터 간격을 유지하고 있었다. 쿡 선장의 배가 암초에 부딪쳤는데도 침몰하지 않은 것은 충돌할 때 부러진 산호 조각이 선체 구멍에 쐐기처럼 박혀 있었기 때문이다.

나는 항상 거친 파도가 우레 같은 소리를 내며 부딪치는 이 1500킬로미터 길이의 대보초에 꼭 한번 가보고 싶었다. 하지만 바로 그때 '노틸러스'호의 경사판이 기울면서 우리를 심해로 데려갔기 때문에 그 높은 산호 장벽을 더 이상 볼 수 없게 되었다. 나는 그물에 걸려 올라온 다양한 물고기를 보는 것으로 만족할 수밖에 없었다. 많은 물고기 중에서도 특히 날개다랑어가 내 관심을 끌었다. 참치만큼 커다란 고등어의 일종인 날개다랑어는 옆구리가 푸르스름하고 가로줄무늬가 있지만, 죽으면 줄무늬가 사라진다. 이 물고기는 떼를 지어 우리를 따라오면서 우리 식탁에 맛있는 요리를 제공해주었다. 초록색과 황금색이 어우러진 감성돔도 많이 잡혔고, 어두운 밤중에 인광을 내어 하늘과 물에 줄무늬를 그리는 물속의 제비 날치도 몇 마리 잡혔다.

저인망에 걸려든 연체동물과 강장동물 속에서 나는 다양한 팔방산호와 성게·망치조개·스퍼조개·삿갓조개·유리조개를 찾아냈다. 식물로는 떠다니는 해초류가 많이 걸려들었다. 다시마와 미역은 몸에서 나온 점액으로 흠뻑 젖어 있었다. 나는 '노틸러스'호의 박물관에 놓아두기 위해 '네모스토마

겔리니아로아둠'이라는 해초를 채집했다.

산호해를 통과한 지 이틀 뒤인 1월 4일, 뉴기니 해안이 보였다. 이때 네모 선장이 토러스 해협을 지나 인도양으로 들어갈 작정이라고 나에게 말했다. 그가 준 정보는 그것뿐이었다. 네드는 유럽 쪽으로 점점 가까이 가고 있다면서 기뻐했다.

토러스 해협이 위험 지역으로 여겨지는 이유는 곳곳에 암초가 많기 때문이기도 하지만, 해협 연안에 사는 야만적인 원주민 때문이기도 하다. 토러스 해협은 오스트레일리아와 파푸아라고도 불리는 뉴기니 섬을 갈라놓고 있는 해협이다.

뉴기니는 길이가 1600킬로미터, 너비가 520킬로미터, 면적은 64만 평방킬로미터에 이르고, 동경 128도 23분에서 146도 15분, 남위 0도 19분에서 10도 2분에 걸쳐 있는 큰 섬이다. 정오에 부관이 태양의 고도를 재는 동안, 나는 계단식으로 올라가다가 뾰족한 꼭대기로 끝나는 뉴기니의 아르파크 산을 바라보았다.

뉴기니 섬은 1511년에 포르투갈 사람인 프란시스쿠 세랑이 발견했고, 1526년에 돈 조르제 데 메네세스, 1527년에 스페인 사람인 후앙 데 그리할바, 1528년에 알바라 데 사아베드라 장군, 1545년에 이니고 오르티스 데 레테스, 1616년에 네덜란드 사람인 빌렘 스호우텐, 1753년에 니콜라스 스트루이크, 그 후 타스만, 윌리엄 댐피어, 윌리엄 퓌넬, 필립 카르트레, 에드워즈, 부갱빌, 쿡, 토머스 포레스트, 존 매클루어, 1792년에 당트르카스토, 1823년에 루이 뒤페레, 1827년에 뒤몽 뒤르빌이 이 섬을 방문했다. 드 리엔치[110] 씨의 말에 따르면, "말레이 군도 전역을 차지하고 있는 사람들은 원래 뉴기니에서 왔다"고 한다. 운이 나쁘면 무시무시한 안다만 제도 사람들과 얼굴을 맞대게 될 거라고 나는 생각했다.

'노틸러스'호는 지구에서 가장 위험한 해협, 세상에서 가장 용감하고 대담한 선장들도 감히 들어가려 하지 않는 해협, 루이스 바에스 데 토레스[111]가 태평양에서 멜라네시아로 돌아올 때 용감하게 들어간 해협, 1840년에 좌초한 뒤몽 뒤르빌의 정찰함들이 하마터면 선원을 모두 태운 채 침몰할 뻔했던 해협의 입구로 다가가고 있었다. 바다의 어떤 위험에도 굴복하지 않는 '노틸러스'호는 이제 산호초와 맞서려 하고 있었다.

토레스 해협은 너비가 136킬로미터나 되지만, 헤아릴 수 없을 만큼 많은 섬과 암초가 흩어져 있고 파도가 거칠어서 항해가 거의 불가능하다. 결국 네모 선장은 토레스 해협을 통과하기 위해 모든 위험에 대비한 예방 조치를 취해야 했다. '노틸러스'호는 해수면에 뜬 채 적당한 속도로 전진했다. 스크루는 고래의 꼬리처럼 천천히 파도를 때렸다.

나와 두 동료는 이 상황을 이용하여 아직 아무도 없는 상갑판에 자리를 잡았다. 우리 앞에는 조타실이 솟아 있고, 내 생각이 틀리지 않다면 네모 선장은 조타실에서 직접 '노틸러스'호를 운전하고 있었을 것이다.

내 눈앞에는 뒤몽 뒤르빌이 마지막 세계 일주 항해에 나섰을 때 부관으로 참가한 수로 측량기사 뱅상동 뒤물랭과 쿠프방 데부아[112] 소위(지금은 해군 제독)가 작성한 훌륭한 토레스 해협 해도가 펼쳐져 있었다. 이 해도는 킹[113] 선장의 해도와 함께 이 좁은 해협의 혼란한 상태를 가장 잘 이해하고 있는 지도다. 나는 그 해도를 세심히 조사하고 있었다.

'노틸러스'호 주변 바다는 격렬하게 들끓고 있었다. 남동쪽에서 북서쪽으로 2.5노트의 속력으로 흐르는 해류는 곳곳에 삐죽삐죽 튀어나와 있는 산호초에 부딪쳐 부서지고 있었다.

"지독한 바다로군!" 네드가 말했다.

"정말 지독해." 나는 대꾸했다. "'노틸러스'호 같은 배가 다니기에는 전혀 적합하지 않은 바다일세."

"그래도 저 미친 선장은 아주 자신만만한 모양입니다. 살짝 스치기만 해도 배를 산산조각으로 부숴버릴 산호 무리가 여기저기 널려 있는데도 말입니다."

상황은 정말로 위험했지만, '노틸러스'호는 마법이라도 부리는 것처럼 무시무시한 암초 사이를 미끄러지듯 빠져나갔다. '노틸러스'호는 '아스트롤라베'호와 '젤레'호가 택한 항로를 따르지 않았다. 뒤몽 뒤르빌은 그 항로를 택했다가 치명적인 타격을 받았다. '노틸러스'호는 그 항로보다 더 북쪽으로 올라가 머리 섬을 돈 다음, 다시 남서쪽으로 돌아와 컴벌랜드 수로 쪽으로 전진했다. 나는 배가 컴벌랜드 수로로 들어갈 줄 알았는데, 배는 북서쪽으로 방향을 돌려 해도에 정확히 나타나지 않은 수많은 섬과 암초 사이를 지나 타운드 섬과 배드 해협 쪽으로 나아갔다.

미치광이라고 해도 될 만큼 무모한 네모 선장이 뒤몽 뒤르빌의 정찰함 두 척이 좌초한 그 수로로 들어가려는 게 아닐까 하고 생각하고 있을 때, 네모 선장이 또다시 서쪽으로 방향을 돌려 게보로아르 섬 쪽으로 나아갔다.

오후 세 시였다. 바다는 차츰 잔잔해지고 있었다. 만조가 가까워진 것이다. '노틸러스'호는 바닷가에 판다누스가 무성한 섬으로 다가갔다. 아직도 그 섬이 눈에 선하다. 우리는 3킬로미터도 채 안 되는 거리를 두고 해안선을 따라 나아갔다.

나는 갑자기 충격을 받고 넘어졌다. '노틸러스'호가 암초에 부딪친 것이다. 배는 좌현 쪽으로 약간 기울어진 채 꼼짝도 하지 않았다.

내가 일어나 보니, 네모 선장과 부관이 상갑판에 나와 있었다. 그들은 배의 위치를 조사하고, 알아들을 수 없는 언어로 몇 마디를 주고받았다.

상황은 이러했다. 우현 쪽으로 3킬로미터쯤 떨어진 곳에 게보로아르 섬이 보였다. 섬의 해안선은 북쪽에서 서쪽으로 거대한 팔처럼 뻗어 있었다. 남쪽과 동쪽에는 벌써 썰물로 머리를 드러낸 산호초가 보였다. 우리는 간만의 차이가 그리 크지 않은 바다에서 만조 때 좌초한 것이다. '노틸러스'호가 암초에서 벗어날 기회를 잡기에는 불운한 상황이었다. 배가 워낙 튼튼했기

'노틸러스'호가 암초에 부딪힌 것이다.

때문에 선체는 전혀 손상되지 않았지만, 가라앉을 수도 없고 구멍을 낼 수도 없다면 언제까지나 암초 위에서 오도 가도 못하게 될 위험이 컸다. 그렇게 되면 네모 선장의 잠수함은 끝장이었다.

이런 생각이 내 마음을 스치고 있을 때, 자제심이 강한 네모 선장이 여느 때처럼 냉정하고 침착하게 다가왔다. 심란하거나 곤혹스러운 기색은 전혀 없었다.

"사고인가요?" 내가 물었다.

"아니, 사소한 문제가 생겼을 뿐입니다."

"하지만 그 사소한 문제 때문에 당신은 달아났던 육지에서 또다시 살 수밖에 없겠군요."

네모 선장은 아주 묘한 표정으로 나를 바라보고는 고개를 저었다. 이 몸짓은 무슨 일이 있어도 두 번 다시 육지에는 발을 들여놓지 않겠다는 그의 의지를 분명히 말해주었다.

"아로낙스 박사, '노틸러스'호는 결코 끝장나지 않았어요. 이 배는 앞으로도 당신을 바다의 경이 속으로 데려갈 겁니다. 우리 항해는 이제 막 시작되었을 뿐이에요. 당신의 길동무가 되는 영광을 이렇게 빨리 빼앗기고 싶지는 않습니다."

"하지만 네모 선장." 나는 그의 말에 담겨 있는 빈정거림을 무시하고 말을 이었다. "'노틸러스'호는 만조 때 좌초했습니다. 태평양은 간만의 차이가 그리 크지 않아요. '노틸러스'호를 가볍게 하는 것은 불가능해 보이는데, 그렇다면 어떻게 암초에서 벗어날 수 있을지 모르겠군요."

"당신 말마따나 태평양은 간만의 차이가 크지 않습니다. 하지만 토러스 해협에서는 간만의 차이가 1.5미터나 됩니다. 오늘은 1월 4일이니까, 나흘만 지나면 보름달이 뜰 겁니다. 내가 달한테 바라는 것은 수위를 충분히 올려 달라는 것뿐이에요. 그 친절한 위성이 내 부탁을 들어주지 않는다면 깜짝 놀랄 일이죠."

이렇게 말하고는 부관을 데리고 '노틸러스'호 안으로 돌아갔다. 배는 더 이상 움직이지 않았다. 벌써 산호가 무엇으로도 깨뜨릴 수 없는 시멘트로 배를 암초에 고정시키기라도 한 것 같았다.

선장이 떠나자 네드 랜드가 다가와서 물었다.

"선장이 뭐라던가요?"

"1월 8일에 만조가 될 때까지 조용히 기다린대. 그때가 되면 달님이 친절하게도 우리를 암초에서 띄워 올려줄 모양이야."

"그것뿐입니까?"

"그것뿐일세."

"그럼 선장은 닻을 내리지도, 엔진을 쇠사슬에 연결하지도 않고, 배를 암초에서 끌어내려는 노력은 아무것도 하지 않을 작정이군요?"

"그럴 필요가 없지. 이제 곧 만조가 될 테니까." 콩세유가 말했다.

캐나다인은 콩세유를 바라보다가 어깨를 으쓱했다. 그는 뱃사람으로서 자신 있게 말했다.

"박사님, 이 쇳덩어리는 이제 두 번 다시 물속이나 물 위를 항해하지 못할 겁니다. 제 말을 믿으셔도 좋아요. 이 배는 이제 고철 덩어리에 불과하니까, 네모 선장과 작별할 때가 온 것 같습니다."

"네드, 나는 자네와는 달리 이 씩씩한 '노틸러스'호에 대한 희망을 아직 버리지 않았다네. 나흘만 지나면 태평양의 조수가 어떤 일을 할 수 있는지 알게 되겠지. 어쨌든 영국이나 남프랑스 해안 앞바다에서 탈출을 생각하는 것은 나쁘지 않겠지만, 뉴기니 해안은 문제가 달라. '노틸러스'호가 암초에서 벗어나지 못하면 사태가 아주 심각해지겠지만, 탈출이라는 극단적인 조치는 그때 가서 생각해도 늦지 않을 걸세."

"하지만 적어도 저 땅에 상륙해볼 수는 있잖습니까? 저건 섬이에요. 섬에는 나무가 있고, 나무 밑에는 육지 동물이 있고, 육지 동물은 살코기를 갖고 있습니다. 그걸 잡아서 큼지막한 덩어리를 씹고 싶은 마음이 간절합니다."

"그건 네드 말이 옳아요." 콩세유가 말했다. "저도 네드와 같은 의견입니다. 주인님이 네모 선장한테 우리를 해안으로 데려다달라고 부탁해주실 수 없을까요? 지구의 단단한 부분을 밟는 감각을 잊지 않기 위해서라도."

"부탁해볼 수는 있지만, 선장은 거절할 거야."

"그 정도 위험은 무릅쓰셔야 합니다. 그래야 우리가 어떤 처지에 놓여 있는지, 선장에게 우리가 어떤 존재인지 알 수 있으니까요."

놀랍게도 네모 선장은 우리의 상륙을 허락했다. 게다가 배로 돌아오겠다는 약속도 받지 않고 당장 흔쾌히 허락했다. 하지만 뉴기니를 거쳐 탈출하는 것은 무척 위험했을 테고, 네드가 탈출을 시도한다 해도 나는 말렸을 것이다. 파푸아 원주민의 손아귀에 들어가는 것보다는 차라리 '노틸러스'호에 포로로 잡혀 있는 편이 훨씬 나았다.

보트는 이튿날 아침에 띄우기로 했다. 나는 네모 선장도 함께 갈지 어떨지 알아보려고도 하지 않았다. 승무원은 한 사람도 동행하지 않을 테고, 보트를 조종하는 책임은 네드 혼자 맡게 될 거라고 나는 확신했다. 섬은 기껏해야 3킬로미터밖에 떨어져 있지 않았고, 큰 배에는 치명적인 암초지만 가벼운 보트로 암초 사이를 빠져나가는 것은 네드한테는 기분 전환에 불과할 터였다.

이튿날인 1월 5일, 선원들이 커버를 벗긴 보트를 상갑판에서 꺼내 바다에 띄웠다. 이 일을 두 사람이 너끈히 해치웠다. 노는 보트 안에 있었고, 이제 우리가 할 일은 보트에 타는 것뿐이었다.

아침 여덟 시, 우리는 라이플과 도끼로 무장하고 '노틸러스'호를 떠났다. 바다는 잔잔했다. 육지에서 부드러운 산들바람이 불어오고 있었다. 콩세유와 나는 힘차게 노를 저었고, 네드는 암초들 사이의 좁은 수로로 보트를 몰았다. 보트는 다루기 쉬웠고 속도도 빨랐다.

네드 랜드는 기쁨을 참지 못했다. 꼭 감옥에서 탈출한 죄수 같았다. 다시 감옥으로 돌아가야 한다는 생각은 거의 하지 않았다.

"고기!" 네드는 계속 그 말만 되풀이하고 있다. "우리는 고기를 먹게 될 거야. 어떤 고기냐? 사냥해서 잡은 진짜 짐승 고기지! 빵이 아니야! 생선이 형편없는 음식이라고는 하지 않겠지만, 날마다 생선만 먹으면 질릴 수도 있어. 신선한 사슴 고기를 이글이글 타오르는 숯불에 구우면 별미일 거야."

"그거 참, 말만 들어도 군침이 도는군." 콩세유가 맞장구를 쳤다.

"아직은 몰라." 내가 말했다. "숲에 사냥감이 있는지, 그 사냥감이 사냥꾼을 사냥할 수 있을 만큼 덩치 큰 맹수는 아닌지, 우선 그것부터 알아내야 돼."

"걱정 마세요." 캐나다인이 말했다. 그의 이빨이 면도날처럼 날카로워 보였다. "나는 호랑이라도 잡아먹을 겁니다. 섬에 있는 네발짐승이 호랑이뿐이라면……."

"그 말을 들으니까 괜히 걱정이 되는걸." 콩세유가 말했다.

"다리가 넷이고 깃털이 없거나, 다리가 둘이고 깃털이 달린 짐승이 눈에 띄기만 하면, 어떤 짐승이든 당장 내 총알 세례를 받을 거야."

"그래!" 내가 대답했다. "성급한 랜드 씨를 다시 보게 되겠군!"

"걱정 마시고 열심히 노나 저으세요, 아로낙스 박사님. 25분만 있으면 맛있는 요리를 대접할 테니까."

여덟 시 반에 '노틸러스' 호의 보트는 게보로아르 섬 주변의 산호초를 무사히 통과하여 해변의 모래밭에 조용히 상륙했다.

chapter 21
지상에서 보낸 며칠

땅을 다시 밟는 것은 나에게 큰 감동을 주었다. 네드 랜드는 땅을 제 것으로 삼으려는 듯 발로 쿵쿵 굴러보았다. 하지만 우리가 네모 선장의 표현을 빌리면 '노틸러스'호의 승객이지만 실제로는 '노틸러스'호 선장의 포로가 된 지 겨우 두 달밖에 지나지 않았다.

몇 분 만에 우리는 해안에서 라이플 총의 사정거리만큼 내륙으로 들어갔다. 지면은 거의 돌산호로 이루어져 있었지만, 바싹 마른 강바닥에 화강암 부스러기가 흩어져 있는 것은 이 섬이 원시시대에 형성되었다는 증거였다. 수평선은 아름다운 숲에 가려서 전혀 보이지 않았다. 키가 50미터에 이르는 거목들이 화환처럼 걸려 있는 덩굴식물을 통해 서로 연결되어 있었다. 나무들 사이에 매달려 산들바람에 흔들리는 덩굴식물은 천연의 그물 침대였다. 숲에는 자귀나무·보리수나무·카주아리나·티크·판다누스·야자나무 등이 한데 뒤섞여 있었다. 그 나무들이 만든 초록빛 천장 아래, 그 거대한 나무줄기의 발치에는 난초와 콩과식물과 고사리가 자라고 있었다.

하지만 네드는 파푸아의 이 멋진 식물 표본에는 눈길조차 주지 않고, 먹을거리를 찾는다는 즐겁고 진지한 일에 열중하고 있었다. 그는 야자나무를 발견하고는 코코넛을 몇 개 떨어뜨려 깨뜨렸다. 우리는 코코넛 밀크를 마시고 과육을 먹었다. '노틸러스'호에서 늘상 먹는 음식과는 비교도 안 될 만큼 맛있었다.

"아, 맛있다!" 네드가 말했다.

"꿀맛인데!" 콩세유가 맞장구쳤다.

캐나다인이 나를 보면서 말을 이었다.

"코코넛을 보트에 가득 싣고 돌아가도 네모가 반대할 리는 없을 것 같은데요?"

"글쎄. 하지만 네모 선장은 별로 코코넛을 먹고 싶어 하지 않을 걸세."

"안 먹으면 자기만 손해죠." 콩세유가 말했다.

"그리고 우리는 이익이지." 네드가 받았다. "선장이 안 먹으면 그만큼 우리한테는 이익이야."

"네드, 잠깐만 기다리게." 나는 다른 야자나무를 공격하기 시작한 작살잡이에게 말했다. "코코넛도 좋지만, 그걸로 보트를 채우기 전에 이 섬에 또 다른 식량은 없는지 먼저 확인하는 게 현명할 것 같아. 싱싱한 채소가 있으면 '노틸러스'호 주방에서도 대환영일 거야."

"주인님 말씀이 옳아요." 콩세유가 말했다. "보트를 세 부분으로 나누어서 한쪽에는 과일, 한쪽에는 채소, 그리고 나머지 한쪽에는 고기를 싣는 게 어떨까요. 지금까지는 짐승의 흔적을 전혀 찾지 못했지만."

"절대로 포기하면 안 돼, 콩세유." 캐나다인이 말했다.

"계속 가보세." 내가 말했다. "하지만 눈을 크게 뜨고 빈틈없이 살펴야 돼. 얼핏 보기에는 이 섬에 아무도 살지 않는 것처럼 보이지만, 사냥감에 대한 기호가 우리만큼 까다롭지 않은 주민이 있을지도 모르니까."

"히호, 히호!" 네드가 턱을 의미있게 움직이면서 소리쳤다.

"네드!" 콩세유가 말했다.

"왜 그래?" 캐나다인이 대꾸했다. "식인 풍습의 좋은 면을 이제야 이해하기 시작했는데."

"도대체 무슨 말을 하는 거야?" 콩세유가 말했다. "자네, 식인종이야? 그렇다면 자네하고 한 방을 쓰는 나는 절대로 안전하지 않겠군! 어느 날 자다가 깨어나 보면 자네한테 반쯤 먹혀 있는 거 아냐?"

"콩세유, 나는 너를 무척 좋아하지만 너를 먹을 만큼 좋아하진 않아. 정말로 어쩔 수 없는 상황이 아니라면 말이야."

"그 말을 어떻게 믿나? 어쨌든 사냥이나 계속하자고. 자네의 식탐을 만족시키려면 사냥감을 빨리 잡을 필요가 있으니까. 그러지 않으면 어느 날 아침 주인님은 시중을 들어야 할 하인이 부스러기만 남아 있는 꼴을 발견하게 될 거야."

우리는 어두운 숲 속으로 들어가기 시작했다. 그리고 두 시간 동안 사방으로 숲을 가로질렀다.

채소를 찾는 일에서는 아주 운이 좋았다. 열대지방의 가장 유용한 산물 가운데 하나가 배에 부족한 귀중한 식량을 제공해주었다.

그것은 바로 빵나무였다. 게보로아르 섬에는 빵나무가 잔뜩 있었다. 특히 말레이어로 '리마'라고 부르는 씨 없는 빵나무가 많았다.

빵나무는 줄기가 곧다는 점에서 다른 나무와 다르다. 빵나무 줄기는 12미터까지 자라는 경우도 있다. 꼭대기가 우아하게 둥그스름하고, 커다란 잎이 손가락처럼 갈라진 나무를 보면, 박물학자는 그것이 마스카렌 제도[114]에 이식되어 인간에게 큰 도움을 준 바로 그 '아르토카르푸스'라는 것을 당장 알아볼 수 있다. 지름이 10센티미터에 육각형 돌기가 돋아나 있는 크고 둥근 열매는 무성한 초록빛 잎사귀 사이에서 눈에 잘 띄었다. 빵나무는 밀이 없는 지역에 자연이 베풀어준 귀중한 식물이고, 힘들게 재배하지 않아도 1년에 여덟 달 동안 열매가 열린다.

네드 랜드는 이 과일을 잘 알고 있었다. 전에 열대지방을 항해할 때 이미 먹어본 적이 있었고, 먹을 수 있는 부분을 조리하는 법도 알고 있었다. 빵나무를 보자 네드는 더 이상 식욕을 억누를 수 없게 되었다.

"박사님, 이 열매를 맛보지 않으면 죽어버릴 것 같습니다."

"어서 실컷 맛보게나. 우리는 여러 가지를 시험해보려고 여기 왔으니까, 자네 마음대로 해도 좋아."

"오래 걸리진 않을 겁니다."

그러고는 볼록렌즈를 이용하여 삭정이에 불을 붙였다. 삭정이는 금세 탁탁 소리를 내며 타오르기 시작했다. 그동안 콩세유와 나는 빵나무에서 가장 잘 익은 열매를 땄다. 충분히 익지 않은 열매도 있었다. 설익은 것은 껍질만 보아도 속살이 하얗고 섬유질이 별로 없다는 것을 알 수 있었다. 하지만 대부분은 과즙이 껍질까지 배어나와 끈적끈적하고 노르스름하게 무르익어서, 사람이 따주기만을 기다리고 있었다.

열매 속에는 씨가 전혀 없었다. 콩세유는 빵나무 열매를 열 개쯤 네드에게 가져갔다. 네드는 그것을 두껍게 잘라 뜨거운 모닥불 위에 올려놓으면서 같은 말을 되풀이했다.

"이게 얼마나 맛있는지 이제 곧 알게 될 거야!"

"오랜만에 먹으면 더욱 맛있겠지!"

"이건 빵이 아니라 맛있는 과자야. 박사님, 빵나무 열매를 한 번이라도 먹어본 적이 있으세요?"

"아니."

"그럼 천국의 음식을 맛볼 준비를 하세요. 박사님이 이 맛에 홀딱 반하지 않는다면 나는 작살잡이의 명수가 아닙니다!"

잠시 후, 불에 닿은 쪽이 새까매졌다. 속살은 물기가 적은 밀가루 반죽이나 말랑말랑한 빵 같았다. 맛은 아티초크 꽃망울과 비슷했다.

맛이 아주 좋았다는 것은 인정할 수밖에 없다. 나는 맛있게 먹었다.

"불행히도 이 과일은 신선하게 보관할 수 없으니까, 배에 잔뜩 실어봤자 소용이 없을 것 같군." 내가 말했다.

"무슨 소리를 하시는 겁니까!" 네드가 소리쳤다. "그건 박물학자가 하는 말이고, 저는 제빵공 방식으로 할 겁니다. 콩세유, 이 열매를 잔뜩 따서 모아 둬. 돌아가는 길에 가져갈 테니까."

"하지만 어떻게 요리할 작정인가?" 내가 물었다.

"섬유질을 발효시켜서 밀가루 반죽처럼 만들어놓으면 언제까지나 상하지 않을 겁니다. 먹고 싶으면 언제든 부엌에서 굽기만 하면 돼요. 좀 시큼하겠지만 그래도 맛있을 겁니다."

"이 빵만으로도 충분한 것 같은데……."

"아니, 충분하지 않습니다. 아직도 싱싱한 과일이 필요하고, 그게 없으면 채소라도……."

"그럼 가서 과일과 채소를 찾아보세."

빵 수확이 끝나자, 우리는 이 지상의 식사를 완벽하게 마무리해줄 과일이나 채소를 찾아 떠났다.

우리의 탐색은 헛되지 않았다. 정오 무렵까지 바나나를 잔뜩 모았기 때문이다. 이 맛있는 열대 과일은 1년 내내 열리고, 말레이인들은 바나나를 '피상'이라고 부르면서 날것으로 먹는다. 우리는 바나나 외에도 강한 냄새가 나는 듀리언, 달콤한 망고, 커다란 파인애플을 땄다. 이 열매들은 모두 높은 곳에 달려 있어서 따는 데 시간이 많이 걸렸지만, 들인 시간과 노력이 전혀 아깝지 않았다.

콩세유는 아직도 작살잡이를 관찰하고 있었다. 작살잡이는 앞장서서 숲 속을 헤치고 나아가면서, 확실한 솜씨로 맛있는 과일을 골라내어 식량을 착착 보충하고 있었다.

"네드, 이제 필요한 건 다 구하지 않았어?"

"흐음."

"아직도 모자란 게 있냐고?"

"사실 말해서 이 과일만으로는 한 끼 식사가 안 돼. 과일은 마지막에 디저트로 먹는 거야. 수프와 고기는 어떡하지?"

"맞아." 내가 말했다. "네드는 고기를 먹게 해주겠다고 약속했지. 하지만 지금은 그 약속이 실현될 것 같지 않군."

"천만에요. 사냥은 아직 끝나지 않았습니다. 아니, 아직 시작도 안했어요. 인내심을 가지세요! 반드시 털이나 깃털을 가진 짐승을 만나게 될 겁니다. 여기에 없으면 다른 곳에서라도……."

"그리고 오늘이 아니면 내일이라도." 콩세유가 말했다. "너무 멀리 가면 안 되니까, 이제 그만 보트로 돌아갑시다."

"뭐라고? 벌써?"

"어두워지기 전에 돌아가야 돼." 내가 말했다.

"그런데 지금이 몇 시지?" 네드가 물었다.

"적어도 두 시는 되었을 거야." 콩세유가 대답했다.

"육지에서는 시간이 쏜살같이 지나가는군!" 네드 랜드는 아쉬운 듯 한숨을 쉬면서 말했다.

"갑시다!" 콩세유가 말했다.

그래서 우리는 보트로 돌아가기 시작했다. 돌아가는 길에도 야자나무 꼭대기까지 올라가 열매를 따고, 말레이인들이 '아브루'라고 부르는 작은 콩도 따고, 잘 여문 얌도 캐어 식량을 보충했다.

보트로 돌아왔을 때쯤에는 모두 식량을 잔뜩 짊어지고 있었다. 그래도 네드는 만족하지 않았지만, 행운은 그의 편이었다. 보트에 막 올라타려는 순간, 네드가 야자나무의 일종인 높이 10미터 안팎의 나무를 몇 그루 발견했다. 빵나무만큼 귀중한 이 나무는 말레이 제도에서 가장 유용한 산물로 여겨지고 있다.

그것은 야생 사고야자였다. 재배하지 않아도 잘 자라고, 뽕나무와 마찬가지로 나뭇가지와 씨앗에서 싹이 터서 번식한다.

네드는 사고야자 다루는 법을 알고 있었다. 그는 도끼를 힘차게 휘둘러 사고야자 두세 그루를 순식간에 넘어뜨렸다. 잎에 하얀 가루가 얼룩져 있는

네드 랜드는 도끼를 힘차게 휘둘렀다.

것으로도 알 수 있듯이, 완전히 자란 나무들이었다.

나는 굶주린 사람의 눈이 아니라 박물학자의 눈으로 네드를 관찰했다. 네드가 나무줄기에서 3센티미터 두께의 나무껍질을 벗겨내자 그물처럼 얽혀 있는 섬유 조직이 나타났다. 그것은 도저히 풀 수 없는 매듭을 이루고 있는 데다 끈적끈적한 가루 같은 것으로 한데 엉겨 붙어 있었다. 그 가루가 바로 멜라네시아 사람들의 주요 식량인 사고 녹말이었다.

네드는 마치 땔나무를 만들려는 듯 한동안 나무줄기를 장작처럼 쪼개고 있었다. 거기에서 가루를 내어, 그것을 헝겊으로 걸러서 섬유질을 제거하고 햇볕에 말린 다음 틀에 넣어 굳히는 일은 뒤로 미루었다.

우리는 다섯 시가 되어서야 전리품을 가득 싣고 해안을 떠나, 30분 뒤에 '노틸러스'호로 다가갔다. 아무도 나타나지 않았다. 거대한 금속 원통은 텅 비어 있는 것 같았다. 나는 식량을 배에 실어놓고 내 방으로 내려갔다. 저녁 식사가 차려져 있었다. 나는 식사를 하고 잠자리에 들었다.

이튿날인 1월 6일, 배에서는 아무 변화도 일어나지 않았다. 아무 소리도 들리지 않고, 사람이 있는 기척도 전혀 없었다. 보트는 우리가 어제 놓아둔 대로 배 옆에 방치되어 있었다. 우리는 다시 게보로아르 섬에 가기로 했다. 네드 랜드는 어제보다 운 좋은 사냥을 기대하며, 어제 가지 않은 숲에 가보고 싶어 했다.

우리는 동이 틀 무렵 이미 바다에 나가 있었다. 섬 쪽으로 흐르는 조류 덕분에 아주 빨리 도착할 수 있었다.

콩세유와 나는 네드 랜드의 본능을 믿기로 하고 그 뒤를 따라갔지만, 네드가 긴 다리로 껑충껑충 걸었기 때문에 자칫하면 그를 놓칠 뻔했다.

네드는 해안을 따라 서쪽으로 가다가 개울을 몇 개 건넌 다음, 울창한 숲으로 둘러싸인 고원에 이르렀다. 물총새 몇 마리가 물가를 으스대며 걷고 있었지만, 우리가 다가갈 수는 없었다. 물총새들의 경계심으로 미루어 보아, 그 새들은 우리 같은 두발짐승에게 어떻게 대처해야 하는지를 알고 있는 모양이었다. 그래서 나는 이 섬이 무인도라 해도 사람이 자주 찾아오는 게 분명하다고 판단했다.

우리는 비옥한 평원을 지나, 수많은 새가 노래하고 날아다니는 작은 숲 언저리에 이르렀다.

"새밖에 없는데." 콩세유가 말했다.

"하지만 먹을 수 있는 새도 있어." 네드가 대꾸했다.

"내가 보기에는 모두 앵무새뿐인 것 같아."

"이봐, 콩세유. 먹을 게 없는 사람들은 꿩 대신 앵무새를 잡아먹는 법이야."

"요리만 제대로 하면 앵무새도 먹을 만해." 내가 덧붙였다.

울창한 나무 그늘에서는 수많은 앵무새가 가지에서 가지로 날아다니며 인간의 말을 배울 기회만 기다리고 있었다. 지금은 화려한 색깔의 잉꼬와 심각한 철학적 문제를 생각하고 있는 양 엄숙한 표정을 짓고 있는 왕관앵무와 한데 어울려 종알종알 지껄이고 있었다. 시끄럽게 날아다니는 코뿔새, 아름다운 푸른색을 띤 파푸아, 아름답지만 대개 먹을 수 없는 온갖 새들 틈에서 붉은잉꼬들은 산들바람에 날아가는 깃발 조각처럼 날아갔다.

그런데 그렇게 많은 새 가운데 아루 제도와 파푸아 제도 부근에서만 살고 있는 새, 그 경계선 너머에서는 한 번도 발견된 적이 없는 이 지역 특산인 새

앵무새

만은 한 마리도 눈에 띄지 않았다. 하지만 나는 오래지 않아 그런 새를 만나는 행운을 얻었다.

숲을 빠져나오자 덤불로 뒤덮인 평야가 나타났다. 나는 곧 당당한 몸집을 가진 새들이 날아오르는 것을 보았다. 긴 깃털의 모양새로 보아, 그 새들이 땅에서 날아오르려면 바람을 거슬러 나아가야 한다는 것을 알 수 있었다. 밀려오는 파도 같은 날갯짓, 하늘에서 그리는 우아한 곡선, 무지갯빛 색깔은 보는 사람의 눈을 매혹시켰다. 나는 그 새들을 쉽게 알아볼 수 있었다.

"극락조다!"

"참새목 풍조과." 콩세유가 중얼거렸다.

"꿩의 일종인가요?" 네드가 물었다.

"그렇진 않아. 하지만 저 매력적인 열대산 새 한 마리를 손에 넣고 싶군. 어떤가, 네드? 솜씨 한번 발휘해봐."

"한번 해보죠. 나는 총보다 작살 솜씨가 훨씬 좋지만요."

말레이인들은 극락조를 잡아서 중국인들에게 팔고 있는데, 그들은 우리가 흉내도 낼 수 없는 다양한 방법으로 극락조를 잡는다. 극락조들이 사는 높은 우듬지에 덫을 놓기도 하고, 강력한 아교로 꼼짝 못하게 해서 잡기도 하고, 심지어는 극락조가 즐겨 마시러 오는 샘물에 독극물을 넣기도 한다. 우리는 날아가는 극락조를 총으로 쏠 수밖에 없었기 때문에, 잡을 가능성이 거의 없었다. 실제로 우리는 많은 탄약을 허공으로 날려보냈다.

열한 시쯤 우리는 섬 한복판의 산기슭에 이르렀지만, 그때까지 아무것도 잡지 못했다. 배가 고파 죽을 지경이었다. 우리는 날짐승이든 들짐승이든 짐승을 사냥해서 끼니를 때울 작정이었는데, 기대가 빗나갔다. 하지만 재수 좋게도 콩세유가 돌멩이 하나로 새 두 마리를 잡았다. 흰비둘기와 숲비둘기 한 마리씩이었다. 콩세유 자신도 깜짝 놀랐다. 덕분에 점심 식사는 확보되었다. 우리는 재빨리 깃털을 뽑고 꼬챙이에 꿰어 이글거리는 모닥불에 구웠다. 이 진기한 날짐승이 구워지는 동안 네드는 빵나무를 요리했다. 그런 다음 비둘기 두 마리를 뼈만 남기고 깨끗이 먹어치웠다. 정말 맛이 있었다. 비둘기들은 육두구를 즐겨 먹기 때문에, 그 맛이 몸에 배어들어 고기가 한결 맛있어진 것이다.

"버섯을 먹여 키운 닭고기 같은데요." 콩세유가 말했다.

"그런데 네드, 또 뭐가 필요하지?" 내가 물었다.

"네발짐승이 필요합니다. 이런 비둘기 따위는 전채에 불과해요. 겨우 한입거리밖에 안 되잖아요. 갈비에 살코기가 듬뿍 붙은 네발짐승을 잡을 때까지는 절대 만족하지 않을 겁니다."

"나도 그래. 극락조를 잡을 때까지는."

"그럼 계속합시다." 콩세유가 말했다. "그런데 해안 쪽으로 되돌아가면서 사냥을 하는 게 좋겠어요. 여기는 산기슭인데, 사냥을 하려면 숲으로 가는 게 현명할 것 같아요."

좋은 생각이었기 때문에 그렇게 하기로 했다. 한 시간쯤 걷자 사고야자 숲이 나타났다. 독 없는 뱀 몇 마리가 허둥지둥 달아났다. 극락조들은 우리가 다가가면 재빨리 도망쳤다. 그래서 극락조 잡는 것을 거의 포기하려는데, 앞서 가던 콩세유가 갑자기 허리를 굽히더니 환성을 지르며 멋진 극락조 한 마리를 들고 나에게 돌아왔다.

"잘했다!" 내가 소리쳤다.

"별말씀을요." 콩세유가 대답했다.

"정말 놀라운 솜씨야. 극락조를 산 채로 잡다니. 게다가 맨손으로!"
"이놈을 자세히 조사해보시면 제 공이 별것 아니라는 것을 아실 겁니다."
"그게 무슨 소리야?"
"이놈은 지금 엉망으로 취해 있으니까요."
"취했다고?"
"예, 땅바닥에 떨어진 육두구를 먹다가 취해서 비틀거리고 있었어요. 그때 제가 잡은 거죠. 네드, 자네도 좀 봐. 무절제가 얼마나 무서운 결과를 낳는지 말이야."
"무슨 소리를 하는 거야! 지난 두 달 동안 내가 마신 술이 얼마나 되는지를 생각하면 그런 말은 못할 텐데."

나는 그 진기한 새를 조사했다. 콩세유의 말이 옳았다. 극락조는 과즙을 마시고 취해서 완전히 무력해져 있었다. 날지도 못했고, 걸을 수도 없는 지경이었다. 하지만 나는 상관하지 않고, 극락조가 자업자득으로 괴로워하도록 내버려두었다.

그 새는 뉴기니와 이웃 섬들에서 관찰된 여덟 종의 극락조 가운데 가장 아름답고 가장 희귀한 종인 초록 극락조였다. 몸길이는 30센티미터 정도였다. 머리는 비교적 작아 보였고, 부리 가까이에 작은 눈이 있었다. 몸은 온갖 색깔이 모여 있는 총천연색이었다. 부리는 노란색, 발과 발톱은 갈색, 날개는 적갈색, 날개 끝은 자주색, 머리와 목덜미는 노란색, 목은 초록색, 배와 가슴은 황갈색이었다. 꼬리 위에는 폭신한 솜털로 덮인 뿔 같은 돌기가 두 개 솟아 있었다. 거기에 달린 깃털은 아주 가볍고 길며 놀랄 만큼 아름다웠다. 그 꼬리 깃털이야말로 원주민들이 '태양새'라는 시적인 이름으로 부른 이 새의 특징이었다.

이 멋진 극락조를 파리로 가져가서 식물원에 기증할 수 있다면 얼마나 좋을까. 식물원에는 살아 있는 극락조가 한 마리도 없었다.

"그렇게 희귀한 새인가요?" 캐나다인이 사냥감을 미적 관점에서 보지 않는 사냥꾼의 말투로 물었다.

"아주 희귀하다네. 무엇보다도 산 채로 잡기가 무척 어렵지. 죽은 새도 비싼 값에 거래되기 때문에, 원주민들은 진주를 위조하듯 극락조를 창조적으로 정교하게 만들어내기도 한다네."

"뭐라고요?" 콩세유가 소리쳤다. "그럼 가짜 극락조를 만든단 말씀이세요?"

"그래, 콩세유."

"그럼 박사님은 원주민들이 가짜 극락조를 어떻게 만드는지 아세요?" 캐나다인이 물었다.

"동쪽에서 계절풍이 불어오는 철이 되면 극락조들은 아름다운 꼬리 깃털을 떨어뜨

그 새는 초록 극락조였다.

리는데, 박물학자들은 이것을 털갈이라고 하지. 극락조를 위조하는 사람들은 이렇게 빠진 깃털을 모아다가 미리 깃털을 잘라놓은 앵무새 몸에다 조심스럽게 꿰매 붙인 다음, 꿰맨 자리를 염색하고 그럴듯하게 꾸며서 이 절묘한 수공예품을 유럽 박물관이나 수집가한테 팔아치운다네."

"새한테는 고약한 짓이지만, 적어도 깃털만은 진짜 극락조로군요. 그러니까 그 새를 잡아먹고 싶은 게 아니라 깃털을 보고 싶은 것뿐이라면, 아무 문제도 없잖습니까."

극락조를 잡아서 내 소망은 이루어졌지만, 캐나다인 사냥꾼의 욕망은 채워지지 않았다. 다행히 두 시쯤 네드가 멧돼지를 한 마리 잡았다. 그리하여

멧돼지는 네발짐승의 고기를 우리한테 제공해주고, 따뜻한 환영을 받았다. 네드는 자신의 사격 솜씨를 꽤나 자랑스럽게 여기는 것 같았다. 전기 총알에 맞은 돼지는 즉사했다.

네드는 가죽을 벗기고 조심스럽게 내장을 빼낸 다음, 저녁에 구워 먹을 살코기를 대여섯 토막으로 잘랐다. 이어서 다시 사냥이 시작되었고, 네드와 콩세유가 곧 수훈을 세웠다.

두 친구는 덤불을 두드려 캥거루 떼를 몰아냈다. 캥거루들은 경쾌한 다리로 깡충깡충 뛰어 달아났다. 하지만 전속력으로 날아간 전기 총알을 피할 수 있을 만큼 빨리 달아나지는 못했다.

사냥꾼의 광기에 사로잡히기 시작한 네드 랜드가 소리쳤다.

"아, 박사님! 얼마나 멋진 사냥감입니까. 특히 기름에 볶아서 물을 조금 넣고 뭉근한 불에 졸이면 맛이 그만이죠. 이걸 배에 가져가면 식탁이 한결 풍성해질 텐데. 둘, 셋, 다섯. 한 자리에서 다섯 마리나 잡았군요. 이 고기를 우리끼리 몽땅 먹어치우고, 배에 있는 멍청이들은 고기 한 점 먹지 못할 걸 생각하면!"

열광에 사로잡힌 캐나다인은, 수다를 떠는 데 많은 시간을 보내지 않았다면 캥거루 무리를 모조리 학살했을 것이다. 하지만 그는 그 매력적인 유대류를 열두 마리 잡는 것으로 만족했다.

우리가 잡은 캥거루는 몸집이 아주 작았다. 그것은 '토끼왈라비' 종에 속하는데, 평소에는 나무 구멍 속에서 살고 몸놀림이 잽싸다. 몸집은 크지 않지만 고기 맛은 일품이다.

우리는 사냥 성과에 만족했다. 행복해진 네드는 내일도 이 매력적인 섬에 다시 오자고 제의했다. 이 섬에서 먹을 수 있는 네발짐승은 모조리 잡고 싶어 했다. 하지만 일은 계획대로 되지 않았다.

우리는 저녁 여섯 시에 해변으로 돌아갔다. 우리 보트는 해안에 그대로 놓여 있었다. '노틸러스'호는 3킬로미터쯤 떨어진 파도 사이에 기다란 암초처럼 떠 있었다.

네드는 당장 저녁 준비에 착수했다. 그는 요리 재료를 잘 알고 있었다. 모닥불에 구운 멧돼지 고기의 구수한 냄새가 곧 주위에 퍼지기 시작했다.

이제 와서 생각해보면 그때는 나도 캐나다인과 똑같은 기분에 빠져 있었다. 지금도 나는 돼지고기 구이 앞에서는 황홀경에 빠진다. 원컨대, 내가 네드 랜드를 용서한 것과 같은 이유로 나도 용서해달라.

요컨대 저녁 식사는 아주 맛있었다. 숲비둘기 두 마리가 우리의 진수성찬을 더욱 빛내주었다. 사고야자 열매로 만든 페이스트, 빵나무 열매와 망고 몇 개, 파인애플 대여섯 개, 잘 익은 코코넛으로 만든 발효유를 먹고 마시자, 세상에 부러울 것이 없었다. 내 뛰어난 동료들의 머리는 도취감으로 좀 몽롱해져 있었던 게 아닐까 하는 생각마저 든다.

"오늘 밤은 배로 돌아가지 말고 여기서 지내는 게 어떨까요?" 콩세유가 말했다.

"오늘 밤만이 아니라, 영원히 돌아가지 않는 건 어때?" 네드 랜드가 받았다.

바로 그 순간, 돌멩이 하나가 우리 발치에 떨어져 작살잡이의 말을 가로막았다.

chapter 22
네모 선장의 벼락

우리는 앉은 채 숲 쪽을 바라보았다. 내 손은 입으로 가는 도중에 멈춰버렸지만, 네드의 손은 목적지에 도착했다.

"돌멩이는 하늘에서 떨어지지 않아요. 운석이라면 모를까." 콩세유가 말했다.

모서리가 둥글게 깎인 두 번째 조약돌이 콩세유의 손에서 숲비둘기 다리를 낚아채어, 그의 의견을 뒷받침해주었다.

우리는 벌떡 일어나 총을 집어 들고, 어떤 공격도 물리칠 태세를 갖추었다.

"원숭이인가?" 네드가 소리쳤다.

"아니, 야만인들이야." 콩세유가 대답했다.

"보트로 가세!" 나는 바다 쪽으로 가면서 말했다.

정말로 후퇴할 필요가 있었다. 활과 새총으로 무장한 스무 명 남짓한 원주민이 덤불 가장자리에 나타나, 오른쪽으로 백 걸음도 채 떨어지지 않은 곳에서 수평선을 가로막고 있었기 때문이다.

우리 보트는 20미터쯤 떨어진 해안에 있었다.

야만인들은, 달려오지는 않았지만 아주 적대적인 몸짓을 하면서 다가왔다. 돌멩이와 화살이 빗발치듯 쏟아졌다.

네드 랜드는 애써 잡은 식량을 포기하고 싶지 않아서, 위험이 바짝 다가왔는데도 한 손으로 돼지를 집어 들고 다른 손으로는 캥거루를 집어 든 뒤에야 쏜살같이 모닥불 옆을 떠났다.

몇 분 뒤에 우리는 해안에 도착했다. 식량과 총을 보트에 던지고, 보트를 바다 쪽으로 밀어내고, 두 개의 노를 젓기 시작할 때까지는 몇 초밖에 걸리지 않았다. 우리가 300미터도 채 가기 전에 백 명의 야만인이 고함을 지르고 위협적인 몸짓을 하면서 허리까지 올라오는 물속으로 들어왔다. 나는 야만인들의 함성을 듣고 '노틸러스'호 상갑판에 누군가가 나오지 않을까 하고 유심히 살펴보았지만, 내 기대는 빗나갔다. 멀리 떠 있는 거대한 기계는 여전히 텅 비어 있었다.

20분 뒤에 우리는 배에 올랐다. 해치는 열려 있었다. 우리는 보트를 매어

놓고 안으로 들어갔다.

객실로 내려가자 음악이 연주되고 있었다. 네모 선장이 오르간 앞에 앉아서 음악 삼매경에 빠져 있었다.

"선장!"

그러나 선장은 듣지 못했다.

나는 선장을 건드리면서 다시 한 번 불렀다.

"이봐요, 선장!"

네모 선장은 그제야 흠칫 놀라면서 나를 돌아보았다.

"아아, 박사님이시군요. 사냥은 어땠습니까? 흥미로운 식물 표본이라도 채집하셨나요?"

"예, 하지만 불행히도 두발짐승 무리까지 데려왔지 뭡니까. 놈들이 너무 가까이 다가와서 좀 걱정이 되는군요."

"두발짐승이라면, 어떤?"

"야만인 말입니다."

"야만인?" 네모 선장은 빈정거리는 투로 대꾸했다. "이 지구의 육지에 발을 들여놓았는데, 야만인을 발견한 게 놀랍습니까? 야만인이 없는 육지가 세상에 어디 있습니까? 당신이 야만인이라고 부르는 그 사람들이 다른 야만인보다 더 야만적이던가요?"

"하지만……"

"나는 도처에서 야만인을 만났습니다."

"하지만 야만인들이 이 배에 올라타는 것을 바라지 않는다면, 빨리 조치를 취해야 할 겁니다."

"진정하세요. 걱정하실 일은 아무것도 없습니다."

"하지만 원주민이 아주 많은데요."

"몇 명이나 보셨습니까?"

"적어도 백 명."

"아로낙스 박사." 네모 선장은 다시 건반에 손을 올려놓으면서 말했다. "뉴기니의 원주민이 모두 해변에 모여 있다 해도 '노틸러스'호는 그들의 공격을 두려워할 필요가 전혀 없습니다."

이어서 선장의 손가락이 오르간 위를 달리기 시작했다. 나는 선장이 검은 건반만 치는 것을 알아차렸다. 그래서 멜로디가 본질적으로 스코틀랜드적인 음조를 띠었다. 선장은 내가 옆에 있는 것도 곧 잊어버리고 깊은 상념에 빠져버렸다. 나는 선장의 몽상을 방해하지 않기로 했다.

상갑판으로 돌아와 보니 어느새 어둠이 깔려 있었다. 이 위도에서는 해가 빨리 져서 해질녘의 어스름이 없기 때문이다. 게보로아르 섬은 이제 어렴풋이 보이고 있었다. 하지만 해변에서 타오르는 수많은 불은 원주민들이 아직 떠나기로 결정하지 않았음을 보여주었다.

나는 몇 시간 동안 혼자 상갑판에 남아서 이따금 원주민에 대해 생각했지만, 그들을 진심으로 두려워하지는 않았다. 선장의 차분한 자신감이 나한테도 전염되어, 때로는 원주민을 까맣게 잊고 열대의 아름다운 밤을 찬탄하기도 했다. 앞으로 몇 시간 뒤에는 프랑스 하늘에서 빛날 별을 따라, 내 마음도 프랑스로 날아갔다. 달이 총총한 별들 사이에서 환히 빛나고 있었다. 내 생각은 그 충실하고 친절한 위성한테로 돌아갔다. 달은 모레도 같은 지점으로 돌아와 바닷물을 끌어올려 '노틸러스'호를 산호 침대에서 떼어내줄 것이다. 자정 무렵, 나는 어두운 바다도 해안의 나무 그늘도 모두 조용한 것을 확인하고 선실로 돌아와 깊은 잠 속으로 빠져들었다.

밤은 무사히 지나갔다. 파푸아인들은 후미에 좌초해 있는 괴물을 보기만 해도 겁에 질린 모양이었다. '노틸러스'호의 해치는 열려 있었으니까, 그들이 마음만 먹었다면 배 안으로 쉽게 들어올 수 있었을 것이기 때문이다.

1월 7일 아침 여섯 시, 나는 다시 상갑판으로 올라갔다. 어둠이 걷히고 있었다. 사라지는 안개 속에서 해변이 드러나고, 이어서 섬의 산꼭대기가 모습을 드러냈다.

원주민들은 아직도 거기에 있었다. 수는 어제보다 더 늘어나, 500명 내지 600명은 되어 보였다. 일부는 썰물로 물이 빠진 틈을 이용하여 '노틸러스'호와 아주 가까운 산호초까지 다가와 있었다. 나는 그들을 쉽게 분간할 수 있었다. 그들은 운동선수처럼 건장한 체격과 잘 단련된 몸, 높고 넓은 이마, 납작하지 않은 커다란 코, 하얀 이를 가진 진짜 파푸아인이었다. 빨갛게 물들인 고수머리는 누비아인처럼 광택이 나는 검은 몸뚱이와 대조를 이루었다. 귓불에는 구멍을 뚫고, 짐승 뼈를 구슬처럼 꿰어 만든 귀고리를 매달아 길게 잡아 늘였다. 야만인들은 거의 알몸이었다. 허리에서 무릎까지 치마를 두른 여자도 몇 명 눈에 띄었다. 치마는 풀을 엮어서 만든 것이었고, 식물로 만든 허리띠로 고정시켰다. 몇몇 추장은 빨갛고 하얀 유리구슬로 만든 목걸이와 초승달 모양의 장식을 목에 걸고 있었다. 거의 다 활과 화살과 방패로 무장하고, 어깨에는 조약돌이 담긴 그물을 둘러메고 있었다. 그들은 새총으로 그 돌멩이를 정확하게 날려보낼 수 있다.

'노틸러스'호와 가장 가까이 있는 추장 하나가 배를 유심히 살피고 있었다. 바나나 잎을 엮어 가장자리를 정교하게 마무리하고 눈부신 색깔로 장식한 옷을 입고 있는 것으로 보아, 추장들 중에서도 지위가 높은 인물인 게 분명했다.

그 원주민은 사정거리 안에 들어와 있었으니까, 마음만 먹으면 쉽게 쏘아 죽일 수도 있었지만, 나는 그들이 정말로 적대적인 행동을 취할 때까지 기다리는 게 낫다고 생각했다. 유럽인이 야만인을 상대할 때는 먼저 공격하기보다 공격을 받은 뒤에 재빨리 반격하는 편이 낫다.

원주민들은 밀물이 들어올 때까지 줄곧 '노틸러스'호 근처를 돌아다녔지만, 큰 소란을 일으키지는 않았다. 나는 그들이 '아사이'라는 말을 자주 되풀이하는 것을 들었다. 그 말을 할 때의 몸짓을 보고 나는 그 말뜻을 이해했다. 그들은 해안으로 오라고 나를 초대하고 있었다. 하지만 그 초대는 사양하는 편이 낫다고 생각했다.

그래서 보트는 그날 '노틸러스'호를 떠나지 않았다. 네드는 식량을 보충하지 못해서 몹시 안타까워했다. 재주 많은 캐나다인은 섬에 가지 못하는 대신, 게보로아르 섬에서 가져온 고기와 채소와 과일을 요리했다. 야만인들은 오전 열한 시쯤 산호초 꼭대기가 밀물에 잠기기 시작하자 해안으로 돌아갔다. 하지만 나는 해변에 훨씬 많은 원주민이 모여들고 있는 것을 볼 수 있었다. 그들은 아마 이웃 섬에서 왔거나 뉴기니 섬에서 왔을 것이다. 하지만 원주민의 보트는 한 척도 보이지 않았다.

달리 할 일이 없었기 때문에 나는 이 맑은 바다의 밑바닥을 뒤져보기로 마음먹었다. 수많은 조개류와 식충류와 해초류가 보였기 때문이다. 어쨌든 네모 선장이 약속한 대로 내일 만조 때 '노틸러스'호가 다시 떠오른다면, 오늘은 이 해역에서 보내는 마지막 날이었다.

그래서 나는 콩세유를 불러, 끌망태를 가져오게 했다. 가볍고 작은 끌망태는 굴을 캘 때 사용하는 반두와 비슷했다.

"야만인들은 어떻습니까?" 콩세유가 물었다. "제가 보기에는 그렇게 나쁜 의도를 갖고 있는 것 같지는 않던데요."

"놈들은 식인종이야."

"식인종이라도 좋은 사람일 수 있습니다. 대식가라도 정직한 사람일 수 있듯이 말입니다. 두 가지는 결코 모순되는 관계가 아닙니다."

"좋아, 콩세유. 놈들이 정직한 식인종이고, 포로를 명예롭게 잡아먹는다는 건 인정하지. 하지만 나는 정직하게라도 잡아먹히기는 싫으니까 조심할 거야. '노틸러스'호 선장은 어떤 조치도 취하지 않을 모양이니까 말이야. 자, 이제 일하러 가야지."

우리는 두어 시간 동안 열심히 바다를 뒤졌지만, 희귀한 표본은 전혀 찾지 못했다. 끌망태는 '미다스의 귀'라고 불리는 조개, 하프조개, 멜라니조개로 가득 찼지만, 내가 본 것 중에서 가장 아름다운 망치조개도 섞여 있었다. 우리는 해삼과 진주조개와 작은 거북도 몇 마리 잡아서 식료품 창고에 보관하려고 따로 놓아두었다.

하지만 이제는 글렀구나 하고 기대감을 버린 순간, 경이로운 표본 하나가 눈에 띄었다. 좀 더 정확히 말하면 그것은 좀처럼 만나기 힘든 기형 동물이었다. 콩세유가 끌망태로 바닥을 긁고 평범한 조개들로 가득 찬 그물을 끌어올린 순간, 나는 재빨리 그물 속으로 손을 집어 넣어 조개 하나를 꺼냈다. 그러고는 진기한 표본을 발견한 패류학자답게 인간의 목에서 나올 수 있는 가장 날카로운 환성을 질렀다.

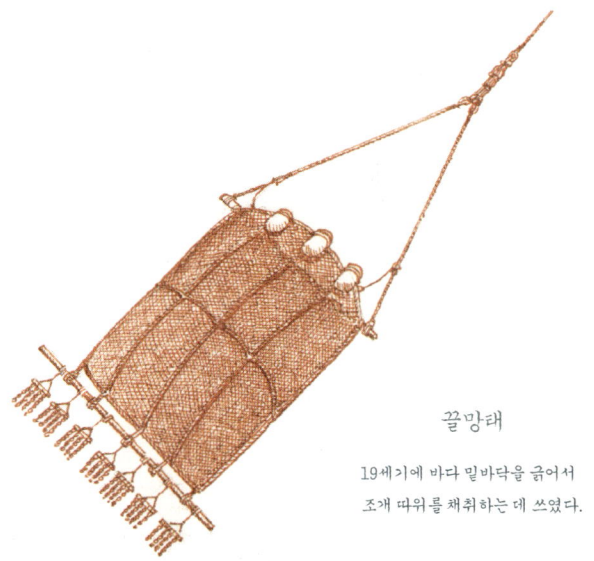

끌망태
19세기에 바다 밑바닥을 긁어서 조개 따위를 채취하는 데 쓰였다.

"괜찮으세요?" 콩세유가 깜짝 놀라서 물었다. "물리셨나요?"

"아니야. 하지만 이걸 발견하기 위해서라면 손가락 하나쯤은 기꺼이 내주었을 거야."

"뭘 발견하셨는데요?"

"이 조개." 나는 환성을 지른 이유를 콩세유에게 보여주었다.

"그건 단순한 대추고둥일 뿐인데요. 연체동물문, 복족강, 즐기목, 대추고둥과……."

조개의 이용

11cm

남아메리카 아나와크족의 남신상과 여신상 조각

낚싯바늘

목걸이

진주모는 자개 등 장식품을 만드는 데 쓰인다.

진주모 조갯살은 맛이 좋아 값이 비싸다……

폴리네시아 사람들은 소라고둥을 나팔로 이용한다.

"그래. 하지만 이 대추고둥은 시곗바늘 방향으로 돌지 않고 왼쪽으로 돌고 있어."

"설마! 그럴 리가요."

"정말이야. 이건 좌회전 조개야!"

"좌회전 조개요?" 콩세유는 두근거리는 심장을 누르면서 내 말을 되풀이했다.

"이 나선을 봐!"

"아아, 정말……" 콩세유는 떨리는 손으로 귀중한 조개를 받아들면서 말했다. "이런 흥분을 느껴보기는 난생 처음입니다."

흥분할 이유는 충분했다. 박물학자들이 지적했듯이, 우회전이 자연의 법칙이다. 행성과 그 위성들은 오른쪽으로 움직이고 회전한다. 인간은 왼손보다 오른손을 더 많이 쓰고, 따라서 인간의 도구와 기계, 계단, 자물쇠, 시계태엽은 모두 오른쪽으로 사용하도록 만들어져 있다. 자연은 조개의 나선에서도 대체로 이 법칙을 따랐다. 조개는 모두 우회전이고, 예외는 거의 없다. 우연히 나선이 좌회전인 조개가 있다면, 수집가는 그 조개와 같은 무게의 황금을 주고서라도 그것을 손에 넣으려든다.

좌회전 조개

'우회전' 조개는 시곗바늘 방향으로 움직인다.

'좌회전' 조개는 시곗바늘 반대 방향으로 나아간다.

콩세유와 나는 이 보물을 감상하는 데 열중했다. 내가 그것을 박물관에 기증하겠다고 속으로 다짐한 순간, 원주민이 쏜 돌멩이가 안타깝게도 콩세유가 들고 있던 그 보물을 깨뜨려버렸다.

내 입에서는 절망의 비명이 터져나왔다. 콩세유는 재빨리 총을 집어 들고, 10미터쯤 떨어진 곳에서 새총을 쳐들고 있는 야만인을 겨누었다. 나는 콩세유를 말리려고 했지만, 총알은 이미 발사되어 원주민이 부적으로 팔에 차고 있던 팔찌를 부숴버렸다.

"콩세유!" 나는 소리쳤다. "콩세유!"

"주인님은 그게 식인종 책임이라는 걸 모르셨습니까?"

"아무리 그래도 조개 하나가 사람 목숨을 빼앗을 만한 가치는 없어!"

"저런 나쁜 놈! 차라리 내 어깨뼈를 부러뜨리지 않고."

콩세유는 진지했지만, 나는 그의 의견에 동의할 수 없었다. 그런데 지난 몇 분 사이에 우리도 모르게 상황이 달라져버렸다. 20여 척의 카누가 순식간에 '노틸러스'호를 에워쌌다. 통나무를 파내서 만든 카누는 길고 폭이 좁고 무척 빨랐다. 카누에는 노련한 반벌거숭이 노잡이들이 타고 있었다. 나는 그들이 다가오는 것을 보고 불안에 사로잡혔다.

그 파푸아인들은 전에 유럽인을 상대해본 경험이 있고, 또 유럽인의 배도 잘 알고 있는 게 분명했다. 하지만 돛대도 굴뚝도 없이 후미에 길게 떠 있는 이 둥근 쇳덩어리를 그들은 어떻게 생각했을까? 처음에는 조심스럽게 상당한 거리를 유지하고 있었으니까, 함부로 대하면 안 될 불길한 것으로 생각했을 것이다. 하지만 '노틸러스'호가 움직이지 않는 것을 보고 서서히 자신감을 되찾아, 이제 '노틸러스'호를 직접 조사하려 하고 있었다. 이것만은 무슨 수를 써서라도 막아야 했다. 폭발음이 나지 않는 우리 총은 요란한 소리를 내는 장치만 무서워하는 이들 원주민에게는 별로 강한 인상을 주지 못했다. 위험한 것은 우레 소리가 아니라 번개지만, 사람들은 뇌성이 없는 번개를 별로 무서워하지 않는다.

갑자기 카누들이 '노틸러스'호에 바싹 다가오더니, 구름 같은 화살이 '노틸러스'호에 쏟아졌다.

"맙소사. 화살이 빗발치는군요." 콩세유가 말했다. "어쩌면 독화살일지도 몰라요!"

"선장한테 가서 알리는 게 좋겠어." 나는 해치 아래로 내려가면서 말했다.

객실로 들어가 보니 아무도 없었다. 나는 과감하게 선장의 침실 문을 두드렸다.

"들어오라"는 목소리가 들렸다. 안으로 들어가 보니 네모 선장은 숱한 'x'와 수학 기호로 가득 찬 계산에 열중해 있었다.

"방해가 됐나요?" 나는 예의상 물어보았다.

"조금." 선장이 대답했다. "하지만 나를 꼭 만나야 할 이유가 있었겠지요?"

"아주 중대한 일입니다. 우리는 지금 원주민들의 카누에 둘러싸여 있어요. 수백 명의 원주민이 이제 곧 우리를 공격할 게 분명합니다."

"알겠습니다." 네모 선장은 침착하게 말했다. "원주민들이 카누를 타고 왔군요?"

"예."

"해치만 닫으면 됩니다."

"그렇군요. 그래서 나도 그 말을 하려고……."

"그보다 간단한 일은 없지요."

그는 전기 버튼을 눌러 당직실로 명령을 하달했다. 그러고는 잠시 후에 다시 말을 이었다.

"이제 조치가 끝났습니다. 우리 보트는 제자리에 안전하게 보관되었고, 해치는 닫혔습니다. 설마 순양함의 포탄도 우그러뜨리지 못한 철벽을 그들이 돌멩이로 부술까봐 걱정하는 건 아니겠죠?"

"그런 건 아니지만, 위험은 아직 남아 있어요."

"뭔데요?"

"내일 이맘때는 '노틸러스'호에 공기를 보충하기 위해 다시 해치를 열어야 할 텐데요."

"그건 사실입니다. 우리 배는 고래처럼 숨을 쉬니까요."

"파푸아인들이 그 순간 갑판으로 올라오면 어떻게 그들을 막을 수 있을지 모르겠군요."

"그러니까 당신은 그들이 감히 우리 배에 올라탈 거라고 생각하시는군요?"

"그렇습니다."

"올라타고 싶다면 마음대로 올라타게 내버려둡시다. 굳이 막을 이유가 없잖습니까. 그들도 결국은 불쌍한 인간이에요. 내가 게보로아르 섬을 방문했기 때문에 그들이 하나라도 목숨을 잃는 것은 바라지 않습니다."

나는 그쯤에서 물러가려고 했지만, 네모 선장이 나를 붙잡았다. 그러고는 옆에 와서 앉으라고 권했다. 선장은 우리의 육지 여행과 사냥에 흥미를 보이며 이것저것 물었지만, 물고기에 대한 캐나다인의 욕망은 이해하기 힘든 모양이었다. 그 후 우리는 다양한 문제에 대해 대화를 나누었고, 네모 선장은 여전히 흉금을 터놓지는 않았지만 아주 친절했다.

우리는 '노틸러스'호가 좌초한 곳이 하필이면 뒤몽 뒤르빌이 난관을 겪었던 바로 그 지점이라는 사실에 주목하면서, 우리가 처해 있는 상황에 대해 이런저런 이야기를 나누었다.

"뒤르빌은 프랑스의 위대한 해군 장교였고, 프랑스에서 가장 뛰어난 항해가였습니다! 프랑스의 쿡 선장이라고도 말할 수 있지요. 불운한 대과학자였습니다. 남극의 빙원과 남태평양의 산호초, 태평양의 식인종에 용감하게 도전했지만, 결국은 열차 사고로 비참하게 죽었지요! 한번 상상해보세요. 지칠 줄 모르고 활동했던 그가 최후의 순간에 자신의 인생을 돌이켜볼 수 있었다면, 마지막으로 떠오른 생각은 무엇이었을까요?"

이런 말을 하면서 네모 선장은 몹시 감동한 것 같았다. 이런 감정은 그의 장점이라고 나는 생각했다.

이어서 우리는 해도를 펴놓고, 그 프랑스 항해가가 이룩한 업적을 새삼 더 듣어보았다. 그의 세계 일주 항해, 남극에 도달하려는 두 차례의 시도, 아델리랜드와 루이필리프랜드의 발견, 그리고 끝으로 태평양의 주요 섬들에 대한 수로 조사.

"뒤르빌이 바다 위에서 해낸 일을 나는 바다 속에서 해왔지만, 뒤르빌보다 더 쉽고 더 완전하게 해냈습니다. '아스트롤라베'호와 '젤레'호는 항상 태풍에 이리저리 밀려다녔기 때문에 '노틸러스'호와는 상대가 될 수 없었지요. 이 배는 정말로 바다의 심장에 자리 잡은 평화로운 연구 기지입니다!"

"하지만 뒤몽 뒤르빌의 정찰함들과 '노틸러스'호는 한 가지 공통점이 있습니다."

"그게 뭔데요?"

"'노틸러스'호도 뒤르빌의 정찰함들처럼 좌초했다는 겁니다!"

"'노틸러스'호는 좌초한 게 아닙니다!" 네모 선장은 차갑게 대꾸했다. "'노틸러스'호는 바다 밑바닥에 내려앉도록 설계되어 있어요. 뒤르빌은 정찰함들을 다시 띄우기 위해 온갖 묘책을 부려야 했지만, 나는 그럴 필요가 없습니다. '아스트롤라베'호와 '젤레'호는 하마터면 죽을 뻔했지만, '노틸러스'호는 전혀 위험하지 않습니다. 내일 만조 때가 되면 조류가 밀려와 '노틸러스'호를 조용히 들어 올릴 테고, 그러면 '노틸러스'호는 다시 항해를 계속하게 될 겁니다."

"나도 의심하는 건 아니지만……."

"내일……." 네모 선장은 일어나면서 덧붙였다. "오후 두 시 40분, '노틸러스'호는 암초에서 떠올라 토러스 해협을 무사히 빠져나갈 테니, 두고 보세요."

네모 선장은 조금 날카로운 어조로 말하고는 가볍게 고개를 숙였다. 나에 대한 작별 인사였기 때문에, 나는 그 방을 나와서 내 방으로 돌아왔다.

방에 돌아와 보니 콩세유가 기다리고 있었다.

"이 배가 파푸아 원주민들한테 위협당하고 있다고 말했더니, 선장은 아주 냉소적으로 대답하더군. 그러니까 나도 자네한테 해줄 말은 하나뿐이야. 선장을 믿고, 너무 걱정하지 말고 가서 자게."

"저한테 시키실 일은 없습니까?"

"없어. 그런데 네드 랜드는 뭘 하고 있나?"

"죄송한 말씀이지만, 네드는 지금 캥거루 파이를 만들고 있습니다. 깜짝 놀랄 만한 요리가 될 것 같습니다."

혼자 남은 나는 침대에 누웠지만, 제대로 잠을 잘 수가 없었다. 야만인들이 귀가 먹먹해질 듯한 소리를 지르면서 상갑판 위를 쿵쿵 걸어다니는 소리가 들렸다. 이런 식으로 밤이 지나갔다. 승무원들은 여전히 여느 때의 게으름을 포기하지 않았다. 튼튼한 요새 안에 있는 병사들이 요새 위를 뛰어다니는 개미 떼에 신경을 쓰지 않는 것처럼, '노틸러스'호 승무원들도 상갑판 위를 돌아다니는 식인종의 존재를 전혀 걱정하지 않았다.

나는 아침 여섯 시에 일어났다. 해치가 열리지 않아서 배 안의 공기는 탁했다. 하지만 어떤 돌발 사태에도 대처할 수 있도록 만들어진 공기탱크는 제대로 기능을 발휘하고 있어서, '노틸러스'호의 희박한 공기 속에 약간의 산소를 보내주고 있었다.

나는 정오까지 내 방에서 일했지만, 네모 선장은 한 번도 모습을 나타내지 않았다. 승무원들이 떠날 준비를 하고 있는 낌새도 전혀 없었다.

나는 좀 더 기다리다가 객실로 들어갔다. 시계가 두 시 반을 가리키고 있었다. 이제 10분만 있으면 바닷물이 최고 수위에 도달할 테고, 네모 선장이 무모한 약속을 한 게 아니라면 '노틸러스'호는 당장 암초에서 해방될 것이다.

그렇지 않으면 여러 달이 지나서야 산호 침대에서 벗어날 수 있을 것이다.

곧이어 선체가 떠오를 준비를 하는 듯한 진동이 몇 차례 느껴졌다. 배의 철판이 밑에 있는 단단한 석회질 산호에 긁히는 소리가 들렸다.

두 시 35분에 네모 선장이 객실에 나타났다.

"이제 곧 떠날 겁니다."

"아아!"

"해치를 열라고 명령했습니다."

"파푸아인들은 어쩌고요?"

"파푸아인요?" 네모 선장은 어깨를 으쓱하면서 되물었다.

"파푸아인들이 '노틸러스'호에 들어오지 않을까요?"

"어떻게요?"

"해치를 열라고 했다면서요?"

"아로낙스 박사, '노틸러스'호 안으로 들어오기란 그렇게 쉽지 않습니다. 해치가 열려 있어도."

나는 선장을 뚫어지게 바라보았다.

"이해를 못하시나 보군요?"

"예, 전혀 이해가 안 됩니다."

"직접 가보면 아실 겁니다."

나는 중앙 층층대로 갔다. 그곳에서는 네드와 콩세유가 어리둥절하면서도 흥미진진한 표정으로 해치를 열고 있는 승무원들을 지켜보고 있었다. 밖에서는 분노의 외침 소리와 소름 끼치는 아우성이 들려오고 있었다.

해치가 밖으로 열렸다. 스무 개의 무시무시한 얼굴이 나타났다. 하지만 층층대 난간에 맨 먼저 손을 댄 원주민은 뭔가 보이지 않는 힘에 떠밀린 것처럼 뒤로 나가떨어졌다. 그러고는 끔찍한 비명과 함께 펄쩍펄쩍 뛰면서 달아났다.

다른 원주민이 열 명쯤 그를 흉내냈다. 그러고는 모두 똑같은 꼴을 당했다.

콩세유는 너무 기뻐서 거의 황홀경에 빠져 있었다. 난폭한 본능에 사로잡힌 네드는 층층대로 달려갔지만, 난간을 움켜잡은 순간 그 역시 뒤로 나동그라졌다.

"맙소사!" 네드가 소리쳤다. "벼락에 맞았어!"

이 말이 모든 것을 설명해주었다. 그것은 더 이상 난간이 아니라, 기관실에서 만들어진 전기를 상갑판까지 전달하는 금속 전도체였다. 누구든 거기에 몸이 닿으면 강력한 충격을 받았다. 그러니까 네모 선장은 적이 공격해 올 경우에 대비하여, 아무도 무사히 통과할 수 없는 전기 그물을 쳐놓은 것이다.

겁에 질린 파푸아인들은 미친 듯이 앞 다투어 달아났다. 우리는 웃으면서 가엾은 네드의 몸을 문지르고 위로해주었다. 네드는 미치광이처럼 욕설을 퍼붓고 있었다.

바로 그때, 만조의 마지막 물결을 타고 떠오른 '노틸러스'호가 선장이 예언한 두 시 40분 정각에 산호 침대를 떠났다. 스크루가 천천히 바닷물을 때리기 시작했다. 속도가 점점 빨라졌다. '노틸러스'호는 수면 위를 달려, 위험한 토러스 해협을 무사히 빠져나왔다.

chapter 23
악몽의 잠

이튿날, '노틸러스'호는 계속 물속을 항해하고 있었다. 속도는 놀랄 만큼 빨라서, 적어도 30노트는 넘었을 것이다. 스크루가 너무 빨리 돌고 있었기 때문에, 회전수를 헤아리기는커녕 돌아가는 날개가 보이지 않을 정도였다.

놀라운 전기는 '노틸러스'호에 동력과 열과 빛을 줄 뿐만 아니라, 배를 신성한 방주로 만들어 외부의 공격에서 지켜주기도 했다. 감히 배를 건드려 그 신성을 모독하는 자는 누구나 벼락을 맞았다. 이것을 생각하면 끝없는 찬탄을 억누를 수가 없었다. 기계에 대한 나의 찬탄은 그 기계를 만든 사람한테로 돌아갔다.

우리는 서쪽으로 달리고 있었다. 1월 11일 우리는 웨셀 곶을 돌았다. 동경 135도·남위 10도에 자리 잡고 있는 웨셀 곶은 카펀테리아 만[115]의 동쪽 끝을 이룬다. 암초는 여전히 많았지만, 지금은 좀 더 넓은 해역에 퍼져 있고, 암초들의 위치도 해도에 정확하게 표시되어 있었다. 그래서 '노틸러스'호는 남위 10도를 유지한 채, 그 위도상의 동경 130도에 자리 잡고 있는 좌현 쪽의 머니 암초와 우현 쪽의 빅토리아 암초를 어렵지 않게 피할 수 있었다.

1월 13일 배가 티모르 해에 도착하자, 네모 선장은 동경 122도에 있는 같은 이름의 섬을 발견했다. 면적이 3만 3900평방킬로미터인 티모르 섬은 라자족의 지배를 받고 있다. 이들은 악어의 자손, 즉 인간으로서 가장 고귀한 혈통을 가진 가문의 자손이라고 자칭한다. 따라서 이 섬의 하천에는 비늘로 덮인 그들의 조상이 우글거리고, 특별한 존경과 숭배의 대상이 된다. 악어는 극진한 보호를 받아 버릇이 없어지고, 사람들은 악어에게 알랑거리고 먹이를 주고 어린 소녀를 제물로 바친다. 그 신성한 도마뱀한테 감히 손을 대는 외국인에게는 재앙이 닥친다.

그러나 '노틸러스'호는 그 징그러운 동물을 상대할 필요가 없었다. 티모르 섬은 정오에 부관이 우리 위치를 측정하는 동안 잠깐 볼 수 있었을 뿐이다. 같은 섬 무리에 딸려 있는 로티 섬도 그런 식으로 언뜻 볼 수 있었다. 이 섬의 여자들은 말레이시아 시장에서 미인으로 소문나 있었다.

원하는 곳이면 어디든 갈 수 있는 '노틸러스'호는 거기서 남서쪽으로 방향을 틀었다. 배는 인도양으로 향하고 있었다. 네모 선장의 변덕은 우리를 어디로 데려갈까? 아시아 해안으로 되돌아가려는 것일까? 유럽 해안으로 다가갈까? 사람이 사는 대륙에서 달아난 사람이 그런 결정을 내릴 가능성은 거의 없어 보였다. 그렇다면 훨씬 남쪽으로 내려갈까? 희망봉을 돌고 혼 곶[116]을 돌아서 남극으로 갈 작정인가? 그리고 마지막으로 '노틸러스'호가 자유롭고 편하게 항해할 수 있는 태평양으로 돌아오려는 것일까? 그것은 시간이 말해줄 것이다.

액체에 대한 고체의 마지막 저항인 카르티에 암초와 히베르니아 암초, 세링가파탐 암초와 스콧 암초를 지나, 1월 14일 우리는 모든 육지에서 멀리 떨어진 망망대해로 나왔다. '노틸러스'호의 속도는 눈에 띄게 떨어졌다. 그리고 움직임도 변덕스러워서, 물속을 항해하다가 물 위로 떠오르기를 되풀이했다.

이 항해 구간에서 네모 선장은 다양한 수심의 수온을 재는 흥미로운 실험을 했다. 수온을 잴 때는 대개 복잡한 기구를 사용하지만, 그 결과는 의심스럽거나 엉터리인 경우가 많다. 온도계가 달린 측심기는 유리가 높은 수압 때문에 깨져버리는 경우가 많고, 전류에 대한 금속의 저항력 변화에 바탕을 둔 장치도 믿을 수 없기는 마찬가지다. 이런 식으로 얻은 측정 결과는 그 진실성을 제대로 입증할 수 없다. 반면에 네모 선장은 직접적인 관측으로 깊은 바다의 수온을 잴 작정이었고, 다양한 깊이의 물과 직접 접촉하는 그의 온도계는 즉각적으로 정확하게 온도를 알려주었다.

'노틸러스'호는 물탱크를 채우거나 경사판을 내려서 수심 3000미터, 4000미터, 5000미터, 7000미터, 1만 미터에 차례로 도달했다. 이 실험의 최종 결론은 수심 1000미터의 수온은 위도에 관계없이 늘 4.5도로 일정하다는 것이었다.

나는 흥미진진하게 이 실험을 지켜보았다. 네모 선장은 실험에 대단한 열정을 보였다. 그가 왜 이런 실험을 하는지 궁금할 때가 많았다. 같은 인류에게 이익을 주기 위해서일까? 이것은 있을 법하지 않은 일이었다. 그의 연구 결과는 조만간 그와 함께 어느 미지의 바다 속에 묻혀버릴 운명이기 때문이다. 그가 실험 결과를 나에게 넘겨줄 작정이 아니라면 말이다. 만약 그렇다면 그는 나의 항해가 언젠가는 끝날 수도 있다는 것을 받아들인 셈이지만, 항해의 끝은 아직 요원해 보였다.

이유가 무엇이든, 네모 선장은 지구의 주요 바다에서 관측한 수치도 나에게 말해주었다. 그 수치는 물의 상대적 밀도를 밝혀주는 것이었다. 나는 이 정보에서 과학과는 상관없는 개인적인 교훈을 얻었다.

1월 15일 아침이었다. 나와 함께 상갑판을 거닐고 있던 선장이 문득 바닷물의 다양한 밀도를 아느냐고 물었다. 나는 모른다고 대답했다. 그리고 과학자들은 아직 바닷물의 밀도를 엄밀히 조사하지 않았다고 덧붙였다.

"나는 조사했습니다. 그리고 그 정확성도 보증할 수 있습니다."

"그래요? 하지만 '노틸러스'호는 딴 세상이니까, 이곳의 비밀은 육지에 전달되지 않습니다."

"맞습니다." 네모 선장은 잠시 입을 다물고 있다가 말을 이었다. "이 배는 딴 세상입니다. 이 지구와 함께 태양 주위를 도는 행성들만큼이나 육지와 동떨어져 있지요. 토성이나 목성의 과학자들이 어떤 연구를 해도, 우리는 결코 거기에서 이익을 얻지 못할 겁니다. 하지만 우연이 우리의 두 세계를 이어주었기 때문에 나는 내 관측 결과를 당신한테 전할 수 있습니다."

"듣겠습니다, 선장."

"아시다시피 바닷물은 민물보다 밀도가 높지만, 밀도가 균일하지는 않습니다. 민물의 밀도가 1이라면, 대서양의 밀도는 1.028이고, 태평양의 밀도는 1.026, 지중해의 밀도는 1.030……."

'아하!' 나는 속으로 생각했다. '그러니까 이 사람은 지중해에도 과감하게

들어가는 모양이군.'

"이오니아 해의 밀도는 1.018, 아드리아 해의 밀도는 1.029."

'노틸러스'호는 그러니까 수많은 배가 오가는 유럽의 바다도 피하지 않고 다니고 있었다. 선장의 이 말을 듣고, 나는 배가 좀 더 문명화한 대륙으로 조만간 우리를 데려갈지 모른다고 생각했다. 네드 랜드가 이 소식을 들으면 기뻐 날뛸 것이다.

며칠 동안은 수심에 따라 달라지는 염분 농도, 전하량, 색깔, 투명도에 관한 온갖 실험을 하면서 시간을 보냈다. 네모 선장은 어떤 실험에서나 비할 데 없는 독창성을 발휘했고, 나에 대한 태도는 비할 데 없이 친절했다. 그런데 며칠이 지나자 네모 선장은 또다시 며칠 동안 모습을 보이지 않았고, 나는 강제로 격리된 것처럼 그의 배에 남겨졌다.

1월 16일, '노틸러스'호는 해수면보다 몇 미터 아래에서 잠들어버린 것 같았다. 전기장치는 더 이상 작동하지 않았고, 스크루도 움직이지 않아서 배는 해류에 이리저리 떠밀리고 있었다. 나는 뭔가 격렬한 움직임 때문에 기계가 고장 나서 승무원들이 수리에 여념이 없는 모양이라고 짐작했다.

바로 그때 콩세유와 네드와 나는 기묘한 광경을 목격했다. 객실의 철판은 열려 있었지만, '노틸러스'호의 탐조등이 켜지지 않아서 물속은 어두컴컴했다. 폭풍우를 머금은 하늘은 짙은 먹구름에 뒤덮여 해수면에만 희미한 빛을 던지고 있을 뿐이었다.

이런 상태에서는 엄청나게 큰 물고기도 희미한 그림자로밖에 보이지 않았다. 내가 이런 바다 상태를 살피고 있을 때 '노틸러스'호가 갑자기 눈부신 빛에 둘러싸였다. 처음에 나는 탐조등이 다시 켜져서 눈부신 빛을 물속에 던지고 있는 줄 알았다. 하지만 그렇지 않다는 것을 곧 알아차렸다.

'노틸러스'호는 인광층 속에 떠 있었다. 인광층은 어둠 속에서 점점 밝아지고 있었다. 빛을 내는 것은 수많은 발광 미생물이었다. 미생물은 금속 선체에 닿으면 더욱 밝은 빛을 냈다. 이 빛나는 물속에서 불꽃이 깜박거렸다. 뜨거운 용광로 속에서 녹은 납의 흐름이나 뜨겁게 가열된 금속 덩어리가 반짝거리는 것 같았다. 희미하게 빛나는 부분이 그 반짝이는 빛과 대조되어 그림자처럼 보였다. 하지만 이렇게 불타는 듯한 환경에서는 당연히 그림자가 존재하지 않을 터였다. 그런데도 그림자가 나타난 것은 이것이 우리 배에서 나오는 정상적인 조명이 아니었기 때문이다! 놀라운 힘과 이상한 움직임이 존재하고 있었다. 그 빛은 마치 살아 있는 것처럼 느껴졌다.

실제로 그것은 원생동물의 일종인 적충류와 야광충의 거대한 덩어리였다. 실낱 같은 촉수로 무장한 투명에 가까운 젤리가 30입방센티미터에 2만 5천 마리나 우글거리고 있었다. 해파리와 불가사리·돌맛조개, 그밖에 인광을 발하는 식충류의 독특한 빛이 거기에 가세했고, 그 빛 속에는 바다에서 분해된 유기물과 어류가 분비한 점액이 가득 섞여 있었다.

'노틸러스'호는 몇 시간 동안이나 이 빛나는 물속에 떠 있었다. 그 물속에서 커다란 해양 동물이 인어처럼 노니는 모습을 우리는 찬탄의 눈길로 바라보았다. 타오르지 않는 그 불 속에서 지칠 줄 모르는 바다의 광대인 돌고래들이 빠르고 우아하게 헤엄치고 있었다. 태풍을 예고하는 3미터 길이의 돛새치는 턱에 칼처럼 돌출한 이빨로 이따금 객실 유리창을 두드렸다. 작은 물고기들도 나타났다. 다양한 파랑쥐치, 뛰어오르는 고등어, 울프 유니콘, 그밖에 수백 가지의 다양한 물고기들이 빛나는 물속에 줄무늬를 그리며 헤엄치고 있었다.

현란하고 매혹적인 광경이었다! 기상 조건이 그런 현상의 효과를 더욱 높여주었을까? 해수면에 폭풍이 몰아치고 있을까? 하지만 해수면보다 겨우 몇 미터 아래에 있는 '노틸러스'호는 폭풍의 분노를 전혀 느끼지 못한 채, 잔잔한 물속에서 평온하게 흔들리고 있었다.

우리는 새로운 경이에 끊임없이 매혹되면서 그렇게 흘러가고 있었다. 콩세유는 물속을 관찰하면서 강장동물·체절동물·연체동물·어류를 분류했다. 며칠이 순식간에 지나갔다. 나는 더 이상 날짜를 헤아리지 않았다. 네드는 늘 그랬듯이 식사에 다양한 변화를 주려고 애썼다. 우리는 진짜 달팽이처럼 우리 껍데기에 익숙해졌다. 완전한 달팽이가 되기는 아주 쉽다.

이런 생활이 우리에게는 편하고 자연스럽게 느껴졌다. 이제 우리는 육지에서 이루어지고 있는 다른 생활을 상상할 수 없게 되었다. 바로 그때 우리가 얼마나 이상한 상황에 놓여 있는가를 일깨워주는 사건이 일어났다.

1월 18일, '노틸러스'호는 동경 105도·남위 15도 지점에 있었다. 날씨는 험악했고 파도가 거칠었다. 동풍이 강하게 불었다. 며칠 동안 계속 내려가고 있던 기압계가 폭풍우와 한바탕 전투를 벌일 때가 다가오고 있음을 알려주었다.

내가 상갑판으로 올라가 보니 부관이 시각(時角)[117]을 재고 있었다. 나는 부관의 입에서 여느 때처럼 그 판에 박힌 문장이 나오기를 기다렸지만, 그날은 그것이 다른 문장으로 바뀌었다. 이 문장도 이해할 수 없기는 마찬가지였다. 부관의 입에서 그 말이 떨어지기가 무섭게 네모 선장이 나타나, 망원경을 눈에 대고 수평선에 초점을 맞추었다.

선장은 몇 분 동안 꼼짝도 않고 시야에 포착된 지점을 열심히 바라보았다. 그런 다음 망원경을 내리고 부관과 몇 마디 말을 나누었다. 부관은 흥분에 사로잡혀 있는 듯했다. 그는 흥분을 억누르려고 애썼지만 소용이 없었다. 부관보다 자제력이 강한 네모 선장은 여전히 냉정했다. 어쨌든 선장은 무언가에 이의를 제기하고 있는 듯했고, 거기에 대해 부관은 공손한 태도로 응답하고 있었다. 적어도 나는 두 사람의 말투와 몸짓의 차이를 보고 그렇게 생각했다.

나도 선장이 관찰하고 있는 방향을 유심히 살폈지만 아무것도 찾아내지 못했다. 하늘과 바다는 맑은 수평선에서 만나 완전히 하나로 녹아들어 있었다.

네모 선장은 상갑판을 끝에서 끝까지 오락가락하기 시작했다. 그는 나를 쳐다보지도 않았고, 내가 거기에 있다는 것조차 알아차리지 못한 것 같았다. 걸음걸이는 확실했지만, 평소 때처럼 규칙적인 걸음은 아니었다. 이따금 멈춰서서, 가슴팍에 팔짱을 끼고 바다를 바라보곤 했다. 그 드넓은 공간 속에서 도대체 무엇을 찾고 있을까? 그 순간 '노틸러스'호는 가장 가까운 해안에서도 수백 킬로미터나 떨어진 곳에 있었다!

부관이 다시 망원경을 집어들고 수평선을 고집스럽게 살폈다. 그러면서 계속 상갑판 위를 오락가락하고 초조한 듯 발을 굴렀다. 신경질적으로 들떠 있는 그의 태도는 침착하고 냉정한 선장과는 대조적이었다.

어쨌든 수수께끼는 반드시 풀릴 것이다. 잠시 후 네모 선장의 명령으로 엔진이 추진력을 높여 스크루를 더욱 빨리 돌리기 시작했다.

그 순간 부관이 또다시 무언가를 발견하고 선장에게 신호를 보냈다. 네모 선장은 걸음을 멈추고, 부관이 가리킨 쪽으로 망원경을 돌렸다. 그리고 한참 동안 그것을 조사했다. 나는 흥미를 느끼고, 객실에 내려가서 내가 평소에 사용하는 성능 좋은 망원경을 가져왔다. 그러고는 상갑판 앞쪽에 튀어나와 있는 탐조등 테두리에 기대어 하늘과 바다가 맞닿은 수평선을 샅샅이 조사할 준비를 갖추었다.

하지만 내가 눈을 망원경 렌즈에 갖다 대기도 전에 느닷없이 누군가가 내 손에서 망원경을 낚아챘다.

돌아보니 네모 선장이 내 앞에 서 있었다. 하지만 그의 얼굴은 마치 딴사람처럼 완전히 달라져 있었다. 찌푸린 눈썹 밑에서 두 눈이 어두운 불꽃을 내며 이글이글 타올랐다. 이는 반쯤 드러나 있었다. 뻣뻣한 몸, 움켜쥔 주먹, 곧추세운 어깨, 그 어깨에 파묻힌 머리는 격렬한 증오가 그의 온몸을 가득 채우고 있다는 증거였다. 그는 꼼짝도 하지 않았다. 내 망원경이 그의 손에서 떨어져 발치에 굴렀다.

왜 이럴까? 내가 본의 아니게 선장을 화나게 했나? 선장은 내가 '노틸러스'호의 비밀을, 외부인에게는 절대 금기인 비밀을 알아냈다고 생각했나?

아니, 그렇지는 않았다! 그 증오의 대상은 내가 아니었다. 그는 나를 바라보고 있지 않았기 때문이다. 그의 눈은 여전히 수평선의 보이지 않는 한 점에 못 박혀 있었다.

마침내 네모 선장은 자제심을 되찾았다. 몰라보게 변했던 얼굴이 평상시의 침착성을 되찾았다. 선장은 부관에게 그 이해할 수 없는 언어로 몇 마디 한 다음, 나를 돌아보았다.

"아로낙스 박사." 선장은 약간 고압적인 어조로 말했다. "나한테 약속한 게 있지요? 그 약속을 지켜주셨으면 합니다."

그의 눈은 수평선 위에 못 박혀 있었다.

"뭔데요?"

"박사의 일행을 가두어야겠어요. 자유를 돌려주어도 좋다고 생각될 때까지."

"그거야 당신의 권리잖소. 이 배의 주인은 당신이니까." 나는 그를 바라보면서 말했다. "그런데 한 가지만 여쭤봐도 될까요?"

"안 됩니다."

나는 더 이상 묻지 않고 순순히 따를 수밖에 없었다. 하기야 저항할 수 있는 처지도 아니었다.

나는 네드와 콩세유가 쓰고 있는 선실로 내려가, 선장의 결정을 말해주었다. 작살잡이가 어떤 반응을 보였을지는 상상에 맡기겠다. 어쨌든 더 이상 설명할 시간이 없었다. 네 명의 승무원이 문간에서 기다리고 있었다. 그들은 우리가 '노틸러스'호에서 첫날 밤을 보낸 그 감방으로 우리를 데려갔다.

네드 랜드는 항의했지만, 아무 대답도 듣지 못한 채 코앞에서 문이 닫혔다.

"이게 무슨 뜻인지, 주인님은 말씀해주실 수 있겠습니까?" 콩세유가 물었다.

나는 상갑판에서 일어난 일을 말해주었다. 콩세유와 네드도 나만큼 놀랐고, 나만큼 사태를 이해하지 못했다.

나는 깊은 생각에 잠겼다. 네모 선장의 얼굴에 떠오른 그 야릇한 불안이 내 마음에 달라붙어 떠나지 않았다. 내가 좀처럼 논리적인 추론을 끌어내지 못하고 터무니없는 추측에 사로잡혀 있을 때, 네드 랜드의 목소리가 내 생각을 방해했다.

"아니, 벌써 점심이 준비되어 있잖아."

정말로 식탁이 차려져 있었다. 그렇다면 네모 선장은 '노틸러스'호의 속력을 올리는 동시에 우리를 이 방에 가두기로 작정한 게 분명했다.

"제 생각을 말씀드려도 될까요?" 콩세유가 말했다.

"그래."

"주인님은 점심을 드셔야 합니다. 나중에 무슨 일이 일어날지 모르니까, 속을 든든히 채워두는 게 무엇보다 현명한 처사일 겁니다."

"그래, 옳은 얘기야."

"불행히도 오늘 점심에는 배에서 늘 먹는 음식밖에 없군." 네드가 투덜거렸다.

"네드, 이것마저 없었다면 어쩔 뻔했어?" 콩세유가 나무랐다.

이 말에 작살잡이도 불평을 그만두었다.

우리는 식탁에 둘러앉았다. 그리고 조용히 식사를 했다. 나는 별로 많이 먹지 않았다. 신중하고 분별 있는 콩세유는 '억지로' 식사를 했고, 네드 랜드는 기분이야 어떻든 한입도 남기지 않고 깨끗이 먹어치웠다. 점심 식사가 끝나자 우리는 각자 구석에 자리를 잡고 드러누웠다.

감방을 비추고 있던 전등이 갑자기 꺼졌다. 우리는 캄캄한 어둠 속에 갇혀버렸다. 네드 랜드는 곧 잠이 들었다. 콩세유도 깊은 잠에 빠져들어 나를 놀라게 했다. 갑자기 쏟아지는 잠을 피하지 못하고 굴복해버린 느낌이었다. 그 이유를 궁금해 하고 있을 때, 내 머리도 몽롱한 마비 상태로 빠져드는 것을 느꼈다. 눈을 뜨고 있으려고 아무리 애를 써도 저절로 눈이 감겼다. 불길한 환상이 나를 사로잡았다. 우리가 먹은 음식에 수면제가 섞여 있었던 것은 의심할 여지가 없었다. 감방에 가두는 것만으로는 네모 선장의 활동을 우리에게 감출 수 없었다. 그래서 선장은 우리를 잠재울 필요가 있었다!

해치를 닫는 소리가 들렸다. 배를 좌우로 흔들고 있던 파도가 멈추었다. '노틸러스'호가 해수면을 떠났을까? 움직임이 없는 심해로 다시 내려갔을까?

나는 잠을 쫓으려고 애썼지만 소용이 없었다. 호흡이 점점 약해졌다. 나는 끔찍한 추위를 느꼈다. 팔다리가 얼어붙고, 마비된 것처럼 무거워졌다. 눈꺼풀이 납물을 바른 것처럼 무거웠다. 나는 내려온 눈꺼풀을 다시 들어올릴 수가 없었다. 악몽으로 가득한 잠이 나를 완전히 사로잡았다. 이윽고 환상이 사라졌다. 나는 기진맥진한 채 무의식 속으로 빠져들었다.

chapter 24
산호 왕국

이튿날 일어났을 때는 머리가 놀랄 만큼 맑아져 있었다. 놀랍게도 나는 내 방에 있었다. 콩세유와 네드도 나처럼 모르는 사이에 자기네 선실로 돌아갔을 것이다. 그들도 나와 마찬가지로 간밤에 일어난 일을 전혀 모를 것이다. 나는 수수께끼가 우연히 풀리기를 기대할 수밖에 없었다.

이어서 나는 방에서 나가는 문제를 생각했다. 나는 다시 자유로워진 것일까? 아니면 아직도 포로일까? 나는 완전히 자유로웠다. 문을 열고 복도를 지나 중앙 층층대로 걸어갔다. 어제 닫힌 해치가 이제는 열려 있었다. 나는 상갑판으로 올라갔다.

네드와 콩세유가 거기에서 나를 기다리고 있었다. 나는 몇 가지 질문을 했다. 네드와 콩세유는 아무것도 알지 못했다. 깊이 잠들어 아무것도 기억나지 않고, 아침에 눈을 떠보니 선실에 돌아와 있어서 깜짝 놀랐다고 한다.

'노틸러스'호는 여느 때처럼 평온하고 신비로워 보였다. 배는 파도 위에서 적당한 속도로 움직이고 있었다. 달라진 게 아무것도 없는 것 같았다.

네드 랜드는 날카로운 눈으로 바다를 살폈다. 바다는 텅 비어 있었다. 캐나다인은 수평선에서 새로운 것을 전혀 보지 못했다. 돛도 육지도 보이지 않았다. 서풍이 강하게 불고 있었다. 긴 물결이 바람에 흐트러져, 배가 눈에 띄게 흔들리고 있었다.

공기를 보충한 '노틸러스'호는 다시 물속으로 내려갔지만, 언제든지 재빨리 수면으로 떠오를 수 있도록 평균 수심 15미터를 유지했다. 놀랍게도 1월 19일에는 배가 여러 번 수면으로 떠올랐다. 그때마다 부관이 상갑판으로 올라왔고, 귀에 익은 문장이 배 안에 울려 퍼졌다.

네모 선장은 계속 나타나지 않았다. 선원들 가운데 내가 본 것은 그 무표정한 급사뿐이었다. 급사는 여느 때처럼 조용하고 빈틈없이 내 시중을 들어주었다.

두 시쯤, 내가 객실에서 노트를 정리하며 바쁘게 일하고 있을 때 선장이 문을 열고 들어왔다. 나는 그에게 인사를 보냈다. 선장은 거의 알아볼 수 없을 만큼 고개를 한 번 숙였을 뿐, 말은 한마디도 하지 않았다. 나는 선장이 어쩌면 간밤에 일어난 사건을 설명해줄지도 모른다고 생각하면서 다시 일을 시작했다. 하지만 선장은 아무 설명도 하지 않았다. 나는 그를 가만히 바라보았다. 선장의 얼굴은 피곤해 보였다. 눈은 한숨도 자지 못한 듯 붉게 충혈되어 있었다. 얼굴에는 깊은 슬픔이 드러나 있었다. 정말로 상심한 표정이었다. 선장은 방 안을 오락가락하다가 의자에 앉았지만, 다시 벌떡 일어났다. 닥치는 대로 책을 한 권 집어들었지만, 곧 다시 내려놓았다. 계기(計器)를 살펴보았지만 여느 때처럼 숫자를 기록하지는 않았다. 잠시도 한곳에 머물러 있을 수가 없는 것 같았다.

마침내 선장이 나에게 다가와서 물었다.

"아로낙스 박사, 혹시 의학 지식을 갖고 계십니까?"

전혀 예기치 않은 질문이었기 때문에 나는 대답하지 않고 한동안 멀뚱하게 선장을 바라보았다.

"의학 지식을 갖고 계신가요?" 선장이 똑같은 질문을 되풀이했다. "박사의 동료들 중에는 의학을 공부한 사람이 몇 명 있지요? 그라시올레라든가 모캥 탕동[118]이라든가……."

"맞습니다. 나는 의사입니다. 병원에서 수련의를 한 적도 있고, 박물관에 들어가기 전에는 몇 년 동안 개업하기도 했었지요."

"잘됐군요."

내 대답에 네모 선장은 분명 만족한 표정이었다. 그러나 나는 선장이 무엇 때문에 그런 질문을 했는지 몰라서 다음 질문을 기다렸다. 상황에 따라 대답할 수 있는 가능성을 남겨두기 위해서였다.

"아로낙스 박사, 내 부하를 치료해주실 수 있겠습니까?"

"아픈가요?"

"예."

"좋습니다."

"나를 따라오세요."

솔직히 말해서 나는 가슴이 두근거렸다. 무엇 때문인지는 모르지만, 나는 승무원의 질병과 어제 일어난 사건이 서로 관련되어 있다는 것을 알 수 있었다. 그 수수께끼는 환자 못지않게 내 마음을 사로잡았다.

네모 선장은 나를 '노틸러스'호의 고물 쪽으로 데려가서, 승무원실 옆에 있는 작은 방으로 들어갔다.

침대에 마흔 살 남짓한 사내가 누워 있었다. 정력적인 얼굴이 전형적인 앵글로색슨인이었다.

나는 환자 위로 몸을 숙였다. 그는 단순한 환자가 아니라 부상자였다. 머리에 피로 얼룩진 붕대가 감겨 있고, 머리 밑에 베개 두 개를 받치고 있었다. 나는 붕대를 풀었다. 부상자는 커다란 눈으로 나를 바라보면서, 신음 소리 한 번 내지 않고 내가 하는 대로 내버려두었다.

상처는 끔찍했다. 둔기에 맞아 박살 난 두개골 틈새로 뇌수가 드러나 있고, 뇌조직 자체도 깊은 손상을 입은 상태였다. 적갈색으로 변한 뇌척수액 속에 응고된 핏덩어리가 생겨 있었다. 뇌좌상에 뇌진탕이었다. 환자는 호흡 곤란을 겪고 있었다. 얼굴 근육이 경련을 일으켰다. 뇌는 완전히 기능을 잃어, 감각과 운동 신경이 마비된 상태였다.

나는 부상자의 맥을 짚어보았다. 맥박이 불규칙했다. 손발은 벌써 차가워지고 있었다. 나는 죽음이 다가오고 있는 것을 알 수 있었다. 죽음의 속도를 늦추는 것도 불가능해 보였다. 나는 가엾은 사내의 상처를 확인한 뒤, 머리에 다시 붕대를 감아주고 네모 선장 쪽으로 돌아섰다.

"어쩌다 이런 상처를 입었습니까?"

"그건 상관할 바 없잖습니까?" 선장은 대답을 회피했지만, 곧 이렇게 대답했다. "'노틸러스'호가 받은 충격으로 엔진의 레버 하나가 부러지면서 이 사람을 때렸어요. 환자 상태는 어떻습니까?"

나는 망설였다.

"마음대로 말하셔도 됩니다. 이 사람은 프랑스어를 모르니까요."

나는 다시 한 번 부상자를 바라보고 나서 선장에게 말했다.

"두 시간을 넘기기 어렵습니다."

"살릴 방법은 전혀 없습니까?"

"없습니다."

네모 선장은 양손을 꽉 움켜쥐었다. 눈에서 눈물이 몇 방울 떨어졌다. 선장이 흐느낄 수 있다는 게 도무지 믿어지지 않았다.

나는 죽어가는 사내를 한참 바라보았다. 생명이 그에게서 썰물처럼 빠져나가고 있었다. 죽음의 침상 위에 쏟아지는 불빛 속에서 사내는 점점 핏기를 잃고 창백해졌다. 그 현명해 보이는 얼굴에는 나이답지 않게 깊은 고랑이 새겨져 있었다. 불행이나 궁핍한 생활이 오래전에 새겨놓은 주름살이었다. 나는 그의 입술에서 새어나올 마지막 말을 듣고 그 인생의 비밀을 짐작해보고 싶었다.

"아로낙스 박사, 이제 그만 가보셔도 됩니다." 네모 선장이 말했다.

나는 죽어가는 사내의 방에 선장을 남겨놓고, 그 광경에 가슴이 뭉클해진 채 내 방으로 돌아왔다. 그러고는 온종일 불길한 예감에 시달렸다. 밤에도 잠을 제대로 이루지 못했다. 악몽을 꾸다가 여러 번 잠에서 깨어났다. 그때마다 희미한 한숨 소리와 장송곡 같은 노랫소리가 들리는 것 같았다. 저것은 죽은 자를 위한 기도일까?

이튿날 아침 나는 갑판으로 올라갔다. 네모 선장이 벌써 갑판에 나와 있다가, 나를 보자마자 다가와서 물었다.

"오늘 바다로 소풍을 나가지 않겠습니까?"

"콩세유와 네드를 데려가도 됩니까?"

"두 사람이 원한다면."

"두 사람은 선장의 손아귀에 들어 있는 신세가 아닙니까."

"그럼 잠수복으로 갈아입으세요."

어제의 중환자에 대해서는 한마디도 없었다. 나는 네드 랜드와 콩세유를 만나 네모 선장의 초대를 전했다. 콩세유는 두말없이 받아들였고, 이번에는 네드도 함께 가겠다고 나섰다.

그때가 아침 여덟 시였다. 여덟 시 반에 우리는 램프와 공기통을 둘러메고 두 번째 소풍을 떠날 채비를 갖추었다. 이중문이 열리고, 우리는 승무원을 열 명쯤 거느린 네모 선장과 함께 '노틸러스'호가 내려앉아 있는 수심 10미터의 단단한 바닥에 발을 내디뎠다.

완만한 비탈을 지나 수심 30미터까지 내려가자 울퉁불퉁한 바닥이 나왔다. 그 바닥은 내가 태평양에서 첫 번째 산책을 나갔을 때 찾아간 곳과는 전혀 달랐다. 이곳 바다에는 고운 모래가 전혀 없었고, 물속의 초원도 해초 숲도 없었다. 나는 네모 선장이 그날 우리에게 소개하고 있는 그 놀라운 곳의 정체를 당장 알아차렸다. 그곳은 산호 왕국이었다.

강장동물문 팔방산호강에는 고르고니목이 속해 있고, 이것은 다시 고르고니아과·이시디아과·산호과 등 세 무리로 나뉜다. 산호과에 속해 있는 산호는 처음에는 광물로, 다음에는 식물로, 마지막에는 동물로 분류된 진기한 존재다. 고대인에게는 의약품으로, 현대인에게는 보석으로 이용되는 산호는 1694년에 이르러서야 겨우 동물로 명확하게 분류되었다. 산호가 동물이라는 결정적인 증거를 제시한 사람은 프랑스 마르세유 태생인 페이소넬[119]이었다.

산호는 돌처럼 단단하면서도 깨지기 쉬운 성질을 가진 폴립 모체 위에 모여 있는 미세한 동물의 집합체다. 이 폴립들은 싹을 내어 번식하는 독특한 생식 체계를 갖고 있다. 폴립은 저마다 독자적인 생활을 하는 동시에 공동

생활에도 참여한다. 그것은 일종의 자연적 사회주의다. 나는 이 기묘한 강장동물에 관한 최근 연구 결과를 알고 있었다. 산호는 박물학자들의 표현에 따르면 나뭇가지를 내면서 광물화한다. 자연이 바다 밑바닥에 심어놓은 석화한 숲을 찾아가는 것보다 더 흥미로운 일이 어디 있겠는가.

룸코르프 램프가 켜졌다. 우리는 아직도 형성되고 있는 산호초를 따라갔다. 언젠가는 이 산호초도 인도양의 이 해역을 완전히 고립시킬 것이다. 길 양쪽에는 작은 관목들이 뒤섞여 이루어진 미로 같은 덤불이 펼쳐져 있었다. 관목은 하얀 꽃잎을 가진 작은 별 모양의 꽃으로 뒤덮여 있었다. 하지만 바닥의 바위에 고착되어 있는 이 나무들은 지구상의 어떤 식물과도 달랐다. 그것은 모두 아래쪽으로 자라고 있었기 때문이다.

불빛은 화려한 색깔의 나뭇가지 사이에서 흔들리면서 온갖 매혹적인 효과를 냈다. 막으로 이루어진 원통형 관이 흐르는 물속에서 흔들리는 것이 보이는 듯했다. 나는 섬세한 촉수로 장식되어 있는 그 싱싱한 꽃부리를 따고 싶은 유혹에 사로잡혔다. 이제 막 활짝 피어난 꽃도 있고, 지느러미를 빠르게 흔들며 새 떼처럼 옆을 스치고 지나가는 작은 물고기들 때문에 미처 피어나기도 전에 꺾여버리는 꽃도 있었다. 이 살아 있는 꽃들은, 손을 대면 잎을 닫아버리는 미모사처럼 민감해서, 내가 손을 가까이 가져가면 집단 전체에 당장 경계경보가 울려 퍼졌다. 하얀 꽃부리는 빨간 잎집 속에 숨어버렸고, 꽃들은 내 눈앞에서 시들어버렸고, 덤불은 젖꼭지처럼 생긴 작은 돌멩이들의 덩어리로 변해버렸다.

우연히도 나는 이 강장동물 중에서 가장 귀중한 산호를 발견했다. 그 산호는 프랑스와 이탈리아와 북아프리카의 지중해 연안에서 채집된 산호와 비슷한 성질을 갖고 있었다. 그 화려한 색깔은 상인들이 최고급품에 붙여준 '피의 꽃'이나 '피의 거품'이라는 시적 이름에 잘 어울렸다. 산호는 1킬로그램에 5백 프랑이나 나가는데, 이곳은 수심이 깊어서 수많은 산호 수집가에게 돌아가고도 남을 만큼 많은 산호가 고스란히 보존되어 있었다. 이 귀중한 산호는 대개 다른 폴립 모체와 복잡하게 얽혀서 조밀하고 옹골찬 덩어리를 이루고 있었다. 이 덩어리를 '마초타'라고 부르는데, 나는 거기에서 훌륭한 분홍산호 표본을 몇 개 발견했다.

하지만 덤불처럼 키 작은 산호는 점점 작아지고, 나뭇가지 모양의 산호는 점점 커졌다. 진짜 돌처럼 딱딱해진 나무와 환상적인 건축물의 긴 통로가 우리 앞에 펼쳐졌다. 네모 선장은 그 어두운 통로로 들어갔다. 통로는 완만하게 기울어져 우리를 수심 100미터 깊이로 데려갔다. 램프의 유도 코일에서 나오는 불빛은 이따금 이 천연 아치의 도톨도톨한 표면에 달라붙거나 샹들리에처럼 늘어진 부분에 달라붙어 마술적인 효과를 냈다. 불빛을 받은 샹들리에에서는 수많은 불꽃이 반짝거렸다. 산호 덤불 사이에서 나는 산호 못지않게 진기한 다른 폴립을 발견했다. 관절로 이어진 가지를 가진 벌집산호와 무지개산호, 초록색과 빨간색의 산호 다발이었다. 석회질 껍질로 덮인 해초는 박물학자들이 오랫동안 토론을 벌인 끝에 식물로 분류한 것이었다. 하지만 어느 사상가가 말했듯이, '이 생물은 생명이 돌의 잠에서 몽롱하게 깨어나, 아직 그 거칠거칠한 출발점에서 완전히 단절되지 않은 상태'[120]일 것이다.

두 시간 동안 걸은 뒤, 우리는 마침내 300미터 깊이에 이르렀다. 수심 300미터는 산호가 형성될 수 있는 한계점이다. 그 대신 이곳에는 거대한 광물성 식물과 석화한 나무들이 울창한 숲을 이루고 있었다. 색조와 광택으로 모든 결점을 상쇄하는 우아한 덩굴식물이 나무들 사이에 화환처럼 걸려, 가지와 가지를 묶어놓고 있었다. 우리는 파도 그늘에 묻혀 잘 보이지 않는 그 높은 가지 아래를 거칠 것 없이 지나갔다. 발 밑에서는 관산호 · 뇌산호 · 별산호 · 버섯산호 · 패랭이산호가 눈부신 보석이 흩뿌려진 카펫을 이루고 있었다.

산호초의 형성

화산 분출—산호가 화산섬 옆구리에 달라붙기 시작

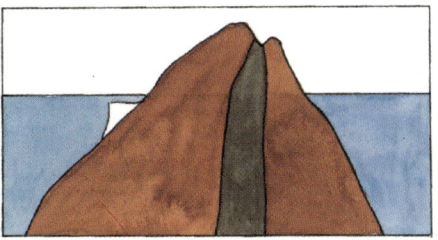

화산섬의 침강—산호 덩어리가 초목을 뒤덮음

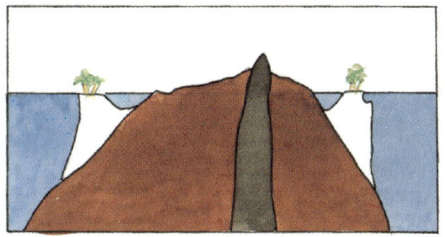

환초—초호가 생겨남

산호의 성장

정자

폴립

석회질 산배

붉은산호

보석

251

아아, 그 광경을 어찌 말로 다 표현할 수 있으랴! 왜 우리는 느낌을 서로 전달할 수 없는 것일까? 왜 우리는 유리와 금속으로 만든 이 가면 속에 갇혀 있어야 하는가? 왜 서로에게 말을 할 수 없는가? 왜 우리는 물에 사는 물고기처럼 살 수 없는가? 하다못해 땅과 물을 오가는 양서류처럼 살 수는 없을까?

그러는 동안 네모 선장이 멈춰 섰다. 콩세유와 네드와 나도 걸음을 멈추었다. 뒤돌아보니 네모 선장의 부하들이 선장 주위에 반원을 이루고 있었다. 좀 더 자세히 보니, 그들 가운데 네 사람은 길쭉한 물체를 어깨에 메고 있었다.

우리가 서 있는 곳은 해저의 숲, 키 큰 나무에 둘러싸인 넓은 빈터 한복판이었다. 램프가 그 공간 위로 어스름한 불빛을 던졌다. 바닥에 누운 그림자가 터무니없이 길어져 있었다. 빈터 가장자리에서는 어둠이 더욱 짙어져, 산호의 날카로운 끝이 내쏘는 작은 불꽃만 반짝거렸다.

네드와 콩세유는 내 양옆에 서 있었다. 나는 묘한 장면에 협력자로 참여하게 된 것을 깨달았다. 바닥을 살펴보니, 백악질 침전물로 덮인 바닥이 군데군데 도도록하게 솟아올라 있었다. 그 둔덕들은 규칙적으로 배열되어 있어서, 인간의 손으로 만들어졌다는 것을 분명히 보여주고 있었다.

빈터 한복판에 돌멩이를 쌓아 만든 받침대가 있고, 그 위에 마치 돌처럼 굳은 피로 만든 양 새빨간 산호 십자가가 긴 팔을 양쪽으로 벌리고 서 있었다.

네모 선장이 신호를 하자 한 남자가 앞으로 나오더니 허리띠에 묶인 곡괭이를 풀었다. 그러고는 십자가에서 몇 걸음 떨어진 곳에 구덩이를 파기 시작했다.

이제 모든 것이 분명해졌다! 이곳 빈터는 공동묘지였다. 구덩이는 무덤이었고, 기다란 물체는 간밤에 죽은 사내의 주검이었다. 네모 선장과 부하들은 아무도 접근할 수 없는 바다 밑바닥의 안식처에 동료를 묻으러 온 것이다.

내 마음이 그처럼 뜨겁게 타오른 것은 난생 처음이었다! 그런 흥분이 내 머리에 침투한 적은 한 번도 없었다! 나는 내 눈이 보고 있는 것을 보고 싶지 않았다!

그러는 동안 구덩이는 서서히 깊어지고 있었다. 물고기가 성역에서 도망쳤다. 곡괭이가 백악질 바닥에 울리는 소리가 들렸다. 이따금 곡괭이가 바다 밑바닥에 떨어져 있는 부싯돌에 닿으면 불꽃이 튀었다. 구덩이는 점점 길어지고 넓어졌다. 곧이어 주검을 넣을 수 있을 만큼 깊은 구덩이가 만들어졌다.

주검을 멘 사람들이 다가왔다. 주검은 하얀 족사로 짠 헝겊에 싸인 채 수중 무덤 속으로 내려갔다. 가슴팍에 팔짱을 낀 네모 선장과 승무원들은 고인을 위해 기도하는 자세로 무릎을 꿇었다. 콩세유와 네드와 나는 경건하게 고개를 숙였다.

승무원들은 모두 기도하는 자세로 무릎을 꿇었다.

이어서 무덤은 바닥에서 떼어낸 백악질 파편으로 덮여 작은 봉분을 이루었다.

매장이 끝나자 네모 선장과 부하들은 일어섰다. 그러고는 무덤으로 다가가 다시 무릎을 꿇고 손을 뻗어 마지막 작별 인사를 했다.

이어서 장례 행렬은 '노틸러스'호로 돌아가기 시작했다. 우리는 다시 숲 한복판에 나 있는 아치길을 지나고, 산호 덤불을 지나 계속 비탈을 올라갔다.

마침내 배의 불빛이 나타났다. 물속에 줄무늬를 그린 그 빛은 우리를 '노틸러스'호로 인도해주었다. 한 시에 우리는 다시 배로 돌아왔다.

나는 옷을 갈아입자마자 상갑판으로 올라갔다. 그러고는 머리에 달라붙어 떠나지 않는 끔찍한 생각에 사로잡혀 탐조등 옆에 주저앉았다.

네모 선장이 다가왔다. 나는 일어나서 그에게 물었다.

"그러니까 그 사람은 내가 예고한 대로 간밤에 죽었군요?"

"그렇습니다."

"그리고 그 사람은 지금 그 산호 묘지에서 동료들 옆에 누워 있군요?"

"그렇습니다. 우리는 고인을 영원히 잊지 않을 것입니다! 우리는 무덤을 팠고, 이제는 산호충이 고인을 무덤 속에 영원히 밀봉하는 작업을 하고 있습니다."

갑자기 선장이 움켜쥔 주먹으로 얼굴을 가렸다. 그는 울음을 참으려고 애썼지만 소용이 없었다. 잠시 후 그는 이렇게 덧붙였다.

"그곳은 우리의 묘지입니다. 수면보다 수백 미터 밑에 있는 평화로운 묘지지요."

"적어도 고인들은 평화롭게 잠들어 있습니다. 상어의 손아귀에서 벗어나……."

"그렇습니다." 네모 선장이 엄숙하게 받았다. "상어와 인간의 손아귀에서 벗어나……."

제 2 부

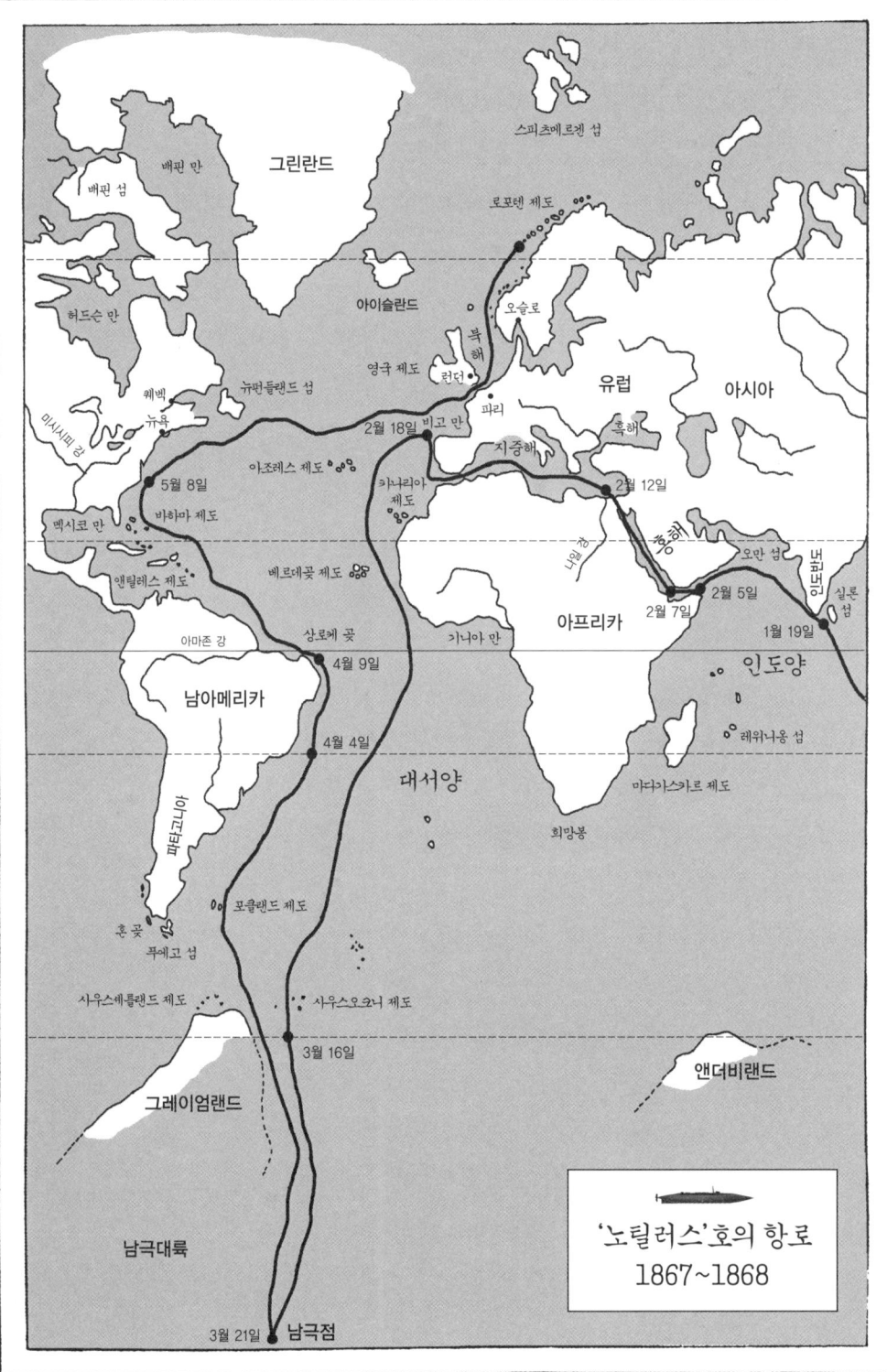

chapter 1

인도양

해저 여행의 제2부가 시작된다. 제1부는 내 마음에 그토록 깊은 인상을 남긴 산호 묘지의 감동적인 장면으로 끝났다. 네모 선장은 모든 것을, 심지어 자신의 무덤까지도 외딴 골짜기에 준비해놓고 있는 그 드넓은 바다의 품에서 그렇게 평생을 보냈을까? 그곳이라면 살아 있을 때만이 아니라 죽은 뒤에도 강한 우정으로 맺어져 있는 '노틸러스'호 주민들의 마지막 잠을 방해하러 올 바다 생물은 하나도 없을 것이다. "그리고 어떤 인간도 방해하러 오지 않을 겁니다!" 하고 네모 선장은 덧붙였다.

인간 사회에 대해 여전히 격렬한 증오와 앙심을 품고 도전하는 태도였다.

나는 콩세유가 내세운 가설에 더 이상 만족하지 않았다. 이 젊은이는 주장하기를, '노틸러스'호 선장은 세상에서 인정받지 못한, 그래서 인간 사회에 대한 불신과 미움으로 똘똘 뭉쳐 있는 과학자가 분명하다고 말했다. 콩세유가 보기에 네모 선장은 사람들에게 이해받지 못하고 지상에서 좌절만 맛보는 데 염증이 나서 아무도 접근할 수 없는 깊은 바다, 자신의 기량을 맘껏 발휘할 수 있는 그 환경을 피난처로 삼을 수밖에 없었던 천재였다. 하지만 내가 보기에 이 가설은 네모 선장의 일면밖에 설명해주지 못했다.

우리가 수면제를 먹고 감방에 갇힌 간밤의 수수께끼. 내가 수평선을 살피려고 눈에 댄 망원경을 거칠게 낚아챈 네모 선장의 경계심. '노틸러스'호의 이해할 수 없는 충돌로 그 선원이 입은 치명상. 이 모든 것이 나를 하나의 방향으로 내몰았다. 네모 선장은 단순히 인간 사회에서 도피하는 것만으로는 만족하지 않았다! 그는 자유에 대한 열정만이 아니라 무서운 복수를 꿈꾸며 이 놀라운 기계를 만든 게 분명하다.

지금은 아무것도 분명치 않다. 나는 다만 어둠 속에서 희미하게 번득이는 빛을 언뜻 볼 수 있을 뿐이다. 따라서 일어나는 사건만 사실 그대로 기록할 수밖에 없다. 하지만 우리를 네모 선장한테 묶어놓는 것은 아무것도 없다. 네모 선장은 '노틸러스'호에서 탈출할 수 없다는 것을 알고 있다. 우리는 가석방된 죄수도 아니다. 우리를 구속하는 맹세를 한 적도 없다. 우리는 단순한 포로, 겉으로만 정중하게 손님이라고 불리는 포로일 뿐이다. 하지만 네드 랜드는 자유를 되찾겠다는 희망을 버리지 않았다. 기회가 오면 그는 절대로 놓치지 않을 것이다. 그것은 나도 마찬가지겠지만, 네모 선장이 너그럽게도 우리한테 슬쩍 보여준 '노틸러스'호의 비밀을 쥐고 달아나려면 가슴이 아플 것이다.

모든 점을 고려해보건대, 네모 선장이라는 사람을 미워해야 할 것인가, 아니면 존경해야 할 것인가? 그는 피해자인가, 가해자인가? 솔직히 말하면 나는 그를 영원히 떠나기 전에, 그토록 거창하게 시작된 이 해저 세계 일주 여행을 끝내고 싶다. 바다 밑바닥에 완전한 형태로 잔뜩 뿌려져 있는 경이로운 것들을 연구하고 싶다! 이 만족할 줄 모르는 지식욕 때문에 목숨을 잃게 된다 해도, 아직껏 아무도 보지 못한 것들을 마저 다 보고 싶다! 지금까지 내가 발견한 게 무엇인가? 아무것도, 아니 거의 아무것도 없다. 우리는 여태 태평양을 6000해리밖에 달리지 않았기 때문이다!

하지만 나는 '노틸러스'호가 사람이 살고 있는 해안에 다가가고 있다는 것을 알고 있었다. 탈출할 기회가 왔을 때 미지의 세계를 알고 싶은 열정 때문에 동료들을 희생시키는 것은 몹쓸 짓이라는 것도 알고 있었다. 나는 결국 동료들을 따라가야 할 것이다. 어쩌면 그들을 앞장서서 이끌어야 할지도 모른다. 하지만 과연 그런 기회가 올까? 자유를 빼앗긴 인간은 탈출할 기회를 갈망하지만, 지식을 탐구하는 과학자는 그런 기회가 오는 것을 두려워한다.

 1868년 1월 21일 정오, 부관이 태양의 고도를 재러 왔다. 나는 상갑판으로 올라가 담배에 불을 붙이고 그의 작업을 지켜보았다. 그가 프랑스어를 모르는 것은 분명해 보였다. 내가 여러 번 소리 내어 관측 결과를 말했는데도 그는 여전히 무표정한 채 아무 대꾸도 하지 않았기 때문이다. 그가 프랑스어를 알아들었다면, 무심결에라도 내 말에 관심을 갖는 기색을 보였을 것이다.

 부관이 육분의로 태양의 고도를 관측하는 동안, '노틸러스'호의 선원 하나—우리가 처음 해저로 소풍을 나갔을 때 크레스포 섬까지 함께 간 건장한 남자—가 탐조등 유리를 닦으러 왔다. 나는 그 기구가 어떻게 작동하는지를 연구했다. 등대처럼 둥글게 된 렌즈가 배율을 100배나 높여주었고, 그래서 적절한 방향으로 불빛을 보낼 수 있었다. 전등은 최대의 조명력을 발휘하도록 배열되어 있었다. 빛은 진공 속에서 만들어져, 균일하면서도 강렬했다. 진공 상태는 전호(電弧)를 만들어내는 흑연을 절약해주었다. 보급품 조달이 쉽지 않은 네모 선장에게는 중요한 절약이다. 하지만 진공 상태에서는 흑연이 거의 닳지 않았다.

 '노틸러스'호가 해저 여행을 계속할 준비를 하는 동안 나는 다시 객실로 내려갔다. 해치가 닫히고, 우리는 곧장 서쪽으로 방향을 잡았다.

 인도양은 면적이 5억 5천만 헥타르에 이르는 드넓은 바다 평원이었다. 우리는 평원을 쟁기질하듯 파도를 가르며 나아갔다. 물이 너무 투명해서, 수면 위에서 바다 밑을 내려다보면 현기증이 났다. '노틸러스'호는 대체로 수심 100미터에서 200미터 사이를 항해하고 있었다. 이런 항해가 며칠이나 계속되었다. 나처럼 바다를 끔찍이 사랑하는 사람이면 모를까, 그렇지 않은 사람에게는 그 시간이 몹시 지루하고 밋밋하게 느껴졌을 것이다. 그러나 나는 날마다 상갑판으로 올라가 상쾌한 바다 공기에서 새로운 활력을 얻고, 객실 창으로 풍요로운 바다를 관찰하고, 서재에서 책을 읽고, 일지를 쓰면서 바쁘게 지냈기 때문에 따분함을 느낄 겨를이 없었다.

우리는 모두 더할 나위 없이 만족스러운 건강 상태를 유지하고 있었다. 식사는 건강에 아주 좋았다. 네드는 저항 정신을 발휘하여 식사에 변화를 주려고 온갖 노력을 쏟았지만, 나는 그런 별미를 먹지 않아도 얼마든지 지낼 수 있었을 것이다. 배 안은 온도가 일정해서 감기에도 잘 걸리지 않았다. 어쨌든 배에는 남프랑스에서 '바다 회향'이라고 부르는 돌산호류의 '덴드로필리아'가 비축되어 있었는데, 이 산호의 부드러운 속살은 훌륭한 기침약이었다.

우리는 며칠 동안 온갖 종류의 물새와 갈매기를 수없이 보았다. 솜씨 좋게 잡아서 요리하면 꽤 먹을 만한 음식이 되는 바다새도 있었다. 모든 육지에서 멀리 떨어진 곳까지 날아가고, 지치면 수면에 내려앉아 쉬는 커다란 새들 중에서 나는 당당한 알바트로스를 몇 마리 보았다. 슴새목에 딸린 이 바다새는 당나귀처럼 귀에 거슬리는 소리로 울어댄다. 네 발가락에 모두 물갈퀴가 달린 대표적인 새로는 빠른 속도로 날면서 수면에서 물고기를 잡는 군함조와 수많은 열대조나 펠리컨도 있었다. 크기가 비둘기만 하고 분홍빛이 도는 하얀 깃털에 빨간 줄무늬가 검은 날개와 잘 어울리는 새도 있었다.

'노틸러스'호의 그물에는 대모거북과에 딸린 여러 종류의 바다거북이 걸려들었다. 이 거북의 둥그스름한 등딱지는 대모갑이라 하여 매우 귀중하게 여겨진다. 이런 파충류는 잠수 능력이 뛰어나, 콧구멍에 달린 육질의 밸브를 닫으면 오랫동안 물속에 머물 수 있다. 어떤 녀석은 그물에 걸려 올라온 뒤에도 등딱지 속에서 여전히 잠을 자고 있었다. 거북의 고기는 대개 맛이 없지만, 알은 수라상에 올려도 될 만큼 맛이 있었다.

객실 창을 통해 물고기들의 은밀한 수중 생활을 엿볼 때마다, 우리는 놀라다 못해 감탄하지 않을 수 없었다. 나는 그때까지 한 번도 연구해볼 기회를 갖지 못한 물고기를 여러 종 관찰했다.

홍해와 인도양, 아메리카 대륙 부근의 열대 바다 특산인 갑주어를 예로 들면, 이 물고기는 거북이나 아르마딜로, 성게나 갑각류와 마찬가지로 백악질이나 석질이 아니라 진짜 뼈로 된 갑옷으로 몸을 보호하고 있다. 갑옷은 단단하고, 그 모양은 세모꼴이나 네모꼴이다. 세모꼴 갑주어 가운데 갈색 꼬리와 노란색 지느러미를 가진 5센티미터 길이의 갑주어는 맛도 그만이고 건강에도 좋았다. 많은 바닷물고기는 민물에도 쉽게 익숙해지니까, 민물에 그 물고기를 적응시키면 좋을 것이다. 등에 커다란 돌기가 나 있는 네모꼴 갑주어도 있고, 몸 아래

알바트로스와 군함조와 열대조

쪽에 하얀 점무늬가 있는 점박이 갑주어는 새처럼 길들일 수 있다. 뼈처럼 단단한 껍질이 늘어나서 생긴 며느리발톱 같은 것이 삐죽삐죽 돋아나 있는 세모꼴 갑주어는 괴상한 신음 소리 때문에 '바다 돼지'라는 별명을 얻었다. 단봉낙타처럼 원뿔 모양의 커다란 혹이 나 있는 갑주어는 살이 가죽처럼 질기다.

콩세유가 날마다 쓴 일지에는 이런 바다 특산인 복어과 물고기가 두 종 기록되어 있다. 하나는 몸 빛깔이 화려하고 몸길이가 18센티미터쯤 되는 전기복, 또 하나는 등이 붉고 가슴이 희고 눈에 잘 띄는 세로 줄무늬가 나 있는 까치복이다. 하얀 줄무늬로 덮여 있고 꼬리가 없어서 흑갈색 달걀처럼 보이

는 계란형 물고기도 있고, 가시로 무장한 고슴도치고기는 화살이 빽빽이 꽂힌 공 모양으로 몸을 부풀릴 수 있는 진짜 바다 고슴도치였다. 모든 바다에서 발견되는 해마, 주둥이가 길고 날개 모양으로 배열된 기다란 가슴지느러미를 갖고 있어서 하늘을 날지는 못하더라도 최소한 공중으로 뛰어오를 수는 있는 날치, 꼬리가 고리 모양의 수많은 비늘로 덮여 있는 주걱 모양의 비둘기고기, 턱이 길쭉하고 아름다운 색깔로 반짝이는 25센티미터 길이의 대악류, 몸이 창백하고 대가리가 울퉁불퉁한 칼리오니미다이, 검은 줄무늬가 있고 긴 가슴지느러미를 이용하여 엄청난 속도로 수면 위를 미끄러지는 수천 마리의 청베도라치, 유리한 해류를 포착하려고 지느러미를 돛처럼 펼칠 수 있는 유쾌한 벨리페르, 자연의 여신이 황색·청색·은색·금색을 아낌없이 준 화려한 쿠티, 날개가 가느다란 필라멘트로 이루어져 있는 날도래, 늘 진흙을 몸에 바르고 부스럭거리는 소리를 내는 황어, 간에 독이 있는 것으로 여겨지는 성대, 움직이는 눈꺼풀을 가진 보디아니, 기다란 관 모양의 주둥이를 가진 물총고기도 있었다. 물총고기는 샤스포나 레밍턴[121] 같은 사람이 고안한 총은 아니지만 물방울 하나로 곤충을 쏘아 잡을 수 있는 총으로 무장한 바다의 곤충 사냥꾼이다.

아가미 딱지와 기관지의 박막을 특징으로 하는 경골어류의 두 번째 아강에 딸려 있고, 라세페드가 분류한 어류 가운데 89번째 속에 포함되는 쏨뱅이는 대가리에 가시가 있고 등지느러미가 하나뿐이다. 어느 아속에 속하느냐에 따라 작은 비늘로 덮여 있는 것도 있고 비늘이 없는 것도 있다. 두 번째 아속에는 몸길이가 30센티미터 내지 40센티미터에 노란 줄무늬가 있고 대가리가 환상적으로 생긴 데다 발가락이 두 개 달린 희한한 녀석도 있었다. '바다 개구리'라는 별명이 딱 어울리는 괴상한 물고기도 여기에 포함된다. 이 녀석의 커다란 대가리는 때로는 움푹 들어가 깊은 구멍이 파이기도 하고, 때로는 커다란 혹이 돋아나기도 한다. 며느리발톱 같은 것이 빽빽이 돋아나 있고, 오돌토돌한 돌기가 박혀 있다. 보기에도 무시무시하게 생긴 뿔도 갖고 있다. 몸과 꼬리는 단단한 경결(硬結)로 덮여 있다. 가시에 찔리면 위험한 상처를 입는다. 역겹고 불쾌한 녀석이다.

1월 21일부터 23일까지 '노틸러스'호는 평균 22노트 이상의 속도로 하루에 250해리를 달렸다. 우리 옆을 지나가는 다양한 물고기를 확인할 수 있었던 것은 불빛에 이끌려 다가온 온갖 물고기들이 우리와 함께 여행하려고 애썼기 때문이다. 대부분은 배의 속력을 따라오지 못하고 금세 뒤처졌지만, 한동안 '노틸러스'호와 같은 속도로 헤엄친 물고기들도 있었다.

1월 24일 아침, 동경 94도 33분·남위 12도 5분에서 킬링 섬을 보았다. 찰스 다윈과 피츠로이[122] 선장이 방문한 이 산호섬은 거대한 코코야자로 뒤덮여 있었다. '노틸러스'호는 이 무인도에 바싹 붙어서 그 해안을 따라 나아갔다. 배의 끌망태에는 수많은 산호와 불가사리, 해삼 같은 극피동물만이 아니라 기묘한 연체동물도 걸려들었다. 귀중한 제비고깔 표본 몇 개가 네모 선장의 보물에 추가되었고, 나도 흔히 조가비에 붙어 있는 기생 폴립 모체의 일종인 별불가사리 하나를 선장의 보물에 추가했다.

킬링 섬은 곧 수평선 너머로 사라졌고, 배는 북서쪽으로 방향을 돌려 인도 아대륙 끝을 향해 나아갔다.

그날 랜드가 나에게 말했다.

"문명의 땅! 사슴보다 야만인이 더 많은 파푸아 섬들보다는 백 번 낫지요. 인도에는 도로와 철도도 있고, 영국인과 프랑스인, 인도인의 도시들도 있습니다. 어디에 가든 사방 10킬로미터 이내에서 동포를 만날 수 있습니다. 박사님! 지금이야말로 네모 선장에게 작별을 고할 때가 아닐까요?"

"아닐세, 네드. 지금은 아니야." 나는 단호하게 대답했다. "자네들 뱃사람 말마따나 계속 달리게 내버려두세. '노틸러스'호는 사람이 사는 대륙으로 다가가고 있네. 유럽 쪽으로 가고 있으니까, 거기까지 이 배를 타고 가세. 일단 우리 바다로 돌아가면 어떻게 해야 할지 알 수 있겠지. 네모 선장도 뉴기니에서는 우리가 숲으로 사냥하러 가는 것을 허락했지만, 코로만델이나 말라바르[123] 해안으로 사냥하러 가는 것은 허락하지 않을 걸세."

"선장의 허락을 받지 않고 탈출을 시도해볼 수는 없습니까?"

나는 대답하지 않았다. 거기에 대해서는 말하고 싶지 않았다. 솔직히 말하면, 마음속으로는 나를 '노틸러스'호에 내던진 운명을 끝까지 확인해보고 싶었다.

킬링 섬을 지났을 때부터 배의 속도는 전반적으로 느려지고 변덕스러워져서, 우리를 깊은 바다 속으로 데려갈 때도 많았다. 내부 레버로 흘수선에 직각으로 붙어 있는 경사판을 이용한 적도 몇 번 있었다. 이렇게 경사판을 기울여 2000미터 내지 3000미터 깊이까지 내려갔지만, 1만 3000미터짜리 측심기도 이제껏 닿은 적이 없는 인도양 바닥은 조사할 수 없었다. 수면 아래로 깊이 내려가도 온도계는 여전히 영상 4도를 가리키고 있었다. 나는 해수면과 가까운 물의 온도는 깊은 바다보다 얕은 바다에서 더 차갑다는 것을 알았다.

1월 25일, 바다는 텅 비어 있었다. '노틸러스'호는 해수면 위에서 강력한 스크루로 물을 때려 높이까지 물보라를 뿜어 올리면서 하루를 보냈다. 이런 '노틸러스'호를 어떻게 거대한 고래로 착각하지 않을 수 있었겠는가? 나는 하루의 4분의 3을 상갑판에서 보냈다. 바다를 열심히 살폈지만 아무것도 보이지 않았다. 그런데 오후 네 시쯤 서쪽에 기선 한 척이 나타났다. 기선은 '노틸러스'호와 반대 방향으로 가고 있었다. 잠시 기선의 돛대가 보였지만, 그쪽에서는 상판이 평평하고 해수면에 거의 붙어 있는 '노틸러스'호를 보지 못했다. 나는 그 기선이 실론 섬을 떠나 배스 해협과 멜버른을 거쳐 시드니로 가는 '페닌슐라-오리엔탈 해운'의 배라고 판단했다.

열대지방에서 낮과 밤을 연결하는 어스름이 순식간에 내리덮이기 직전인

다섯 시에 콩세유와 나는 기묘한 광경을 보고 놀라고 있었다.

고대인들이 행운을 가져다준다고 믿은 매력적인 동물이 하나 있다. 아리스토텔레스와 아테나이오스, 플리니우스, 오피아노스[124] 같은 학자들은 그 상서로운 동물의 습성을 연구했고, 그 동물에 대해 쓴 시를 모두 철저히 검토했다. 그들은 그 동물을 '나우틸루스'(앵무조개)라고 불렀다. 하지만 현대 과학은 이 명칭을 지지하지 않았고, 그래서 이 연체동물은 이제 '아르고노트'(집낙지)라고 불린다.

콩세유한테 물어보면, 연체동물은 다섯 강으로 나뉜다고 가르쳐주었을 것이다. 첫 번째 강인 두족류는 껍데기가 없는 경우도 있고 껍데기를 가진 경우도 있다. 두족류는 다시 이새류와 사새류의 두 과로 나뉜다. 이새류와 사새류는 아가미 수로 구별된다. 이새류에는 집낙지·오징어·뼈오징어 등 세 속이 딸려 있고, 사새류는 앵무조개속 하나뿐이다. 이런 명명법에 따르면서도 '빨판'을 가진 집낙지와 '촉수'를 가진 앵무조개를 혼동한다면, 그 실수는 변명할 여지가 없을 것이다.

해수면 위에서 헤엄치고 있는 것은 이 집낙지 무리였다. 적어도 수백 마리는 되어 보였다. 그것은 돌기가 있는 집낙지로, 인도 근해에만 서식하는 종류였다.

그 우아한 연체동물은 빨아들인 물을 이동기 역할을 하는 관으로 내뿜어 뒤쪽으로 움직이고 있었다. 여덟 개의 촉수 가운데 가늘고 기다란 여섯 개는 물 위에 떠 있고, 손바닥 모양으로 오므린 나머지 두 개는 가벼운 돛처럼 올라가 바람을 받고 있었다. 나는 소용돌이치는 물결 모양의 껍데기를 자세히 볼 수 있었다. 퀴비에[125]는 집낙지를 우아한 보트에 비유했는데, 정확한 표현이었다. 그것은 진짜 배와 똑같았다. 집낙지는 자신이 분비한 껍데기를 타고 이동하지만, 그 껍데기에 달라붙어 있지는 않다.

"집낙지는 마음대로 껍데기를 떠날 수 있지만, 절대로 떠나지 않아." 나는

집낙지들

콩세유에게 말했다.

"네모 선장과 똑같군요." 콩세유가 그럴듯한 대답을 했다. "그러니까 이 배에다 '아르고노트'라는 이름을 붙였어야 하는 건데."

'노틸러스'호는 그 후에도 한 시간 동안 연체동물 무리 한복판에 떠 있었다. 그러다가 갑자기 집낙지 무리가 알 수 없는 공포에 사로잡혔다. 무슨 신호라도 떨어진 것처럼, 위로 들어올렸던 돛이 갑자기 내려가고, 팔도 모두 껍데기 속으로 들어가고, 몸도 움츠러들었다. 껍데기는 무게 중심이 바뀌어 뒤집혔다. 그리고 함대는 수면 아래로 사라졌다. 순식간의 일이었다. 기동함대도 그보다 더 정확하고 일사불란하게 움직일 수는 없었다.

그 순간, 갑자기 밤의 장막이 내려왔다. 수면은 산들바람에 잔물결을 일으키며 '노틸러스'호의 뱃전 아래에 평화롭게 뻗어 있었다.

이튿날인 1월 26일, 우리는 동경 82도 선상에서 적도를 질러 북반구로 돌아갔다.

그날은 온종일 무서운 상어 떼가 우리 주위에 행렬을 이루었다. 이 해역에는 그 무서운 짐승이 우글거리기 때문에 위험하기 짝이 없다. 우리 주위에 나타난 상어들 중에는 등이 흑갈색이고 배는 희끄무레하고 열한 줄의 이빨로 무장한 필립상어, 목에 찍힌 커다란 검은색 반점을 하얀 고리가 둘러싸고 있어서 꼭 눈처럼 보이는 눈안상어, 주둥이가 둥글고 검은 점이 찍혀 있는 이사벨라상어도 있었다. 이 힘센 짐승들은 좀 걱정스러울 만큼 난폭하게 객실 유리창으로 돌진하곤 했다. 네드 랜드는 더 이상 참지 못하고, 수면으로 올라가 그 괴물들을 작살로 잡고 싶어 했다. 특히 입 안에 이빨이 모자이크처럼 배열되어 있는 돔발상어와 몸길이가 5미터나 되는 줄무늬상어는 유난히 끈질기게 '노틸러스'호를 공격하여 네드의 심기를 자극했다. 하지만 '노틸러스'호는 곧 속도를 높여, 아무리 빠른 상어도 쉽게 따돌리곤 했다.

1월 27일, 우리는 거대한 벵골 만 어귀에서 수면에 떠다니는 시체와 여러 번 부딪쳤다. 끔찍한 광경이었다! 인도의 도시들에서 죽은 사람이 갠지스 강물을 타고 바다로 떠내려온 것이다. 인도의 유일한 시체 처리꾼인 독수리들이 그 많은 주검을 다 먹어치울 수는 없었다. 하지만 바다에는 독수리의 장의사 일을 도와줄 상어가 얼마든지 있었다.

저녁 일곱 시에 '노틸러스'호는 물에 반쯤 잠긴 채 우유 바다를 항해하고 있었다. 눈에 들어오는 바다는 온통 우유로 변한 것 같았다. 달빛 때문일까? 아니, 그럴 리가 없었다. 그믐이 지난 지 이틀밖에 안 되어 달은 초승달이었고, 게다가 아직 수평선 아래 햇빛 속에 숨어 있었다. 하늘은 반짝이는 별빛을 받고 있었지만, 하얀 물과 대조되어 새까맣게 보였다.

콩세유는 제 눈을 믿지 못하고, 이 놀라운 현상이 일어난 이유를 나에게 물었다. 다행히 나는 대답할 수 있는 입장에 있었다.

"이른바 우유 바다라고 부르는 거야. 암보이나[126] 해안과 그 주변 바다에 흔히 나타나는 현상이지."

"하지만 무엇이 이런 효과를 낳는지, 주인님께서 가르쳐주시겠습니까? 바닷물이 정말로 우유로 변했다고는 생각되지 않으니까요!"

"그래. 너를 그토록 놀라게 하는 이 하얀색은 수많은 적충류 때문이야. 몸이 젤라틴처럼 반투명하고 희미한 빛을 내는 작은 원생동물이지. 머리카락만큼 가늘고, 몸길이는 기껏해야 0.2밀리미터밖에 안 돼. 이렇게 작은 동물

상어

모든 상어가 청상아리처럼 위험한 것은 아니다.
인간을 공격하는 상어는 그리 많지 않다.

고래상어
지구상의 물고기 가운데 가장 크다.
몸길이가 최대 18미터까지 자라며,
2만 개의 이빨은 플랑크톤을 걸러내는 데 유용하다.

팽이상어

귀상어

톱상어

바다 밑바닥에서 편히 쉬고 있는 수염상어.

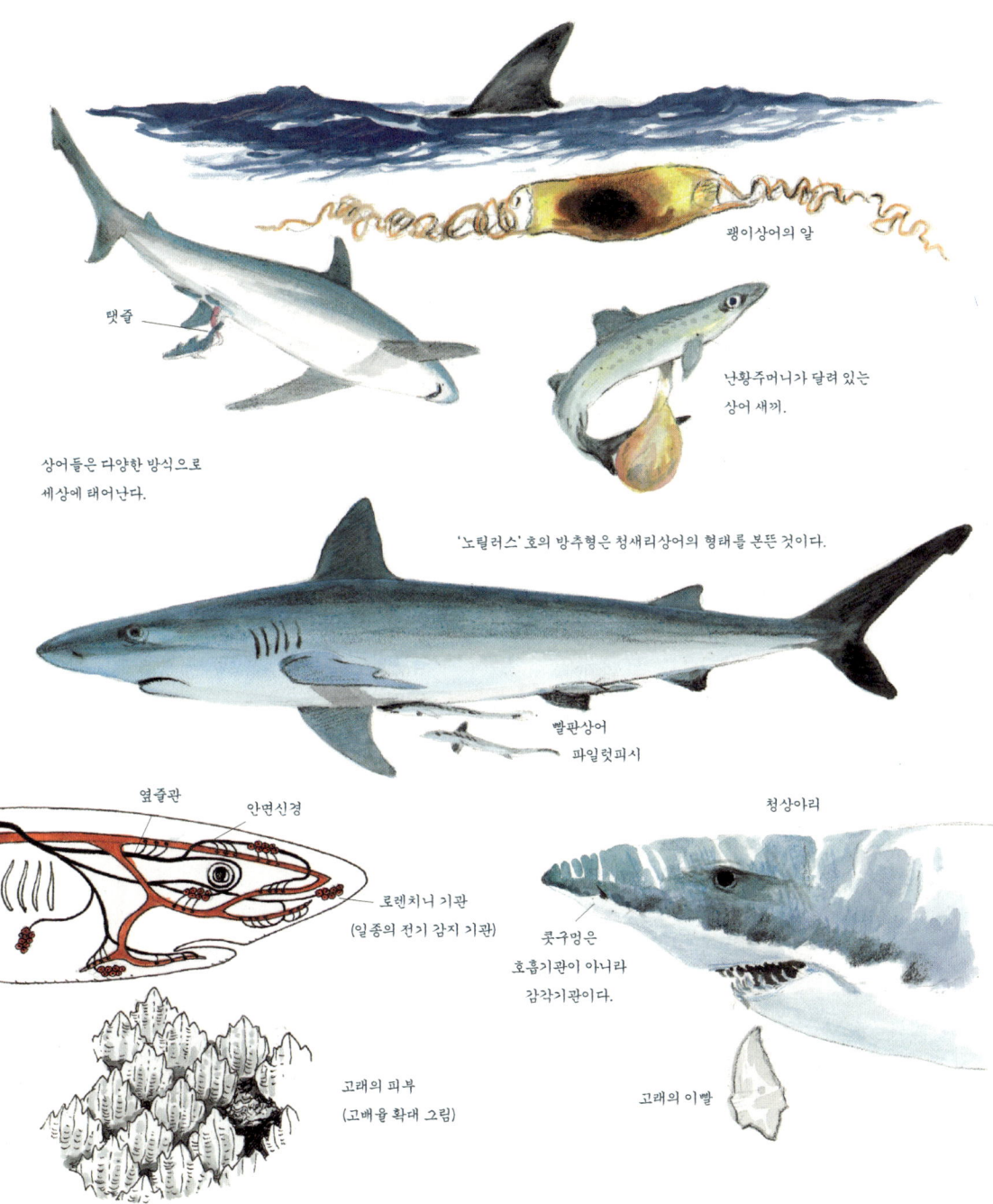

팽이상어의 알

탯줄

난황주머니가 달려 있는 상어 새끼.

상어들은 다양한 방식으로 세상에 태어난다.

'노틸러스'호의 방추형은 청새리상어의 형태를 본뜬 것이다.

빨판상어
파일럿피시

옆줄관   안면신경

로렌치니 기관
(일종의 전기 감지 기관)

청상아리

콧구멍은 호흡기관이 아니라 감각기관이다.

고래의 피부
(고배율 확대 그림)

고래의 이빨

들이 한데 모여서 몇 킬로미터나 이어지는 경우도 있지."

"몇 킬로미터나!"

"그래, 적충류의 수를 헤아리려고 애쓰지는 마. 어림도 없는 짓이니까. 항해자들은 60킬로미터가 넘는 우유 바다를 지난 적도 있어."

콩세유가 내 충고를 받아들였는지는 모르지만, 그는 깊은 생각에 잠긴 것 같았다. 사방 60킬로미터의 면적에 0.2밀리미터가 얼마나 들어가는지 속셈하고 있는 게 분명했다. 나는 그 놀라운 현상을 계속 관찰했다. 몇 시간 동안 '노틸러스'호는 하얀 물결을 가르며 달렸다. 나는 배가 비단 같은 바다에 소리 없이 떠 있는 것을 알아차렸다. 이따금 벵골 만에서 해류와 역류가 충돌하여 물거품이 생긴 바다 위를 미끄러지고 있는 것 같았다.

자정 무렵, 바다가 갑자기 정상적인 빛깔을 되찾았다. 하지만 우리 뒤에 있는 하늘은 오랫동안 하얀 바다를 반사하여, 북극의 오로라처럼 희미한 빛으로 가득 차 있었다.

chapter 2
네모 선장의 새로운 제안

1월 28일 정오에 '노틸러스'호가 북위 9도 4분에서 수면으로 올라가 보니, 서쪽으로 15킬로미터쯤 떨어진 곳에 육지가 보였다. 거친 모양을 이루고 있는 600미터 높이의 산맥이 내 눈길을 끌어당겼다. 일단 위치를 측정하고 다시 객실로 내려가 해도를 확인해보니, 인도 아대륙의 귓불에 대롱대롱 매달린 진주라고 불리는 실론 섬 바로 옆이었다.

나는 서재로 가서, 지구에서 가장 비옥한 실론 섬에 관한 책을 찾았다. H. C. 서가 쓴 『실론과 스리랑카인』[127]이라는 책이 있었다. 나는 객실로 돌아오자마자 우선 고대인들이 다양한 이름으로 부른 실론 섬의 좌표부터 조사했다. 실론 섬은 동경 79도 42분에서 82도 4분, 북위 5도 55분에서 9도 49분 사이에 자리 잡고 있었고, 길이는 약 400킬로미터, 최대 너비는 240킬로미터, 둘레는 1440킬로미터, 면적은 아일랜드보다 약간 작은 6만 5000평방킬로미터 정도였다.

그때 네모 선장과 부관이 나타났다.

선장은 해도를 힐끗 보고는 나를 돌아보았다.

"실론 섬은 예로부터 진주 채취로 유명한 곳이지요. 어떻습니까? 진주 채취장에 한번 가보고 싶으십니까?"

"물론이죠."

"좋습니다. 그건 어렵지 않은 일입니다. 하지만 채취장은 볼 수 있어도 어부를 볼 수는 없을 겁니다. 채취기가 아직 시작되지 않았으니까요. 그래도 상관없습니다. 만나르 만으로 방향을 돌리라고 지시하겠습니다. 밤사이에 도착할 겁니다."

선장이 부관에게 몇 마디 지시하자, 부관은 당장 객실에서 나갔다. '노틸러스'호는 곧 물속으로 내려갔고, 압력계는 배가 10미터 깊이에 있다는 것을 알려주었다.

눈앞에 해도가 있었기 때문에 나는 만나르 만을 찾아보았다. 만나르 만은 실론 섬 북서해안, 북위 9도 선상에 있었다. 작은 만나르 섬에서 뻗어나온 길쭉한 모래톱이 만을 이루고 있었다. 그 후미로 들어가려면 실론 섬 서해안을 따라 북상해야 했다.

"아로낙스 박사." 네모 선장이 말을 이었다. "진주는 인도양의 벵골 만, 중국과 일본 근해, 남아메리카 근해, 파나마 만, 그리고 캘리포니아 만에서도 채취합니다. 하지만 가장 많이 채취되는 곳은 실론 섬이지요. 지금은 철이 아직 이릅니다. 어부들은 3월이 되어야 만나르 만에 모이니까요. 300척의 배가 30일 동안 바다의 보물을 착취해서 떼돈을 벌지요. 배 한 척에 노잡이가 열 명, 잠수부가 열 명씩 딸려 있습니다. 잠수부는 두 패로 나뉘어 교대로 작업하는데, 밧줄로 배와 연결된 무거운 돌을 사타구니에 끼우고 12미터 깊이까지 내려가지요."

"아직도 그런 원시적인 방법이 쓰이고 있단 말입니까?"

"그렇습니다. 채취장은 1802년에 아미앵 조약[128]으로 영국이 차지한 이래 지금까지 세계에서 가장 열심히 일하는 영국인의 소유로 되어 있지만, 채취 방법은 전혀 달라지지 않았지요."

"그래도 그런 작업을 할 때는 당신의 잠수복이 아주 유용할 것 같은데."

"그렇습니다. 불쌍한 잠수부들은 오랫동안 물속에 있지 못하니까요. 영국의 퍼시벌[129]은 실론 여행기에서 어느 카피르인[130]이 5분 동안 한 번도 수면으로 올라오지 않고 물속에 머물렀다고 말했지만, 아무래도 믿을 수 없는 이야기 같습니다. 일부 잠수부는 57초나 잠수할 수 있고, 아주 뛰어난 사람은 87초까지도 버틸 수 있다는 건 알고 있지만, 그런 사람은 드물지요. 잠수부들은 배로 돌아가면 코와 귀에서 피로 물든 바닷물을 뚝뚝 떨어뜨립니다. 그들이 견딜 수 있는 평균 잠수 시간은 30초 정도일 겁니다. 그 시간 안에 서둘러 진주조개를 캐서 작은 그물에 쑤셔넣지요. 하지만 대체로 잠수부들은 오래 살지 못합니다. 시력이 떨어지고, 눈에 궤양이 생기고, 온몸에 상처가 나고, 바다 밑바닥에서 뇌졸중을 일으키는 경우도 많습니다."

"몇몇 사람의 기분을 만족시키기 위해 그런 일을 하다니, 정말 비참한 직업이군요. 그런데 배 한 척이 하루에 채취할 수 있는 진주조개는 얼마나 됩니까?"

"4만 내지 5만 개쯤 됩니다. 영국 정부가 1814년에 직접 잠수부를 고용해서 채취했을 때는 20일 동안 무려 7600만 개의 진주조개를 잡았다고 합니다."

"잠수부들은 그래도 보수는 충분히 받고 있겠지요?"

"천만에요. 파나마 잠수부는 일주일에 1달러밖에 못 법니다. 대부분 진주가 들어 있는 조개 하나당 1수[131]를 받는 게 고작이죠. 게다가 기껏 캐온 조개 속에 진주가 들어 있지 않은 경우는 또 얼마나 많은지!"

"고용주를 부자로 만들어주는 대가로 겨우 1수라니! 정말 지독하군요."

"박사 일행은 만나르 현장에 가보게 될 겁니다. 철은 좀 이르지만 혹시라도 일찍감치 일을 시작한 잠수부가 있으면, 작업 광경을 볼 수 있을 겁니다."

"알았습니다."

"그런데 아로낙스 박사, 상어를 두려워하지는 않겠지요?"

"상어라고요!" 나는 소리쳤다.

이 질문은 어리석고 몰상식하게 여겨지기까지 했다.

"어떻습니까?" 네모 선장이 다시 물었다.

"솔직히 말하면, 아직 그런 종류의 물고기에는 익숙지 않아서요."

"우리는 익숙합니다. 그리고 이제 곧 당신도 익숙해질 겁니다. 어쨌든 무기를 가져갈 테니까, 채취장으로 가는 동안 상어 몇 마리는 잡을 수 있을 겁니다. 상어 사냥은 아주 재미있지요. 그럼 내일 아침 일찍 만납시다."

네모 선장은 태연한 어조로 그렇게 말하고는 객실을 나갔다.

스위스의 산으로 곰을 잡으러 가자는 초대를 받으면 당신은 "좋아! 내일 곰 사냥을 하러 가자" 하고 말할 것이다. 아틀라스[132] 고원으로 사자 사냥을 가자거나 인도의 밀림으로 호랑이 사냥을 가자고 말하면, 당신은 서슴없이 "야호! 호랑이나 사자를 몇 마리 잡아보자!" 하고 말할 것이다. 하지만 상어의 서식지로 상어를 잡으러 가자는 초대를 받으면, 초대를 받아들이기 전에 잠시 심사숙고할 시간이 필요할 것이다.

나는 식은땀 몇 방울이 송송 맺혀 있는 이마를 손등으로 닦았다.

'이건 깊이 생각해볼 문제야.' 나는 혼잣말로 중얼거렸다. '크레스포 섬에서처럼 해저 숲에서 해달을 사냥하는 건 좋아. 하지만 상어와 맞닥뜨릴 게 거의 확실한데 바다 밑바닥을 뛰어다니는 건 재고해볼 문제야! 어떤 나라, 예를 들어 안다만 제도[133]에서는 검은 피부의 원주민들이 단검과 올가미를 양손에 들고 거침없이 상어를 공격한다는 건 나도 잘 알고 있어. 하지만 그 무서운 짐승과 맞닥뜨린 사람 가운데 상당수가 살아서 돌아오지 못한다는 것도 알고 있어! 어쨌든 나는 원주민도 아니고, 설령 원주민이라 해도 망설임을 느끼는 건 당연해.'

그렇게 나는 상어를 상상하고, 여러 줄의 이빨로 무장하여 단번에 사람을 두 토막 낼 수 있는 그 거대한 턱을 상상했다. 그런 생각을 하자 벌써 허리 언저리에 통증이 느껴졌다. 네모 선장이 그렇게 지독한 초대를 어쩌면 그렇게 아무렇지도 않은 듯 태연히 할 수 있었는지 이해할 수가 없었다. 숲에서 위험하지 않은 여우를 추적할 때도 그런 식으로 말하지는 않을 것이다.

'콩세유는 절대로 가고 싶어 하지 않을 테니까, 나도 그걸 핑계 삼아 사양하는 게 좋겠어.'

솔직히 말해서 네드가 어떤 반응을 보일지에 대해서는 확신을 가질 수가 없었다. 위험은, 아무리 큰 위험이라 해도 늘 그의 공격성을 자극했다.

나는 다시 서의 책을 읽기 시작했지만, 그저 기계적으로 책장을 넘기고 있었을 뿐이다. 무시무시하게 벌어진 거대한 턱이 글자 사이에 자꾸만 어른거렸다.

그때 콩세유와 네드가 객실로 들어왔다. 그들은 태평스럽고, 거의 행복해 보이기까지 했다. 어떤 일이 그들을 기다리고 있는지 몰랐기 때문이다.

"박사님, 글쎄 말입니다." 네드 랜드가 말을 걸었다. "그 빌어먹을 네모 선장이 방금 아주 멋진 제안을 했지 뭡니까."

"아아, 그것 말인데……."

그러자 이번에는 콩세유가 말했다.

"놀랍게도 '노틸러스'호 선장이 내일 주인님과 함께 실론 섬의 멋진 진주 채취장에 가보자고 우리를 초대했답니다. 진짜 신사답게 점잖은 태도로 아주 정중하게 초대했지요."

"다른 얘기는 하지 않던가?"

"아뇨." 캐나다인이 대답했다. "박사님한테는 이 소풍 이야기를 벌써 했다는 말밖에는 하지 않던데요."

"그건 사실이지만, 그럼 자세한 이야기는 전혀……."

"아뇨. 다른 얘기는 없었습니다. 박사님도 함께 가실 거죠?"

"나……? 글쎄, 그럴 것 같긴 한데, 자네는 그 소풍에 큰 기대를 걸고 있는 모양이군."

"예, 재미있을 겁니다. 아주 재미있을 것 같아요."

"아마 위험할 거야!" 나는 호소하는 투로 덧붙였다.

"위험하다고요?" 네드 랜드가 되물었다. "진주조개 채취장에 잠깐 소풍가는 것뿐인데, 뭐가 위험합니까?"

네모 선장은 내 동료들의 마음에 상어에 대한 생각을 불어넣는 것은 도움이 되지 않는다고 판단한 게 분명했다. 나는 그들이 벌써 팔다리를 한두 개 잃어버리기라도 한 것처럼 멍한 눈으로 그들을 바라보고 있었다. 미리 경고를 해줘야 하나? 물론 그래야겠지. 하지만 어떻게? 어떤 식으로 말하면 좋을까.

"주인님은 진주조개잡이에 대해서 자세한 정보를 알려주고 싶으십니까?" 콩세유가 말했다.

"진주조개잡이 자체가 아니라 사고에 대해서……."

"진주조개잡이에 대해 말씀해주세요." 캐나다인이 말했다. "그곳에 가기

진주조개잡이

전에 예비지식을 갖고 있으면 도움이 될 테니까요."

"그럼 자리에 앉게나. 영국인인 서가 방금 나한테 전해준 지식을 모두 알려줄 테니."

네드와 콩세유는 긴 의자에 나란히 앉았다. 캐나다인은 우선 이렇게 물었다.

"도대체 진주가 뭡니까?"

"진주란…… 시인에게는 바다의 눈물이고, 동양인에게는 단단한 이슬이고, 여인들에게는 손가락이나 귀나 목을 장식하는 보석, 진주모[134]로 만들어져 은은한 광택을 띤 아름다운 보석이고, 화학자에게는 석회·인산염·탄산염에 약간의 젤라틴이 섞인 혼합물이고, 박물학자한테는 일부 이매패류(二枚貝類)의 기관이 분비하는 병적인 분비물일 뿐이라네."

그러자 콩세유가 말했다. "연체동물문, 부족강, 사새목."

"맞아, 콩세유 교수. 그 사새목 중에서 진주를 만드는 것은 전복, 무지개조개, 터번조개, 거거조개, 키조개 등 한마디로 말해서 진주모를 분비하는 모든 조개가 진주를 만든다고 말할 수 있지. 진주모는 조가비 안쪽을 싸고 있는 푸른색이나 보라색이나 흰색 물질이야."

"홍합도 진주를 만듭니까?" 캐나다인이 물었다.

"스코틀랜드, 웨일스, 아일랜드, 작센, 보헤미아, 프랑스의 일부 하천에 서식하는 홍합은 진주를 만들지."

"그럼 앞으로는 주의해서 잘 봐야겠군요." 네드가 말했다.

"하지만 가장 품질 좋은 진주를 분비하는 것은 진주조개라네. 학명은 '멜레아그리나 마르가리티페라'라고 하지. 진주는 진주모가 점점 커져서 둥근 모양을 띤 것에 불과해. 조가비에 달라붙어 있거나 주름진 살 속에 박혀 있기도 하지. 조가비에는 찰싹 붙어 있고 살에는 붙어 있지 않아. 하지만 핵은 항상 무정란이나 모래알 같은 작고 단단한 물체야. 그 주위에 진주모가 몇 년 동안 얇은 막으로 계속 덮여서 층층이 쌓이는 거지."

"진주조개 하나에 진주가 여러 개 들어 있을 수도 있습니까?" 콩세유가 물었다.

"그럼, 진짜 보석상자 같은 진주조개도 있어. 이건 좀 의심스럽지만, 무려 150개가 넘는 상어가 들어 있는 진주조개도 있었다는군."

"상어라고요?" 네드가 소리쳤다.

"내가 상어라고 했나!" 나도 얼른 되받았다. "진주라고 말할 작정이었는데 말이 헛나왔군. 조개 속에 상어가 들어 있다는 건 말이 안 되지."

"그러게 말입니다." 콩세유가 말했다. "그럼 이제는 진주를 어떻게 채취하는지 말씀해주시겠습니까?"

"방법은 여러 가지가 있지. 진주가 조가비에 달라붙어 있을 때는 펜치로 떼어내지만, 대개는 진주조개를 해안가의 나래새 풀밭에 벌여놓는다네. 바깥 공기를 쐬면 조개는 죽고, 열흘만 지나면 적당히 썩게 되지. 그러면 썩은 조개를 커다란 바닷물 통 속에 집어넣고 껍데기를 벌려서 씻는 거야. 여기서 두 단계의 작업이 시작되는데, 우선 업계에서 '진짜 은색'이나 '가짜 흰색' 또는 '가짜 검은색'이라고 부르는 진주모층을 벗겨내서 125킬로그램 내지 150킬로그램들이 상자에 담는 거야. 그런 다음 조갯살을 삶아서 체에 거르면, 아무리 작은 진주도 가려낼 수 있지."

"진주 가격은 크기에 따라 달라지나요?" 콩세유가 물었다.

"크기만이 아니라 형태와 색깔, 광택에 따라 결정되지. 최고급 진주는 연체동물의 조직 속에서 따로 만들어지는데, 그걸 '처녀 진주'나 '완전 진주'라고 부르지. 색깔은 흰색이고 대개는 불투명하지만 투명한 유백색을 띤 것도 있고, 형태는 공처럼 동그랗거나 물방울처럼 생긴 경우가 가장 많아. 둥근 진주로는 팔찌를 만들고, 물방울 모양의 진주는 가장 귀중하니까 귀고리를 만들어서 낱개로 팔지. 다른 진주는 조가비에 달라붙어 있고, 모양이 더 불규칙해서 무게를 달아서 팔아. 끝으로 '알진주'라고 부르는 작은 진주는 하급품으로 분류돼서 역시 무게로 팔리고, 특히 신부님들이 교회에서 미사를 드릴 때 입는 제의에 수를 놓을 때 장식용으로 쓰이지."

"하지만 진주를 크기에 따라 일일이 분류하려면 시간도 오래 걸리고 지루하겠군요?" 캐나다인이 물었다.

"그렇지 않아. 그 작업은 사람이 하는 게 아니라, 다양한 개수의 구멍이 뚫려 있는 여과기가 하니까. 스무 개 내지 스물네 개의 구멍이 뚫려 있는 여과기에 남는 진주가 일등급이고, 백 개 내지 8백 개의 구멍이 뚫린 여과기에 걸러진 진주는 이등급, 9백 개 내지 천 개의 구멍이 뚫린 여과기에서 빠져나온 진주는 하급품인 '알진주'야."

"정말 독창적이군요." 콩세유가 말했다. "진주를 등급별로 분류하는 작업이 어떻게 이루어지는지는 알겠지만, 진주조개 채취장에서는 이익이 얼마나 납니까?"

"서의 책에 따르면, 실론 섬의 진주 채취장 임대료는 1년에 3백만 상어야."

"상어가 아니라 프랑이겠죠!" 콩세유가 말했다.

"그래, 프랑. 3백만 프랑. 하지만 진주 채취업도 이제는 예전 같지 않아. 아메리카 대륙의 진주 채취장도 사정은 마찬가지야. 카를 5세[135] 치하에서는 4백만 상어, 아니 프랑이나 벌었지만, 지금은 그것의 3분의 2밖에 안 돼. 요컨대 진주에서 벌어들이는 총수입은 9백만 프랑으로 추산할 수 있지."

"하지만 엄청나게 비싼 값으로 내놓아서 유명해진 진주도 있잖습니까?"

"그래. 카이사르는 세르빌리아[136]한테 우리 돈으로 12만 프랑이나 나가는 진주를 선물했다더군."

"옛날에 어떤 여자가 식초에 진주를 녹여서 마셨다는 이야기도 들은 적이 있습니다." 캐나다인이 말했다.

"클레오파트라야." 콩세유가 말했다.

"맛이 형편없었을 거야."

양식 진주

양식 진주를 생산하기 위해서는 굴의 체내에 조개껍데기로 만든 핵을 다른 개체로부터 잘라낸 외투막 조각과 함께 삽입해야 한다.

핵은 섭조개로 만든다.

잘라낸 외투막 조각.

항문
외투막
아가미
내전근
심장
지라
관자
입
생식선
족사

핵과 외투막 조각을 생식선 안에 삽입

생식선에 형성된 구멍 속에 삽입.

굴의 이식

굴은 나무쐐기를 이용하여 반쯤 벌어진 상태로 유지시킨다.

나무쐐기
주걱칼
비스투리
가위
핀셋
메스

이식 도구

진주의 생성

조개 위.

미키미키
(야자나무 섬유질)

외투막은 '진주낭'을 생기게 하는데,
진주낭은 하루에 3마이크론씩 핵을 감싼다.
직경 10㎜의 진주가 형성되려면 5년이 걸린다.

이식

굴은 이식할 준비가
될 때까지 자란다.

생식선 안에서 진주를 감지할 수 있게 된다.

핵

진주낭

외투막 조각

상처가 어떻게 아무느냐에 따라
진주는 다양한 형태를 이루게 된다.

이식한 다음, 굴을 염주처럼 엮고
철망 안에 넣어서 걸어둔다.

공 모양

서양배 모양

둥근 모양

괴상한 모양

단추 모양

281

"끔찍했겠지. 하지만 150만 프랑에 식초 한 잔은 너무 비싸."

"내가 그 여자와 결혼하지 않은 게 유감이군." 캐나다인이 팔을 불안하게 움직이면서 말했다.

"네드 랜드가 클레오파트라의 남편이라고?" 콩세유가 소리쳤다.

"하지만 나는 결혼할 필요가 있었어, 콩세유." 캐나다인은 진지하게 대꾸했다. "결국은 뜻대로 되지 않았지만, 그건 내 잘못이 아니야. 나는 약혼녀인 캣 텐더한테 진주 목걸이까지 사주었는데, 그 여자는 다른 남자랑 결혼해버렸어. 그 목걸이 값은 1달러 반밖에 안 되지만, 목걸이에 달린 진주는 구멍이 20개 뚫린 여과기도 통과하지 못할 만큼 컸어. 박사님, 이건 정말입니다."

"그건 모조 진주라네, 네드." 나는 웃으면서 말했다. "안쪽에 진주박137을 바른 유리구슬일 뿐이야."

"그 진주박은 값이 엄청 비싸겠군요?" 캐나다인이 되물었다.

"거의 공짜나 마찬가지야. 잉어 비늘에서 나오는 은빛 물질을 채집해서 암모니아에 담가 보존 처리한 거니까, 아무 가치도 없어."

"그래서 캣 텐더가 나를 차버리고 다른 남자와 결혼한 모양이군요." 네드 랜드는 도통한 철학자처럼 대답했다.

"값비싼 진주 이야기로 돌아가면, 어떤 왕도 네모 선장의 것보다 더 훌륭한 진주는 갖지 못했을 걸세."

"이 진주 말씀인가요?" 콩세유가 진열장에 전시된 보석을 가리키며 물었다.

"그래. 그 진주는 줄잡아 2백만……."

"프랑!" 콩세유가 재빨리 말했다.

"그래. 적어도 2백만 프랑은 나갈 거야. 그런데 선장은 그 값진 진주를 집어 드는 수고만으로 손에 넣었을 게 분명해."

"히야!" 네드 랜드가 소리쳤다. "그럼 우리도 내일 소풍을 나갔다가 그렇게 값진 진주를 발견할지도 모르겠군요!"

"말도 안 돼!" 콩세유가 말했다.

"왜 안 되지?"

"'노틸러스'호에서 2백만 프랑을 갖고 있어 봤자 무엇에 쓰겠어?"

"배에서는 아무 쓸모도 없겠지만, 다른 데서는……." 네드가 말했다.

"다른 데라고?" 콩세유가 고개를 저으면서 말했다.

"네드 말이 옳아." 내가 말했다. "몇 백만 프랑짜리 진주를 갖고 유럽이나 미국으로 돌아가면, 우리의 모험담이 신빙성과 엄청난 가치를 갖게 될 거야."

"맞습니다." 캐나다인이 말했다.

"그런데……" 항상 모든 것을 알고 싶어 하는 콩세유가 물었다. "진주 채취는 위험한가요?"

"아니." 나는 얼른 대답했다. "조심하면 그렇게 위험하진 않아."

"도대체 그 일에 어떤 위험이 있다는 겁니까?" 네드 랜드가 물었다. "짠물을 몇 모금 마시는 게 고작이겠죠!"

"자네 말이 맞아, 네드." 나는 네모 선장처럼 태평스러운 어조로 말하려고 애쓰면서 말을 이었다. "그런데 자네는 상어를 무서워하나?"

"제가요?" 캐나다인이 되물었다. "저는 이래 봬도 고래 잡는 일로 돈을 받는 전문 작살꾼입니다. 상어 따위는 우습지요."

"갈고리로 상어를 잡아서 갑판으로 끌어올린 다음 도끼로 꼬리를 잘라내고 배를 갈라서 내장을 꺼내 바다에 도로 던지는 문제가 아니야!"

"그럼……?"

"그래."

"물속에서?"

"그렇다니까."

"좋은 작살만 있으면 그까짓 상어쯤은 문제없습니다! 아시다시피 상어는 아주 형편없이 생겨먹은 녀석이에요. 사람을 물려면 배가 위쪽으로 올라가도록 몸을 뒤집어야 합니다. 그러니까 그 틈에……."

네드 랜드가 '사람을 문다'는 말을 할 때의 표정이며 말투가 너무 무시무시해서, 그 말만 듣고도 등골이 오싹했다.

"콩세유, 너는 상어를 어떻게 생각하냐?"

"저요?" 콩세유가 말했다. "주인님한테는 솔직히 말씀드리죠."

'좋았어.' 나는 속으로 생각했다.

"주인님이 상어와 맞서실 수 있다면, 그런 분의 충실한 하인인 제가 주인님과 함께 상어와 맞서지 못할 이유가 어디 있겠습니까?"

chapter 3
1천만 프랑짜리 진주

밤이 되었다. 나는 침대에 누웠지만 꿈자리가 사나웠다. 내 꿈속에서는 상어들이 중요한 역할을 맡았다. 상어를 뜻하는 프랑스어 '르캥'(requin)의 유래를 '레퀴엠'(requiem: 진혼곡)에서 찾는 어원 설명은 아주 적절하기도 하고 아주 부적절하기도 하다는 생각이 들었다.

새벽 네 시에, 네모 선장이 특별히 내 시중을 들도록 붙여준 급사가 나를 깨웠다. 나는 얼른 일어나서 옷을 입고 객실로 갔다.

네모 선장이 기다리고 있었다.

"준비됐습니까, 아로낙스 박사?"

"그렇습니다."

"그럼 따라오세요."

"네드와 콩세유는?"

"벌써 알렸으니까, 지금쯤은 우리를 기다리고 있을 겁니다."

"잠수복을 입어야 하지 않을까요?"

"아직은 괜찮습니다. 나는 '노틸러스'호를 해안에 바싹 붙이지 않았으니까, 우리는 아직 만나르 모래톱에서 꽤 멀리 떨어져 있습니다. 잠수하기 좋은 지점까지 보트를 타고 가면 바다 밑바닥을 오래 걷지 않아도 될 겁니다. 잠수 장비는 보트에 실려 있으니까, 실제로 해저 탐험을 시작할 때 착용하면 됩니다."

네모 선장은 상갑판으로 이어지는 중앙 층층대로 앞장서서 걸어갔다. 네드와 콩세유는 벌써 거기에 와 있었다. '행락'에 대한 기대로 잔뜩 들뜬 표정이었다. '노틸러스'호의 선원 다섯 명이 노를 잡고 뱃전에 묶어둔 보트 안에서 기다리고 있었다.

아직 캄캄한 밤이었다. 구름 조각들이 하늘을 뒤덮어, 별도 드문드문 보일 뿐이었다. 나는 육지 쪽을 바라보았지만, 남서쪽과 북서쪽 사이에 수평선의 4분의 3을 가리고 있는 흐릿한 선밖에는 보이지 않았다. 밤사이에 실론 섬의 서해안을 따라 올라온 '노틸러스'호는 이제 만 서쪽에 정박해 있었다. 그것은 만이라기보다는 실론 섬과 만나르 섬 사이의 좁은 해협이었다. 그곳의 검은 물 아래 진주조개들이 살고 있는 모래톱이 누워 있었다. 30킬로미터가 넘게 이어진 그 모래톱은 무진장한 진주의 보고였다.

네모 선장, 콩세유, 네드와 나는 작은 보트의 고물에 자리를 잡았다. 조타수가 키를 잡았고, 네 선원이 노 위로 허리를 구부렸다. 보트를 묶고 있던 밧줄이 풀리고, 우리는 '노틸러스'호의 뱃전을 떠났다.

보트는 남쪽으로 뱃머리를 돌렸다. 선원들은 서두르지 않았다. 그들은 힘차게 노를 저었지만, 해군에서 일반적으로 사용하는 방식에 따라 10초 간격으로 노를 젓고 있었다. 보트는 노를 한 번 젓고 다음에 다시 저을 때까지는 타성으로 달렸는데, 그럴 때는 물방울이 녹은 납덩어리처럼 검은 물 위로 후두두 소리를 내며 떨어졌다. 바다에서 밀려오는 물결이 배를 가볍게 흔들고, 파도의 물마루가 뱃머리를 핥았다.

아무도 입을 열지 않았다. 네모 선장은 무슨 생각을 하고 있을까? 아마 점점 다가오는 육지를 생각하고 있을 것이다. 네드에게는 육지가 아직도 너무 멀게 느껴졌겠지만, 네모 선장의 취향에는 육지가 너무 가까웠을 것이다. 콩세유는 단순한 구경꾼이었다.

다섯 시 반에 처음으로 수평선에 밝은 색깔이 나타나면서 해안선의 윤곽이 좀 더 뚜렷하게 보였다. 해안선은 동쪽은 평탄해 보였지만 남쪽은 물결 모양의 기복을 이루고 있었다. 우리는 해안선에서 아직 8킬로미터쯤 떨어져 있어서, 해안선은 아침 안개가 자욱하게 낀 물에 녹아들어 있었다. 우리와 해안선 사이에 펼쳐져 있는 바다는 텅 비어 있었다. 잠수부도 보트도 보이지 않았다. 진주 채취장은 깊은 적막에 싸여 있었다. 네모 선장이 말했듯이 우리는 한 달 일찍 이 해역에 도착한 것이다.

여섯 시에 날이 밝았다. 밤과 낮이 별안간 바뀌는 것은 열대지방 특유의 현상이다. 열대에는 동틀녘도 없고 해질녘도 없다. 햇빛이 동쪽 수평선 위에 떼지어 모여 있는 구름을 꿰뚫더니, 찬란한 태양이 불쑥 솟아올랐다.

이제는 여기저기에 나무 몇 그루가 흩어져 있는 육지를 또렷이 볼 수 있었다.

보트는 남쪽에 둥그스름하게 솟아 있는 만나르 섬으로 다가갔다. 네모 선장은 자리에서 일어나 바다를 응시하고 있었다.

선장의 신호에 따라 닻을 내렸지만, 쇠사슬은 거의 풀리지 않았다. 바로 거기가 진주 채취장에서 가장 높은 지점이어서 수심이 1미터 남짓밖에 안 되었기 때문이다. 보트는 바다 쪽으로 되돌아가는 썰물을 따라 빙그르르 돌았다.

"다 왔습니다, 아로낙스 박사." 네모 선장이 말했다. "보시다시피 이 만은 육지에 에워싸여 있습니다. 한 달만 지나면 수많은 배가 모여들 테고, 잠수부들은 이 물속에서 진주조개를 찾겠지요. 이 만의 형태는 그런 종류의 어업에는 안성맞춤입니다. 주위를 둘러싼 육지가 강풍을 막아주고 있고, 파도도 별로 높지 않으니까요. 잠수부들이 일하기에는 아주 알맞은 조건이지요. 자, 우리도 잠수복을 입고 유람 여행을 떠납시다."

나는 아무 말도 하지 않고, 선원들이 무거운 잠수복을 입혀주는 동안 수상쩍은 바다를 줄곧 노려보고 있었다. 네모 선장과 네드와 콩세유도 잠수복으로 갈아입었다. '노틸러스'호 선원들은 아무도 이 여행에 동행하지 않았다.

우리는 곧 목까지 고무옷에 감싸였고, 산소통이 어깨끈에 고정되었다. 룸코르프 램프는 보이지 않았다. 나는 머리에 구리 헬멧을 쓰기 전에 이 점을 네모 선장에게 물어보았다.

"램프는 필요 없을 겁니다. 그렇게 깊이 내려가진 않을 테니까 햇빛이 충분히 길을 밝혀줄 겁니다. 게다가 이 해역에서 전등을 갖고 다니는 것은 좋지 않습니다. 불빛이 뜻하지 않게 위험한 바다 생물을 유인할 수도 있으니까요."

네모 선장이 말하는 동안 나는 네드와 콩세유를 돌아보았다. 두 친구는 벌써 헬멧을 쓰고 있어서, 말을 들을 수도 없고 할 수도 없었다.

나는 선장에게 마지막 질문을 던졌다.

"무기는요? 총은 어떻게 됐습니까?"

"총이라고요? 총은 뭐하게요? 산악 지방에 사는 사람들은 단검으로 곰을 공격하지 않습니까? 그리고 강철이 납보다 확실하지 않습니까? 여기 믿을 만한 칼이 있으니까, 이걸 허리춤에 차세요. 자, 그럼 출발합시다."

나는 네드와 콩세유를 바라보았다. 그들도 나처럼 허리에 칼을 찼고, 게다가 네드는 '노틸러스'호를 떠나면서 보트에 싣고 온 거대한 작살까지 꼬나들고 있었다.

나는 선장을 본받아 무거운 구리 헬멧을 머리에 썼다. 그러자 공기탱크가 당장 작동하기 시작했다.

잠시 후 선원들은 우리를 한 사람씩 물속으로 내려보냈다. 우리는 수심이 1.5미터쯤 되는 고운 모래밭에 내려섰다. 네모 선장이 우리에게 신호를 보냈다. 우리는 그를 따라 완만한 비탈을 내려가 물속으로 사라졌다.

지금까지 나를 사로잡았던 생각도 사라졌다. 나는 놀랄 만큼 침착해졌다. 물속에서 쉽게 움직일 수 있었기 때문에 자신감이 강해졌고, 주위의 신기한 광경이 내 상상력을 사로잡았다.

태양은 이미 충분한 빛을 물속에 보내고 있었다. 아무리 작은 물체도 분간할 수 있을 정도였다. 10분쯤 걷자 수심 5미터 깊이에 이르렀다. 바닥이 다소 평탄해졌다.

우리가 걸음을 내디딜 때마다 늪에서 도요새가 떼 지어 날아오르듯 진기한 물고기 떼가 쏜살같이 달아났다. 꼬리지느러미밖에 없는 '모놉테라' 속의 물고기였다. 나는 몸길이가 1미터쯤 되고 배가 희끄무레한 진짜 바다뱀을 발견했다. 옆구리에 황금색 줄무늬가 없었다면 자칫 붕장어로 잘못 볼 수도 있었을 것이다. 몸이 납작하고 달걀 모양인 '스트로마타' 속에 몸 빛깔이 화려하고 등지느러미가 낫처럼 생긴 파루스가 섞여 있는 것이 보였다. 이 식용 물고기는 말려서 염장하면 '카라와데'라는 맛있는 요리가 된다. 비늘 갑옷으로 이루어진 여덟 개의 세로 줄무늬가 몸을 뒤덮고 있는 '아프시포로이드' 속의 물고기도 보았다.

태양이 높이 떠오를수록 햇빛도 차츰 강렬해졌다. 바닥이 조금씩 달라졌다. 고운 모래가 조약돌이 깔린 간선도로로 바뀌었다. 연체동물과 식충류가 양탄자처럼 바닥을 뒤덮고 있었다. 나는 조가비가 얇은 플라쿠나를 발견했다. 이 패충류는 홍해와 인도양의 특산물이다. 조가비가 동그랗고 오렌지색인 루카나이, 송곳처럼 끝이 뾰족한 막시류(膜翅類), '노틸러스'호에 훌륭한 염료를 공급해주는 페르시아 뿔소라, 누군가를 움켜잡으려는 손처럼 15센티미터 길이의 뿔을 물속에 곧추세우고 있는 뿔소라, 온몸이 바늘로 뒤덮인 투르비넬라, 북인도 지방에서 많이 먹는 갑각류인 아나티넬라, 희미한 빛을 내는 원양의 파노페아, 이 해역에서 가장 화려한 나뭇가지 모양의 구조물을 만드는 아름다운 부채꼴의 오쿨리니다이도 있었다.

이런 수생식물들 사이에서 꼴사나운 체절동물들이 뛰어다니고 있었다. 그 중에서도 특히 약간 둥그스름한 세모꼴의 갑각을 가진 이 해역 특유의 라마이 덴탈라이, 보기에도 역겨운 파르테노페가 많았다. 찰스 다윈이 관찰했고 나도 몇 번 마주친 적이 있는 거대한 게도 그에 못지않게 소름 끼치는 동물이었다. 자연의 여신은 이 게한테 코코넛을 먹고 사는 데 필요한 본능과 힘을 주었다. 이 녀석은 해안의 나무 위로 기어올라가 코코넛을 쳐서 떨어뜨린다. 코코넛이 떨어져서 깨지면, 힘센 집게발로 그 틈을 벌려서 속을 파먹는다.

이 게가 이곳의 투명한 물속에서 비할 데 없이 민첩하게 뛰어다니고 있었다. 반대로 말라바르 해안에 자주 나타나는 거북과 같은 종인 바다거북은 여기저기 흩어져 있는 바위 사이를 느릿느릿 기어다니고 있었다.

일곱 시경에 마침내 수백만 개의 진주조개가 서식하는 채취장에 도착했다. 이 귀중한 연체동물은 움직이지 않게 몸을 고정시켜주는 갈색 족사로 바위에 단단히 달라붙어 있었다. 이 점에서 진주조개는 이동 능력이 있는 털격판담치보다 열등하다.

멜레아그리나라는 진주조개는 바깥쪽이 울퉁불퉁하고 벽이 두꺼운 둥그스름한 포탄처럼 보인다. 개중에는 꼭대기에 부채꼴로 초록빛 띠 모양의 홈이 파인 것도 있었다. 이것은 어린 진주조개다. 열 살이 넘으면 표면이 거칠고 검은색을 띠고 너비가 15센티미터나 된다.

네모 선장이 수북이 쌓인 진주조개를 가리켰다. 나는 이 진주 광산이 무진장하다는 것을 깨달았다. 자연의 창조력은 인간의 파괴적 성향보다 뛰어나기 때문이다. 본능에 충실한 네드 랜드는 허리에 찬 그물을 최고의 진주조개로 가득 채우려고 서둘렀다.

하지만 오래 꾸물거릴 수는 없었다. 자기만이 아는 길을 따라가고 있는 듯한 네모 선장을 놓치지 말고 뒤따라가야 했기 때문이다. 바닥은 상당히 가파른 오르막이었고, 이따금 팔을 들어 올리면 팔이 수면 위로 올라갔다. 하지만 바닥은 다시 변덕스럽게 낮아지곤 했다. 피라미드 같은 모양으로 깎인 높은 바위를 우회해야 할 때도 많았다. 어두운 바위틈에서는 무기처럼 기다란 다리를 가진 거대한 갑각류가 우리를 노려보고, 우리 발 밑에는 다족류와 글리세라, 아리키아, 갯지렁이 따위가 비정상적으로 발달한 더듬이와 촉수를 내뻗은 채 기어다니고 있었다.

이제 우리 앞에 키 큰 해저 식물로 뒤덮인 아름다운 바위 더미에 뚫린 거대한 동굴이 나타났다. 동굴 안은 처음에는 캄캄해 보였다. 햇빛이 차츰 사라지는 것 같았다. 어슴푸레한 투명함은 사라지고, 햇빛은 물에 삼켜졌다.

네모 선장은 그 동굴 속으로 들어갔다. 우리도 뒤따라 들어갔다. 내 눈은 곧 어둠에 익숙해졌다. 나는 아치의 곡선이 다양하고 정교한 것을 알아차렸다. 아치를 떠받치고 있는 천연 기둥은 토스카나 양식 건축물의 육중한 원기둥처럼 넓은 화강암 토대 위에 단단히 서 있었다. 안내인은 왜 우리를 이 해저 지하실로 데려왔을까? 그 이유는 곧 알 수 있었다.

상당히 가파른 비탈을 내려가자 둥근 수직갱 바닥에 이르렀다. 네모 선장은 여기서 걸음을 멈추고, 내가 그때까지 알아차리지 못한 무언가를 가리켰다.

그것은 어마어마하게 큰 트리다크나라는 진주조개였다. 그것으로 성수반을 만들면 성수를 모두 담을 수 있을 정도였다. 너비는 2미터가 넘고, 따라서 '노틸러스'호 객실에 있는 것보다 훨씬 컸다.

나는 그 놀라운 연체동물로 다가갔다. 그것은 넓적한 화강암에 족사로 달라

1천만 프랑짜리 진주

나는 놀라운 연체동물로 다가갔다.

붙어, 동굴의 잔잔한 물속에서 혼자 힘으로 자라났다. 나는 그 조개의 무게를 300킬로그램 정도로 추정했다. 이만한 조개라면 살의 무게만 해도 15킬로그램쯤 될 테니까, 가르강튀아[138]만큼 거대한 위를 가진 사람도 그 조개 하나를 한꺼번에 다 먹어치우지는 못할 것이다.

네모 선장은 분명 이 조개의 존재를 진작부터 알고 있었다. 그가 이곳에 온 것은 이번이 처음이 아니었다. 처음에 나는 선장이 단지 이 진기한 조개를 보여주고 싶어서 우리를 이곳으로 데려온 줄 알았지만, 사실은 그렇지 않았다. 네모 선장은 이 트리다크나의 상태를 조사할 특별한 이유를 갖고 있었다.

이 연체동물의 껍데기는 반쯤 열려 있었다. 선장은 가까이 다가가서 조가비가 다시 닫히지 않도록 그 사이에 단검을 밀어 넣었다. 그러고는 손으로 그 동물의 외피를 이루고 있는 얇은 막을 들어올렸다.

가장자리에 술 장식이 달린 막을 들어 올리자, 잎 모양의 주름 사이에 작은 코코넛만 한 크기의 진주가 보였다. 공처럼 둥근 모양, 완벽한 투명도, 뛰어난 품질은 그것이 헤아릴 수 없는 가치를 지닌 보석임을 나타내고 있었다. 나는 호기심에 이끌려 나도 모르게 손을 뻗었다. 그 진주를 집어 들어 무게를 가늠해보고 감촉을 느껴보고 싶었다. 하지만 선장이 나를 막고 고개를 저은 다음, 재빨리 단검을 빼냈다. 단검이 빠지자 조가비가 갑자기 탁 닫혔다.

그제야 나는 네모 선장의 의도를 알아차렸다. 그는 진주를 트리다크나의 보호막 속에 묻어놓고 조금씩 자라게 하고 있었다. 해마다 연체동물의 분비물이 진주를 감싸, 나이테가 한 겹씩 늘어났다. 이 귀중한 자연의 열매가 '익어가고' 있는 동굴의 존재를 아는 사람은 네모 선장뿐이었다. 네모 선장은 언젠가 자신의 보물 박물관에 진주를 진열하기 위해 혼자서 그것을 키우고 있었다. 어쩌면 그는 중국인과 인도인의 방식에 따라 그 연체동물의 살 속에 유리나 금속 조각을 넣어서 그 진주를 만들었는지도 모른다. 그 이물질은 연체동물이 분비하는 진주층으로 조금씩 덮여갔을 것이다. 어쨌든 나는 내가 이미 알고 있는 진주나 선장의 수집품 진열장에서 은은히 빛나는 진주들과 비교하여, 그 진주의 가치를 적어도 1천만 프랑으로 어림했다. 그것은 사치스러운 보석이라기보다 자연의 위대한 경이였다. 어떤 귀부인의 귀도 그 진주를 달 수는 없을 테니까.

거대한 트리다크나 방문은 이렇게 끝났다. 네모 선장은 동굴을 떠나 진주 조개 채취장으로, 아직 잠수부들이 휘저어놓지 않은 맑은 물로 돌아갔다.

우리는 어슬렁거리며 산책하는 사람들처럼 따로 떨어져서 걸어갔다. 모두 마음 내키는 대로 멈춰서거나 정처 없이 돌아다녔다. 나는 더 이상 상어를 걱정하지 않았다. 사실 상어의 위험은 내 상상 속에서 터무니없이 과장되어 있었다. 바닥은 눈에 띄게 수면 쪽으로 올라가고 있었다. 내 머리는 곧 수면 위로 올라갔다. 그곳의 수심은 1미터도 안 되었다. 콩세유가 다가와서, 자신의 커다란 헬멧을 내 헬멧에 바싹 대고 눈으로 인사를 했다. 하지만 이 고지대는 몇 미터밖에 이어져 있지 않았고, 우리는 곧 본래의 활동 영역으로 되돌아갔다. 나도 이제는 물속을 우리 본래의 활동 영역이라고 부를 권리가 있다고 생각한다!

10분 뒤 네모 선장이 갑자기 멈춰섰다. 나는 선장이 왔던 길을 되짚어가려나 보다고 생각했지만, 그게 아니었다. 선장은 우리더러 자기 옆에 웅크리고 앉으라는 몸짓을 했다. 그곳은 커다란 웅덩이 바닥이었다. 우리가 다가가자 선장이 한 곳을 가리켰다. 나는 그쪽을 유심히 바라보았다.

5미터가량 떨어진 바닥에 그림자 하나가 나타났다. 상어에 대한 불안이 내 마음을 스치고 지나갔다. 하지만 그것은 상어가 아니었고, 바다 괴물도 아니었다.

그것은 인간—살아 있는 인간, 인도인, 흑인이었다. 본격적인 수확철이 오기 전에 이삭을 주우러 온 불쌍한 잠수부가 분명했다. 나는 그의 머리 위에 그가 타고 온 쪽배가 정박해 있는 것을 보았다. 그는 쉬지 않고 바다와 수면을 왕복하고 있었다. 몸이 좀 더 빨리 가라앉도록 원뿔 모양으로 깎은 돌멩이를 발 사이에 끼우고, 안전을 위해 쪽배와 연결된 밧줄로 몸을 묶고 있었다. 잠수 장비라고는 그것뿐이었다. 잠수부는 5미터 깊이의 바닥에 이르면 무릎을 꿇고 진주조개를 닥치는 대로 그물에 주워 담았다. 그러고는 수면으로 올라가 쪽배에 진주조개를 쏟아놓고, 돌멩이를 발 사이에 끼우고 다시 작업을 시작했다. 한 번 작업에 걸리는 시간은 30초밖에 안 되었다.

잠수부는 우리를 보지 못했다. 우리는 바위 그늘에 숨어 있었다. 게다가 같은 인간이 물속에서 자신의 움직임을 낱낱이 지켜보고 있는 줄을 그 불쌍한 인도인이 어찌 상상이나 할 수 있었겠는가?

그는 수없이 자맥질을 되풀이했다. 한 번에 가져갈 수 있는 진주조개는 기껏해야 열 개 정도였다. 족사로 바위에 단단히 달라붙어 있는 조개를 억지로 떼어내야 했기 때문이다. 하지만 그렇게 목숨을 걸고 캐낸 조개들 가운데 진주가 없는 조개는 또 얼마나 많겠는가!

나는 그를 유심히 지켜보았다. 그의 움직임은 규칙적이었고, 30분 동안은 어떤 위험도 없어 보였다. 내가 이 흥미진진한 작업을 구경하는 데 차츰 익숙해질 무렵, 바닥에 무릎을 꿇고 있던 인도인이 갑자기 공포에 질린 기색을 보이며 벌떡 일어나더니 수면을 향해 솟구쳐 올랐다.

나는 그가 공포에 질린 이유를 알아차렸다. 거대한 그림자 하나가 그 불운한 잠수부 위에 나타난 것이다. 그것은 거대한 상어였다. 상어 한 마리가 이글거리는 눈으로 잠수부를 노려보며 아가리를 딱 벌린 채 비스듬히 헤엄쳐 오고 있었다!

나는 공포에 질려 그 자리에 얼어붙었다. 손가락 하나도 까딱할 수 없었다. 탐욕스러운 물고기는 지느러미를 힘차게 움직여 인도인을 향해 쏜살같이 다가왔다. 인도인은 몸을 옆으로 던져 상어의 벌린 입은 간신히 피했지만,

상어의 꼬리는 피하지 못했다. 상어가 휘두른 꼬리에 가슴을 맞고 바닥에 나가떨어졌기 때문이다.

순식간에 벌어진 일이었다. 다시 공격해온 상어가 몸을 뒤집어 인도인을 토막내려는 찰나, 네모 선장이 벌떡 일어났다. 선장은 손에 단검을 쥐고 육박전을 벌일 태세로 그 괴물을 향해 곧장 달려갔다.

상어는 잠수부를 막 삼키려다가 새롭게 나타난 적수를 알아차리고는 몸을 다시 뒤집어 네모 선장을 향해 다가왔다.

네모 선장의 자세가 지금도 눈에 선하다.

선장은 몸을 동그랗게 웅크리고 놀랄 만큼 침착하게 상어의 공격을 기다렸다. 그리고 마침내 상어가 덤벼들자 민첩하게 옆으로 펄쩍 뛰어 상어의 공격을 피하면서 단검을 그 짐승의 뱃가죽에 푹 쑤셔 박았다. 하지만 그것으로 끝난 게 아니었다. 무시무시한 싸움이 시작되었다.

상어는 큰 소리로 울부짖었다. 상처에서 피가 콸콸 쏟아져 나왔다. 바다가 붉게 물들었다. 그 불투명한 액체에 가려 나는 아무것도 볼 수가 없었다.

마침내 물빛이 맑아지자, 용감한 선장이 상어의 지느러미 하나를 움켜잡고 배를 단검으로 연거푸 찌르고 있는 광경이 눈에 들어왔다. 하지만 상어의 심장에 치명타를 가하지는 못하고 있었다. 상어는 격렬한 몸부림과 함께 물을 후려쳤고, 나는 그 어지러운 난류에 휘말려 하마터면 넘어질 뻔했다.

나는 선장을 도우러 달려가고 싶었지만, 공포로 몸이 얼어붙어 꼼짝할 수가 없었다.

나는 눈을 크게 뜨고 그 광경을 지켜보았다. 전투의 양상은 시시각각 변하고 있었다. 선장이 위에서 짓누르는 거대한 상어의 덩치에 떠밀려 바닥에 쓰러졌다. 거대한 양날 절단기 같은 상어의 턱이 딱 벌어졌다. 그때 네드가 작살을 움켜쥐고 상어에게 덤벼들어 그 무시무시한 무기를 상어 옆구리에 쑤셔 박지 않았다면 네모 선장은 끝장이 났을 것이다.

물이 핏덩어리로 가득 찼다. 상어가 형언할 수 없을 만큼 격렬하게 몸부림치자, 물이 요란하게 소용돌이치며 흔들렸다. 하지만 네드 랜드는 상어의 급소를 찔렀다. 그것이 괴물의 마지막 몸부림이었다. 심장이 꿰뚫린 괴물은 숨이 끊어질 때까지 무시무시한 경련을 일으켰고, 그 진동으로 콩세유가 뒤로 넘어졌다.

그사이에 네드 랜드는 상어 밑에 깔린 선장을 구해냈다. 선장은 무사했다. 일어나자마자 선장은 인도인에게 달려가 돌멩이에 묶인 밧줄을 끊고는 그를 팔에 안고 바닥을 힘껏 걸어찼다. 그러자 두 사람은 순식간에 수면으로 올라갔다.

우리도 모두 그 뒤를 따라갔다. 잠시 후, 기적적으로 목숨을 건진 우리는 잠수부의 쪽배에 올라탔다.

네모 선장이 맨 먼저 한 일은 인도인을 되살리는 것이었다. 나는 그가 실패할지도 모른다고 생각했지만, 살아날 가망성은 충분했다. 상어의 꼬리는 치명적인 무기가 될 수도 있었지만, 불쌍한 인도인이 물에 잠겨 있었던 시간은 그리 길지 않았기 때문이다.

콩세유와 선장이 힘껏 몸을 문질러주자, 다행히 잠수부는 차츰 의식을 되찾기 시작했다. 이윽고 잠수부가 눈을 떴다. 네 개의 커다란 구리 머리가 자신을 굽어보고 있는 것을 보고 잠수부는 소스라치게 놀랐을 게 분명하다!

그리고 네모 선장이 주머니에서 진주 목걸이를 꺼내 그의 손에 쥐어주었을 때는 더욱 놀랐을 게 분명하다. 가엾은 인도인은 바다 사나이의 엄청난 선물을 떨리는 손으로 받아들였다. 그 놀란 표정으로 보아, 잠수부는 자신에게 값진 보물을 주고 목숨까지 구해준 것이 어떤 초인적인 존재인지 전혀 모르는 눈치였다.

선장의 신호에 따라 우리는 진주조개 채취장으로 돌아가 왔던 길을 되짚어 '노틸러스'호의 보트가 닻을 내린 곳으로 돌아갔다. 보트에 올라타자 우리는 선원들의 도움으로 무거운 갑옷을 벗었다.

네모 선장은 우선 캐나다인에게 말을 건넸다.

"고맙소, 랜드 씨."

"답례를 한 것뿐입니다. 나도 당신께 신세를 졌으니까."

희미한 미소가 선장의 얼굴을 스치고 지나갔다. 그것뿐이었다.

"'노틸러스'호로!" 선장이 외쳤다.

보트는 파도 위를 날듯이 달렸다. 잠시 후 상어의 시체가 물 위로 떠오르는 것이 보였다.

지느러미 끝의 검은 무늬를 보고, 나는 그 상어가 진정한 의미의 상어인 인도양의 무시무시한 멜라놉테루스인 것을 알았다. 몸길이는 8미터가 넘고, 거대한 아가리는 몸길이의 3분의 1을 차지하고 있었다. 위턱에 뾰족한 이빨이 여섯 줄로 배열되어 있는 것으로 보아, 다 자란 어른 상어였다.

콩세유는 순전히 과학적인 관점에서 그 상어를 관찰하고, 그것을 연골어류, 고정된 아가미를 가진 판새아강, 상어과, 상어속으로 정확하게 분류했을 것이다.

내가 생명을 잃은 그 살덩어리를 바라보고 있는 동안, 그것의 탐욕스러운 친척들이 갑자기 보트 주위에 수십 마리나 나타났다. 그들은 우리를 아랑곳하지 않고 시체에 덤벼들어, 서로 고기 토막을 더 많이 차지하려고 다투었다.

여덟 시 반에 우리는 다시 '노틸러스'호로 돌아왔다.

나는 만나르 모래톱 원정에서 일어난 사건들을 곰곰 생각하기 시작했다. 내가 그 사건에서 얻은 감상은 두 가지였다. 하나는 네모 선장의 행위가 놀랄 만큼 용감했다는 것, 또 하나는 인류를 피해 바다 속으로 들어간 네모 선장이 그 인류를 대표하는 한 인간을 구하기 위해 자신의 목숨을 걸었다는 것이었다. 그 묘한 인물은 자기 입으로 무어라고 말하든 간에 아직까지는 자신의 심장을 완전히 죽이지 못한 게 분명했다.

내가 선장에게 그렇게 말하자, 선장은 약간 감정이 담긴 태도로 대답했다.

"그 인도인은 억압당한 나라의 주민입니다. 나는 그 사람의 동포이고, 내 숨이 끊어지는 순간까지 그 사람의 동포일 겁니다!"

chapter 4
홍해

1월 29일 낮에 실론 섬은 수평선 아래로 사라지고, '노틸러스'호는 20노트의 속도로 몰디브 제도와 래카다이브 제도 사이에 미로처럼 뻗어 있는 해협으로 들어섰다. 배는 킬탄 섬 바로 옆을 스쳐 지나가기도 했다. 1499년에 바스코 다 가마[139]가 발견한 이 산호초는 래카다이브 제도를 이루는 19개의 주요 섬 가운데 하나로 동경 69도에서 50도 72분, 북위 10도에서 14도 30분 사이에 자리 잡고 있다.

우리는 일본 근해를 출발한 뒤 지금까지 7500해리를 항해했다.

이튿날인 1월 30일, '노틸러스'호가 수면으로 떠올랐을 때는 육지가 전혀 보이지 않았다. 배는 아라비아와 인도 사이에 우묵하게 들어가 페르시아 만의 어귀 구실을 하고 있는 오만 만을 향해 북북서쪽으로 달리고 있었다.

오만 만은 분명 빠져나갈 길이 없는 막다른 골목이었다. 그렇다면 네모 선장은 우리를 어디로 데려가고 있는 것일까? 도무지 알 수가 없었다. 캐나다인은 우리가 어디로 가고 있는 거냐고 묻고, 내가 모른다고 대답해도 납득하지 않았다.

"이보게, 네드. 우리 행선지는 선장의 변덕에 달려 있어."

"선장이 어떤 변덕을 부려도 우리를 그렇게 멀리까지 데려갈 수는 없을 겁니다. 페르시아 만에는 출구가 따로 없으니까요. 그러니까 페르시아 만으로 들어가도 곧 다시 되돌아 나올 겁니다."

"그렇다면 되돌아 나오겠지. '노틸러스' 호가 페르시아 만에 이어 홍해를 방문하고 싶다면, 언제든지 바로 옆에 있는 아덴 만을 거쳐 바브엘만데브 해협으로 들어가면 돼."

"박사님도 잘 아시겠지만, 홍해도 막혀 있는 건 페르시아 만이나 마찬가집니다. 수에즈 운하가 아직은 뚫리지 않았으니까요.[140] 설령 운하가 뚫렸다해도, 우리 배처럼 수상쩍은 배가 일정한 간격을 두고 갑문이 배치되어 있는 운하 안으로 감히 들어갈 수는 없을 겁니다. 그러니까 홍해도 우리를 유럽으로 데려갈 수 있는 통로가 아니에요."

"그래서 나도 우리가 유럽으로 '돌아가고 있다'고는 말하지 않았네."

"그럼 박사님은 어떻게 생각하십니까?"

"'노틸러스' 호는 아라비아와 이집트의 신기한 해안을 방문한 뒤에는 다시 인도양으로 나와서, 모잠비크 해협을 지나거나 마스카렌 제도 옆을 지나 희망봉으로 갈 것 같네."

"그럼 희망봉에 도착하면요?" 캐나다인은 집요하게 물었다.

"우리가 아직 모르는 대서양으로 들어가겠지. 이보게, 네드. 자네는 벌써 해저 여행에 싫증이 났나? 끊임없이 변화하는 이 해저의 경이로운 장관을 구경하는 데 벌써 진력이 났냐고? 지금까지 이런 여행을 할 기회를 얻은 사람은 거의 없었어. 나는 이 여행이 끝난다면 몹시 아쉬울 것 같은데."

"하지만 우리가 석 달 동안 '노틸러스' 호에 갇혀 있었다는 건 박사님도 아시잖아요?"

"아니, 난 몰랐네. 알고 싶지도 않아. 나는 날짜도 시간도 헤아리지 않고 있다네."

"그럼 결론이 뭡니까?"

"결론은 때가 되면 저절로 나올 걸세. 어쨌든 우리는 속수무책인데, 결론을 논해봤자 무슨 소용이 있겠나. 자네가 나한테 와서 '탈출할 기회가 왔다'고 말하면 그때는 그 문제에 대해 의논하겠지만, 지금은 그런 상황이 아니야. 게다가 솔직히 말하면 나는 네모 선장이 유럽 해역으로 과감하게 들어가리라고는 생각지 않네."

이 짧은 대화에서 여러분은 내가 선장으로 환생하여 '노틸러스'호의 진정한 광신도가 되어버린 것을 알 수 있을 것이다.

네드는 혼잣말로 이 대화를 매듭지었다.

"그건 다 좋지만, 나는 마음이 편하지 않으면 아무것도 즐겁지 않아."

2월 3일까지 나흘 동안 '노틸러스'호는 속도와 깊이를 수시로 바꾸면서 오만 만을 돌아다녔다. 배는 어떤 길로 가야 할지 망설이면서 무턱대고 나아가는 것 같았지만, 북회귀선 이북으로는 결코 올라가지 않았다.

이 바다를 떠날 때 우리는 오만의 최대 도시인 무스카트를 잠깐 보았다. 나는 새하얀 색깔의 집과 요새들이 주위를 둘러싼 검은색 암벽과 뚜렷한 대조를 이루고 있는 그 도시의 야릇한 외관에 감탄했다. 이슬람 사원의 둥근 지붕, 우아한 뾰족탑, 싱그러운 초록빛 녹지대가 눈에 띄었다. 하지만 이것은 환상처럼 잠깐 보였을 뿐, '노틸러스'호는 곧 다시 검푸른 물속으로 가라앉았다.

배는 육지와 10킬로미터 정도의 간격을 두고 아라비아의 마라 지방과 하드라마우트 지방의 해안을 따라 물결 모양의 기복을 이룬 산들과 나란히 달렸다. 여기저기 흩어진 고대 유적들이 단조로운 능선에 변화를 주고 있었다.

2월 5일, 우리는 마침내 아덴 만으로 들어갔다. 아덴 만은 병목처럼 생긴 바브엘만데브 해협을 통해 인도양의 물을 홍해로 쏟아붓는 깔때기다.

2월 6일, '노틸러스'호는 아덴이 보이는 곳에 떠 있었다. 아덴은 좁은 지협으로 본토와 이어진 곶 위에 올라앉아 있어서 난공불락의 요새를 이루고

수에즈 운하

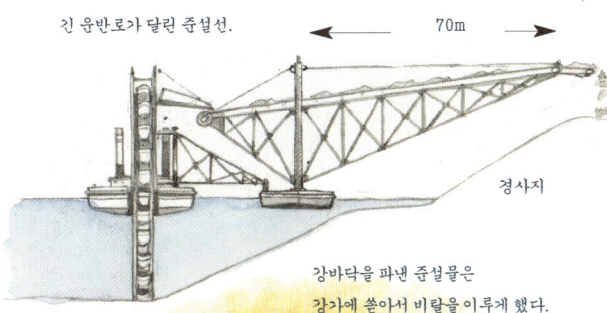

긴 운반로가 달린 준설선. ← 70m →

경사지

강바닥을 파낸 준설물은 강가에 쏟아서 비탈을 이루게 했다.

페르디낭 드 레셉스(1805~94년)
19세기의 가장 경이로운 프로젝트의 하나인
수에즈 운하 건설 계획의 입안자.

자가지그까지 나 있는 민물 운하.

지중해와 홍해를 운하로 연결하여 뱃길을 열려는 착상은
새로운 것이 아니었다. 고대 이집트의 파라오들은
나일 강과 수에즈 만을 잇는 운하를 파기 시작했고,
이 사업은 훗날 아랍인들이 이어받아 완성했다.
그 후 이 프로젝트는 지중해와 홍해를 직접 연결하는
사업으로 방향이 바뀌었고,
마침내 1854년, 이집트 태수 무함마드 사이드와
페르디낭 드 레셉스 사이에 계약이 체결되었다.

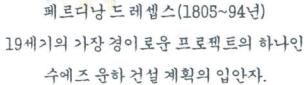

포트사이드(운하의 지중해 쪽 출입항)에 세워진 등대.
20미터 높이의 이 등대는 그 빛이 37킬로미터까지 달한다.

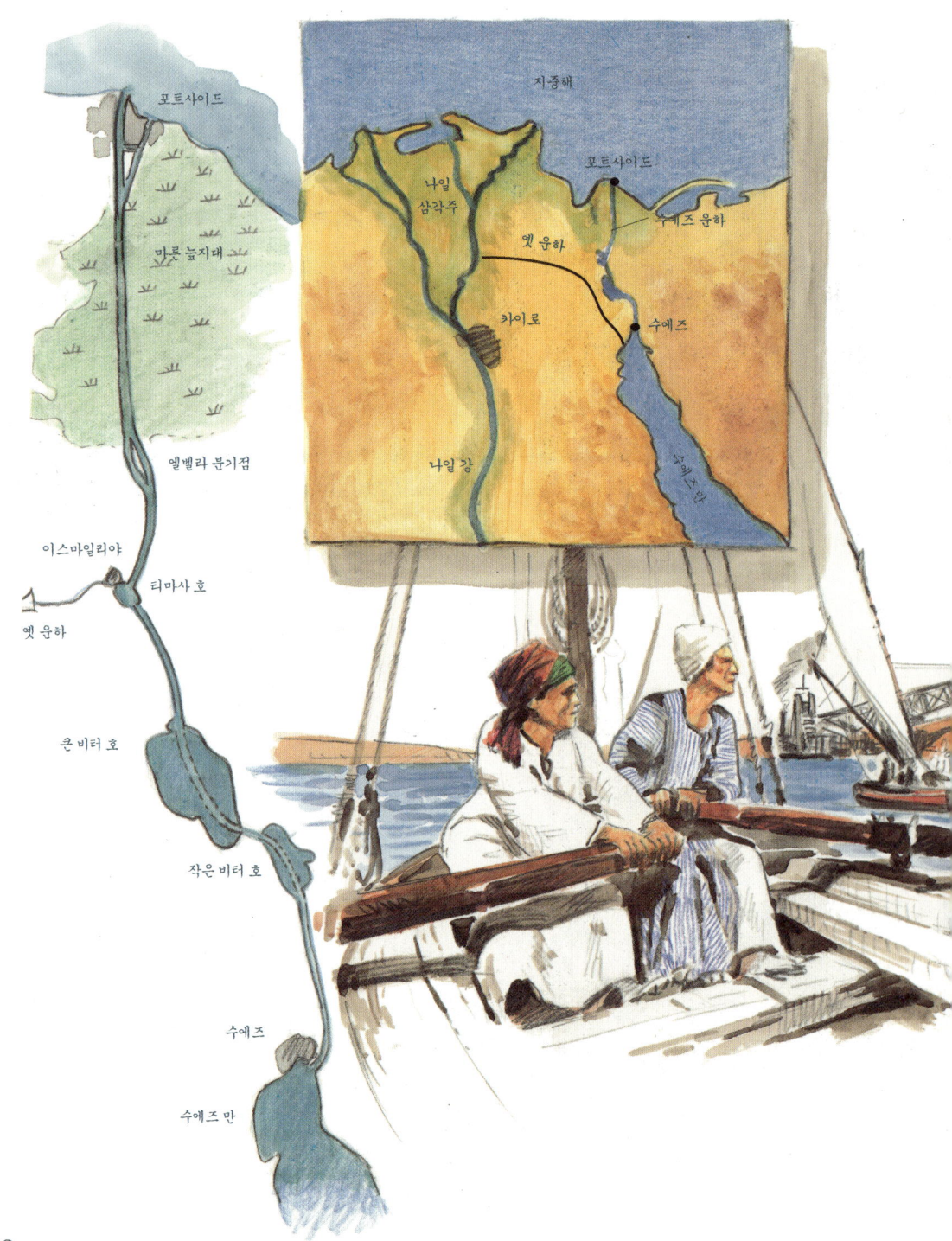

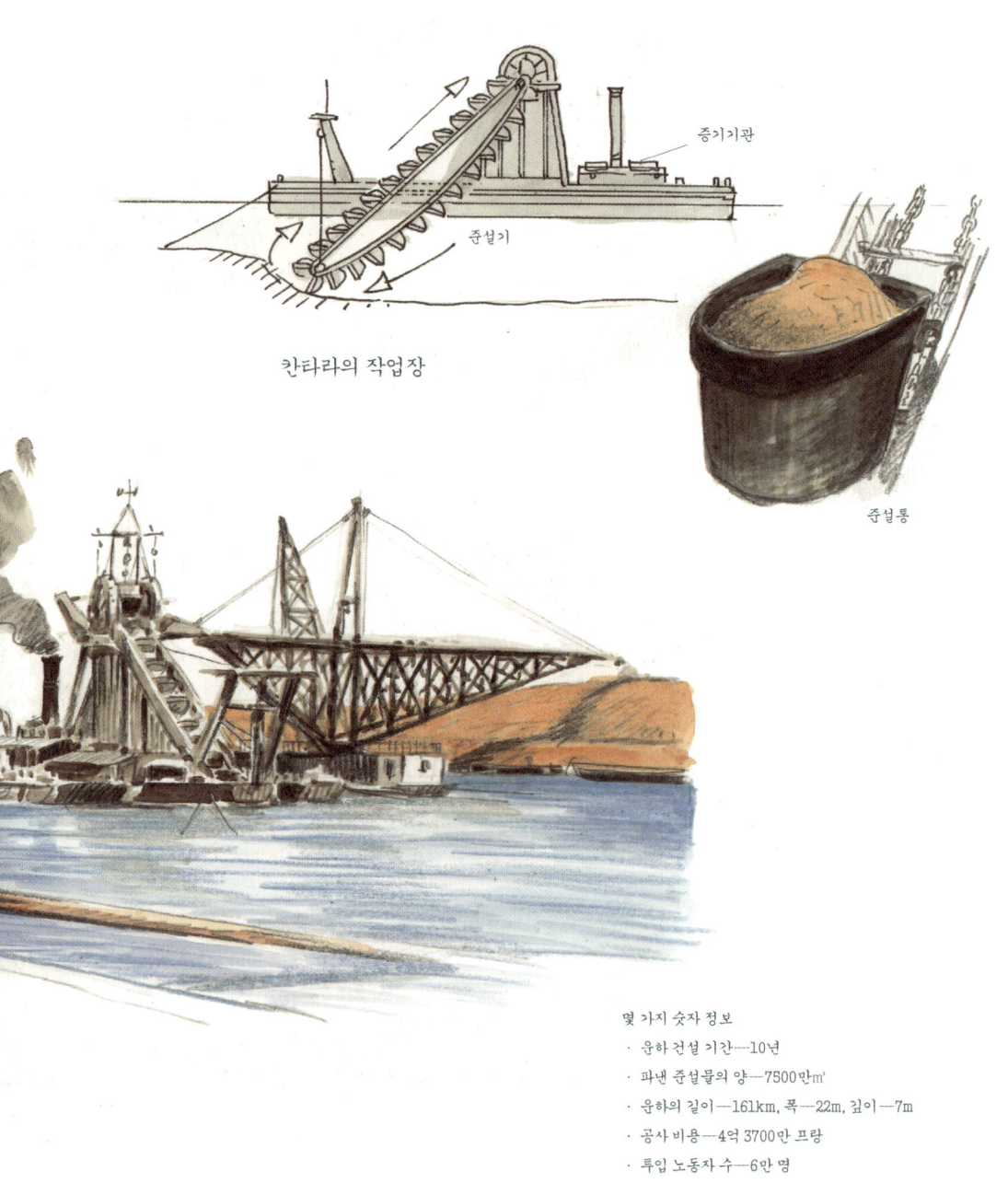

증기기관

칸타라의 작업장

준설기

준설통

몇 가지 숫자 정보
- 운하 건설 기간 — 10년
- 파낸 준설물의 양 — 7500만㎥
- 운하의 길이 — 161km, 폭 — 22m, 깊이 — 7m
- 공사 비용 — 4억 3700만 프랑
- 투입 노동자 수 — 6만 명

철도가 도입되어 작업의 효율을 높였다.

수중 굴착기

기계화 설비에도 불구하고,
중요한 작업 하나는 사람을 쓸 수밖에 없었다.
이집트 외에도, 지중해 연안의 여러 항구에서 온
1만 5천 명의 노동자가 주로 토목공사에 고용되었다.

수에즈 운하 개통식

두 바다가 합류한 날에서 10일 뒤인 1869년 11월 17일,
수에즈 운하는 나폴레옹 3세의 아내인 외제니 황후에 의해 개통되었다.
그녀가 탄 요트가 앞장선 가운데, 세계 각국에서 참가한 77척의 배가 뒤를 따랐다.
개통식은 현란한 조명과 음악과 무용이 어우러진 대규모 동양풍 축제를 이루었다.

증기로 움직이는 작업장

방파제의 토대를 쌓는 데
25만㎥의 돌덩이가 물속에 놓였다.

돌덩이 적재용 기중기

외제니 황후의 요트 '애글'호

캐시베리 경의 요트 '캠브리아'호

있다. 영국인들은 1839년에 이곳을 점령한 뒤 요새를 새로 지었다. 역사가인 이드리시[141]의 말에 따르면 한때 이 해안에서 가장 부유하고 가장 큰 교역항이었다는 아덴의 팔각형 뾰족탑들이 눈에 들어왔다.

나는 네모 선장이 여기까지 왔으니까 이제 되돌아갈 거라고 굳게 믿었다. 그런데 놀랍게도 선장은 뱃머리를 돌리지 않았다.

이튿날인 2월 7일, 우리는 바브엘만데브 해협으로 들어갔다. 바브엘만데브는 아랍어로 '눈물의 문'이라는 뜻이다. 너비는 30킬로미터지만 길이는 50킬로미터밖에 안 되기 때문에, '노틸러스'호는 전속력으로 달려 한 시간도 지나기 전에 해협을 통과했다. 나는 아무것도 보지 못했다. 영국 정부가 아덴의 요새를 강화하는 데 이용한 페림 섬도 보지 못했다. 이 해협을 지나 수에즈와 뭄바이, 콜카타, 멜버른, 레위니옹 섬, 모리셔스 섬 사이를 오가는 영국과 프랑스의 기선이 너무 많아서, '노틸러스'호는 감히 모습을 드러낼 엄두도 내지 못했다. 그래서 배는 조심스럽게 물속에만 머물러 있었다.

정오 무렵, 우리는 마침내 홍해의 파도를 가르며 달리고 있었다.

성서에 나오는 전설로 유명한 이 내해는 소금기를 없애주는 비도 거의 내리지 않고, 이곳으로 흘러드는 큰 하천도 없는 데다, 끊임없는 증발로 수량이 줄어들어 해마다 1.5미터씩 수위가 낮아지고 있다. 홍해는 호수처럼 사방이 막혀 있다면 완전히 말라버릴 유별난 만이다. 이 점에서는 이웃한 카스피 해나 사해보다 훨씬 사정이 나쁘다. 카스피 해와 사해는 유역으로 흘러드는 물이 증발한 물을 보충할 수 있을 정도까지만 수위가 낮아진다.

홍해는 길이가 2600킬로미터, 평균 너비는 240킬로미터다. 프톨레마이오스 왕조[142]와 로마 제국 시대에는 세계 무역의 대동맥이었고, 이미 개통된 수에즈 철도 덕분에 고대의 중요성을 일부 되찾은 홍해는 수에즈 지협에 이제 곧 운하가 뚫리면 다시 옛날처럼 중요한 교통로가 될 것이다.

나는 네모 선장이 무슨 변덕으로 우리를 이곳으로 데리고 들어왔는지 알려고도 하지 않았다. 오히려 나는 '노틸러스'호가 홍해로 들어온 것을 무조건 찬성했다. 배는 때로는 수면 위에 머무르기도 하고 때로는 지나가는 배를 피해 물속으로 잠수하기도 하면서 보통 속도로 달리고 있었기 때문에 나는 이 별난 바다의 위아래를 양쪽 다 관찰할 수 있었다.

2월 8일 아침에 지금은 폐허가 된 도시 무하가 시야에 들어왔다. 대포 소리만 나도 성벽이 허물어지는 이 도시의 곳곳에 초록빛 대추야자가 그늘을 드리우고 있었다. 일찍이 대도시였던 무하에는 공설 시장과 26개의 이슬람 사원이 있고, 14개의 요새가 지키는 3킬로미터 길이의 성벽이 있다.

이윽고 '노틸러스'호는 수심이 깊고 물이 수정처럼 맑은 아프리카 해안으로 다가갔다. 우리는 객실 창을 통해 아름다운 초록빛 해초가 모피처럼 덮여 있는 거대한 암반과 눈이 부실 만큼 현란한 산호를 감상할 수 있었다. 형언할 수 없이 아름다운 광경이었다. 리비아 해안 앞바다에 모래톱과 화산섬이 점점이 흩어져 있는 풍경은 얼마나 변화무쌍한가!

하지만 나무처럼 가지를 뻗은 산호가 가장 아름다워 보이는 곳은 동해안 근처였는데, '노틸러스'호는 잠시도 지체하지 않고 그쪽으로 다가갔다. 테하마 해안 앞바다에는 해수면 아래에만 산호가 무성한 것이 아니라 해수면 위에도 20미터 높이까지 뻗어 올라간 산호 가지가 그림처럼 아름답게 뒤얽혀 있었다. 수면 위의 산호는, 물의 생명력을 빨아들여 싱싱함을 유지하는 수면 아래의 산호보다 모양이 더 변덕스러웠지만, 색깔은 그렇게 화려하지 못했다.

나는 객실 창가에서 이렇게 홀린 듯 바다를 바라보며 얼마나 많은 시간을 보냈던가! 환한 전등 불빛 속에서 처음 보는 해저의 동식물을 얼마나 경탄하며 바라보았던가! 우산 모양의 버섯산호, 별 모양의 탈라시안투스를 비롯한 청회색 말미잘, 목신 판[143]이 불어주기만을 기다리고 있는 피리처럼 수평으로 뻗어 있는 관산호, 돌산호의 구멍 속에 자리를 잡고 바닥에 달라붙어 있는 부분이 짧은 나선으로 이루어져 있는 이곳 홍해 특유의 조개들, 내가 이제껏 한 번도 본 적이 없는 해면동물도 수천 마리나 있었다.

해면동물은 바로 이 유용하고 기묘한 생물을 위해 만들어진 문(門)이다. 아직도 해면이 식물이라고 주장하는 박물학자들이 있지만, 해면은 식물이 아니라 산호보다 더 원시적인 최하등 동물이다. 해면이 동물인 것은 의심할 여지가 없고, 해면을 식물과 동물의 중간 단계로 본 고대인들의 생각은 지지할 수 없다. 하지만 해면의 구조에 대해서는 박물학자들의 의견이 엇갈린다. 어떤 이는 해면이 산호처럼 수많은 폴립 모체로 이루어진 군체라고 주장하고, 밀른 에드워즈 같은 학자는 별개의 고립된 개체라고 주장한다.

해면동물은 약 3백 종으로 이루어져 있고, 많은 바다와 일부 하천에서도 만날 수 있다. 강에 사는 해면은 '담수 해면'이라고 부른다. 하지만 해면이 좋아하는 물은 지중해와 그리스의 섬들, 그리고 시리아와 홍해 해안이다. 이곳에는 하나에 150프랑까지 받을 수 있는 부드러운 고급 해면이 서식한다. 시리아의 황금 해면, 바르바리[144] 해안의 단단한 해면 등이 최고급 해면이다. 하지만 지중해 동해안의 항구에서 이런 식충류를 연구하는 것은 바랄 수 없었다. 지중해와 우리 사이에는 건널 수 없는 수에즈 지협이 가로놓여 있었기 때문이다. 그래서 나는 홍해의 물속에서 해면을 관찰하는 것으로 만족했다.

'노틸러스'호가 평균 8~9미터 깊이를 유지하면서 동쪽 해안선의 아름다운 바위를 스치듯 천천히 지나가고 있을 때, 나는 콩세유를 내 옆으로 불렀다.

그곳에는 온갖 형태의 해면이 자라고 있었다. 작은 꽃자루가 달린 해면, 잎 모양의 해면, 공처럼 둥근 해면, 손가락 모양의 해면. 어부들은 모양에 딱 들어맞는 이름을 붙여주었다. 바구니, 술잔, 골풀, 사슴뿔, 사자발, 공작꼬리, 해신(海神)의 장갑 등등. 어부들은 과학자라기보다 시인이다. 물은 해면의 모든 세포에 생명을 가져다준 뒤에는 끈적거리는 반유동체 물질로 뒤덮인 섬유질의 수축 작용으로 끊임없이 세포에서 밀려나 똑똑 떨어지고 있었다. 이 끈적거리는 물질은 해면이 죽으면 사라지고, 암모니아를 방출하면서 부패한다. 그러고 나면 단단하거나 젤라틴 같은 섬유 말고는 아무것도 남지 않는다. 이 섬유가 불그스름한 색깔을 띤 가정용 스펀지가 되어, 탄력성과 침투성과 내구성에 따라 여러 가지 용도로 쓰인다.

이런 해면들이 바위나 조가비나 수생식물 줄기에까지 달라붙어 있었다. 아무리 작은 틈새도 해면으로 가득 차 있었고, 옆으로 뻗어 나가는 것이 있는가 하면 산호처럼 똑바로 서 있거나 아래로 늘어져 있는 것도 있었다. 나는 해면을 채취하는 데에는 그물로 걷어올리는 방법과 손으로 일

해면 채취

일이 모으는 방법이 있다고 콩세유에게 말해주었다. 손으로 채취하려면 잠수부를 동원해야 하지만, 해면이 손상되지 않아서 훨씬 비싼 값을 받을 수 있기 때문에 더 바람직하다.

해면 근처에서 번식하는 식충류는 주로 우아한 해파리였다. 이곳의 대표적인 연체동물은 도르비니[145]가 홍해에서만 발견된다고 주장한 오징어의 일종이었고, 대표적인 파충류는 우리 식탁에 맛있고 건강에도 좋은 요리를 제공해준 비르가타 거북이었다.

물고기는 수도 많고 진기한 것도 많았다. '노틸러스' 호의 그물에 가장 자주 걸려든 물고기는 다음과 같다. 칙칙한 붉은색 바탕에 불규칙한 푸른 반

309

점이 있는 타원형 몸뚱이에 톱니 모양의 가시 두 개가 돋아나 있는 것이 특징인 가오리, 등이 은빛을 띠고 있는 노랑가오리, 채찍처럼 생긴 꼬리에 작은 반점이 있는 색가오리, 2미터 길이의 거대한 망토처럼 물결치며 물속을 돌아다니는 보카트, 이빨이 전혀 없지만 상어와 밀접한 관계가 있는 연골어류의 일종인 아오돈, 혹 끝에 50센티미터 길이의 구부러진 가시가 달려 있는 단봉 오스트라케아, 꼬리는 은색이고 등은 푸른색이고 가슴은 갈색이고 회색 띠가 테두리 장식처럼 가슴을 둘러싸고 있는 뱀장어목의 곰치, 금색 줄무늬가 지그재그로 나 있고 프랑스의 삼색기와 같은 색깔로 장식되어 있는 피아톨, 몸길이가 40센티미터나 되는 구라미 청베도라치, 일곱 개의 가느다란 검은색 가로무늬가 있고 지느러미에는 푸른색과 노란색이 어우러져 있고 비늘은 금색과 은색을 띤 갈고등어, 농어, 몸 빛깔은 불그스름하고 대가리가 노란 노랑촉수, 비늘돔, 양놀래기, 파랑쥐치, 망둥이, 그밖에 우리가 이미 방문한 바다에서 보았던 수천 종의 물고기들.

2월 9일, '노틸러스'호는 홍해에서 가장 폭이 넓은 해역에 떠 있었다. 서해안의 수아킨과 동해안의 알쿤푸다 사이에 있는 그 해역은 너비가 300킬로미터에 이른다.

그날 정오에 네모 선장은 우리의 위치를 측정한 뒤, 나를 따라 상갑판으로 올라왔다. 나는 선장에게서 앞으로의 계획을 알아내거나 적어도 그의 생각을 떠보기 전에는 선장을 다시 내려보내지 않기로 작정했다. 선장은 나를 보자마자 다가와서 정중하게 시가를 한 대 권하고는 이렇게 말했다.

"홍해가 마음에 드십니까? 홍해가 품고 있는 경이로운 것들, 어류와 식충류, 해면 서식지와 산호 숲을 충분히 보셨는지요? 해안에 점점이 흩어져 있는 도시들도 보셨습니까?"

"그럼요, '노틸러스'호는 이런 관찰에 큰 도움이 됩니다. 아아, 정말 놀라운 배예요!"

"그렇습니다. 유능하고, 대담하고, 불사신 같은 배지요! 홍해의 무서운 태풍도, 거센 물살도, 암초조차도 두려워하지 않습니다."

"이 바다는 정말로 최악입니다. 내가 잘못 생각한 게 아니라면, 고대에도 홍해는 지독한 평판을 얻었지요."

"그렇습니다, 아로낙스 박사. 그리스와 로마의 학자들은 홍해를 결코 좋게 말하지 않았습니다. 스트라본[146] 같은 학자는 에테지안[147]이 불 때와 우기에는 특히 항해하기가 어렵다고 말했지요. 아랍의 이드리시는 홍해를 콜줌 만이라고 불렀는데, 홍해의 모래톱에 걸려 침몰한 배가 헤아릴 수 없이 많고 밤에는 아무도 감히 홍해를 항해하지 못했다고 합니다. 홍해는 무서운 태풍이 몰아치는 바다이고, 접근하기 어려운 섬들이 점점이 흩어져 있고, 바다 속에도 수면 위에도 '좋은 것이라고는 하나도 없다'고 이드리시는 주장합니다. 아리아노스와 아가타르키다스와 아르테미도로스[148]도 이드리시와 같은 견해를 갖고 있었지요."

"그 역사가들이 '노틸러스' 호를 타고 항해해보지 않았다는 건 쉽게 알 수 있습니다."

"맞습니다." 선장은 빙긋 웃으면서 대답했다. "하지만 그 점에서는 현대인도 고대인들보다 별로 나을 게 없습니다. 증기의 물리력을 발견하는 데 몇 세기가 걸렸지요! 앞으로 백 년 안에 제2의 '노틸러스' 호가 나타날지 어떨지는 아무도 모릅니다. 진보는 정말 느립니다."

"맞습니다, 선장. 이 배는 한 세기나 시대에 앞서 있습니다. 아니, 어쩌면 몇 세기나 앞섰을지도 몰라요. 그런 비밀이 발명자와 함께 소멸되어야 한다는 건 정말 유감스러운 일입니다!"

네모 선장은 대답하지 않았다. 잠시 침묵을 지킨 뒤에 그가 다시 말을 이었다.

"아까 당신은 고대 역사가들이 홍해 항해의 위험성에 대해 어떤 견해를 갖고 있었는지를 말씀하셨지요?"

"예, 하지만 그들이 두려워한 위험은 과장된 게 아니지요?"

"그렇다고 할 수도 있고, 아니라고 할 수도 있습니다." 선장은 홍해의 모든 측면에 정통한 전문가 같았다. "좋은 장비를 갖추고, 튼튼하게 만들어지고, 고분고분 말 잘 듣는 증기 덕분에 방향을 마음대로 조종할 수 있는 오늘날의 배에는 더 이상 문제를 제기하지 않는 것들이 고대의 선박에는 온갖 위험을 안겨주었지요. 야자나무 잎을 엮은 밧줄로 널빤지를 만들고, 송진 가루로 틈새를 막고, 돔발상어의 지방으로 방수 처리한 배를 타고 용감하게 바다로 나간 그 최초의 항해자들을 상상해보세요. 그때는 방향을 알려주는 기구도 없었으니까, 자신들도 거의 모르는 해류 한복판을 추측 항법으로 항해할 수밖에 없었어요. 그런 상황에서 난파가 자주 일어난 것은 당연한 결과였지요. 하지만 요즘 수에즈와 남태평양 사이를 오가는 기선들은 역풍인 계절풍이 불어도 이 만의 분노를 더 이상 두려워할 필요가 없습니다. 선장과 승객들은 출항하기 전에 미리 제물을 바쳐 해신의 노여움을 달래지도 않고, 무사히 돌아오면 화환과 금색 띠로 치장하고 가까운 신전에 가서 신들에게 감사를 드리지도 않습니다."

"맞습니다. 그런데 증기는 선원들의 관측 기술까지 죽여버린 것 같아요. 당신은 이 바다를 특별히 연구한 모양인데, 홍해라는 이름이 어디에서 유래했는지 아십니까?"

"거기에 대해서는 여러 가지 설이 있습니다만, 14세기 연대기 작가의 의견을 듣고 싶으세요?"

"물론입니다."

"그 사람은 이스라엘 민족이 홍해를 건넌 뒤 모세[149]의 명령으로 다시 닫힌 홍해에 파라오가 빠져 죽었을 때 홍해라는 이름이 생겼다고 주장했답니다.

기적을 알리는 전조로

바다는 붉게 물들었고

그리하여 그들은 그 바다를

붉은 바다(홍해)라고 부르기로 했다."

"시인 같은 설명이군요. 하지만 나를 납득시키기에는 부족합니다. 나는 당신의 개인적인 의견을 듣고 싶습니다, 선장."

"그럼 말씀드리죠. 내가 보기에 홍해라는 이름은 히브리어의 '에돔'이라는 낱말을 번역한 것으로 보아야 합니다. 고대인들은 홍해의 독특한 물빛 때문에 그런 이름을 붙였을 겁니다."

"하지만 지금까지 나는 맑은 물밖에 못 보았는데요. 특별한 색깔 따위는 전혀 없었어요."

"확실히 그렇지만, 만 끝이 가까워지면 진기한 광경을 보게 될 겁니다. 나는 알투르 만이 피바다처럼 완전히 새빨개진 것을 본 적이 있습니다."

"그 빛깔이 바닷말 때문이라고 생각하십니까?"

"맞습니다. 트리코데스마라는 구역질나게 생긴 작은 식물이 끈적끈적한 자줏빛 물질을 만들어냅니다. 이 해조류는 1평방밀리미터에 4만 개나 들어갈 만큼 작답니다. 알투르 만에 가면 관찰할 수 있을 겁니다."

"그러면 '노틸러스'호를 타고 홍해를 항해한 게 이번이 처음은 아니군요?"

"그렇습니다."

"당신은 아까 이스라엘 민족이 홍해를 건너고 이집트인들이 홍해에 빠져 죽은 이야기를 하셨지요. 그래서 묻고 싶은데, 그 역사적 사건의 흔적을 혹시 바다 속에서 발견하셨습니까?"

"아뇨, 하지만 거기에는 그럴 만한 이유가 있습니다."

"이유라뇨?"

"모세가 동포를 이끌고 바다를 건넌 지점은 오늘날에는 모래로 가득 차 있어서, 낙타가 간신히 다리를 물에 담글 수 있을 정도랍니다. '노틸러스'호가 지나갈 수 있을 만큼 물이 충분치 않습니다."

"그곳은 어디……?"

"수에즈보다 조금 위, 홍해가 비터 호까지 뻗어 있었을 때 깊은 후미를 이루었던 바다 끝에 자리 잡고 있지요. 유대인들이 홍해를 건넌 게 기적이었든 아니든, 유대인들은 '약속의 땅'으로 가는 길에 그곳을 지나갔고, 파라오의 군대는 그곳에서 죽었습니다. 그곳의 모래를 발굴하면 고대 이집트의 무기와 도구가 엄청나게 쏟아져 나올 겁니다."

"그렇군요. 고고학자들을 위해서는 조만간 그런 발굴이 이루어지기를 기대해야겠는데요. 수에즈 운하가 개통되고 그 지협에 새 도시들이 세워질 때 말입니다. 하기야 '노틸러스'호 같은 배에는 운하가 아무 쓸모도 없겠지만요."

"확실히 그렇지만, 세상에는 쓸모가 있지요. 고대인들은 홍해와 지중해를 연결하는 것이 교역에 얼마나 중요한지를 잘 알고 있었습니다. 그래도 직통 운하를 파는 것은 꿈도 못 꾸고, 그 대신 나일 강을 중간 단계로 이용했지요. 전설을 믿는다면, 나일 강과 홍해를 잇는 운하는 세소스트리스[150] 시대에 착공되었을 겁니다. 확실한 것은 기원전 615년에 네코 2세[151]가 아라비아 건너편의 이집트 평원을 가로지르는 운하 공사를 시작했다는 겁니다. 운하에 필요한 물은 나일 강에서 끌어왔지요. 이 운하는 통과하는 데 나흘이 걸렸고, 3단 갤리선 두 척이 나란히 지나갈 수 있을 만큼 폭이 넓었습니다. 이 공사는 페르시아의 다리우스[152]가 이어받았고, 아마 프톨레마이오스 2세[153]가 완성했을 겁니다. 스트라본은 배들이 그 운하를 이용하는 것을 보았지만, 부바스티스 근처에 있는 출발점과 홍해 사이에 수위 차이가 거의 없어서 1년에 몇 달밖에는 배가 다닐 수 없었습니다. 이 운하는 안토니누스 왕조[154] 시대까지 교역로로 이용되다가 버려져서 모래로 막혀버렸지만, 나중에 칼리프 우마르[155]의 명령으로 복구되었지요. 하지만 761년이나 762년에 칼리프 만수르[156]가 반란을 일으킨 모하메드 벤 압달라에게 식량이 공급되는 통로를 막으려고 이 운하를 영원히 메워버렸답니다. 박사의 동포인 보나파르트 장군[157]은 이집트 원정 때 수에즈 사막에서 옛 운하의 흔적을 발견했지만, 조류에 휩쓸려 하마터면 죽을 뻔한 고비를 넘기고 몇 시간 뒤 하제로트에 도착했지요. 하제로트는 3300년 전에 모세가 야영한 바로 그곳입니다."

"고대인들이 감히 꿈도 꾸지 못한 일, 다시 말해서 지중해와 홍해를 연결하여 카디스[158]에서 인도까지의 거리를 9000킬로미터나 줄여주는 운하 건설을 레셉스[159] 씨가 해냈습니다. 이제 곧 아프리카는 하나의 거대한 섬이 될 겁니다."

"그렇습니다, 박사. 당신은 동포인 레셉스 씨를 자랑스럽게 여겨도 좋습니다. 레셉스 씨는 가장 위대한 항해자보다도 프랑스의 명예가 되는 인물입니다. 다른 사람들이 대부분 그랬듯이 레셉스 씨도 처음에는 온갖 장애물에 부닥치고 실망과 좌절을 맛보았지만, 이런 일에 꼭 필요한 강한 의지력을 갖고 있기 때문에 온갖 난관을 극복하고 결국 성공을 거두었습니다. 하지만 그 사업은 한 시대 전체를 빛나게 할 만한 위업이니까 마땅히 국제적 사업이 되었어야 했는데, 결국 한 사람의 노력으로 성공했다는 것은 슬픈 일입니다. 그러니까 모든 영광을 레셉스 씨에게 돌립시다!"

"좋습니다. 모든 영광을 그 위대한 시민에게!" 나는 네모 선장의 격렬한 말투에 놀라면서 대답했다.

"불행하게도……" 네모 선장이 다시 말을 이었다. "이 배는 수에즈 운하를 통과할 수 없지만, 당신은 포트사이드[160]의 긴 방파제를 언뜻 볼 수 있을 겁니다. 모레 우리가 지중해로 들어가면……."

"지중해라고요?" 나는 놀라서 소리쳤다.

"그렇습니다. 놀라셨습니까?"

"내가 놀란 건 모레 지중해로 들어갈 거라는 말 때문입니다."

"그래요?"

"예, 당신 배에 탄 뒤로는 어떤 일에도 놀라지 않아야 마땅하겠지만!"

"그런데 왜 놀라십니까?"

"아프리카와 희망봉을 돌아서 모레 지중해로 들어가려면 '노틸러스'호를 엄청나게 빠른 속도로 몰아야 할 테니까요!"

"'노틸러스'호가 아프리카를 돌 거라고 누가 그러던가요? 희망봉을 돈다고 누가 말했습니까?"

"'노틸러스'호가 수에즈 지협을 통과할 수 없다면…… 마른 땅 위로……."

"또는 아래로."

"아래라고요?"

"그렇습니다." 네모 선장은 침착하게 대답했다. "오래전에 자연의 여신은 오늘날 인간들이 그 지협 위에 만들고 있는 것을 그 땅 밑에 만들어놓았답니다."

"아니, 거기에 통로가 있단 말입니까?"

"그렇습니다. 내가 '아라비아 터널'이라고 부르는 지하 통로가 있답니다. 터널은 수에즈 밑에서 시작되어 펠루시움 만에서 끝나지요."

"하지만 지협은 움직이는 모래로 이루어져 있잖습니까?"

"어느 정도 깊이까지는 그렇습니다. 하지만 50미터 아래로 내려가면 움직이지 않는 기반암이 있을 뿐입니다."

"그 통로는 어떻게 발견했습니까?" 나는 더욱 놀라서 물었다.

"행운과 추론이지요. 하지만 행운보다는 추론이 더 큰 역할을 했습니다."

"당신 말을 듣고는 있지만, 내 귀가 그 말을 믿으려 하지 않는군요."

"'귀가 있어도 듣지 못한다'는 말은 어느 시대에나 진리입니다. 그 통로는 실제로 존재할 뿐만 아니라, 나는 벌써 여러 번 그 통로를 지나다녔습니다.

그게 없다면, 막다른 골목인 홍해로 감히 들어오지도 않았을 겁니다."

"그 터널을 어떻게 발견했는지 물어보면 실례가 될까요?"

그러자 선장이 대답했다.

"영원히 헤어지지 않을 사람 사이에는 어떤 비밀도 존재할 수 없겠지요."

나는 이 암시적인 말에 아무런 반응도 보이지 않고 네모 선장의 이야기를 기다렸다.

"그 통로를 발견하게 된 것은 박물학자의 단순한 추론 덕택입니다. 나는 홍해와 지중해에 같은 종류의 물고기가 많다는 것을 알아차렸지요. 곰치, 피아톨, 양놀래기, 농어, 다랑어, 날치……. 그래서 나는 두 바다 사이에 통로가 있는 게 아닐까 생각했습니다. 통로가 있다면, 그 지하 해류는 수위 차이 때문에 홍해에서 지중해로 흐를 수밖에 없습니다. 그래서 나는 수에즈 근처에서 많은 물고기를 잡은 다음, 꼬리에 구리선 고리를 끼워 다시 물속에 풀어주었어요. 그리고 몇 달 뒤 시리아 해안에서 꼬리에 고리가 끼워진 물고기를 몇 마리 잡았지요. 그렇게 해서 두 바다 사이에 통로가 있다는 것을 입증했습니다. 나는 '노틸러스'호를 타고 찾아다닌 끝에 마침내 통로를 발견했고, 과감하게 그 안으로 들어갔습니다. 오래지 않아 당신도 내 '아라비아 터널'을 지나가게 될 겁니다!"

chapter 5
아라비아 터널

그날 나는 콩세유와 네드에게 선장과 나눈 대화 중에서 그들과 직접 관련된 부분만 전해주었다. 우리가 이틀 안으로 지중해에 들어갈 거라고 말하자,

콩세유는 박수를 쳤지만 네드는 어깨만 으쓱하면서 말했다.

"해저 터널이라고요! 두 바다를 잇는 통로라고요? 그런 게 있다는 이야기는 들어본 적도 없습니다."

"이봐, 네드." 콩세유가 받았다. "그럼 '노틸러스'호 같은 배가 있다는 이야기는 들어본 적이 있나? 아마 없겠지. 하지만 '노틸러스'호는 존재해. 그러니까 그렇게 함부로 어깨를 으쓱하지 마. 한 번도 들어본 적이 없다는 이유만으로 그런 건 존재하지 않는다고 단정하진 말라는 얘기야."

"두고 보면 알겠지!" 네드는 고개를 저으면서 소리쳤다. "어쨌든 나도 선장이 말하는 통로의 존재를 믿을 수 있다면 좋겠어. 그 통로가 우리를 지중해로 데려가준다면 얼마나 좋겠냐고."

그날 저녁, '노틸러스'호는 북위 21도 30분 지점에서 아라비아 해안에 다가가 수면 위로 떠올랐다. 이집트·시리아·터키·인도와 아라비아의 교역소인 지다가 시야에 들어왔다. 나는 옹기종기 모여 있는 건물들, 부두에 나란히 묶여 있는 배들, 흘수가 깊어서 항구 밖 정박지에 닻을 내릴 수밖에 없는 배들을 또렷이 알아볼 수 있었다. 수평선에 닿을 만큼 기운 해가 집들을 정면으로 비추어, 건물들이 온통 하얗게 보였다. 저쪽에는 갈대와 목재로 지은 오두막 몇 채가 서 있었다. 베두인족[161]의 거처였다.

지다는 곧 저녁의 어스름 속으로 사라지고, '노틸러스'호는 희미한 인광을 발하는 물속으로 다시 내려갔다.

이튿날인 2월 10일, 여러 척의 배가 나타났다. 그 배들은 우리와 반대 방향으로 항해하고 있었다. '노틸러스'호는 다시 물속으로 들어갔다. 하지만 정오에 우리가 위치를 확인했을 때는 바다가 텅 비어 있었기 때문에, '노틸러스'호는 흘수선까지 부상한 상태로 항해를 계속했다.

나는 두 동료와 함께 상갑판에 앉아 있었다. 동쪽 해안선은 안개로 흐릿해져서 노출된 광맥처럼 보였다.

우리가 보트에 기대앉아 이런저런 잡담을 나누고 있을 때, 문득 네드 랜드가 바다를 가리키며 말했다.

"박사님, 저기 보세요. 뭔가가 보이지 않습니까?"

"아무것도 안 보이는걸. 하지만 나는 자네처럼 눈이 좋지 않으니까."

"잘 보세요. 저 앞 우현 쪽에 탐조등과 거의 같은 높이에서 무언가가 움직이는 게 보이지 않습니까?"

"아, 그래." 나는 유심히 관찰한 뒤에 대답했다. "수면에 길고 검은 물고기 같은 게 보이는군."

"제2의 '노틸러스'호일까요?" 콩세유가 말했다.

"저기 보세요. 뭔가가 보이지 않습니까?"

"아니야." 네드가 대답했다. "내가 잘못 본 게 아니라면, 저건 바다 동물이야."

"홍해에도 고래가 있나요?" 콩세유가 물었다.

"그럼." 내가 대답했다. "홍해에서도 이따금 고래를 만날 수 있지."

"저건 고래가 아닙니다." 네드는 그 물체에서 눈을 떼지 않고 말했다. "고래와 나는 오랜 친구 사이인데, 고래의 움직임을 모를 리가 없지요."

"기다려봅시다." 콩세유가 말했다. "'노틸러스'호는 지금 그쪽 방향으로 가고 있으니까, 오래지 않아 그 정체를 알 수 있을 겁니다."

그 거무스름한 물체는 곧 1.5킬로미터 거리까지 다가왔다. 그것은 바다 한복판에 떠 있는 거대한 암초와 비슷했다. 도대체 무엇일까? 나는 아직도 그 정체를 확실히 알 수가 없었다.

"아, 움직인다! 잠수하고 있어!" 네드 랜드가 외쳤다. "제기랄! 도대체 뭐지? 수염고래나 향유고래처럼 꼬리가 갈라지지도 않았고, 지느러미는 잘린 팔처럼 생겼는데……."

"하지만 그렇다면……." 내가 말했다.

"저것 봐." 네드가 외쳤다. "이제 수면에 벌렁 드러누워서 가슴을 공중으로 들어 올리고 있어!"

"인어다!" 콩세유가 소리쳤다. "주인님, 저건 진짜 인어예요!"

나는 콩세유의 말에서 단서를 얻어, 그 동물의 정체를 알아차렸다. 전설에 반은 여자이고 반은 물고기인 인어로 전해 내려오는 바다 동물이었다.

"아니야. 저건 인어가 아니라, 홍해에서 거의 사라진 진기한 동물이야. 바로 듀공이지."

"해우목, 진수류, 포유강, 척추동물문." 콩세유가 받았다.

콩세유가 이렇게 말해버리면, 더 이상은 할 말이 없었다.

네드 랜드는 여전히 수면을 응시하고 있었다. 듀공을 바라보는 그의 눈이 탐욕스럽게 번득였다. 손은 당장이라도 작살을 던지려는 듯이 보였다. 네드는 물속에 뛰어들어 듀공의 활동 영역에서 그 짐승을 공격하는 순간만 기다리고 있는 것 같았다.

"박사님!" 네드가 흥분하여 떨리는 목소리로 말했다. "나는 '저것'을 아직까지 한 마리도 죽여본 적이 없어요."

'저것'이라는 말에 작살잡이의 모든 것이 담겨 있었다.

그 순간, 네모 선장이 상갑판에 나타나 듀공을 보았다. 선장은 캐나다인의 기분을 알아차리고 네드에게 직접 말을 걸었다.

"지금 작살을 쥐고 있다면, 그걸 쓰고 싶어서 몸이 근질거리겠지요?"

"맞습니다."

"오늘 하루만 본업인 어부로 돌아가 저 고래를 전리품에 추가하고 싶지 않습니까?"

"맞습니다."

"그럼 해보세요!"

"고맙습니다." 네드는 눈을 번득이며 대답했다.

"다만 한 가지……" 선장이 덧붙였다. "듀공을 놓치지 않도록 조심하세요. 당신 자신을 위해서."

"듀공을 공격하는 게 위험합니까?" 나는 네드가 어깨를 으쓱하는데도 걱정이 돼서 물어보았다.

"때로는 아주 위험합니다. 듀공은 공격자에게 앙갚음을 하고 배를 뒤집어 버립니다. 하지만 랜드 씨의 경우에는 걱정할 필요가 없겠지요. 랜드 씨는 눈이 빠르고 작살 솜씨도 확실하니까요. 듀공을 놓치지 말라고 한 것은 듀공의 고기가 맛있기 때문입니다. 랜드 씨가 맛있는 고기를 좋아한다는 건 나도 알고 있습니다."

"아하, 그러니까 저 짐승은 맛도 좋다는 거군요?" 캐나다인이 말했다.

"그렇습니다. 듀공의 살코기는 정말로 일품이죠. 천하일미로 평판이 높습니다. 말레이 반도에서는 왕족의 식탁에만 오를 정도랍니다. 그래서 다들 마구잡이로 듀공을 사냥하기 때문에, 저 멋진 동물은 같은 종류인 매너티와 마찬가지로 점점 희귀해지고 있지요."

"그러면 선장님." 콩세유가 진지하게 말했다. "저게 지구상에 마지막으로 남은 듀공이라면 잡지 말고 살려주는 편이 낫지 않을까요? 과학을 위해서."

"그럴지도 모르지." 캐나다인이 대답했다. "하지만 식탁을 위해서는 잡는 게 나아."

"그럼 어서 잡아보세요, 랜드 씨." 네모 선장이 말했다.

그 순간, 일곱 명의 선원이 여느 때처럼 조용하고 무표정하게 상갑판으로 올라왔다. 한 사람은 고래잡이들이 쓰는 것과 비슷한 작살과 밧줄을 들고 있었다. 선원들은 보트 커버를 벗기고, 보트를 꺼내 물에 띄웠다. 여섯 명의 노잡이가 자리를 잡고, 키잡이가 키를 잡았다. 네드와 콩세유와 나는 보트 뒤쪽에 올라탔다.

"선장은 안 가실 건가요?" 내가 물었다.

"안 갑니다. 하지만 사냥에 성공하기를 빌겠습니다."

보트는 본선을 떠났다. 여섯 개의 노가 움직이자 보트는 '노틸러스'호에서 3킬로미터쯤 떨어진 곳에 떠 있는 듀공을 향해 쏜살같이 달려갔다.

거리가 좁혀지자 노 젓는 속도가 느려졌다. 여섯 개의 노는 잔잔한 물을 소리 없이 저었다. 네드 랜드는 작살을 꼬나들고 보트 앞쪽으로 걸어갔다. 고래잡이용 작살에는 대개 아주 긴 밧줄이 달려 있어서, 상처 입은 짐승이 달아나면 밧줄이 빠른 속도로 풀려나간다. 하지만 지금 네드가 쥐고 있는 작살에는 길이가 20미터도 안 되는 짧은 밧줄이 달려 있었고, 밧줄 끝에는 작은 통이 매달려 있었다. 듀공이 물속으로 도망쳐도, 그 통은 물에 떠서 듀공의 위치를 알려줄 터였다.

나는 일어나 있었기 때문에, 캐나다인이 공격하려는 상대를 똑똑히 볼 수 있었다. 듀공은 매너티와 아주 비슷했다. 길고 넓적한 몸통 끝에는 길쭉한 꼬리지느러미가 달려 있었고, 옆지느러미는 마치 손가락 같았다. 매너티와 다른 점은 위턱 양쪽에 코끼리의 엄니처럼 길고 뾰족한 이빨 두 개가 나 있다는 것이었다.

네드 랜드가 공격할 준비를 하고 있는 듀공은 몸길이가 7미터가 넘는 거대한 짐승이었다. 듀공은 움직이지 않고 수면에서 잠을 자고 있는 것 같았다. 그래서 잡기가 더 쉬웠다.

배는 듀공한테서 6미터도 떨어지지 않은 곳까지 조심스럽게 다가갔다. 여섯 개의 노는 노걸이에 걸린 채 움직이지 않았다. 나는 엉거주춤 일어섰다.

네드 랜드는 몸을 약간 뒤로 젖히고는 노련한 손으로 작살을 꼬나들었다.

그때 별안간 쉿쉿거리는 소리가 나더니 듀공이 사라졌다. 네드가 힘껏 던진 작살은 물만 때린 게 분명했다.

"제기랄!" 캐나다인이 격분하여 소리쳤다. "빗나갔어!"

"아니야." 내가 말했다. "듀공은 상처를 입었어. 저 피를 봐. 하지만 작살이 듀공의 몸에 박히지는 않았어."

"내 작살, 내 작살!" 네드가 소리쳤다.

키잡이가 물에 떠 있는 통 쪽으로 뱃머리를 돌리자, 선원들은 다시 노를 젓기 시작했다. 작살을 물에서 건져 올린 다음, 배는 다시 듀공을 추적하기 시작했다.

듀공은 이따금 숨을 쉬기 위해 수면으로 올라왔다. 엄청나게 빠른 속도로 움직이는 것으로 보아, 상처를 입고도 듀공은 별로 약해지지 않은 모양이었다. 건장한 선원들이 힘차게 노를 저었기 때문에 배는 수면 위를 날듯이 달리고 있었다. 우리는 몇 번이나 몇 미터 거리까지 바싹 접근했지만, 네드가 공격할 태세를 갖추면 듀공은 갑자기 물속으로 들어가 달아나곤 했다.

성마른 네드 랜드가 얼마나 화를 냈을지는 충분히 짐작할 수 있을 것이다. 네드는 영어에서 가장 지독한 욕설을 그 짐승에게 퍼부었다. 나는 듀공이 우리의 온갖 책략을 좌절시키는 것을 보고 그저 약간 곤혹스러웠을 뿐이다.

우리는 한 시간 동안 쉬지 않고 듀공을 추적했다. 듀공을 잡기는 어렵지 않을까 하는 생각이 들기 시작했을 때, 그 짐승이 불운하게도 앙갚음할 마음을 먹었다. 듀공한테는 참으로 딱한 일이었다. 듀공은 이제 자기가 공격할 차례라는 듯 보트를 향해 다가왔다.

우리의 허를 찌른 듀공의 행동은 캐나다인에게 효과가 있었다.

"조심해!" 네드가 소리쳤다.

키잡이가 그들만의 언어로 뭐라고 말했다. 아마 부하들에게 조심하라고 경고했을 것이다.

보트에서 5~6미터 거리까지 다가온 듀공은 전진을 멈추고, 주둥이 끝이 아니라 위쪽에 뚫려 있는 거대한 콧구멍으로 공기를 들이마셨다. 그러고는 기세를 올려 우리에게 덤벼들었다.

보트는 충돌을 피하지 못했다. 반쯤 뒤집힌 보트 안으로 물이 쏟아져 들어왔다. 우리는 그 물을 퍼내야 했지만, 키잡이의 노련함 덕택에 뱃전에 충격을 정통으로 받지 않고 비스듬히 받았기 때문에 완전히 뒤집히지는 않았다.

네드는 뱃머리를 단단히 움켜잡고, 그 거대한 짐승을 작살로 찔렀다. 듀공은 뱃전을 이빨로 물고, 사자가 사슴을 공중으로 들어 올리듯 보트를 물에서 들어 올렸다. 우리는 한쪽으로 쓰러져 겹겹이 포개졌다. 네드가 짐승을 계속 공격하여 마침내 심장을 꿰뚫지 않았다면 그 모험이 어떻게 끝났을지 모른다.

듀공이 작살과 함께 사라진 순간, 이빨이 금속을 물어뜯는 소리가 들렸다. 하지만 작살에 매달린 통이 곧 수면으로 떠올랐고, 잠시 후 벌렁 드러누운 듀공의 시체가 나타났다. 보트는 듀공 옆으로 다가가, 그 짐승을 끌고 '노틸러스'호로 돌아가기 시작했다.

그 거대한 듀공을 상갑판으로 끌어올리기 위해서는 대형 윈치를 사용해야 했다. 듀공의 무게는 5000킬로그램이었다. 듀공의 시체는 캐나다인의 눈앞에서 토막이 났다. 네드는 그 해체 작업을 낱낱이 지켜볼 필요가 있다고 생각했다.

그날 저녁, 내 전담 급사는 요리사가 솜씨 좋게 요리한 듀공 고기 몇 조각을 식탁에 차려놓았다. 듀공 고기는 정말 맛이 있었다. 쇠고기보다는 못하다 해도 돼지고기보다는 훨씬 나았다.

이튿날인 2월 11일, '노틸러스'호의 식료품 창고에는 맛있는 고기가 더욱 늘어났다. 제비갈매기가 떼지어 '노틸러스'호에 내려앉은 것이다. 그 새들은 이집트 원산인 '나일 제비갈매기'였다. 부리는 까맣고, 머리에 회색 점무늬가 있고, 눈은 하얀 반점으로 둘러싸여 있고, 등과 날개와 꼬리는 회색을 띠고, 배와 목은 하얗고, 발은 빨갛다. 우리는 나일 오리도 수십 마리나 잡았다. 이 들새는 고기가 아주 맛있고, 목과 머리 위쪽은 하얀 바탕에 검은 점무늬가 흩어져 있다.

'노틸러스'호는 적당한 속도로 달리고 있었다. 말하자면 말이 한가롭게 거니는 것처럼 달리고 있었다. 나는 수에즈가 가까워질수록 홍해의 물에서 소금기가 차츰 줄어드는 것을 알아차렸다.

오후 다섯 시쯤, 북쪽에 라스무하마드 곶이 보였다. 수에즈 만과 아카바 만 사이에 뻗어 있는 '아라비아 페트라이아'의 끝을 이루고 있는 것이 이 라스무하마드 곶이다.

거대한 짐승은 보트를 물 위로 들어 올렸다.

'노틸러스'호는 수에즈 만 입구인 주바일 해협으로 들어갔다. 두 개의 만 사이에 라스무하마드 곶 위로 우뚝 솟아 있는 높은 산이 또렷이 보였다. 그것이 바로 호레브 산, 일명 시나이 산이었다. 그 산꼭대기에서 모세가 신을 직접 대면했고, 꼭대기에는 끊임없이 번개가 친다고 여겨지는 산이다.

여섯 시에 '노틸러스'호는 때로는 수면 위로 떠오르고 때로는 물속으로 잠수하면서 알투르 만 끝에 있는 알투르를 통과했다. 네모 선장이 말했듯이 알투르 만의 물은 붉은 물감을 풀어놓은 것처럼 보였다. 이윽고 밤이 되었다. 무거운 적막이 내리덮였다. 펠리컨이나 밤새들의 울음소리, 바위에 부딪쳐 부서지는 파도 소리, 멀리서 스크루로 물을 때리는 기선들의 신음 소리가 이따금 적막을 깨뜨릴 뿐이었다.

여덟 시부터 아홉 시까지 '노틸러스'호는 수면에서 몇 미터 내려간 곳에 머물러 있었다. 내 계산에 따르면 우리는 수에즈에 바싹 다가가 있었다. 객실 창을 통해 우리 배의 전등 불빛에 환하게 밝혀진 바위투성이의 바닥이 보였다. 해협은 점점 좁아지고 있는 것 같았다.

아홉 시 15분에 배는 다시 수면으로 올라갔다. 나는 상갑판으로 올라갔다. 네모 선장의 터널을 빨리 통과하고 싶어서 조바심이 났다. 마음이 너무 싱숭생숭해서 신선한 밤공기를 마시고 싶었다.

어둠 속에서 나는 곧 희미한 불빛을 보았다. 1.5킬로미터쯤 떨어진 곳에서 안개에 반쯤 가려진 불빛 하나가 반짝이고 있었다.

"물 위에 떠 있는 수로 표지입니다." 누군가가 내 옆에서 말했다.

고개를 돌려보니 선장이었다.

"수에즈의 부표지요. 이제 곧 터널 입구로 들어갈 겁니다."

"터널로 들어가기는 쉽지 않겠지요?"

"그렇습니다. 그래서 이 작업만큼은 내가 직접 지휘합니다. 이제 박사가 아래로 내려가주시면 '노틸러스'호는 곧 잠수할 겁니다. 그리고 아라비아 터널을 다 통과한 뒤에야 다시 수면으로 떠오를 겁니다."

나는 네모 선장을 따라 아래로 내려갔다. 해치가 닫히고, 물탱크가 채워지고, 배는 10미터쯤 아래로 내려갔다.

내가 막 내 방으로 돌아가려 할 때 선장이 나를 불러세웠다.

"아로낙스 박사, 나와 함께 조타실로 가고 싶지 않으십니까?"

"가고 싶은 마음이야 굴뚝같지만, 감히 부탁해볼 용기가 나지 않았습니다."

"자, 갑시다. 조타실에서는 지하 터널이자 해저 터널인 이 통로의 모든 것을 샅샅이 볼 수 있을 겁니다."

네모 선장은 나를 승강구 쪽으로 데려갔다. 수직 통로를 반쯤 올라갔을 때, 선장은 위쪽으로 이어진 문을 열고 통로를 지나 조타실에 이르렀다. 독자 여러분도 아시겠지만, 조타실은 상갑판 끝에 튀어나와 있었다.

조타실은 사방이 2미터도 안 되는 작은 방이었다. 기본적으로 미시시피 강이나 허드슨 강을 오르내리는 기선의 조타실과 비슷했다. 한복판에는 '노틸러스'호의 고물로 이어진 사슬과 맞물려 있는 수직 타륜이 놓여 있었다. 사방 벽에는 렌즈를 끼운 현창이 하나씩 뚫려 있어서, 조타수가 사방을 모두 볼 수 있도록 되어 있었다.

조타실은 어두웠지만, 내 눈은 곧 어둠에 익숙해졌다. 건장한 조타수가 타륜에 손을 올려놓고 있는 것이 보였다. 조타실 뒤의 상갑판 끝에서 나오는 탐조등 불빛이 조타실 밖의 바다를 환히 비추고 있었다.

"자 그럼, 통로를 찾아봅시다." 네모 선장이 말했다.

전선이 조타실에서 기관실까지 뻗어 있어서, 선장은 '노틸러스'호의 방향과 움직임을 모두 통제할 수 있었다. 선장이 버튼을 누르자 스크루의 회전 속도가 당장 두드러지게 느려졌다.

우리는 이제 높고 울퉁불퉁한 암벽을 따라 나아가고 있었다. 그 벽은 해안의 모래를 떠받치고 있는 반석이었다. 나는 말없이 그 암벽을 살펴보았다. 배는 암벽에서 몇 미터밖에 떨어지지 않은 곳을 한 시간쯤 달렸다. 네모 선장은 두 개의 동심원에 매달려 있는 나침반에서 한시도 눈을 떼지 않았다. 조타수는 간단한 동작으로 끊임없이 '노틸러스'호의 방향을 바꾸고 있었다.

나는 현창 옆에 자리를 잡았기 때문에 산호의 멋진 하부구조와 식충류와 해조류, 바위틈에서 거대한 발을 내밀고 휘두르는 갑각류를 볼 수 있었다.

열 시 15분이 되자 네모 선장이 직접 타륜을 잡았다. 전방에 넓은 터널이 뚫려 있었다. 터널은 캄캄하고 깊었다. '노틸러스'호는 대담하게 그 안으로 돌진했다. 양쪽에서 심상치 않은 소리가 들려왔다. 물이 흐르는 소리였다.

'거기엔 아직도 수수께끼가 남아 있었다. 어떻게 전기가 그런 힘을 낼 수 있는가? 거의 무한한 이 힘은 어디서 나오는 것일까?'

쥘 베른은 신비롭고 무진장한 전기력, 즉 핵에너지를 히로시마에 원자폭탄이 투하되기 80년 전에 '노틸러스'호에 설비한 것이다.

터널이 경사져 있기 때문에 홍해의 물이 지중해로 맹렬하게 흘러들고 있었다. '노틸러스'호는 스크루를 역회전시켜 속도를 늦추려고 애썼지만, 쏜살같이 급류에 휩쓸려 떠내려갔다.

속도가 너무 빨라서 나는 더 이상 아무것도 볼 수가 없었다. 통로의 좁은 암벽에는 눈부신 줄무늬와 직선, 그리고 전등 불빛이 지나간 자국만 나타날 뿐이었다. 심장이 너무 격렬하게 고동치고 있어서 나는 손으로 심장을 지그시 눌렀다.

열 시 35분에 네모 선장이 타륜을 놓고 나를 돌아보며 말했다.

"지중해입니다."

'노틸러스'호는 급류를 타고 20분도 지나기 전에 수에즈 지협을 건넌 것이다.

chapter 6
그리스의 섬들

이튿날인 2월 12일, 해가 뜨자마자 '노틸러스'호는 수면으로 떠올랐다. 나는 서둘러 상갑판으로 나갔다. 남쪽으로 5킬로미터쯤 떨어진 곳에 펠루시움 만의 윤곽이 어렴풋이 보였다. 급류가 우리를 홍해에서 지중해로 데려온 것이다. 하지만 이 터널은 내려오기는 쉬워도 올라갈 수는 없을 게 분명했다.

일곱 시경에 네드와 콩세유가 상갑판으로 올라왔다. 이제 단짝이 된 두 친구는 '노틸러스'호의 위업 따위에는 신경도 쓰지 않고 밤새 평화롭게 잠을 잤다.

"박물학 선생님." 네드 랜드가 약간 놀리는 투로 말했다. "지중해는 어떻게 됐습니까?"

"지중해? 여기가 지중해라네."

"뭐라고요!" 콩세유가 소리쳤다. "하룻밤 사이에 말입니까?"

"그래. 간밤에 그 지협을 몇 분 만에 건넜어."

"그 말은 한마디도 믿을 수 없습니다." 캐나다인이 말했다.

"믿는 게 좋을 거야. 남쪽의 저 둥그런 해안선은 이집트 해안일세."

"좀 더 그럴듯한 거짓말을 해보시죠." 네드가 고집스럽게 대꾸했다.

"하지만 주인님이 그렇게 말씀하신다면 우리는 주인님 말씀을 믿어야 돼." 콩세유가 네드에게 말했다.

"어쨌든 네모 선장은 해저 터널을 나한테 보여주었다네. 나는 선장이 직접 '노틸러스'호를 조종해서 그 좁은 통로를 빠져나올 때 조타실에 함께 있었지."

"들었나, 네드?" 콩세유가 말했다.

"자네는 시력이 좋으니까, 바다 쪽으로 뻗어나온 포트사이드의 방파제를 볼 수 있을 걸세." 내가 덧붙였다.

캐나다인은 유심히 그쪽을 바라보았다.

"과연 박사님 말씀이 옳군요. 선장은 정말 대단한 사람이에요. 여기는 지중해가 맞습니다. 좋아요. 그럼 우리 문제를 이야기합시다. 하지만 아무도 우리 이야기를 엿듣지 못하게 해야 합니다."

네드가 무슨 말을 하고 싶어 하는지는 금세 알 수 있었다. 어쨌든 나는 그가 원한다면 이야기를 하는 편이 낫다고 생각했기 때문에, 네드와 콩세유와 함께 물보라를 덜 맞을 수 있는 탐조등 옆으로 가서 앉았다.

"네드, 어서 말해보게. 우리한테 할 말이 뭔가?"

"내가 할 말은 아주 간단합니다. 우리는 지금 유럽에 와 있으니까, 네모 선장이 변덕을 부려 우리를 북극해로 데려가거나 오세아니아로 다시 데려가기 전에 '노틸러스'호를 떠나고 싶습니다."

솔직히 말하면 나는 네드와 이런 이야기를 하는 것이 괴로웠다. 나는 어떤 식으로도 동료들의 자유를 구속하고 싶지 않았지만, 네모 선장과 헤어지고 싶은 마음은 조금도 없었다. 네모 선장 덕분에, 그리고 선장의 배 덕택에 나는 날마다 해저 세계를 관찰하고 해저에 대한 내 저서를 현장에서 고쳐 쓰고 있었다. 바다의 경이를 직접 관찰할 수 있는 그런 기회를 다시 얻을 수 있을까? 아니, 절대로 얻지 못할 것이다! 그래서 나는 여행이 끝나기 전에 '노

'노틸러스'호를 떠난다는 생각에는 도저히 익숙해질 수가 없었다.

"이보게, 네드. 솔직히 대답해주게. 이 배에 싫증이 났나? 자네를 네모 선장의 손에 내맡긴 운명을 원망하고 있나?"

캐나다인은 잠시 입을 다물고 있다가 팔짱을 끼었다.

"솔직히 말하면 이 여행을 후회하지는 않습니다. 해저 여행을 한 데에는 만족합니다. 하지만 진정으로 만족하려면 여행이 끝나야 합니다. 나는 그렇게 생각합니다."

"끝날 거야."

"언제, 어디서요?"

"어디서 끝날지는 나도 몰라. 언제 끝날지도 알 수 없네. 아니, 바다가 더 이상 가르쳐줄 게 없을 때 우리 여행도 끝날 거라고 생각하네. 이 세상에서는 시작된 일은 반드시 끝나게 마련이니까."

"주인님 말씀이 옳아." 콩세유가 맞장구쳤다. "지구의 모든 바다를 다 돌아다니고 나면, 네모 선장은 아마 우리 세 사람을 풀어줄 거야."

"풀어준다고!" 네드가 소리쳤다. "풀어주기는커녕, 우리가 떠나는 것을 막으려 하지 않을까?"

"과장하지 말게, 네드." 내가 말했다. "네모 선장을 두려워할 필요는 전혀 없네. 하지만 나는 콩세유의 생각에도 동의할 수 없어. 우리는 '노틸러스'호의 비밀을 다 알아버렸어. 그러니 선장이 순순히 우리에게 자유를 돌려주어 '노틸러스'호의 비밀이 전 세계에 알려지게 할 가능성은 거의 없네."

"그럼 우리에게 남은 희망은 뭡니까?" 캐나다인이 물었다.

"우리가 이용할 수 있는 상황, 그리고 이용해야 하는 상황이 일어나기를 기대해야지. 그런 상황은 여섯 달 뒤에 올 수도 있고, 내일 당장 올 수도 있네."

"흐음, 그래요?" 네드 랜드가 말했다. "그러면 여섯 달 뒤에는 우리가 어디 있을 거라고 생각하십니까, 박물학 선생님?"

"여기일 수도 있고, 중국에 있을 수도 있지. 자네도 알다시피 '노틸러스'호는 속력이 빨라. 제비가 하늘을 가로지르듯, 또는 급행열차가 대륙을 가로지르듯 거침없이 바다를 가로지르지. '노틸러스'호는 바다가 배들로 붐벼서 교통이 막힐까봐 걱정할 필요가 전혀 없네. 이 배가 지금 당장 프랑스나 영국이나 미국 해안으로 가지 않는다고 누가 단정할 수 있겠나? 그런 곳으로 가면 여기만큼 쉽게 탈출을 시도할 수 있을 거야."

"아로낙스 박사님." 캐나다인이 받았다. "박사님 주장에는 근본적인 결함이 있습니다. 박사님은 줄곧 미래 시제로 말하고 있어요. '우리는 여기 있을 것이다! 저기 있을 것이다!' 하는 식으로. 하지만 나는 현재 시제로 말하고 있습니다. '우리는 지금 여기 있고, 기회를 잡아야 한다'는 식으로."

네드 랜드의 논리는 나를 꼼짝 못할 궁지로 몰아넣었다. 내가 발을 딛고 있는 토대가 금방이라도 허물어질 것처럼 위태롭게 느껴졌다. 이제 어떤 논리로 내 입장을 변호해야 할지, 더 이상 알 수가 없었다.

네드가 말을 이었다.

"그럴 가능성은 거의 없지만, 혹시라도 네모 선장이 오늘 당장 자유를 주겠다고 말하면 어떻게 하시겠습니까? 받아들일 겁니까?"

"글쎄, 잘 모르겠네."

"그럼 네모 선장이 앞으로 다시는 그런 제의를 하지 않겠다고 덧붙이면 받아들이실 건가요?"

나는 대답하지 않았다.

"콩세유, 자네는 어떻게 생각하나?" 네드가 이번에는 콩세유에게 물었다.

훌륭한 젊은이는 침착하게 대답했다.

"콩세유는 할 말이 없네. 콩세유는 이 문제에 전혀 관심이 없어. 주인님과 마찬가지로, 그리고 친구 네드와 마찬가지로, 콩세유는 결혼하지 않았어. 콩세유가 집으로 돌아오기를 기다리는 아내도 없고, 부모도 없고, 자식도 없어. 콩세유는 오로지 주인님을 섬길 따름이야. 콩세유는 언제나 주인님과 같은 생각이고, 주인님과 같은 말을 한다네. 유감스럽지만, 콩세유를 끌어들이면 다수파가 될 수 있다고는 생각지 말게. 여기에 있는 사람은 둘뿐이야. 한쪽에는 주인님, 또 한쪽에는 네드 랜드. 콩세유는 이제 할 말을 다 했으니, 양쪽 이야기를 듣고 점수를 기록하는 역할을 맡기로 하겠네."

나는 콩세유가 자신의 개성을 그렇게 완전히 말살하는 것을 보고 웃지 않을 수 없었다. 네드도 속으로는 콩세유가 자기 의견에 반대하지 않은 것을 기뻐하는 게 분명했다.

"그럼 박사님." 네드 랜드가 말했다. "콩세유는 존재하지 않으니까 이 문제는 우리끼리 해결합시다. 나는 내 생각을 말했고, 박사님은 들으셨습니다. 어떻게 응수하시겠습니까?"

결론을 낼 필요가 있는 것은 분명했고, 나도 발뺌하는 것은 좋아하지 않았다.

"이보게, 네드. 내 대답은 이렇다네. 자네 말이 옳고, 나도 자네를 비난하는 게 아닐세. 네모 선장의 선의를 기대할 수는 없어. 선장은 기본적인 이기심 때문에 우리를 풀어주지 않을 거야. 반대로 우리의 이기심은 '노틸러스'호를 떠날 기회가 오면 재빨리 잡으라고 요구하고 있네."

"좋습니다, 박사님. 아주 현명하신 말씀입니다."

"하지만 내 의견을 한마디, 딱 한마디만 덧붙여야겠네. 그 기회는 실패할 위험이 전혀 없는 확실한 기회여야 하네. 탈출 계획은 단번에 성공해야 돼. 첫 번째 탈출에 실패하면 두 번째 기회는 영영 오지 않을 테고, 네모 선장은 우리를 용서하지 않을 테니까."

"그건 다 좋습니다." 캐나다인이 대답했다. "하지만 박사님 말씀은 어떤 탈출 시도에나 모두 적용됩니다. 2년 뒤든 이틀 뒤든 상관없습니다. 그러니까 결론은 마찬가지예요. 좋은 기회가 오면 그 기회를 잡아야 한다는 겁니다."

"좋아. 그럼 이번에는 내가 묻겠네. 좋은 기회란 게 무슨 뜻이지?"

"캄캄한 밤에 '노틸러스'호가 유럽 해안에 가까이 접근할 때를 말하는 겁니다."

"그럼 헤엄을 쳐서 탈출을 시도할 텐가?"

"해안이 가까우면, 그리고 배가 수면에 떠 있으면 그럴 겁니다. 하지만 배가 해안에서 멀리 떨어져 있고 물속에 잠수해 있으면 그렇지 않을 겁니다."

"그럼 그 경우에는 어떻게 할 텐가?"

"그런 경우에는 보트를 이용할 작정입니다. 나는 보트 사용법을 알고 있으니까요. 조타수는 뱃머리 쪽에 있으니까, 우리는 조타수조차 눈치 채지 못하게 보트에 올라타고 볼트를 풀고 수면에 띄울 수 있을 겁니다."

"그럼 그런 기회가 오는지 잘 살펴보게. 하지만 실패하는 날에는 만사 끝장이라는 걸 명심하게."

"예, 명심하겠습니다."

"그런데 내가 자네 계획을 어떻게 생각하는지 궁금하지 않나?"

"말씀해보세요."

"그렇게 좋은 기회는 오지 않을 것이다. 그게 내 생각일세. 그러기를 바라는 것은 아니지만, 내 생각은 그렇다네."

"왜요?"

"네모 선장도 경계를 게을리 하지 않을 거야. 우리가 자유를 되찾겠다는 희망을 포기하지 않았다는 걸 모를 리 없으니까. 특히 배가 유럽 근해로 들어가 해안이 보이는 곳에 있을 때는 더욱."

"맞습니다." 콩세유가 말했다.

"어디 두고 봅시다." 네드 랜드는 결연한 태도로 고개를 저으면서 대답했다.

"이보게, 네드." 나는 다시 말을 이었다. "이제 그 이야기는 그만두세. 앞으로 거기에 대해서는 한마디도 하면 안 돼. 탈출할 준비가 되면 그때 말해주게. 그러면 우리는 자네를 따라갈 테니까. 모든 것을 자네한테 맡기겠네."

이 대화는, 나중에 그토록 중대한 결과를 초래하게 되리라는 것도 모른 채 거기서 끝났다. 사실 상황은 내 예상을 뒷받침해주는 것 같았고, 캐나다인은 깊은 절망에 빠졌다. 네모 선장은 수많은 배가 오가는 이 바다에서는 우리를 믿지 않았을까? 아니면 단지 지중해의 파도를 가르며 달리는 온갖 국적의 배들 앞에 모습을 드러내고 싶지 않았던 것뿐일까? 그 이유는 나도 모르지만, 네모 선장은 대개 물속에 잠겨 있었고 해안에도 좀처럼 가까이 가지 않았다. '노틸러스'호는 어쩌다 수면으로 올라가도 조타실을 뺀 나머지 부분은 여전히 물속에 남아 있었고, 아니면 깊은 심해로 내려갔다. 그리스 섬들과 소아시아 사이에서는 2000미터까지 내려가도 바닥이 보이지 않았기 때문이다.

따라서 나는 스포라데스 제도[162]에 속해 있는 카르파토스 섬도 보지 못했다. 하지만 네모 선장은 구체 평면도의 한 점을 손가락으로 짚으면서, 카르파토스 섬을 노래한 베르길리우스[163]의 시를 나에게 읊어주었다.

> 카르파토스의 바다 깊은 곳에
> 예언자 프로테우스가 살고 있다…….

이곳은 바다의 신 넵투누스의 가축을 지키는 늙은 목동 프로테우스가 옛날에 머물던 곳으로, 지금은 로도스 섬과 크레타 섬 사이에 자리 잡고 있다. 프로테우스는 이 섬을 계속 감시하며 위험에서 지켜주었다. 하지만 나는 객실 유리창으로 섬의 화강암 토대만 보았을 뿐이다.

이튿날인 2월 13일, 나는 몇 시간 동안 스포라데스 제도의 물고기를 관찰하기로 마음먹었다. 하지만 무엇 때문인지 객실 창은 굳게 닫혀 있었다. 나는 '노틸러스'호의 항로를 해도에 표시하여, 배가 크레타 섬 쪽으로 가고 있다는 것을 알아차렸다. 내가 '에이브러햄 링컨'호에 타기 직전에 크레타 섬에서 반란이 일어났다. 주민 전체가 터키의 폭정에 항거하여 들고일어난 것이다. 하지만 반란이 그 후 어떻게 되었는지는 알 수가 없었다. 네모 선장도 육지와 완전히 단절되어 있어서 나한테 그것을 가르쳐줄 수는 없었을 것이다.

그래서 나는 그날 저녁 객실에 선장과 단둘이 있을 때에도 그 사건에 대해서는 한마디도 하지 않았다. 어쨌든 선장은 무언가를 골똘히 생각하고 있는 듯 말이 없었다. 그러다가 평상시의 습관과는 달리 객실의 금속판 두 개를 한꺼번에 열어놓고 양쪽을 오락가락하면서 바깥의 바다를 유심히 관찰했다. 무엇 때문일까? 나는 짐작도 가지 않았다. 어쨌든 창이 열린 틈을 이용하여 나는 눈앞을 지나가는 물고기들을 조사했다.

특히 내 눈을 끈 것은 아리스토텔레스가 언급한 진디망둥이였다. 흔히 '바다 민달팽이'라고 부르는 이 망둥이는 나일 삼각주 주변의 짠물에서 자주 볼 수 있다. 진디망둥이 근처에서는 희미한 인광을 내는 참돔이 이리저리 헤엄쳐 다니고 있었다. 이집트인들이 신성한 물고기로 여긴 감성돔의 일종이다. 이집트인들은 참돔이 나일 강 어귀에 도착하면 땅을 비옥하게 해주는 나일 강의 범람이 시작될 전조라 하여, 그것을 축하하는 종교의식을 거행했다. 몸길이가 30센티미터쯤 되는 케일린도 눈에 띄었다. 비늘이 투명하고 창백한 바탕에 빨간 점무늬가 박혀 있는 경골어류다. 이들은 해조류를 탐욕스럽게 먹어대기 때문에 고기맛이 뛰어나다. 그래서 고대 로마의 미식가들은 케일린을 즐겨 먹었고, 곰치의 이리와 공작의 골과 홍학의 혀를 케일린의 내장과 함께 요리한 것이 바로 비텔리우스 황제[164]를 즐겁게 해준 그 환상적인 음식이었다.

이 바다에 사는 또 다른 동물이 내 눈을 사로잡고, 고대에 대한 기억을 내 마음에 고스란히 되살려놓았다. 그것은 상어 뱃가죽에 달라붙어 여행하는 빨판상어였다. 고대인들에 따르면 그 작은 물고기는 배 밑바닥에 달라붙어 배가 움직이는 것을 방해할 수도 있고, 악티움 해전[165]에서 마르쿠스 안토니우스의 배를 방해하여 아우구스투스의 승리를 도와준 것도 빨판상어라고 한다. 그런 것에 나라의 운명이 달려 있다니!

농어목에 딸린 안티아라는 물고기도 눈에 띄었다. 그리스인들은 안티아가 서식지에서 바다 괴물을 쫓아내는 힘이 있다고 하여 신성하게 여겼다. 안티아는 '꽃'이라는 뜻인데, 어른어른 빛나는 몸 빛깔이 진홍빛에서 연분홍으로, 다시 루비처럼 현란한 빛깔로 변하고 꼬리지느러미가 다채로운 색깔로 끊임없이 변하는 것을 보자 '꽃'이라는 이름을 붙인 것도 당연하다는 생각이 들었다. 나는 바다의 경이에서 눈을 떼지 못했지만, 갑자기 예기치 않은 광경이 내 눈을 사로잡았다.

물속에 한 남자가 나타난 것이다. 허리띠에 가죽 주머니를 매단 잠수부였다. 바다에 버려진 주검이 아니라 살아 있는 인간이었다. 그는 힘차게 팔다리를 놀려 헤엄을 쳤고, 이따금 수면으로 올라가 숨을 쉬기 위해 사라졌다가 또다시 곧장 자맥질하여 물속으로 내려오곤 했다.

나는 네모 선장을 돌아보며 들뜬 목소리로 외쳤다.

"사람이 있습니다! 조난자예요! 무슨 수를 써서라도 구조해야 합니다!"

선장은 내 말에 대답하지 않고, 창가로 다가와 유리창에 얼굴을 눌러댔다.

바깥에 있는 사내도 가까이 다가와 유리창에 얼굴을 눌러대고 우리를 바라보고 있었다.

네모 선장이 그에게 신호를 보내는 것을 보고 나는 깜짝 놀랐다. 잠수부는 손짓으로 대답하고, 당장 수면으로 되돌아가 다시는 나타나지 않았다.

"걱정 마세요." 선장이 말했다. "마타판 곶[166]에 사는 니콜라스라는 사람인데, 별명이 '물고기'지요. 키클라데스 제도[167]에서는 그를 모르는 사람이 없습니다. 대담한 잠수부예요! 물이야말로 그가 진가를 발휘할 수 있는 활

"사람이 있습니다. 조난자예요!"

동 영역이지요. 니콜라스는 땅보다 물에서 더 오랜 시간을 보낸답니다. 끊임없이 이 섬 저 섬을 돌아다니고, 크레타 섬까지 갈 때도 있어요."

"그럼 당신도 그 사람을 아시는군요?"

"내가 알면 안 됩니까?"

네모 선장이 되묻고는 객실의 좌현 쪽에 놓여 있는 캐비닛으로 다가갔다. 그 옆에 쇠띠를 두른 트렁크가 놓여 있었다. 트렁크에 붙어 있는 동판에는 '노틸러스'호의 이름을 도안한 모노그램과 'Mobilis in Mobili(움직임 속의 움직임)'이라는 '노틸러스'호의 좌우명이 새겨져 있었다.

선장은 내가 옆에 있는데도 전혀 개의치 않고 캐비닛을 열었다. 캐비닛은 수많은 막대가 들어 있는 일종의 금고였다.

그것은 그냥 막대가 아니라 금괴였다. 돈으로 치면 어마어마한 액수에 해당하는 저 귀금속은 어디서 왔을까? 선장은 어디서 저 금을 얻었을까? 그리고 저 금괴로 무엇을 할 작정일까?

나는 잠자코 열심히 지켜보았다. 네모 선장은 금괴를 하나씩 꺼내 트렁크에 가지런히 채워넣었다. 트렁크는 곧 금괴로 가득 찼다. 나는 트렁크에 넣은 금만 해도 1000킬로그램이 넘을 거라고 어림했다. 1000킬로그램이라면 거의 5백만 프랑에 이른다.

선장은 트렁크를 닫고, 그리스 문자처럼 보이는 글자로 뚜껑에 주소를 썼다.

그런 다음 승무원실과 전선으로 이어져 있는 버튼을 눌렀다. 잠시 후 네 사람이 나타나 트렁크를 간신히 들어 올려 객실 밖으로 가져갔다. 이어서 도르래를 이용하여 트렁크를 중앙 층층대 위로 끌어올리는 소리가 들렸다.

갑자기 네모 선장이 나를 돌아보았다.

"뭐라고 하셨습니까?"

"아무 말도 안 했는데요."

"그럼 나는 이만 가서 자야겠습니다."

네모 선장은 그렇게 말하면서 객실을 나갔다.

여러분도 짐작할 수 있겠지만, 나는 강한 호기심에 사로잡힌 채 내 방으로 돌아왔다. 잠을 자려고 애썼지만 소용이 없었다. 나는 잠수부의 출현과 금괴로 가득 찬 트렁크 사이에 무슨 관계가 있는지를 알아내려고 애썼다. 곧이어 배가 전후좌우로 흔들리는 것이 느껴졌다. '노틸러스'호가 수면으로 올라가고 있었다.

이어서 상갑판을 걸어다니는 발소리가 들렸다. 나는 보트가 바다에 띄워진 것을 알아차렸다. 보트가 '노틸러스'호의 뱃전에 부딪쳤다. 그리고 잠시 후에는 모든 소리가 사라졌다.

두 시간 뒤, 똑같은 소리가 다시 들려왔다. 보트가 뱃전에 부딪치는 소리, 상갑판을 오가는 발소리. 선원들은 보트를 배 위로 끌어올려 제자리에 집어넣었고, '노틸러스'호는 다시 물속으로 내려갔다.

수백만 프랑의 금괴는 목적지로 보내졌다. 어디로 갔을까? 네모 선장은 누구에게 그 많은 금괴를 보냈을까?

이튿날, 나는 간밤에 일어난 사건을 콩세유와 네드에게 이야기했다. 내 호기심은 최대한으로 부풀어 올라 있었다. 콩세유와 네드도 나 못지않게 놀랐다.

"그런데 선장은 그 많은 금괴를 어디서 손에 넣었을까요?" 네드가 물었다.

이 질문에는 아무도 대답할 수 없었다. 나는 점심을 먹은 다음 객실로 돌아가서 일을 시작했다. 다섯 시까지 일지를 썼다. 그런데 갑자기—뭔가 가벼운 병 때문이었을까?—후끈한 더위를 느꼈다. 너무 더워서 연체동물의 족사로 짠 재킷을 벗어야 했다. 도무지 이해할 수 없는 일이었다. 여기는 열대지방도 아니었고, 어쨌든 '노틸러스'호는 물속에 잠겨 있으니까 기온이 올라가도 영향을 받을 리가 없었기 때문이다. 압력계를 확인해보니 수심 20미터를 가리키고 있었다. 대기권의 열기가 그렇게 깊은 물속까지 전달될 리는 없었다.

나는 일을 계속했지만, 온도가 계속 올라가 도저히 견딜 수 없는 지경에 이르렀다.

배에 불이라도 난 게 아닐까? 문득 그런 생각이 들었다.

내가 막 객실을 나가려 할 때 네모 선장이 들어왔다. 선장은 온도계로 다가가서 눈금을 확인하고는 나를 돌아보았다.

"42도로군요."

"나도 알아차렸습니다. 온도가 조금이라도 더 올라가면 도저히 견딜 수 없을 겁니다."

"온도는 우리가 원하면 계속 올라갈 겁니다."

"그럼 온도를 마음대로 바꿀 수 있다는 겁니까?"

"그건 아닙니다. 하지만 열이 나오는 곳에서 멀어질 수는 있지요."

"그럼 이 열기는 외부에서 오는 거군요?"

"그렇습니다. 우리는 지금 펄펄 끓고 있는 해류에 떠 있습니다."

"농담이시겠죠!"

"보세요."

객실 창의 금속판이 열렸다. 나는 '노틸러스'호의 주변 바다가 온통 새하얀 것을 보았다. 연기 같은 유황 증기가 부글부글 거품을 내고 있는 바닷물속에서 소용돌이치고 있었다. 나는 유리창에 손을 대보았지만, 너무 뜨거워서 얼른 손을 당겨야 했다.

"도대체 여기가 어딥니까?"

"산토리니 섬 근처예요. 정확히 말하면 팔레아카메니(옛 불탄 섬)와 네아카메니(새 불탄 섬) 사이에 있는 해협이죠. 해저화산이 분화하는 진기한 광경을 보여드리고 싶었습니다."

"새로 생긴 그 섬들은 이미 형성 과정이 끝난 줄 알았는데요."

"화산 근처에서는 아무것도 끝나지 않습니다. 그리고 지하에 있는 불은 아직도 지구를 만들어가고 있지요. 카시오도루스[168]와 플리니우스에 따르면, 기원후 19년에도 티라라는 새로운 섬이, 최근에 팔레아카메니와 네아카메니라는 작은 섬이 생겨난 바로 그 지점에 나타났답니다. 그 섬은 물속으로 사라졌다가 69년에 다시 나타났지만, 또다시 물속으로 가라앉았지요. 그때부터 현대까지 지하의 용암 활동은 중단되었습니다. 그런데 1866년 2월 3일, 조지 섬이라고 명명된 새로운 땅이 네아카메니 근처의 유황 증기 속에서 나타나, 2월 6일 네아카메니와 합쳐졌습니다. 그리고 일주일 뒤인 2월 13일 아프로이사 섬이 네아카메니와 10미터 간격을 두고 나타났습니다. 나는 이 사건이 일어났을 때 마침 이 바다에 있었기 때문에 모든 단계를 관찰할 수 있었지요. 아프로이사 섬은 지름이 100미터에 높이가 9미터였습니다. 장석 조각이 섞인 검은 유리질 용암으로 이루어졌지요. 마지막으로 3월 10일 레카라는 작은 섬이 네아카메니 근처에 출현했는데, 그 후 이 세 개의 작은 땅덩어리가 하나로 합쳐져서, 지금은 하나의 섬을 이루고 있답니다."

"그럼 지금 우리가 있는 해협이……?" 내가 물었다.

네모 선장은 그리스 섬들이 표시된 지도를 보여주면서 대답했다.

"이걸 보세요. 여기에 새로 생긴 섬들을 표시해놓았습니다."

"이 해협이 언젠가는 막힐까요?"

해저 화산의 분출

"그럴 수도 있지요. 1866년 이후 팔레아카메니의 산니콜라스 항구 건너편에 용암으로 이루어진 여덟 개의 작은 섬이 솟아올랐습니다. 따라서 네아와 팔레아 두 섬이 비교적 이른 시일 안에 하나로 합쳐질 것은 분명합니다. 태평양 한복판에서는 적충류가 섬을 이루지만, 여기서는 분화 작용이 섬을 이룹니다. 보세요. 물속에서 진행되고 있는 작업을."

나는 창가로 돌아갔다. '노틸러스'호는 더 이상 움직이지 않았다. 열기가 점점 심해져서 도저히 참을 수 없는 단계에 이르렀다. 좀 전에는 하얀색을 띠고 있었던 바다가 이제는 철분이 섞인 소금기 때문에 붉어지고 있었다. 객실은 밀폐되어 있는데도 역겨운 유황 냄새가 스며들고 있었다. 나는 붉은 불길이 너무 강렬해서 눈부시게 밝은 전등 불빛조차 무색해진 것을 알아차렸다.

온몸에서 땀이 줄줄 흘러내리고 숨이 막혔다. 내가 통째로 구워지고 있는 듯한 느낌이 들었다. 정말로 구워지고 있는 것 같았다.

"더 이상은 이 끓는 물 속에 머물 수 없어요!" 나는 선장에게 말했다.

"그렇습니다. 여기 오래 머무는 것은 분별없는 짓이지요."

지시가 내려졌다. '노틸러스'호는 뱃머리를 돌려 용광로를 떠났다. 15분 뒤에 우리는 다시 수면으로 올라가 한숨을 돌리고 있었다.

그때 문득 네드가 이 해안을 탈출 장소로 선택했다 해도 이 불바다에서 빠져나가지는 못했을 거라는 생각이 들었다.

이튿날인 2월 16일, 우리는 수심이 3000미터나 되는 로도스 섬과 알렉산드리아 사이의 웅덩이를 떠났다. '노틸러스'호는 키테라 섬을 지나고 마타판 곶을 빙 돌아서 그리스의 섬들을 떠났다.

chapter 7
지중해에서 보낸 48시간

유난히 푸른 지중해, 히브리인들의 '드넓은 바다', 그리스인들의 '바다', 로마인들의 '우리 바다.' 오렌지 나무와 알로에. 선인장. 해송으로 둘러싸이고, 협죽도 향기가 가득하고, 험준한 산록에 둘러싸이고, 맑고 투명한 공기가 충만하지만, 지구의 불이 끊임없이 활동하는 곳. 지중해는 바다의 신 넵투누스와 저승의 신 플루톤이 아직도 세계의 지배권을 차지하기 위해 다투는 전쟁터다. 인간이 지구에서 가장 강렬한 기후에 노출되는 곳은 지중해 연안과 물속이라고 미슐레[169]는 말한다.

하지만 아무리 지중해가 아름다워도, 나는 2백 만 평방킬로미터에 이르는 이 바다를 언뜻 볼 수 있었을 뿐이다. 네모 선장의 개인적 지식에 도움을 청할 수도 없었다. 우리가 지중해를 최고 속도로 가로지르는 동안, 그 수수께끼 같은 인물은 한 번도 모습을 드러내지 않았기 때문이다. '노틸러스'호가 지중해의 물속에서 달린 거리는 6백 해리쯤 되었을 것이다. 그 거리를 달리는 데 48시간밖에 걸리지 않았다. 우리는 2월 16일 아침에 그리스 연안을 떠나 2월 18일 동틀녘에는 이미 지브롤터 해협을 통과했다.

지중해가 네모 선장을 불쾌하게 만드는 것은 분명했다. 지중해는 네모 선장이 달아나고 싶어 하는 육지 사이에 끼여 있었기 때문이다. 지중해의 물결과 산들바람은 선장에게 너무 많은 기억과 너무 많은 회한을 되살려주었다. 다른 바다에서는 마음껏 기동성을 발휘할 수 있었지만, 지중해에서는 그런 행동의 자유를 누릴 수 없었다. '노틸러스'호는 위아래로 바싹 다가와 있는 유럽과 아프리카 해안 사이에 끼여서 옹색하고 답답한 기분을 느꼈다.

그래서 우리는 25노트의 빠른 속도로 지중해를 빠져나왔다. 한 시간에 12해리씩 달린 셈이다. 네드 랜드가 몹시 곤혹스러워 하면서 탈출 계획을 포기할 수밖에 없었던 것은 말할 나위도 없다. 초속 12~13미터로 달리면서 보트를 이용할 수는 없었다. 그런 상태에서 '노틸러스'호를 떠나는 것은 같은 속도로 달리는 열차에서 뛰어내리는 거나 마찬가지로 위험했을 테니까. 게다가 우리 배는 밤중에 공기를 보급하기 위해 잠깐 수면으로 올라갔을 뿐, 줄곧 물속에서 계측기와 나침반을 이용하여 달리고 있었다.

그래서 나는 지중해의 해저를 거의 보지 못했다. 급행열차에 탄 승객이 눈앞을 스쳐 지나가는 시골 풍경을 바라보는 것과 마찬가지였다. 가까이 있는 것들은 번개처럼 지나가기 때문에 보지 못하고, 멀리 떨어진 지평선을 보는 게 고작이다. 하지만 콩세유와 나는 힘센 지느러미 덕분에 몇 분 동안 '노틸러스'호와 나란히 헤엄칠 수 있었던 지중해의 물고기를 관찰할 수 있었다. 우리는 객실 창가의 전망대에 눌러앉아서 물고기들을 조사했다. 그때 쓴 일지 덕분에 나는 이 바다의 물고기들을 몇 마디로 요약할 수 있다.

지중해의 다양한 물고기들 가운데 내가 찬찬히 관찰할 수 있었던 것은 얼마 되지 않았다. 일부는 언뜻 보았을 뿐이고, 대부분은 빠른 속도로 달리는 '노틸러스'호를 따라잡지 못하고 내 눈앞에서 순식간에 사라졌다. 그러니까 이렇게 별난 방법으로 지중해의 물고기를 분류하는 것을 허락해달라. 내 순간적인 관찰 결과를 설명하는 데에는 그 방법이 더 나을 것이다.

눈부신 전등 불빛을 받은 물속에서는 거의 모든 기후대에서 흔히 볼 수 있는 1미터 길이의 칠성장어들이 뱀처럼 굽이치며 지나가고 있었다. 너비가 1.5미터나 되고 배가 하얗고 등에는 회색 점무늬가 흩어져 있는 가오리는 물에 떠내려가는 거대한 담요처럼 보였다. 가오리는 너무 빨리 지나가버렸기 때문에, 고대 그리스인들이 붙여준 독수리라는 별명이 어울리는지, 아니면 오늘날의 어부들이 붙여준 두꺼비나 박쥐라는 별명이 어울리는지도 판단할 수 없었다.

몸길이가 4미터에 이르고 잠수부들이 특히 두려워하는 돔발상어들이 서로 경주를 벌이고 있었다. 몸길이가 2.5미터쯤 되고 뛰어난 후각을 타고난 환도상어들은 푸른 그림자처럼 보였다. 감성돔과에 딸린 줄만새기는 몸길이가 1.5미터에 이르는 것도 있는데, 검은 지느러미와 뚜렷한 대조를 이루는 은빛과 감청색의 줄무늬 옷을 차려입고 행진을 벌였다. 비너스 여신에게 바쳐진 줄만새기는 눈을 아름답게 강조해주는 황금빛 눈썹을 갖고 있다. 바다만이 아니라 민물에서도 사는 귀중한 물고기로, 모든 기온에 적응하여 모든 기후대의 하천과 호수와 바다에서 살고 있다. 이 어족의 기원은 지구의 지질시대 초기까지 거슬러 올라가고, 그 초기의 아름다움을 아직도 고스란히 간직하고 있다.

장거리를 여행하는 9~10미터 길이의 철갑상어들이 힘센 꼬리로 '노틸러스'호의 유리창을 때리고, 작은 갈색 점무늬가 박힌 푸르스름한 등을 과시했다. 이들은 상어와 비슷하지만, 상어만큼 힘이 세지 않고 모든 바다에서 볼 수 있다. 봄에는 큰 강을 거슬러 올라가기를 좋아해서, 볼가 강이나 다뉴브 강, 포 강, 라인 강, 루아르 강, 오데르 강의 물살과 싸우며 상류 쪽으로 올라간다. 철갑상어는 청어와 고등어·연어·대구 따위를 먹고 산다. 연골어류에 속하지만, 맛이 좋아서 날것으로 먹거나 말려서 먹기도 하고, 소금에 절여서 먹기도 한다. 일찍이 루쿨루스[170]의 식탁에 당당하게 오르기도 했다.

하지만 지중해의 다양한 주민들 가운데 내가 가장 유익하게 관찰할 수 있었던 것은 '노틸러스'호가 수면 가까이 올라갔을 때 관찰한 63종의 경골어류였다. 그중에는 등이 검푸르고 배는 은빛이고 머리빗 모양의 등지느러미가 황금빛으로 은은하게 빛나는 다랑어도 있었다. 열대지방의 뜨거운 태양 아래에서는 시원한 그늘을 찾아, 움직이는 배를 따라다니는 것으로 유명하다. 그 평판대로 다랑어들은 전에 라페루즈의 선단을 따라다녔듯이 오랫동안 '노틸러스'호와 동행하면서 우리와 경주를 벌였다. 작은 대가리, 때로는 3미터가 넘는 유선형의 날씬한 몸매, 놀랄 만큼 힘센 가슴지느러미, 갈라진 꼬리지느러미를 가진 다랑어들은 타고난 수영 선수였다. 그렇게 경주하기에 알맞게 설계된 동물은 아무리 바라보아도 싫증이 나지 않았다. 다랑어들은 그들과 맞먹는 속도로 하늘을 나는 새 떼처럼 삼각편대를 이루어 헤엄을 쳤다. 다랑어가 기하학과 전략을 알고 있다고 고대인들이 주장한 것은 그 때문이다. 하지만 그런 다랑어들도 마르마라 해[171]나 이탈리아의 사람들만큼 다랑어를 좋아하는 프로방스 사람들의 추적을 벗어나지는 못한다. 그 귀중한 물고기들은 마르세유 어부들의 그물 속에 맹목적으로 수천 마리씩 뛰어들어 조용히 죽어가기 때문이다.

이제 기억을 더듬어 콩세유나 내가 언뜻 본 지중해의 물고기들을 적어보겠다. 눈에 보이지 않는 증기처럼 지나가는 희끄무레한 칼고기. 몸길이가 3~4미터나 되고 초록색과 푸른색·노란색의 화려한 몸 빛깔을 가진 곰치. 몸길이가 1미터쯤 되고 특히 간이 천하 일미인 대구목의 검정대구. 해초처럼 물에 떠 있는 쿠포르테니아. 주둥이에 고대 악기를 연상시키는 세모꼴 톱니 두 개가 달려 있어서, 시인들은 리라 물고기라고 부르고 선원들은 휘파람 물고기라고 부르는 성대. 이름대로 제비처럼 빠르게 헤엄을 치는 제비성대. 대가리가 붉고 등지느러미가 가느다란 꽃실 같은 것으로 장식되어 있는 얼게돔. 검은색·회색·갈색·푸른색·노란색·초록색 점무늬로 장식되어 있고, 은방울 같은 소리에 민감하게 반응하는 청어. 바다의 꿩이라고 부를 만한 파랑쥐치는 마름모꼴의 몸에 갈색 점무늬가 박힌 노르스름한 지느러미가 달려 있고, 몸 윗부분의 왼쪽은 대개 갈색과 노란색이 대리석 무늬를 이루고 있다. 바다의 극락조인 숭어는 로마인들이 한 마리에 1만 세스테르티우스나 주고 사서, 살아 있을 때의 주홍색이 파르스름한 흰색으로 변해가는 것을 잔인한 눈으로 지켜보기 위해 식탁에서 직접 잡아서 요리했다고 한다.

미랄레티, 쥐치복, 복어, 해마, 학공치, 대주둥치, 청베도라치, 노랑촉수, 양놀래기, 빙어, 날치, 멸치, 도미, 동갈치, 야래, 그밖에 대서양과 지중해에서 흔히 볼 수 있는 가자미과의 대표적인 물고기들, 예컨대 문치가자미, 붕넙치, 홍가자미, 서대, 넙치를 내가 관찰하지 못했다 해도, 그 책임은 물고기가 풍부한 이 바다를 현기증이 날 만큼 빠른 속도로 통과한 '노틸러스'호가 져야 한다.

바다 포유류에 관해서 말한다면, 아드리아 해 어귀에서 등지느러미가 있는 향유고래 두세 마리, 이마에 밝은 색 줄무늬가 있는 지중해 특유의 돌고래 몇 마리, 하얀 배에 검은 모피를 입고 있어서 지중해의 수도사라고 불리는 3미터 크기의 바다표범을 여남은 마리 본 것 같다.

가장 큰 고래—대왕고래

고래는 물고기가 아니라고 해양 포유류다.
고래는 하나의 뼈대와 두 개의 허파를 가지고 있으며,
새끼를 젖으로 키운다.
고래는 바다 속 깊은 곳까지 잠수할 수 있고,
물속에서 오랫동안 머물 수 있다.

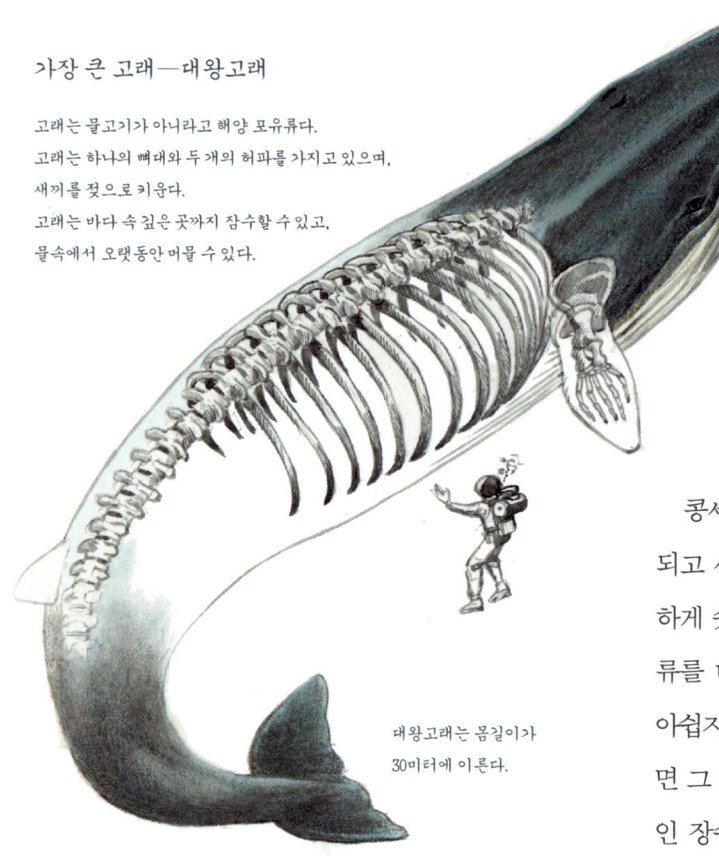

대왕고래는 몸길이가
30미터에 이른다.

콩세유는 등딱지의 너비가 2미터나 되고 세 줄의 등줄기가 세로로 도도록하게 솟아오른 거북을 보았다. 이 파충류를 내 눈으로 보지 못한 것이 여간 아쉽지 않다. 콩세유의 설명을 들어보면 그 거북은 좀처럼 보기 힘든 희귀종인 장수거북이었기 때문이다. 나는 긴 등딱지를 가진 붉은 바다거북을 두어 마리 보았을 뿐이다.

강장동물에 관해서 말한다면, 나는 뱃전 유리창에 달라붙은 아름다운 주홍색 해파리를 잠시 감상할 수 있었다. 해파리는 길고 가느다란 하나의 실을 이루었고, 그것이 수많은 가지로 갈라져 아라크네[172]의 경쟁자들이 짠 듯한 섬세한 레이스가 끝을 장식하고 있었다. 유감스럽게도 이 멋진 해파리를 잡을 수는 없었다. 2월 16일 밤에 '노틸러스'호가 눈에 띄게 속력을 늦추지 않았다면 나는 지중해의 다른 강장동물을 하나도 보지 못했을 것이다. 사정은 이러했다.

우리는 시칠리아 섬과 튀니지 사이를 지나고 있었다. 본 곶과 메시나 해협 사이의 좁은 공간에서 바다 밑바닥이 산처럼 갑자기 올라간다. 양쪽은 수심이 170미터인데, 가장 높은 산마루는 수면까지의 거리가 17미터밖에 안 된다. 그래서 '노틸러스'호는 이 해저의 장애물을 피해 아주 조심스럽게 나아가야 했다.

나는 콩세유에게 지중해 해도에 실려 있는 이 기다란 암초를 보여주었다.

"유럽과 아프리카를 잇는 지협 같군요." 콩세유가 말했다.

"그래, 이 암초는 시칠리아 해협을 완전히 틀어막고 있어. 스마이스[173]의 측량에 따라, 두 대륙이 옛날에는 하나로 이어져 있었다는 게 입증됐어. 보에오 곶과 파리나 곶이 서로 이어져 있었지."

"그건 쉽게 믿을 수 있습니다."

"지브롤터와 세우타 사이에도 이와 비슷한 장벽이 있는데, 그것이 지질 시대 초기에는 지중해를 완전히 틀어막고 있었지."

"어느 날 갑자기 해저화산이 폭발해서 두 개의 장벽이 물 밖으로 솟아오르면 어떻게 될까요?"

"그럴 가능성은 거의 없어."

"하지만 만에 하나 그런 일이 일어난다면, 지협을 뚫으려고 그렇게 열심히 일하고 있는 레셉스 씨가 몹시 곤혹스럽겠군요!"

"그렇겠지. 하지만 그런 일은 일어나지 않을 거야. 지하의 힘은 계속 줄

호기심……

말뚝망둥어는 육지에서도 사는 물고기이다.
두 눈의 위치가 절묘해서 육지와 물속에서 잘 볼 수 있다.

거북

어들고 있어. 태곳적에는 그렇게 많았던 화산도 점점 죽어가고 있지. 내부의 열은 낮아지고 있어. 지구 내부의 온도는 1세기마다 감지할 수 있을 만큼 떨어지고 있는데, 이렇게 온도가 낮아지면 우리 지구는 곤란에 빠질 거야. 열은 곧 생명이니까."

"하지만 태양이……."

"태양만으로는 부족해. 태양이 죽은 몸에 온기를 되돌려줄 수 있나?"

"글쎄요."

"지구도 언젠가는 차가운 시체가 될 거야. 점점 살기 어려워져서, 결국에는 오래 전에 생명 유지에 꼭 필요한 열기를 잃어버린 달처럼 아무도 살지 않게 되겠지."

"그게 몇 세기 뒤일까요?"

"수십만 년 뒤일 거야."

"그러면 아직 여행을 끝낼 시간은 있겠군요. 네드가 일을 망쳐버리지만 않는다면."

콩세유는 안심하고 다시 해저를 조사하기 시작했다. '노틸러스'호는 천천히 바다 밑바닥을 스치듯 미끄러져가고 있었다.

화산성 암반 위에는 해면동물과 해삼, 희미한 인광을 발하는 덩굴손으로 장식된 해파리가 번성하고 있었다. 흔히 바다의 오이라고 불리는 해삼은 어른거리는 햇빛을 듬뿍 받고 있었다. 너비가 1미터나 되는 바다양치는 자주색 몸 빛깔로 물을 불그레하게 물들였다. 아름다운 나무 같은 바다거미, 줄기가 긴 파보나세, 다양한 종류의 성게, 머리털 같은 촉수 사이로 모습을 감

공포의 물고기

유인 돌기

아귀의 꼬리

아귀는 육식 어류다.
우리 발끝에 아귀가 있다면!

춘 회색 몸통에 갈색 원반이 얹혀 있는 초록 말미잘도 많았다.

콩세유는 연체동물과 체절동물을 열심히 관찰했다. 콩세유의 설명은 좀 무미건조하지만, 그의 개인적인 관찰 결과를 생략하여 그 훌륭한 젊은이의 기분을 해치고 싶지는 않다.

콩세유는 연체동물 중에서는 수많은 빗살 모양의 국자가리비, 서로 겹겹이 포개져 있는 가시투성이의 굴, 세모꼴의 도낙스, 노란색 지느러미와 투명한 껍데기를 가졌고 돌기가 세 개 있는 지느러미발조개, 초록색 점무늬가 있는 오렌지색 알조개, 이따금 바다 토끼라고 불리는 군소, 작은 손도끼 모양의 조개, 통통한 아세레스, 지중해 특유의 우산조개, 누구나 탐내는 진주모를 생산하는 전복, 불꽃 같은 색깔의 가리비, 남프랑스 사람들이 굴보다 더 좋아한다는 갈고리 모양의 새조개, 마르세유 사람들이 좋아하는 피조개, 북아메리카 해안에 풍부하고 뉴욕에서 큰 인기를 얻고 있는 통통하고 하얀 대합, 숨문뚜껑이 있는 다채로운 색깔의 가리비, 내가 무척 좋아하는 톡 쏘는 맛이 나고 굴 속에 숨어 있는 돌조개, 껍데기가 불룩하게 부풀어 올라 있고 옆구리도 그쪽으로 불룩 튀어나온 주름방사늑조개, 새빨간 돌기가 빽빽이 돋아나 있는 킨티아, 우아한 곤돌라처럼 양쪽 끝이 구부러진 카리나리아, 왕관을 쓴 듯한 페룰, 껍데기가 나선형인 아틀란타, 하얀 점무늬가 박혀 있고 가장자리가 갈라진 망토를 뒤집어쓰고 있는 회색 테티스, 작은 달팽이 같은 에올리트, 벌렁 누워서 기어다니는 카볼린, 타원형 껍데기 속에 들어 있는 물망초귀조개, 겁 많은 에인절피시, 총알고둥, 잔시나, 실꾸리고둥, 페트리콜라, 재첩, 카보숑, 비파조개 따위를 언급했다.

콩세유의 기록은 체절동물을 정확하게 여섯 강으로 분류했고, 그 가운데 세 개는 바다에 살고 있다. 그것은 갑각류·만각류·환형동물이다.

갑각류는 다시 아홉 목으로 나뉘는데, 첫 번째는 십각류다. 대개 머리와 가슴이 서로 결합되어 있고, 입 구조가 여러 쌍의 턱으로 이루어져 있고, 가슴에 네 쌍이나 다섯 쌍이나 여섯 쌍의 다리가 달려 있다. 콩세유는 우리의 스승 밀른 에드워즈의 방식에 따라 십각류를 다시 꼬리가 짧은 단미류와 꼬리가 긴 장미류와 꼬리가 변칙적인 변미류의 세 부류로 나누었다. 명칭은 좀 귀에 거슬리지만 정확하고 유용하다. 콩세유는 단미류 중에서 이마에 커다란 혹이 두 개 나 있는 아마티, 그리스인들이 지혜의 상징으로 생각한 전갈, 평소에는 깊은 바다에 살고 있으니까 길을 잘못 들어 이렇게 얕은 곳으로 온 듯한 자게, 마름모꼴의 롬버스, 콩세유의 말에 따르면 소화가 아주 잘 된다는 알갱이 모양의 칼라파, 이빨이 없는 코리스테스, 에발리아, 키모팔리아, 털로 뒤덮인 도리페를 언급했다. 다섯 과로 분류되는 장미류 중에서는 암컷의 살이 특히 맛있는 대하, 보리새우, 닭새우, 벚새우를 비롯해서 온갖 식용 새우를 언급했다. 하지만 대하는 언급하지 않았다. 지중해에 사는 대하는 왕새우뿐이기 때문이다. 마지막의 변미류 가운데 콩세유가 본 것은 버려진 조가비 속에 숨어 있는 집게 몇 마리, 이마에 가시가 돋아난 오마르,

소라게, 털게 등이었다.

하지만 여기서 콩세유의 분류 작업은 중단되었다. 구각류·단각류·동각류·등각류·삼엽충류·새각류·패충류·절갑류를 조사하여 갑각류 연구를 끝낼 시간이 없었다. 또한 체절동물에 대한 연구를 끝내려면 조개삿갓과 따개비를 비롯한 만각류와 환형동물도 언급했어야 한다. 콩세유는 환형동물을 자동적으로 다모류와 빈모류로 분류했을 것이다. 하지만 '노틸러스'호는 물이 얕은 시칠리아 해협을 지나 깊은 바다로 나오자, 다시 정상적인 속력을 내기 시작했다. 그래서 연체동물도 체절동물도 강장동물도 더 이상 볼 수 없었다. 큰 물고기 몇 마리가 그림자처럼 지나갔을 뿐이다.

2월 16일에서 17일로 넘어가는 밤에 우리는 최대 수심이 3000미터에 이르는 지중해의 두 번째 분지로 들어갔다. '노틸러스'호는 스크루의 추진력과 경사판을 이용하여 그 바다의 밑바닥으로 급강하했다.

그곳에서는 자연의 경이를 볼 수 없었지만, 엄청난 양의 물이 변화무쌍하고 무시무시한 광경을 많이 보여주었다. 우리는 난파선이 많은 해역을 지나고 있었다. 알제리 해안과 프로방스 사이에서 얼마나 많은 배가 조난했고, 얼마나 많은 배가 사라졌는가! 지중해는 드넓은 태평양에 비하면 작은 호수에 불과하지만, 파도가 불순한 변덕스러운 호수다. 짙푸른 물과 하늘 사이에 떠 있는 연약한 돛단배를 자애롭게 어루만지다가도 바람이 물을 휘저으면 금세 사납게 날뛰며 아무리 튼튼한 배도 짧은 파도로 후려쳐서 박살내버린다.

깊은 물속을 빠른 속도로 지나가는 동안, 나는 바닥에 누워 있는 난파선 잔해를 수없이 보았다. 이미 산호에 뒤덮인 것도 있고, 얇게 녹만 슨 것도 있었다. 닻과 대포, 포탄, 철제 장비, 스크루의 날개, 기계류, 깨진 실린더, 보일러 등도 여기저기 널려 있었다. 물속에는 선체가 둥둥 떠 있었다. 아직 똑바로 서 있는 것도 있지만, 거꾸로 뒤집힌 것도 있었다.

충돌 사고로 가라앉은 것도 있고, 암초에 부딪친 것도 있었다. 돛대를 꼿꼿이 세운 채 곧장 가라앉아, 펼친 돛이 물에 젖어 뻣뻣해진 배도 있었다. 그런 배들은 드넓은 정박지에 닻을 내리고 출항할 순간을 기다리고 있는 듯이 보였다. '노틸러스'호가 그 사이를 지나가면서 전등 불빛을 비추면, 그 배들은 금방이라도 신호기를 흔들며 반갑게 인사를 보내올 것 같았다. 하지만 그런 재난의 현장에 존재하는 것은 침묵과 죽음뿐이었다.

나는 '노틸러스'호가 지브롤터 해협으로 다가갈수록 지중해 밑바닥에는 불운한 난파선들의 잔해가 점점 더 많아지는 것을 알아차렸다. 아프리카와 유럽의 해안이 가까워졌기 때문에, 이 좁은 공간에서 충돌하는 사고도 더 잦았던 것이다. 나는 철제 용골과 기선의 환상적인 잔해를 많이 보았다. 벌렁 누워 있는 것도 있고, 사나운 맹수처럼 똑바로 서 있는 것도 있었다. 배 한 척은 뱃전에 구멍이 뻥 뚫리고, 굴뚝이 구부러지고, 외륜은 테두리만 간신히 남아 있고, 타륜은 떨어져 나갔지만 아직 쇠사슬에 묶여 있고, 꽁무니에 달린 명판은 소금물에 부식되어버린 참혹한 모습이었다.

이런 난파선들과 함께 얼마나 많은 목숨이 스러졌을까! 얼마나 많은 희생자가 파도에 삼켜졌을까! 살아남아 이 끔찍한 재난을 세상에 전한 뱃사람이 있었을까? 아니면 파도는 아직도 그 사고의 비밀을 간직하고 있을까? 무엇 때문인지는 모르지만, 바다 밑바닥에 반쯤 파묻힌 채 누워 있는 그 배가 20년 전에 모든 승무원과 함께 사라져 소식이 끊겨버린 '아틀라스'호일지도 모른다는 생각이 문득 떠올랐다. 지중해 바다, 그렇게 많은 보물이 묻혀버렸고 그렇게 많은 사람이 죽어간 그 거대한 묘지에서는 얼마나 불운한 역사를 끌어올릴 수 있을까!

그러는 동안에도 '노틸러스'호는 스크루를 최대 속력으로 돌려 난파선의 잔해 사이를 빠른 속도로 무심하게 지나가고 있었다. 2월 18일 오전 세 시, 배는 지브롤터 해협 어귀에 이르렀다.

이곳에는 두 개의 조류가 있다. 오래전부터 알려진 상층 조류는 대서양에서 지중해로 물을 끌어들이고, 밑에 있는 역류의 존재는 가설로만 입증되었다. 지중해의 수량은 하천과 대서양에서 흘러드는 물로 끊임없이 늘어나니까 해마다 수위가 높아져야 한다. 증발률은 평형 상태를 되찾기에는 부족하기 때문이다. 하지만 그런 일은 일어나지 않는다. 따라서 남는 물을 지브롤터 해협을 통해 지중해에서 대서양으로 쏟아 붓는 하층 조류의 존재를 상정할 수밖에 없었다.

그 가설은 옳았다. '노틸러스'호가 좁은 통로를 재빨리 빠져나갈 때 이용한 것은 바로 그 역류였다. 플리니우스와 아비에누스[174]에 따르면 낮은 섬과 함께 물속에 가라앉았다는 헤라클레스 신전의 멋진 폐허를 잠깐 볼 수 있었지만, 잠시 후 우리는 어느새 대서양의 파도 위에 떠 있었다.

chapter 8
비고 만의 보물

대서양! 길이가 1만 5000킬로미터, 평균 너비가 5000킬로미터, 면적이 8500만 평방킬로미터에 이르는 그 광활한 바다. 고대의 네덜란드인이라고 할 만한 카르타고인은 교역을 위해 유럽과 아프리카 서해안을 따라 내려갔지만, 그들을 제외하고는 고대인들이 거의 알지 못했던 중요한 바다. 거의 평행으로 달리는 두 대륙의 구불구불한 해안선 사이에 끼여, 세계에서 가장 큰 하천들인 세인트로렌스 강, 미시시피 강, 아마존 강, 라플라타 강, 오리노코 강, 니제르 강, 세네갈 강, 엘베 강, 루아르 강, 라인 강이 가장 문명화한 나라들과 가장 미개한 나라들에서 가져와 쏟아 붓는 물을 받아들이고 있는 바다. 온갖 나라의 깃발로 보호된 전 세계의 배들이 파도를 가르며 달리고, 선원들이 그토록 두려워하는 혼 곶과 폭풍의 곶175이 양쪽 끝에 버티고 있는 웅장한 평원!

석 달 반 동안 자오선 두 개를 합친 것보다 훨씬 먼 거리인 1만 해리를 달려온 '노틸러스'호는 이제 대서양의 물을 가르고 있었다. 다음에는 어디로 갈까? 무엇이 우리를 기다리고 있을까?

'노틸러스'호는 지브롤터 해협을 지나 탁 트인 대양을 향해 나아갔다. 배가 수면으로 떠올랐기 때문에 우리는 다시금 날마다 갑판 산책을 즐길 수 있었다.

나는 당장 네드 랜드와 콩세유와 함께 상갑판으로 올라갔다. 이베리아 반도의 서남단인 상비센테 곶이 20킬로미터 앞에 어렴풋이 나타났다. 남풍이 강하게 불고 있었다. 바다는 출렁거리고 넘실거렸다. '노틸러스'호도 심하게 일렁거렸다. 거대한 파도가 끊임없이 배에 부딪쳐, 갑판에 서 있기도 어려울 정도였다. 우리는 신선한 공기를 몇 모금 마신 다음, 서둘러 다시 아래로 내려갔다.

나는 내 방으로 돌아갔다. 콩세유도 선실로 갔지만, 캐나다인은 골똘한 생각에 잠긴 표정으로 나를 따라왔다. 지중해를 빠른 속도로 통과했기 때문에 네드는 탈출 계획을 실행할 수 없었고, 그 실망감을 감추려 하지 않았다.

문이 닫히자 네드는 의자에 앉아 말없이 나를 바라보았다.

"이보게, 네드. 자네 기분은 충분히 이해하지만, 어쩔 수 없는 일이었어. 그렇게 빨리 달리는 배에서 어떻게 탈출할 수 있었겠나."

네드는 대답하지 않았다. 꽉 다문 입술과 찡그린 눈썹이 그의 속내를 말해 주고 있었다. 그는 아직도 탈출의 의지를 버리지 않고 있었다.

"아직 포기할 필요는 없네. 우리는 지금 포르투갈 해안 쪽으로 올라가고 있으니까, 좀 더 쉽게 피난처를 찾을 수 있는 프랑스나 영국도 그리 멀지 않았어. '노틸러스'호가 지브롤터 해협을 지난 뒤 남쪽으로 방향을 돌렸다면 나도 자네처럼 실망했을 거야. 하지만 이 배는 북상하고 있어. 문명국 근해로 다가가고 있단 말일세. 아마 며칠 안으로 탈출을 시도할 수 있을 걸세."

네드는 전보다 더욱 진지한 눈으로 나를 응시하다가 마침내 입을 열었다.

"오늘밤에 하겠습니다."

나는 벌떡 일어났다. 솔직히 말하면 나는 아직 준비가 되어 있지 않았다. 캐나다인에게 대답하고 싶었지만, 말이 나오지 않았다.

"우리는 기회를 기다리기로 합의했습니다. 이제 그 기회가 왔어요. 오늘밤 스페인 해안에서 몇 킬로미터 떨어져 있을 때가 바로 기회입니다. 밤에는 캄캄할 테고, 바람도 바다 쪽에서 불어오고 있습니다. 박사님은 분명히 약속을 하셨고, 나는 박사님을 믿습니다."

내가 여전히 한마디도 하지 않자, 캐나다인은 일어나서 나에게 다가왔다.

"오늘밤 아홉 시. 콩세유한테는 벌써 얘기했습니다. 아홉 시면 네모 선장은 방에서 자고 있을 겁니다. 기관사나 선원들도 우리를 보지 못할 거예요. 콩세유와 나는 중앙 층층대로 갈 테니, 박사님은 거기서 몇 걸음밖에 떨어지지 않은 서재에 남아서 신호를 기다리세요. 노와 돛은 보트에 갖추어져 있습니다. 나는 보트에 식량까지 넣어두었어요. 보트를 선체에 붙들어 맨 볼트를 푸는 데 쓸 스패너도 입수했습니다. 모든 준비가 끝난 셈이라고요. 오늘밤에 만납시다, 박사님."

"바다가 너무 거칠어."

"그건 그렇습니다. 하지만 그 정도 위험은 무릅써야 합니다. 그만한 대가도 치르지 않고 자유를 얻을 수는 없으니까요. 어쨌든 보트가 튼튼하니까, 순풍을 만나면 몇 킬로미터쯤은 문제없이 갈 수 있을 겁니다. 내일은 잠수함이 해안에서 100해리나 떨어진 곳에 가 있을지 누가 압니까? 그러니 행운을 믿으세요. 오늘밤 열 시나 열한 시쯤에는 뭍에 상륙해 있거나 아니면 바다에 빠져 죽어 있거나, 둘 중 하나일 겁니다. 그러니 운을 하늘에 맡기고 오늘밤에 만납시다!"

캐나다인은 놀라서 말문이 막혀버린 나를 남겨놓고 물러갔다. 나는 적당한 때가 오면 상황을 검토하고 의논할 시간이 있을 줄 알았다. 그런데 고집불통인 캐나다인은 나한테 그럴 기회를 주지 않았다. 하지만 기회가 주어졌다 한들 그에게 과연 무슨 말을 할 수 있었겠는가? 네드의 말이 전적으로 옳았다. 지금이야말로 다시없는 기회였고, 네드는 그 기회를 최대한 이용할 작정이었다. 이제 와서 내가 순전히 이기적인 이유 때문에 약속을 저버리고 동료들의 미래를 위험에 빠뜨릴 수는 없는 일이다. 내일은 네모 선장이 우리를 육지에서 멀리 떨어진 망망대해로 데려갈 수도 있지 않은가?

그 순간, 쉿쉿거리는 요란한 소리가 들렸다. 물탱크가 채워지고 있는 소리였다. '노틸러스'호는 대서양의 파도 아래로 잠수했다.

나는 내 방에 남아 있었다. 나를 사로잡고 있는 흥분을 선장이 눈치 챌까 두려워, 나는 그를 만나고 싶지 않았다. 그래서 나는 자유를 되찾고 싶은 욕망과 해저 탐구를 마치지 못한 채 '노틸러스'호를 떠나는 아쉬움 사이를 오락가락하면서 우울한 하루를 보냈다. 나는 이 바다를 '나의 대서양'이라고 부르기를 좋아했다. '나의 대서양'의 모든 구석을 샅샅이 관찰하지 못한 채 이곳을 떠나야 하다니! 인도양과 태평양이 나에게 비밀을 드러냈듯이, '나의 대서양'도 이제 곧 비밀을 보여줄 텐데, 그 비밀을 보지 못하고 떠나야 하다니! 그것은 마치 소설을 절반만 읽고 손에서 떨구는 거나 마찬가지였다. 신나는 꿈을 꾸다가 결정적인 순간에 깨어나는 거나 마찬가지였다! 나는 동료들과 함께 무사히 육지에 상륙한 내 모습을 상상하다가도 다음 순간에는 예기치 않은 상황이 네드의 계획을 좌절시키기를 바라면서 괴로운 시간을 보냈다.

나는 두 번 객실에 들어갔다. 나침반을 확인하고 싶었다. '노틸러스'호가 정말로 우리를 해안 쪽으로 데려가고 있는지 알고 싶었다. '노틸러스'호는 아직 포르투갈 해역에 있었다. 해안선을 따라 북상하고 있었다.

그래서 나는 내 처지를 감수하고 탈출할 준비를 갖추어야 했다. 짐은 간단했다. 가져갈 거라고는 노트뿐이었다.

네모 선장은 우리의 탈출을 어떻게 생각할까. 얼마나 걱정하고 괴로워할까. 우리의 계획이 도중에 탄로 나거나 실패로 끝나면 선장은 어떻게 나올까! 나는 그에게 불평할 이유가 전혀 없었다. 사실 나는 그렇게 관대하고 친절한 대접을 받아본 적이 없었다. 하지만 내가 그를 버리고 떠난다고 해서 나를 배은망덕하다고 비난할 수도 없을 터였다. 우리는 그에게 어떤 약속도 하지 않았다. 선장이 우리를 영원히 길동무로 묶어놓기 위해 의지한 것은 우리의 약속이 아니라 우리의 처지였다. 게다가 선장은 우리를 영원히 포로로 잡아둘 권리가 있다고 내놓고 주장했기 때문에, 우리가 탈출을 시도하는 것은 정당한 노릇이었다.

산토리니 섬을 방문한 뒤로는 선장을 보지 못했다. 떠나기 전에 선장을 만날 기회가 있을까? 그를 만나고 싶기도 했지만, 한편으로는 만나기가 두렵기도 했다. 내 방과 붙어 있는 선장의 침실에서 그가 걸어다니는 발소리가 들리지 않을까 하고 귀를 기울였지만, 아무 소리도 들리지 않았다. 선장의 침실은 아마 비어 있을 것이다.

그 수수께끼 같은 인물이 아직 배에 있는지도 의심스러웠다. 보트가 은밀한 사명을 띠고 '노틸러스'호를 떠난 그날 밤 이후, 선장에 대한 내 생각이 조금 달라졌다. 선장 자신이 뭐라고 하든, 그는 아직도 육지와 모종의 관계를 유지하고 있는 게 분명하다는 생각이 들었다. 선장은 '노틸러스'호를 떠난 적이 있을까? 몇 주 동안 선장의 얼굴을 보지 못하고 지낸 적도 많았다. 그동안 선장은 무엇을 했을까? 나는 선장이 발작적인 인간혐오증에 사로잡혀 사람을 피하고 있다고 믿었지만, 사실은 그동안 멀리 떨어진 곳에서 내가 모르는 은밀한 사명을 수행했을 수도 있지 않은가?

 이런 생각 외에도 오만 가지 생각이 동시에 나를 덮쳤다. 우리가 놓여 있는 상황에서는 상상하고 추측할 여지가 무궁무진할 수밖에 없었다. 나는 참을 수 없는 불안을 느꼈다. 기다림의 시간은 영원히 계속되는 것 같았다. 내 조바심에 비해 시간은 너무나 천천히 흘러갔다.

 저녁 식사는 평소처럼 내 방에 차려졌다. 나는 딴생각에 사로잡혀 있어서 음식도 잘 넘어가지 않았다. 나는 일곱 시에 식탁을 떠났다. 네드를 만나기로 약속한 시간까지는 아직도 120분—나는 시간을 헤아리고 있었다—이 남아 있었다. 내 흥분은 두 배로 커졌다. 맥박이 격렬하게 뛰기 시작했다. 한곳에 가만히 있을 수가 없었다. 몸을 움직이면 심란한 기분이 가라앉지 않을까 싶어 계속 오락가락했다. 대담하게 탈출을 시도했다가 죽을지도 모른다는 걱정은 거의 하지 않았다. 그보다는 우리가 '노틸러스'호를 떠나기 전에 계획이 탄로 날지 모른다고 생각하면, 내가 배신했다는 사실 때문에 화가 나거나 슬픔에 빠진 네모 선장에게 붙잡힐지도 모른다고 생각하면, 심장이 격렬하게 두근거렸다.

 나는 마지막으로 객실을 보고 싶었다. 나는 통로를 지나, 내가 그동안 유쾌하고 유익한 시간을 보낸 그 박물관으로 갔다. 그리고 다시는 돌아올 기약이 없는 영원한 망명을 떠나기 전날처럼 거기에 있는 보물들을 찬찬히 살펴보았다. 나는 자연의 경이와 예술의 걸작품 속에서 그토록 오랜 시간을 보냈지만, 이제 그것들과 영원히 작별하려 하고 있었다. 객실 창으로 대서양을 내다보고 싶었지만, 창문은 굳게 닫혀 있고, 창문을 망토처럼 덮은 금속판이 아직 내가 모르는 그 바다와 나를 갈라놓고 있었다.

 나는 객실을 한 바퀴 도는 동안, 선장의 침실로 이어진 삼각형 구역에 있는 문에 이르렀다. 놀랍게도 그 문은 빠끔히 열려 있었다. 나는 흠칫 뒤로 물러섰다. 네모 선장이 방에 있다면 나를 볼지도 모른다는 생각이 들었기 때문이다. 하지만 아무 소리도 들리지 않았기 때문에 나는 문으로 다가갔다. 방은 텅 비어 있었다. 나는 문을 밀고 안으로 들어갔다. 전에 보았을 때와 마찬가지로 수도사의 방처럼 근엄한 분위기였다.

그 순간 벽에 걸려 있는 그림 몇 점이 내 눈길을 사로잡았다. 처음에 왔을 때는 보지 못했던 동판화들이었다. 그것은 인류의 위대한 사상에 평생을 바친 위인들의 초상화였다. "폴란드는 끝났는가!"라고 외치며 죽어간 코슈추슈코, 근대 그리스의 영웅인 보자리스, 아일랜드의 독립 운동가인 오코넬, 아메리카 합중국을 세운 워싱턴, 이탈리아의 애국자 마넌, 노예제 옹호자의 총탄에 쓰러진 링컨, 그리고 흑인 해방의 순교자인 존 브라운.[176]

이 영웅들의 영혼과 네모 선장의 영혼 사이에는 어떤 관계가 존재할까? 이 초상화 컬렉션이 마침내 네모 선장의 비밀을 풀어줄 수 있을까? 네모 선장은 짓밟힌 민족을 위해 싸우는 투사, 노예들의 해방자일까? 그는 19세기를 특징짓는 정치적·사회적 격변에 참여했을까? 그는 미국 남북전쟁, 끔찍하지만 영광에 빛나는 그 전쟁의 영웅이었을까?

갑자기 시계가 여덟 시를 쳤다. 첫 번째 소리가 나를 공상에서 현실로 데려왔다. 보이지 않는 눈이 내 마음속의 생각을 꿰뚫어보기라도 한 듯한 느낌이 들었다. 나는 부들부들 떨면서 방에서 뛰쳐나왔다.

그곳에서 내 눈이 나침반에 멈추었다. 우리는 아직도 북상하고 있었다. 속도계는 느리지도 빠르지도 않은 속도를 나타내고 있었고, 압력계는 약 20미터 깊이를 나타내고 있었다. 상황은 캐나다인의 계획에 유리했다.

나는 내 방으로 돌아와서 따뜻하게 옷을 차려입었다. 방수용 장화를 신고, 해달 모피로 만든 모자를 쓰고, 안에 바다표범 모피를 댄 재킷을 입었다. 준비는 끝났다. 나는 기다렸다. 스크루의 진동만이 배를 지배하고 있는 깊은 정적을 깨뜨리고 있었다. 나는 귀를 활짝 열고 바깥에서 나는 소리에 귀를 기울였다. 네드 랜드가 탈출 준비를 하다가 붙잡혀서 갑자기 소동이 일어나지 않을까? 견딜 수 없는 두려움이 나를 사로잡았다. 곤두선 신경을 가라앉히려고 애썼지만 소용이 없었다.

아홉 시 몇 분 전에 나는 선장의 침실 문에 귀를 갖다 댔다. 아무 소리도 나지 않았다. 나는 내 방을 나와 객실로 돌아갔다. 객실은 텅 빈 채 어스름에 잠겨 있었다.

나는 서재로 이어진 문을 열었다. 서재도 어둡고 비어 있었다. 나는 중앙 층층대 쪽으로 나 있는 문으로 다가갔다. 그리고 문 옆에 서서 네드의 신호를 기다렸다.

스크루의 진동이 알아차릴 수 있을 만큼 줄어들더니 완전히 멈추었다. '노틸러스'호의 속도가 왜 바뀌었을까? 이 정지가 네드 랜드의 계획에 유리할지 불리할지는 알 수 없었다.

이제 정적을 깨뜨리는 것은 내 심장의 고동소리뿐이었다.

그때 갑자기 덜컹하는 충격이 느껴졌다. 나는 '노틸러스'호가 대서양 밑바닥에 내려앉은 것을 알아차렸다. 내 불안은 더한층 고조되었다. 네드의 신호는 아직도 올 기미가 없었다. 나는 그를 찾아가서 계획을 미루라고 권하고 싶었다. 우리 항해에 무언가 변화가 일어난 것이 분명했다.

그 순간, 객실 문이 열리더니 네모 선장이 나타났다. 선장은 나를 보고는 다짜고짜 유쾌한 투로 말했다.

"아하, 아로낙스 박사! 당신을 찾고 있었소. 스페인의 역사를 아십니까?"

내가 조국의 역사를 달달 외우고 있었다 해도, 마음이 어수선하고 머리는 텅 비어버린 그런 상황에서는 단 하나의 역사적 사건도 설명하지 못했을 것이다.

"어떻습니까?" 네모 선장이 말을 이었다. "내 질문을 못 들으셨나요? 스페인의 역사를 아십니까?"

"잘은 모릅니다."

"학자들은 다 그렇죠. 자, 앉으세요. 기묘한 역사적 사건 하나를 말씀드릴 테니까."

선장은 소파에 앉아 다리를 쭉 뻗었다. 나는 기계적으로 선장 옆의 그늘진 의자에 자리를 잡았다.

"잘 들으세요, 박사. 이 이야기는 당신이 결코 풀지 못했을 의문에 해답을 제공하니까, 당신도 흥미가 있을 겁니다."

"듣겠습니다." 나는 상대가 무슨 이야기를 꺼낼지도 모른 채, 이 사건이 우리의 탈출 계획과 무슨 관계가 있는 게 아닐까 하고 생각하면서 대답했다.

"괜찮다면 1702년으로 돌아갑시다." 네모 선장이 말했다. "군주가 손가락 하나만 까딱하면 피레네 산맥도 땅속으로 사라지게 할 수 있다고 믿은 프랑스 국왕 루이 14세가 그 무렵 손자인 앙주 공을 스페인 왕위에 앉힌 것은 당신도 아실 겁니다. 펠리페 5세라는 이름으로 나라를 형편없이 다스린 이 왕은 외부의 강력한 반대에 대처해야 했습니다.

사실 1701년에 네덜란드와 오스트리아와 영국의 왕실은 펠리페 5세한테서 스페인 왕관을 빼앗아 다른 대공의 머리에 씌워주려는 목적으로 헤이그에서 동맹을 맺었지요. 이들 세 나라는 아직 왕위에 오르지도 않은 그 대공에게 미리 카를로스 3세라는 칭호까지 붙여주었답니다.

스페인은 이 동맹에 대항해야 했지요. 하지만 육군도 해군도 사실상 전혀 없었습니다. 그래도 아메리카 대륙에서 금과 은을 잔뜩 실은 범선들이 항구로 들어올 수만 있다면, 돈은 많았습니다. 1702년 말에 스페인은 금은보화를 가득 실은 수송선단을 기다리고 있었어요. 동맹국 해군이 대서양을 순찰하고 있었기 때문에, 프랑스는 샤토르노[177] 제독이 지휘하는 23척의 함대를 보내 이 스페인 선단을 호위하고 있었지요.

호위함대는 스페인의 카디스로 갈 예정이었지만, 샤토르노 제독은 영국 함대가 카디스 근해를 돌아다니고 있는 것을 알고 프랑스의 항구로 가기로 결정했습니다.

 수송선단의 스페인 선장들은 이 결정에 반대했지요. 그들은 스페인의 항구로 가고 싶어 했고, 카디스가 안 된다면 당시에는 아직 봉쇄되지 않은 스페인 북서해안의 비고 만으로 가자고 주장했습니다. 샤토르노 제독은 의지가 약해서 이 요구를 받아들였고, 범선들은 결국 비고 만으로 들어갔습니다.

 그러나 비고 만은 탁 트인 정박지를 이루고 있어서 방어에 취약했어요. 그래서 범선들은 동맹국 함대가 도착하기 전에 서둘러 하역할 필요가 있었지요. 그때 갑자기 경쟁의식이라는 문제가 발생하지 않았다면 짐을 내릴 시간은 충분했을 겁니다.

 사건이 어떻게 맞물려 있는지 아시겠습니까?" 네모 선장이 물었다.

 "잘 알겠습니다." 나는 선장이 무엇 때문에 이런 역사 강의를 하고 있는지 모른 채 대답했다.

 "그럼 이야기를 계속하지요. 신세계에서 들어오는 상품을 받을 권리는 카디스의 상인들이 독점하고 있었어요. 따라서 비고 만에 정박한 배들이 비고 항에 금괴를 부리는 것은 그들의 권리를 침해하게 됩니다. 그들은 마드리드 왕실에다 불평과 이의를 제기했고, 마음 약한 펠리페 5세를 설득한 끝에, 수송선단은 적의 함대가 카디스 근해를 떠날 때까지 짐을 부리지 말고 비고 만에 그대로 정박해 있어야 한다는 결정을 얻어냈습니다.

 그런데 이런 결정이 내려지는 동안, 1702년 10월 22일 영국 배들이 비고 만에 도착했어요. 샤토르노 제독은 수적으로 열세였지만 그래도 용감하게 싸웠습니다. 하지만 수송선단에 실린 금은보화가 적의 수중에 넘어갈 위험에 놓이게 되자 그는 범선에 불을 지르게 했고, 그래서 배들은 막대한 보물과 함께 몽땅 가라앉아버린 것입니다."

 네모 선장은 말을 끊었다. 솔직히 말하면 나는 그때까지도 선장의 이야기가 나하고 무슨 관계가 있는지, 짐작도 할 수 없었다.

"그래서요?" 내가 물었다.

"우리는 지금 비고 만에 있습니다. 이제 당신은 그 역사의 비밀 속으로 파고들어갈 수 있는 입장에 있는 겁니다."

선장은 일어나서 나에게 따라오라고 말했다. 나는 정신을 차리고 선장의 말에 따랐다. 객실은 어두웠지만, 맑은 유리창 너머에서 물이 반짝거리고 있었다. 나는 보았다.

'노틸러스'호 주변의 바닷물은 1킬로미터 거리까지 탐조등 불빛으로 가득 차 있는 것 같았다. 모래가 깔린 바닥은 시원스럽게 훤히 트여 있었다. 잠수복 차림의 선원들은 검은 난파선들 속에서 반쯤 썩은 나무통과 깨진 상자를 꺼내느라 바빴다. 이 상자와 통에서 금괴와 은괴, 은화와 귀금속이 폭포수처럼 쏟아졌다. 모래밭에 금은보화가 흩뿌려져 있었다. 선원들은 귀중한 노획물을 짊어지고 '노틸러스'호로 돌아와 짐을 부리고는 다시 무진장한 금은보화를 수확하러 돌아갔다.

그제야 나는 선장의 말을 이해했다. 이곳은 1702년 10월 22일의 전쟁터였다. 바로 이곳에 스페인 정부의 금은보화를 실은 범선들이 가라앉은 것이다. 네모 선장은 필요할 때마다 이곳에 와서 수백만 프랑어치의 재물을 '노틸러스'호에 실었다. 아메리카 대륙은 그에게, 오직 그에게만 귀금속을 넘겨주었다. 네모 선장은 코르테스[178]가 정복한 멕시코와 그밖의 나라에서 빼앗은 보물의 유일한 직접 상속인이었다!

"바다가 이렇게 많은 재물을 갖고 있다는 걸 알고 계셨습니까?" 선장이 웃으면서 물었다.

"바다 속에 잠겨 있는 은이 200만 톤으로 추정되고 있다는 것은 알고 있었습니다."

"아마 그럴 겁니다. 하지만 그것을 물 밖으로 꺼내는 비용이 이익보다 훨씬 클 겁니다. 하지만 나는 이곳만이 아니라 내 해저 지도에 표시되어 있는 수천 척의 난파선에서 다른 사람들이 잃어버린 것을 줍기만 하면 됩니다. 내가 왜 백만장자인지, 이제 아시겠습니까?"

"예, 하지만 당신이 비고 만에서 보물을 인양한 것은 경쟁사에 선수를 쳤을 뿐이에요."

"경쟁사라뇨?"

"어떤 회사가 스페인 정부로부터 침몰선을 수색할 권리를 얻었거든요. 출자자들은 막대한 이익의 가능성을 보고 투자했지요. 이 보물의 값어치는 5억 프랑으로 추산되고 있으니까요."

"5억 프랑이라고요?" 네모 선장이 대꾸했다. "전에는 그랬지만 지금은 아닙니다."

"나도 그렇게 생각합니다. 따라서 투자자들에게 사실을 알려주는 게 좋겠지요. 하지만 그 소식을 사람들이 어떻게 받아들일지는 알 수 없군요. 도박꾼이 가장 유감스럽게 여기는 것은 돈을 잃는 것이 아니라 어리석은 기대를 잃어버리는 겁니다. 나는 도박꾼을 동정하지 않지만, 이 재물이 제대로 분배된다면 수천, 수만 명의 불쌍한 사람이 덕을 볼 수 있었을 텐데, 그들이 참 안됐다는 생각이 드는군요. 그 사람들한테는 이 많은 재물이 아무 도움도 안 될 테니 말입니다."

이 말을 끝내자마자, 내 말이 네모 선장의 감정을 해쳤을 거라는 생각이 들었다.

"아무 도움도 안 된다고요?" 네모 선장은 기운차게 되물었다. "내가 이 보물을 모아들이면 보물이 쓸데없이 낭비될 거라고 생각하나 본데, 왜 그렇게 생각하시죠? 내가 이 보물을 거두어들이는 게 단지 사리사욕을 위해서 그런 거라고 생각하십니까? 내가 이 보물을 좋은 목적에 쓰지 않는다고 누가 그러던가요? 이 지구상에 고통받는 사람들과 억압받는 민족이 있다는 걸 내가 모르는 줄 아십니까? 도움이 필요한 불행한 사람들과 원수를 갚아주어야 할 희생자들이 있다는 걸 내가 모르는 줄 아세요? 박사는……?"

네모 선장은 너무 많이 말한 것을 후회하듯 도중에 말을 끊었다. 하지만 나는 이해했다. 네모 선장이 바다 속에서 고립된 생활을 추구하는 이유가 무엇이든, 그는 여전히 인간이었다! 그는 아직도 인류의 고통을 느꼈고, 그의 위대한 관대함은 개인만이 아니라 억압받는 민족한테까지 미치고 있었다!

그제야 나는 '노틸러스'호가 압제자에게 반란을 일으킨 크레타 섬 근해를 지나고 있을 때 네모 선장이 배에서 실어낸 수백만 프랑이 어디로 갔는지를 알아차렸다.

chapter 9
사라진 대륙

이튿날인 2월 19일, 캐나다인이 내 방에 들어왔다. 나는 그가 올 것을 예상하고 있었다. 네드는 몹시 낙담한 표정이었다.

"어떠십니까?" 네드가 말했다.

"네드, 어제는 정말 운이 나빴어."

"그 빌어먹을 선장이 하필이면 우리가 막 탈출하려는 순간에 배를 세워버릴 게 뭡니까?"

"그러게 말이야. 그때 마침 선장은 은행과 거래하고 있었어."

"은행이라뇨?"

"은행이라기보다 금고라고 해야 할까? 바로 이 바다를 말하는 걸세. 선장의 재물은 어느 나라의 국고보다 안전한 이 바다에 보관되어 있다네."

나는 어제 있었던 일을 말해주었다. 그 이야기를 듣고 네드가 마음을 돌려 선장을 떠나지 않겠다고 결심하기를 은근히 기대했지만, 네드는 비고 만의 전투 현장에 가보지 못한 것을 못내 아쉬워했을 뿐이었다.

"하지만 아직 끝나지 않았습니다, 박사님. 이제 겨우 작살을 한 번 던져서 빗나갔을 뿐이라고요! 다음에는 반드시 성공할 겁니다. 필요하면 오늘밤에라도 당장……."

"'노틸러스'호는 어느 쪽으로 가고 있나?"

"나도 모릅니다."

"정오에는 우리 위치를 측정할 걸세."

네드는 콩세유한테 돌아갔다. 나는 옷을 입자마자 객실로 갔다. 나침반은 나에게 위안을 주지 못했다. '노틸러스'호는 남남서쪽으로 가고 있었다. 유럽을 떠나고 있는 것이다.

나는 우리의 위치가 해도에 표시되기를 초조하게 기다렸다. 열한 시 반쯤 물탱크가 비었고, 배는 수면으로 떠올랐다. 나는 상갑판으로 올라갔다. 네드가 벌써 와 있었다.

육지는 전혀 보이지 않았다. 보이는 것은 드넓은 바다뿐이었다. 수평선에 돛이 몇 개 가물거렸다. 희망봉을 돌아넘을 수 있도록 저 멀리 상로케 곶[179]까지 순풍을 찾아가는 배들이 분명했다. 하늘은 잔뜩 찌푸려 있었다. 갑자기 돌풍이 일고 있었다.

네드는 잔뜩 화난 눈으로 부옇게 흐려진 수평선을 꿰뚫어보려고 애썼다. 그 안개 저편에는 그가 그토록 간절히 바라는 육지가 펼쳐져 있을 거라는 희망을 아직 버리지 못하고 있었다.

정오에 태양이 잠깐 얼굴을 드러냈다. 부관은 그 틈을 이용하여 태양의 고도를 재고 육분의로 위도를 측정했다. 바다가 점점 사납게 날뛰기 시작했기 때문에, 위치 측정이 끝나자 우리는 서둘러 아래로 내려갔고, 다시 해치가 닫혔다.

한 시간 뒤에 해도를 보니 '노틸러스'호의 위치는 서경 16도 17분·북위 33도 22분으로, 가장 가까운 해안에서 150해리나 떨어진 셈이다. 탈출은 꿈도 꿀 수 없게 되었다. 내가 상황을 말해주었을 때 캐나다인이 얼마나 화를 냈을지는 여러분의 상상에 맡기겠다.

나는 별로 낙담하지 않았다. 오히려 무거운 짐을 내려놓은 것처럼 홀가분했다. 나는 비교적 침착하게 여느 때의 관찰을 재개할 수 있었다.

밤 열한 시쯤, 뜻밖에도 네모 선장이 나를 찾아왔다. 그는 어젯밤에 늦게까지 깨어 있어서 피곤하지 않으냐고 예의 바르게 물었다. 나는 피곤하지 않다고 대답했다.

"그럼 특별한 소풍을 나가자고 제의해도 되겠습니까?"

"좀 더 자세히 말씀해보세요."

"당신은 지금까지 낮에 햇빛이 있을 때만 해저를 구경했는데, 캄캄한 밤에 해저를 방문하고 싶지는 않으십니까?"

"물론 그러고 싶습니다."

"미리 말씀드리지만 이 소풍은 몹시 피곤할 겁니다. 오랫동안 걸어야 하고, 산 하나를 올라야 합니다. 게다가 길도 험하고요."

"그렇게 말씀하시니 더욱 호기심이 동하는데요. 나는 언제든지 함께 갈 준비가 되어 있습니다."

"그럼 따라오시죠. 잠수복을 입어야 하니까."

탈의실에 이르렀을 때 나는, 네드와 콩세유는 물론 다른 승무원도 이번 소풍에 동행하지 않는다는 것을 알았다. 선장은 네드나 콩세유를 데려가도 좋다는 말조차 꺼내지 않았다.

우리는 곧 장비를 갖추었다. 등에는 공기통을 멨지만 램프는 준비되어 있지 않았다. 나는 선장에게 그 점을 지적했다.

"램프는 필요 없을 겁니다." 선장이 대답했다.

나는 선장의 말을 잘못 들었나 보다고 생각했지만, 다시 물어볼 수는 없었다. 선장의 머리는 이미 구리 헬멧 속으로 사라져버렸기 때문이다. 나는 준비를 마쳤다. 튼튼하게 보강된 지팡이가 내 손에 쥐어졌다. 잠시 후에 우리는 여느 때의 절차를 거쳐 수심 300미터의 대서양 밑바닥으로 내려갔다.

자정이 가까웠다. 바다는 칠흑같이 어두웠지만, 네모 선장은 멀리서 잔광처럼 희미하게 빛나는 불그레한 점을 가리켰다. 그 빛은 '노틸러스'호에서 3킬로미터쯤 떨어져 있었다. 그 불이 무엇인지, 연료가 무엇인지, 물속에서 어떻게 불이 계속 타오르고 있는지, 물속에 불을 피워놓은 이유가 무엇인지는 알 수 없었다. 어쨌든 그 불빛은 희미하게나마 우리의 앞길을 비추어주었다. 나는 곧 그 독특한 어둠에 익숙해졌고, 이런 상황에서는 룸코르프 램프가 전혀 도움이 되지 못했으리라는 것을 이해했다.

네모 선장과 나는 서로 바싹 붙어서, 선장이 가리킨 불빛을 향해 곧장 걸어갔다. 평탄한 바닥은 알아차릴 수 없을 만큼 완만한 오르막을 이루고 있었다. 우리는 지팡이에 몸을 의지하여 걸음을 떼어놓았다. 하지만 군데군데 납작한 돌멩이가 흩어져 있고 해초가 섞인 뻘에 발이 푹푹 빠져서 앞으로 나아가기가 어려웠다.

걷는 동안, 머리 위에서 지글거리는 소리가 들렸다. 그 소리는 이따금 훨씬 커져서 계속 딱딱거리는 소리가 되었다. 나는 곧 그 이유를 알아차렸다. 그것은 빗소리였다. 빗방울이 수면을 격렬하게 내리치고 있었다. 몸이 흠뻑 젖겠구나 하는 생각이 본능적으로 떠올랐다. 물속에서 비를 맞다니. 그 야릇한 생각에 저절로 웃음이 나왔다. 하지만 두꺼운 잠수복을 입고 있으면 물속에 있다는 감각을 느낄 수 없고, 그저 육지보다 약간 밀도가 높은 대기 속에 있는 것처럼 느껴질 뿐이다.

30분쯤 걷자 바닥이 온통 자갈밭이었다. 해파리, 작은 갑각류, 팔방산호의 일종인 바다조름이 희미한 인광을 발하고 있었다. 이따금 무수한 식충류나

무성한 해초로 뒤덮인 돌무더기가 보였다. 바닥에 끈적끈적한 해초가 카펫처럼 깔려 있어서 발이 자주 미끄러졌다. 끝에 물미를 박은 지팡이가 없었다면 여러 번 넘어졌을 것이다. 뒤를 돌아보니, 저 멀리 '노틸러스'호의 희끄무레한 탐조등 불빛이 보였다. 그 불빛은 점점 희미해지고 있었다.

내가 방금 말한 돌무더기는 규칙적으로 밑바닥에 배열되어 있었지만, 그 규칙성을 명확하게 설명할 수는 없었다. 나는 거대한 밭고랑 같은 자국이 멀리 뻗어나가 어둠 속으로 사라지는 것을 알아차렸다. 얼마나 멀리까지 뻗어 있는지는 짐작도 가지 않았다. 내가 이해할 수 없는 광경은 그것만이 아니었다. 납으로 된 장화 밑창은 뼈 무덤을 짓밟고 있는 것 같았다. 걸음을 내디딜 때마다 백골이 바스러지는 듯한 메마른 소리가 났다. 내가 걷고 있는 이 드넓은 해저 평원은 무엇일까? 선장에게 물어보고 싶었지만, 선장이 해저 소풍을 나왔을 때 동료들과 의사소통을 하는 데 사용하는 그 몸짓 언어를 나는 아직 배우지 못했다.

그러는 동안, 우리를 안내해주던 불그레한 불빛이 점점 커지더니 곧 지평선 전체가 활활 타올랐다. 그 수중 불빛의 존재는 내 호기심을 한없이 부풀렸다. 나는 전기의 유출을 목격하고 있는 것일까? 지상의 과학자들이 아직 모르는 자연 현상일까? 어쩌면 저 불꽃을 인간이 만들어냈을지도 모른다는 생각이 언뜻 스쳤다. 어떤 손이 저 불에 부채질을 하고 있을까? 이 깊은 물속에서 네모 선장처럼 야릇한 생활을 하고 있는 그의 동지나 친구를 만나게 되는 건 아닐까? 선장은 지금 그 친구를 찾아가고 있는 것일까? 저곳에 가면 지상의 불행에 진저리가 나서 독립된 생활을 찾아 해저로 내려온 망명자들을 만나게 되지 않을까? 이런 터무니없는 생각들이 연달아 머리에 떠올랐다. 눈앞을 끊임없이 지나가는 해저의 경이에 자극을 받아 완전히 들떠버린 정신 상태에서는 네모 선장이 꿈꾼 해저 도시를 만난다 해도 놀라지 않았을 것이다!

길은 점점 밝아졌다. 높이가 250미터쯤 되는 산꼭대기에서 하얀 빛줄기가 사방으로 퍼져 나오고 있었다. 하지만 그것은 물의 프리즘 작용으로 생겨난 영상일 뿐이었다. 이 불가해한 빛의 원천, 즉 초점은 산 뒤쪽에 있었다.

네모 선장은 대서양 밑바닥에 밭고랑처럼 파여 있는 돌밭의 미로를 거침없이 나아갔다. 그는 이 어두운 통로를 잘 알고 있었다. 이곳을 자주 걸어본 게 분명했다. 따라서 길을 잃을 염려는 없었다. 나는 선장을 철석같이 믿고 따라갔다. 나에게는 선장이 바다의 정령처럼 보였다. 선장이 앞장서서 걷고 있는 동안, 나는 밝은 지평선을 배경으로 검게 떠오른 그의 훤칠한 체격을 감탄하는 눈으로 바라보았다.

밤 한 시였다. 우리는 산의 첫 번째 비탈에 이르렀다. 하지만 비탈을 올라가려면 우선 넓은 덤불 사이로 뻗어 있는 험한 길을 지나가야 했다.

그곳은 죽은 나무들로 이루어진 덤불이었다. 잎도 없고 수액도 없는 나무들, 해수의 작용으로 광물화한 나무들 사이에 거대한 소나무가 여기저기 솟아 있었다. 물속에 가라앉은 대지를 뿌리로 움켜잡고 있는 소나무는 아직도 똑바로 서 있는 목탄 같았다. 검은 종이를 가늘게 오린 듯한 가지들이 수중 천장을 배경으로 또렷이 드러나 있었다. 하르츠 산지[180]의 비탈에 매달려 있는 울창한 숲, 하지만 물속에 가라앉아 있는 숲을 상상해보라. 크고 작은 해초가 길을 막고 있었다. 해초 사이에는 온갖 갑각류가 우글거렸다. 나는 바위를 기어오르고, 쓰러진 나무줄기를 타 넘고, 이 나무에서 저 나무로 가로지른 덩굴을 자르며 앞으로 나아갔다. 물고기들이 놀라서 나뭇가지 사이로 달아났다. 나는 눈앞의 광경에 넋을 잃어, 더 이상 피로도 느끼지 않았다. 나는 전혀 보조를 늦추지 않는 안내인을 부지런히 따라갔다.

이 얼마나 놀라운 광경인가! 어떻게 그것을 묘사할 수 있을까! 물속에 가라앉은 나무와 바위들, 그 검고 황량한 돌출부, 물의 굴절력으로 증폭된 이 빛의 붉은 색조로 물든 나무와 바위의 표면을 어떻게 묘사할 수 있을까? 우리는 커다란 덩어리로 무너져 내려 무거운 신음 소리와 함께 산사태처럼 밀려온 자갈 위로 기어올랐다. 좌우에는 끝이 보이지 않는 어두운 터널이 입을 벌리고 있었다. 넓은 빈터가 마치 인간의 손으로 만들어진 것처럼 보였다. 어디선가 해저 인간이 불쑥 나타나지나 않을까 하는 생각마저 들었다.

하지만 네모 선장은 계속 산을 올라가고 있었다. 나는 혼자 뒤처지고 싶지 않아서 열심히 따라갔다. 지팡이는 아주 유용했다. 깊은 협곡 측면의 좁은 샛길에서 비틀거리면 위험했을 것이다. 하지만 나는 현기증도 느끼지 않고 안정되게 발을 내딛고 있었다. 때로는 깊은 균열을 펄쩍 건너뛰기도 했다. 지상의 빙하에서 그런 크레바스를 만났다면 감히 건너뛸 엄두도 못 내고 뒷걸음쳤을 것이다. 때로는 심연에 걸쳐진 채 흔들거리는 나무줄기 위로 용감하게 발을 내딛기도 했다. 그럴 때는 발 밑을 보지 않고, 주위에 펼쳐진 황량한 광경만 감탄하며 바라보았다.

거대한 바위들이 나타났다. 불규칙하게 깎인 토대 위에 비스듬히 기울어져 있는 바위들은 평형의 법칙에 도전하고 있는 듯했다. 거대한 바위의 무릎 사이에서 나무들이 강한 압력으로 뿜어 나오는 분수처럼 솟아나와, 자신이 뿌리박은 바위를 지탱해주고 있었다. 성벽처럼 깎아지른 넓은 암벽과 천연 망루가 비스듬히 기울어져 있었다. 지상에서라면 중력의 법칙 때문에 그런 각도로 서 있지는 못했을 것이다.

잠수복과 구리 헬멧과 금속 구두창은 아주 무거웠지만, 나는 험하고 가파른 비탈을 야생 염소나 산양처럼 날쌔게 올라갔다. 그럴 때는 물의 높은 밀도 때문에 생겨난 차이를 확실히 느낄 수 있었다.

이 해저 탐험에 대한 이야기가 얼마나 허황하게 들리는지는 나도 잘 알고 있다! 내가 하는 이야기는 도저히 있을 수 없는 일처럼 여겨지지만, 논란의 여지가 없는 진실이다. 꿈을 꾼 게 아니다. 나는 그것을 내 몸으로 느꼈고 내 눈으로 보았다.

'노틸러스'호를 떠난 지 두 시간 만에 우리는 삼림지대를 지났다. 산꼭대기는 우리 머리 위에 30미터 높이로 우뚝 솟아 있었다. 꼭대기에서 퍼져 나오는 빛살이 저 아래 산비탈에 그림자를 던지고 있었다. 여기저기 돌처럼 단단해진 관목들이 찡그린 얼굴처럼 지그재그로 뻗어 있었다. 인기척에 놀라 풀숲 속에서 날아오르는 새 떼처럼 물고기들이 우리 발 앞에서 일제히 솟아올랐다. 바위에는 뚫고 들어갈 수 없는 구멍과 깊은 동굴과 우묵한 구덩이가 파여 있었다. 구덩이 바닥에서 무시무시한 동물들이 움직이는 소리가 들렸다. 내 앞길을 가로막고 있는 거대한 더듬이를 발견하거나 소름 끼치는 집게발이 어두운 동굴 속에서 탁 닫히는 소리가 들릴 때마다 나는 얼굴이 창백해졌다. 어둠 속에서 수많은 빛이 깜박거리고 있었다. 그것은 굴 속에 숨어 있는 거대한 갑각류의 눈이었다. 미늘창으로 무장한 병사처럼 차렷 자세로 서서 금속이 맞부딪치듯 철컥철컥 소리를 내며 다리를 흔드는 거대한 바닷가재, 대포처럼 버티고 앉아 있는 거대한 게, 살아 있는 뱀들이 뒤얽혀 싸우듯 다리를 비비 꼬고 있는 문어는 경외심마저 불러일으켰다.

이 놀라운 세계는 도대체 무엇인가? 나는 아직도 이 세계의 이방인이었다. 저 체절동물들은 어느 목에 속해 있을까? 바위는 그들에게 제2의 갑각처럼 보였다. 자연은 그들의 잔인한 생활의 비밀을 어디에 드러내놓았을까? 저 동물들은 이 깊은 바다의 후미진 곳에서 얼마나 오랫동안 살아왔을까?

하지만 나는 걸음을 멈출 수 없었다. 그 무시무시한 동물들에 이미 익숙한 네모 선장은 더 이상 그들에게 관심을 기울이지 않았다. 우리는 첫 번째 고원에 도착했다. 여기서는 더욱 큰 놀라움이 나를 기다리고 있었다. 조물주가 아니라 인간의 손이 닿은 흔적이 역력한 멋진 폐허가 서 있었던 것이다. 그것은 거대한 돌무더기였지만, 그래도 성채와 신전의 형태를 어렴풋이 분간할 수 있었다. 그 위에는 꽃 같은 산호가 덮여 있고, 담쟁이 대신 해초가 두꺼운 외투처럼 그것을 뒤덮고 있었다.

지각변동으로 침몰한 이 땅은 도대체 무엇일까? 이 바위와 돌을 선사시대의 선돌처럼 배열해놓은 것은 누구일까? 이곳은 어디일까? 네모 선장이 나를 데려온 이곳은 어디일까?

나는 선장에게 묻고 싶었다. 하지만 물을 수가 없어서 나는 선장의 팔을 잡았다. 선장은 고개를 저으면서 마지막 산꼭대기를 가리켰다. 선장은 이렇게 말하는 것 같았다.

"갑시다! 좀 더 가야 돼요! 따라오세요!"

나는 마지막으로 힘을 내어 선장을 따라갔다. 그리고 잠시 후 나머지 바위산보다 10미터쯤 높은 산꼭대기에 이르렀다.

나는 우리가 온 방향을 돌아보았다. 산은 평원보다 200~250미터 정도밖에 높지 않았다. 하지만 반대쪽에는 500미터 높이의

거대한 바닷가재, 거대한 게

가파른 벼랑이 밑바닥까지 이어져 있었다. 나는 먼 곳을 바라보았다. 타오르는 불빛이 드넓은 공간을 눈부시게 비추고 있었다. 그 산은 화산이었다. 꼭대기보다 15미터 아래에서 돌멩이와 바위들이 비오듯 쏟아지는 가운데 커다란 분화구가 용암을 토해내고 있었다. 용암은 불의 폭포수처럼 물속으로 퍼져나갔다. 화산은 거대한 횃불처럼 밑에 있는 평원을 지평선 끝까지 환히 비추었다.

나는 해저 분화구가 불꽃이 아니라 용암을 토해내고 있다고 말했다. 불꽃은 공기 중의 산소가 있어야만 타오를 수 있으니까, 수중에서는 불꽃이 생길 수 없다. 하지만 이미 뜨거운 열과 빛을 갖고 있는 용암은 백열 상태로 달아

올라 물에 저항할 수 있고, 물에 닿으면 물을 기화시킬 수 있다. 빠르게 흐르는 용암은 마치 베수비오 화산[181]의 분출물이 토레 델 그레코로 흘러 들어가듯 산기슭으로 미끄러져 내려가면서 증기를 모두 쓸어가 널리 확산시켰다.

바로 거기, 내 눈앞에 파괴된 도시, 황폐해지고 부서지고 허물어진 도시가 나타났다. 지붕은 내려앉고, 신전은 무너지고, 아치는 부서지고, 기둥은 바닥에 누워 있었지만, 아직도 토스카나 양식의 건축물처럼 견실한 균형과 조화를 분간할 수 있었다. 저쪽에는 거대한 수로 유적이 있고, 이쪽에는 파르테논 신전의 돋을새김이 되어 있는 아크로폴리스가 침니에 파묻힌 채 돌출해 있고, 저쪽에는 오래전에 사라진 바다의 해안에서 상선과 갤리선들을 보호해주던 고대 항구의 흔적이 남아 있고, 그 너머에는 무너진 성벽이 길게 늘어서 있고, 아무도 없는 넓은 도로가 뻗어 있었다. 폼페이[182] 같은 도시 전체가 바다 속에 가라앉은 것이다. 네모 선장은 그것을 내 눈앞에 되살려놓았다!

여기가 어디지? 도대체 어디일까? 나는 무슨 수를 써서라도 알고 싶었다. 말을 하고 싶었다. 내 머리를 가두고 있는 헬멧을 벗어 던지고 싶었다.

하지만 네모 선장이 다가와 몸짓으로 나를 말렸다. 그러고는 하얀 돌멩이 하나를 집어들고, 검은 현무암 바위로 다가가 낱말 하나를 적었다.

아틀란티스[183]

섬광이 내 머리를 스쳐갔다! 아틀란티스! 테오폼포스의 고대 메로피스, 플라톤의 아틀란티스! 오리게네스, 포르피리오스, 얌블리코스, 당빌, 말트 브룅, 훔볼트는 모두 아틀란티스 대륙의 소멸을 전설로 분류하여 그 존재를 부인했지만, 포시도니오스, 플리니우스, 암미아누스 마르켈리누스, 테르툴리아누스, 셰러, 투른포르, 뷔퐁, 다브자크는 대륙의 존재를 인정했다.[184] 그런데 그 대륙이 지금 내 눈앞에 있었다! 그 대륙을 덮친 재앙의 흔적을 아직도 생생히 간직한 채! 따라서 이곳은 유럽과 아시아와 리비아의 바깥, 헤라클레스의 기둥 너머에 존재했다가 물속으로 가라앉은 땅, 고대 그리스와 최초의 전쟁을 치른 강력한 아틀란티스인의 땅이었다!

그 영웅시대의 주요 사건을 기록한 역사가는 플라톤이었다. 플라톤이 쓴 『대화편』의 「티마이오스」와 「크리티아스」는 시인이자 입법가인 솔론[185]의 영향을 받아 씌어진 것이다.

어느 날 솔론은 사이스[186]에서 온 현인 몇 명과 대화를 나누고 있었다. 사이스는 그곳 신전의 신성한 벽에 새겨진 연대기가 입증하듯 8백 년 전에 세워진 도시였다. 그 노인들 가운데 하나가 사이스보다 천 년이나 오래된 다른 도시에 대해 이야기했다. 아테네인이 9백 세기 전에 세운 이 최초의 도시는 아틀란티스인의 침략으로 일부 파괴되었는데, 아틀란티스인들은 아프리카와 아시아를 합친 것보다 더 큰 대륙에 살고 있었다고 노인은 말했다. 그 대륙은 북위 12도에서 40도까지의 면적을 차지하고 있었다. 그들의 지배력은 이집트까지 미쳤지만, 그리스까지 지배력을 확대하고 싶어 했다. 하지만 그리스인들의 완강한 저항에 부닥쳐 후퇴할 수밖에 없었다. 몇 세기가 지났다. 홍수와 지진이 아틀란티스를 덮쳤다. 아틀란티스를 파괴하는 데에는 단 하루의 낮과 밤으로 충분했다. 아틀란티스에서 가장 높은 산꼭대기들은 마데이라 제도, 아조레스 제도, 카나리아 제도, 베르데곶 제도의 섬들이 되어 아직도 수면 위로 나와 있다.

이것이 네모 선장이 쓴 '아틀란티스'를 보고 내 마음에 되살아난 기억들이다. 나는 야릇한 운명에 이끌려 그 대륙의 산을 발로 밟고, 손으로는 지질시대 초기와 동시대인 수십만 년 전의 폐허를 만지고 있었다! 나는 최초의 인간과 동시대의 사람들이 걸었던 바로 그곳을 걷고 있었다! 이제 광물로 변한 나무들이 한때 그늘로 덮었던 그 신화시대 동물들의 뼈를 나는 무거운 구두 밑창으로 바스러뜨리고 있었다!

아아, 시간이 충분하면 얼마나 좋을까! 나는 이 산의 가파른 비탈을 내려가, 아프리카와 아메리카 대륙을 연결했을 게 분명한 그 거대한 대륙을 구석구석 돌아다니고, 노아의 홍수 이전에 존재한 대도시들을 찾아가보고 싶었다. 저기 내 눈앞에 펼쳐져 있는 것은 호전적인 도시 마키모스와 성스러운 도시 에우세비아일지도 모른다. 물속에 가라앉은 이 유적이 언젠가는 화산의 분화 작용으로 다시 수면에 떠오를 것이다! 대서양의 이 해역에서는 해저화산이 자주 폭발한 것으로 기록되어 있고, 배들은 화산 폭발로 심해가 소용돌이치는 곳을 지날 때면 엄청난 지진을 느낄 때가 많았다. 어떤 배는 심해에 혼란이 일어난 것을 알리는 둔탁한 소리를 들었다고 기록했고, 해저에서 올라온 화산재를 뒤집어쓴 배도 있었다. 이 일대의 해저는 적도에 이르기까지 아직도 지각변동의 영향을 받고 있다. 그러니 먼 장래에는, 화산 분출물과 겹겹이 쌓인 용암층이 산을 이루어 대서양 수면 위로 얼굴을 내밀지도 모른다.

그 웅장한 풍경을 기억 속에 새기면서 이런 몽상에 잠겨 있는 동안, 네모 선장은 이끼 낀 돌기둥에 기대앉아서 돌로 변해버린 것처럼 말없는 황홀경에 빠져 꼼짝도 하지 않았다. 선장은 사라진 세대를 몽상하고 있었을까? 그들에게 인간의 운명이 지닌 비밀을 묻고 있었을까? 현대와 아무 관계도 갖고 싶어 하지 않는 저 묘한 인물은 역사와 대화하기 위해, 고대의 생활을 다시 체험하기 위해 이곳에 왔을까? 그의 생각을 알 수만 있다면, 그 생각을 공유하고 이해할 수만 있다면 어떤 대가를 치러도 아깝지 않았을 것이다!

우리는 꼬박 한 시간 동안 그곳에 남아, 이따금 놀랄 만큼 강렬해지는 용암의 밝은 불빛 속에서 드넓은 평원을 바라보았다. 이따금 산속에서 부글부글 끓어오르는 마그마가 지각을 통해 우리한테까지 진동을 보내왔다. 물속에서 또렷이 전달되는 낮은 소리가 크게 증폭되어 울려 퍼졌다.

갑자기 깊은 물을 뚫고 달이 나타나, 물속에 가라앉은 대륙에 창백한 빛을 내려보냈다. 달빛은 희미했지만 형언할 수 없는 효과를 냈다. 선장은 일어나서 드넓은 평원을 마지막으로 바라본 다음, 나에게 따라오라고 손짓했다.

우리는 서둘러 산을 내려갔다. 광물이 된 숲을 지나자, 별처럼 빛나고 있는 '노틸러스'호의 탐조등 불빛이 보였다. 선장은 곧장 앞으로 걸어갔다. 첫 새벽빛이 나타나 수면이 희붐하게 밝아졌을 때쯤 우리는 배에 돌아와 있었다.

chapter 10
해저 탄광

이튿날인 2월 20일, 나는 늦게야 눈을 떴다. 간밤의 피로 때문에 열한 시까지 늦잠을 잤다. 눈을 뜨자마자 나는 얼른 일어났다. '노틸러스'호가 어느 쪽으로 가고 있는지 궁금했다. 나침반은 배가 여전히 남쪽으로 가고 있음을 보여주었다. 속도는 20노트, 깊이는 100미터였다.

콩세유가 들어왔다. 나는 간밤의 소풍에 대해 말해주었다. 객실 금속판이 열려 있었기 때문에, 콩세유는 물에 가라앉은 대륙을 일부나마 언뜻 볼 수 있었다.

'노틸러스'호는 대서양 바닥을 스치듯 지나가고 있었다. 배와 밑바닥 사이의 거리는 10미터밖에 안 되었다. 배는 바람을 타고 대초원 위를 날아가는 풍선처럼 달리고 있었다. 하지만 객실에 있으면 급행열차의 칸막이 객실에 앉아 있는 것과 마찬가지였다. 우리 눈앞에 펼쳐져 있는 풍경은 기기묘묘한 형태로 깎인 바위들과 식물에서 동물로 변한 나무들로 이루어져 있었다. 그 윤곽들이 물속에서 얼굴을 찡그리고 있었다. 말미잘로 뒤덮인 돌무더기 위에 수직으로 길게 자라난 수생식물이 삐죽삐죽 돋아나 있는 것이 보이더니, 화산 분화가 얼마나 격렬했는지를 입증하듯 기묘하게 뒤틀린 용암 덩어리가 나타났다.

배의 탐조등 불빛이 이런 기괴한 물체들을 비추는 동안, 나는 아틀란티스인의 역사와 그 영웅적인 사람들의 전쟁에 대해 콩세유에게 말해주었다. 그리고 아틀란티스의 존재를 믿는 사람의 관점에서 아틀란티스 문제를 논했다. 그런데 콩세유는 정신이 딴 데 가 있는 것처럼 내 이야기를 건성으로 듣고 있었다. 그가 역사 문제에 그렇게 무관심한 이유는 곧 밝혀졌다.

온갖 물고기가 콩세유의 시선을 사로잡고 있었던 것이다. 물고기가 지나갈 때마다 콩세유는 현실 세계를 떠나 그 물고기를 분류하는 작업에 몰두했다. 사정이 이러했기 때문에, 나도 결국 콩세유를 따라 어류 연구를 시작할 수밖에 없었다.

사실 대서양의 어류는 우리가 지금까지 관찰한 어류와 별반 다르지 않았다. 몸길이가 5미터나 되고 근육의 힘이 엄청나서 수면 위로 날아오를 수 있는 거대한 가오리와 여러 종류의 상어가 보였다. 우리가 본 것은 물속에서 거의 보이지 않는 투명한 세모꼴 이빨을 가졌고 몸길이가 4미터인 청록색 상어, 갈색 새그리 상어, 몸이 각기둥 모양이고 피부가 단단한 결절로 덮여 있는 용상어 등이었다. 철갑상어는 지중해에서 본 철갑상어와 비슷했고, 몸이 황갈색이고 작은 회색 지느러미를 갖고 있지만 이빨도 혀도 없고 뱀처럼 유연하게 헤엄을 치는 실고기도 있었다.

경골어류 중에서 콩세유가 본 것은 위턱에 날카로운 이빨이 달려 있는 3미터 길이의 청새치, 아리스토텔레스 시대에 바다의 용으로 알려졌고 등에 가시가 돋아나 있어서 만지면 매우 위험한 트라키누스, 등은 갈색 바탕에 푸른 줄무늬가 있고 황금색 선으로 둘러싸인 만새기, 아름다운 감성돔, 몸이 동글납작한 원반처럼 생겼고 푸른 반점이 위에서 햇빛을 받으면 은빛으로 보이는 전갱이, 몸길이가 8미터나 되고 황갈색 지느러미는 커다란 낫이나 언월도처럼 생겼고 떼를 지어 다니는 황새치 등이었다. 이들은 대담한 동물이지만 육식성이라기보다는 초식성이고, 잘 훈련된 남편처럼 암컷의 신호에 민감하게 복종한다.

그러나 다양한 해양 동물을 관찰하면서도 나는 계속 아틀란티스의 넓은 평원을 조사하고 있었다. 이따금 바다가 변덕스러운 변화를 보이면 '노틸러스'호는 속력을 늦추어 언덕 사이의 좁은 통로를 고래처럼 솜씨 좋게 빠져나가곤 했다. 미로가 도저히 빠져나갈 수 없을 만큼 복잡해지면, 배는 풍선처럼 떠올라 장애물을 넘은 다음 다시 바다 가까이 내려가 빠른 속도로 전진을 계속했다. 그 인상적이고 매력적인 항해는 기구 비행을 연상시켰다. 차이점이 있다면 '노틸러스'호는 조타수의 손에 완전히 복종한다는 점이었다.

오후 네 시쯤, 주로 광물화된 나뭇가지가 섞인 걸쭉한 진흙으로 이루어진 지형이 변화하기 시작했다. 바위가 많아지고 역암과 현무암·응회암이 여기저기에 흩뿌려져 있는 것 같았다. 용암과 유황질 흑요석이 몇 개 반짝거렸다. 나는 이제 곧 넓은 평원이 끝나고 산악지대가 나타날 모양이라고 생각했다. 실제로 '노틸러스'호가 구불구불 나아가는 동안 나는 높은 암벽이 남쪽 지평선을 차단하고 있는 것을 언뜻 보았다. 그 암벽에는 빠져나갈 길이 없는 것 같았다. 암벽 꼭대기는 분명 수면보다 높았다. 그것은 대륙이거나 적어도 섬이 분명했다. 어쩌면 카나리아 제도나 베르데곶 제도인지도 모른다. 배의 위치를 측정하지 않았기 때문에 우리가 어디쯤 있는지는 알 수 없었다. 하지만 어쨌든 그 암벽은 아틀란티스의 끝을 나타내는 것 같았다. 우리는 사실 아틀란티스의 일부를 답사했을 뿐이다.

밤이 되어도 나는 관찰을 멈추지 않았다. 콩세유가 선실로 돌아갔기 때문에 나는 객실에 혼자 남았다. '노틸러스'호는 속력을 늦추어, 혼란스러운 양상을 띠고 있는 밑바닥 위를 천천히 지나갔다. 때로는 바다에 착륙하고 싶은 듯 아래로 내려가고, 때로는 변덕스럽게 수면으로 올라갔다. 그럴 때면 수정 같은 물을 통해 밝은 별들이 언뜻 보였다. 특히 오리온자리의 꼬리를 따라가는 별 대여섯 개가 눈에 잘 띄었다.

나는 바다와 하늘의 아름다움에 감탄하며 오랫동안 창가에 머물고 싶었지만, 갑자기 유리창이 닫혀버렸다. 바로 그 순간 '노틸러스'호는 높은 수직 암벽에 이르렀다. '노틸러스'호가 어떻게 움직일지, 짐작도 가지 않았다. 나는 내 방으로 돌아갔다. '노틸러스'호는 더 이상 움직이지 않고 있었다. 나는 두어 시간만 자고 일어나기로 단단히 마음먹고 잠이 들었다.

그러나 이튿날 내가 거실로 돌아간 것은 여덟 시가 지나서였다. 나는 우선 압력계부터 확인했다. '노틸러스'호는 수면에 떠 있었다. 상갑판을 오락가락하는 발소리도 들렸다. 하지만 파도가 이는 것을 알려주는 흔들림은 전혀 없었다.

나는 해치로 올라갔다. 해치는 열려 있었다. 밖으로 나가면 당연히 햇빛을 볼 수 있을 줄 알았는데, 밖은 칠흑같이 어두웠다. 여기가 어디지? 내가 잘못 생각했나? 아직 날이 새지 않았나? 아니야! 하늘에는 별도 없고, 밤은 절대로 이렇게 캄캄하지 않아.

나는 어떻게 생각해야 할지 알 수가 없었다. 그때 어떤 목소리가 들려왔다.
"아로낙스 박사인가요?"
"아아, 네모 선장! 여기가 어딥니까?"
"땅속입니다."
"땅속? '노틸러스'호는 여전히 물 위에 떠 있는 겁니까?"
"여전히 물 위에 떠 있습니다."
"도무지 이해할 수가 없는데요?"
"잠시만 기다리세요. 탐조등이 곧 켜질 테니까요. 상황을 확실히 알고 싶으시다면, 만족하실 겁니다."

나는 상갑판으로 올라가서 기다렸다. 너무 캄캄해서 선장의 모습도 보이지 않았다. 하지만 바로 머리 위를 쳐다보니 어슴푸레한 빛이 보이는 것 같았다. 그것은 둥근 구멍을 통해 들어오는 희미한 햇빛 같았다. 그때 갑자기 탐조등이 켜졌다. 희미한 빛은 강렬한 빛에 먹혀버렸다.

빛이 너무 눈부셔서 한동안은 눈이 먼 것처럼 아무것도 보이지 않았지만, 이윽고 사물이 다시 보이기 시작했다. '노틸러스'호는 멈춰서 있었다. 부두로 개조된 해안 옆에 떠 있었다. 배가 떠 있는 바다는 암벽에 둘러싸인 원형 광장 같은 호수였다. 호수는 지름이 3킬로미터, 둘레가 10킬로미터쯤 되어 보였다. 수위는—압력계에 나타난 대로—바깥 수위와 같아야 했다. 이 호수와 대서양은 분명 서로 통해 있을 것이기 때문이다. 높은 암벽은 뿌리부터 비스듬히 기울어져, 500~600미터 높이의 거대한 깔때기를 엎어놓은 듯한 둥근 천장을 이루고 있었다. 내가 좀 전에 희미한 빛을 본 머리 위에는 둥근 구멍이 뚫려 있었다. 그 빛은 분명 햇빛이었다.

거대한 동굴 내부를 좀더 유심히 살펴보기 전에, 그리고 그것이 자연 동굴인지 인공 동굴인지를 결정하기 전에 나는 네모 선장에게 곧장 다가갔다.

"여기가 어딥니까?"

"사화산의 한복판입니다. 지각변동이 일어난 뒤 바다가 이 화산을 침범했지요. 박사가 자고 있는 동안, '노틸러스'호는 해수면보다 10미터 밑에 있는 천연 통로를 통

'노틸러스' 호는 해안 옆에 떠 있었다.

해 이 호수로 들어왔습니다. 이곳은 그러니까 '노틸러스'호의 모항(母港)입니다. 안전한 피난처지요. 편리하고 은밀할 뿐만 아니라, 어느 방향에서 불어오는 바람도 막아줍니다! 대륙이나 섬의 해안에 이곳만 한 항구, 아무리 거센 태풍이 몰아쳐도 절대 안전한 항구가 있습니까?"

"여기는 확실히 안전하군요. 화산 한복판에 있는 당신을 누가 건드릴 수 있겠습니까? 그런데 저 꼭대기에는 구멍이 뚫려 있는 것 같은데요?"

"그게 분화구입니다. 전에는 용암과 수증기와 불길로 가득 차 있었지만, 지금은 우리가 숨쉬는 이 신선한 공기를 들여보내주는 통로가 되어 있지요."

"그런데 이 화산은 도대체 뭡니까?"

"바다에 점점이 흩어져 있는 수많은 작은 섬 가운데 하나예요. 다른 배들에는 단순한 장애물일 뿐이지만, 우리한테는 거대한 동굴이죠. 우연히 이곳을 발견했는데, 정말 운이 좋았지요."

"하지만 누군가가 분화구를 통해 이곳으로 들어올 수도 있잖습니까?"

"내가 저기로 올라갈 수 없듯이 아무도 저기로 들어올 수 없습니다. 저 분화구의 내벽을 30미터까지는 올라갈 수 있지만, 그 위는 암벽이 오버행[187]을 이루기 때문에 더 이상 올라갈 수 없습니다."

"정말이지 자연은 도처에서 당신을 여러모로 도와주고 있군요. 이 호수에만 있으면 안전하고, 당신 말고는 아무도 이 호수에 올 수가 없겠어요. 그런데 이 피난처가 도대체 무슨 필요가 있습니까? '노틸러스'호는 항구가 필요 없잖습니까?"

"그렇습니다. 하지만 '노틸러스'호가 움직이려면 전기가 필요하고, 전기를 만들어내려면 전지가 필요하고, 전지를 충전하려면 나트륨이 필요하고, 나트륨을 만들려면 석탄이 필요하고, 석탄을 비축하려면 탄광이 필요합니다. 그런데 바로 이곳의 바다 밑바닥에는 지질시대 초기의 나무숲이 있습니다. 지금은 그것이 광물화되어 석탄으로 변했고, 내가 소유하고 있는 이 탄층은 무진장합니다."

"그럼 선장의 부하들이 광부 노릇을 합니까?"

"그렇습니다. 이곳의 광맥은 뉴캐슬의 탄광처럼 바다 속에 넓게 펼쳐져 있지요. 내 부하들은 잠수복을 입고 곡괭이를 들고 석탄을 캐러 갑니다. 그래서 나는 지상의 탄광에 의존할 필요가 전혀 없습니다. 나트륨을 만들기 위해 석탄을 태우면, 연기가 분화구로 빠져나가서 이 산을 활화산처럼 보이게 합니다."

"당신의 부하들이 작업하는 광경을 볼 수 있습니까?"

"아니, 적어도 이번에는 안 됩니다. 나는 서둘러 해저 여행을 계속하고 싶으니까요. 내가 여기에 온 건 이미 비축해놓은 나트륨을 가져가기 위해서일 뿐입니다. 나트륨을 배에 싣는 데에는 하루밖에 안 걸립니다. 그 작업이 끝나면 다시 여행을 계속할 겁니다. 그러니까 이 동굴을 탐험하고 호수를 한 바퀴 돌고 싶으시면, 오늘을 활용하세요."

나는 선장에게 고맙다고 말하고, 두 친구를 찾으러 갔다. 네드와 콩세유는 아직 선실에서 나오지 않았다. 나는 여기가 어디인지도 말하지 않고 그냥 나를 따라오라고 말했다.

네드와 콩세유는 상갑판으로 올라왔다. 어떤 일에도 놀라지 않는 콩세유는 물속에서 잠들었다가 산 속에서 잠이 깬 것을 당연한 일로 생각했다. 하지만 네드 랜드는 이 동굴에 밖으로 빠져나갈 구멍이 없는지를 찾는 것밖에는 염두에 없었다.

우리는 아침 식사를 마치고 열 시쯤 호숫가로 내려갔다.

"또다시 마른 땅에 올라섰군요." 콩세유가 말했다.

"여긴 '마른 땅'이 아니야." 네드가 대답했다. "그리고 우리는 땅 위가 아니라 땅 밑에 있어."

산기슭과 호수 사이에는 모래톱이 펼쳐져 있었다. 모래톱의 폭은 가장 넓은 곳이 150미터 정도였다. 이 모래톱을 따라 걸으면 호수를 한 바퀴 돌 수 있었다. 하지만 높은 암벽 기슭은 부서진 땅으로 이루어져 있었고, 그 위에 용암 덩어리와 거대한 속돌이 흩어져 그림처럼 아름다운 장관을 이루고 있었다. 땅속의 불이 반들반들한 광택과 함께 남겨놓은 이 돌덩어리들은 탐조등 불빛을 받아 번득이는 불꽃을 튀겼다. 우리 발길에 차인 호숫가의 운모 가루가 반짝이는 구름이 되어 공중으로 날아올랐다.

호수의 물결에 씻겨 평평해진 모래밭을 벗어나자, 바닥이 눈에 띄게 높아졌다. 우리는 곧 구불구불 뻗어 있는 긴 비탈에 이르렀다. 그것은 지그재그로 조금씩 고도를 높여가는 산길 같은 구실을 해주었다. 하지만 우리는 단단하게 굳지 않은 역암 위를 조심스럽게 걸어야 했다. 장석과 석영으로 이루어진 유리질의 조면암을 밟으면 발이 미끄러졌기 때문이다.

이 거대한 구덩이가 화산작용으로 생겼다는 것은 도처에서 확인할 수 있었다. 나는 그 점을 두 친구에게 지적했다.

"이 깔때기가 부글부글 끓어오르는 용암으로 가득 차 있을 때, 뜨겁게 달아올라 하얀 빛을 내는 액체가 용광로 속의 쇳물처럼 분화구까지 차올랐을 때의 광경을 상상할 수 있겠나?"

"저는 충분히 상상할 수 있습니다." 콩세유가 대답했다. "하지만 그 위대한 주물공이 왜 작업을 중단했는지, 어떻게 그 용광로가 잔잔한 호수로 바뀌었는지 가르쳐주시겠습니까?"

"아마 '노틸러스'호가 여기 들어올 때 이용한 해저 통로를 만든 것과 같은 지각변동 때문이겠지. 대서양의 파도가 산속으로 쏟아져 들어온 게 분명해. 물과 불 사이에 치열한 전투가 벌어졌을 테고, 결국 바다의 신 넵투누스가 승리를 거두었을 거야. 하지만 그 후 오랜 세월이 지났고, 물에 가라앉은 화산은 이제 평화로운 동굴이 되었어."

"좋습니다." 네드 랜드가 말했다. "그 설명은 받아들이겠습니다. 하지만 우리 관점에서 보면 박사님이 말하는 그 통로가 해수면 위에 생기지 않은 게 유감이군요."

"하지만 네드." 콩세유가 말했다. "그 통로가 해저에 있지 않았다면 '노틸러스'호는 여기로 들어올 수 없었을 거야."

"그리고 내가 한마디 덧붙이자면, 그 통로가 해저에 있지 않았다면 바닷물이 산속으로 쏟아져 들어오지도 않았을 테고, 이 산은 여전히 화산으로 남았을 걸세. 그러니까 자네의 낙심은 초점이 빗나갔네."

우리는 계속 올라갔다. 기울기는 점점 가팔라지고 길은 점점 좁아졌다. 때로는 크레바스로 길이 끊겨서, 펄쩍 건너뛰어야 했다. 오버행이 나타나면 빙 돌아가야 했다. 우리는 무릎을 꿇은 채 미끄러지듯 나아가거나 납작 엎드려서 엉금엉금 기어갔다. 하지만 콩세유의 기술과 네드의 힘 덕분에 모든 장애물을 넘을 수 있었다.

기슭에서 30미터쯤 올라오자 지질이 바뀌었지만 걷기 어려운 것은 마찬가지였다. 역암과 조면암은 검은 현무암으로 바뀌었고, 물집처럼 툭 튀어나온 기포로 가득 찬 지층이 뻗어 있었다. 역암은 거대한 둥근 천장을 떠받치는 기둥처럼 질서정연하게 늘어서 있는 각기둥을 이루고 있어서, 찬탄할 만한 자연 건축물의 본보기를 보여주었다. 현무암 사이에는 흐르는 동안 굳어져서 역청이 바퀴살처럼 박혀 있는 용암이 길게 구불구불 뻗어 있고, 군데군데 유황이 카펫처럼 넓게 펼쳐져 있었다. 높은 분화구에서 아까보다 강한 빛이 들어와, 사화산 속에 영원히 묻혀버린 이 화산 분출물을 어렴풋이 비추었다.

하지만 약 75미터 높이에서 도저히 넘을 수 없는 장애물이 앞을 가로막았다. 화산 내벽이 오버행으로 바뀌었기 때문에 우리는 먼 길을 돌아가야 했다. 이 높이에서 식물이 광물과 지배권을 다투기 시작했다. 바위틈에서 관목 몇 그루가 나타났고, 교목까지 나타났다. 나는 부식성 즙액이 스며 나오고 있는 등대풀을 몇 포기 발견했다. 헬리오트로프는 '해를 향한다'는 뜻의 이름에 걸맞지 않게 햇빛이 전혀 닿지 않는 곳에 살면서, 색깔과 향기가 거의 사라져버린 꽃송이를 슬픈 듯이 드러내놓고 있었다. 여기저기에 칙칙한 색깔의 병든 잎사귀를 길게 늘어뜨린 알로에가 보이고, 그 발치에 국화가 겁먹은 듯이 웅크린 채 자라고 있었다. 하지만 용암 사이에서 아직도 희미한 향기를 내는 작은 오랑캐꽃을 몇 포기 찾아냈다. 나는 그 향기를 들이마시면서 큰 기쁨을 느끼지 않을 수 없었다. 향기는 꽃의 영혼이지만, 바다의 꽃은 아무리 아름다운 수생식물도 영혼이 전혀 없다!

우리는 튼튼한 용혈수가 힘센 뿌리로 바위를 밀어내고 무리지어 서 있는 숲에 이르렀다. 그때 갑자기 네드가 소리를 질렀다.

"앗! 벌집이다!"

"벌집이라고?" 나는 믿을 수 없다는 몸짓을 했다.

"예, 벌집이에요." 캐나다인이 대답했다. "붕붕거리며 돌아다니는 벌도 있어요."

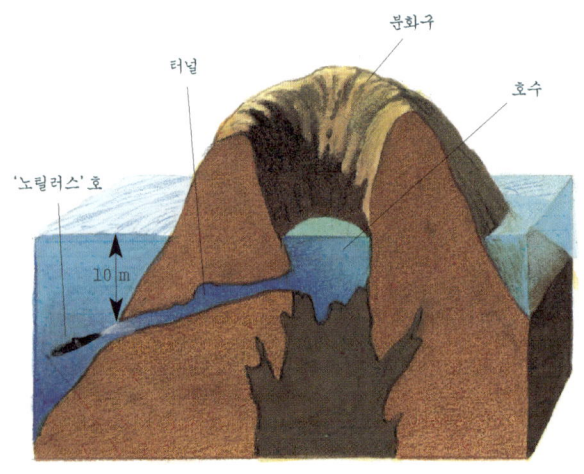

| 사화산의 단면도

가까이 다가간 나는 그 말이 사실이라는 것을 인정할 수밖에 없었다. 용혈수 줄기에 뚫린 구멍 주위에 카나리아 제도 전역에서 흔히 볼 수 있는 그 독창적인 곤충이 수천 마리나 모여 있었다. 카나리아 제도에서는 꿀을 많이 먹는다.

당연한 일이지만, 네드는 꿀을 따고 싶어 했다. 내가 반대하면 그의 미움을 샀을 것이다. 네드는 마른 나뭇잎에 유황을 섞은 다음 부싯돌로 불을 붙여, 그 연기로 벌들을 몰아내기 시작했다. 붕붕거리는 소리가 조금씩 잦아 들더니, 마침내 벌들은 향긋한 꿀이 몇 킬로그램이나 들어 있는 벌집을 포기 했다. 네드는 벌집을 따서 배낭에 넣었다.

"이 꿀을 빵나무 반죽에 섞으면 맛있는 케이크를 만들 수 있을 거야."

"그렇군!" 콩세유가 말했다. "생강빵은 어때?"

"좋은 생각이야." 내가 말했다. "하지만 지금은 흥미로운 산책을 계속하세."

길모퉁이를 돌자 호수 전체가 눈앞에 나타났다. 탐조등이 잔물결 하나 일지 않는 잔잔한 수면을 구석구석까지 환히 비추고 있었다. '노틸러스'호도 꼼짝도 않고 멈춰서 있었다. 밝은 공기 속에서 검은 그림자의 윤곽이 또렷하게 나타났다.

우리는 천장을 떠받치고 있는 첫 번째 암석층에서 가장 높은 곳에 이르러 있었다. 나는 이 화산 속에 사는 동물이 벌만은 아니라는 것을 알아차렸다. 맹금류가 바위 끝에 올라앉은 둥지에서 내려와 여기저기 어두운 그늘 속을 날아다니고 있었다. 배가 하얀 새매도 있고, 새된 소리를 내는 황조롱이도 있었다. 포동포동 살진 느시가 길고 빠른 다리로 비탈을 곤두박질치듯 내려 왔다. 이 맛있는 사냥감을 보자 네드의 공격성이 당장 반응을 보였다. 그러나 네드는 총을 갖고 있지 않았기 때문에, 총알 대신 돌멩이로 느시를 잡으려고 했다. 여러 번 실패한 끝에 마침내 그 당당한 새 한 마리한테 상처를 입힐 수 있었다. 네드가 그 다친 새를 잡으려고 스무 번이나 목숨을 건 것은 거짓 없는 사실이지만, 그 위험한 일을 용케 해낸 것도 사실이다. 느시는 결국 벌집과 함께 네드의 배낭 속으로 들어갔기 때문이다.

비탈이 도저히 올라갈 수 없을 만큼 가팔라지고 있었기 때문에, 우리는 다시 호숫가로 내려갈 수밖에 없었다. 머리 위에 입을 딱 벌리고 있는 분화구는 넓은 우물 입구처럼 보였다. 우리가 있는 곳에서는 하늘을 분명히 볼 수 있었다. 헝클어진 구름이 서풍을 피해 달아나는 것이 보였다. 구름은 산꼭

네드는 스무 번이나 목숨을 걸었다.

대기에 안개 같은 부스러기를 남기고 갔다. 구름은 낮게 떠 있는 게 분명했다. 이 화산은 해발 250미터도 채 안 되었기 때문이다.

네드가 마지막 묘기를 부린 지 30분 뒤, 우리는 암벽으로 둘러싸인 호숫가로 돌아왔다. 이곳의 대표적인 식물은 카펫처럼 넓게 깔린 수송나물이었다. 보존하기 좋고 잼의 재료로도 알맞은 작은 미나리과 식물이다. 바위치나 퉁퉁마디, 바다회향이라고도 부른다. 콩세유는 이 풀을 몇 다발 모았다. 동물로는 온갖 종류의 절지동물이 수천 마리나 우글거렸다. 바닷가재·거미게·징거미·보리새우·진드기·갈라테아도 있었다. 무늬개오지와 뿔소라와 삿갓조개 같은 패류도 헤아릴 수 없이 많았다.

그때 웅장한 동굴 하나가 나타났다. 두 친구와 나는 그 동굴의 고운 모래 위에 네 활개를 펴고 드러누워 즐거워했다. 땅속의 불이 매끄럽게 다듬어놓은 동굴 벽은 운모 가루로 온통 반짝반짝 빛나고 있었다. 네드는 벽이 얼마나 두꺼운지 알아내려고 주먹으로 치기도 하고 발로 걷어차기도 했다. 그것을 보고 나는 웃지 않을 수가 없었다. 이어서 대화는 다시 네드의 탈출 계획으로 옮아갔다. 나는 내 입장을 밝히지 않으면서도 네드에게 약간의 희망이나마 줄 수 있을 것 같아, 이렇게 말했다. 네모 선장은 나트륨을 보급하러 남쪽으로 내려왔을 뿐이니까, 이제 다시 유럽 해안으로 돌아가거나 아메리카로 갈 것이다. 따라서 그때 다시 탈출을 시도할 수 있고, 이번에는 성공할 가능성이 더 많다.

우리는 한 시간쯤 그 매력적인 동굴 속에 네 활개를 펴고 누워 있었다. 대화도 처음에는 활기에 넘쳤지만, 이제는 점점 시들해지고 있었다. 졸음이 우리를 엄습했다. 자지 않으려고 기를 쓸 이유도 없었기 때문에 나는 깊은 잠 속으로 빠져들었다. 그리고 꿈을 꾸었다. 꿈은 제 마음대로 골라서 꿀 수 없는 법이다. 내가 단순한 연체동물처럼 단조로운 생활을 하는 꿈이었다. 동굴은 내 껍데기였다…….

갑자기 나는 콩세유의 목소리에 눈을 떴다.

"위험해! 조심해!" 콩세유가 외쳤다.

"무슨 일이야?" 나는 반쯤 몸을 일으키면서 물었다.

"물이 들어오고 있습니다!"

나는 벌떡 일어났다. 바닷물이 강물처럼 우리 피난처로 쏟아져 들어오고 있었다. 우리는 물론 연체동물이 아니었기 때문에 서둘러 움직여야 했다.

잠시 후 우리는 동굴 위로 무사히 몸을 피했다.

"도대체 무슨 일이죠?" 콩세유가 물었다. "뭔가 새로운 현상인가요?"

"아니야." 내가 대답했다. "그건 밀물일 뿐이야. 우리는 월터 스콧[188]의 주인공처럼 하마터면 밀물에 휩쓸려갈 뻔했어. 바깥 바다의 수위가 올라가고 있고, 지극히 자연스러운 평형의 법칙에 따라 이 호수의 수위도 올라가고 있는 거야. 허리까지만 물에 젖고 빠져나온 게 천만다행이지. '노틸러스'호로 가서 옷을 갈아입자."

45분 뒤에 우리는 호수 일주 여행을 끝내고 배로 돌아왔다. 나트륨을 싣는 작업이 막 끝난 참이었다. '노틸러스'호는 당장이라도 떠날 수 있는 상태였다.

하지만 네모 선장은 아무 지시도 내리지 않았다. 선장은 밤이 되기를 기다려 해저 통로를 은밀하게 빠져나가고 싶은 것일까? 그럴지도 모른다.

이유가 무엇이든, '노틸러스'호는 이튿날 모항을 떠나 육지에서 멀리 떨어진 대서양의 물속을 항해하고 있었다.

chapter 11
사르가소 해

'노틸러스'호는 방향을 바꾸지 않았다. 따라서 유럽 해역으로 돌아갈 희망은 당분간 접어두어야 했다. 네모 선장은 남쪽 방향을 유지했다. 선장은 우리를 어디로 데려가고 있는 것일까? 나는 짐작도 가지 않았다.

그날 '노틸러스'호는 대서양의 주목할 만한 해역을 지났다. '멕시코 만류'라고 불리는 이 난류는 플로리다 해협을 떠난 뒤 노르웨이 북쪽의 스피츠베르겐[189]으로 향한다. 하지만 북위 44도 부근에서 멕시코 만에 이르기 전에 두 갈래로 나뉜다. 본류는 아일랜드와 노르웨이의 해안 쪽으로 가고, 지류는 아조레스 제도 맞은편에서 출발하여 남쪽으로 간다. 그런 다음 아프리카 해안에 부딪치면 긴 타원형을 그리면서 다시 서인도 제도로 돌아간다.

이 지류를 이루는 따뜻한 물은 이제 차갑고 평화롭고 잔잔한 사르가소 해[190]를 둘러싼다. 대서양 한복판의 호수라고 해야 할 이 바다를 해류가 한 바퀴 도는 데에는 적어도 3년이 걸린다.

사르가소 해는 엄밀히 말하면 물속에 가라앉은 아틀란티스 대륙 전체를 덮고 있다. 이 바다에 흩어져 있는 수많은 풀은 침몰한 대륙의 평원에서 떨어져 나온 것이라고 주장한 저자도 있다. 하지만 그 풀과 해초는 유럽과 아메리카의 연안에서 멕시코 만류를 타고 운반되어 왔을 가능성이 더 크다. 이는 콜럼버스가 신세계의 존재를 믿게 된 이유 중의 하나였다. 그 대담한 탐험가의 배들이 사르가소 해에 도착했을 때, 수면에 부유하는 풀이 배의 앞길을 가로막아 항해에 문제가 생겼다. 선원들은 깜짝 놀랐고, 이 해역을 건너는 데 무려 3주를 허비했다.

'노틸러스'호가 지금 가고 있는 해역은 그런 곳이었다. 그곳은 바닷말과 녹조류와 갈조류가 카펫처럼 촘촘히 깔려 있는 진짜 초원이었다. 해초가 너무 빽빽해서 배의 이물이 뚫고 나가지 못할 정도였다. 네모 선장은 풀이 스크루에 엉겨 붙는 것을 바라지 않았기 때문에, '노틸러스'호는 수면에서 몇 미터 아래 위치를 유지했다.

사르가소라는 이름은 '모자반'을 뜻하는 스페인어 '사르가소'에서 유래했다. 물에 떠 있는 모자반이라는 해초가 이 거대한 침대의 주요 성분이다. 『해양의 자연지리학』을 쓴 매튜 모리[191]에 따르면, 그런 수생식물이 대서양의 이 평온한 해역에 모이는 이유는 다음과 같다.

"그 현상을 설명할 수 있는 이유는 누구나 알고 있는 실험으로 증명된다. 코르크처럼 물에 뜨는 물질을 대야에 넣고 물을 일정한 방향으로 계속 저으면, 수면에 퍼져 있던 물체가 가운데로 모이는 것을 볼 수 있을 것이다. 다시 말해서 물의 움직임이 가장 적은 중심점으로 모이는 것이다. 사르가소 해에 해초가 모이는 현상에서 대서양은 대야이고, 멕시코 만류는 빙글빙글 도는 물의 흐름이고, 사르가소 해는 모든 부유물이 모이는 중심점이다."

멕시코 만류의 여정

나도 같은 생각이다. 나는 배가 거의 들어오지 않는 그 특수한 환경에서 이 현상을 연구할 수 있었다. 우리 머리 위에는 사방에서 모여든 온갖 표착물이 이 갈색 풀 사이에 겹겹이 쌓인 채 부유하고 있었다. 안데스 산맥이나 로키 산맥에서 떨어져 나와 아마존 강이나 미시시피 강을 타고 떠내려온 나무줄기도 있고, 용골이나 선체나 부서진 부품 같은 난파선의 잔해도 수없이 많았다. 이런 잔해에는 조개나 따개비 따위가 잔뜩 달라붙어서, 그 무게 때문에 더 이상 수면에 떠 있을 수가 없었다. 매튜 모리는 이런 물체가 수세기 동안 쌓이면 물의 작용으로 광물화하여 무진장한 탄광을 이루게 될 거라고 말했는데, 이 생각도 언젠가는 사실로 입증될 것이다. 인간이 대륙의 탄광을 고갈시키는 동안, 선견지명이 있는 자연은 귀중한 자원을 비축하고 있는 것이다.

복잡하게 얽힌 이 풀과 해초 속에서 나는 매력적인 별 모양의 분홍색 팔방산호와 기다란 촉수를 머리타래처럼 늘어뜨린 말미잘, 초록색과 빨간색과 파란색의 해파리를 발견했다. 특히 퀴비에가 묘사한 커다란 뿌리해파리는 가장자리에 보라색 주름 장식이 달린 푸르스름한 우산을 쓰고 있었다.

2월 22일은 온종일 사르가소 해에서 보냈다. 이곳에는 물고기의 먹이인 해초와 갑각류가 풍부하다. 이튿날은 바다가 정상적인 모습으로 돌아왔다.

그 순간부터 18일 동안, 즉 2월 23일부터 3월 12일까지 '노틸러스'호는 한결같은 속도로 하루에 100해리씩 이동하면서 북대서양에 머물렀다. 네모 선장은 해저 프로그램을 끝마치고 싶어하는 게 분명했다. 선장이 혼 곶을 돌아 남태평양으로 돌아갈 계획인 것은 의심할 여지가 없어 보였다.

따라서 네드의 걱정이 옳았다. 섬 하나 보이지 않는 이 망망대해에서는 배를 떠날 엄두도 낼 수 없었다. 네모 선장의 뜻에 따르지 않을 도리도 없었다. 우리는 그저 선장이 바라는 대로 순순히 따를 수밖에 없었다. 하지만 나는 힘이나 꾀로 얻을 수 없는 것을 설득으로 얻어낼 수 있을 거라고 생각하고 싶었다. 항해가 끝나면 네모 선장은 우리에게 자유를 되돌려주지 않을까? 그의 존재를 절대로 세상에 알리지 않겠다고 맹세하면 우리를 풀어주지 않을까? 우리도 명예를 걸고 맹세한 것은 반드시 지킬 것이다. 이 미묘한 문제를 되도록 빨리 선장과 의논할 필요가 있었다. 내가 자유를 요구하면 선장은 어떤 반응을 보일까? 친절하게 받아줄까? 선장은 자신의 생활을 둘러싼 비밀을 지키기 위해 우리를 영원히 '노틸러스'호에 가두어둘 수밖에 없다고 처음에 공식적으로 선언하지 않았던가? 지난 넉 달 동안 내가 잠자코 있는 것을 보고, 선장은 내가 현재의 상태를 묵인했다고 생각하지 않을까? 그런데 이제 와서 그 문제를 거론하면 공연히 선장의 의심만 사게 되지 않을까? 선장이 우리를 의심하면, 나중에 좋은 기회가 왔을 때 우리의 탈출 계획에 지장이 생길 수 있지 않을까?

 나는 속으로 이런 문제를 저울질하고 심사숙고했지만 결론이 나오지 않았다. 그래서 콩세유와 의논해보았지만, 콩세유 역시 나와 마찬가지로 결정을 내리지 못했다. 나는 쉽게 낙담하지 않는 성격이지만, 다시 조국으로 돌아가 동료들을 만날 가능성은 날마다 줄어들고 있다는 것을 알 수 있었다. 더구나 네모 선장은 지금 분명히 남쪽으로 가고 있었다.

 2월 23일부터 18일 동안, 특별한 사건은 하나도 일어나지 않았다. 그동안 나는 선장을 거의 보지 못했다. 선장은 연구를 하고 있었다. 나는 서재에서 선장이 펼쳐둔 책을 자주 보았다. 그것은 주로 박물학 책이었다. 선장은 심해에 대한 내 저서를 읽고 여백에 메모를 잔뜩 써놓았다. 개중에는 내 이론이나 체계를 반박하는 내용도 있었다. 하지만 선장은 이런 식으로 내 저서를 개정하는 것으로 만족하고, 나와 직접 토론하는 경우는 거의 없었다. 나는 선장이 풍부한 감정을 담아서 치는 구슬픈 오르간 소리를 들었지만, 선장은 '노틸러스'호가 망망대해에서 잠들어 있는 밤에 은밀한 어둠 속에서만 오르간을 쳤다.

그 18일 동안 우리는 온종일 수면에 떠서 항해했다. 바다는 거의 텅 비어 있었다. 서인도 제도로 짐을 싣고 가거나 희망봉으로 가는 범선이 몇 척 보일 뿐이었다. 하루는 포경선의 보트들이 우리를 따라왔다. 그들은 우리를 엄청난 값어치의 거대한 고래로 착각한 게 분명했다. 네모 선장은 그들이 시간과 노력을 낭비하는 것을 바라지 않았다. 그래서 물속으로 내려가 추적을 중단시켰다. 네드 랜드는 이 사건에 큰 흥미를 느낀 것 같았다. 그는 어부들의 작살이 쇠로 된 우리 고래를 죽일 수 없는 것을 무척 유감스럽게 생각했을 것이다.

그 18일 동안 콩세유와 내가 관찰한 물고기는 다른 위도에서 이미 연구한 어류와 거의 다르지 않았다. 우리가 관찰한 어류는 주로 무시무시한 연골어류인 상어였다. 상어는 세 개의 아속과 서른두 개 이상의 종으로 나뉜다. 몸길이가 5미터나 되는 줄무늬상어는 납작하게 찌그러진 머리가 몸통보다 폭이 더 넓고, 꼬리지느러미가 구부러져 있고, 등에 일곱 개의 검은 줄무늬가 세로로 굵게 나 있다. 일곱 쌍의 아가미구멍이 있는 회색의 꼬리기름상어는 몸 한가운데에 한 개의 등지느러미를 갖고 있다.

게걸스러운 대식가인 돔발상어도 지나갔다. 어부들의 이야기를 곧이곧대로 믿을 수는 없지만, 그들의 말에 따르면 어느 돔발상어의 뱃속에서 들소 머리와 송아지 한 마리가 통째로 나왔다고 한다. 다랑어 두 마리와 군복 차림의 수병 한 명이 한꺼번에 나온 경우도 있었고, 군인을 칼과 함께 삼켜버린 돔발상어가 있는가 하면, 말과 기수를 한꺼번에 삼킨 녀석도 있었다고 한다. 솔직히 말하면 이 모든 이야기가 반드시 절대적 진실은 아니다. 하지만 '노틸러스'호의 그물에 걸려든 돔발상어가 하나도 없었기 때문에, 돔발상어가 얼마나 게걸스러운지를 내가 직접 확인할 수는 없었다.

우아하고 장난을 좋아하는 돌고래들은 온종일 우리를 따라왔다. 돌고래는 대여섯 마리씩 몰려다니면서 늑대처럼 떼지어 사냥을 했다. 돌고래도 돔발상어 못지않게 게걸스럽기 때문에, 어느 돌고래의 뱃속에서 쥐돌고래 열세 마리와 물범 열다섯 마리를 꺼냈다는 코펜하겐 출신의 어느 신사의 주장은 믿어도 좋을 것 같다. 사실 그 돌고래는 지금까지 알려진 돌고래 중에서 가장 큰 범고래였다. 범고래 중에는 몸길이가 8미터를 넘는 것도 있다. 돌고래과는 열 개 속으로 나뉘는데, 내가 본 돌고래는 주둥이가 아주 좁고 대가리보다 네 배나 긴 것이 특징인 델피노르힌치였다. 몸길이가 3미터인 이 돌고래는 위쪽이 검은색이고 아래쪽은 분홍빛이 도는 흰색이다. 가끔은 배에 작은 점무늬가 박혀 있는 경우도 있다.

어류가 풍부한 이 바다에서 나는 극기류와 민어과에 딸린 진기한 물고기도 보았다. 일부 작가들—박물학자라기보다 오히려 시인이라고 해야 할 작가들—은 이 물고기가 화음에 맞춰 노래를 부르는데 서로 완벽한 조화를 이루는 그들의 목소리는 인간 합창단도 따라갈 수 없을 정도라고 주장했다. 나는 이 주장이 사실이라고 믿지만, 유감스럽게도 이 민어들은 지나가는 우리에게 세레나데를 불러주지 않았다.

끝으로 콩세유는 수많은 날치를 분류했다. 돌고래들이 독창적인 기술로 날치를 사냥하는 장면보다 더 흥미진진한 구경거리는 없었다. 이 불운한 물고기들은 아무리 먼 거리를 날아도, 어떤 포물선을 그리며 날아도, 심지어는 '노틸

또 하나의 고래—범고래

물범은 범고래가 가장 좋아하는 먹이다.
범고래는 물범을 잡아먹기 전에,
고양이가 쥐를 가지고 놀듯 물범을 가지고 논다.

러스'호를 훌쩍 뛰어넘어도, 항상 그 밑에서 기다리고 있는 돌고래의 입 속으로 떨어지곤 했다. 우리가 본 날치는 제비날치와 황날치였고, 밤새 그들의 빛나는 입은 허공에 붉은 궤적을 그리며 별똥별처럼 검은 물 속으로 뛰어들었다.

3월 13일까지 우리는 항로를 그대로 유지했다. 그날 '노틸러스'호는 내 흥미를 끈 수심 측량 실험에 동원되었다.

우리는 태평양을 출발한 뒤 1만 3000해리를 항해했다. 현재 위치는 서경 37도 53분 · 남위 45도 37분이었다. 이곳은 영국 측량함 '헤럴드'호의 데넘 선장이 측심연을 1만 4000미터까지 내려보내고도 바닥에 닿지 못한 바로 그 해역이었다. 또한 미국 순양함 '콩그레스'호의 파커 대위가 1만 5140미터까지 측량하고도 바닥에 이르지 못한 해역이기도 했다.

네모 선장은 이곳의 수심을 조사하기 위해 최대한 깊이까지 내려가기로 결심했다. 나는 실험 결과를 기록할 준비를 갖추었다. 객실의 금속판이 열리고, 심해로 내려가기 위한 작업이 시작되었다.

물탱크를 채우는 것만으로 그런 깊이까지 내려갈 수 없다. 그것만으로는 '노틸러스'호의 비중을 충분히 늘릴 수 없기 때문이다. 어쨌든 다시 떠오르기 위해서는 탱크의 물을 빼내야 할 텐데, 펌프는 그렇게 깊은 곳의 엄청난 수압을 이겨내고 물을 밀어낼 수 있을 만큼 강력하지 않았다.

네모 선장은 '노틸러스'호의 흘수선에 45도 각도로 달려 있는 측면 경사판을 이용하여 비스듬히 내려가기로 결정했다. 스크루도 최고 속도로 회전시켰다. 스크루의 네 날개는 곧 맹렬하게 물을 때리기 시작했다.

강력한 추진력을 받은 '노틸러스'호의 선체는 진동하는 밧줄처럼 바르르 떨면서 꾸준히 물속으로 뚫고 들어갔다. 선장과 나는 객실에 진을 치고 빠른 속도로 내려가는 압력계의 바늘을 지켜보았다. 배는 대부분의 물고기가 살고 있는 해역을 순식간에 벗어났다. 바다나 하천의 수면에서만 살 수 있는

심해어

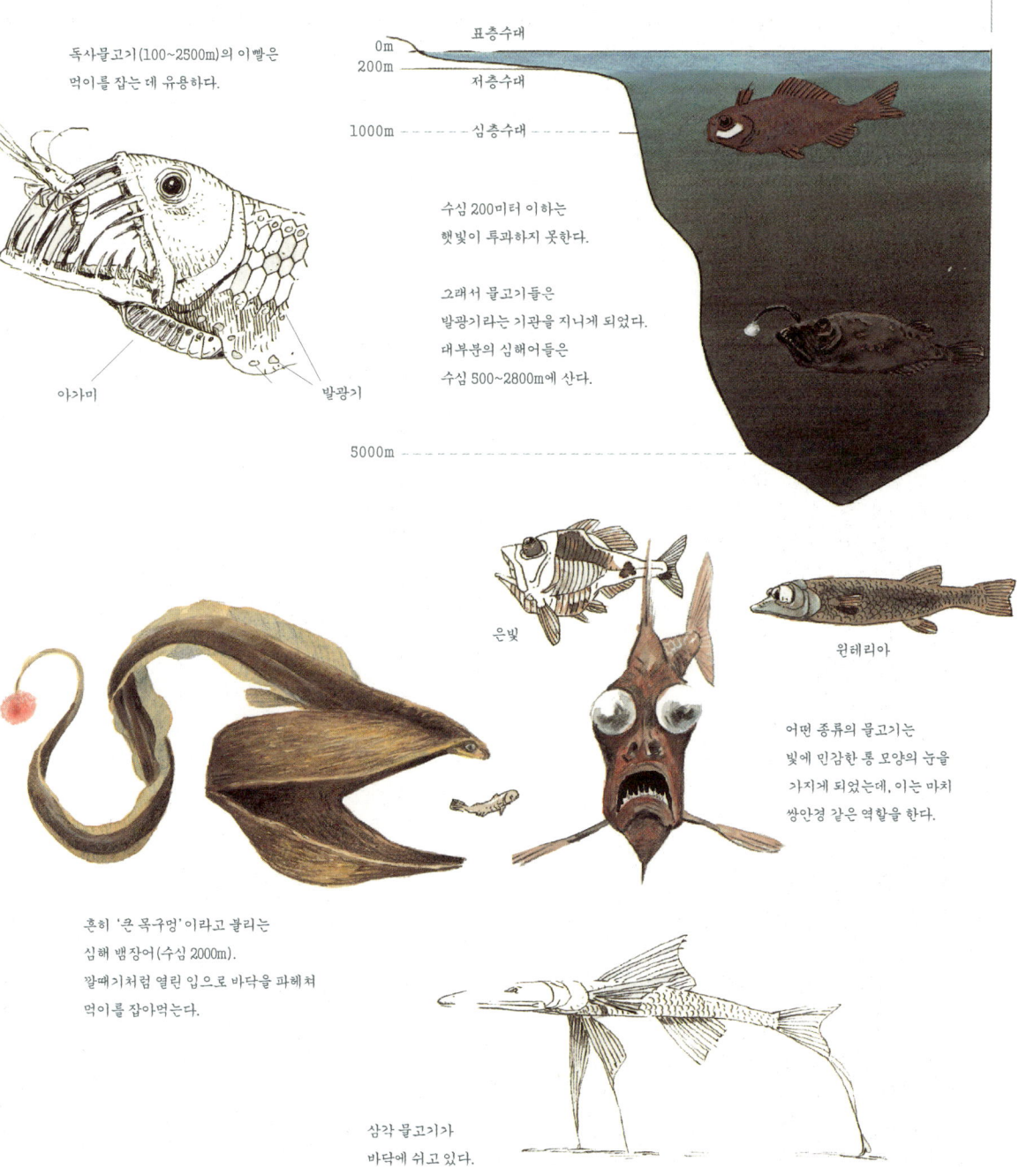

독사물고기

물고기도 있지만, 아주 깊은 심해에서 살 수 있는 물고기도 있다. 그런 심해어 중에서 나는 호흡 구멍을 여섯 개 가진 돔발상어의 일종인 헥산쿠스, 눈이 거대한 디아푸스, 회색 가슴에 검은 가슴지느러미가 달려 있고 주홍색 각질판으로 덮인 가슴받이를 갖고 있는 장갑성대, 1200미터 깊이에 살면서 120기압의 압력을 견디는 민태를 관찰했다.

나는 네모 선장에게 이보다 더 깊은 심해에서 물고기를 본 적이 있느냐고 물어보았다.

"물고기요?" 선장은 되묻고 나서 이렇게 대답했다. "본 적이 거의 없습니다. 그런데 현대 과학은 어떻게 추론했지요? 사람들이 정말로 알고 있는 게 뭡니까?"

"심해로 내려갈수록 식물이 동물보다 더 빨리 사라진다는 사실은 알려져 있습니다. 아직 동물을 만날 수 있는 곳에서도 식물은 더 이상 살지 않는다는 것도 알려져 있습니다. 국자가리비와 굴은 2000미터 깊이에도 살고, 북극해 탐험의 영웅인 매클린턱이 2500미터 깊이에서 살아 있는 불가사리를 꺼낸 것도 알려져 있지요. 영국 해군의 '불독'호 선원들이 4000미터가 넘는 심해에서 불가사리를 낚아올린 것도 알려져 있습니다. 그런데 당신은 어떻게 우리가 아무것도 모른다고 말할 수 있습니까?"

"물론 그렇게 말할 수는 없지요. 나는 그렇게 무례하지 않습니다. 다만 그런 동물들이 그런 심해에서 살 수 있는 이유를 과학자들이 어떻게 설명하는지 묻고 싶을 뿐입니다."

"두 가지로 설명할 수 있습니다. 우선 바닷물의 밀도와 염도의 차이로 생기는 수직 해류가 물을 순환시켜, 바다나리나 불가사리 같은 원시적 동물이 충분히 생명을 유지할 수 있는 환경을 제공한다는 것입니다."

"맞습니다." 선장이 말했다.

"둘째, 산소가 생명의 기초라면, 바닷물에 녹아 있는 산소량은 사실상 아래로 내려갈수록 늘어나는 것으로 알려져 있습니다. 심해의 강한 수압이 산소를 압축하는 데 도움이 되니까요."

"아니, 그게 알려져 있습니까?" 네모 선장이 다소 놀란 투로 되물었다. "그건 사실이니까 사람들이 그렇게 생각하는 것은 옳습니다. 내가 한마디 덧붙인다면, 해수면 근처에서 잡힌 물고기의 부레에는 산소보다 질소가 더 많이 들어 있고, 심해에서 잡힌 물고기의 부레에는 질소보다 산소가 더 많이 들어 있다는 것입니다. 이 사실은 그 학설을 뒷받침해줍니다. 자, 그럼 관찰을 계속합시다."

나는 압력계로 눈길을 돌렸다. 압력계는 6000미터 깊이를 나타내고 있었다. 잠수를 시작한 지 한 시간이 지났다. '노틸러스'호는 경사판에 이끌려 여전히 아래로 내려가고 있었다. 텅 빈 바다는 형언할 수 없이 맑고 투명했다. 한 시간 뒤에는 1만 3000미터 깊이에 이르렀다. 하지만 바닥은 아직 어디에도 보이지 않았다.

1만 4000미터 깊이에 이르렀을 때, 검은 봉우리가 몇 개 솟아 있는 것이 보였다. 봉우리들 사이의 협곡은 여전히 깊이를 헤아릴 수 없었다. 따라서 그 봉우리들은 몽블랑 산이나 히말라야 산맥보다 훨씬 높은 산의 꼭대기일 수도 있었다.

'노틸러스'호는 엄청난 수압을 받으면서도 계속 내려갔다. 볼트로 고정되어 있는 금속판 이음매가 떨리는 것을 느낄 수 있었다. 가로대가 휘고, 칸막이벽이 신음소리를 내고, 객실 유리창이 수압으로 휘어져 있는 듯이 보였다. '노틸러스'호가 선장 말마따나 속이 꽉 찬 한 덩어리의 바위처럼 수압에 저항하지 않았다면 이 튼튼한 기계도 부서져버렸을 것이다.

물속에 숨어 있는 암벽을 스치듯 내려가면서 나는 그곳에도 조개가 남아 있는 것을 보았다. 갯지네와 스피노르비스와 불가사리도 보였다.

하지만 이 마지막 동물들도 곧 사라지고, '노틸러스'호는 풍선이 대기권을 벗어나듯 심해 동물의 생존 한계선을 벗어났다. 1만 6000미터 깊이에 이르자, '노틸러스'호의 측면은 1600기압의 압력을 견디게 되었다. 1평방센티미터당 1600킬로그램의 압력을 받고 있는 셈이다!

"믿을 수 없군요!" 나는 소리쳤다. "인간이 감히 발을 들여놓을 엄두도 내지 못한 이 깊은 심해를 유유히 돌아다니다니! 보세요, 선장. 저 웅장한 바위, 아무도 살지 않는 동굴, 생명이 존재할 수 없는 지구의 마지막 영역을! 아직 아무도 보지 못한 이 광경의 기억만 가져가야 하다니, 그래도 되는 겁니까?"

그러자 네모 선장이 되물었다.

"기억 외에 다른 것도 가져가고 싶으시겠죠?"

"무슨 뜻입니까?"

"이 해저의 풍경을 사진으로 기록하는 것보다 더 쉬운 일은 없을 거라는 뜻입니다."

내가 이 제안에 미처 놀랄 틈도 없이, 네모 선장의 명령에 따라 카메라가 객실로 들어왔다. 전등 불빛을 받은 물은 활짝 열린 금속판을 통해 한결같이 고른 빛을 분배하고 있었다. 그림자는 전혀 없었다. 인공조명이 만들어 내는 그늘진 부분은 하나도 보이지 않았다. 태양도 이런 일을 이보다 더 잘 해낼 수는 없었을 것이다. 경사판의 각도와 스크루의 추진력이 균형을 이루면서 '노틸러스'호는 움직임을 멈추었다. 카메라는 심해의 밑바닥을 겨누었고, 몇 초도 지나기 전에 우리는 선명한 음화를 손에 넣을 수 있었다.

이것이 그 음화를 인화한 것이다. 사진에는 한 번도 햇빛을 본 적이 없는 원초적인 바위, 지구의 강력한 기반을 이루는 최하위 지층의 화강암, 바위에 뚫려 있는 깊은 동굴들, 플랑드르 화가들이 포착한 것처럼 검은색으로 또렷이 떠올라 있는 비할 데 없이 맑고 투명한 윤곽, 그리고 그 너머에 있는 산들의 지평선, 이 장면의 배경을 이루는 물결 모양의 아름다운 선이 나타나 있다. 그 매끄럽게 빛나는 바위들, 이끼도 끼지 않고 상처 자국도 없이 기묘하게 쪼개진 모양, 카펫처럼 깔린 모래밭에 단단히 닻을 내리고 전등 불빛을 받아 반짝반짝 빛나는 바위들을 어떻게 말로 표현할 수 있을까.

네모 선장은 작업을 마치자 나에게 말했다.

"다시 올라갑시다. 이 상황을 남용해서는 안 됩니다. '노틸러스'호는 이런 압력을 그렇게 오래 견딜 수 없으니까요."

"그럼 올라갑시다."

"꽉 잡으세요."

선장이 왜 그런 충고를 하는지 미처 알아차리기도 전에 나는 카펫에 벌렁 나동그라졌다.

선장의 신호에 따라 스크루가 돌아가고 경사판이 수직으로 세워지자, '노틸러스'호는 하늘로 떠오르는 풍선처럼 엄청난 속도로 올라가기 시작했다. 배는 물을 가르며 솟구쳤다. 모든 것이 흐릿해졌다. 배는 수면까지 1만 6000미터를 4분 만에 돌파했다. 그리고 요란한 소리를 내며 날치처럼 공중으로 올라갔다가 다시 떨어지면서 어마어마하게 높은 물보라를 날려보냈다.

chapter 12
향유고래와 수염고래

3월 13일에서 14일로 넘어가는 밤에 '노틸러스'호는 남쪽으로 항해를 계속했다. 나는 혼 곶에 도착하면 서쪽으로 방향을 돌려 태평양으로 돌아가 세계 일주 항해를 끝낼 줄 알았다. 하지만 배는 뱃머리를 돌리지 않고 남극을 향해 계속 내려갔다. '노틸러스'호는 어디로 갈 작정일까? 남극으로? 그건 미친 짓이다. 선장의 무모함을 두려워한 네드가 옳았다는 생각이 들기 시작했다.

캐나다인은 오랫동안 탈출 계획에 대해 아무 말도 하지 않았다. 네드는 눈에 띄게 말이 없어져서 거의 입을 다물고 있었다. 나는 오랜 감금 생활이 그를 얼마나 무겁게 짓누르고 있는지를 알 수 있었다. 네드의 마음속에 얼마나 많은 분노가 쌓이고 있는지를 느낄 수 있었다. 선장을 만나면 네드의 눈은 어두운 빛을 내며 번득이곤 했다. 난폭한 성격을 가진 네드가 극단적인 행동을 취하지나 않을까. 나는 늘 그게 두려웠다.

3월 14일, 네드가 콩세유와 함께 내 방으로 찾아왔다. 무슨 일로 왔느냐고 묻자, 캐나다인이 대답했다.

"뭐 좀 물어볼 게 있어서요."

"말해보게."

"이 배에 승무원이 몇 명이나 있다고 생각하십니까?"

"그건 나도 모르겠네."

"내가 보기에는 '노틸러스'호를 운전하는 데에는 그렇게 많은 승무원이 필요할 것 같지 않습니다."

"그건 그래. 지금 상태로는 많아야 열 명 정도면 충분할 걸세."

"맞습니다. 그런데 왜 그보다 많이 있을까요?"

"왜냐고?" 나는 되물었다.

그리고는 네드를 물끄러미 바라보았다. 그의 계획은 쉽게 짐작할 수 있었다.

나는 말을 이었다.

"내 예감에 따르면, 그리고 내가 선장의 인생을 제대로 이해했다면, '노틸러스'호는 단순한 배가 아니라 선장처럼 육지와 완전히 관계를 끊은 사람들의 피난처인 게 분명하네. 아마 그 때문이겠지."

"아마 그럴 겁니다." 콩세유가 말했다. "하지만 '노틸러스'호에 탈 수 있는 사람의 수는 한정되어 있습니다. 주인님은 최대한 몇 명까지 탈 수 있다고 생각하십니까?"

"그걸 내가 어떻게 알겠나?"

"계산해보면 됩니다. 주인님은 이 배의 용적을 알고 계십니다. 따라서 거기에 들어가는 공기의 양도 알고 계십니다. 그리고 한 사람이 호흡에 사용하는 공기의 양도 알고 계십니다. 그런데 '노틸러스'호는 공기를 보급하기 위해 24시간마다 수면으로 올라가야 하니까, 그 숫자들을 비교해보면……"

콩세유의 말은 끝날 것 같지 않았지만, 나는 콩세유가 무슨 말을 하려는지 알 수 있었다.

"알겠네. 그 계산은 간단하지만, 아주 개략적인 숫자밖에는 얻을 수 없어."

"그래도 괜찮습니다." 네드가 집요하게 말했다.

"그럼 계산해보세. 사람은 한 시간 동안 100리터의 공기 속에 들어 있는 산소를 소비하지. 24시간이면 2400리터의 공기 속에 들어 있는 산소를 소비하는 셈이니까, '노틸러스'호에 있는 공기가 2400리터의 몇 배인지를 알아낼 필요가 있어."

"맞습니다." 콩세유가 말했다.

"'노틸러스'호의 용적은 1500톤이고, 1톤은 1000리터니까, 이 배에는 150만 리터의 공기가 들어 있어. 그걸 2400리터로 나누면……"

나는 재빨리 종이에 계산을 했다.

"……625. '노틸러스'호에 있는 공기로 625명이 24시간 동안 숨을 쉴 수 있다는 뜻일세."

"625명!" 네드가 소리쳤다.

"하지만 승객과 일반 선원과 부관까지 포함하면 그 숫자의 10분의 1은 빼도 돼."

"그래도 세 사람이 당해내기에는 너무 많군요!" 콩세유가 중얼거렸다.

"그러니까 네드, 나는 그저 인내심을 가지라고 충고할 수밖에 없네."

"인내심만 갖고는 안 됩니다." 콩세유가 받았다. "체념하고 감수해야죠." 콩세유는 정말 적절한 표현을 골랐다.

"하지만 한편으로 생각하면 네모 선장은 영원히 남쪽으로 갈 수는 없습니다. 언젠가는 멈출 수밖에 없어요. 남극의 만년설에 부딪쳐 멈춘다 해도! 그렇게 되면 좀 더 문명 세계와 가까운 바다 쪽으로 돌아가야 할 겁니다! 그러면 네드의 계획을 실행할 기회가 올 거예요."

캐나다인은 고개를 젓더니, 손등으로 이마를 문지르고는 대답도 하지 않고 나가버렸다.

"제 의견을 말씀드려도 된다면……" 콩세유가 말했다. "가엾은 네드는 자기가 가질 수 없는 것만 줄곧 생각하고 있습니다. 무엇을 보고 무엇을 들어도 금방 과거의 생활로 돌아가버립니다. 모든 것이 제한되어 있기 때문에, 모든 것이 네드한테는 지겨워 보입니다. 네드는 과거의 기억에 짓눌려 가슴앓이를 하고 있습니다. 우리는 네드를 이해해줘야 합니다. 네드가 여기서 뭘 할 수 있겠습니까? 아무것도 없습니다. 네드는 주인님처럼 과학자가 아니니까, 바다에 가득 차 있는 놀라운 생물과 자연에 우리와 똑같은 관심과 흥미를 가질 수는 없습니다. 네드는 제 나라의 선술집에 갈 수만 있다면 어떤 위험도 마다하지 않을 겁니다!"

자유롭고 활동적인 생활에 익숙한 캐나다인이 배 안의 단조로운 생활을 견딜 수 없는 것은 분명해 보였다. 네드가 조금이라도 흥미를 가질 수 있는 일은 거의 없었다. 하지만 그날 네드가 작살잡이로 전성기를 누리던 시절을 생각나게 하는 일이 일어났다.

오전 열한 시쯤, 수면에 떠 있던 '노틸러스'호가 고래 떼를 만난 것이다. 나는 인간의 마구잡이 사냥에 시달리던 고래들이 극지방으로 피난한 것을 알고 있었기 때문에, 고래를 만난 것은 전혀 놀랍지 않았다.

바다에서 고래가 맡고 있는 역할과 그것이 지리상의 발견에 미친 영향은

고래

고래의 유형은 분기공(숨을 내뿜는 구멍)으로 나오는 물줄기의 형태로 식별할 수 있다.

대왕고래
고래 수염
크릴새우
큰고래
참고래
혹등고래
향유고래
향유고래의 이빨

대단한 것이었다. 고래는 바스크인[192]에 이어 아스투리아스인[193]과 영국인, 네덜란드인을 꾀어들여 바다의 위험에 무감각해지게 했고, 그들을 지구 끝에서 끝까지 끌고 다녔다. 고래들은 특히 북극해와 남극해에 자주 나타나는 것 같다. 고대의 전설은 고래들이 북극에서 겨우 7해리 떨어진 곳까지 어부들을 데려갔다고 주장하기까지 했다. 지금은 이 이야기가 사실이 아니라 해도, 언젠가는 사실이 될 것이다. 북극해나 남극해에서 고래를 사냥하다가 지구상의 그 처녀지에 도달할 가능성은 충분하기 때문이다.

우리는 잔잔한 바다에 떠 있는 '노틸러스'호의 상갑판에 앉아 있었다. 남반구의 그 위도에서 3월은 북반구의 같은 위도에서 10월에 해당하기 때문에, 밖은 맑고 아름다운 가을 날씨였다. 동쪽 수평선에 고래가 나타났다고 말한 것은 캐나다인이었다. 그의 눈은 틀림이 없었다. 자세히 보니 '노틸러스'호에서 8킬로미터쯤 떨어진 곳에 고래의 거무스름한 등이 오르내리는 것이 보였다.

"아아!" 네드가 소리쳤다. "내가 포경선에 타고 있다면 저 고래를 만난 걸 얼마나 기뻐했을까. 아주 큰 놈이야. 분기공에서 뿜어나오는 공기와 증기가 얼마나 높이까지 올라가는지 보라고! 빌어먹을! 내가 왜 이놈의 강철 덩어리에 묶여 있어야 하지?"

"네드!" 내가 말했다. "자네는 아직도 작살로 고래를 잡을 생각을 버리지 못했나?"

"고래잡이가 제 직업을 잊을 수 있겠습니까? 고래 사냥이 주는 흥분에 싫증을 느낄 수 있겠습니까?"

"자네, 이 바다에서 고래를 잡아본 적이 있나?"

"한 번도 없습니다. 북극해와 베링 해협, 그리고 데이비스 해협[194]에서만 잡아봤을 뿐이에요."

"그럼 남극 고래는 아직 못 보았겠군. 자네가 지금까지 잡은 고래는 모두 북극 고래라네. 북극 고래는 적도 부근의 따뜻한 물속에는 감히 들어가지 않아."

"도대체 무슨 말씀을 하시려는 겁니까?" 네드가 미심쩍은 어조로 물었다.

"사실을 말하고 있는 걸세."

"그럴 리가 없습니다! 나는 2년 반 전인 1865년에 그린란드 근처에서 베링 해 포경선의 표시가 찍힌 작살이 옆구리에 박혀 있는 고래를 잡은 적이 있습니다. 그 고래가 혼 곶이나 희망봉을 돌아서 적도를 통과하지 않았다면, 아메리카 서쪽에서 상처를 입고 어떻게 동쪽에 와서 잡힐 수 있었겠습니까?"

"저도 네드와 같은 생각입니다." 콩세유가 말했다. "주인님이 대답해주세요."

"그럼 대답하지. 수염고래는 서식지를 까다롭게 가려서, 종마다 일정한 바다를 정해놓고 절대로 그 바다를 떠나지 않아. 고래 한 마리가 베링 해협에서 데이비스 해협으로 갔다면, 그건 아메리카 해안이나 아시아 해안을 돌아서 그쪽으로 가는 통로가 있기 때문일 게 분명해."

"박사님, 그 말을 믿어야 합니까?" 캐나다인이 눈을 찡긋하면서 물었다.

"우리는 주인님 말씀을 믿어야 돼." 콩세유가 말했다.

"그렇다면……" 캐나다인이 말을 이었다. "나는 이 바다에서는 한 번도 고래를 잡아본 적이 없으니까, 여기에 어떤 고래가 사는지 모른다는 말씀이군요?"

"맞았네, 네드."

"그럼 더더욱 여기에 사는 고래를 잘 알아둘 필요가 있겠는데요." 콩세유가 말했다.

"저것 봐!" 캐나다인이 흥분한 목소리로 외쳤다. "점점 가까워지고 있어! 이쪽으로 다가오고 있다고! 나를 약올리고 있는 거야! 녀석은 내가 자기를 어쩌지 못한다는 걸 알고 있어!"

네드는 발을 동동 구르고 있었다. 손은 상상 속의 작살을 쥐고 있는 것처럼 떨렸다.

"남극 고래도 북극 고래만큼 큽니까?"

"대체로 그렇다네, 네드."

"나는 엄청나게 큰 고래를 본 적이 있거든요. 몸길이가 30미터나 되는 고래도 봤습니다! 듣자니까 알류샨 열도의 '쿨람마크'나 '움굴리크' 같은 고래는 45미터를 넘는 경우도 있다고 하더군요."

"그건 좀 과장된 것 같군." 나는 대답했다. "그건 등지느러미를 가진 긴수염고래일 뿐이니까, 향유고래와 마찬가지로 북극고래보다는 대체로 작아."

"아아!" 바다에서 눈을 떼지 않고 있던 캐나다인이 또 소리를 질렀다. "점점 다가오고 있어. '노틸러스'호의 사정권 안으로 들어오고 있다고!"

"그린란드 근처에서 고래를 잡은 적이 있습니다."

그러고는 다시 하던 이야기를 계속했다.

"향유고래를 작은 동물인 것처럼 말씀하시다니! 거대한 향유고래도 목격된 적이 있습니다. 향유고래는 아주 영리한 녀석이에요. 해초와 표착물로 몸을 덮어서 위장하는 녀석도 있다고 하더군요. 그러면 꼭 작은 섬처럼 보이지요. 사람들은 그 위에 천막을 치고, 불을 피우고……."

"집을 짓고." 콩세유가 농담으로 받았다.

"그래, 익살꾼." 네드가 대꾸했다. "그러다가 어느 맑은 날 고래는 물속으로 잠수해서, 자기 등 위에 살던 주민을 모두 바다 밑바닥으로 데려가지."

411

"신드바드의 모험[195]에 나오는 것처럼 말이지." 내가 웃으면서 말했다. "아아! 네드, 자네는 기발한 이야기를 좋아하는 모양이군! 자네가 말한 향유고래는 정말 놀랍네! 설마 그런 고래가 정말로 존재한다고 믿는 건 아니겠지?"

"박물학 박사님." 캐나다인은 진지하게 대답했다. "고래에 관해서는 어떤 이야기도 믿을 수 있어야 합니다. 저 녀석이 어떤 식으로 움직이는지 보세요! 갑자기 방향을 바꾸는 걸 보시라고요! 고래는 보름 만에 세계를 일주할 수 있다고 주장한 사람도 있습니다."

"그 말을 반박하지는 않겠네."

"하지만 태초에는 고래가 지금보다 훨씬 빠르게 움직일 수 있었다는 건 박사님도 모르실 거예요."

"아니, 그게 정말인가? 그런데 그건 무엇 때문이지?"

"당시에는 고래 꼬리가 물고기처럼 옆으로 움직였으니까요. 다시 말해서 꼬리가 수직이었고, 좌우로 물을 때렸답니다. 그런데 조물주는 고래가 너무 빨리 움직일 수 있다는 것을 알고 꼬리를 비틀어버렸어요. 그 후 고래는 물을 위에서 아래로 내리치게 되었고, 그래서 이제는 그렇게 빨리 움직일 수 없게 된 겁니다."

"이보게, 네드." 나는 캐나다인의 말투를 흉내냈다. "자네 말을 믿어야 하나?"

"너무 많이 믿지는 마세요." 네드가 대답했다. "몸길이가 100미터에 무게가 500톤이나 나가는 고래가 있다고 말해도, 완전히 곧이듣지는 않으시겠지요?"

"그건 과장이 좀 지나치군. 하지만 일부 고래가 상당한 크기까지 자란다는 데에는 동의할 수밖에 없네. 고래 한 마리에서 기름을 최고 2만 리터까지 얻을 수 있다니까 말이야."

"그건 나도 본 적이 있습니다." 캐나다인이 말했다.

"그 말은 쉽게 믿을 수 있네. 코끼리 백 마리를 합친 크기와 맞먹는 고래도 있으니까. 그렇게 거대한 동물이 전속력으로 돌진할 때의 효과를 생각해 보게!"

"고래가 배를 침몰시킬 수 있다는 말은 사실입니까?" 콩세유가 물었다.

"그렇게는 생각지 않아. 하지만 1820년에 바로 이 남쪽 바다에서 고래 한 마리가 '에식스'호를 들이받아 배를 날려보냈다는 이야기는 들은 적이 있지. '에식스'호는 초당 4미터로 후진하다가 고물에 물이 들어와 순식간에 침몰했다더군."

네드는 빈정거리는 눈으로 나를 바라보았다.

"나는 고래 꼬리에 얻어맞은 적이 있습니다. 내 배에서요. 나는 동료들과 함께 6미터 높이까지 날아올랐어요. 하지만 박사님이 말씀하신 고래에 비하면 나를 때린 고래는 젖먹이였어요."

"고래는 오래 삽니까?" 콩세유가 물었다.

"천 년은 살지." 캐나다인이 주저 없이 대답했다.

"그걸 자네가 어떻게 알아?"

"사람들이 그렇게 말하니까."

"사람들은 왜 그렇게 말하지?"

"알고 있으니까."

"아닐세, 네드. 사람들은 아는 게 아니라, 그렇게 계산한 거야. 사람들이 그 주장의 근거로 삼는 추론은 이렇다네. 어부들이 처음 고래를 잡은 4백 년 전에는 고래가 요즘 잡히는 고래보다 훨씬 컸지. 그래서 사람들은 요즘 고래가 작은 것은 아직 완전히 자라지 않은 어린 고래이기 때문이라고 추론한 걸세. 뷔퐁은 이 추론에 따라 고래가 천 년까지 살 수 있다고, 사실은 천 년까지 살게 분명하다고 결론지었지. 알겠나?"

네드는 이해하지 못했다. 아니, 더 이상 내 말을 듣고 있지 않았다. 고래는 계속해서 다가오고 있었다. 네드는 고래를 뚫어지게 바라보고 있었다.

"아아!" 네드가 소리쳤다. "한 마리가 아니야. 열 마리, 스무 마리……. 무리 전체가 다가오고 있어! 그런데도 속수무책으로 바라보기만 하다니! 손발이 꽁꽁 묶인 채 여기 가만히 앉아 있어야 하다니!"

"네드." 콩세유가 말했다. "네모 선장한테 가서 고래잡이를 허락해달라고 부탁하면……?"

콩세유가 말을 끝내기도 전에 네드 랜드는 해치 아래로 내려가 선장을 찾으러 달려갔다. 잠시 후 네드와 선장이 다시 갑판에 나타났다.

네모 선장은 '노틸러스'호에서 2킬로미터쯤 떨어진 곳에서 놀고 있는 고래 떼를 관찰했다.

"남극 고래군요. 포경선단 전체가 한몫 잡을 수 있을 만큼 많은데요."

"선장!" 캐나다인이 말했다. "저 고래를 잡아도 될까요? 내 작살 던지는 솜씨가 녹슬지 않게 하기 위해서라도?"

"고래를 잡아봤자 무슨 소용이 있겠소?" 네모 선장이 대답했다. "단지 죽이기 위해서? 우리 배에서는 고래 기름이 아무 쓸모도 없어요."

"하지만 홍해에서는 듀공을 잡는 걸 허락했잖소?"

"그때는 내 부하들에게 신선한 고기를 먹일 필요가 있었어요. 하지만 지금은 단지 죽이기 위한 사냥이 될 거요. 그게 우리 인류의 특권이라는 건 알지만, 심심풀이로 생명을 죽이는 따위의 잔인한 짓은 용납할 수 없습니다. 참고래 같은 남극 고래는 인간에게 아무 해도 끼치지 않는 온순한 고래입니다. 그런 고래를 죽이는 것은 저주받을 짓이에요. 당신들은 이미 배핀 만[196]의 고래를 몰살했고, 결국에는 유용한 동물인 수염고래를 멸종시킬 거요. 그러니 불운한 고래들을 그냥 내버려두세요. 남극 고래는 당신이 끼어들지 않아도 천적인 향유고래와 황새치와 톱가오리들 때문에 골치를 앓고 있으니까."

선장이 훈계하는 동안 캐나다인의 얼굴에 어떤 표정이 떠올랐을지는 상상에 맡기겠다. 사냥꾼을 이런 식으로 설득하는 것은 헛수고였다. 네드는 네모 선장을 바라보고 있었지만, 선장의 말뜻을 전혀 이해하지 못하는 게 분명했다. 하지만 선장의 말이 옳았다. 야만적이고 몰지각한 고래잡이 사냥꾼들 때문에 언젠가는 바다에서 고래가 자취를 감출 것이다.

네드는 이를 악물고 '양키 두들'[197]을 휘파람으로 불면서 두 손을 주머니에 찔러넣고 우리에게 등을 돌렸다.

한편 네모 선장은 고래 떼를 관찰하면서 나에게 말을 걸었다.

"인간이 괴롭히지 않아도 고래한테는 많은 천적이 있습니다. 저 고래들은 이제 곧 천적과 한바탕 전투를 치르게 될 겁니다. 바람이 불어가는 쪽으로 10킬로미터쯤 떨어진 곳에 검은 점들이 움직이고 있는 게 보입니까?"

"예, 그렇군요." 나는 대답했다.

"저건 향유고래입니다. 무시무시한 녀석들이죠. 이따금 2백 마리나 3백 마리씩 떼지어 다니는 놈들과 마주친 적이 있는데, 저렇게 잔인하고 못된 짓을 하는 동물은 멸종시키는 게 옳아요."

이 말에 캐나다인이 재빨리 우리를 돌아보았다.

"선장." 내가 말했다. "아직 시간이 있어요. 고래들을 위해……."

"위험을 무릅쓸 필요는 전혀 없어요. '노틸러스'호는 향유고래들을 충분히 쫓아낼 수 있을 겁니다. 이 배의 강철 충각은 랜드 씨의 작살만큼이나 효과적이죠."

캐나다인은 보란 듯이 어깨를 으쓱했다. 배의 이물에 달린 충각으로 고래를 공격한다고? 그런 터무니없는 소리를 들어본 사람이 있나? 하는 몸짓이었다.

"두고 보세요, 아로낙스 박사." 네모 선장이 말을 이었다. "당신이 한 번도 본 적이 없는 사냥 장면을 보여드릴 테니까. 잔인한 고래는 전혀 동정할 필요가 없습니다. 향유고래는 아가리와 이빨밖에 없어요!"

아가리와 이빨! 머리가 크고 이따금 몸길이가 25미터를 넘는 향유고래를 그보다 더 잘 묘사할 수는 없었다. 이 고래의 거대한 머리는 몸 전체의 3분의 1을 차지하고 있다. 위턱에 각질의 얇은 판이 달려 있을 뿐인 보통 수염고래에 비해, 향유고래는 스물다섯 개의 거대한 이빨로 무장하고 있다. 이빨은 20센티미터 길이의 원통형이지만 끝이 원뿔처럼 뾰족하고, 한 개의 무게가 1킬로그램에 가깝다. 이 거대한 머리의 윗부분에 연골로 이루어진 커다란 공동이 있는데, 거기에 경랍이라고 부르는 귀중한 기름이 300~400킬로그램이나 들어 있다. 향유고래는 평판이 나쁜 고래이고, 프레돌[198]의 말마따나 물고기라기보다는 올챙이에 가깝다. 향유고래는 구조가 형편없다. 골격의 왼쪽 부분 전체가 기능을 발휘하지 못해서, 오른쪽 눈으로만 볼 수 있다. 말하자면 몸의 절반이 고장난 셈이다.

그러는 동안에도 그 괴물 같은 향유고래 무리는 여전히 다가오고 있었다. 그들은 수염고래 무리를 발견하고 공격할 태세를 갖추고 있었다. 향유고래의 승리는 누구나 예상할 수 있었다. 향유고래의 체격이 공격하기에 더 적당할 뿐만 아니라, 상대인 수염고래는 공격 성향을 갖고 있지 않았기 때문이다. 게다가 향유고래는 수면으로 올라와 숨을 쉬지 않고 오랫동안 물속에 머물 수 있다.

이제 수염고래를 도와주러 갈 때가 되었다. '노틸러스'호는 물속으로 잠수했다. 콩세유와 네드와 나는 객실 창가에 자리를 잡았다. 네모 선장은 자신의 배를 파괴적인 무기로 이용하기 위해 조타실로 갔다. 곧이어 스크루의 진동이 가속적으로 빨라지고, 그에 따라 배의 속도가 빨라지는 것이 느껴졌다.

'노틸러스'호가 전쟁터에 도착했을 때, 향유고래와 수염고래의 전투는 이미 시작된 뒤였다. 우리 배는 대가리가 큰 향유고래 무리를 양분하는 방향으로 움직였다. 향유고래들은 새로 전투에 가담한 괴물을 보고도 처음에는 태연해 보였지만, 곧 새로운 괴물의 공격에 주의를 기울일 수밖에 없었다.

얼마나 굉장한 전투였는가! 네드 랜드조차도 완전히 열중했고, 나중에는 박수까지 쳤다. '노틸러스'호는 선장이 휘두르는 무서운 작살이 되었다. 배는 살덩어리를 향해 돌진하여 살을 곧바로 꿰뚫었다. 향유고래는 당장 두 토막이 나서 도리깨질하듯 파도에 흔들렸다. 향유고래들이 그 힘센 꼬리로 뱃전을 후려쳐도 '노틸러스'호는 끄떡하지 않았다. 우리 배는 공격에서 오는 충격에도 아랑곳하지 않았다. 향유고래 한 마리를 죽이면 곧장 다음 녀석을 쫓거나, 새로운 사냥감을 놓치지 않도록 그 자리에서 즉각 방향을 돌렸다. 타륜이 움직이는 대로 앞뒤로 움직이고, 향유고래가 물속으로 달아나면 따라서 잠수하고 수면으로 돌아오면 따라서 올라오고, 향유고래를 정면으로 들이받거나 비스듬히 공격하여 몸을 절단하고 갈기갈기 찢고, 사방에서 다양한 속도로 공격하고, 무시무시한 충각으로 향유고래의 몸을 꿰뚫었다.

엄청난 피가 흘렀다. 수면은 아수라장이었다. 겁에 질린 향유고래들은 새된 소리로 휘파람 같은 소리를 내거나 독특한 소리로 고함을 질렀다. 향유고래의 꼬리는 평소에는 잔잔한 물에 큰 파도를 일으켰다.

이 웅장한 대량 살육은 한 시간 동안 계속되었다. 향유고래들은 대량 살육을 피하지 못했다. 이따금 여남 마리가 합세하여 '노틸러스'호를 양쪽에서 협공해왔다. 그 거대한 몸으로 '노틸러스'호를 납작하게 짜부라뜨리려 했다. 우리는 객실 창으로 향유고래의 거대한 턱과 그 턱을 뒤덮고 있는 이빨과 사나운 눈을 볼 수 있었다. 네드 랜드는 완전히 자제심을 잃고 향유고래들을 위협하고 욕설을 퍼부었다. 우리는 향유고래들이 덤불 속에서 새끼 멧돼지를 물고 흔들어대는 사냥개처럼 우리 배를 물고 흔드는 것을 느낄 수 있었다. 하지만 '노틸러스'호는 스크루의 추진력을 높여 고래들을 질질 끌고 물속으로 내려가거나 수면으로 끌고 올라왔다. 향유고래들의 엄청난 몸무게나 힘센 턱도 '노틸러스'호의 움직임을 전혀 방해하지 못했다.

마침내 향유고래의 수가 줄어들기 시작했다. 파도는 다시 잔잔해졌다. 나

향유고래와 대왕오징어

향유고래가 대왕오징어를 공격하는 경우가 있는데, 향유고래의 위 속에서 길이 11m, 몸무게 80kg의 대왕오징어가 발견된 적도 있다.

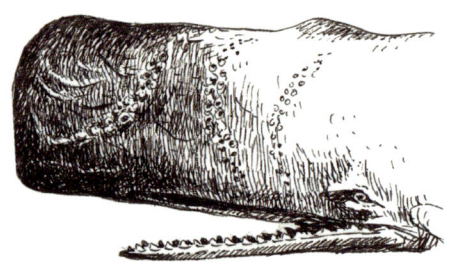

향유고래의 주둥이에 난 상처는 싸움이 얼마나 치열했는지를 보여준다.

는 배가 수면으로 올라가는 것을 느낄 수 있었다. 해치가 열렸다. 우리는 상갑판으로 달려 올라갔다.

바다는 토막난 시체로 뒤덮여 있었다. 거대한 폭탄도 그보다 더 난폭하게 살덩어리를 토막내거나 조각내지는 못했을 것이다. 우리는 등이 푸르고 배가 하얗고 커다란 혹으로 뒤덮인 거대한 시체들 사이에 떠 있었다. 겁에 질린 향유고래 몇 마리가 아직도 수평선 쪽으로 달아나고 있었다. 물은 몇 킬로미터 거리까지 붉게 물들었다. '노틸러스'호는 피바다 한가운데에 떠 있었다.

네모 선장이 다가왔다.

"어떻습니까, 랜드 씨?" 선장이 물었다.

"글쎄요." 캐나다인은 냉정하게 대답했다. 좀 전의 열광은 어느새 식어버렸다. "정말 끔찍한 광경이었습니다. 나는 백정이 아니라 사냥꾼입니다. 이건 백정이나 하는 짓이에요."

"못된 짐승을 몰살한 겁니다. '노틸러스'호는 백정의 칼이 아니에요."

"나는 내 작살이 더 좋습니다."

"사람은 저마다 좋아하는 무기가 있지요." 선장은 네드를 노려보면서 대꾸했다.

나는 네드가 자제심을 잃고 거칠게 나오지 않을까 걱정이 되었다. 그렇게 되면 비참한 결과가 초래될 것이다. 하지만 네드는 그 순간 '노틸러스'호가 다가가고 있던 고래를 보고는 분노를 잠시 잊어버렸다.

그 고래는 향유고래들의 이빨을 피하지 못했다. 그것은 머리가 납작하고 새까만 남극 고래였다. 해부학적으로는 서로 결합되어 있는 일곱 개의 경추 골로 참고래와 구별된다. 갈비뼈도 친척들보다 두 개가 더 많다. 불운한 그 고래는 향유고래의 이빨에 물려 구멍이 뚫린 뱃가죽을 드러내고 옆으로 누운 채 죽어 있었다. 잘려나간 지느러미 끝에는 아직도 작은 새끼가 매달려 있었다. 어미 고래는 향유고래들의 공격에서 갓난 새끼를 구하지 못했다. 벌어진 입으로 바닷물이 제멋대로 드나들고 있었다. 바닷물은 각질로 된 고래수염 사이를 지날 때마다 썰물이 빠져나가는 듯한 소리를 냈다.

네모 선장은 '노틸러스'호를 고래 시체에 바싹 붙였다. 승무원 두 명이 고래 옆구리로 내려가 젖을 짜기 시작했다. 나는 그들이 고래 유방에 들어 있는 젖을 모두 짜내는 것을 놀란 눈으로 바라보았다. 커다란 통 두세 개가 고래 젖으로 가득 찼다.

선장이 아직도 따끈한 고래 젖을 컵에 따라 나에게 내밀었다. 나는 혐오감을 감추지 못했다. 선장은 고래 젖이 영양도 풍부하고 소젖과 전혀 다르지 않다고 장담했다.

나는 시험 삼아 한 모금 마셔보았다. 선장의 말이 옳았다. 실제로 고래 젖은 우리에게 유용한 식량이 되었다. 소금을 쳐서 버터나 치즈로 가공한 고래 젖이 단조로운 우리 식탁에 유쾌한 변화를 가져다주었기 때문이다.

나는 그날부터 네모 선장에 대한 네드 랜드의 태도가 점차 험악해지는 것을 알아차리고 불안해졌다. 그래서 나는 캐나다인의 행동에서 눈을 떼지 않기로 결심했다.

chapter 13
떠다니는 빙산

'노틸러스'호는 여전히 남쪽으로 내려가고 있었다. 상당히 빠른 속도로 서경 50도를 따라가고 있었다. '노틸러스'호는 남극에 도달하려는 것일까? 그것은 있을 수 없는 일이었다. 지금까지 남극에 도달하려는 시도는 모두 실패로 끝났기 때문이다. 어쨌든 지금은 남극에 가기에 적당한 철도 아니었다. 남극의 3월 13일은 북극의 9월 13일에 해당하고, 이제 낮과 밤의 길이가 같아지는 춘분점이 다가오고 있었기 때문에 이미 때가 늦었다.

3월 14일, 나는 남위 55도에서 바다에 떠 있는 얼음장을 발견했다. 길이가 6~7미터쯤 되는 얼음덩이가 암초를 이루고 있었다. 파도가 밀려와 부서지면서 빙산 위를 지나갔다. '노틸러스'호는 수면에 머물렀다. 이미 북극해에서 고래를 잡아본 네드 랜드는 빙산에 익숙해져 있었다. 콩세유와 나는 처음 보는 빙산에 넋을 잃었다.

남쪽 수평선 위의 하늘에 눈부시게 하얀 띠가 뻗어 있었다. 포경선원들은 그것을 '빙광(氷光)'[199]이라고 부른다. 구름이 아무리 짙게 끼어도 빙광은 언제나 볼 수 있다. 빙광은 한곳에 모여 얼어붙은 부빙(浮氷)이나 탁상처럼 평평한 빙상(氷床)의 존재를 알려준다.

실제로 얼음장보다 커다란 얼음덩이들이 곧 나타났다. 그것이 반사하는 빛은 옅은 안개의 변덕에 따라 변화했다. 황산동이 물결 모양의 줄무늬를 만들어놓은 것처럼 초록빛 줄무늬가 들어 있는 얼음덩이도 있었다. 그것들은 석회암의 눈부신 반사광 같은 느낌을 주었기 때문에, 그것으로 대리석 도시를 건설할 수도 있었을 것이다. 빛이 뚫고 들어갈 수 있고 결정체의 수많은 단면으로 햇빛을 반사하여 거대한 자수정처럼 보이는 얼음덩이도 있었다.

남쪽으로 내려갈수록 물에 떠 있는 섬은 더 많아지고 크기도 커졌다. 새들이 그 위에 수천 마리씩 둥지를 틀고 있었다. 슴새와 갈매기·흰가래기·바다쇠오리가 귀가 먹먹해질 만큼 큰 소리로 울어댔다. 어떤 녀석들은 '노틸러스'호를 고래로 착각하고 갑판에 내려앉아 금속판을 부리로 쪼아대기도 했다.

얼음 사이를 항해하는 동안 네모 선장은 자주 상갑판에 머물렀다. 그리고 그 황량한 바다를 유심히 살펴보았다. 침착하게 바다를 바라보던 그의 눈이 이따금 강렬하게 빛나는 것을 나는 알아차렸다. 인간의 접근을 용납하지 않는 이 남극해에서 선장은 마치 고향에 돌아온 듯한 편안함을 느끼고, 아무도 건널 수 없는 이 공간의 주인이라도 된 기분을 맛보고 있는 것일까? 어쩌면 그럴지도 모른다. 하지만 선장은 아무 말도 하지 않았다. 꼼짝도 않고 몽상에 잠겨 있었다. 행동 본능이 지배권을 되찾을 때에만 몽상을 잠시 중단할 뿐이었다. 행동 본능이 되살아나면 선장은 '노틸러스'호를 완벽한 기술로 조종하여 거대한 빙산을 주의 깊게 피하곤 했다. 바다에 떠 있는 빙산 중에는 길이가 몇 킬로미터나 되고 높이가 70~80미터에 이르는 것도 있었다. 수평선이 완전히 가려질 때도 많았다. 남위 60도 선상에서는 실제로 모든 통로가 사라져버렸다. 하지만 네모 선장은 상황을 조사한 뒤, 곧 좁은 통로를 찾아냈다. 선장은 대담하게 그 통로를 빠져나왔지만, '노틸러스'호가 지나간 뒤에는 통로가 곧 다시 닫히리라는 것을 잘 알고 있었다.

이런 식으로 '노틸러스'호는 선장의 능숙한 솜씨에 이끌려 모든 얼음을 통과했다. 얼음은 형태와 크기에 따라 엄밀하게 분류된다. 빙산은 문자 그대로 얼음산을 뜻하고, 빙원은 끝없이 이어진 얼음 벌판을 뜻하며, 부빙은 유빙(流氷)이라고도 부른다. 총빙(叢氷)은 유빙들이 한데 모여 굳어서 생긴 얼음 구릉인데, 그 형태가 둥글 때는 '패치'라고 부르고 길쭉할 때는 '스트림'이라고 부른다.

몹시 추웠다. 바깥 공기에 노출된 온도계는 영하 2도나 3도를 가리켰다.

하지만 우리는 물범이나 북극곰의 모피로 만든 옷을 따뜻하게 입고 있었다. '노틸러스'호의 내부는 늘 전기장치로 난방을 하기 때문에, 아무리 심한 추위도 문제가 되지 않았다. 어쨌든 좀 더 참을 만한 온도를 바란다면 물속으로 몇 미터만 내려가면 되었을 것이다.

두 달 전만 해도 이 위도에서는 백야를 즐길 수 있었을 테지만, 벌써 밤은 서너 시간으로 길어졌고, 얼마 후에는 밤이 이 남극 지역에 반년 동안 어둠을 드리울 것이다.

3월 15일, 우리는 사우스셰틀랜드 제도 및 사우스오크니 제도와 같은 위도를 통과했다. 일찍이 이 섬들에는 수많은 새가 살고 있었지만, 영국과 미국의 포경선들이 맹렬한 파괴 본능에 사로잡혀 암컷을 마구 죽였기 때문에, 이제 그 섬에 남아 있는 것은 동물의 왕국이 아니라 죽음의 침묵뿐이다.

3월 16일 오전 여덟 시쯤, 서경 55도를 따라가고 있던 '노틸러스'호가 남극권으로 들어갔다. 얼음이 사방에서 우리를 둘러싸 수평선을 가려버렸다. 하지만 네모 선장은 계속 남쪽으로 뱃머리를 고정시킨 채, 이 통로에서 저 통로로 부지런히 움직였다.

"선장은 어디로 가려는 것일까?" 내가 물었다.

"곧장 앞으로 가고 있습니다." 콩세유가 대답했다. "하지만 더 이상 앞으로 나갈 수 없게 되면 멈출 겁니다."

"나 같으면 그렇게 단언하지 않겠어."

솔직히 말하면 이 모험 여행은 꽤 즐거웠다고 인정할 수밖에 없다. 이 낯선 지역의 아름다운 풍광이 얼마나 나를 매혹시켰는지는 도저히 말로 표현할 수 없다. 얼음덩이들은 저마다 환상적인 자태를 뽐내고 있었다. 수많은 뾰족탑과 이슬람 사원을 거느린 동방의 도시처럼 보이는 것도 있고, 지진으로 무너지고 파괴된 도시처럼 보이는 것도 있었다. 비스듬히 꽂히는 햇빛 때문에 풍경은 시시각각 달라졌다. 또는 눈 내리는 새벽의 잿빛 안개 속으

항해 기구

로 사라지기도 했다. 사방에서 빙산이 폭발하고 눈사태가 일어나고 거꾸로 뒤집혀, 풍경이 입체 모형 속의 시골 풍경처럼 끊임없이 변했다.

이런 평형 상태가 깨졌을 때 '노틸러스'호가 물속에 있으면, 그 소리가 놀랄 만큼 강렬하게 물속에 전달되고, 물속으로 가라앉는 얼음덩이들은 바다 깊은 곳에 무서운 소용돌이를 일으키곤 했다. 그러면 '노틸러스'호는 바다의 분노에 내맡겨진 배처럼 마구 뒤흔들렸다.

빠져나갈 길이 전혀 보이지 않아, 이제 꼼짝없이 얼음 속에 갇혔구나 싶을 때도 많았다. 하지만 훌륭한 길잡이 본능을 갖고 있는 네모 선장은 아주 작은 징후를 이용하여 새로운 통로를 찾아내곤 했다. 그의 방법은 빙원을 흐르는 가늘고 푸르스름한 물줄기를 관찰하는 것이었다. 그는 한 번도 실수한 적이 없었다. 나는 선장이 이미 '노틸러스'호를 타고 남극해에 들어와본 적이 있다고 확신했다.

하지만 3월 16일에는 얼음이 앞길을 완전히 막아버렸다. 그것은 하나의 빙

크로노미터

기압계

브리디 캡슐

지침

기록지

나침반

망원경

컴퍼스

지도

원이 아니라, 수많은 빙원들이 추위 때문에 한데 달라붙은 것이었다. 그런 장애물도 네모 선장을 막을 수는 없었다. 선장은 무서울 만큼 격렬하게 그 장애물에 덤벼들었다. '노틸러스'호는 쐐기처럼 얼음덩이를 뚫고 들어갔다. 얼음은 무시무시한 소리를 내면서 부서졌다. 그것은 고대에 성문이나 성벽을 부수던 파성퇴(破城槌) 같았지만, '노틸러스'호의 추진력은 무한했다. 얼음 조각들이 허공에 높이 날아올랐다가 우리 주위에 우박처럼 떨어졌다. 우리 배는 자체의 힘을 이용하여 운하를 파고 있었다. 때로는 관성으로 빙원 위에 올라앉기도 했지만, 밑에 깔린 얼음은 배의 무게를 견디지 못하고 박살이 났다. 이따금 빙원 밑에 처박히기도 했지만, 몸을 좌우로 흔들기만 하면 빙원에 커다란 금이 가면서 둘로 쪼개지곤 했다.

며칠 동안 거센 돌풍과 눈보라가 이따금 우리를 덮쳤다. 자욱한 안개가 끼면 갑판 끝이 보이지 않을 정도였고, 바람이 사방팔방에서 휘몰아쳤다. 상갑판에 층층이 쌓인 눈은 단단하게 굳어서 곡괭이로 깨뜨려야 했다. 영하 5도밖에 안 되는데 '노틸러스'호의 외부는 얼음으로 완전히 뒤덮였다. '노틸러스'호가 범선이었다면, 밧줄이 도르래의 홈에 끼인 채 얼어붙었을 테니까 삭구도 제대로 기능을 발휘하지 못했을 것이다. 이런 극지방의 기후와 맞설 수 있는 것은 전기 모터로 움직이고 석탄도 필요 없는 배뿐이었다.

이런 상황에서 기압계 눈금은 대개 아주 낮은 위치에 머물러 있었다. 심지어는 735밀리미터까지 떨어질 때도 있었다. 나침반을 읽는 것은 더 이상 의미가 없었다. 자남극이 가까워지자 나침반 바늘은 미쳐버린 것처럼 서로 모순되는 방향을 가리켰다. 자남극을 지리적인 남극과 혼동해서는 안 된다. 한스텐[200]에 따르면 자남극은 사실상 동경 130도·남위 70도 언저리에 자리 잡고 있다. 뒤페레[201]의 관측에 따르면 자남극의 위치는 동경 135도·남위 70도 30분이다. 따라서 배의 정확한 위치를 알려면 배의 여러 지점에서 나침반을 확인한 다음 평균치를 낼 필요가 있었다. 하지만 우리는 대개 '노틸러스'호가 달린 항로를 계산하는 위치 추산법에 의존했다. 이 방법은 항로가 구불구불해서 표지물이 끊임없이 바뀌는 경우에는 비교적 불만족스러운 방법이다.

3월 17일, '노틸러스'호는 스무 번이나 공격에 실패한 뒤 마침내 얼음 속에 갇혀버렸다. 문제는 이제 빙산이나 빙원이 아니라, 서로 맞물려 꼼짝도 하지 않는 산들로 이루어진 끝없는 장벽이었다.

"유빙대(流氷帶)다!" 캐나다인이 말했다.

우리보다 먼저 이곳에 왔던 항해자들이 모두 그랬듯이, 네드도 유빙대를 결코 넘을 수 없는 장애물로 생각하는 게 분명했다. 정오쯤 잠깐 해가 났기 때문에, 네모 선장은 비교적 정확한 관측 결과를 얻을 수 있었다. 관측 결과, 현재 위치는 서경 51도 30분·남위 67도 40분이었다. 우리는 이미 남극권으로 꽤 깊이 들어와 있었다.

우리 눈앞에는 더 이상 바다가 보이지 않았다. 바다만이 아니라 어떤 수면도 보이지 않았다. '노틸러스'호의 이물 너머에는 복잡하게 뒤얽힌 빙산들이 드넓은 빙원을 이루며 펼쳐져 있었다. 그 광경은 강을 뒤덮은 얼음이 녹기 전에 크게 세력을 확대했을 때 변덕스러운 혼란 상태를 보이는 수면을 연상시켰다. 높이가 60미터나 되는 봉우리들이 여기저기 바늘처럼 솟아 있었다. 회색의 깎아지른 절벽이 안개에 흠뻑 젖은 햇빛을 거대한 거울처럼 반사하고 있

"유빙대다!" 네드가 말했다.

었다. 이 황량한 풍경 너머에는 야생의 적막이 펼쳐져 있었다. 슴새나 바다쇠오리가 날개치는 소리도 이 적막을 깨뜨리지 않았다. 모든 것이 얼어붙어 있었다. 심지어는 소리까지도 얼어붙어 있었다.

그래서 '노틸러스'호는 빙원을 뚫고 나아가는 대담한 항해를 멈출 수밖에 없었다.

그날 네드 랜드가 나에게 말했다.

"박사님, 선장이 계속 앞으로 나가면……."

"나가면?"

"위인이 될 겁니다."

"왜?"

"유빙대는 아무도 건널 수 없으니까요. 네모 선장도 보통 강한 사람이 아니지만, 자연만큼 강하지는 않습니다. 자연이 한계선을 설정하면 인간은 거기서 멈출 수밖에 없어요."

"맞는 얘기야. 하지만 나는 저 빙원 너머에 뭐가 있는지 알고 싶네. 앞을 가로막는 벽만큼 나를 괴롭히는 건 없어!"

"주인님 말씀이 옳습니다." 콩세유가 말했다. "벽은 과학자를 괴롭히기 위해 만들어진 겁니다. 벽은 어디에도 있어서는 안 됩니다."

"이봐!" 캐나다인이 말했다. "빙원 너머에 뭐가 있는지는 누구나 알고 있어."

"그게 뭐지?" 내가 물었다.

"얼음이죠. 더 많은 얼음!"

"자네는 그걸 확신하는 모양이군. 하지만 나는 그렇게 확신할 수가 없어. 그래서 내 눈으로 직접 확인하고 싶은 걸세."

"그 생각은 포기하세요. 유빙대까지 온 것만으로도 충분합니다. 박사님도, 네모 선장도, '노틸러스'호도 여기서 더 이상은 나아갈 수 없어요. 선장이 원하든 말든, 우리는 결국 북쪽으로 돌아가야 할 겁니다. 정직한 사람들이 사는 곳으로."

네드 랜드의 말이 옳다는 것은 나도 인정할 수밖에 없다. 빙원을 항해할 수 있는 배가 만들어질 때까지는 빙원 앞에서 전진을 멈추어야 할 것이다.

'노틸러스'호는 얼음을 깨려고 갖은 애를 다 썼지만, 아무리 강력한 수단을 사용해도 배는 꼼짝달싹도 하지 않았다. 더 이상 나아갈 수 없는 한계점에 다다르면, 대개는 그것으로 만족하고 방향을 돌려 되돌아갈 것이다. 하지만 여기서는 앞으로 나아가는 것만이 아니라 되돌아가는 것도 불가능했다. 우리가 지나온 통로가 다시 막혀버렸기 때문이다. 우리 배가 계속 정지해 있으면, 오래지 않아 우리는 완전히 얼음에 갇혀버릴 것이다. 오후 두 시쯤 실제로 그런 사태가 일어났다. 새로운 얼음이 놀랄 만큼 빠른 속도로 뱃전에 생겨나기 시작한 것이다. 그런데 네모 선장의 행동은 너무나 무분별해 보였다.

내가 상갑판에 있을 때, 잠시 상황을 살피고 있던 선장이 말했다.

"어떻게 생각하십니까?"

"아무래도 갇힌 것 같군요."

"갇혔다고요? 그게 무슨 소립니까?"

"앞으로도 뒤로도, 다른 어느 방향으로도 나아갈 수 없다는 뜻입니다. 바로 이런 상태를 '갇혔다'고 말할 겁니다. 적어도 사람이 사는 육지에서는 그렇습니다."

"그럼 박사는 '노틸러스'호가 여기서 빠져나갈 수 없을 거라고 생각하십니까?"

"어려울 겁니다. 남반구에서는 계절이 이미 가을로 접어들어서, 얼음이 녹기를 기대할 수도 없습니다."

"당신은 영원히 변치 않을 거요." 네모 선장이 빈정거리는 투로 말했다. "언제나 장애물만 보지요! 분명히 말씀드리지만, '노틸러스'호는 여기서 빠져나갈 수 있을 뿐만 아니라, 훨씬 멀리까지 갈 겁니다!"

"더 남쪽으로 간단 말입니까?"

"그렇습니다. 남극까지 갈 겁니다."

"남극까지?" 나는 도저히 믿을 수 없다는 기분을 억누르지 못하고 소리쳤다.

"그렇소!" 선장은 냉정하게 대답했다. "남극까지! 지구의 모든 자오선이 만나는 그 미지의 지점까지 갈 거요. 아시다시피 나는 '노틸러스'호만 있으면 뭐든지 할 수 있습니다."

그렇다. 나는 그것을 알고 있었다. 그리고 선장이 미쳤다고 해도 좋을 만큼 용맹하다는 것도 알고 있었다! 남극은 북극보다 훨씬 넘기 어려운 장애물로 둘러싸여 있어서, 아무리 대담한 항해가도 아직까지 남극에는 도달한 적이 없었다. 감히 그런 곳에 가려고 마음을 먹을 수 있는 사람은 정신 나간 미치광이뿐이다!

아니, 네모 선장은 인간의 발길이 닿지 않은 남극에 이미 가본 적이 있는 게 아닐까. 문득 그런 생각이 들어서 선장에게 물어보았다.

"천만에. 아직은 가본 적이 없습니다. 우리는 함께 남극을 발견할 겁니다. 다른 사람들은 모두 실패했지만, 나는 실패하지 않을 겁니다. 아직 '노틸러스'호를 남극해 깊숙이까지 몰고 가본 적은 없지만, 이번에는 훨씬 멀리까지 들어갈 작정입니다."

"그 말을 믿고 싶군요. 나는 당신을 믿습니다, 선장! 앞으로 나아갑시다! 우리에게는 어떤 장애물도 없습니다! 유빙을 깨버립시다! 유빙을 날려버립시다! 유빙이 끝내 저항하면, '노틸러스'호에 날개를 달아서 그 위로 넘어갑시다!"

"위로 넘어간다고요?" 네모 선장은 냉정하게 대답했다. "위가 아니라 아래로 갈 겁니다."

"아래로!" 나는 소리쳤다.

갑자기 계시와도 같은 깨달음이 내 마음을 채웠다. 나는 드디어 선장의 의도를 알아차렸다. '노틸러스'호의 놀라운 성능이 또다시 이 초인적인 계획에 이용될 것이다!

"우리가 마침내 서로를 이해하기 시작한 것 같군요." 선장이 웃으면서 말했다. "그런 시도의 가능성을, 게다가 그 시도가 성공할 가능성까지 당신은 이미 알아차렸습니다. 보통 배에는 불가능한 일도 '노틸러스'호한테는 어린애 장난에 불과합니다. 남극에 대륙이 있다면, '노틸러스'호는 그 대륙 앞에서 멈춰설 겁니다. 하지만 남극이 바다라면 '노틸러스'호는 남극에 도달할 겁니다!"

"그렇습니다" 나는 선장의 추론에 황홀해졌다. "수면은 얼어붙어도 그 밑은 자유롭게 다닐 수 있을 겁니다. 바닷물의 밀도는 빙점보다 조금 높은 온도에서 가장 높으니까요. 내가 잘못 생각한 게 아니라면, 빙산에서 물속에 잠겨 있는 부분과 물 밖으로 나와 있는 부분의 비율은 3대 1이잖습니까?"

"대개 그렇습니다. 수면 위로 빙산이 1미터 나와 있다면, 수면 밑에 있는 빙산은 3미터입니다. 저 빙산들은 높이가 100미터를 넘지 않으니까, 물속으로는 기껏해야 300미터밖에 내려가 있지 않습니다. '노틸러스'호에 300미터가 무슨 대수겠습니까?"

"아무것도 아니지요."

"그보다 더 깊이 내려가면 바닷물의 온도가 일정하니까 거기까지 내려갈 수도 있습니다. 수면은 영하 30도나 40도까지 내려가도, 깊은 물속에서는 그런 혹한에 전혀 영향을 받지 않을 수 있어요."

"맞습니다, 선장!" 나는 흥분하여 소리쳤다.

"그런데 유일한 문제는······." 네모 선장이 말을 이었다. "공기를 보급하지 않고 며칠 동안 물속에 머물러야 한다는 겁니다."

"문제가 겨우 그건가요? '노틸러스'호에는 거대한 공기탱크가 있으니까, 거기에 공기를 가득 채우면 며칠 동안 필요한 산소를 공급해줄 겁니다."

"잘 생각하셨군요." 선장은 빙긋 웃으면서 대답했다. "하지만 무모하다는 비난은 받고 싶지 않으니까, 예상되는 문제를 미리 제기하고 있는 겁니다."

"문제가 또 있습니까?"

"한 가지가 더 있습니다. 남극에 바다가 있다 해도 그 바다는 꽁꽁 얼어붙어 있을 테고, 따라서 우리는 수면으로 떠오를 수 없을 겁니다."

"아, 그렇군요. 하지만 '노틸러스'호는 강력한 충각으로 무장하고 있잖습니까. 수면으로 비스듬히 올라가면 충각으로 얼음을 깨부술 수 있지 않을까요?"

"오늘은 좋은 생각이 많이 떠오르는군요!"

"어쨌든……" 나는 점점 열중하여 덧붙였다. "북극에서처럼 남극에서도 얼지 않은 바다를 발견할 수 있지 않을까요? 북반구나 남반구나 실제 극점과 자기극은 일치하지 않고, 그렇지 않다는 증거가 발견될 때까지는 지구의 양쪽 끝에 대륙이나 얼지 않은 바다가 있을 거라고 가정해야 합니다."

"나도 그렇게 생각합니다." 네모 선장이 대답했다. "그런데 지금까지는 내 계획에 온갖 이의를 제기하시더니, 이제는 나보다 더 강력하게 찬성론을 펴시는군요."

네모 선장의 말이 맞았다. 나는 이제 대담성에서 네모 선장을 앞지를 정도였다. 내가 선장을 남극으로 끌고 가는 것 같았다! 내가 오히려 앞장을 서고 있었다. 선장을 뒤에 남겨놓고……. 아니, 그렇지 않아. 바보 같으니! 네모 선장은 문제의 찬반양론을 너보다 훨씬 잘 알고 있어. 그러면서 네가 환상적인 몽상에 사로잡혀 있는 꼴을 보고 즐기는 거야!

네모 선장은 잠시도 시간을 낭비하지 않았다. 선장이 신호를 보내자 부관이 나타났다. 두 남자는 내가 이해할 수 없는 언어로 재빨리 이야기를 나누었다. 부관은 미리 선장한테 그 이야기를 들었거나 아니면 계획을 실행하는

데 아무 문제도 없다고 생각하는지, 전혀 놀란 기색을 보이지 않았다.

그러나 부관이 아무리 침착하다 해도 콩세유를 따라갈 수는 없었다. 콩세유는 우리가 남극으로 갈 예정이라는 말을 듣고도 눈썹 하나 까딱하지 않았다. 내가 그 소식을 전했을 때 그의 입에서 나온 말은 "주인님이 원하신다면"이 전부였다. 나는 그 맥 빠지는 반응에 만족할 수밖에 없었다. 네드는 어깨를 으쓱하면서 말했다.

"정말 딱하군요! 박사님도, 네모 선장도!"

"하지만 우리는 남극에 갈 거야."

"갈 수는 있겠지만, 돌아오지는 못할 겁니다!"

그러고는 자기 선실로 돌아가면서 "여기 있다가는 어리석은 짓을 할 것 같아서……" 하고 말했다.

그러는 동안 대담한 남극 탐험 준비가 시작되었다. '노틸러스'호의 강력한 펌프가 탱크에 공기를 주입하여 고압으로 압축하고 있었다. 네 시쯤 네모 선장은 상갑판의 해치를 닫겠다고 말했다. 나는 우리가 그 밑으로 들어가게 될 두꺼운 유빙을 마지막으로 바라보았다. 날씨는 맑았고 공기는 더없이 깨끗했다. 기온은 영하 12도였지만, 바람이 잔잔해서 그다지 춥게 느껴지지 않았다.

곡괭이로 무장한 승무원이 열 명쯤 '노틸러스'호의 뱃전으로 올라가, 선체 주위에 달라붙은 얼음을 깼다. 배는 곧 얼음에서 풀려났다. 갓 생긴 얼음은 아직 얇았기 때문에 이 작업은 오래 걸리지 않았다. 우리는 모두 배 안으로 들어갔다. '노틸러스'호는 곧 물속으로 가라앉았다.

나는 콩세유와 함께 객실에 앉아, 열린 창으로 남극해의 물속을 내다보았다. 온도계의 눈금이 올라가고 있었다. 압력계의 바늘이 문자반 위에서 흔들렸다.

300미터 깊이에 이르렀을 때, 네모 선장이 예언한 대로 우리는 유빙 밑으로 들어갔다. 그래도 '노틸러스'호는 더 깊이 내려가 800미터 깊이에 이르렀다. 수면은 영하 12도였는데, 이곳의 수온은 영하 11도였다. 벌써 1도가 올라갔다. 말할 나위도 없는 일이지만, '노틸러스'호 안의 기온은 난방장치 덕택에 그보다 높은 온도를 유지하고 있었다. 이 모든 장치는 놀랄 만큼 정확하게 작동되었다.

"우리는 남극에 도달할 겁니다. 주인님만 괜찮으시면……." 콩세유가 말했다.

"당연하지. 나는 굳게 믿고 있어!" 나는 확신에 찬 어조로 대답했다.

장애물이 전혀 없는 이 바다에서 '노틸러스'호는 남극까지 직선 항로를 택했고, 서경 52도를 벗어나지 않았다. 우리는 남위 67도 30분에서 90도까지 22도 30분을 더 가야 했다. 거리로 치면 500해리가 조금 넘는다. '노틸러스'호는 25노트의 적당한 속력을 유지했다. 급행열차와 비슷한 속력이다. 이런 식으로 계속 달리면, 40시간이면 충분히 남극에 도달할 수 있을 것이다.

유빙 아래를 항해하는 것은 색다른 경험이었기 때문에, 콩세유와 나는 밤중에도 객실 창가에서 몇 시간을 보냈다. 환한 탐조등 불빛을 받은 바다는 텅 빈 것 같았다. 얼음에 갇힌 바다에는 물고기가 살지 않았다. 물고기들은 이 바다를 남극해에서 남극으로 가는 통로로만 이용했을 뿐이다. 우리 배는 빠른 속도로 나아갔다. 기다란 선체의 진동을 통해 빠른 속력을 느낄 수 있었다.

밤 두 시쯤 나는 잠깐 눈을 붙이러 갔다. 콩세유도 자기 선실로 갔다. 통로에서는 네모 선장을 만나지 못했다. 나는 선장이 조타실에 남아 있을 거라고 생각했다.

이튿날인 3월 18일, 나는 오전 다섯 시에 다시 객실 창가에 자리를 잡았다. 전기로 작동되는 속도계를 보니, '노틸러스'호의 속력이 느려져 있었다. 배는 수면으로 올라가고 있었지만, 서서히 물탱크를 비우면서 조심스럽게 올라가고 있었다.

나는 가슴이 두근거렸다. 물 밖으로 나가서 다시 남극 지역의 탁 트인 하늘을 보게 될까?

아니었다. 나는 갑자기 심한 진동을 느끼고, '노틸러스'호가 유빙 바닥에 충돌한 것을 알아차렸다. 충격이 둔탁한 것으로 미루어보아 유빙은 아직도 두꺼웠다. 우리는 뱃사람들의 표현을 빌리면 '접촉 사고'를 일으켰지만 방향이 정반대였고, 배는 300미터 깊이에 있었다. 우리 머리 위에는 600미터 높이의 얼음덩이가 있었고, 그 가운데 300미터가 물 밖으로 올라가 있었다. 따라서 유빙은 전에 우리가 보았을 때보다 훨씬 높아져 있었다. 낙관할 수 있는 상황은 아니었다.

낮에 '노틸러스'호는 수면으로 올라가려는 시도를 여러 번 되풀이했지만, 그때마다 천장을 이루고 있는 얼음에 부딪쳤다. 때로는 900미터 깊이에서 얼음에 부딪치기도 했다. 그것은 얼음 전체의 두께가 1200미터이고, 그중 300미터가 수면 위로 솟아 있다는 것을 의미했다. 이제 유빙의 높이는 '노틸러스'호가 잠수했을 때보다 세 배나 높아졌다.

나는 유빙의 다양한 높이를 꼼꼼히 기록하여, 물속에 거꾸로 튀어나와 있는 얼음 산맥의 윤곽을 알아냈다.

저녁때까지도 상황은 전혀 달라지지 않았다. 얼음의 높이는 400미터 내지 500미터 사이를 유지했다. 전보다는 확실히 얇아졌지만, 우리와 수면 사이에는 여전히 두꺼운 얼음이 가로놓여 있었다.

밤 여덟 시였다. 관행에 따르면 벌써 네 시간 전에 '노틸러스'호의 공기를 새로 갈아 넣었어야 했다. 하지만 네모 선장이 아직 탱크에서 여분의 산소를 빼내라고 명령하지 않는데도 나는 별로 괴롭지 않았다.

그날 밤에는 편히 자지 못했다. 기대와 두려움이 번갈아 나를 사로잡았다. 나는 여러 번 잠을 깼다. '노틸러스'호는 여전히 암중모색을 계속하고 있었다. 밤 세 시쯤, '노틸러스'호가 겨우 50미터 깊이에서 유빙 바닥과 접촉했다.

수면과 우리의 거리는 50미터도 안 되었다. 유빙은 점점 고립된 빙원이 되어가고 있었다. 산이 평야로 바뀌어가고 있었다.

나는 압력계에서 눈을 떼지 않았다. 우리는 계속 위로 비스듬히 올라가고 있었다. 얼음이 탐조등 불빛에 반짝거렸다. 유빙은 위아래가 모두 얇아지고 있었다. 갈수록 두께가 줄어들고 있었다.

그 기억할 만한 날인 3월 19일 오전 여섯 시, 마침내 객실 문이 열리고 네모 선장이 나타났다.

"얼지 않은 바다로 나왔습니다!" 선장이 말했다.

chapter 14
남극에 도달하다

나는 상갑판으로 달려 올라갔다. 정말로 얼지 않은 바다였다! 유빙과 빙산 몇 개가 흩어져 있을 뿐이었다. 저 멀리 드넓은 바다가 보였다. 하늘에는 새들이 무리 지어 날고, 물속에는 수많은 물고기가 헤엄을 치고, 바닷물은 깊이에 따라 검푸른 색에서 올리브색까지 다양했다. 온도계는 영상 3도를 가리키고 있었다. 저 멀리 북쪽 수평선에 우뚝 솟아 있는 빙원 너머에 비하면 이곳은 마치 봄 날씨 같았다.

"여기가 남극인가요?" 나는 가슴을 두근거리며 선장에게 물었다.

"잘 모르겠습니다. 정오에 위치를 측정할 겁니다."

"하지만 이렇게 안개가 짙은데 해가 날까요?" 나는 잿빛 하늘을 쳐다보면서 물었다.

"잠깐이라도 얼굴을 내밀어주면 충분합니다."

'노틸러스'호에서 남쪽으로 15킬로미터쯤 떨어진 곳에 외딴 섬 하나가 200미터 높이로 솟아 있었다. 우리는 그쪽으로 뱃머리를 돌렸다. 암초가 여기저기 흩어져 있을 가능성이 있기 때문에 조심스럽게 나아갔다.

한 시간 뒤에 우리는 섬에 도착했다. 그리고 두 시간 뒤에는 섬을 한 바퀴 돌았다. 섬의 둘레는 7~8킬로미터 정도였다. 좁은 해협이 상당히 넓은 땅과 이 섬을 갈라놓고 있었다. 그 땅은 어쩌면 대륙인지도 모른다. 땅 끝이 보이지 않아서 어디까지 뻗어 있는지는 판단할 수 없었다. 이곳에 육지가 존재한다는 것은 모리의 가설을 입증해주는 것 같았다. 그 독창적인 미국인은 남극과 남위 60도 사이의 바다가 북대서양에서는 좀처럼 만날 수 없는 광대한 유빙대로 뒤덮여 있다는 것을 알아차렸다. 여기서 그는 남극권에 상당히 큰 대륙이 있다는 결론을 이끌어냈다. 빙산은 바다 한복판에서는 생길 수 없고 해안에서만 만들어지기 때문이다. 남극을 둘러싸고 있는 얼음은 하나의 광대한 유빙대를 이루고 있으며, 그 너비는 4000킬로미터에 이를 거라고 모리는 계산했다.

'노틸러스'호는 충돌을 피하기 위해 바위가 무더기로 쌓여 있는 해안에서 600미터쯤 떨어진 곳에 멈춰 섰다. 그리고 보트를 내렸다. 선장과 측량기구를 든 승무원 두 명과 콩세유와 내가 보트에 올라탔다. 아침 열 시였다. 네드는 보이지 않았다. 캐나다인은 남극을 눈앞에 두고 패배를 인정할 생각이 없는 게 분명했다.

몇 번 노를 젓자 보트는 금세 모래밭에 좌초했다. 콩세유가 해안으로 뛰어내리려는 것을 보고 내가 말렸다. 그러고는 선장에게 말했다.

"선장, 이 땅에 첫발을 내딛는 영광은 마땅히 당신이 누려야 합니다."

"남극 땅에 첫발을 내딛다니! 나한테 커다란 기쁨이 될 겁니다." 선장이 대답했다.

그러고는 모래밭으로 훌쩍 뛰어내렸다. 그의 심장은 강렬한 감동으로 고

선장은 바위로 올라가⋯⋯.

동치고 있었다. 선장은 작은 곶 끝에 튀어나와 있는 바위로 올라가, 팔짱을 끼고 눈을 빛내면서 말없이 주위를 둘러보았다. 남극 땅을 독점이라도 한 듯 5분 동안 무아지경에 빠져 있다가 다시 우리를 돌아보았다.

"자, 박사도 올라오세요." 선장이 소리쳤다.

나는 보트에서 내렸다. 콩세유도 내 뒤를 따랐다. 두 승무원은 보트에 남았다.

벽돌처럼 적갈색을 띤 응회암이 멀리까지 뻗어 있었다. 암재와 용암류와 속돌이 땅을 뒤덮고 있었다. 화산 활동의 결과인 것은 의심할 여지가 없었다. 여기저기 유황 냄새를 풍기는 증기가 나오고 있는 것은 땅속의 불이 아직도 활동하고 있다는 증거였다. 그런데 높은 벼랑에 올라가서 둘러보아도 반경 몇 킬로미터 이내에는 화산이 보이지 않았다. 하지만 제임스 로스[202]가 남극권인 동경 167도 · 남위 77도 32분 지점에서 활동하고 있는 에러버스 화산과 테러 화산을 발견한 사실은 널리 알려져 있다.

이 황량한 대륙의 식물은 아주 빈약해 보였다. '우스네아 멜라녹산타'라는 이끼가 검은 석영질 암석을 덮고 있었다. 이곳에 있는 식물이라고는 석영질 암석 사이에 끼여 있는 규조류라는 원시적인 단세포 식물과 파도를 타고 해안으로 떠밀려온 작은 부레에 달라붙어 있는 자주색과 진홍색의 길쭉한 표착 해초뿐이었다.

해안에는 연체동물이 점점이 흩어져 있었다. 작은 홍합, 삿갓조개, 심장 모양의 매끄러운 새조개, 타원형 몸은 얇은 막으로 이루어져 있고 머리는 두 개의 둥근 열편으로 이루어져 있는 크릴새우가 눈에 띄었다. 나는 몸길이가 4~5센티미터인 크릴새우를 수십만 마리나 보았다. 고래는 이 많은 새우를 한입에 몽땅 삼켜버린다.

얕은 물에 사는 강장동물로는 제임스 로스가 남극해의 1000미터 깊은 물속에서 산다고 보고한 나뭇가지 모양의 산호, '프로켈라리아 펠라기카' 종에 속하는 작은 바다맨드라미, 이곳에만 사는 독특한 불가사리, 바닥에 박혀 있는 불가사리 따위가 있었다.

하지만 동물이 지나칠 만큼 풍부한 곳은 하늘이었다. 수천 마리의 다양한 새들이 귀가 먹먹해질 만큼 요란한 소리로 울어대면서 하늘을 날고 날갯짓을 했다. 바위도 새들로 뒤덮여 있었다. 새들은 우리가 지나가는 것을 보고도 전혀 겁을 내지 않았고, 펭귄은 우리 발치에 떼지어 모여들었다. 펭귄은 땅 위에서는 꼴사납게 뒤뚱거리며 둔하게 움직이지만, 물속에서는 동작이 아주 민첩하고 유연해서 이따금 가다랑어와 혼동되기도 한다. 펭귄은 특히 귀에 따가운 울음소리를 냈고, 수많은 무리를 이루었다. 몸짓은 조용하지만 울음소리는 너무 시끄럽다.

나는 새들 중에서 섭금류에 속하는 비둘기만 한 크기의 물떼새를 발견했다. 몸은 하얗고, 부리는 짧은 원뿔 모양이고, 눈 주위에 빨간 테를 두르고 있었다. 콩세유는 그 새를 몇 마리 잡았다. 제대로 요리하면 아주 맛있는 음식이 되기 때문이다. 날개를 편 길이가 4미터나 되는 알바트로스가 하늘을 유유히 날아갔다. 날개가 구부러진 거대한 물수리, 물범을 잡아먹어서 바다의 독수리라고 불리는 수염수리, 몸 윗부분에 검은색과 흰색의 바둑판 무늬가 있는 작은 오리 같은 갈매기, 온갖 슴새도 보였다. 슴새 가운데 일부는 몸이 흰색에 가깝고 날개 끝은 갈색을 띠고 있었다. 나머지는 남극해 특유의 파란색 슴새였다. 나는 그 슴새들을 가리키며 콩세유에게 말했다.

"저 슴새들은 기름기가 너무 많아서, 페로 제도[203] 사람들은 슴새의 몸에 심지만 박아서 불을 켜지."

"그렇게 기름기가 많다면 정말로 완벽한 등잔이 되겠군요! 자연의 여신이 슴새한테 심지까지 박아주었다면 한결 좋았을 텐데 말입니다!"

1킬로미터쯤 가자 땅이 펭귄들의 '둥지'로 온통 뒤덮였다. 알을 낳기 위한 은신처에서 수많은 새가 나오고 있었다. 나중에 네모 선장은 펭귄을 수백 마리나 사냥했다. 펭귄의 고기는 맛이 일품이기 때문이다. 펭귄은 나귀처럼 귀에 거슬리는 소리를 낸다. 몸집은 거위만 하고, 몸은 청회색이지만 아래 쪽은 흰색이고, 노란 장식띠를 목에 두르고 있다. 펭귄들은 도망치려고도 하지 않고 돌멩이에 맞아 죽었다.

안개는 여전히 걷히지 않았고, 오전 열한 시가 됐는데도 해는 아직 얼굴을 내밀지 않았다. 나는 걱정스러웠다. 해가 없으면 아무것도 관측할 수가 없다. 그러면 우리가 남극에 도달했는지를 어떻게 알 수 있겠는가?

다시 네모 선장 곁으로 가보니, 선장은 바위를 등지고 서서 말없이 하늘을 바라보고 있었다. 초조하고 곤혹스러운 표정이었다. 하지만 선장이 뭘 어떻게 할 수 있겠는가? 네모 선장이 아무리 대담하고 정력적인 사람이라 해도, 태양을 바다처럼 지배할 수는 없다.

해가 잠시도 모습을 드러내지 않은 채 정오가 되었다. 해가 구름 뒤의 어디쯤에 숨어 있는지도 짐작할 수 없었다. 곧이어 구름이 눈을 뿌리기 시작했다.

"내일!" 선장이 짧막하게 말했다.

우리는 눈보라 속을 지나 '노틸러스'호로 돌아왔다.

우리가 없는 동안 그물이 펼쳐져 있었다. 나는 배 위로 끌어올린 물고기들을 흥미롭게 조사했다. 남극해는 수많은 물고기의 피난처다. 폭풍우를 피해 도망친 물고기들은 돌고래와 물범의 입 속으로 들어간다. 나는 몸길이가

10센티미터쯤 되는 둑중개를 몇 마리 발견했다. 둑중개는 칙칙한 흰색의 몸이 엷은색 줄무늬로 덮여 있고, 뾰족한 골편으로 무장하고 있었다. 몸길이가 1미터에 가까운 은상어는 아주 기다란 은백색 몸과 매끄러운 피부, 둥근 머리, 세 개의 등지느러미, 끝이 원통형으로 되어 있고, 그것이 다시 입 쪽으로 구부러져 있는 독특한 주둥이를 갖고 있다. 콩세유는 은상어가 맛있다고 감탄했지만, 내 입맛에는 맞지 않았다.

눈보라는 이튿날도 계속되었다. 갑판에 머물 수도 없을 정도였다. 나는 객실에서 남극대륙까지 오는 동안 일어난 사건들을 기록하고 있었다. 슴새와 알바트로스의 울음소리가 눈보라를 뚫고 들려왔다. '노틸러스'호는 원래 위치에서 해안을 따라 남쪽으로 15킬로미터쯤 이동했다. 수평선에 닿을락 말락 떠 있는 태양이 어스름한 빛을 내고 있었다.

이튿날인 3월 20일, 눈보라가 그쳤다. 추위는 더욱 심해져서 온도계 눈금이 영상 2도를 가리켰다. 안개가 피어올랐다. 오늘은 위치를 관측할 수 있을 것 같았다.

네모 선장이 아직 나타나지 않았기 때문에, 콩세유와 나만 보트를 타고 육지로 올라갔다. 땅은 여전히 화산성이었다. 곳곳에 용암과 암재와 현무암의 흔적이 보였다. 하지만 그것을 토해낸 분화구는 찾을 수 없었다. 여기에서도 수많은 새가 황량한 남극대륙에 활기를 불어넣고 있었다. 그러나 새들은 이 왕국을 수많은 바다 포유류와 공유하고 있었다. 다양한 물범들이 해안에 길게 드러누워 있거나 평평한 유빙 위에 엎드려 있었다. 바다에서 기어나오는 녀석도 있고, 바다로 돌아가는 녀석도 있었다. 우리가 다가가도, 인간을 본 적이 없는 물범들은 달아날 생각도 하지 않았다. 거기에 있는 물범만 잡아도 수백 척의 배가 식량 걱정을 하지 않아도 될 것 같았다.

"네드가 함께 오지 않은 게 천만다행이군요!" 콩세유가 말했다.

"왜?"

"그 미친 사냥꾼이 물범을 보았다면 씨를 말렸을 테니까요."

"그건 좀 과장이지만, 그 친구가 저 멋진 동물 몇 마리를 작살로 잡는 것은 막을 수 없었겠지. 그랬다면 네모 선장은 속이 뒤집혔을 거야. 선장은 인간에게 아무 해도 끼치지 않는 동물을 아무 이유도 없이 죽이지는 않으니까."

"선장이 옳습니다."

"그래, 콩세유. 그건 그렇고, 자네는 이 해양 동물들을 분류했나?"

"제가 실제 경험을 별로 쌓지 않았다는 것은 주인님도 잘 알고 계십니다. 주인님이 먼저 동물 이름을 말씀해주시지 않으면 저는 분류할 수가 없습니다."

"저건 바다표범과 바다코끼리야."

"기각류." 박식한 콩세유는 서둘러 말했다. "척추동물문, 포유강, 단자궁아강, 유조류, 식육목."

"좋아, 하지만 바다표범과 바다코끼리는 다시 여러 종으로 나뉘어 있지. 이제 곧 녀석들을 좀 더 자세히 관찰할 기회를 갖게 될 거야. 자, 어서 가보세."

오전 여덟 시였다. 태양을 관찰할 수 있을 때까지 아직도 네 시간이 남아 있었다. 나는 해안의 화강암 절벽 안쪽으로 파고 들어온 거대한 후미 쪽으로 걸어갔다.

눈에 들어오는 땅과 유빙은 바다짐승들로 완전히 덮여 있었다. 어딘가에서 신화 속의 목동인 프로테우스가 해신 넵투누스의 수많은 가축을 감시하고 있을 것만 같았다. 바다표범이 특히 많았다. 수컷과 암컷은 따로 떨어져서 별개의 무리를 이루고 있었다. 수컷은 가족을 지켰고, 어미는 새끼에게 젖을 물렸고, 조금 자란 새끼들은 몇 미터 떨어진 곳에서 독립을 준비하고 있었다. 이 동물은 이동하고 싶을 때는 몸을 움츠리고 불완전한 지느러미의 도움을 받아 펄쩍펄쩍 뛰듯이 어색하게 움직였다. 그들과 같은 종류인 매너티의 경우에는 이 지느러미가 진짜 앞발처럼 되어 있다. 바다표범은 본래의

바다코끼리

해양 포유류

기각류에는 세 과(科)의 동물이 있다.

해양 포유류 가운데 고래는 원래
육상의 네발짐승이었으나,
깊은 바다 속에서 살아가기 위해
육상과의 관계를 모두 단절했고,
기각류는 그런 대도약을 이루지 못한 채
두 세계의 경계에 머물러 있다.

물개

물범

바다코끼리

활동 영역인 물속에서는 유연한 척추와 좁은 골반, 짧고 빽빽한 모피, 물갈 퀴가 달린 발로 멋지게 헤엄을 친다. 해안에서 쉴 때는 매우 우아한 자세를 취한다. 그래서 고대인들은 그들의 부드러운 얼굴과 매력적인 자태, 가장 아름다운 여인도 따라갈 수 없을 만큼 표정이 풍부한 벨벳 같은 눈을 보고, 시에서 바다표범 수컷을 트리톤으로, 암컷을 세이렌으로 바꾸어놓았다.[204]

그 동물은 두뇌가 상당히 발달했다. 인간을 제외하고는 어떤 포유동물도 그만큼 풍부한 두뇌 물질을 갖고 있지 않다. 따라서 바다표범은 교육을 받기에 적당하다. 그들은 쉽게 길들일 수 있고, 제대로 훈련만 시키면 물고기를 잡는 일종의 사냥개로 크게 쓸모가 있을 거라는 일부 박물학자들의 의견에 나도 동의한다.

그들은 대부분 바위나 모래 위에서 자고 있었다. 엄밀한 의미의 바다표범은 외부로 노출된 귀가 없다. 이 점은 귀가 튀어나와 있는 물개나 바다사자와 다르다. 그중에서 나는 몸길이가 3미터나 되는 스테노린쿠스의 변종을 몇 마리 관찰했는데, 그들은 하얀 털, 불독 같은 머리, 열 개의 이빨을 갖고 있었다. 윗니가 넷, 아랫니가 넷, 나머지 둘은 붓꽃 모양으로 튀어나온 커다란 송곳니였다. 그들 사이로 코끼리바다표범 몇 마리가 슬며시 끼어들었다. 이들은 바다표범의 일종이지만 코끼리의 코처럼 길게 늘어져 움직이는 코를 갖고 있다. 다만 길이는 코끼리보다 훨씬 짧다. 큰 것은 몸통 둘레가 6미터에 몸길이가 10미터나 된다. 이것들은 우리가 다가가도 꿈쩍하지 않았다.

"저 동물들은 위험하지 않습니까?" 콩세유가 물었다.

"건드리지만 않으면 괜찮아. 바다표범이 새끼를 지킬 때는 무척 사납지. 어부들의 보트를 뒤집거나 산산조각내는 일도 드물지 않아."

"그건 당연한 권리예요."

"그럴지도 모르지."

3킬로미터를 더 걸은 뒤, 우리는 후미의 남쪽에 불쑥 튀어나와 있는 곳 앞에서 걸음을 멈출 수밖에 없었다. 곶은 바다로 곧장 떨어지는 낭떠러지였고, 기슭에서는 거센 파도가 하얀 물거품을 일으키고 있었다. 그 곳 너머에서 수많은 소 떼의 울음소리 같은 요란한 소리가 들려왔다.

"이건 황소들의 연주회인가요?" 콩세유가 말했다.

"아니, 바다코끼리야."

"싸우고 있나요?"

"싸우거나 놀고 있겠지."

"보러 가고 싶은데요."

"물론 그래야지."

우리는 검은 바위를 넘어 그곳으로 갔다. 단단해 보이는 바위가 뜻밖에 허물어지기도 하고 돌이 얼음에 덮여 몹시 미끄러웠기 때문에 걷기가 힘들었다. 나는 여러 번 미끄러져 허리를 다쳤다. 나보다 조심스럽고 체격도 옹골찬 콩세유는 놀라는 기색도 보이지 않고 나를 일으키면서 말하곤 했다.

"주인님이 체중을 좀 더 분산시키면 균형을 좀 더 잘 유지할 수 있을 텐데요."

곶 꼭대기에 이르자 바다코끼리로 뒤덮인 하얀 평원이 눈앞에 펼쳐졌다. 그들은 한데 어울려 놀고 있었다. 울음소리는 분노의 외침이 아니라 기쁨의 환성이었다.

바다코끼리는 체형이 바다표범과 비슷하고 사지가 몸통에 붙어 있는 모양도 비슷하지만, 아래턱에는 송곳니도 앞니도 없다. 위턱에 나 있는 송곳니는 길이가 80센티미터나 되고, 턱과 붙어 있는 부분은 둘레가 30센티미터에 이른다. 매끄럽고 조밀한 상아질로 이루어진 이 엄니는 코끼리의 상아보다 단단하고 좀처럼 누레지지 않아서 탐내는 사람이 많다. 그 결과 바다코끼리는 마구잡이로 사냥을 당하고 있다. 사냥꾼들이 임신한 암컷과 새끼들까지 무차별 학살하여 해마다 4천 마리가 넘게 죽이기 때문에, 이제 곧 바다코끼리는 씨가 마를 것이다.

 나는 이 진기한 동물들 옆을 지나면서, 굳이 움직이려고도 하지 않는 그들을 느긋하게 관찰했다. 그들의 피부는 두껍고 거칠었다. 색깔은 불그레한 황갈색이고, 드문드문 짧은 털이 나 있다. 개중에는 몸길이가 4미터나 되는 녀석도 있었다. 북반구의 바다코끼리보다 평온하고 겁이 없어서, 야영지 주변을 감시할 보초를 세우지도 않았다.

 이 바다코끼리들의 마을을 살펴본 뒤, 나는 돌아가기로 마음먹었다. 벌써 열한 시였다. 네모 선장이 관측하기 좋은 기회를 찾아내면, 나도 현장에 있고 싶었다. 하지만 그날은 아무래도 해가 날 것 같지 않았다. 수평선에 누워 있는 짙은 구름이 해를 가리고 있었다. 질투심 많은 태양은 인간이 감히 발을 들여놓을 수 없는 이곳에서 인간에게 관측당하는 것을 바라지 않는 듯했다.

 그래도 나는 '노틸러스'호로 돌아가기로 결정했다. 우리는 벼랑 꼭대기에 뻗어 있는 좁은 길을 따라 걸었다. 열한 시 반에 우리는 상륙 지점으로 돌아갔다. 보트가 선장을 싣고 해안에 와 있었다. 커다란 현무암 바위 덩이 위에 서 있는 선장이 보였다. 선장은 관측기구를 옆에 놓고, 북쪽 수평선을 뚫어지게 바라보고 있었다. 태양은 그 수평선 위에 납작 엎드려 수평 궤도를 그리고 있었다.

 나는 선장 옆에 서서 말없이 기다렸다. 정오가 되었다. 어제와 마찬가지로 해는 얼굴을 내밀지 않았다.

 그게 운명이라면 어쩔 수 없는 일이었다. 관측은 오늘도 실패했다. 내일도 마찬가지라면, 위치를 측정하는 일은 포기할 수밖에 없을 것이다.

 오늘은 3월 20일. 내일은 3월 21일, 춘분이었다. 빛의 굴절을 무시한다면, 태양은 앞으로 반년 동안 수평선 아래로 사라질 것이다. 태양이 사라지면 남극에는 기나긴 밤이 시작될 것이다. 9월 추분에 태양은 북쪽 수평선에서 나타나 12월 21일까지 나선 모양을 그리며 떠올랐다. 남극 지역의 하지인 12월

21일부터 태양은 다시 희미해지기 시작했고, 내일은 마지막 햇빛을 내보낼 터였다.

나는 이런 생각과 걱정을 네모 선장에게 말했다.

"맞습니다, 아로낙스 박사. 내일 태양의 고도를 관측하지 못하면 앞으로 반년 동안은 관측할 수 없을 겁니다. 하지만 우연히 3월 21일에 맞추어 이 바다에 도착했으니까, 내일 정오에 해가 나면 위치를 쉽게 측정할 수 있을 겁니다."

"왜요?"

"해가 나선 모양을 그리고 있을 때는 정확한 고도를 측정하기가 어렵고, 우리 기구가 심각한 오류를 저지르기 쉬우니까요."

"그럼 어떻게 하실 겁니까?"

"크로노미터를 이용할 작정입니다. 내일 3월 21일 정오에 북쪽 수평선이 태양을 정확히 반으로 절단하면, 우리는 지금 남극에 있는 겁니다."

"맞습니다. 하지만 낮과 밤의 길이가 같아지는 시점이 반드시 정오라고는 할 수 없으니까, 여기가 남극이라는 주장이 수학적으로 엄밀하다고 말할 수는 없어요."

"하지만 오차는 100미터도 안 될 겁니다. 그 정도면 충분합니다. 그럼 내일 만납시다."

네모 선장은 '노틸러스'호로 돌아갔다. 콩세유와 나는 다섯 시까지 육지에 남아서 해변을 거닐며 관찰과 조사를 계속했다. 하지만 내가 찾은 진기한 거라고는 커다란 펭귄 알 한 개뿐이었다. 그 펭귄 알은 상당히 커서, 수집가라면 천 프랑을 주고라도 손에 넣으려 했을 것이다. 크림색 바탕에 상형문자 같은 줄무늬가 있어서 진귀한 미술품 같았다. 내가 그것을 콩세유에게 넘겨주자, 신중한 콩세유는 그것이 귀중한 중국산 도자기라도 되는 것처럼 받쳐들고 발걸음을 조심하면서 무사히 '노틸러스'호로 가져갔다.

나는 그 진귀한 알을 박물관의 진열장 안에 넣어두었다. 저녁에는 돼지고기 맛이 나는 바다표범 간을 맛있게 먹었다. 그리고 힌두교도처럼 태양의 은총을 기원하면서 잠자리에 들었다.

이튿날인 3월 21일, 나는 오전 다섯 시에 일찌감치 상갑판으로 올라갔다. 네모 선장이 벌써 와 있었다.

"날씨가 조금 맑아졌어요." 선장이 말했다. "오늘은 성공할 가능성이 큽니다. 아침을 먹고 육지로 가서 관측 지점을 고릅시다."

나는 동의하고, 네드 랜드를 찾으러 배 안으로 돌아갔다. 네드에게 함께 가자고 권했지만, 고집불통인 그는 딱 잘라 거절했다. 나는 네드가 날이 갈수록 말이 없어지고 침울해지는 것을 알 수 있었다. 하지만 이번 경우에는 네드가 동행을 거절한 것이 별로 유감스럽지 않았다. 해안에 바다표범이 너무 많았기 때문이다. 나는 그 사냥꾼을 유혹에 빠뜨리고 싶지 않았다.

아침을 먹고 나서 나는 다시 육지로 갔다. '노틸러스'호는 밤사이에 몇 킬로미터를 더 이동했다. 이제는 해안에서 4킬로미터는 충분히 떨어진 바다에 떠 있었다. 해안에는 400~500미터 높이의 깎아지른 벼랑이 우뚝 솟아 있었다. 보트에는 나와 네모 선장과 승무원 두 명이 탔다. 크로노미터와 망원경과 기압계도 보트에 실려 있었다.

바다를 건너는 동안 나는 남쪽 바다에만 사는 세 종류의 고래를 많이 보았다. 영국인들이 참고래라고 부르는 녀석은 등지느러미가 없다. 주름진 뱃가죽과 거대한 흰색 지느러미를 가진 혹등고래는 프랑스어로 '날개고래'라고 부르지만, 그 지느러미는 날개 모양이 아니다. 황갈색의 긴수염고래는 세 종류 가운데 가장 빠르다. 이 힘센 동물이 공기와 증기를 상당히 높이까지 뿜어 올리면, 아주 멀리서도 그 소리를 들을 수 있다. 고래의 분기공에서 뿜어져 나온 공기와 증기는 소용돌이치는 안개로 변한다. 그렇게 다양한 동물들이 평화로운 바다에서 무리 지어 놀고 있었다. 이 남극의 바다는 이제 인간의 무차별 사냥에 시달린 고래들의 피난처 구실을 하고 있었다.

길고 하얗게 보이는 살파도 눈에 띄었다. 원색동물의 일종인 살파는 여러 개체가 군체를 이루어 생활한다. 파도 위에서 흔들리는 커다란 해파리도 보였다.

우리는 아홉 시에 육지에 도착했다. 하늘이 점점 밝아지고, 구름은 남쪽으로 달아나고 있었다. 차가운 수면에서 안개가 피어올랐다. 네모 선장은 높은 봉우리 쪽으로 다가갔다. 그곳을 관측소로 삼을 모양이었다. 화산 분기공에서 나오는 유황 가스가 공기를 가득 채웠다. 그 속을 뚫고 날카로운 용암과 속돌 위를 걷기란 여간 어렵지 않았다. 선장은 육지를 걷는 데 익숙지 않은 사람치고는 놀랄 만큼 유연하고 민첩하게 가파른 비탈을 올라갔다.

반암과 현무암으로 이루어진 봉우리를 꼭대기까지 오르는 데에는 두 시간이 걸렸다. 정상에 올라서자 드넓은 바다가 한눈에 들어왔다. 북쪽 수평선은 하늘 밑바닥과 맞닿아 있었다. 우리 발 밑에는 눈부신 설원이 펼쳐져 있고, 머리 위에는 안개가 걷힌 연푸른색 하늘이 펼쳐져 있었다. 불덩어리 같은 태양이 벌써 면도날 같은 북쪽 수평선에 잘려나가 있었다. 물속에서 수백 개의 물기둥이 솟아올랐다가 소나기처럼 쏟아져 내렸다. 멀리 떠 있는 '노틸러스' 호는 잠자는 고래 같았다. 남쪽과 동쪽에는 바위와 얼음이 어지럽게 뒤섞인 거대한 육지가 펼쳐져 있었다. 육지는 끝이 보이지 않았다.

네모 선장은 꼭대기에 다다르자 기압계로 신중하게 산의 고도를 쟀다. 관측할 때는 관측 지점의 높이도 고려해야 하기 때문이다.

열두 시 15분 전, 태양은 황금빛 원반처럼 보였다. 지금 해가 둥글게 보이는 것은 빛의 굴절 덕분이었다. 태양은 이 쓸쓸한 대륙, 인간이 한 번도 항해한 적이 없는 바다에 마지막 빛을 던지고 있었다.

네모 선장은 반사경으로 빛의 굴절을 수정할 수 있는 십자선 망원경을 눈에 대고, 아주 완만한 궤도를 따라 서서히 수평선 아래로 가라앉는 태양을 관측했다. 나는 크로노미터를 쥐고 있었다. 심장이 고동쳤다. 태양의 절반이 사라지는 순간과 크로노미터의 정오가 일치하면 우리는 남극에 있는 것이다.

"정오!" 나는 소리쳤다.

"남극입니다!" 네모 선장이 엄숙한 목소리로 선언했다. 그러고는 수평선 때문에 정확히 절반으로 잘린 태양을 가리키면서 나에게 망원경을 건네주었다.

나는 봉우리 꼭대기에 얹혀 있는 마지막 햇빛과 비탈을 조금씩 기어오르는 어둠을 바라보았다.

그 순간 네모 선장이 내 어깨에 손을 얹으면서 말했다.

"1600년에 네덜란드의 게리츠는 조류와 폭풍에 휘말려 남위 64도까지 떠내려와서 사우스셰틀랜드 제도를 발견했습니다. 1773년 1월 17일 저 유명한 쿡 선장은 서경 38도를 따라 내려와 남위 67도 30분에 도달했고, 1774년 1월 30일에는 동경 119도 · 남위 71도 15분에 이르렀지요. 1819년에 러시아의 벨링스하우젠은 남위 69도에 이르렀고, 1821년에는 서경 111도 · 남위 66도에 도달했습니다. 1820년에 영국의 브랜스필드는 남위 65도에서 더 이상 나아가지 못했어요. 같은 해에 미국의 모렐은 서경 42도를 따라 내려가다가 남위 70도 14분에서 얼지 않은 바다를 발견했다지만, 그 얘기는 의심스럽습니다. 1825년에 영국의 파월은 남위 62도에서 더 이상 전진하지 못했습니다. 같은 해, 바다표범 사냥꾼에 불과한 영국의 웨들이 서경 34도를 따라 남위 72도 14분까지, 서경 36도를 따라 남위 74도 15분까지 내려갔습니다. 1829년에 영국의 포스터는 '챈티클리어' 호를 이끌고 서경 66도 26분 · 남위 63도 26분에서 남극대륙에 발자국을 찍었습니다. 1831년 2월 1일, 영국의 비스코는 남위 68도 50분에서 엔더비랜드를 발견했고, 1832년 2월 5일에는 남위 67도에서 애들레이드랜드를 발견했고, 2월 21일에는 남위 64도

"잘 가라, 태양이여!" 하고 선장이 외쳤다.

45분에서 그레이엄랜드를 발견했지요. 1838년에 프랑스의 뒤몽 뒤르빌은 남위 62도 57분에서 유빙에 가로막혔을 때 루이필리프랜드를 발견했습니다. 그리고 2년 뒤인 1840년에 다시 남쪽으로 내려가 1월 21일 남위 66도 30분에서 발견한 땅에 아델리랜드라는 이름을 붙였고, 일주일 뒤에는 남위 64도 40분에서 발견한 땅에 클라리 코스트라는 이름을 붙였지요. 1838년에 미국의 윌크스는 동경 100도를 따라 남위 69도까지 전진했고, 1839년에 영국의 밸러니는 남극권의 경계선에서 사브리나 코스트를 발견했습니다.[205] 끝으로 1842년 1월 12일에 영국의 제임스 로스가 '에러버스'호와 '테러'호를 이끌고 동경 171도 7분·남위 70도 56분에 이르러 빅토리아랜드를 발견했고, 같은 달 23일에는 그때까지 아무도 도달하지 못한 남위 74도에 이르는 기록을 세웠습니다. 로스는 1월 27일에 남위 76도 8분, 28일에는 남위 77도 32분, 2월 2일에는 남위 78도 4분에 도달했고, 1843년에 다시 남극권으로 돌아와서 남위 71도에 이르렀지만 이번에는 그 선을 넘지 못했습니다. 그런데 1868년 3월 21일, 바로 오늘, 네모 선장이 남위 90도의 남극점에 도달한 것입니다. 나는 이제까지 발견된 모든 대륙의 6분의 1을 차지하는 이 땅을 점유하겠습니다."

"누구의 이름으로?"

"나 자신의 이름으로!"

이렇게 말하면서 네모 선장은 'N'이라는 황금색 글자가 박힌 검은 깃발을 펼쳤다. 그러고는 태양을 향해 돌아섰다. 마지막 햇빛이 수평선에서 바다를 훑고 있었다.

"잘 가라, 태양이여!" 네모 선장이 소리쳤다. "사라져라, 눈부신 태양이여! 너의 잠을 이 드넓은 바다 밑으로 가져가라. 그리고 반년 동안, 밤이 나의 새로운 영토를 어둠으로 뒤덮게 하라!"

chapter 15
사고인가 재난인가?

이튿날인 3월 22일, 아침 여섯 시에 출발 준비가 시작되었다. 어스름한 마지막 햇빛이 밤의 어둠 속으로 녹아들고 있었다. 추위가 매서웠다. 별은 놀랄 만큼 강렬하게 빛나고 있었다. 머리 위에서 남극의 북극성인 아름다운 남십자성이 반짝거렸다.

온도계는 영하 12도를 가리키고 있었다. 점점 거세지는 바람이 살을 물어뜯는 듯한 느낌을 주었다. 바다에 떠다니는 유빙들이 늘어나고 있었다. 도처에서 바다가 얼어붙기 시작했다. 수면에 수없이 퍼져 있는 투명하게 검은 부분은 이제 곧 새로운 얼음이 생겨나려 한다는 것을 말해주었다. 겨울마다 반년 동안 얼어붙는 남쪽 바다는 누구의 접근도 허락하지 않을 터였다.

그동안 고래들은 어떻게 할까? 고래들은 유빙 아래를 지나 좀 더 편안한 바다를 찾아갈 것이다. 혹독한 기후에 익숙한 바다표범과 바다코끼리는 얼음으로 뒤덮인 바다에 남았다. 이 짐승들은 빙원에다 구멍을 파고, 그 구멍이 막히지 않게 유지하는 본능을 갖고 있다. 그리고 물속에서 헤엄을 치다가 그 구멍으로 올라와 숨을 쉰다. 새들이 추위에 쫓겨 북쪽으로 이주해도 이들 바다짐승들은 남극의 유일한 주인으로 남는다.

물탱크를 채운 '노틸러스'호는 천천히 물속으로 내려가다가 300미터 깊이에서 멈추었다. 스크루가 물을 때리기 시작했다. 배는 15노트의 속력으로 곧장 북쪽을 향해 올라갔다. 저녁 때에는 이미 거대한 등딱지 같은 유빙 아래에 떠 있었다.

객실 유리창은 안전을 위해 닫혀 있었다. '노틸러스'호의 선체가 물속에 가라앉은 얼음덩이와 충돌할 수도 있었기 때문이다. 그래서 나는 노트를 정리하며 하루를 보냈다. 남극의 기억이 내 마음을 온통 사로잡고 있었다. 우리는 아무도 접근할 수 없는 그곳에 아주 편하고 안전하게 도달했다. 수면에 떠 있는 급행열차를 타고 선로를 따라 미끄러져 간 것처럼 지치지도 않았고 위험도 없었다. 그리고 이제 귀로에 올랐다.

돌아가는 길에도 그와 비슷한 놀라움이 기다리고 있을까? 아마 그럴 것이다. 해저의 경이는 무진장하니까! 운명이 우리를 이 배에 붙잡아둔 다섯 달 반 동안 우리는 1만 4000해리를 여행했다. 적도를 따라 세계를 한 바퀴 돈 것보다 훨씬 먼 거리다. 그동안 야릇하고 무서운 사건이 얼마나 많이 일어났던가. 크레스포 섬에서의 사냥, 토러스 해협에서의 좌초, 산호 묘지, 실론 섬에서의 상어 사냥, 아라비아 터널, 산토리니 섬의 분화, 비고 만의 해저 보물, 아틀란티스 대륙, 그리고 남극! 이 모든 기억은 밤새 꿈에서 꿈으로 날아다니면서, 한시도 내 마음을 놓아주려 하지 않았다.

밤 세 시에 배가 심하게 흔들리는 바람에 잠이 완전히 달아나버렸다. 나는 침대에 일어나 앉아 어둠 속에서 바깥 기척에 귀를 기울였다. 그때 갑자기 내 몸이 방 한복판으로 내동댕이쳐졌다. '노틸러스'호는 이제 한쪽으로 기울고 있었다. 좌초한 게 분명했다.

나는 벽을 손으로 더듬고 발을 질질 끌면서 통로를 지나 객실로 갔다. 객실 천장의 전등은 아직 켜져 있었다. 가구는 모두 넘어졌지만, 다행히 진열장은 발이 단단히 고정되어 있어서 무사했다. 수직 위치가 바뀌었기 때문에, 우현 쪽에 걸려 있던 그림들은 벽에 단단히 짓눌려 있는 반면, 좌현 쪽에 걸려 있던 그림들은 아래쪽이 벽에서 30센티미터나 떨어진 채 대롱대롱 매달려 있었다. '노틸러스'호는 우현 쪽으로 기울어진 채 꼼짝도 하지 않았다.

안쪽에서 다급한 발소리와 당황한 목소리가 들렸다. 하지만 네모 선장은 나타나지 않았다. 내가 막 객실을 나가려 할 때 네드 랜드와 콩세유가 들어왔다.

"무슨 일이지?" 나는 그들을 보자마자 물었다.

"저도 주인님께 여쭈어보려고 왔는데요." 콩세유가 대답했다.

"빌어먹을!" 캐나다인이 소리쳤다. "난 알아! '노틸러스'호가 좌초한 거야. 토러스 해협에서는 용케 빠져나왔지만, 이번에는 기울어진 각도로 보아 도저히 빠져나갈 수 없을 거야."

"하지만 좌초했다면 적어도 수면으로 다시 올라갔다는 뜻이겠지?" 내가 물었다.

"잘 모르겠습니다." 콩세유가 대답했다.

"그건 쉽게 알 수 있어."

나는 압력계를 확인했다. 놀랍게도 압력계의 바늘은 360미터 깊이를 가리키고 있었다.

"아니, 어떻게 된 거지?" 나는 소리쳤다.

"네모 선장한테 물어봐야 합니다." 콩세유가 말했다.

"그런데 네모 선장은 어디 있죠?" 네드가 물었다.

"따라들 오게."

우리는 객실을 나왔다. 서재에는 아무도 없었다. 중앙 층층대와 승무원 선실도 비어 있었다. 나는 네모 선장이 조타실에 있을 거라고 생각했다. 기다리는 게 상책이었다. 우리 세 사람은 객실로 돌아갔다.

캐나다인이 늘어놓은 불평은 생략하겠다. 그는 한껏 흥분해서 불만을 터뜨리는 것을 즐기고 있었다. 나는 아무 대꾸도 하지 않고 그가 실컷 화풀이를 하도록 내버려두었다.

'노틸러스'호의 내부에서 들리는 아주 작은 소리도 놓치지 않으려고 애쓰면서 20분을 보냈을 때 네모 선장이 들어왔다. 선장은 우리를 못 본 것 같았다. 평소에는 그토록 침착하던 얼굴에 뚜렷한 불안이 드러나 있었다. 선장은 말없이 나침반과 압력계를 확인하고는 구체 평면도로 다가와서 남극해의 한 점에 손가락을 올려놓았다.

나는 선장을 방해하고 싶지 않았다. 하지만 잠시 후 선장이 내 쪽으로 돌아섰을 때, 나는 선장이 토러스 해협에서 사용한 표현을 그대로 흉내냈다.

"사소한 문제가 생겼나요?"

"아니, 이번에는 사고입니다."

"심각합니까?"

"그런 것 같습니다."

"위험이 급박한가요?"

"그렇진 않습니다."

"'노틸러스'호가 좌초했나요?"

"예."

"어떻게요?"

"인간의 실수가 아니라 자연의 변덕 때문입니다. 기계 조작에는 아무 문제도 없었어요. 하지만 인간이 평형 법칙의 결과를 막을 수는 없지요. 인간의 법률은 경멸할 수 있지만, 자연의 법칙에는 저항할 수 없습니다."

지금은 그런 철학적 성찰에 몰두할 때가 아니었다. 네모 선장의 대답은 나에게 아무것도 알려주지 않았다.

"사고의 원인이 뭔지 말해주실 수 없습니까?"

"산더미 같은 빙산이 뒤집혔어요. 빙산 바닥이 따뜻한 물이나 거듭된 충돌로 손상되면 무게 중심이 올라가고, 그러면 뒤집히게 되지요. 완전히 거꾸로 뒤집혀버립니다. 이번에도 그런 일이 일어난 겁니다. 빙산 하나가 뒤집히면서 그 아래를 지나가고 있던 '노틸러스'호에 부딪쳤지 뭡니까. 빙산은 선체 밑으로 미끄러져 들어가 엄청난 힘으로 배를 들어올렸고, 이제 '노틸러스'호를 밀도가 낮은 층으로 옮겨놓았습니다. 배는 지금 거기에 옆으로 누워 있습니다."

"물탱크를 비워서 평형을 회복하면 벗어날 수 있지 않을까요?"

"지금 그 작업을 하고 있습니다. 펌프 소리가 들릴 거예요. 자, 압력계를 보세요. 이걸 보면 '노틸러스'호가 올라가고 있다는 걸 알 수 있지요. 하지만 얼음덩이도 함께 움직이고 있습니다. 어떻게든 얼음덩이가 올라오는 것을 막지 못하면 우리의 상황은 전혀 달라지지 않을 겁니다."

실제로 '노틸러스'호는 여전히 우현 쪽으로 기울어져 있었다. 얼음덩이가 멈추면 배가 정상적인 상태로 돌아갈 것은 분명했다. 하지만 우리는 얼음덩이 위에 올라앉아 있으니까, 배가 계속 위로 올라가면 위에 있는 빙원과 밑에 있는 얼음 사이에 끼여 납작하게 찌그러질지도 모르지 않는가.

나는 이 상황이 초래할 수 있는 여러 가지 결과를 생각하고 있었다. 네모 선장은 압력계에서 눈을 떼지 않았다. 빙산에 충돌한 뒤 '노틸러스'호는 약 50미터를 올라왔지만, 여전히 같은 기울기로 누워 있었다.

그때 갑자기 선체가 꿈틀 움직였다. '노틸러스'호는 정상적인 자세로 조금씩 돌아가고 있었다. 객실 벽에 걸려 있던 물건들이 눈에 띄게 원래 위치로 움직이기 시작했다. 벽은 수직에 가까워지고 있었다. 아무도 입을 열지 않았다. 우리는 평형 상태가 되돌아오는 것을 눈으로 보고 몸으로 느낄 수 있었다. 가슴이 두근거렸다. 발 밑에서 바닥이 다시 수평으로 돌아가고 있었다. 이런 식으로 10분이 지났다.

"드디어 똑바로 섰군요!" 내가 소리쳤다.

"예." 네모 선장은 문 쪽으로 가면서 말했다.

"하지만 뜰까요?" 내가 물었다.

"물론이죠. 물탱크를 다 비우면 '노틸러스'호는 다시 수면으로 올라갈 겁니다."

선장은 밖으로 나갔다. 곧이어 '노틸러스'호가 움직임을 멈추었다. 나는 선장이 물탱크를 더 이상 비우지 말라고 명령한 것을 알아차렸다. 조금만 더 올라가면 빙원 밑바닥에 부딪칠 테니까 물속에 남아 있는 편이 나았다.

"정말 아슬아슬했어요!" 콩세유가 말했다.

"그래, 어쩌면 두 개의 얼음덩이 사이에 끼여 납작하게 찌그러졌을지도 몰라. 그렇게 되지는 않더라도, 하마터면 얼음덩이 사이에 갇혀 움쭉달싹 못하게 될 뻔했어. 그렇게 되면 공기를 갈아 넣을 수도 없을 테고…… 그래, 정말 아슬아슬했어!"

"차라리 이놈의 배가 끝장났더라면 좋았을걸." 네드가 중얼거렸다.

나는 캐나다인과 쓸데없는 논쟁을 벌이고 싶지 않아서 아무 대꾸도 하지 않았다. 어쨌든 그 순간 객실의 금속판이 열렸고, 유리창을 통해 불빛이 쏟아져 들어왔다.

우리는 물속에 있었다. 하지만 '노틸러스'호의 양쪽으로 10미터 거리에 눈부신 얼음벽이 솟아 있었다. 배의 위쪽과 아래쪽에도 그 벽과 이어진 얼음이 있었다. 위에는 아치 모양의 유빙 바닥이 거대한 지붕처럼 덮여 있었고, 밑에서는 뒤집힌 얼음덩이가 조금씩 미끄러지다가 유빙 옆벽 사이에 단단히 끼여버렸다.

'노틸러스'호가 갇힌 곳은 너비가 20미터쯤 되고 잔잔한 물로 차 있는 얼음 터널 속이었다. 따라서 앞이나 뒤로 움직이면 터널에서 쉽게 빠져나올 수 있고, 그런 다음 몇백 미터 아래로 내려가면 유빙 아래를 자유롭게 통과할 수 있었다.

　천장의 불이 꺼졌지만, 객실은 강렬한 빛으로 가득 차 있었다. 얼음벽이 탐조등 불빛을 받아 눈부시게 빛나면서 빛을 반사했기 때문이다. 전등 불빛이 거대하고 울퉁불퉁한 얼음덩이를 비추었을 때의 조명 효과는 도저히 말로 표현할 수가 없다. 모든 모서리, 모든 구석, 모든 단면이 얼음의 결에 따라 다양하게 빛을 반사한다. 꼭 눈부신 보석 광산 같다. 푸른 사파이어와 초록빛 에메랄드 광맥이 얼기설기 교차하고 있는 광산 같다고나 할까. 여기저기 오팔처럼 한없이 미묘한 색조가 다이아몬드처럼 반짝거리는 점들 사이로 뻗어 있다. 너무 눈이 부셔서 똑바로 쳐다볼 수 없을 정도다. 탐조등의 밝기는 백 배로 커졌다. 제1급 등대의 렌즈를 통과한 불빛 같았다.

　"정말 아름답군요! 너무 아름다워요!" 콩세유가 외쳤다.

　"그래, 정말 멋진 광경이야. 안 그런가, 네드?"

　"인정하고 싶지는 않지만, 확실히 멋지군요! 이런 건 난생 처음 봅니다. 하지만 이 광경 때문에 우리는 호된 대가를 치를지도 몰라요. 솔직히 말하면, 지금 우리는 하느님이 인간에게 감추고 싶어 한 광경을 보고 있다는 생각이 듭니다."

　네드의 말이 옳았다. 이 광경은 인간이 보기에는 너무 아름다웠다. 느닷없이 콩세유가 소리를 질렀다. 나는 놀라서 그를 돌아보았다.

　"왜 그래?" 내가 물었다.

　"눈을 감으셔야 합니다! 보시면 안 됩니다."

　이렇게 말하면서 콩세유는 제 눈꺼풀을 힘껏 문지르고 있었다.

　"왜 그래?"

　"눈이 부셔서요. 아무것도 안 보여요!"

　나는 무심코 창 쪽으로 눈을 돌렸지만, 창을 집어삼킨 휘황한 빛을 견딜 수가 없었다.

나는 무슨 일이 일어났는가를 알아차렸다. '노틸러스'호가 아주 빠른 속도로 움직이기 시작한 것이다. 가만히 있는 얼음벽에 반사되던 빛이 이제는 번득이는 섬광으로 바뀌었다. 그 수많은 다이아몬드가 한꺼번에 빛을 내뿜기 시작했다. 스크루의 추진력을 받은 '노틸러스'호는 번개 터널 사이를 쏜살같이 통과하고 있었다.

객실의 금속판이 닫혔다. 우리는 두 손으로 눈을 가렸다. 빛이 너무 강렬할 때 망막 앞에 떠도는 빛의 고리들이 아직도 눈을 가득 채우고 있었다. 시력이 돌아오기까지는 잠시 시간이 걸렸다.

마침내 우리는 손을 내렸다.

"맙소사, 실제로 겪지 않았다면 결코 믿지 않았을 겁니다." 콩세유가 말했다.

"나는 아직도 믿을 수가 없어!" 캐나다인이 받았다.

"자연이 만든 화려하고 눈부신 작품을 이렇게 많이 보면, 나중에는 거기에 익숙해져서 아무리 멋진 광경을 보아도 심드렁해질 거야." 콩세유가 덧붙였다. "그런 상태로 육지에 돌아가면, 우중충한 땅이나 인간이 만든 예술품이 어떻게 보일까? 아니, 인간이 사는 세계는 이제 우리한테 아무 가치도 없어!"

냉정한 플랑드르인의 입에서 그런 말이 나온 것은 우리의 열광이 어느 정도였는가를 말해준다. 하지만 캐나다인이 여느 때처럼 거기에 찬물을 끼얹었다.

"인간이 사는 세계라고?" 네드는 고개를 저으며 콩세유의 말을 되받았다. "진정하게, 콩세유. 자네는 두 번 다시 그 세계를 못 볼 테니까!"

오전 다섯 시였다. 바로 그때 '노틸러스'호 앞쪽에서 충격이 전해졌다. 나는 배의 충각이 얼음덩이에 부딪친 것을 알아차렸다. 이것은 틀림없는 사고였다. 얼음 사이의 해저 터널을 항해하기란 쉽지 않았기 때문이다. 나는 네모 선장이 이제 항로를 바꾸어, 장애물을 우회하거나 구불구불한 터널을 따라 나아갈 거라고 생각했다. 어쨌든 배는 전진을 멈추지 않을 것이다. 하지만 내 예상과는 달리 '노틸러스'호는 아주 빠른 속도로 후진하기 시작했다.

"방향을 바꾸었나?" 콩세유가 중얼거렸다.

"그래." 내가 대답했다. "터널 이쪽에는 출구가 없는 모양이야."

"하지만 그렇다면……."

"그렇다면 결론은 아주 간단해. 뒤로 돌아가서 남쪽 출구로 터널을 빠져나가는 거야. 그것뿐이야."

나는 불안을 드러내고 싶지 않아서 일부러 자신 있게 말했다. '노틸러스'호의 속도는 점점 빨라졌다. 배는 스크루를 역회전시켜 엄청난 속도로 후진하고 있었다.

"이것 때문에 일정이 늦어지겠군." 네드가 말했다.

"빠져나가기만 한다면, 몇 시간쯤 늦어지는 게 무슨 상관인가?"

"그렇죠. 빠져나가기만 한다면야……."

나는 객실과 서재를 서성거리며 잠시 시간을 보냈다. 네드와 콩세유는 묵묵히 앉아 있었다. 나는 곧 소파에 몸을 던지고는 책을 한 권 집어들고 기계적으로 글자를 더듬기 시작했다.

15분 뒤에 콩세유가 다가와서 말했다.

"주인님은 재미있는 책을 읽고 계신가요?"

"그래, 아주 재미있군."

"저도 그렇게 생각합니다. 주인님은 주인님이 쓰신 책을 읽고 계십니다."

"내 책이라고?"

정말로 나는 『심해의 신비』를 손에 들고 있었다. 그런데 그게 내 책이라는 것을 까맣게 모르고 있었다. 나는 책을 덮고 다시 방을 오락가락하기 시작했다. 네드와 콩세유는 선실에 가서 자려고 일어섰다.

"가지 말게." 나는 두 사람을 말렸다. "이 막다른 골목에서 빠져나갈 때까지 여기 함께 있어주게."

"주인님이 원하신다면." 콩세유가 대답했다.

몇 시간이 지났다. 나는 객실 벽에 걸려 있는 계기들을 몇 번이고 쳐다보았다. 압력계는 '노틸러스'호가 꾸준히 300미터 수심을 유지하고 있다는 것을 보여주었다. 나침반은 배가 아직도 남쪽으로 후진하고 있다는 것을 보여주었고, 속도계는 배가 20노트의 속력으로 움직이고 있다는 것을 보여주었다. 이렇게 밀폐된 공간에서는 지나칠 만큼 빠른 속도였다. 하지만 네모 선장은 아무리 빨리 움직여도 모자란다는 것을 알고 있었다. 이 경우에는 1분이 100년과 맞먹는 가치를 갖고 있었다.

여덟 시 25분에 두 번째 충격이 전해졌다. 이번에는 뒤쪽이었다. 나는 창백해졌다. 네드와 콩세유가 다가왔다. 나는 콩세유의 손을 움켜잡았다. 우리는 눈으로 서로에게 물었다. 말보다 눈짓이 더 직접적으로 우리 생각을 전달해주었다.

바로 그때 선장이 객실로 들어왔다. 나는 그에게 다가갔다.

"남쪽이 막혔나요?"

"그렇소. 빙산이 뒤집혔을 때 출구를 모두 막아버렸어요."

"그럼 갇혔군요?"

"예, 그렇습니다."

chapter 16
공기가 모자라다

그렇게 해서 '노틸러스'호는 뚫을 수 없는 벽에 완전히 둘러싸이고 말았다. 위도 아래도 두꺼운 얼음에 막혀 있었다. 우리는 유빙의 포로가 되었다. 네

드는 주먹으로 탁자를 내리쳤다. 콩세유는 말이 없었다. 나는 선장을 바라보았다. 그의 얼굴에는 다시금 평상시의 냉정한 표정이 떠올라 있었다. 선장은 팔짱을 낀 채 생각에 잠겼다. '노틸러스'호는 더 이상 움직이지 않았다.

이윽고 선장이 입을 열었다. 그의 목소리는 차분했다.

"여러분, 우리가 놓여 있는 상황에서는 죽는 방법이 두 가지가 있습니다."

이 불가해한 인물은 학생들에게 수학의 정리를 논증하고 있는 교수 같았다.

"첫째는 압사하는 것이고, 둘째는 질식사하는 겁니다. 굶어 죽을 가능성은 없습니다. '노틸러스'호에 비축된 식량은 우리가 죽을 때까지 먹고도 남을 테니까요. 그러니까 압사할 가능성과 질식사할 가능성을 생각해봅시다."

"공기탱크가 가득 차 있으니까 질식사할 위험은 없지 않을까요."

내가 대답하자 선장이 말했다.

"맞습니다. 하지만 그것으로는 기껏해야 이틀밖에 견디지 못할 겁니다. 우리는 36시간 동안 물속에 있었고, 배 안의 공기는 벌써 탁해져서 갈아넣을 필요가 있습니다. 탱크에 비축된 공기는 48시간 안에 바닥나고 말 겁니다."

"그럼 48시간 이내에 이곳을 빠져나갑시다!"

"어쨌든 우리를 둘러싸고 있는 벽을 뚫으려고 애써보기는 할 겁니다."

"어느 쪽으로?" 내가 물었다.

"조사해보면 알겠지요. '노틸러스'호를 바닥에 내려놓은 다음, 부하들이 잠수복을 입고 유빙에서 가장 얇은 벽을 공격할 겁니다."

"객실 금속판을 열어도 됩니까?"

"물론이죠. 우리는 움직이고 있지 않으니까요."

네모 선장은 객실에서 나갔다. 곧이어 쉿쉿거리는 소리가 들려왔다. 물탱크에 물이 들어오는 소리였다. '노틸러스'호는 천천히 가라앉아 300미터 깊이에서 얼음 바닥에 내려앉았다.

"이보게들, 상황은 매우 심각하지만, 나는 자네들의 용기와 정력을 믿고 있네."

그러자 캐나다인이 대답했다.

"이렇게 된 마당에 비난과 불평으로 박사님을 괴롭히지는 않겠습니다. 우리 모두의 안전을 위해서라면 나도 무슨 짓이든 할 각오가 되어 있어요."

"말 한번 잘했네, 네드." 나는 캐나다인에게 손을 내밀었다.

"한마디 덧붙이자면, 나는 작살만이 아니라 곡괭이도 잘 쓰니까, 내가 도움이 될 수 있다면 기꺼이 선장을 돕겠습니다."

"선장은 자네 도움을 사양하지 않을 거야. 가세, 네드."

나는 네드를 탈의실로 데려갔다. '노틸러스'호 승무원들이 잠수복을 입고 있었다. 내가 네드의 뜻을 전하자 선장은 기꺼이 수락했다. 캐나다인도 잠수복으로 갈아입고, 곧 준비를 마쳤다. 일하러 나갈 사람들은 모두 순수한 공기를 가득 채운 루케롤 장비를 등에 짊어졌다. '노틸러스'호에 비축된 공기를 꽤 많이 소모하는 셈이지만, 그것은 불가피한 일이었다. 배 바깥은 탐조등 불빛으로 환했기 때문에 룸코르프 램프는 필요없었다.

네드가 준비를 마치자 나는 객실로 돌아갔다. 창은 이미 열려 있었다. 나는 '노틸러스'호 주변 바다를 관찰하려고 콩세유 옆에 자리를 잡았다.

잠시 후 대여섯 명의 승무원이 얼음 바닥으로 나오는 것이 보였다. 네드 랜드도 그들 틈에 끼여 있었다. 네드는 다른 사람들보다 체격이 커서 쉽게 알아볼 수 있었다. 네모 선장도 거기에 있었다.

선장은 벽을 파기 전에 방향을 정하려고 얼음 두께를 조사했다. 기다란 탐침이 얼음 속으로 뚫고 들어갔다. 하지만 50미터를 들어간 뒤 두꺼운 얼음에 부딪쳤다. 위에 있는 얼음은 공격해봤자 헛수고였다. 두께가 400미터가 넘는 빙산이었기 때문이다. 그래서 아래쪽 얼음을 측량했더니, 그 두께는 10미터였다. 10미터 두께에다 '노틸러스'호의 선체와 같은 면적의 얼음을 뚫어야 한다. 배가 빙산 밑으로 내려갈 수 있는 구멍을 뚫으려면 약 6500입방미터의 얼음을 잘라내야 한다는 뜻이었다.

작업은 당장 시작되었다. 다들 마음을 굳게 먹고 열심히 작업을 진행했다. '노틸러스'호 주변을 파면 작업이 더 어려웠기 때문에, 네모 선장은 좌현에서 10미터쯤 떨어진 곳에 파야 할 구덩이의 윤곽을 표시하게 했다. 이어서 승무원들은 윤곽선의 여러 지점을 동시에 파기 시작했다. 곡괭이들은 단단한 얼음에 맹공을 퍼부었고, 커다란 얼음 조각들이 떨어져 나왔다. 비중의 묘한 효과 때문에 얼음은 물보다 가벼워서, 떨어져 나온 얼음 조각들은 터널 천장으로 휙휙 올라갔다. 그래서 바닥이 얇아지는 만큼 천장은 점점 두꺼워졌다. 하지만 바닥이 점점 얇아지고 있었기 때문에 천장이 두꺼워지는 것은 문제가 되지 않았다.

네드가 두 시간의 중노동을 마치고 녹초가 되어 돌아왔다. 작업반이 모두 교체되었다. 콩세유와 나도 작업에 가담했다. 부관이 우리를 지휘했다.

물은 아주 차갑게 느껴졌지만, 곡괭이를 휘두르자 금세 몸이 더워졌다. 30기압의 수압을 받고 있는데도 몸을 자유롭게 움직일 수 있었다.

나는 두 시간 동안 일한 뒤 식사하고 쉬기 위해 '노틸러스'호로 돌아왔다. 배 안으로 들어오자마자 나는 루케롤 장비에서 공급되는 순수한 공기와 이미 이산화탄소로 가득 찬 '노틸러스'호의 공기가 뚜렷이 다른 것을 깨달았다. 48시간 동안이나 공기를 갈아넣지 않았기 때문에, 사람에게 활력을 주는 산소가 상당히 줄어들어 있었다. 게다가 12시간 동안 파낸 얼음의 두께는 겨우 1미터, 부피로 치면 약 600입방미터였다. 12시간마다 600입방미터씩 제거한다면, 6500입방미터를 제거하는 데에는 닷새 반이 필요했다.

"닷새 반." 나는 네드와 콩세유에게 말했다. "그런데 공기탱크에는 이틀치 공기밖에 남아 있지 않아."

그러자 네드가 대답했다.

"그건 이 빌어먹을 감옥에서 빠져나가는 데 걸리는 시간만 계산한 것이고, 여기서 나간다 해도 우리는 여전히 유빙 밑에 있을 겁니다."

그의 말이 옳았다. 우리가 완전히 해방되는 데 필요한 최소한의 시간을 누가 계산할 수 있겠는가? '노틸러스'호가 다시 수면으로 올라가기 전에 모두 질식사하지 않을까? '노틸러스'호는 그 안에 있는 사람들과 함께 이 얼음 무덤 속에서 죽을 운명인가? 생각만 해도 끔찍했지만, 모두 그 운명에 정면으로 맞서서 끝까지 임무를 다하기로 결심한 게 분명했다.

내가 예상했듯이, 밤사이에 거대한 구덩이에서 다시 1미터 두께의 얼음층이 제거되었다. 그런데 내가 아침에 다시 잠수복을 입고 영하 6~7도의 물속으로 들어가 보니, 옆벽이 점점 가까이 다가오고 있었다. 구덩이에서 멀리 떨어져 있는 물은 사람들의 활동이나 곡괭이의 움직임으로 덥혀지지 않아서 얼기 쉬웠다. 새로운 위험이 이처럼 코앞에 닥쳤는데 과연 우리가 살아날 기회가 있을까? '노틸러스'호의 뱃전을 유리처럼 박살낼 수 있는 결빙 현상을 어떻게 막을 수 있을까?

이 새로운 위험을 네드와 콩세유한테는 알리지 않았다. 그렇지 않아도 힘든 작업을 열심히 하고 있는데, 그 이야기를 들으면 맥이 풀려서 열의가 꺾여버릴지 모른다. 그래봤자 득될 게 뭐가 있겠는가? 하지만 배로 돌아왔을 때 네모 선장한테는 그 심각한 문제를 알렸다.

"알고 있습니다." 선장은 여전히 침착한 어조로 말했다. 최악의 사태가 일어나도 그 말투는 바뀌지 않을 것이다. "위험이 하나 더 늘어났지만, 막을 도리가 없어요. 우리가 살아남을 수 있는 유일한 길은 물이 어는 속도보다 더 빨리 일하는 것뿐입니다. 우리가 선수를 쳐야 합니다. 그 방법밖에 없어요."

선수를 친다고? 요컨대 나도 그런 표현에 익숙해졌어야 했다. 그날 나는 몇 시간 동안 열심히 곡괭이를 휘둘렀다. 육체노동이 나를 떠받쳐주었다. 어쨌든 '노틸러스'호에서 나와 물속에서 일하면 공기탱크에서 직접 공급된 신선한 공기를 마실 수 있었다. 탁하게 오염된 공기에서 벗어나는 것만으로도 기운이 났다.

저녁에는 구덩이가 다시 1미터 깊어졌다. 배 안으로 돌아오자 이산화탄소 때문에 숨이 막혔다. 아아, 이 해로운 기체를 제거할 수 있는 화학적 수단이 있다면 얼마나 좋을까. 산소는 충분했다. 물에는 많은 산소가 포함되어 있었다. 강력한 전지로 물을 분해하면 산소를 얻을 수 있을 것이다. 나는 정말로 그 방법을 진지하게 궁리했지만, 우리가 내쉰 이산화탄소가 배 구석구석에 퍼져 있는데 물에서 산소를 얻어 봤자 무슨 소용이 있겠는가? 이산화탄소를 흡수하려면 용기에 가성알칼리를 넣고 계속 휘저어야 한다. 하지만 배에는 가성알칼리도 없었고, 그것을 대신할 수 있는 물질도 없었다.

옆벽이 점점 가까이 다가오고 있었다.

그날 저녁에 네모 선장은 공기탱크의 마개를 열어 신선한 공기를 '노틸러스'호 안에 보내야 했다. 그렇지 않았다면 우리는 두 번 다시 깨어나지 못했을 것이다.

이튿날인 3월 26일, 우리는 작업을 계속하여 5미터 깊이까지 내려갔다. 옆벽과 천장은 눈에 띄게 두꺼워지고 있었다. '노틸러스'호가 얼음 감옥에서 탈출하기도 전에 양옆에서 조여든 얼음벽이 서로 만날 것은 분명했다. 나는 잠시 절망감에 사로잡혔다. 하마터면 곡괭이를 떨어뜨릴 뻔했다. 결국 돌멩이처럼 단단한 얼음에 짓눌려 질식해 죽는다면, 얼음 바닥을 파봤자 무슨 소용이 있겠는가? 아무리 흉포한 야만인도 그렇게 끔찍한 고문은 생각해내지 못했을 것이다. 무자비하게 닫히고 있는 괴물의 이빨 사이에 끼여 있는 듯한 기분이었다.

바로 그때 네모 선장이 작업을 지시하고 자신도 곡괭이질을 하면서 내 옆을 지나갔다. 나는 장갑으로 선장을 건드려, 점점 다가오고 있는 얼음벽을 가리켰다. 왼쪽 벽은 이제 '노틸러스'호 선체에서 4미터도 채 떨어져 있지 않았다.

선장은 내 뜻을 알아차리고는 따라오라고 손짓했다. 우리는 배로 돌아갔다. 나는 잠수복을 벗고 선장을 따라 객실로 들어갔다.

"아로낙스 박사, 우리는 필사적인 수단을 택할 필요가 있습니다. 그렇지 않으면 콘크리트 속에 갇히듯 얼음벽에 갇혀버릴 거예요."

"맞습니다. 하지만 어떻게 하죠?"

"'노틸러스'호가 압력을 견딜 수 있을 만큼 튼튼하기만 하다면!"

"그러면 어떻게 된다는 겁니까?" 나는 선장의 생각을 이해할 수가 없었다.

"물이 어는 것이 오히려 우리를 도와줄 수도 있어요. 단단한 바위도 틈새로 스며든 물이 얼면 깨지듯이, 결빙 과정에서 우리를 가두고 있는 벽이 깨질 수도 있다는 얘기지요. 그러면 결빙은 파괴가 아니라 구원을 가져다줄 수도 있습니다."

"그럴지도 모르지요. 하지만 '노틸러스'호가 아무리 튼튼하다 해도, 그런 엄청난 압력을 견딜 수는 없을 겁니다. 아마 금속판처럼 납작하게 찌그러지고 말 거예요."

"압니다. 그러니까 자연의 도움에 기대지 말고, 오로지 우리 스스로 우리를 도와야 합니다. 결빙을 막거나 적어도 속도를 늦추어야 합니다. 옆벽만 다가오고 있는 게 아니라, 앞뒤에도 여유가 3미터 정도밖에 남아 있지 않아요. 얼음이 사방에서 우리를 조여오고 있는 겁니다."

"탱크의 공기로 얼마나 버틸 수 있을까요?"

선장은 나를 똑바로 바라보았다.

"모레면 탱크가 바닥날 겁니다!"

온몸에서 식은땀이 났지만, 그의 대답은 결코 놀랍지 않았다. '노틸러스'호는 3월 22일 남극의 얼지 않은 바다에서 잠수했다. 오늘은 26일. 우리는 벌써 나흘 동안 탱크에 비축된 공기로 살고 있었다. 남아 있는 공기는 작업하는 이들을 위해 남겨두어야 했다. 이 글을 쓰고 있는 지금도 그때의 처참한 느낌이 너무나 생생하게 되살아나 공포로 온몸이 얼어붙고, 허파에서 공기가 빠져나가고 있는 듯한 느낌이 든다.

하지만 네모 선장은 말없이 상념에 잠겨 있었다. 마음에 떠오르는 어떤 생각을 물리치고 있는 듯했다. 선장은 당치도 않은 생각이라는 듯 혼자 고개를 젓고 있었다. 그러다가 마침내 그의 입에서 말이 새어나왔다.

"끓는 물!" 선장이 중얼거렸다.

"끓는 물이라고요?"

"우리는 비교적 좁은 공간에 갇혀 있습니다. '노틸러스'호의 펌프로 끓는 물을 계속 쏟아대면 전체 온도가 올라가서 결빙 속도가 느려지지 않을까요?"

"아, 좋은 생각이에요. 한번 해봅시다."

바깥 온도는 영하 7도였다. 네모 선장은 나를 주방으로 데려갔다. 그곳에서는 거대한 증류장치가 바닷물을 증발시켜 음료수를 만들고 있었다. 이제 거기에 물을 가득 채운 다음, 전지의 열을 코일 안의 액체로 전달했다. 몇 분도 지나기 전에 물은 100도까지 올라가 펄펄 끓기 시작했다. 이 끓는 물을 펌프로 보내면 같은 양의 냉수가 다시 보급되었다. 전지에서 발생하는 열이 워낙 많았기 때문에 바다에서 끌어들인 찬물은 이 장치를 통과하기만 해도 펄펄 끓는 상태로 펌프에 도달했다.

펌프로 끓는 물을 쏟아대기 시작한 지 세 시간 뒤, 바깥의 수온은 영하 6도가 되었다. 1도가 올라간 것이다. 두 시간 뒤에는 온도계 눈금이 영하 4도를 가리켰다.

"잘될 것 같은데요." 나는 작업의 진척 상황을 지켜보면서 이것저것 관찰한 뒤 선장에게 말했다.

"다행히 압사하지는 않겠군요. 이제 질식사만 걱정하면 됩니다." 선장이 대답했다.

밤사이에 수온은 영하 1도까지 올라갔다. 펌프질로는 더 이상 수온을 올릴 수 없었다. 하지만 바닷물은 영하 2도가 되어야 얼기 때문에 드디어 결빙의 위험에서 벗어날 수 있었다.

이튿날인 3월 27일, 구덩이는 6미터까지 내려갔다. 이제 4미터만 더 파면 된다. 그래도 48시간의 작업량이다. '노틸러스' 호 내부의 공기는 갈아넣을 수 없었다. 그래서 공기는 점점 탁해졌다.

나는 참을 수 없는 압박감에 사로잡혔다. 오후 세 시쯤 심한 고통이 나를 덮쳤다. 하품을 너무 심하게 해서 턱이 빠져버렸다. 허파는 호흡에 필요한 산소를 찾아 빠르게 움직였지만, 산소는 이제 점점 희박해지고 있었다. 나는 무기력 상태에 빠졌다. 온몸이 마비되는 것 같았다. 나는 힘없이 길게 드러누워 거의 의식을 잃어버렸다. 콩세유는 나와 똑같은 증상으로 고통을 당하면서도 내 곁에 붙어 앉아 내 손을 잡고 격려해주었다. 나는 콩세유가 계속 이렇게 중얼거리는 소리를 들었다.

"아아, 주인님이 좀 더 많은 공기를 마실 수 있도록 내가 숨을 참을 수만 있다면!"

이 말을 듣자 왈칵 눈물이 솟았다.

배 안의 상황은 견딜 수 없었지만, 밖에서 작업할 차례가 되면 신이 나서 서둘러 잠수복을 입곤 했다. 얼어붙은 벽에 곡괭이 소리가 울려 퍼졌다. 팔은 지치고 손에는 물집이 생겼지만 아무도 피로와 고통을 아랑곳하지 않았다. 생기를 주는 공기가 허파로 들어오고 있었다! 우리는 숨을 쉬고 있었다. 정말로 숨을 쉬고 있었다!

하지만 정해진 시간보다 오래 물속에서 작업하는 사람은 아무도 없었다. 일이 끝나면, 가쁜 숨을 몰아쉬고 있는 동료에게 곧바로 산소통을 넘겨주었다. 네모 선장은 모범을 보여, 이 엄격한 규율에 맨 먼저 복종했다. 교대 시간이 되면 선장은 산소통을 다른 사람에게 넘겨주고 탁한 공기가 가득 차 있는 배 안으로 돌아왔다. 선장은 잠시도 나약한 모습을 보이지 않았다. 투덜거리지도 않고 늘 침착했다.

그날 작업은 훨씬 활기차게 진행되었다. 이제 남은 얼음의 두께는 2미터였다. 2미터만 더 파면 얼지 않은 바다로 나갈 수 있었다. 하지만 공기탱크가 거의 바닥을 드러내고 있었다. 남아 있는 공기는 작업하는 사람들을 위해 남겨두어야 했다. '노틸러스'호를 위해서는 산소 원자 한 개도 쓸 수 없었다!

배로 돌아왔을 때 나는 하마터면 질식할 뻔했다. 끔찍한 밤이었다. 뭐라고 설명해야 할지 모르겠다. 그런 고통을 어떻게 묘사할 수 있겠는가. 이튿날에는 호흡 곤란을 느꼈다. 두통과 현기증이 겹쳐서 술에 취한 사람처럼 비틀거렸다. 네드와 콩세유도 나와 똑같은 증상을 겪었다. 승무원 몇 명은 거의 숨이 넘어갈 지경이었다.

우리가 얼음 감옥에 갇힌 지 닷새째인 그날, 네모 선장은 곡괭이질이 너무 느리다고 판단하고, 아직도 우리와 바다 사이를 가로막고 있는 얼음층을 '노틸러스'호로 직접 돌파하기로 결정했다. 선장은 여전히 냉정함과 기력을 잃지 않았다. 육체적 고통을 정신력으로 극복하고 있었다. 그는 생각하고, 자제하고, 행동했다.

선장의 지시에 따라 배의 비중을 약간 줄이자 배가 얼음 바닥에서 천천히 떠올랐다. 물에 뜬 배를 구덩이 위로 끌고 갔다. 그런 다음 물탱크를 약간 열어서 물을 채우자 배는 다시 아래로 가라앉아 구덩이 속으로 들어갔다.

모든 승무원이 배로 돌아갔다. 바다와 연결된 이중문이 닫혔다. '노틸러스'호는 두께가 1미터도 채 안 되는 얼음층 위에 내려앉았다. 얼음층에는 탐침 구멍이 수천 개나 뚫려 있었다.

물탱크 마개를 활짝 열자 100입방미터의 물이 탱크 속으로 쏟아져 들어왔다. '노틸러스'호의 무게가 10만 킬로그램 늘어난 셈이다.

우리는 기다렸다. 고통도 잊어버리고 조용히 귀를 기울였다. 우리는 아직 희망을 버리지 않았다. 이 마지막 시도에 우리는 목숨을 걸고 있었다.

머릿속에서 끊임없이 윙윙거리는 소리가 들렸지만, 나는 곧 '노틸러스'호의 선체 아래쪽이 진동하는 것을 느꼈다. 배가 움직이기 시작한 것이다. 얼음이 종이가 찢어지는 듯한 괴상한 소리를 내며 갈라졌다. '노틸러스'호는 아래로 내려갔다.

"빠져나가고 있습니다!" 콩세유가 내 귀에 대고 속삭였다.

나는 대답할 수가 없었다. 그저 콩세유의 손만 움켜잡고 있었다.

'노틸러스'호가 무거운 중량에 이끌려, 물속에 떨어진 대포알처럼 갑자기 쑥 가라앉았다. 마치 진공 속을 낙하하는 것 같았다. 모든 전력이 펌프로 보내졌다. 펌프는 당장 물탱크에서 물을 빼내기 시작했다.

잠시 후 낙하가 멈추었다. 압력계를 보니 배는 위로 올라가고 있었다. 전속력으로 돌아가는 스크루가 선체를 온통 뒤흔들며 우리를 북쪽으로 데려갔다.

얼지 않은 바다에 도착하려면 유빙 아래를 얼마나 오랫동안 달려야 할까? 하루? 그때쯤이면 나는 이미 죽어 있을 것이다.

나는 서재 소파에 길게 드러누운 채 가쁜 숨을 몰아쉬고 있었다. 얼굴은 자줏빛이었고 입술은 파르스름했다. 신체 기능이 모두 정지되었다. 아무것도 보이지 않고, 아무 소리도 들리지 않았다. 시간 감각도 모두 사라졌다.

근육이 말을 듣지 않았다.

　이런 상태로 몇 시간이 지나갔는지는 알 수 없지만, 단말마의 고통 속에 빠져들고 있는 것은 알 수 있었다. 나는 죽음의 문턱에 다다른 것을 깨달았다.

　그러다가 갑자기 정신이 들었다. 공기 몇 모금이 내 허파로 뚫고 들어온 것이다. 배가 다시 수면 위로 올라갔나? 빙원을 빠져나왔나?

　아니었다! 나를 구한 것은 네드와 콩세유였다. 그들은 나를 살리기 위해 자신을 희생했다. 산소통 바닥에 산소 원자 몇 개가 남아 있었다. 그들은 그 공기를 들이마시는 대신, 나를 위해 남겨둔 것이다. 그리고 자신들도 숨이 막혀 헐떡거리면서, 마지막 남은 공기를 조금씩 나에게 쏟아부었다. 그것은 공기가 아니라 생명이었다! 나는 산소통을 밀쳐내려고 했다. 하지만 네드와 콩세유가 양쪽에서 내 손을 붙잡았다. 나는 잠시 공기를 들이마시면서 거의 관능적인 쾌감을 맛보았다.

　내 눈이 시계 쪽으로 돌아갔다. 오전 열한 시였다. 그렇다면 오늘은 3월 28일이 분명했다. '노틸러스'호는 40노트의 속력으로 쏜살같이 물을 가르고 있었다.

　네모 선장은 어디 있을까? 죽었을까? 부하들도 선장과 함께 죽었을까?

　압력계를 보니 수면까지의 거리는 6미터밖에 안 되었다. 얇은 얼음판이 우리와 공기를 가로막고 있었다. 그 얼음판을 깰 수는 없을까?

　어쨌든 '노틸러스'호는 시도할 것이다. 나는 배가 고물을 낮추고 이물을 들어올려 비스듬한 자세로 나아가고 있는 것을 느낄 수 있었다. 물탱크에 물을 조금만 집어넣어도 충분히 평형을 깨뜨릴 수 있었다. 이윽고 배는 강력한 스크루의 추진력에 밀려, 무시무시한 파성퇴처럼 아래쪽에서 빙원 바닥에 부딪쳤다. 얼음이 조금씩 깨지고 있었다. '노틸러스'호는 뒤로 물러났다가 다시 전속력으로 빙원에 부딪쳤다. 얼음이 갈라지기 시작했다. 배는 맹렬히 돌진하여 마침내 얼어붙은 수면 위로 밀고 올라갔다. 얼음이 배의 무게에 짓눌려 산산이 부서졌다.

해치가 열렸다. 아니, 열렸다기보다는 내동댕이쳐졌다. 맑은 공기가 '노틸러스'호로 쏟아져 들어와 구석구석까지 퍼져갔다.

chapter 17
혼 곶을 거쳐 아마존 강으로

내가 어떻게 상갑판으로 올라갔는지는 나도 모른다. 아마 캐나다인이 데려다주었을 것이다. 어쨌든 나는 숨을 쉬고 있었다. 바다 냄새가 나는 상쾌한 공기를 걸신들린 듯이 삼키고 있었다. 네드와 콩세유도 내 옆에서 신선한 공기에 취해 있었다. 오랫동안 굶주린 사람은 오랜만에 먹을 것이 생겨도 경솔하게 덤벼들면 안 된다. 하지만 우리는 욕망을 자제할 필요가 전혀 없었다. 공기를 가슴 가득 들이마셔도 상관없었다. 우리는 바람을 마음껏 들이마시며 관능적인 도취에 빠졌다.

"아아! 산소가 이렇게 맛있다니!" 콩세유가 말했다. "주인님도 아끼지 말고 맘껏 산소를 드세요. 모두 실컷 마셔도 남아돌 만큼 있으니까요."

네드는 말없이, 상어도 겁낼 만큼 입을 벌리고 있었다. 그리고 힘차게 공기를 들이마셨다. 그는 이글이글 타오르는 난롯불처럼 공기를 '빨아들이고' 있었다.

우리는 곧 기력을 되찾았다. 주위를 둘러보니 갑판에는 우리밖에 없었다. 승무원들은 아무도 보이지 않았다. 네모 선장도 없었다. '노틸러스'호 승무원들은 배 안에 흐르고 있는 공기를 마시는 것으로 족한 모양이었다. 아무도 상쾌한 바깥 공기 속에서 기운을 차리러 나오지 않았다.

내 입에서 나온 첫 마디는 고맙다는 말이었다. 네드와 콩세유는 그 기나긴 죽음의 고통이 막바지에 이른 몇 시간 동안 내 목숨을 구해주었다. 어떤 말로도 그 고마움을 다 표현할 수는 없었다.

"됐습니다, 박사님." 네드가 대답했다. "왜 그런 말씀을 하세요? 우리가 한 일이 뭐가 있다고? 아무것도 없습니다. 그건 단지 산수 문제였을 뿐이에요. 박사님 목숨이 우리 목숨보다 훨씬 가치가 있었고, 그래서 박사님을 구할 수밖에 없었던 거예요."

"아닐세. 누구 목숨이든 귀중한 건 다 마찬가지야. 너그럽고 친절한 사람보다 더 훌륭한 인간은 없네. 자네는 너그럽고 친절해."

"됐습니다! 그만 하세요!" 캐나다인은 쑥스러워 하며 말했다.

나는 숨을 쉬고 있었다.

"그리고 콩세유, 너도 무척 힘들었지?"

"사실을 말하면 그렇게 심하지는 않았어요. 공기 몇 모금 마시는 것이 인간의 도리에서 벗어나는 짓은 아니겠지만, 저는 그 상황에 익숙해졌을 겁니다. 어쨌거나 주인님이 정신을 잃은 것을 보니까 공기를 마시고 싶은 마음이 싹 달아나지 뭡니까. 축 늘어진 주인님의 모습이 제 숨을……."

콩세유는 그것이 너무 진부한 표현이라는 것을 깨닫고 멋쩍은 듯 입을 다물었다.

"이보게들." 나는 깊이 감동하여 말했다. "우리는 영원한 우정으로 묶인 친구야. 자네들 은혜는 평생토록 잊지 않겠네. 내가 큰 빚을 졌어."

"좋습니다. 그럼 나는 그 빚을 받겠습니다." 캐나다인이 말했다.

"빚을 받겠다고?" 콩세유가 물었다.

"그래. 이 지긋지긋한 '노틸러스'호를 떠날 때 자네와 박사님을 함께 끌고 갈 권리를 요구하겠어."

"말이 나왔으니 말인데, 우리가 지금 올바른 방향으로 가고 있는 겁니까?" 콩세유가 물었다.

"그래." 내가 대답했다. "우리는 태양이 있는 쪽으로 가고 있고, 남반구에서는 태양이 북쪽에 있으니까."

"맞습니다." 네드가 말했다. "하지만 태평양으로 가고 있는지 대서양으로 가고 있는지, 다시 말해서 텅 빈 바다로 가고 있는지 배들이 북적거리는 바다로 가고 있는지, 그걸 알 필요가 있어요."

나는 대답할 수가 없었다. 네모 선장이 아시아와 아메리카 대륙 사이에 펼쳐진 그 드넓은 태평양으로 돌아가고 있는 게 아닐까 걱정이 되었다. 그러면 선장은 해저 세계 일주를 끝낼 수 있고, '노틸러스'호가 자유롭게 행동할 수 있는 바다로 돌아가게 된다. 하지만 문명인이 사는 육지에서 멀리 떨어진 태평양으로 돌아가면 네드의 탈출 계획은 어떻게 될까?

이 중요한 문제는 오래지 않아 해결될 것이다. '노틸러스'호는 빠른 속도로 달리고 있었다. 벌써 남극권을 벗어나 혼 곶 쪽으로 방향을 잡았다. 3월 31일 저녁 열한 시에는 아메리카 대륙의 남쪽 끝이 시야에 들어왔다.

지난 고통은 모두 잊혀졌다. 얼음 감옥에 갇혔던 기억은 빠른 속도로 희미해지고 있었다. 우리는 미래만 생각했다. 네모 선장은 객실에도 갑판에도 나타나지 않았다. 부관이 날마다 배의 위치를 측정하여 구체 평면도에 표시했기 때문에, 나는 '노틸러스'호의 항로를 정확히 알 수 있었다. 그날 저녁에는 배가 대서양을 지나 북쪽으로 돌아가고 있는 것이 분명해졌다.

나는 만족하여 네드와 콩세유에게 내 추론 결과를 알려주었다.

"좋은 소식이군요." 캐나다인이 대답했다. "그런데 이 배의 목적지가 어딥니까?"

"그건 나도 모르겠네."

"선장은 남극에 가보았으니까, 이번에는 북극을 공격한 다음 유명한 서북 항로[206]를 거쳐 태평양으로 돌아가고 싶어 하지 않을까요?"

"선장이 그걸 바란다 해도, 단념시키려고 애쓰면 안 돼." 콩세유가 대꾸했다.

"그렇다면 그 전에 선장과 헤어져야겠군!"

"어쨌든……" 콩세유가 말을 이었다. "네모 선장은 대단한 사람이야. 네모 선장을 알게 된 걸 후회하지는 않을 거야."

"선장과 헤어지게 되면 더욱 후회하지 않겠지!" 네드가 응수했다.

이튿날인 4월 1일, '노틸러스'호는 정오가 되기 몇 분 전에 수면 위로 떠올랐다. 서쪽에 해안이 보였다. 티에라 델 푸에고(불의 땅) 군도였다. 그 땅을 처음 본 항해자들이 원주민 오두막에서 피어오르는 엄청난 양의 연기를 보고 그런 이름을 붙여준 것이다. 티에라 델 푸에고 군도는 서경 67도 50분에서 77도 15분, 남위 53도에서 56도 사이에 걸쳐 있는 수많은 섬으로 이루어져 있다. 길이는 300킬로미터가 넘고, 너비는 120킬로미터에 이른다. 해안은 낮아 보였지만, 멀리 높은 산들이 솟아 있었다. 해발 2070미터인 사르미엔토 산도 언뜻 보였다. 이 산은 꼭대기가 뾰족한 피라미드 모양의 편암 덩어리다. 그 산이 안개로 덮여 있느냐 아니냐는 날씨가 좋을 것이냐 나쁠 것이냐를 알려주는 '일기예보'라고 네드 랜드는 말했다.

"훌륭한 기상관측기로군."

"예, 박사님. 아주 정확한 천연 기상관측기죠. 마젤란 해협을 통과할 때는 나도 언제나 저 산을 보고 날씨를 점쳤는데, 한 번도 틀린 적이 없었어요."

바로 그때, 문제의 봉우리가 하늘을 배경으로 또렷이 나타났다. 좋은 날씨의 전조였다.

다시 물속으로 들어간 '노틸러스'호는 해안으로 다가가 몇 킬로미터를 해안과 나란히 달렸다. 나는 객실 유리창을 통해 기다란 덩굴식물과 거대한 해초를 볼 수 있었다. 그것은 남극 지역의 얼지 않은 바다에 몇 종이 살고 있는 피리페라는 갈조류였다. 끈적끈적한 실 모양의 섬유로 되어 있고, 길이가 300미터에 이른다. 줄기는 엄지손가락보다 굵고 아주 질기다. 실제로 배를 해안에 묶어두는 밧줄로 쓰일 때도 많다. 바닥에는 벨폴리아라는 해초가 카펫처럼 깔려 있었다. 길이가 1미터가 넘는 커다란 잎은 산호로 뒤덮여 있었다. 게와 오징어 같은 갑각류와 연체동물이 이 해초를 보금자리이자 먹이로 삼고 있었다. 바다표범과 해달은 이곳에서 영국인들처럼 생선에 해초를 곁들인 호화로운 식사를 즐겼다.

'노틸러스'호는 해초가 무성하고 생물이 풍부한 해저를 빠른 속도로 지나갔다. 저녁에는 포클랜드 제도로 다가갔다. 이튿날 나는 그 섬들의 울퉁불퉁한 등성이를 볼 수 있었다. 그곳 바다는 별로 깊지 않았다. 그래서 나는 수많은 작은 섬에 둘러싸인 동·서 포클랜드 섬이 옛날에는 마젤란 해협 부근의 육지였을 거라고 짐작했다. 포클랜드 제도를 처음 발견한 사람은 아마존 데이비스[207]일 것이다. 그는 여기에 데이비스 서던 제도라는 이름을 붙였다. 그 후 리처드 호킨스[208]는 이곳을 메이든 제도라고 불렀다. 18세기 초에 프랑스 생말로[209]의 어부들은 자기네 고향 이름을 따서 말루앵 제도라고 불렀고, 끝으로 영국인들이 붙여준 이름이 포클랜드 제도였다. 포클랜드 제도는 오늘날 영국이 영유하고 있다.

이곳 해안에서 훌륭한 해초 표본이 그물에 걸렸다. 세계 최고의 홍합이 뿌리에 잔뜩 달라붙어 있는 해초도 있었다. 수십 마리의 기러기와 오리가 갑판으로 우수수 떨어져, '노틸러스'호의 식료품 창고에 자리를 잡았다. 물고기 중에서 내가 특히 주의 깊게 관찰한 것은 망둥어과에 딸린 경골어류였다.

그중에서도 특히 흰색과 노란색 점무늬로 뒤덮인 20센티미터 길이의 얼룩망둥이가 흥미를 끌었다.

나는 수많은 해파리도 감상했다. 특히 포클랜드 제도 근해에만 사는 크리사오라는 해파리 중에서 가장 아름답다. 갓에는 적갈색 줄무늬가 새겨져 있고, 끝은 열두 개의 규칙적인 물결 모양이었다. 이 해파리들은 잎 모양의 팔 네 개를 흔들고 무성한 촉수를 뒤에 늘어뜨린 채 눈앞을 헤엄쳐 지나갔다. 그 우아한 강장동물을 몇 마리 잡아서 표본으로 보관하고 싶었지만, 그들은 구름이나 그림자나 유령처럼 자연 서식지를 벗어나면 당장 녹아서 증발해 버린다.

포클랜드 제도의 마지막 산들이 수평선 너머로 사라지자, '노틸러스'호는 20미터 내지 50미터 깊이로 잠수하여 남아메리카 해안을 따라 북상하기 시작했다. 네모 선장은 여전히 나타나지 않았다.

4월 3일까지 우리는 수면을 위아래로 오르내리면서 파타고니아 해안을 떠나지 않았다. '노틸러스'호는 라플라타 강어귀의 커다란 후미를 지나, 4월 4일에는 우루과이 해안에서 80킬로미터쯤 떨어진 곳에 도착했다. 배는 여전히 긴 곡선을 그리는 남아메리카 동해안을 따라 북쪽으로 달리고 있었다. 일본 근해를 떠난 뒤 1만 6000해리를 항해한 셈이다.

오전 열한 시에 서경 37도에서 남회귀선을 건너 프리우 곶을 지났다. 네드는 몹시 불만스러워 했지만, 네모 선장은 현기증이 날 만큼 빠른 속도로 배를 몰았다. 선장은 인구가 많은 브라질 해안 근처에 있는 것을 좋아하지 않는 모양이었다. 아무리 빠른 물고기나 새도 우리를 따라잡지 못했다. 나는 더 이상 그 바다의 진기한 동식물을 관찰할 수 없었다.

배는 며칠 동안 이 속도를 유지했고, 4월 9일 저녁에 남아메리카의 동쪽 끝인 상로케 곶이 시야에 들어왔다. 하지만 거기서 '노틸러스'호는 다시 난바다로 나가서, 상로케 곶과 아프리카 해안의 시에라리온 사이에 뻗어 있는 깊은 해저 골짜기를 찾아갔다. 이 골짜기는 서인도 제도 근처에서 둘로 갈라지는데, 북쪽 골짜기 끝에는 9000미터 깊이의 거대한 해구가 있다. 거기서부터 소앤틸리스 제도까지 지질학적 단층면이 6000미터 높이의 단애를 이루고, 베르데 곶 앞바다의 비슷한 절벽과 함께 물속에 가라앉은 아틀란티스 대륙을 둘러싸고 있다. 이 거대한 골짜기 바닥에는 몇 개의 봉우리가 솟아 있어서, 해저에 그림처럼 아름다운 광경을 만들어낸다. 이것은 '노틸러스'호 서재에 있는 해저 지형도를 근거로 하는 말이다. 손으로 그린 그 지도는 네모 선장이 자신의 관찰을 토대로 그린 게 분명했다.

우리는 이틀 동안 '노틸러스'호의 경사판을 이용하여 길게 대각선을 그리면서 심해로 내려가, 사막처럼 황량한 해저를 돌아다녔다. 하지만 4월 11일에는 갑자기 위로 올라가, 아마존 강어귀에서 다시 육지를 보았다. 이 거대한 어귀에서 너무 많은 강물이 바다로 흘러나오기 때문에, 어귀 근처의 바다는 몇 킬로미터 거리까지 염도가 낮아진다.

우리는 적도를 건넜다. 서쪽으로 30킬로미터쯤 떨어진 곳에 기아나가 있었다. 기아나는 프랑스 영토니까, 그곳에 가기만 하면 쉽게 피난처를 찾을 수 있었을 것이다. 하지만 바람이 점점 심해져서 파도가 높아졌다. 성난 파도는 보트 따위가 도전하는 것을 허락하지 않았을 것이다. 네드 랜드가 아무 말도 하지 않은 것으로 보아, 그도 이 점을 깨달은 모양이었다. 나는 실패할 수밖에 없는 시도를 부추기고 싶지 않아서, 네드의 탈출 계획에 대해서는 입도 벙긋하지 않았다.

나는 흥미로운 연구에 몰두해 있어서 시간을 보내기는 어렵지 않았다. 4월 11일과 12일에 '노틸러스'호는 수면을 떠나지 않았고, 저인망 그물에는 강장동물과 어류와 파충류가 놀랄 만큼 많이 걸려들었다.

일부 강장동물은 저인망 닻줄에 걸려서 올라왔다. 이들은 대부분 말미잘의 일종인 아름다운 필락티나였고, 그밖의 종으로는 이 바다에만 서식하는 필락티나 프로텍스타가 있었다. 작은 원통형의 이 말미잘은 수직선과 빨간 점무늬로 장식되어 있고, 위쪽에 꽃이 만발한 듯한 화려한 촉수가 달려 있었다. 연체동물은 모두 내가 이미 관찰한 것들이었다. 가로세로로 규칙적인 줄무늬가 있고 살에 빨간 부분이 선명하게 박혀 있는 송곳고둥, 석화한 전갈처럼 보이는 환상적인 전갈조개, 반투명한 익족류, 집낙지, 맛 좋은 오징어, 고대 박물학자들이 날치로 분류했고 주로 대구를 잡을 때 미끼로 쓰이는 꼴뚜기.

이 바다에 사는 어류 중에는 내가 지금껏 연구할 기회를 갖지 못한 것들도 많았다. 우선 연골어류로는 칠성장어가 있었다. 뱀장어의 일종인데, 몸길이가 50센티미터쯤 되고, 초록빛이 감도는 대가리와 보라색 지느러미를 가졌고, 등은 청회색이고, 갈색과 은색이 어우러진 뱃가죽에는 담백색 무늬가 점점이 박혀 있고, 황금 고리가 눈의 홍채를 둘러싸고 있다. 이 진기한 동물은 민물에 사니까, 아마존 강의 흐름을 타고 바다로 내려온 게 분명했다.

뾰족한 주둥이와 길고 가는 꼬리를 가졌고, 톱니 모양의 기다란 독침으로 무장한 흑가오리도 있었다. 젖빛이 감도는 회색 피부와 뒤쪽으로 구부러진 여러 줄의 이빨을 가진 1미터 길이의 작은 귀상어도 있었다. 50센티미터 길이의 불그레한 이등변삼각형 모양인 강돌고래는 가슴지느러미가 살과 이어져 있어서 꼭 박쥐처럼 보이고, 콧구멍 근처에 뿔이 나 있어서 흔히 '바다의 일각수'라고 불린다. 끝으로 파랑쥐치가 두 종류 있는데, 하나는 반점이 박힌 옆구리가 선명한 황금색으로 빛나는 쿠라소, 또 하나는 비둘기 목처럼 무지갯빛을 띤 연자주색의 카프리쿠스였다.

이런 식으로 동물 이름을 나열하는 것은 좀 무미건조하지만, 내가 관찰한 경골어류도 몇 가지만 언급하겠다. 우선 주둥이가 뭉툭하고 눈처럼 새하얀 파상은 검은색의 아름다운 몸에 길고 가는 끈이 달려 있다. 정어리의 일종인 30센티미터 길이의 오돈타니아트는 가시가 많고, 화려한 은빛 광채로 반짝반짝 빛난다. 스콤베레속스 사우리는 두 개의 뒷지느러미를 지니고 있다. 몸길이가 2미터나 되고 검푸른 색깔을 띤 청베도라치는 횃불을 태우는 연료로 쓰인다. 단단하고 하얀 살은 싱싱할 때 먹으면 뱀장어 같은 맛이 나고, 말려서 먹으면 훈제 연어 같은 맛이 난다. 몸의 절반이 붉은색을 띤 양놀래기는 등지느러미와 뒷지느러미가 붙어 있는 부분까지만 비늘로 덮여 있다. 크리솝테리는 금과 은, 루비와 토파즈가 한데 어우러져 광채를 다투는 듯하다. 황금색 꼬리를 가진 감성돔은 맛이 일품이고, 인광을 내기 때문에 물속에서 눈에 잘 띈다. 가느다란 혀를 가진 붉돔, 황금색 꼬리지느러미를 가진 민어, 학명이 '아칸투루스 니그리칸스'인 물고기, 눈이 네 개인 수리남 원산의 물고기, 기타 등등.

'기타 등등'이라는 말이 나오면, 콩세유가 오랫동안 잊지 못할 또 다른 물고기를 언급하지 않을 수 없다. 이 물고기가 콩세유의 기억에 깊이 새겨진 데에는 그럴 만한 이유가 있다.

우리 그물에 납작한 가오리 한 마리가 걸려들었다. 무게가 20킬로그램이나 나가는 그 가오리는 꼬리만 없으면 완벽한 동그라미를 이루었을 것이다. 몸 아래쪽은 하얗고, 위쪽은 불그레한 바탕에 검은 테두리로 둘러싸인 크고 둥근 감청색 점무늬가 박혀 있었다. 피부는 매끄럽고, 끝에 두 개의 열편이 있는 지느러미가 달려 있었다. 갑판으로 끌려 올라온 녀석은 몸을 뒤집으려고 발작적으로 몸부림쳤다. 수없이 뒤집기를 시도하던 녀석이 마지막 안간힘으로 공중제비를 돌아 바다로 돌아가려 했다. 그러자 녀석을 열심히 관찰하고 있던 콩세유는 내가 미처 말릴 틈도 없이 몸을 날려 두 손으로 물고기를 움켜잡았다. 당장 콩세유는 갑판에 벌렁 드러누워 두 다리를 허공으로 치켜올렸다. 몸의 절반이 마비되어버린 것이다. 콩세유가 소리를 질렀다.

"아아, 주인님, 주인님. 살려주세요."

불쌍한 콩세유가 나를 삼인칭으로 부르지 않은 것은 이때가 처음이었다.

캐나다인과 나는 콩세유를 안아 일으키고, 온힘을 다해 몸을 문질러주었다. 겨우 마비가 풀리자, 불굴의 끈기로 동물을 분류하는 이 젊은이는 더듬거리는 목소리로 중얼거렸다.

"연골어류, 고정된 아가미를 가진 판새아강, 가오리아목, 가오리과, 시끈가오리속!"

"그래, 이 친구야. 너를 이처럼 비참한 상태로 몰아넣은 건 바로 시끈가오리였어."

"아아, 주인님. 반드시 녀석한테 앙갚음할 겁니다."

"어떻게?"

"먹어버릴 거예요."

콩세유는 당장 그날 저녁에 자기 말을 실천에 옮겼지만, 사실을 말하면 시끈가오리의 살은 너무 질겨서 맛이 없었다. 따라서 그 맛도 없는 물고기를 먹은 것은 오로지 복수심 때문이었다.

가엾은 콩세유를 공격한 것은 시끈가오리 중에서도 가장 위험한 쿠마나였다. 이 괴상한 동물은 물처럼 전기전도성을 가진 환경에서는 몇 미터 거리에 있는 물고기한테도 충격을 줄 수 있다. 그만큼 쿠마나의 발전기관은 강력하다. 발전기관을 이루고 있는 좌우 한 쌍의 발전판은 표면적이 무려 9평방미터에 이른다.

이튿날인 4월 12일, '노틸러스'호는 네덜란드령 기아나의 해안에 있는 마로니

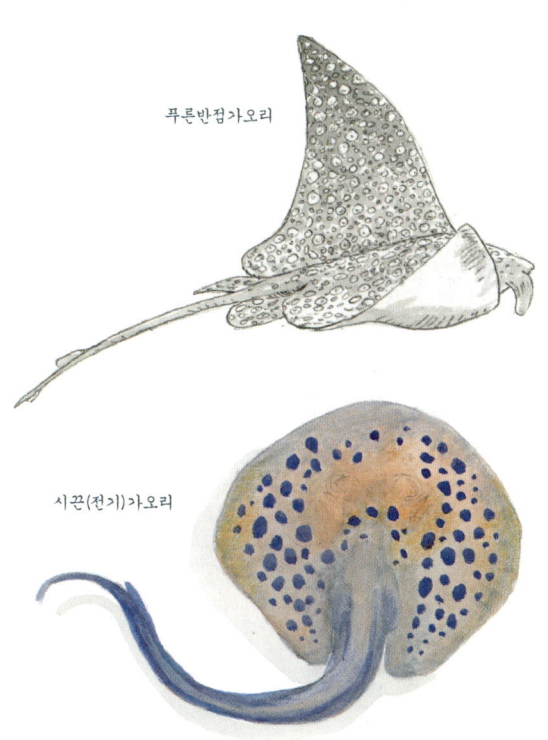

푸른반점가오리

시끈(전기)가오리

강어귀로 다가갔다. 이곳에는 매너티가 가족끼리 무리를 지어 살고 있었다. 매너티는 듀공이나 해우와 마찬가지로 해우목에 딸려 있다. 이 멋진 동물은 아무도 공격하지 않는 평화로운 동물이고, 몸길이는 6~7미터, 몸무게는 최소한 4000킬로그램은 나갈 것이다. 나는 선견지명을 가진 자연이 그런 포유류한테 중요한 역할을 맡겼다고 네드와 콩세유에게 말해주었다. 매너티는 바다표범과 마찬가지로 해저 초원에서 풀을 뜯어먹고, 그리하여 열대의 강어귀에 번성하면서 강물의 흐름을 방해하는 풀을 없앤다.

"인간이 그런 유익한 동물을 거의 다 죽였을 때 무슨 일이 일어났는지 아나? 썩어가는 풀은 공기를 오염시켰고, 오염된 공기는 황열병을 일으켰고, 황열병은 이 아름다운 지방을 파괴하고 있네. 유독성 식물은 따뜻한 바다에서 번성했고, 그 피해는 라플라타 강에서 플로리다로 걷잡을 수 없이 퍼져갔지! 투스넬[210]의 말을 믿는다면, 이 전염병은 바다에서 고래와 바다표범이 사라졌을 때 우리 자손에게 닥칠 재난에 비하면 아무것도 아니야. 오징어와 해파리가 우글거리는 바다는 전염병의 거대한 온상이 될 거야. 바다에는 조물주가 커다란 위장을 주면서 해수면 청소를 맡긴 포유류가 더 이상 존재하지 않을 테니까."

'노틸러스' 호 승무원들은 이런 이론을 경멸하지는 않았지만, 매너티를 여섯 마리나 잡았다. 쇠고기보다 훨씬

매너티

맛있는 매너티 고기를 주방에 공급하기 위해서였다. 사냥은 별로 재미가 없었다. 매너티는 제 몸을 지킬 생각도 하지 않고 무방비 상태로 공격당했다. 이렇게 얻은 수천 킬로그램의 고기는 말려서 저장될 터였다.

그날은 기묘한 고기잡이 덕분에 '노틸러스'호의 비축 식량이 더욱 늘어났다. 저인망에는 머리 가장자리에 두껍게 부풀어 오른 타원형 판이 달린 물고기가 꽤 많이 걸려들어 있었다. 그것은 지느러미가 연한 연기류에 속하는 빨판상어였다. 납작한 원판은 옆으로 움직일 수 있는 연골성 박판으로 이루어져 있는데, 빨판상어는 그것을 이용하여 진공 상태를 만들어낼 수 있고, 그래서 빨판처럼 물체에 찰싹 달라붙을 수 있다.

내가 과거에 관찰한 지중해에도 빨판상어가 살지만, 이곳의 빨판상어는 이 바다에만 서식하는 에케네이스 오스테오키르였다. 우리 배의 승무원들이 잡은 빨판상어는 모두 물이 든 양동이 속으로 들어갔다.

사냥이 끝나자 '노틸러스'호는 해안으로 다가갔다. 수많은 바다거북이 수면에 뜬 채 잠자고 있었다. 그 귀중한 파충류를 잡기는 어려웠을 것이다. 바다거북은 아주 작은 소리만 나도 잠에서 깨어나고, 등딱지는 작살로도 뚫을 수 없을 만큼 단단하기 때문이다. 하지만 빨판상어는 살아 있는 미끼 노릇을 하여 놀랄 만큼 확실하고 정확하게 바다거북을 잡을 수 있었다. 어떤 낚시꾼이라도 이 방법을 기꺼이 사용했을 것이다.

'노틸러스'호 승무원들은 빨판상어 꼬리에 고리를 끼웠다. 고리는 빨판상어의 움직임을 방해하지 않을 정도의 여유가 있었다. 이 고리에 긴 밧줄을 묶고, 밧줄의 다른 쪽 끝을 뱃전에 고정시켰다.

빨판상어는 바다에 던져지자마자 당장 일을 시작했다. 바다거북의 뱃가죽에 찰싹 달라붙은 것이다. 빨판상어는 너무 끈질겨서, 갈가리 찢어지기 전에는 절대로 바다거북을 놓아주지 않았을 것이다. 승무원들은 밧줄을 잡아당겨 빨판상어를 갑판 위로 끌어올렸고, 빨판상어가 달라붙은 바다거북도 함께 딸려 올라왔다.

그리하여 우리는 너비가 1미터에 무게가 200킬로그램이나 나가는 바다거북을 여러 마리 잡을 수 있었다. 거북의 등딱지는 납작하고 커다란 각막으로 덮여 있었다. 갈색 바탕에 하얗고 노란 반점이 박힌 이 각막은 얇고 투명했다. 바다거북이 귀중하게 여겨지는 것은 바로 이 대모갑 때문이었다. 게다가 바다거북은 맛이 좋아서 식량으로도 훌륭했다.

이 사냥을 끝으로 우리는 아마존 강어귀를 떠났다. 밤의 장막이 내린 뒤, '노틸러스'호는 다시 드넓은 난바다로 나갔다.

chapter 18
오징어

며칠 동안 '노틸러스'호는 아메리카 대륙 해안에서 멀리 떨어져 있었다. 선장은 멕시코 만이나 카리브 해에서 빈둥거리고 싶지 않은 모양이었다. 그 바다는 평균 수심이 1800미터나 되니까, 물이 얕아서 그런 것은 아니었다. 네모 선장은 그 해역에 섬들이 점점이 흩어져 있고 기선이 자주 오가는 게 마음에 들지 않았을 것이다.

4월 16일, 50킬로미터쯤 떨어진 곳에 소앤틸리스 제도의 마르티니크 섬과 과들루프 섬이 나타났다. 나는 그 섬들의 높은 봉우리를 볼 수 있었다.

네드는 몹시 낙담한 눈치였다. 그는 카리브 해에서 육지에 도달하거나 섬과 섬을 오가는 배에 접근하여 도움을 청하는 방식으로 탈출 계획을 실행할 작정이었기 때문이다. 선장 몰래 '노틸러스'호의 보트를 탈취할 수 있다면 성공할 수도 있는 계획이었다. 하지만 난바다 한복판에서는 꿈도 꿀 수 없는 일이었다.

　네드와 콩세유와 나는 이 문제를 놓고 오랫동안 이야기를 나누었다. 우리는 벌써 반년 동안 '노틸러스'호에 포로로 잡혀 있었다. 그동안 1만 7000해리를 항해했고, 네드가 지적했듯이 이런 상황에 변화가 일어나리라고 기대할 이유는 전혀 없었다. 그래서 네드는 내가 전혀 예상치 못한 제안을 내놓았다. 우리를 영원히 당신 배에 붙잡아둘 작정이냐고, 네모 선장한테 단도직입적으로 물어보라는 것이었다.

　나는 내키지 않았다. 그래 봤자 성공할 수도 없을 것 같았다. 네모 선장한테는 아무것도 기대할 수 없었다. 우리가 믿을 것은 우리 자신뿐이었다. 철저히 우리 자신만 믿고 의지해야 한다. 게다가 얼마 전부터 선장은 전보다 더 우울하고 과묵하고 딱딱한 사람이 되었다. 아무래도 선장은 나를 피하고 있는 것 같았다. 나는 어쩌다 한 번씩밖에 선장을 만나지 못했다. 선장이 전

참오징어는 십완류다……

갑오징어라고도 한다.
중국에서는 오징어 먹물을 잉크로 쓴다.

위험이 닥치면 오징어는 먹물을 내뿜어
시야를 가리면서 달아난다.

— 서툰 삽화가가 잘못 흘린 먹물 얼룩.

에는 해저의 경이를 나한테 즐겨 설명해주곤 했지만, 이제는 나 혼자 연구하도록 내버려둔 채 객실에는 걸음도 하지 않았다.

선장한테 무슨 변화가 일어난 것일까? 선장은 왜 그런 태도를 보이고 있을까? 내가 뭐 실수라도 했나? 하지만 아무리 생각해보아도 선장한테 책잡힐 짓은 하지 않았다. 우리의 존재가 부담스러운 걸까? 하지만 설령 그렇다 해도 선장은 결코 우리에게 자유를 돌려줄 사람이 아니었다.

그래서 나는 네드에게 생각할 시간을 달라고 요구했다. 선장한테 그런 질문을 했다가 아무 성과도 얻지 못하면, 공연히 선장의 의심만 되살려 네드의 탈출 계획을 망칠 수도 있고, 또 우리 입장도 아주 난처해질 것이다. 게다가 우리의 건강 상태에 대해서는 불평할 이유가 전혀 없었다. 남극의 빙산 밑에서 어려움을 겪은 것을 빼고는, 네드도 콩세유도 나도 지금보다 더 건강했던 적이 없었다. 영양이 풍부한 음식, 맑은 공기, 규칙적인 생활, 일정한 온도는 건강에 유익해서, 어떤 질병도 우리에게 달라붙지 못했다. 육지 생활에는 아무 미련도 없고 오히려 바다에서 편안함을 느끼는 사람, 자신이 원하는 곳에 가고 오직 자신만이 아는 목표를 추구하는 네모 선장 같은 사람에게는 이런 생활이 가장 어울린다는 것을 나는 이해할 수 있었다. 하지만 우리 세 사람은 인간 세상에 완전히 등을 돌릴 수가 없었다. 나는 흥미진진하고 독창적인 내 연구가 나와 함께 묻히는 것을 바라지 않았다. 지금 나는 바다에 대해 정말로 훌륭한 책을 쓸 수 있는 입장에 있었다. 그 책을 한시라도 빨리 세상에 내놓고 싶었다.

앤틸리스 제도의 수면에서 10미터 내려간 곳에서 객실 금속판이 열렸다. 나는 유리창을 통해 일지에 기록할 만한 흥미로운 표본을 많이 관찰할 수 있었다.

강장동물로는 특히 고깔해파리가 흥미를 끌었다. 이 동물은 진줏빛 광택을 가진 타원형의 두꺼운 공기주머니처럼 보인다. 활짝 편 갓은 조류에 흔들리고, 푸른색 촉수는 명주실처럼 물에 떠 있다. 보기에는 매력적인 해파리지만, 만지면 쐐기풀처럼 따갑다. 부식성 액체를 분비하기 때문이다. 체절동물 중에서는 1.5미터 길이의 갯지렁이가 눈길을 끌었다. 분홍색 몸통에 1천 7백 개의 이동 기관이 달려 있어서 물속을 뱀처럼 굽이치며 나아갔다. 그들이 지나갈 때는 몸이 일곱 빛깔 무지갯빛으로 변하곤 했다.

눈에 띄는 어류로는 거대한 연골어류인 쥐가오리가 있었다. 몸길이가 3미터에 몸무게가 300킬로그램이나 되고, 가슴지느러미는 삼각형이고, 등 한복판이 조금 불룩하게 부풀어 있고, 눈은 머리 앞쪽 가장자리에 고정되어 있다. 난파선처럼 떠 있는 쥐가오리는 이따금 덧문처럼 우리 창문에 달라붙곤 했다. 그밖에 자연의 여신이 흰색과 검은색 물감만 섞어서 만든 아메리카파랑쥐치, 깃털 같은 노란색 지느러미가 달려 있고 몸이 길고 뚱뚱하며 턱이 툭 튀어나온 망둥이, 이빨이 짧고 날카로우며 1.5미터 길이의 몸뚱이가 비늘로 덮여 있는 날개다랑어도 있었다. 이어서 머리부터 꼬리까지 황금색 줄무늬로 덮여 있는 노랑촉수가 화려한 지느러미를 흔들면서 떼 지어 나타났다. 노랑촉수는 일찍이 디아나 여신[211]에게 바쳐진 진짜 보석 같은 물고기다. 부유한 로마인들이 이 물고기를 특히 좋아해서, '잡는 사람 따로, 먹는 사람 따로!'라는 속담이 생겼다.

끝으로 황금색 포마켄트라가 눈앞을 지나갔다. 베로네세[212]의 그림에서 빠져나온 귀족들처럼 벨벳과 비단으로 지은 옷을 차려입고 에메랄드 같은 초록빛 장식 띠로 한껏 모양을 낸 멋쟁이 물고기다. 감성돔이 빠른 가슴지느러미를 이용하여 쏜살같이 달아났다. 몸길이가 40센티미터쯤 되는 청어는 번득이는 인광으로 독특한 분위기를 만들어냈다. 숭어가 크고 통통한 꼬리로 물을 때렸다. 붉은 연어는 날카로운 가슴지느러미로 바닷물을 자르는 것 같았다. 은색의 셀레네[213]는 '달의 여신'이라는 이름에 걸맞게 수많은 달처럼 젖빛 광채를 내면서 수평선 위로 떠올랐다.

'노틸러스'호가 심해로 점점 깊이 내려가지 않았다면, 나는 경이로운 동물을 훨씬 많이 관찰할 수 있었을 것이다. '노틸러스'호는 경사판을 기울여 2000미터 깊이까지 내려갔고, 다시 3500미터 깊이로 내려갔다. 그 깊은 바다의 생물은 바다나리와 불가사리, 곧은 줄기가 작은 해파리 같은 머리를 떠받치고 있는 아름다운 바다술, 밤고둥, 잔인한 모뿔조개, 연안에 사는 거대한 연체동물인 구멍삿갓조개였다.

4월 20일, 배는 평균 수심 1500미터까지 상승했다. 가장 가까운 육지는 수면에 조약돌처럼 펴져 있는 바하마 제도였다. 해저 단애가 높이 솟아 있었다. 거칠게 잘린 바위 덩이들이 넓은 바닥에 수직으로 쌓여 있고, 그 사이에 검은 구멍들이 숭숭 뚫려 있었다. 탐조등 불빛도 그 구멍 속으로는 뚫고 들어가지 못했다.

바위에는 거대한 풀과 다시마와 해초가 카펫처럼 뒤덮여 있었다. 거인들의 세계에 어울리는 거대한 수생식물이었다.

이렇게 거대한 식물을 보자, 콩세유와 네드와 나는 자연스럽게 거대한 해양 동물의 이름을 나열하기 시작했다. 식물 가운데 일부는 다른 동물의 먹이가 될 운명을 타고난 게 분명했다. 하지만 거의 움직이지 않는 '노틸러스'호의 유리창으로 관찰한 결과, 수생식물에 달라붙어 있는 것은 다리가 긴 십각류와 자줏빛 게, 서인도 제도 특산의 클리오 같은 단미류에 속하는 체절동물뿐이었다.

열한 시쯤 네드 랜드가 넓게 퍼진 해초 사이를 떼 지어 움직이고 있는 동물 무리를 가리켰다. 그것을 보고 내가 말했다.

"그야말로 진짜 오징어 소굴이군. 여기서 괴물을 몇 마리 보아도 나는 놀라지 않을 거야!"

"뭐라고요?" 콩세유가 말했다. "두족류에 속하는 보통 오징어 말씀인가요?"

"아니, 대왕오징어를 말하는 거야. 하지만 아무래도 네드가 잘못 생각한 모양이군. 대왕오징어는 한 마리도 안 보이니까 말이야."

"유감이군요. 말로만 듣던 대왕오징어를 한번 보고 싶은데. 대왕오징어는 커다란 선박도 바다 밑바닥으로 끌고 들어갈 수 있답니다. 사람들은 그 오징어를 크라……."

"크라크."[214] 캐나다인이 끼어들었다.

"크라켄[215]이라고 부르지요." 콩세유는 친구의 농담을 들은 체도 하지 않고 말을 맺었다.

"그런 동물이 실제로 존재한다고는 도저히 믿을 수 없어." 네드가 말했다.

"어째서? 우리는 주인님이 말씀하신 일각고래의 존재도 결국 믿게 됐잖아."

"그건 우리가 잘못 생각한 거였어, 콩세유."

"그건 그래. 하지만 다른 사람들은 아직도 일각고래의 존재를 믿고 있어."

"아마 그렇겠지. 하지만 나는 말이야, 내 손으로 직접 해부해보기 전에는 그런 괴물의 존재를 믿지 않기로 결심했어."

"그럼 자네는 대왕오징어의 존재를 믿지 않나?" 콩세유가 물었다.

"이봐. 도대체 그런 괴물의 존재를 믿는 사람이 어디 있나?"

"많은 사람이 믿고 있지."

"어부들은 아무도 안 믿어. 과학자들은 믿을지도 모르지만……."

"미안하지만, 과학자들 중에도 안 믿는 사람이 많다네." 내가 말했다.

"하지만……" 콩세유가 더없이 진지한 어조로 말했다. "두족류가 커다란 배를 다리로 휘감아 물속으로 끌고 들어가는 걸 분명히 보았어요. 지금도 또렷이 기억할 수 있다고요."

"그걸 보았다고?" 캐나다인이 물었다.

"그래."

문어는 팔완류다……

앵무새의 부리처럼 생긴 문어의 입 모양.

"자네 눈으로?"

"내 눈으로."

"어디서?"

"생말로에서." 콩세유는 태연히 대답했다.

"항구에서?" 네드는 빈정거리듯이 물었다.

"아니, 교회에서."

"교회라고?"

"그래, 그건 분명 대왕오징어 그림이었어!"

"그러니까!" 네드는 웃음을 터뜨렸다. "콩세유 선생께서 나를 속여먹었군!"

"콩세유 말이 맞아." 내가 말했다. "그 그림 이야기는 나도 들은 적이 있지. 하지만 그 그림의 주제는 전설에서 따온 거야. 박물학의 전설을 어떻게 생각해야 하는지는 자네도 알고 있겠지? 괴물 이야기를 하기 시작하면 사람들의 상상력은 당장 옆길로 벗어나기 십상이지. 대왕오징어가 배를 바다 속으로 끌고 들어갈 수 있다는 주장은 약과야. 올라우스 마그누스[216]라는 사람은 몸길이가 1킬로미터가 넘는, 동물이라기보다 섬처럼 보인 오징어를 보았다고 주장했지. 니다로스의 주교[217]는 어느 날 거대한 바위에 제단을 세웠는데, 미사가 끝나자 그 바위가 스스로 움직여서 바다 속으로 돌아갔다는 이야기도 있다네. 그 바위가 뭐였는고 하니, 바로 오징어였어."

"그것뿐입니까?" 캐나다인이 물었다.

"천만에. 베르겐의 폰토피단 주교[218]는 기병 1개 연대가 올라타고 기동훈련을 할 수 있는 오징어를 보았다고 말했지."

"옛날 주교들은 그래도 빈둥거리면서 허송세월하지는 않았군요." 네드가 말했다.

"끝으로 고대 박물학자들은 입이 바닷가 후미와 비슷하고 지브롤터 해협을 통과할 수 없을 만큼 덩치가 큰 괴물이 있다고 말했지."

"설마!"

"그런데 그런 이야기에 조금이라도 진실성이 있나요?" 콩세유가 물었다.

"전혀 없어. 적어도 개연성의 한계를 넘어서 우화나 전설이 되어버리는 부분은 하나도 사실이 아니야. 하지만 이야기꾼이 상상력으로 꾸며낸 이야기에 그럴듯한 근거는 필요 없어도, 일종의 핑계는 필요하지. 고래보다는 작겠지만, 아주 큰 오징어가 존재하는 건 부인할 수 없어. 아리스토텔레스는 길이가 5큐빗, 그러니까 3.1미터나 되는 오징어를 관찰했다네. 프랑스 어부들은 1.8미터가 넘는 오징어를 자주 목격하지. 트리에스테와 몽펠리에[219]의 박물관에는 2미터가 넘는 오징어 표본이 전시되어 있어. 게다가 박물학자들은 길이가 2미터도 안 되는 오징어라도 다리의 길이는 8미터에 이른다고 계산했는데, 그 정도면 무서운 괴물이 되고도 남지."

"그런 괴물이 요즘에도 잡히고 있습니까?" 캐나다인이 물었다.

"잡히지는 않더라도, 뱃사람들은 여전히 괴물을 보고 있지. 내 친구인 르아브르[220]의 폴 보스 선장은 인도양에서 그런 괴물을 만났다고 자주 말했다네. 그리고 가장 놀라운 일은 몇 년 전인 1861년에 일어났는데, 그 때문에 거대한 동물의 존재는 더 이상 부인할 수 없게 됐다네."

"말씀 계속하세요." 네드 랜드가 말했다.

"고맙네. 1861년에 테네리페 섬[221] 북동쪽, 지금 우리가 있는 것과 거의 같은 위도에서 '알렉통'호라는 범선의 승무원들이 배를 따라오고 있는 거대한 오징어를 보았다네. 부예 선장은 그 동물에게 다가가서 작살과 총으로 공격했지만, 총알도 작살도 젤리처럼 부드러운 살덩어리를 그대로 통과해버렸기 때문에 성공하지 못했어. 몇 번이고 실패한 뒤, 승무원들은 마침내 연체동물의 몸뚱이에 올가미를 거는 데 성공했지. 올가미가 꼬리지느러미까지 미끄러져 내려가 멈추자 승무원들은 괴물을 배로 끌어올리려고 했지만, 너무 무거워서 밧줄에 걸린 꼬리가 잘려나가버렸어. 오징어는 장식품이나 다름없는 꼬리를 빼앗긴 채 물속으로 그만 사라져버렸지."

"드디어 실화가 등장했군요."

"논란의 여지가 없는 명백한 사실이지. 그걸 '부예의 오징어'라고 부르자는 제안이 나온 것도 그 때문이야."

"그런데 그 오징어는 길이가 얼마나 됐습니까?" 네드가 물었다.

"6미터쯤 되지 않았나요?" 콩세유가 창가에 서서 벼랑에 뚫린 구멍을 바라보며 말했다.

"맞아." 내가 대답했다.

"머리에는 다리가 여덟 개 달려 있고, 그 다리들은 물속에서 뱀떼처럼 흔들리지 않았습니까?"

"맞아."

"눈은 아주 크고 툭 튀어나오지 않았습니까?"

"맞아."

"입은 앵무새 부리처럼 생겼고, 또 그만큼 크고 강력하지 않았습니까?"

"그래."

"죄송하지만……" 콩세유가 침착하게 대답했다. "저게 부예의 오징어는 아니라 해도, 최소한 그 오징어의 형제뻘은 될 것 같은데요."

나는 입을 딱 벌리고 콩세유를 바라보았다. 네드는 창으로 달려갔다.

"맙소사! 정말 징그러운 짐승이군!" 네드가 소리쳤다.

나도 창밖을 내다보았다. 나는 혐오감을 감출 수가 없었다. 어느 괴담 전설에 나와도 어울릴 만한 괴물이 내 눈앞에서 움직이고 있었다.

몸길이가 8미터나 되는 거대한 오징어

그것은 몸길이가 8미터나 되는 거대한 오징어였다. 오징어는 '노틸러스' 호를 향해 엄청난 속도로 후진하고 있었다. 거대한 청록빛 눈이 우리를 노려보고 있었다. 머리에는 여덟 개의 팔, 아니 다리가 달려 있었다. 이들을 두족류(頭足類)라고 부르는 것은 그 때문이다. 몸보다 두 배나 긴 다리들이 메두사[222]의 머리털처럼 어지럽게 흔들리고 있었다. 다리 안쪽에 달려 있는 250개의 빨판이 또렷이 보였다. 빨판은 반구형의 캡슐 모양을 하고 있었다. 이따금 빨판이 객실 유리창에 달라붙었다. 괴물의 입—앵무새 부리처럼 단단한 각질로 된 주둥이—은 수직으로 여닫히고 있었다. 커다란 가위 같은 주둥이에서 혀가 나왔다. 진동하고 있는 혀는 각질로 되어 있었고, 그 자체에 여러 줄의 날카로운 이빨이 돋아나 있었다. 연체동물이 새의 부리를 갖고 있다니, 자연은 얼마나 변덕스러운가! 원통형이지만 가운데가 불룩하게 부풀어 오른 괴물의 몸뚱이는 살덩어리를 이루고 있었다. 20톤 내지 25톤은 족히 되어 보였다. 색깔은 괴물이 흥분할수록 시시각각 변하여, 연회색에서 차츰 적갈색으로 바뀌었다.

저 연체동물은 무엇에 화가 났을까? 자기보다 훨씬 만만찮은 '노틸러스'호에 화가 난 것이 분명했다. 강력한 빨판이 달린 다리와 부리로도 '노틸러스'호를 붙잡지 못하자 안달이 나서 흥분한 것이다. 하지만 이 오징어는 얼마나 놀라운 괴물인가! 조물주는 그들에게 엄청난 생명력을 부여했다. 그들은 심장이 세 개나 되기 때문에 힘차게 움직일 수 있었다.

이 오징어를 만난 것은 요행이었다. 나는 그렇게 진귀한 두족류를 자세히 관찰할 수 있는 기회를 허비하고 싶지 않았다. 나는 그 오징어의 겉모양이 불러일으킨 두려움을 억누르고, 연필로 오징어를 그리기 시작했다.

"어쩌면 저 녀석이 '알렉통'호가 본 그 오징어일지도 모릅니다." 콩세유가 말했다.

"그럴 리가 없어." 캐나다인이 대꾸했다. "그 녀석은 꼬리를 잃었는데, 이 녀석은 아직 꼬리를 갖고 있으니까."

"꼭 그렇지는 않아." 내가 말했다. "오징어의 다리와 꼬리는 재생하니까, 잃어버려도 다시 생겨나지. 7년이면 없어진 꼬리가 다시 자라날 시간은 충분했을 거야."

"어쨌든 그 오징어가 이 녀석이 아니라 해도, 아마 이것과 같은 족속이었을 겁니다." 네드가 말했다.

다른 녀석들이 우현 쪽 창문에 나타나고 있었다. 내가 헤아릴 수 있었던 것은 일곱 마리였다. 그들은 행렬을 이루어 '노틸러스'호를 따라왔다. 나는 그들이 금속 선체에 부리를 문지르는 소리를 들을 수 있었다. 우리가 할 일은 산더미 같았다.

나는 작업을 계속했다. 이 괴물들은 우리와의 거리를 정확하게 유지했기 때문에, 마치 움직이지 않는 것처럼 보였다. 유리창에 얇은 종이를 대고 그들의 윤곽을 직접 베낄 수도 있을 정도였다. 사실 배는 느린 속도로 움직이고 있었다.

그때 갑자기 '노틸러스'호가 멈추었다. 충격으로 배 전체가 진동했다.

"뭐에 부딪쳤나?" 내가 물었다.

"부딪쳤다 해도 지금은 다시 풀려났습니다." 캐나다인이 대답했다.

그 말대로 '노틸러스'호는 다시 풀려난 게 분명했지만, 더 이상 움직이지 않았다. 스크루의 날은 파도를 가르고 있지 않았다. 잠시 후 네모 선장이 부관을 데리고 객실로 들어왔다.

선장을 본 것은 오랜만이었다. 선장은 우울해 보였다. 우리한테 말도 걸지 않았다. 아니, 우리를 보지도 못한 것 같았다. 선장은 금속판으로 다가와 오징어를 살펴보고, 부관에게 몇 마디 지시를 내렸다. 부관은 밖으로 나갔다.

곧이어 금속판이 다시 닫혔다. 천장에 불이 켜졌다. 나는 선장에게 다가갔다.

"진기한 오징어 떼로군요." 나는 수족관 앞에 선 관람객처럼 초연한 어조로 말했다.

"맞습니다." 선장이 대답했다. "우리는 놈들과 한바탕 육박전을 벌일 겁니다."

나는 놀라서 선장을 쳐다보았다. 내가 잘못 들은 게 아닐까.

"육박전요?"

"예, 스크루가 멈추었어요. 한 녀석이 부리로 스크루의 날을 물어서 우리를 꼼짝 못하게 붙잡고 있는 것 같습니다."

"그래서 어떻게 할 겁니까?"

"수면 위로 올라가서, 저 해충 같은 놈들을 몰살할 겁니다."

"어려운 일이군요."

"전기 총알은 단단한 곳에 부딪쳐야 폭발하니까, 저 부드러운 살덩어리에는 무력합니다. 하지만 우리는 도끼로 공격할 겁니다."

"그리고 작살도." 네드가 말했다. "선장이 내 도움을 받아들이겠다면……."

"좋습니다, 랜드 씨. 받아들이겠습니다."

"곧 뒤따라가겠습니다." 나는 중앙 층층대 쪽으로 걸어가는 네모 선장에게 말했다.

갈고리 모양의 도끼로 무장한 열 명가량의 승무원이 공격 준비를 갖추고 서 있었다. 콩세유와 나도 도끼를 집어 들었다. 네드는 작살을 움켜잡았다.

그러는 동안 '노틸러스'호는 수면 위로 떠올랐다. 층계 꼭대기에 서 있던 선원 한 명이 해치의 볼트를 풀고 있었다. 하지만 볼트가 풀리기가 무섭게 해치가 갑자기 벌컥 열렸다. 오징어의 빨판이 해치를 잡아당긴 게 분명했다.

당장 기다란 다리 하나가 뱀처럼 미끄러져 들어왔고, 그 위에서는 스무 개도 넘는 다리가 흔들리고 있었다. 네모 선장은 도끼를 휘둘러 그 만만찮은 다리를 단번에 잘라버렸다. 잘린 다리는 뒤틀리면서 층계를 미끄러져 내려왔다.

우리가 모두 함께 갑판으로 올라가는 동안, 두 개의 다리가 허공을 가르며 날아와 네모 선장 앞에서 층계를 올라가던 선원을 덮쳤다. 그러고는 엄청난 힘으로 그를 낚아챘다.

네모 선장이 소리를 지르며 밖으로 뛰쳐나갔다. 우리도 최대한 빨리 그 뒤를 따랐다.

끔찍한 광경이었다! 오징어는 그 불운한 선원을 다리로 움켜잡고 빨판에 찰싹 붙여서 떨어지지 않게 한 다음, 허공에다 제멋대로 휘두르고 있었다. 그는 숨이 막혀 캑캑거리면서 외치고 있었다.

"사람 살려! 사람 살려!"

그것은 프랑스어였다. 나는 크게 놀랐다. 그러니까 이 배에는 내 동포가 하나 있었구나. 아니, 어쩌면 여러 명일지도 모른다. 그의 비통한 호소는 죽을 때까지 내 귓전을 맴돌 것이다.

불운한 사내는 당황하여 어쩔 줄 모르고 있었다. 누가 그를 그 힘센 다리에서 잡아챌 수 있겠는가. 하지만 네모 선장은 오징어한테 덤벼들어, 다른 다리 하나를 도끼로 잘라냈다. 부관은 '노틸러스'호의 뱃전으로 기어오르는 다른 괴물들과 맹렬하게 싸우고 있었다. 다른 승무원들도 저마다 도끼를 들고 괴물을 공격하고 있었다. 네드와 콩세유와 나는 각자 지닌 무기로 살덩어리를 쑤셔댔다. 지독한 사향 냄새가 진동했다. 끔찍했다.

오징어 다리에 휘감긴 그 가엾은 사내는 금방이라도 강력한 빨판에서 구출될 수 있을 것 같았다. 다리 여덟 개 가운데 일곱 개가 잘려나갔기 때문이다. 희생자를 깃털처럼 가볍게 휘두르고 있는 다리 하나는 여전히 공중에서 꿈틀거리고 있었다. 하지만 네모 선장과 부관이 덤벼드는 순간, 괴물이 먹물을 내뿜었다. 눈앞이 캄캄했다. 자욱한 먹구름이 걷혔을 때, 오징어는 내 가엾은 동포를 데리고 이미 사라진 뒤였다.

괴물들에 대한 분노가 부글부글 끓어올랐다. 우리는 더 이상 자제하지 않았다. 여남은 마리의 오징어가 '노틸러스'호의 갑판과 뱃전을 침략했다. 잘려나간 오징어 다리들은 피와 먹물로 범벅이 된 갑판에서 뱀처럼 꿈틀거리며 몸부림을 쳤다. 우리는 갑판에 나뒹구는 뱀들의 한복판에서 이리저리 미끄러지고 있었다. 끈적끈적한 다리들이 히드라[223]의 머리처럼 되살아나고 있는 것 같았다. 네드 랜드는 오징어의 청록빛 눈을 작살로 연거푸 찔러댔다. 네드의 작살은 한 번도 빗나가지 않고 정확하게 오징어의 눈을 파괴했다. 하지만 그 용맹한 친구가 갑자기 나동그라졌다. 괴물의 다리를 미처 피하지 못하고 얻어맞은 것이다.

승무원들도 저마다 도끼를 들고 괴물을 공격했다.

맙소사! 나는 혐오감과 공포로 가슴이 두근거렸다. 오징어가 네드 앞에서 강력한 부리를 딱 벌렸다. 가엾게도 네드는 두 토막이 날 판이었다. 나는 네드를 도우러 달려갔다. 하지만 네모 선장이 더 빨랐다. 선장의 도끼가 두 개의 거대한 턱 사이로 사라졌다. 캐나다인은 기적적으로 목숨을 건졌다. 네드는 일어나서 오징어의 심장에 작살을 꽂았다. 작살은 세 개의 심장을 정통으로 꿰뚫었다.

"전에 진 신세를 갚은 겁니다!" 네모 선장이 말했다.

네드는 말없이 고개만 숙였다.

전투는 15분 동안 계속되었다. 다리가 잘리거나 중상을 입은 괴물들은 마침내 퇴각하여 물속으로 사라졌다.

시뻘건 피를 뒤집어쓴 네모 선장은 탐조등 옆에 묵묵히 서서, 동료 하나를 삼켜버린 바다를 바라보았다. 눈에서 커다란 눈물방울이 흘러내리고 있었다.

chapter 19
멕시코 만류

4월 20일의 그 끔찍한 광경은 영원히 잊지 못할 것이다. 나는 강렬한 감정에 사로잡힌 채 그 사건을 기록했다. 그 후 그 기록을 재검토하고 콩세유와 네드에게 읽어주었다. 그들은 내 기록이 사실을 정확하게 묘사하긴 했지만 너무 무미건조하다고 평했다. 그런 그림을 생생하게 그리려면 프랑스 시인들 중에서도 가장 저명한 시인,『바다에서 일하는 사람들』을 쓴 작가[224]의 펜이 필요할 것이다.

나는 네모 선장이 바다를 바라보면서 눈물을 흘렸다고 말했다. 그의 슬픔은 한이 없었다. 우리가 배에 탄 이후 그는 두 번째로 동료를 잃었다. 게다가 얼마나 비참한 죽음인가. 그 희생자는 오징어의 강력한 팔에 껴안겨 질식하고 짜부라진 뒤, 쇠처럼 강한 턱에 으깨졌다. 그래서 평화로운 산호 묘지에 동료들과 함께 묻히지도 못했다!

내 가슴을 찢어놓은 것은 전투가 한창일 때 그가 내지른 절망의 외침소리였다. 그 가엾은 프랑스인은 사회에서 보통 쓰이는 언어를 잊어버렸지만, 마지막 호소를 할 때는 모국어로 되돌아간 것이다. '노틸러스'호의 승무원들, 몸과 마음과 영혼으로 네모 선장과 단단히 결속되어 있고, 네모 선장처럼 인간 사회와 접촉을 피하고 있는 그들 가운데 내 동포가 있었다니! 그는 여러 국적의 사람들로 이루어진 이 신비로운 공동체에서 프랑스를 대표하는 유일한 사람이었을까? 이것은 내 심중에 끊임없이 떠오른 또 하나의 풀리지 않는 의문이었다.

네모 선장은 자기 방으로 돌아갔고, 그 후 한동안 모습을 보이지 않았다. 하지만 그의 기분을 그대로 반영하는 '노틸러스'호의 상태를 통해 그의 정신 상태를 미루어 짐작할 수 있다면, 그는 깊은 슬픔과 절망과 혼란에 빠져 있는 게 분명했다. 선장은 좀처럼 결단을 내리지 못하고 망설이는 모양이었다. '노틸러스'호는 더 이상 일정한 항로를 유지하지 않았다. 이리 갔다 저리 갔다, 파도에 농락당하는 장난감처럼 정처 없이 떠돌았다. 스크루는 오징어한테서 풀려났지만 거의 쓰이지 않았다. '노틸러스'호는 치열한 전투가 벌어졌던 현장, 동료 한 명을 삼켜버린 바다를 차마 떠나지 못하고, 아무렇게나 되는 대로 항해하고 있었다!

이렇게 열흘이 지났다. 5월 1일에야 '노틸러스'호는 바하마 해협 어귀에서 바하마 제도의 섬들을 바라본 뒤 북쪽으로 항로를 잡았다. 우리는 세계에서 가장 큰 해류를 타고 있었다. 독자적인 경계선과 어류와 수온을 지닌 그 해류는 바로 멕시코 만류다.

실제로 멕시코 만류는 대서양 한복판을 자유롭게 흐르는 해류로, 주변 바닷물과도 섞이지 않으며, 주변 바다보다도 염분이 많다. 평균 수심은 1000미터, 너비는 약 100킬로미터에 달한다. 장소에 따라서는 시속 4킬로미터의 속도로 흐르기도 한다. 해류 전체의 수량은 거의 변하지 않는데, 지구의 모든 강을 합친 것보다 많다.

모리 제독이 확인한 멕시코 만류의 원천, 이른바 출발점은 비스케이 만[225]의 남쪽 부분인 가스코뉴 만이다. 이곳에 아직 차갑고 색깔도 옅은 물이 모이기 시작한다. 물은 남쪽으로 흘러 적도 아프리카를 따라 내려가면서 열대의 햇볕에 데워진 뒤, 대서양을 건너 브라질 해안의 상로케 곶에 이르면 두 갈래로 갈라져, 한 갈래는 카리브 해의 따뜻한 물 속에서 다시 데워진다. 이어서 멕시코 만류는 조정자 역할을 시작한다. 멕시코 만류는 원래 열대 바다와 북쪽 바다의 물을 섞어서 수온의 평형 상태를 회복하는 기능을 맡고 있기 때문이다. 멕시코 만에서 데워진 멕시코 만류는 미국 해안을 따라 북상하여 뉴펀들랜드 섬에 이르면, 데이비스 해협에서 내려오는 한류의 영향으로 방향을 바꾸어 대서양으로 되돌아간다. 항정선(航程線)[226]인 북위 40도를 따라가던 멕시코 만류는 서경 43도 어름에서 두 갈래로 갈라져, 한 갈래는 북동 무역풍의 도움으로 가스코뉴 만과 아조레스 제도로 돌아오고, 또 한 갈래는 아일랜드와 노르웨이의 해안 지대를 덥힌 뒤 스피츠베르겐 섬을 지나면서 영상 4도까지 수온이 떨어진 채 북극해와 만난다.

'노틸러스' 호는 바로 이 해류를 따라 운항하고 있었다. 너비가 50킬로미터이고 수심이 350미터인 바하마 해협을 떠날 때 멕시코 만류의 속도는 시속 8킬로미터지만, 북쪽으로 올라갈수록 이 속도는 차츰 떨어진다. 사실 우리는 이 규칙성이 유지되기를 바라야 한다. 멕시코 만류의 속도와 방향이 바뀌면 유럽의 기후는 예측할 수 없는 변화를 겪게 될 것이기 때문이다. 이런 현상이 벌써 일어나고 있다고 믿는 사람도 있다.

정오 무렵, 나는 콩세유와 함께 상갑판에 올라가 멕시코 만류의 특징을 설명해주었다. 설명이 끝나자 나는 물속에 손을 넣어보라고 말했다. 콩세유는 순순히 손을 넣고, 물이 차갑지도 따뜻하지도 않은 데 놀랐다.

"그건 멕시코 만류가 멕시코 만을 떠날 때 그 수온이 사람의 혈액 온도와 거의 같기 때문이야. 멕시코 만류는 거대한 난방장치라고 할 수 있지. 유럽의 해안이 상록수로 덮여 있을 수 있는 것도 그 덕택이야. 모리 제독의 말을 믿는다면, 이 해류의 열을 모두 이용하면 아마존 강이나 미주리 강과 같은 정도의 쇳물을 녹여버릴 만큼의 열량을 공급할 수 있을 거야."

이곳에서 멕시코 만류는 초속 2.25미터의 속도로 흐르고 있었다. 멕시코 만류는 주변 바닷물과도 전혀 다르고 염분도 더 많이 함유하고 있어서, 물빛도 순수한 쪽빛을 띤다. 그 짙은 빛깔은 주변의 차가운 초록빛 바닷물과 뚜렷이 구별된다. 경계선이 그처럼 뚜렷하기 때문에, 미국 캐롤라이나 주 앞바다에서 '노틸러스'호의 뱃머리는 멕시코 만류 속에 들어가 있는데 스크루는 여전히 대서양의 물을 때리고 있는 것을 알아볼 수 있을 정도였다.

이 해류는 그 속에 수많은 생명을 품어 안고 있었다. 지중해에서 흔히 볼 수 있는 집낙지가 이곳을 떼 지어 이동하고 있었다. 연골어류 가운데 가장 눈에 띄는 것은 가오리였다. 가오리의 가느다란 꼬리는 길이가 7미터를 넘는 거대한 마름모꼴 몸체의 3분의 1을 차지하고 있었다. 몸길이가 1미터 남짓한 작은 상어도 눈에 띄었다. 큰 머리통에 주둥이는 짧고 둥그스름했다. 거기에 뾰족한 이빨이 몇 줄로 나 있고, 몸뚱이는 온통 비늘로 덮여 있는 것 같았다.

경골어류로는 이 바다 특산의 검은 양놀래기, 홍채가 불처럼 반짝이는 감성돔, 커다란 턱에 작은 이빨이 촘촘히 들어차 있고 작은 울음소리를 내는 1미터 길이의 민어, 금색과 은색으로 치장한 푸른 만새기, 열대에서 가장 아름다운 앵무새 못지않게 아름다운 빛깔을 띤 양놀래기, 대가리가 세모꼴인 벌거숭이 청베도라치, 비늘이 없는 푸르스름한 롬부스, 그리스어의 't' 자와 비슷한 노란 줄무늬가 비스듬히 뻗어 있는 바트라코이드, 갈색 얼룩으로 뒤덮인 작은 문절망둑, 대가리는 은빛이고 꼬리는 노란색을 띤 폐어, 다양한 연어, 허리가 잘록하고 눈부신 광택을 갖고 있어서 라세페드가 사랑하는 아내에게 바친 노랑촉수, 온갖 훈장과 기장으로 치장한 '미국 기병'도 눈에 띄었다. 이 아름다운 물고기는 훈장이나 기장을 별로 존중하지 않는 미국 연안에 자주 나타난다.

야간에 멕시코 만류를 가득 채우는 인광은 우리 배의 탐조등에서 나오는 불빛과 맞먹을 정도였다. 우리를 자주 괴롭힌 사나운 날씨에는 인광이 더욱 밝아졌다.

5월 8일, 우리는 아직 노스캐롤라이나 주의 해터러스 곶 앞바다에 있었다. 이곳에서 멕시코 만류의 너비는 120킬로미터, 깊이는 210미터다. '노틸러스'호는 마음 내키는 대로 방랑을 계속했다. 배에는 감시자가 전혀 없는 것 같았다. 이런 상황이라면 충분히 탈출할 수 있었을 것이다. 그것은 솔직히 인정하겠다. 도처에 손쉬운 피난처를 제공해주는 해안이 있었다. 많은 기선이 뉴욕과 보스턴과 멕시코 만 사이를 끊임없이 오가고 있었다. 미국 연안의 여러 지점을 연결하는 쌍돛 범선들이 밤낮을 가리지 않고 온종일 지나다녔다. 그런 배에 구조될 가능성도 있었다. '노틸러스'호는 미국 연안에서 50킬로미터나 떨어져 있었지만, 탈출할 수 있는 완벽한 기회였다.

하지만 재수 없는 사정이 캐나다인의 계획을 망쳐놓았다. 우선 날씨가 너무 나빴다. 우리는 멕시코 만류가 만들어내는 소용돌이와 폭풍으로 유명한 해역으로 다가가고 있었다. 쪽배를 타고 걸핏하면 사납게 날뛰는 바다와 맞서는 것은 자살 행위나 마찬가지였다. 여기에는 네드도 동의할 수밖에 없었다. 그래서 그는 탈출만이 치료해줄 수 있는 지독한 향수병을 억눌렀다.

태풍의 생성

"박사님" 하고 그날 네드가 말했다. "이런 상태는 끝내야 합니다. 나는 뭐가 어떻게 돌아가고 있는지 알아야겠어요. 네모 선장은 육지를 피해서 북쪽으로 가고 있는데, 분명히 말하지만 나는 남극에서 겪은 고생만으로도 충분하니까 선장과 함께 북극으로 가지는 않겠습니다."

"당분간은 탈출할 수도 없는데, 뭘 어떻게 할 수 있겠나?"

"원래 생각대로 돌아가서, 선장한테 직접 말할 필요가 있어요. 우리가 프랑스 앞바다에 있을 때, 박사님은 선장한테 아무 말씀도 안 하셨죠. 배가 이제는 우리 바다에 있으니까, 할 수만 있다면 내가 말하고 싶습니다. 며칠만 지나면 이 배가 노바스코샤[227] 앞바다에 이를 겁니다. 근처에는 뉴펀들랜드 섬이 있고, 세인트로렌스 강이 흘러드는 커다란 후미가 있지요. 아아, 세인트로렌스 강! 바로 내가 놀던 강, 내 고향 퀘벡의 강이죠. 이 모든 것을 생각하면 분통이 터지고 머리칼이 곤두섭니다. 박사님, 차라리 바다에 몸을 던질 겁니다! 여기서는 살 수가 없어요! 숨이 막혀서 죽을 것 같습니다!"

캐나다인은 분명 인내의 한계에 이르러 있었다. 그의 활동적인 기질은 오랜 감금 생활에 익숙해질 수 없었다. 그의 인상은 날마다 바뀌고 있었다. 성격은 점점 어두워졌다. 나도 향수를 느끼고 있었기 때문에, 그가 얼마나 큰 고통을 겪고 있는지 이해할 수 있었다. 육지 소식을 마지막으로 들은 지 벌써 일곱 달이 되어가고 있었다. 게다가 네모 선장의 고독, 과묵함, 특히 오징어와 싸운 뒤 달라진 그의 심사 때문에, 내 눈에도 상황이 처음과는 사뭇 달라 보였다. 나는 더 이상 처음과 같은 열정을 느끼지 못했다. 콩세유 같은 플랑드르 사람이 아니고는 고래와 바다 생물을 위해 만들어진 환경을 받아들일 수 없다. 콩세유가 허파 대신 아가미를 갖고 있었다면 훌륭한 물고기가 되었을 것이다.

"박사님, 어떻습니까?" 내가 잠자코 있자 네드가 다시 물었다.

"선장한테 당신 의도가 뭐냐고 물어보라는 건가?"

"예, 박사님."

"선장이 이미 말했는데도?"

"예, 나는 이중으로 확인하고 싶습니다. 원하신다면 그건 내 생각이라고, 네드 랜드 혼자만의 생각이라고 선장한테 말씀하셔도 좋습니다."

"하지만 나는 선장을 거의 못 만나고 있네. 선장이 나를 피하고 있는 것 같아."

"그러니까 더더욱 선장을 만나러 가셔야죠."

"좋아, 물어보기로 하지."

"언제요?" 캐나다인이 집요하게 물었다.

"다음에 만나면."

"박사님, 내가 직접 선장을 찾아가기를 바라세요?"

"아니, 내가 하겠네. 내일……."

"오늘."

"좋아. 오늘 선장을 만나겠어."

나는 네드에게 약속했다. 네드 혼자 멋대로 행동하게 놔뒀다가는 모든 일을 망쳐버릴 게 뻔했기 때문이다.

나는 혼자 남았다. 선장에게 우리 문제를 제기하기로 결심한 이상, 당장 해치우기로 했다. 나는 할 일을 미루기보다 해야 할 일은 그때그때 끝내버리는 것을 좋아한다.

나는 내 방으로 돌아갔다. 네모 선장의 방에서 발소리가 들렸다. 선장을 만날 수 있는 좋은 기회였다. 이 기회를 잡아야 한다. 나는 그의 방문을 두드렸다. 아무 응답도 없었다. 나는 다시 문을 노크하고 손잡이를 돌렸다. 문이 열렸다.

나는 안으로 들어갔다. 선장이 있었다. 책상 위로 상체를 구부린 선장은 내가 들어오는 소리도 듣지 못한 것 같았다. 나는 선장과 이야기하기 전에는 방에서 나가지 않기로 결심하고 그에게 다가갔다. 선장은 고개를 들어 나를 보더니 불쾌한 듯 얼굴을 찌푸리고 퉁명스럽게 말했다.

"무슨 일이오?"

"할 얘기가 있어서……."

"하지만 나는 바쁩니다. 지금 일을 하고 있어요. 나도 당신한테 혼자 있을 자유를 주었으니까, 당신도 나한테 그 자유를 주시지 않겠소?"

이런 대접에 나는 기가 꺾였지만, 무슨 일이 있어도 그의 대답을 듣기로 결심했기 때문에 그가 무슨 말을 해도 대응할 수 있었다.

"선장." 나는 차갑게 말했다. "당신과 의논할 시급한 문제가 있어요."

"그게 뭡니까?" 선장은 빈정거리듯이 대꾸했다. "내가 미처 알아차리지 못한 새로운 발견이라도 하셨습니까? 바다가 박사한테 새로운 비밀을 밝혀 주었나요?"

이야기는 아직도 핵심에서 한참 벗어나 있었다. 선장은 내가 대답하기도 전에 책상 위에 펼쳐놓은 원고를 보여주면서 엄숙한 목소리로 말했다.

"이건 여러 언어로 쓴 것입니다. 여기에는 내가 바다에 관해 연구한 내용이 요약되어 있지요. 사정이 허락한다면 이 원고는 나와 함께 죽지 않을 겁니다. 내 이름이 서명되어 있고 내 평생의 연구 성과가 담겨 있는 이 원고는 물에 뜨는 작은 용기 속에 밀봉될 겁니다. '노틸러스'호에 타고 있는 우리들 가운데 마지막 생존자가 그 용기를 바다에 던질 것이고, 그러면 그 용기는 물결을 타고 어디로든 흘러가겠지요."

선장의 이름! 선장이 손수 기록한 연구 보고서! 언젠가는 선장의 비밀이 밝혀질까? 하지만 그 순간 나는 그의 말을 내 이야기를 꺼낼 실마리로밖에 보지 않았다.

"선장, 그 뜻에는 나도 전적으로 동의합니다. 당신의 연구 성과는 절대 사라지면 안 됩니다. 하지만 당신이 채택한 방법은 좀 허술해 보이는군요. 그 용기가 바람을 타고 어디로 흘러갈지, 누구 손에 들어갈지 누가 알겠습니까? 선장이나 선장의 부하들 가운데……."

"안 됩니다!" 선장이 날카롭게 내 말을 막았다.

"하지만 내 친구들과 나는 이 원고를 은밀히 보관해드릴 수 있어요. 선장이 우리한테 자유를 돌려주시면 기꺼이……."

"자유라고요?" 선장은 벌떡 일어나면서 되물었다.

"그래요. 내가 하고 싶었던 이야기가 바로 그거요. 우리가 이 배에 탄 지도 벌써 여러 달이 지났으니까, 오늘은 우리 세 사람을 대표해서 당신의 의도를 묻고 싶소. 우리를 영원히 이 배에 붙잡아둘 작정인지……."

"아로낙스 박사, 오늘도 내 대답은 일곱 달 전에 한 대답과 똑같습니다. '노틸러스'호에 들어온 사람은 두 번 다시 이 배를 떠나지 못합니다."

"하지만 당신은 우리한테 노예 상태를 강요하고 있어요!"

"지금 상태를 뭐라고 부르든, 그건 당신 자유요."

"하지만 노예도 자유를 되찾을 권리는 있습니다. 그리고 자유를 회복하는 수단에는 아무 제한도 없어요. 어떤 수단도 허용되지요!"

"누가 그 권리를 빼앗았나요? 내가 당신을 맹세로 묶어둔 적이 있습니까?" 선장은 팔짱을 낀 채 나를 똑바로 바라보면서 대답했다.

"네모 선장, 이 문제를 나중에 다시 거론하는 것은 나도 그렇고 당신도 원하지 않을 거요. 그러니까 이왕 말이 나온 김에 이야기를 확실히 끝내버립시다. 다시 한 번 말하지만, 이것은 나 혼자만의 뜻이 아닙니다. 나에게는 연구가 나를 지탱해주는 버팀목입니다. 연구에 열정을 쏟아 몰두하다보면 기분도 가라앉고 만사를 잊을 수 있어요. 당신과 마찬가지로 나도, 연구 성과가 허술한 용기에 담긴 채 바람과 파도에 휩쓸려 떠다니다가 언젠가는 후세에 전해질 수 있을 거라는 덧없는 희망을 품고 세상 사람들에게 잊혀진 채 이름 없는 존재로 살아갈 수도 있습니다. 요컨대 나는 당신을 존경하고 있고,

주어진 역할에 충실한 당신과 기꺼이 동행하고 있습니다. 당신이 맡고 있는 역할을 부분적으로는 이해할 수도 있어요. 하지만 내가 엿본 당신의 생활에는 아리송하고 신비에 싸인 또 다른 측면, 나와 내 친구들이 관여할 수 없는 측면이 있습니다. 이따금 당신의 고통에 마음이 움직일 때, 당신의 천재적인 행동이나 용기에 감동할 때, 당신에게 진정한 애정이나 동정을 느낄 때조차 우리는 그런 감정을 감추어야 했어요. 훌륭한 행동을 보면 그 사람이 친구든 적이든 호감을 갖게 되지만, 우리는 그런 기색을 조금도 드러낼 수 없었어요. 우리 처지를 견딜 수 없게 만드는 것은 우리가 당신과 관련된 어떤 일에도 관여할 수 없다는 소외감입니다. 그건 나한테도 견딜 수 없는 일이지만, 네드에게는 더욱 견딜 수 없는 일이지요. 모든 인간은 바로 인간이기 때문에 존중받을 가치가 있습니다. 네드처럼 불같은 성격을 가진 사람이 자유를 사랑하고 속박을 증오하는 나머지 어떤 보복을 획책할 수 있는지, 자문해본 적이 있습니까? 네드가 무슨 생각을 하고 있는지……?"

나는 입을 다물었다. 네모 선장이 자리에서 일어났다.

"네드 랜드는 마음대로 생각하고 행동해도 좋습니다. 그게 나하고 무슨 상관입니까? 나는 그에게 내 여행에 동행하자고 요구한 적이 없습니다. 내가 좋아서 그를 내 배에 태워주고 있는 게 아닙니다. 당신은 무엇이든 이해할 수 있고, 침묵조차 이해할 수 있을 만큼 명석하고 예민한 분입니다. 나는 더 이상 할 말이 없어요. 이 문제를 제기하는 건 이번이 처음이자 마지막으로 해둡시다. 다음에 또 꺼내면, 그때는 당신의 말을 아예 듣지도 않을 겁니다."

나는 물러났다. 그날부터 우리 관계는 팽팽하게 긴장되었다. 나는 선장과 나눈 대화를 두 친구에게 그대로 전했다.

"그자한테는 아무것도 기대할 수 없다는 걸 이제 분명히 알았어요." 네드가 말했다. "지금 '노틸러스'호는 롱아일랜드[228]에 접근하고 있습니다. 날씨가 어떻든, 거기서 탈출을 시도합시다."

하지만 하늘이 점점 험악해지고 있었다. 폭풍이 다가오고 있었다. 공기는 희뿌연 젖빛으로 변했다. 수평선의 새털구름은 적란운으로 바뀌어가고 있었다. 낮게 깔린 또 다른 구름장들이 빠른 속도로 달려갔다. 바다는 거칠어져 집채만 한 너울이 일렁이고 있었다. 새들도 어디론가 사라지고 있었다. 폭풍우를 즐기는 슴새들만 남았다. 기압계는 눈에 띄게 내려가, 공기 속에 습기가 엄청나게 많아진 것을 보여주었다. 폭풍우 예보기인 유리병 속의 액체가 공기를 가득 채운 전기로 분해되고 있었다. 대자연과의 전쟁이 다가오고 있었다.

폭풍우는 5월 12일에 시작되었다. '노틸러스'호는 뉴욕으로 들어가는 관문에서 몇 킬로미터 떨어진 롱아일랜드 앞바다에 있었다. 나는 그 자연과의 전투를 자세히 묘사할 수 있다. 네모 선장이 이해할 수 없는 변덕을 부려, 해저로 달아나지 않고 해상에서 폭풍우와 맞서기로 결정했기 때문이다.

바람은 남서쪽에서 불어오고 있었다. 처음에는 초속 15미터의 강풍이었지만, 오후 세 시경에는 초속 25미터가 되었다. 폭풍이 시작된 것이다.

네모 선장은 돌풍 속에서도 흔들리지 않고 상갑판에 자리를 잡았다. 거대한 파도와 맞서기 위해 허리에 밧줄을 묶었다. 나도 갑판으로 올라가 몸을 고정시키고, 폭풍우와 거기에 도전하는 인간에게 찬탄을 보냈다.

파도 속으로 뚫고 들어온 커다란 구름 조각들이 사슬에서 풀려나 거칠게 날뛰는 바다를 휩쓸고 지나갔다. 파도의 골에 생기는 작은 물결은 더 이상 보이지 않았다. 보이는 것은 길게 넘실거리는 검푸른 너울뿐이었다. 물마루는 너무 단단해서 부서지지도 않았다. 파도는 서로를 부추기고 자극하면서 점점 높아졌다. '노틸러스'호는 옆으로 눕기도 하고 돛대처럼 곤추서기도 하면서 전후좌우로 무섭게 흔들리고 있었다.

다섯 시쯤 비가 억수같이 쏟아졌지만, 바람이나 바다를 억누르지는 못했다. 폭풍은 초속 45미터로 몰아쳤다. 시속 160킬로미터가 넘는 위력이다.

그 정도 바람이면 지붕에서 기왓장을 날려보내고, 쇠창살을 부수고, 집을 폭삭 무너뜨리고, 24구경 대포도 통째로 움직일 수 있다. 하지만 폭풍 한복판에서도 '노틸러스'호는 "잘 만들어진 선체는 어떤 바다에서도 견딜 수 있다!"는 현명한 기관사의 말을 뒷받침해주었다. '노틸러스'호는 부착된 바위가 아니었다. 부착된 바위라면 파도가 쉽게 부술 수 있었을 것이다. 그 배는 삭구도 돛대도 없는, 기동력을 갖춘 말 잘 듣는 강철 실린더였기 때문에, 아무 손상도 입지 않고 성난 파도를 견딜 수 있었다.

나는 제멋대로 날뛰는 파도를 주의 깊게 관찰했다. 파도의 높이는 15미터, 길이는 150미터 내지 175미터에 이르렀고, 속도는 풍속의 3분의 1인 초속 15미터였다. 수심이 깊은 곳일수록 파도는 부피가 커지고 위력도 강해졌다. 나는 파도의 역할을 알아차렸다. 공기를 붙잡아 산소와 함께 생기를 해저로 내려보내는 것이 파도의 역할이었다. 파도의 압력은 표면적 1평방미터당 무려 300킬로그램에 이르는 것으로 추산되었다. 헤브리디스 제도에서 42톤이나 되는 바위를 옮긴 것도 이런 파도였다. 1864년 12월 23일 일본 도쿄의 일부를 초토화한 뒤 시속 700킬로미터의 맹렬한 속도로 태평양을 건너 같은 날 미국 서해안을 강타한 것도 이런 파도였다.

날이 어두워지자 폭풍우는 더욱 격렬해졌다. 기압계의 눈금은 710밀리미터까지 내려갔다. 1860년에 태풍이 레위니옹 섬을 덮쳤을 때의 기압과 비슷했다. 날이 저물었을 때, 커다란 배 한 척이 어렵게 폭풍우와 싸우며 수평선을 지나가는 것이 보였다. 그 배는 속도를 늦추고 바람을 정면에서 받기 위해 안간힘을 쓰고 있었다. 뉴욕에서 리버풀이나 르아브르로 가는 정기 여객선이 분명했다. 배는 곧 어둠 속으로 사라졌다.

열 시에는 하늘이 불타는 듯이 보였다. 무시무시한 번개가 허공을 갈랐다. 나는 번갯불을 견딜 수가 없었지만, 네모 선장은 마치 폭풍우의 영혼을 빨아들이기라도 하는 것처럼 번개를 똑바로 바라보았다. 소름 끼치는 소리가 대기를 가득 채웠다. 부서지는 파도가 울부짖는 소리, 바람의 신음 소리, 우레 소리로 이루어진 복합적인 소리였다. 바람은 온갖 방향에서 불어왔고, 또 온갖 방향으로 불어갔다.

아아, 멕시코 만류! 멕시코 만류는 과연 '폭풍의 왕'이라는 별명이 붙을 만했다. 대기층과 해류의 온도 차이로 이런 무시무시한 폭풍우를 만들어내는 것은 바로 멕시코 만류다.

부슬부슬 떨어지던 비가 세찬 폭우로 바뀌었다. 수면의 작은 점들은 폭발하는 물마루로 바뀌었다. 자신에게 어울리는 죽음을 바라는 네모 선장은 일부러 벼락을 맞으려고 애쓰는 것 같았다. 심하게 흔들리던 '노틸러스'호가 강철 충각을 피뢰침처럼 공중으로 치켜올렸다. 나는 거기에서 기다란 불꽃이 튀는 것을 볼 수 있었다.

나는 기운이 빠져 더 이상 버틸 힘이 없었다. 그래서 납작 엎드려 해치까지 기어가서, 해치를 열고 객실로 돌아왔다. 폭풍우는 이제 최고조에 이르러 있었다. 배 안에서 서 있을 수도 없을 정도였다.

네모 선장은 자정쯤 안으로 들어왔다. 물탱크에 물이 차는 소리가 들렸다. '노틸러스'호가 천천히 수면 아래로 가라앉고 있었다.

나는 객실 유리창으로 겁에 질린 물고기들을 볼 수 있었다. 물고기들은 불타는 물속을 유령처럼 지나갔다. 몇 마리가 바로 내 눈앞에서 벼락을 맞고 널부러졌다.

'노틸러스'호는 계속 하강하고 있었다. 15미터만 내려가면 잔잔한 물을 찾을 수 있을 거라고 생각했는데, 위쪽 물이 너무 심하게 흔들리고 있었다. 배가 휴식을 얻기 위해서는 바다 속으로 50미터나 내려가야 했다.

하지만 그곳은 얼마나 평온하고, 얼마나 조용하고, 얼마나 평화로운가! 바로 그 순간에 같은 바다의 수면에서 무서운 폭풍우가 미친 듯이 날뛰고 있다는 것을 누가 상상이나 할 수 있겠는가?

chapter 20
서경 17도 28분 · 북위 47도 24분

이 폭풍우 때문에 우리는 동쪽으로 밀려났다. 뉴욕이나 세인트로렌스 섬으로 탈출할 수 있으리라는 기대는 물거품이 되었다. 가련한 네드는 절망에 빠져, 네모 선장처럼 자기 방에 틀어박혔다. 콩세유와 나는 잠시도 떨어지지 않았다.

나는 '노틸러스'호가 동쪽으로 갔다고 말했지만, 동북쪽으로 갔다고 말하는 편이 정확하다. 며칠 동안 배는 정처 없이 방황했다. 때로는 해저로 내려가고, 때로는 항해자들이 두려워하는 짙은 안개 속에서 수면 위로 떠오르기도 했다. 안개가 생기는 원인은 주로 얼음이 녹아서 공기 중의 습도가 높아지기 때문이다. 이 해역에서 얼마나 많은 배가 연안의 희미한 등댓불을 찾아가다가 침몰했던가! 이 불투명한 안개 때문에 얼마나 많은 배가 난파했던가! 세찬 바람 소리가 암초에 부딪치는 파도 소리를 삼켜버리기 때문에 얼마나 많은 배가 암초에 부딪쳤던가! 위치등을 켜고 경적과 경종으로 서로 경고하고도 얼마나 많은 배가 서로 충돌했던가!

그 결과, 이 해역의 밑바닥은 전쟁터와 비슷했다. 그곳에는 아직도 바다의 패배자들이 널브러져 있었다. 오래되어서 이미 덮개를 뒤집어쓴 것도 있고, 가라앉은 지 얼마 되지 않아서 장비와 선체가 우리 배의 탐조등 불빛을 반사하는 것도 있었다. 얼마나 많은 배가 레이스 곶, 세인트폴 섬, 벨아일 해협, 세인트로렌스 강어귀처럼 사고가 잦기로 유명한 위험 해역에서 승무원과 이주민을 태운 채 가라앉았을까! 지난 몇 해 동안 영국정기우편과 이즈만 해운, 몬트리올 해운 등 선박 회사의 해난 사고 연보에 추가된 희생자는 또 얼마나 많은가! '솔웨이'호, '이시스'호, '파라마타'호, '헝가리언'호, '캐나디언'호, '앵글로색슨'호, '훔볼트'호, '유나이티드 스테이츠'호는 모두 난파했다. '아르크틱'호와 '리오네'호는 충돌 사고로 침몰했다. '프레지던트'호, '퍼시픽'호, '시티 오브 글래스고'호는 이유도 알려지지 않은 채 사라졌다. '노틸러스'호는 죽은 자들을 사열하듯 그 음산한 파편들 사이를 지나갔다.

5월 15일, 우리는 뉴펀들랜드뱅크의 남쪽 끝에 있었다. 이 해저 퇴적층은 멕시코 만류가 적도에서 실어왔거나 아메리카 대륙 해안을 따라 내려오는 한류가 북극에서 실어온 유기물이 엄청나게 쌓여 생긴 것이다. 분해되고 있는 불안정한 얼음덩이들도 쌓여 있고, 죽은 물고기와 연체동물과 강장동물도 수십억 마리나 쌓여 있는 거대한 뼈무덤이다.

뉴펀들랜드뱅크의 바다는 별로 깊지 않다. 기껏해야 200미터가 고작이다. 하지만 바로 남쪽에는 수심이 3000미터나 되는 깊은 구덩이가 있다. 여기서 멕시코 만류는 폭이 넓어져 사방으로 퍼져간다. 하지만 속력과 따뜻한 수온을 잃고 바다가 된다.

'노틸러스'호가 지나가자 놀라서 달아난 물고기들 가운데 몇 가지만 살펴보자. 등이 검고 배가 담황색을 띤 1미터 길이의 키클롭테르는 암수가 한 번 짝을 지으면 배우자에게 정절을 지키지만, 같은 종류의 물고기들도 이 본보기를 잘 따르지 않는다. 거대한 노랑가오리, 맛이 일품인 초록빛 곰치, 눈이 크고 머리가 개와 비슷한 카라크, 뱀처럼 난태생인 청베도라치, 20센티미터 길이의 거무스름한 동사리나 모샘치, 꼬리가 길고 은빛으로 휘황찬란하게 반짝이는 마쿠라도 보였다. 이 마쿠라는 북극해에서 멀리 여기까지 헤엄쳐 온 용감하고 빠른 물고기였다.

그물에는 무모할 만큼 대담하고 활동적이고 근육이 잘 발달한 물고기도 한 마리 걸려들었다. 대가리에 가시가 돋아나 있고 지느러미에는 며느리발톱이 달려 있는 2~3미터 길이의 진짜 전갈 같은 이 물고기는 청베도라치와 대구와 연어를 무자비하게 잡아먹는 천적이다. 이것은 갈색 몸에 붉은 지느러미가 달린 남쪽 바다의 쿠투스와 같은 종류였다. '노틸러스'호의 승무원들은 이 물고기를 붙잡느라 애를 먹었다. 이 물고기는 아감딱지를 이용하여 공기 속에서 호흡기관이 마르는 것을 막기 때문에, 물 밖에서도 한동안 살 수 있다.

기록을 위해 몇 가지 더 언급하자면, 북쪽 바다에서 배들을 따라다니는 작은 물고기인 벌거숭이 청베도라치, 북대서양에서만 볼 수 있는 옥시링쿠스뱅어, 그리고 쏨뱅이도 있었다. 먹이가 무진장한 뉴펀들랜드뱅크를 좋아하는 대구도 많았다.

이 대구는 '산의 생선'이라고 말할 수 있다. 뉴펀들랜드뱅크는 정말로 해저 산맥이기 때문이다. '노틸러스'호가 밀집한 대구 무리 사이를 지나가기 위해 길을 뚫는 동안, 콩세유는 대구를 관찰하고 싶은 욕망을 억누르지 못했다.

"저게 대구인가요? 하지만 대구는 가자미나 넙치처럼 납작한 줄 알았는데요."

"바보 같으니! 대구는 생선 가게에서만 납작할 뿐이야. 거기서는 배를 갈라서 양쪽으로 펼쳐놓으니까. 하지만 물속에서는 노랑촉수처럼 헤엄치기에 알맞은 방추형을 하고 있지."

"주인님 말씀이니까 믿겠습니다. 정말 엄청난 무리로군요. 개미탑 같아요."

"천적이 없다면, 다시 말해서 쏨뱅이와 인간이 없다면 대구는 훨씬 수가 늘어날 거야. 암컷 한 마리의 몸속에서 알이 몇 개나 발견되었는지 아나?"

"인색하게 굴 필요는 없겠죠, 뭐. 50만 개?"

"천만 개야."

"천만 개라고요? 제가 직접 헤아려보기 전에는 절대로 믿지 않겠습니다."

"그럼 세어봐. 하지만 내 말을 믿는 게 더 빠를 거야. 어쨌든 프랑스인과 영국인, 미국인, 덴마크인과 노르웨이인은 대구를 수천 마리씩 잡고 있지.

대구는 엄청나게 많이 소비되니까, 알을 많이 낳지 않으면 금세 씨가 말라 버릴 거야. 영국과 미국에서만 무려 5천 척의 배와 7만 5천 명의 어부가 대구잡이에 종사하고 있는데, 배 한 척당 평균 5천 마리를 잡는다면, 통틀어 2천 5백만 마리야. 노르웨이 해안에서도 사정은 마찬가지고."

"주인님을 믿고, 대구를 헤아리지 않겠습니다."

"뭐라고?"

"대구 알은 천만 개라고요. 하지만 제가 한마디 하겠습니다."

"뭔데?"

"대구 네 마리가 깐 알만으로도 영국과 미국과 노르웨이 사람들을 충분히 먹일 수 있을 텐데요."

뉴펀들랜드뱅크의 바다를 스치듯 지나가는 동안, 나는 배들이 수백 개씩 드리우고 있는 낚싯줄을 쉽게 볼 수 있었다. 낚싯줄 하나에 바늘이 2백 개씩 달려 있었다. 낚싯줄 끝에는 작은 클립이 달려 있어서 바닥을 훑으며 지나가고, 낚싯줄에 고정된 코르크 부표 덕분에 물속으로 가라앉지 않았다. '노틸러스'호는 이 해저 그물 사이를 조심스럽게 지나가야 했다.

하지만 우리는 배들이 북적거리는 이 바다에 오래 머물지 않았다. '노틸러스'호는 북위 42도선으로 올라갔다. 이곳은 뉴펀들랜드 섬의 주도인 세인트존스 앞바다였고, 대서양을 횡단하는 전신용 해저 케이블의 종점인 하츠콘텐트 항의 앞바다였다.

'노틸러스'호는 북상을 계속하지 않고, 해저 케이블이 놓여 있는 해저 고원을 따라가고 싶은 것처럼 동쪽으로 방향을 틀었다. 그 고원의 기복은 수많은 수심 측량을 통해 정확하고 세밀하게 지도에 표시되어 있었다.

내가 바닥에 놓여 있는 해저 케이블을 처음 발견한 것은 5월 17일이었다. 하츠콘텐트 항에서 800킬로미터쯤 떨어진 수심 2800미터 지점이었다. 나는 콩세유에게 그것을 알려주지 않았다. 처음에 콩세유는 케이블을 거대한

뉴펀들랜드뱅크에서의 대구잡이 ─

평저선(바닥이 평평한 배)을 타고 대구를 잡고 있다.

바다뱀으로 착각하고 여느 때처럼 분류하려 했다. 그래서 나는 곧 콩세유에게 사실을 깨우쳐주고, 그의 실망을 보상해주려고 해저 케이블 부설에 얽힌 갖가지 이야기를 들려주었다.

첫 번째 해저 케이블은 1857~58년에 깔렸지만, 약 400건의 전신을 보낸 뒤 불통되었다. 1863년에 기사들이 새로 해저 케이블을 만들어 길이 3400킬로미터, 무게 4500톤에 이르는 이 케이블을 '그레이트 이스턴' 호에 실었지만, 이 시도 역시 실패로 끝났다.

5월 25일, '노틸러스' 호는 3836미터 깊이에 이르렀다. 의욕적인 해저 케이블 사업을 중단시킨 첫 번째 파손이 일어난 바로 그 지점이었다. 그곳은 아일랜드 해안에서 1000킬로미터쯤 떨어져 있었다. 어느 날 오후 두 시에 유럽과의 통신이 중단되었다. 전기 기술자들은 케이블을 다시 끌어올리기 전에 절단하기로 결정했고, 밤 열한 시까지는 손상된 부분을 배로 끌어올릴 수 있었다. 그들은 새 케이블을 연결하고 접합한 다음, 다시 해저에 가라앉혔다. 하지만 며칠 뒤 또다시 케이블이 끊어졌고, 이번에는 케이블을 해저에서 회수하지 못했다.

그래도 미국인들은 좌절하지 않았다. 이 사업의 추진자로 전 재산을 내걸고 있는 대담한 사이러스 필드[229]는 다시 출자자를 모집하기 시작했다. 출자자들이 앞 다투어 모여들어 당장 자금이 마련되었다. 이번에는 좀 더 철저한 예방 조치를 취한 뒤 새로운 해저 케이블이 설치되었다. 케이블 다발은 전기 절연체인 구타페르카라는 천연수지에 싸여 있었지만, 그것을 다시 직물로 싸서 금속 케이스에 집어넣었다. 1866년 7월 13일, '그레이트 이스턴' 호가 다시 출항했다.

이번에는 작업이 순조롭게 진행되었다. 하지만 한 가지 사고가 발생했다. 케이블을 까는 동안, 전기 기술자들은 누군가가 일부러 케이블을 손상시키기 위해 케이블에 못을 박은 것을 알아차렸다. 못은 최근에 박혔고, 그것도 한두 개가 아니었다. 앤더슨 선장은 부관과 기사들을 불러 회의를 열고 그 문제를 논의했다. 그리고 범인을 찾아내면 재판에 넘기지 않고 당장 바다에 던져버리겠다고 경고하는 벽보를 써 붙였다. 그 순간부터 범죄행위는 두 번 다시 일어나지 않았다.

7월 23일, '그레이트 이스턴' 호가 뉴펀들랜드 섬에서 800킬로미터 떨어진 해상에 있을 때, 7주 전쟁[230]에서 프로이센이 자도바에서 결정적인 승리를 거둔 뒤 오스트리아와 휴전협정을 맺었다는 소식이 아일랜드에서 해저 케이블을 통해 '그레이트 이스턴' 호로 전해졌다. 7월 27일, 안개를 뚫고 하츠 콘텐트 항이 모습을 드러냈다. 사업은 성공했다. 첫 번째 전신에서 젊은 미국은 늙은 유럽에 현명한 금언을 보냈다. '신에게는 영광을, 땅에는 평화를, 인류에게는 선의를.' 오늘날 이 금언을 이해하는 사람은 거의 없다.

나는 해저 케이블이 공장에서 나왔을 때와 똑같은 상태로 있으리라고는 애당초 기대하지도 않았다. 기다란 뱀 같은 해저 케이블은 조가비와 유공충으로 뒤덮여 있었다. 그것이 돌처럼 단단한 덮개를 이루어, 연체동물이 케이블에 구멍을 뚫는 것을 막아주었다. 케이블은 미국에서 유럽까지 0.32초 만에 달리는 전파를 전송하기에 알맞은 압력을 받으며, 바다의 움직임에 영향을 받지 않는 곳에 조용히 놓여 있었다. 이 케이블의 수명은 아마 영원할 것이다. 케이블을 싸고 있는 구타페르카는 소금물에 잠겨 있으면 더욱 단단해진다는 사실이 알려졌기 때문이다.

게다가 이 해저 고원을 선택한 것도 아주 잘한 일이었다. 케이블이 너무 깊이 가라앉으면 팽팽하게 당겨져서 끊어질 수 있지만, 해저 고원에서는 그럴 염려가 없었다. '노틸러스'호는 그 케이블을 따라 가장 낮은 지점인 수심 4431미터까지 내려갔다. 거기서도 케이블은 밑바닥에 편안히 누워 있었다. 이어서 우리는 1863년에 사고가 일어난 곳으로 다가갔다.

바닥은 너비가 120킬로미터쯤 되는 골짜기를 이루고 있었다. 몽블랑 산[231]을 옮겨놓아도 꼭대기가 수면 위로 올라오지 않을 것이다. 골짜기 동쪽에는 2000미터 높이의 해저 단애가 솟아 있었다. 우리가 거기에 도착한 것은 5월 28일이었다. '노틸러스'호는 이제 아일랜드에서 150킬로미터 가량 떨어져 있었다.

네모 선장은 북쪽으로 올라가 영국에 상륙하려는 것일까? 아니었다. 놀랍게도 선장은 다시 남쪽으로 방향을 돌려 유럽 해역으로 향했다. 에메랄드 섬[232]을 돌고 있을 때, 그 남쪽 끝에 있는 클리어 곶과 패스트넛 암초의 등대가 언뜻 보였다. 이 등대들은 글래스고와 리버풀에서 오는 수천 척의 배에 빛을 보내주는 역할을 맡고 있었다.

그 순간 내 마음에 중대한 의문이 떠올랐다. '노틸러스'호는 과감하게 영국 해협으로 들어가려는 것일까? 육지가 가까워지자, 그동안 방에만 틀어박혀 있던 네드 랜드가 다시 나타나 쉬지 않고 질문을 퍼부었다. 하지만 내가

519

어떻게 대답할 수 있겠는가? 네모 선장은 여전히 모습을 보이지 않았다. 캐나다인에게 아메리카 해안을 보여준 선장이 이제는 나한테 프랑스 해안을 보여주려는 것일까?

'노틸러스'호는 여전히 남쪽으로 가고 있었다. 5월 30일에는 영국 최남단인 랜즈엔드 곶이 시야에 들어왔다. 배는 랜즈엔드 곶과 그 오른쪽의 실리 제도 사이를 지나갔다.

영국 해협으로 들어가고 싶다면, 거기서 동쪽으로 방향을 틀어야 할 것이다. 하지만 배는 그렇게 하지 않았다.

5월 31일, '노틸러스'호는 온종일 수면을 맴돌아 내 호기심을 잔뜩 돋우어 놓았다. 배는 찾기 어려운 지점을 찾고 있는 것 같았다. 정오에 네모 선장이 위치를 측정하러 올라왔다. 선장은 나한테 말도 걸지 않았다. 표정은 어느 때보다도 어두워 보였다. 도대체 무엇이 선장을 그토록 침울하게 만들 수 있을까? 유럽 해안이 너무 가깝기 때문일까? 버리고 떠난 고향이 생각났기 때문일까? 그렇다면 선장은 어떤 감정을 느끼고 있을까? 회한일까? 그리움일까? 오랫동안 그런 생각이 내 마음을 가득 채웠다. 이제 곧 선장의 비밀이 밝혀질 듯싶은 예감이 들었다.

이튿날인 6월 1일에도 '노틸러스'호는 여전히 원을 그리며 수면을 맴돌았다. 배가 바다에서 정확한 지점을 찾아내려고 애쓰는 것은 분명했다. 어제와 마찬가지로 네모 선장이 태양의 고도를 재러 올라왔다. 바다는 잔잔했고, 하늘은 맑았다. 동쪽으로 15킬로미터쯤 떨어진 곳을 지나가는 커다란 기선 한 척이 수평선 위에 또렷이 보였다. 비낌 활대에 깃발이 보이지 않아서, 어느 국적의 배인지는 확인할 수 없었다.

태양이 자오선을 통과하기 직전에 네모 선장은 육분의를 집어 들고 아주 정밀하게 태양의 고도를 관측했다. 물이 잔잔해서 작업하기가 쉬웠다. '노틸러스'호는 앞뒤로도 좌우로도 흔들리지 않고 완전히 정지해 있었기 때문이다.

서경 17도 28분 · 북위 47도 24분

나는 상갑판에 있었다. 선장은 우리의 위치를 측정한 뒤 이렇게 말했다.

"여기다!"

선장은 다시 해치 밑으로 내려갔다. 선장은 이제 방향을 바꾸어 이쪽으로 다가오고 있는 듯이 보이는 배를 보았을까? 그것은 알 수 없다.

나는 객실로 돌아갔다. 해치가 닫혔다. 물탱크에 물이 들어오는 소리가 들렸다. '노틸러스'호는 가라앉기 시작했다. 스크루가 돌지 않아서 배의 움직임에 영향을 주지 않았기 때문에 배는 곧장 수직으로 내려갔다.

육분의

잠시 후 배는 833미터 깊이에서 바닥에 내려앉았다.

객실 천장의 불이 꺼지고 금속판이 열렸다. 유리창을 통해 환한 불빛을 받은 바다가 보였다. 탐조등 불빛은 거의 1킬로미터까지 뻗어나갔다.

나는 좌현 쪽을 바라보았지만, 거기에는 잔잔한 물밖에는 아무것도 보이지 않았다.

오른쪽 바다에 내 관심을 끄는 커다란 둔덕이 하나 나타났다. 희끄무레한 조가비로 덮여 있는 그것은 눈 속에 묻힌 폐허와 비슷했다. 그 형체를 좀 더 주의 깊게 관찰하자, 돛대가 없는 배의 형체가 어렴풋이 떠올랐다. 배는 머리부터 먼저 가라앉은 것 같았다. 침몰선은 오래전에 만들어진 것이었다. 물속의 석회질이 덕지덕지 달라붙어 있는 것으로 보아, 선체는 바다 밑바닥에서 오랜 세월을 보낸 게 분명했다.

저 배는 어떤 배일까? 왜 '노틸러스'호는 저 배의 무덤을 찾아왔을까? 저 배는 난파해서 가라앉은 게 아니었을까?

어떻게 생각해야 좋을지 몰라서 멍하니 배를 바라보고 있을 때, 옆에서 네모 선장의 나지막한 목소리가 들려왔다.

521

"여기다!" 하고 네모 선장이 말했다.

"저 배는 일찍이 '마르세유'호라고 불렸습니다. 대포 74문을 장착하고 1762년에 진수되었지요. 1778년 8월 13일, 저 배는 라푸아프 베르트리외의 지휘로 '프레스턴'호와 용감하게 싸웠습니다. 1779년 7월 4일에는 데스탱 제독의 함대와 함께 그라나다 점령에 참가했고, 1781년 9월 5일에는 그라스 백작과 함께 체서피크 만 전투에 참가했습니다. 1794년에 프랑스 공화국은 저 배에 새 이름을 붙여주었지요. 같은 해 4월 16일, 저 배는 브레스트에서 빌라레 드 주아외즈의 함대와 합류하여, 방스타벨 제독의 지휘로 미국에서 밀을 싣고 오는 수송선단을 호위하는 임무를 맡았습니다.[233] 공화력 2년 목월(牧月)[234] 11일과 12일, 이 함대는 영국 함대와 마주쳤습니다. 오늘은 1868년 6월 1일, 공화력으로 목월 13일입니다. 74년 전 오늘, 서경 17도 28분·북위 47도 24분, 바로 이곳에서 저 배는 영웅적인 전투를 벌이다가 세 개의 돛대 가운데 두 개를 잃었습니다. 배가 침수되기 시작했고, 승무원의 3분의 1이 전투력을 잃었지요. 배는 투항하기보다 356명의 승무원과 함께 침몰하는 쪽을 택했습니다. 배는 선미에 깃발을 못 박아 붙이고, '공화국 만세!'라는 함성과 함께 물속으로 사라졌습니다."

"'방죄르'호!"[235] 내가 소리쳤다.

그러자 네모 선장을 팔짱을 끼면서 말했다.

"맞습니다, 박사. '방죄르'호! 정말 멋진 이름이지요."

chapter 21
대학살

선장의 말투, 예기치 못한 광경, 애국적인 군함 이야기, 이 야릇한 인물이 '방죄르'호에 대한 이야기를 마무리하면서 그토록 힘주어 내뱉은 마지막 말, 의심할 여지없이 분명해진 선장의 의도—이 모든 것이 나에게 깊은 인상을 주었다. 내 눈은 이제 선장한테 못 박혀 있었다. 선장은 팔을 뻗어 바다를 가리키면서 열정적인 눈으로 그 영광스러운 침몰선을 바라보고 있었다. 나는 네모 선장이 누구인지, 어디서 왔으며 어디로 가는지 영원히 모르겠지만, 과학자가 아니라는 것은 더욱 분명히 알 수 있었다. 네모 선장과 그의 동료들을 '노틸러스'호에 가두어놓은 것은 평범한 염세주의가 아니라, 시간이 가도 줄어들지 않는 수상하거나 숭고한 증오심이었다.

이 증오심은 아직도 복수를 원하고 있을까? 그것은 이제 곧 알게 될 것이다.

그러는 동안 '노틸러스'호는 천천히 수면으로 떠오르고 있었다. 나는 '방죄르'호의 희미한 형체가 조금씩 사라지는 것을 볼 수 있었다. 곧이어 배가 가볍게 흔들렸다. 나는 배가 수면 위에 떠 있음을 알았다.

그 순간 둔탁한 폭발음이 들렸다. 나는 선장을 쳐다보았다. 선장은 꿈쩍도 하지 않았다.

"선장?" 내가 불렀다.

선장은 대답하지 않았다.

나는 선장 곁을 떠나 상갑판으로 올라갔다. 콩세유와 네드가 벌써 올라와 있었다.

"폭발음은 어디서 났지?" 내가 물었다.

"대포 소리예요." 네드가 대답했다.

나는 아까 본 배 쪽을 돌아보았다. 그 배는 아까보다 더 가까워졌고, 분명히 전속력으로 다가오고 있었다. 이제는 10킬로미터 정도밖에 떨어져 있지 않았다.

"네드, 저건 어떤 배지?"

"장비와 낮은 돛대로 미루어 틀림없는 전함입니다. 우리한테 왔으면 좋겠어요. 필요하다면 이놈의 빌어먹을 '노틸러스'호를 침몰시켜도 좋아요!"

"이봐, 네드." 콩세유가 받았다. "저 배가 '노틸러스'호를 어떻게 해치울 수 있겠나? 수중에서 다가와 공격할 수 있을까? 해저에서 대포를 쏠 수 있을까?"

"이보게, 네드." 내가 말했다. "저 배의 국적을 알 수 있겠나?"

캐나다인은 미간을 찌푸리고 눈을 가늘게 뜬 채 시선을 집중시켜 한동안 그 배를 유심히 바라보았다.

"어느 나라 배인지 모르겠는데요. 국기를 내걸지 않았어요. 하지만 전함인 것만은 분명합니다. 주돛대 끝에 기다란 삼각기가 달려 있으니까요."

15분 동안 우리는 계속 다가오고 있는 배를 관찰했다. 하지만 그 배가 그렇게 먼 거리에서 '노틸러스'호를 알아보았다고는 생각할 수 없었다. 하물며 이 잠수함의 정체를 그 배가 어떻게 알겠는가?

캐나다인은 그 배가 충각이 달린 대형 전함이라고 알려주었다. 상하 두 갑판이 있는 장갑 전함이다. 검은 연기가 두 개의 굴뚝에서 뭉게뭉게 쏟아져 나오고 있었다. 감아올린 돛은 돛가름대의 밧줄과 구별이 되지 않았다. 비낌 활대에는 아무 깃발도 걸려 있지 않았다. 아직 거리가 멀어서 삼각기의 색깔은 확인할 수 없었다. 바람이 없어서 삼각기가 리본처럼 늘어져 있었기 때문이다.

배는 빠른 속도로 다가오고 있었다. 네모 선장이 그 배의 접근을 허락한다면 우리가 구조될 가능성도 있었다.

"박사님, 저 배가 1킬로미터 안으로 다가오면 나는 바다로 뛰어들 겁니다. 박사님도 그렇게 하세요."

나는 캐나다인의 제안에 아무 대꾸도 하지 않고, 점점 커지는 그 배를 계속 바라보았다. 영국 배든, 프랑스 배든, 미국 배든, 러시아 배든, 우리가 헤엄을 쳐서 가기만 하면 틀림없이 건져줄 것이다.

"주인님은 우리가 헤엄을 쳐본 경험이 있다는 것을 기억하셔야 합니다." 콩세유가 끼어들었다. "네드를 따라가고 싶으시면, 주인님을 저 배까지 끌고 가는 일은 저한테 맡기셔도 됩니다."

내가 막 대답하려 할 때 하얀 연기가 전함의 고물에서 뿜어져 나왔다. 몇 초 뒤, 무거운 물체가 떨어지는 충격으로 잔잔하던 물이 뒤흔들렸다. '노틸러스'호의 고물에 물이 튀었다. 잠시 후 요란한 폭발음이 귀청을 때렸다.

"뭐야! 우리한테 대포를 쏘고 있나?" 내가 소리쳤다.

"잘한다." 네드가 중얼거렸다.

"그러니까 저놈들은 우리를 난파선에 매달려 있는 조난자로 생각지 않는 거야!"

"죄송하지만 주인님…… 오오!" 콩세유는 두 번째 포탄이 끼얹은 물벼락을 털어내면서 말했다. "저 사람들은 일각고래를 발견했고, 일각고래를 향해 대포를 쏘고 있는 겁니다."

"하지만 상대가 고래가 아니라 사람이라는 건 저놈들도 잘 알고 있을 거야!"

"바로 그 때문인지도 모르죠!" 네드가 나를 똑바로 바라보면서 말했다.

그 순간 내 마음속에서 혁명적인 변화가 일어났다. 이른바 괴물의 정체는 이미 밝혀졌을 게 분명하다. '노틸러스'호가 '에이브러햄 링컨'호와 교전할 때 네드 랜드가 작살로 이 배를 공격했다. 그때 패러것 함장은 이른바 일각고래가 어떤 초자연적인 고래보다도 훨씬 위험한 잠수함이라는 사실을 깨달았을 것이다.

장갑 전함

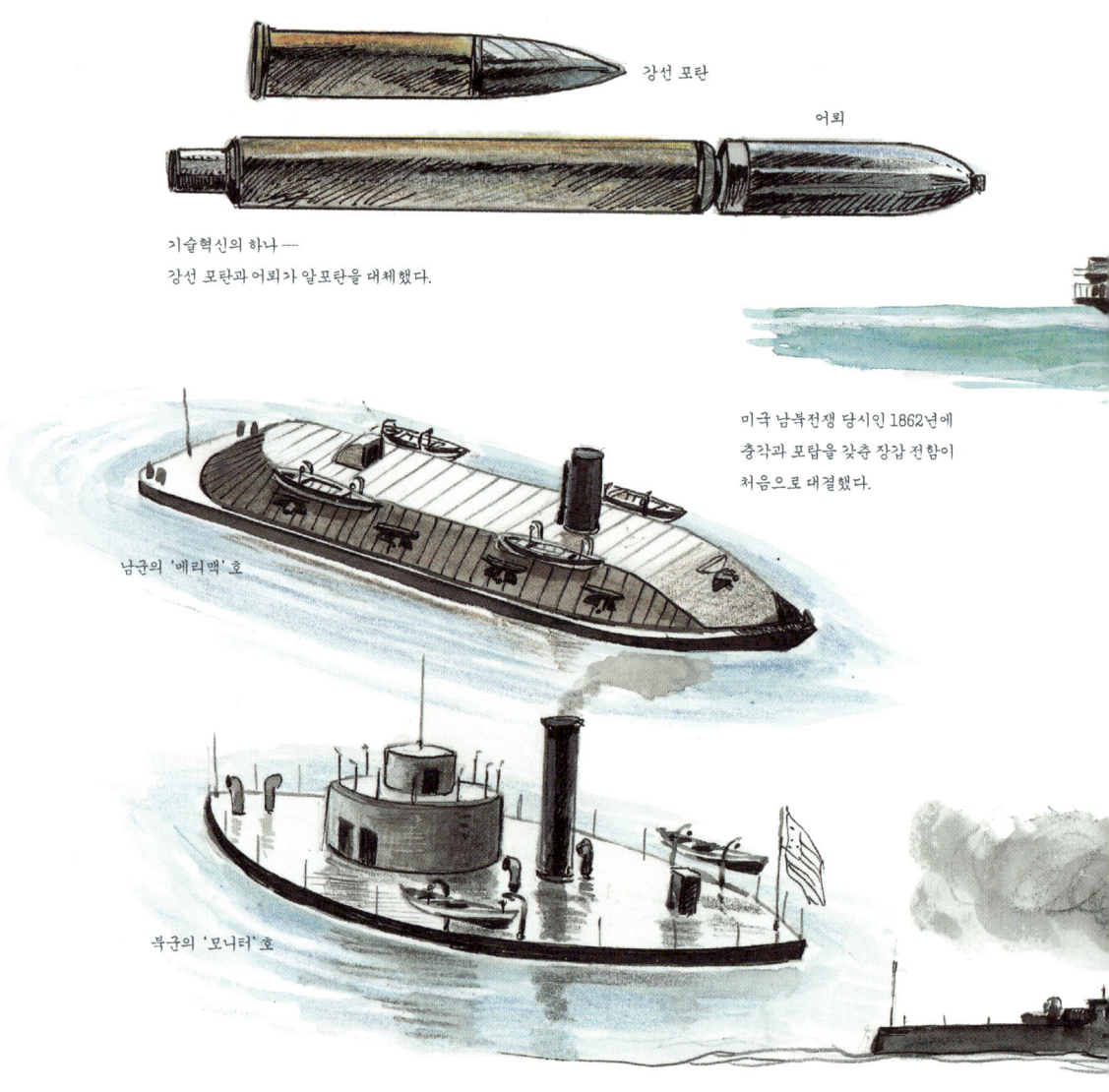

19세기의 전함은 산업혁명에 따른 기술혁신을 반영하고 있다. 전열함이 퇴장하고 장갑함이 등장했다.

강선 포탄

어뢰

기술혁신의 하나 — 강선 포탄과 어뢰가 알포탄을 대체했다.

미국 남북전쟁 당시인 1862년에 충각과 포탑을 갖춘 장갑 전함이 처음으로 대결했다.

남군의 '메리맥'호

북군의 '모니터'호

충각

모탑

선체는 온통 철판으로 에워쌌다.

프랑스는 최초의 장갑함 '글루아르'호(1860년)에 이어 '오세앙'호(1867년)를 진수했는데, 이 배는 개폐식 함포 4문을 장착한 최초의 장갑 전함이었다.

그러나 비슷한 시기에 영국은 선회식 포탑을 장착한 '디베이스테이션'호(1868년)를 건조함으로써 근대식 전함의 시대를 열었다.

돛을 없애고 증기기관만으로 14노트의 속력을 냈다.

그래. 틀림없어. 가공할 파괴력을 가진 이 잠수함은 이제 전 세계의 모든 바다에서 추적당하고 있는 게 분명해!

네모 선장이 복수를 위해 '노틸러스'호를 이용하고 있다는 것은 이제 분명해 보였다. 그렇다면 정말 무서운 일이다. 인도양 한복판에서 우리를 감방에 가둔 그날 밤, 선장은 어떤 배를 공격한 게 아닐까? 산호 묘지에 묻힌 그 사내는 '노틸러스'호가 일으킨 충돌에 희생된 게 아닐까? 그래, 틀림없어. 네모 선장의 수수께끼 같은 삶의 일부가 베일을 벗었다. 그의 정체는 아직 확실치 않지만, 적어도 그에 맞서 동맹을 맺은 나라들은 더 이상 환상적인 괴물을 추적하는 것이 아니라, 그들에게 무자비한 앙심을 품고 있는 한 인간을 추적하고 있는 것이다!

과거에 일어난 무서운 사건들이 눈앞에 생생히 떠올랐다. 다가오는 배에는 친구가 아니라 무자비한 적만 타고 있을지도 모른다.

그러는 동안에도 우리 주위에 떨어지는 포탄은 계속 늘어나고 있었다. 일부는 수면을 때리고 튀어올라 상당한 거리까지 날아갔다. 하지만 '노틸러스'호에 명중한 포탄은 하나도 없었다.

장갑함은 이제 5킬로미터도 떨어져 있지 않았다. '노틸러스'호가 맹렬한 포격을 받고 있는데도 네모 선장은 갑판에 나타나지 않았다. 하지만 그 원뿔형 발사체 가운데 하나만이라도 '노틸러스'호 선체에 명중하면 치명적이었을 것이다.

그때 캐나다인이 말했다.

"박사님, 무슨 수를 써서라도 이 상황에서 벗어나야 합니다. 신호를 보냅시다! 우리가 정직한 사람이라는 걸 알려주어야 합니다!"

네드 랜드는 손수건을 꺼내 흔들었다. 하지만 네드가 손수건을 들어올리기가 무섭게 강철 같은 손이 힘세고 건장한 네드를 꼼짝 못하게 붙잡고 갑판에 내동댕이쳤다.

"비열한 놈!" 선장이 소리쳤다. "'노틸러스'호가 저 배로 돌진할 때, 충각 앞에 네놈의 처참한 시체를 못 박아줄까?"

듣기만 해도 끔찍한 말이었지만, 네모 선장의 모습은 그보다 훨씬 무시무시했다. 그의 얼굴은 창백해져 있었다. 심장이 경련을 일으켜 잠시 박동을 멈춘 게 분명했다. 동공은 아주 작게 수축되어 있었다. 그의 입에서 나오는 것은 말이 아니라 포효였다. 그는 몸을 앞으로 구부려, 두 손으로 캐나다인의 어깨를 비틀고 있었다.

그러다가 네드를 놓아주고는 다시 전함 쪽으로 돌아섰다. 포탄이 주위에 비오듯 쏟아지고 있었다.

"아, 너는 내가 누군지 아느냐. 저주받은 나라의 배여!" 선장은 힘찬 목소리로 말했다. "나는 네 깃발을 보지 않아도 네 정체를 알고 있다! 보아라, 너한테 내 깃발을 보여주마."

네모 선장은 갑판 앞에 검은 깃발을 펼쳤다. 그것은 선장이 남극에 세워놓은 깃발과 똑같았다.

그 순간 포탄 하나가 '노틸러스'호 선체를 비스듬히 때렸다. 하지만 구멍을 내지는 못하고 선장 옆을 스쳐 바다로 떨어졌다.

네모 선장은 어깨를 으쓱하고는 나에게 말했다.

"안으로 들어가세요." 말투가 퉁명스러웠다. "동료들을 데리고 안으로 들어가세요."

"선장!" 나는 소리쳤다. "저 배를 공격할 건가요?"

"그렇소. 침몰시킬 거요."

"설마!"

"정말이오." 선장은 차갑게 말했다. "나를 주제넘게 판단하지 마시오. 당신은 지금 어쩔 수 없는 운명 때문에 보지 말았어야 할 것을 보고 있소. 나는 공격을 받았고, 반격은 끔찍할 거요. 어서 안으로 내려가세요."

"저 배는 어떤 배입니까?"

"모르는 게 낫습니다. 당신은 저 배의 국적을 영원히 모를 거요. 내려가세요."

캐나다인과 콩세유와 나는 복종할 수밖에 없었다. 열다섯 명쯤 되는 '노틸러스'호 선원이 선장 주변에 둘러서서 다가오는 배를 증오가 담긴 눈으로 노려보고 있었다. 똑같은 복수심이 그들 모두의 영혼을 몰아세우고 있는 게 분명했다.

내가 막 배 안으로 들어갔을 때, 또 다른 포탄이 '노틸러스'호 선체를 스치고 지나갔다. 선장의 고함 소리가 들려왔다.

"어서 공격해라, 미친 배야! 쓸모없는 포탄을 낭비해라. 너는 '노틸러스'호의 충각을 피하지 못할 것이다. 하지만 네놈이 죽을 곳은 여기가 아니다. 너의 잔해가 '방죄르'호의 잔해를 더럽히는 것은 용납할 수 없다!"

나는 내 방으로 돌아갔다. 선장과 부관은 갑판에 남았다. 스크루가 돌아가기 시작했다. '노틸러스'호는 빠른 속도로 그곳을 떠나, 순식간에 포탄의 사정거리를 벗어났다. 하지만 추적은 계속되었다. 네모 선장은 반격하는 대신 거리를 유지하는 것으로 만족했다.

오후 네 시쯤, 나는 초조와 불안을 더 이상 억누를 수가 없어서 중앙 층층대로 돌아갔다. 해치는 그대로 열려 있었다. 나는 과감하게 갑판으로 나갔다. 선장은 아직도 흥분을 가라앉히지 못한 채 갑판을 오락가락하고 있었다. 선장은 10킬로미터쯤 떨어진 전함을 노려보고 있었다. 그는 들짐승처럼 앞뒤로 왔다갔다 하면서 군함이 쫓아오도록 유도하여 동쪽으로 끌고 가고 있었다. 하지만 공격은 하지 않았다. 아직도 망설이고 있는 것일까?

나는 마지막으로 이 문제에 개입하려 했지만, 내가 말을 꺼내기가 무섭게 선장이 내 말을 가로막았다.

"내가 법이고, 내가 정의요! 나는 핍박당한 사람이고, 저들은 압제자요!

내가 사랑하고 아끼고 존경한 모든 것, 나의 조국, 아내와 자식들, 부모가 저들 때문에 내 눈앞에서 죽었소! 내가 증오하는 모든 것이 저기에 있소! 조용히 하시오!"

나는 전속력으로 쫓아오고 있는 전함에 마지막 눈길을 던졌다. 그러고는 다시 네드와 콩세유가 있는 곳으로 돌아왔다.

"탈출하세!" 내가 소리쳤다.

"그런데 저 배는 어떤 배입니까?" 네드가 물었다.

"그건 나도 모르지만, 어떤 배든 간에 밤이 되기 전에 침몰할 거야. 정당성을 판단할 수 없는 보복의 공범자가 되기보다는 차라리 저 배와 함께 죽는 게 낫겠어."

"나도 같은 의견입니다." 네드는 냉정하게 대답했다. "그럼 어두워질 때까지 기다립시다."

밤이 왔다. 깊은 정적이 배를 짓눌렀다. 나침반은 '노틸러스'호가 방향을 바꾸지 않았음을 보여주었다. 스크루가 빠른 속도로 물을 때리는 소리가 들렸다. 배는 여전히 수면에 남아 가볍게 좌우로 흔들리고 있었다.

네드와 콩세유와 나는 전함이 우리 목소리를 듣거나 우리 모습을 볼 수 있을 만큼 가까이 접근하면 당장 탈출을 시도하기로 결정했다. 보름이 사흘밖에 남지 않아서 달빛이 밝았기 때문이다. 일단 그 배에 올라타면, 그 배가 공격당하는 것을 막을 수는 없다 해도, 사정이 허락하는 한 모든 노력을 아끼지 않을 것이다. '노틸러스'호는 여러 번 공격할 준비를 하는 것 같았지만, 그것은 유인 작전일 뿐이었다. 적이 가까이 다가오면 '노틸러스'호는 당장 속력을 내어 다시 거리를 벌리곤 했다.

밤이 온 뒤에도 몇 시간이 아무 일 없이 지나갔다. 우리는 행동할 기회를 노렸다. 신경이 곤두서 있어서 말은 거의 하지 않았다. 네드는 바다에 몸을 던지고 싶었을 것이다. 하지만 내가 말렸기 때문에 기다릴 수밖에 없었다.

나는 '노틸러스'호가 수면 위에서 전함을 공격할 게 분명하다고 생각했고, 그러면 탈출하기가 더욱 쉬울 것이다.

밤 세 시에 나는 좀 걱정이 돼서 다시 상갑판으로 올라갔다. 네모 선장은 아직도 거기에 있었다. 그는 뱃머리에 걸린 깃발 옆에 서 있었다. 그의 머리 위에서 깃발이 산들바람에 펄럭이고 있었다. 그의 눈은 한시도 전함에서 떠나지 않았다. 놀랄 만큼 강렬한 그 눈빛은 예인선보다 더 확실하게 그 배를 끌어당기고 있는 듯했다!

달은 바로 머리 위에 걸려 있었다. 목성이 동녘 하늘에 떠오르고 있었다. 이 평화로운 자연의 한복판에서 하늘과 바다는 조용함을 겨루었고, 바다는 거울처럼 달을 비추고 있었다. 달이 그보다 더 아름다운 거울에 제 모습을 비춘 적은 한 번도 없었을 것이다.

'노틸러스'호 안에서 점점 커져가는 분노와 깊은 정적에 싸인 자연의 평온함을 비교하여 생각하자 나도 모르게 온몸이 떨렸다.

전함은 4킬로미터쯤 떨어진 곳에 머물러 있었다. '노틸러스'호의 존재를 알려주는 그 인광에 이끌려 아까보다 한결 가까이 다가와 있었다. 전함의 위치를 알려주는 초록빛과 붉은빛의 위치등, 그리고 앞돛 버팀줄에 달려 있는 하얀 항해등이 보였다. 희미한 불빛이 전함의 삭구를 비추고, 보일러가 최대한으로 가동하고 있음을 보여주었다. 활활 타는 석탄의 불꽃과 불똥이 굴뚝으로 빠져나와 공중에서 별처럼 반짝였다.

나는 오전 다섯 시까지 상갑판에 남아 있었다. 네모 선장은 내가 거기에 있는 것을 알아차린 것 같지도 않았다. 전함은 2킬로미터쯤 떨어진 곳에 머물러 있었다. 첫새벽에 동녘 하늘이 밝아오자마자 전함은 다시 대포를 쏘아대기 시작했다. '노틸러스'호가 반격을 개시하고, 뭐라고 판단할 수 없는 인물과 내가 영원히 헤어질 순간도 그리 멀지 않았다.

네드와 콩세유에게 사정을 알려주기 위해 아래로 내려갈 준비를 하고 있을 때 부관이 상갑판으로 올라왔다. 승무원도 몇 명 함께 올라왔다. 네모 선장은 그들을 보지 않았다. 아니, 어쩌면 보고 싶지 않았는지도 모른다. '노틸러스'호의 '전투 태세'라고 부를 수 있는 준비 작업이 행해지고 있었다. 그것은 아주 간단했다. 우선 상갑판 주위의 난간을 이루고 있는 쇠막대가 내려졌다. 탐조등과 조타실이 들어 있는 돔이 선체 안으로 미끄러져 들어가, 선체와 완전한 일체가 되었다. 시가처럼 생긴 금속 선체의 표면에는 작전을 방해할 수 있는 것이 하나도 남지 않았다.

나는 다시 객실로 내려갔다. '노틸러스'호는 여전히 수면 위에 떠 있었다. 희미한 햇빛이 물속으로 비쳐들고 있었다. 파도가 지나가면, 떠오르는 해의 붉은 빛이 창문을 비추었다. 6월 2일, 그 끔찍한 하루가 막 시작되고 있었다.

여섯 시에 속도계는 '노틸러스'호가 속력을 늦추고 있음을 보여주었다. 나는 '노틸러스'호가 전함을 가까운 거리로 유인하고 있다는 것을 알아차렸다. 폭발음이 점점 커지고 있었다. 포탄이 물속으로 뚫고 들어와, 기묘하게 쉭쉭거리는 소리를 내면서 지나갔다.

"때가 왔네. 자, 악수를 나누세. 신의 가호가 있기를!"

네드 랜드는 결연한 태도였고, 콩세유는 침착했고, 나는 곤두선 신경을 억제하기 힘들 만큼 흥분한 상태였다.

우리는 서재로 들어갔다. 내가 중앙 층층대로 통하는 문을 막 열려는 순간, 해치가 쾅 하고 닫히는 소리가 들렸다.

캐나다인이 층계로 달려가려고 했지만, 내가 그를 붙잡았다. 귀에 익은 쉿쉿 소리가 들려왔다. 물탱크 속으로 물이 유입되는 소리였다. 몇 초 만에 '노틸러스'호는 몇 미터 물속으로 가라앉았다.

그제야 나는 무슨 일이 일어나고 있는지를 알아차렸다. 이제는 너무 늦었다. '노틸러스'호는 장갑으로 덮여 있어서 뚫을 수 없는 이중 갑판을 공격하는 대신, 목재가 그대로 드러나 있는 흘수선 아래 부분을 공격할 계획이었다.

우리는 다시 포로 신세가 되어, 준비되고 있는 참극을 강제로 목격해야 했다. 어쨌든 우리는 생각할 시간이 거의 없었다. 우리는 내 방으로 피난하여, 한마디 말도 없이 서로 얼굴만 바라보았다. 내 마음은 무감각 상태에 빠졌다. 머리는 활동을 멈추었다. 나는 이제 곧 닥쳐올 끔찍한 폭발을 기다렸다. 나는 잠자코 귀를 기울였다. 내 몸에서 살아 있는 것은 청각뿐이었다!

그러는 동안 '노틸러스'호의 속도가 기세를 얻어 눈에 띄게 빨라졌다. 선체가 부르르 떨렸다.

갑자기 내가 비명을 질렀다. 충격이 일어났다. 하지만 비교적 가벼운 충격이었다. 나는 강철 충각이 힘차게 선체를 꿰뚫는 것을 몸으로 느낄 수 있었다. 삐걱거리는 소리를 들을 수 있었다. 추진력을 받은 '노틸러스'호는 돛 만드는 사람이 바늘로 범포를 꿰뚫듯 쉽게 전함을 꿰뚫었다.

나는 더 이상 가만히 앉아 있을 수가 없었다. 나는 흥분하고 당황하여 내 방에서 뛰쳐나와 객실로 들어갔다.

네모 선장이 거기에 있었다. 음울하고 냉혹한 표정으로 말없이 왼쪽 유리창을 바라보고 있었다.

거대한 선체가 물 속으로 가라앉고 있었다. 그리고 '노틸러스'호도 죽어가는 그 선체의 고통을 낱낱이 지켜보려고 함께 심연으로 내려가고 있었다. 10미터 떨어진 곳에서 선체가 쪼개지는 것이 보였다. 물이 우레 같은 소리를 내며 갈라진 선체 안으로 쏟아져 들어갔다. 이어서 두 줄로 늘어선 대포와 보루가 보였다. 갑판은 우왕좌왕하는 검은 형체들로 뒤덮여 있었다.

수위가 점점 올라가고 있었다. 불운한 사람들은 삭구로 달려가고, 돛대에 매달리고, 물속에서 몸을 뒤틀며 허우적거렸다. 거대한 전함은 바다에 침략당한 인간 개미탑이었다.

나는 온몸이 마비되었다. 너무 고통스러워서 몸이 뻣뻣하게 굳어버렸다. 머리털이 쭈뼛 곤두섰다. 눈은 부자연스러울 만큼 크게 뜨였고, 숨도 거의 쉴 수 없었다. 목소리도 나오지 않았다. 숨도 못 쉬고 소리도 못 낸 채, 나도 그 광경을 지켜보고 있었다. 저항할 수 없는 매력이 내 눈을 유리창에 못 박아놓았다.

거대한 선체는 천천히 가라앉고 있었다. '노틸러스'호는 그 뒤를 따라가면서, 아무리 작은 움직임도 놓치지 않고 지켜보았다. 갑자기 폭발이 일어났다. 그 압력으로 갑판이 날아갔다. 선창에서 불이라도 난 것 같았다. 폭발이 물을 세차게 밀어냈기 때문에 '노틸러스'호는 옆으로 밀려났다.

이제 불운한 군함은 더 빨리 가라앉았다. 희생자들을 가득 실은 돛대 꼭대기의 망대가 내려가고, 다음에는 잔뜩 매달린 사람들의 무게로 휘어진 가로 돛대가 내려가고, 마지막으로 주돛대 끝이 내려갔다. 이

거대한 선체는 천천히 가라앉고 있었다.

윽고 그 검은 형체는 시야에서 사라지고, 그와 함께 수많은 승무원도 해저 바닥을 흐르는 무서운 소용돌이에 휘말렸다…….

나는 네모 선장을 돌아보았다. 그 무서운 입법자, 증오의 대천사는 꼼짝도 하지 않고 그 광경을 지켜보고 있었다. 모든 것이 끝나자 선장은 자기 방문으로 다가가 문을 열고 안으로 들어갔다. 나는 눈으로 그를 좇았다.

그의 방문 맞은편 벽, 그의 영웅들의 초상화 밑에 두 아이와 젊은 여인의 초상화가 걸려 있었다. 네모 선장은 잠시 그들을 바라보다가 두 팔을 내뻗었다. 그러고는 무릎을 꿇고 흐느끼기 시작했다.

chapter 22
네모 선장의 마지막 말

금속판이 다시 닫혀 이 끔찍한 광경을 차단했지만, 객실 천장의 불은 다시 켜지지 않았다. '노틸러스'호 안에 있는 것은 어둠과 정적뿐이었다. 배는 수심 30미터 깊이에서 벌어진 참극의 현장을 엄청나게 빠른 속도로 떠나고 있었다. 배는 어느 쪽으로 가고 있을까? 북쪽? 남쪽? 선장은 무서운 복수를 끝내고 어디로 달아나려는 것일까?

나는 내 방으로 돌아왔다. 네드와 콩세유가 기다리고 있었다. 나는 네모 선장에게 말할 수 없는 두려움을 느꼈다. 선장이 인간들에게 어떤 일을 당했는지 몰라도, 이런 식으로 징벌할 권리는 없었다. 네모 선장은 자신의 보복 행위에 나를 공범자로 끌어들이지는 않았지만, 나를 그 행위의 목격자로 만들었다. 그것만으로도 나는 도저히 견딜 수가 없었다.

열한 시에 전등이 다시 켜졌다. 나는 객실로 들어갔다. 객실은 텅 비어 있었다. 나는 여러 계기를 확인했다. '노틸러스'호는 때로는 수면 위로 올라가고 때로는 10미터 아래로 내려가면서 25노트의 속력으로 북쪽을 향해 달아나고 있었다.

지도에서 우리 위치를 확인해보니 영국 해협 입구를 지나고 있었다. 그리고 배는 아무도 따라올 수 없을 만큼 빠른 속도로 북극해를 향해 달리고 있었다.

주둥이가 긴 상어와 귀상어, 이 바다에 자주 나타나는 점박이 돌발상어가 언뜻 보였지만, 너무 빨리 지나쳐버려서 거의 확인할 수가 없었다. 커다란 물수리, 해마, 불꽃놀이의 폭죽처럼 흔들리는 뱀장어, 등딱지 위에서 집게 발을 교차시킨 채 비스듬히 달아나는 게들, '노틸러스'호와 경주를 벌이는 돌고래 무리도 마찬가지였다. 나는 그들을 관찰하거나 연구하거나 분류할 생각조차 하지 않았다.

저녁 때까지 우리는 대서양을 200해리나 달렸다. 어둠이 내려 바다가 어둠에 뒤덮였다. 하지만 그때 달이 떴다.

나는 내 방으로 돌아왔다. 좀처럼 잠을 이룰 수가 없었다. 밤새 악몽에 시달렸다. 끔찍한 파괴 장면이 내 마음속에서 수없이 되풀이되었다.

그날부터 '노틸러스'호가 북대서양의 어디로 우리를 데려갔는지는 아무도 모른다. 항상 짐작조차 할 수 없는 속도로! 항상 북극 지역의 안개를 뚫고! 배는 스피츠베르겐 섬이나 노바야젬랴 섬 해안에 들렀을까? 백해나 카라 해 같은 미지의 바다를 지났을까? 오브 만이나 랴호프 제도 근처를 지나갔을까? 아직 사람의 발길이 닿지 않은 시베리아 해안을 따라 달렸을까? 나는 모른다. 시간은 속절없이 흘러갔다. 시간이 얼마나 지났는지 짐작도 가지 않았다. '노틸러스'호의 시계는 멈춰버렸다. 극지방과 마찬가지로 밤과 낮은 더 이상 규칙적인 경로를 따르지 않는 것 같았다. 나는 에드거 앨런 포[236]가 그 지나친 상상력을 편안히 발휘할 수 있는 불가사의한 세계로 끌려 들어간 기분이었다. 그의 전설적인 주인공 아서 고든 핌처럼 나는 끊임없이 "극지방의 입구를 지키는 폭포에 다리처럼 가로놓여 있는, 어떤 인간보다 훨씬 큰, 수의를 입은 인간의 형체"가 눈앞에 나타나기를 기대하고 있었다.

'노틸러스'호가 이처럼 미친 듯이 아무렇게나 움직인 기간은 2주 내지 3주 정도일 거라고 생각하지만, 어쩌면 내 판단이 틀렸을지도 모른다. 큰 재앙이 일어나 우리의 항해가 막을 내리지 않았다면 그런 상태가 얼마나 오래 지속되었을지 모른다. 네모 선장은 그림자도 보이지 않았다. 부관도 마찬가지였다. 승무원들도 보이지 않았다. 언뜻 지나가는 모습조차 볼 수 없었다. '노틸러스'호는 거의 온종일 물속을 항해했다. 공기를 보충하기 위해 다시 수면 위로 올라가면 해치가 자동으로 여닫혔다. 구체 평면도에는 더 이상 우리의 위치가 표시되지 않았다. 나는 우리가 어디에 있는지도 알 수 없었다.

캐나다인은 인내의 한계에 이르러, 방에서 나올 생각도 하지 않았다. 콩세유는 네드한테서 한마디 말도 끌어내지 못했고, 네드가 광기에 사로잡히거나 지독한 향수병에 시달려 발작적으로 자살할지도 모른다고 걱정했다. 그래서 콩세유는 온종일 헌신적으로 네드를 감시했다.

그런 상황이 더 이상 오래 지속될 수 없다는 것은 여러분도 이해할 수 있을 것이다.

어느 날—며칠인지는 나도 모른다—나는 아침부터 꾸벅꾸벅 졸기 시작했다. 불쾌하고 몸에도 좋지 않은 잠이었다. 졸다가 문득 눈을 떠보니, 네드 랜드가 나에게 몸을 기울이고 낮은 소리로 말하고 있었다.

"도망칩시다!"

나는 벌떡 몸을 일으켰다.

"언제?"

"오늘밤에. 감시자는 '노틸러스'호에서 모두 사라진 것 같습니다. 이 배에 탄 사람들은 모두 완전한 무감각 상태에 빠져 있는 것 같아요. 준비하시겠습니까?"

"좋아, 그런데 여기가 어디지?"

"오늘 아침에 안개 속에서 육지를 언뜻 보았습니다. 동쪽으로 30킬로미터쯤 떨어져 있습니다."

"어느 나라 땅이지?"

"그건 나도 모릅니다. 하지만 어느 나라가 되었든, 가기만 하면 피난처를 찾을 수 있을 겁니다."

"좋아! 오늘밤 탈출을 시도하세. 바다가 우리를 삼켜버린다 해도."

"바다는 거칠고, 바람도 거세게 불고 있지만, '노틸러스'호의 보트를 타고 30킬로미터를 가는 것쯤은 두렵지 않습니다. 승무원들 몰래 음식도 보트에 넣어두었습니다."

"자네만 믿겠네."

"어쨌든 나는 붙잡혀도 끝까지 맞서 싸우다가 죽을 겁니다."

"우리는 함께 죽을 거야."

나는 어떤 결과도 감수할 각오가 되어 있었다. 캐나다인은 나를 남겨두고 나갔다. 나는 상갑판으로 올라갔지만, 파도 때문에 배가 심하게 흔들려서 서 있을 수도 없을 정도였다. 하늘은 점점 험악해지고 있었다. 하지만 저 안개 뒤에 육지가 있으니까, 탈출을 시도해야 했다. 우리는 하루도, 아니 한 시간도 기다릴 수가 없었다.

나는 객실로 돌아갔다. 네모 선장을 만날까봐 두렵기도 했지만, 한편으로는 선장과 마주치게 되기를 바라기도 했다. 선장을 보고 싶은 마음과 보고 싶지 않은 마음이 엇갈리고 있었다. 선장한테 무슨 말을 할 수 있을까? 선장이 나한테 불러일으킨 본능적인 두려움을 감출 수 있을까? 아니, 선장과는 얼굴을 마주치지 않는 편이 나아! 선장을 잊어버리는 게 상책이야! 하지만!

오늘은 시간이 왜 이리 더디게 갈까! 내가 '노틸러스'호에서 보내는 마지막 날은 느릿느릿 지나갔다. 나는 혼자 남아 있었다. 네드와 콩세유는 비밀이 누설될까 두려워 나에게 말을 거는 것조차 피했다.

나는 여섯 시에 저녁을 먹었지만 식욕이 전혀 나지 않았다. 하지만 체력을 유지해야 하기 때문에 입맛이 없는데도 억지로 먹었다.

여섯 시 반에 네드 랜드가 내 방으로 들어왔다.

"떠나기 전에는 다시 만나지 않도록 합시다. 열 시에는 달이 아직 높이 뜨지 않을 겁니다. 어두운 편이 오히려 좋습니다. 열 시에 보트로 오세요. 콩세유와 기다리고 있겠습니다."

캐나다인은 대답할 시간도 주지 않고 방에서 나갔다.

나는 '노틸러스'호가 어느 쪽으로 가고 있는지 궁금해서 객실로 갔다. 우리는 50미터 깊이에서 겁이 날 만큼 빠른 속도로 북북동쪽을 향해 달리고 있었다.

나는 박물관에 수집되어 있는 자연의 경이와 귀중한 예술품, 언젠가는 그것을 수집한 주인과 함께 해저에 묻힐 운명인 그 둘도 없는 컬렉션을 마지막으로 둘러보았다. 그 컬렉션에 대한 마지막 기억을 마음속에 깊이 새겨두고 싶었다. 나는 빛나는 천장에서 내리쬐는 불빛을 받으며, 진열장 안에 들어 있는 보물들을 하나씩 차례로 살펴보면서 한 시간을 보냈다. 그런 다음 내 방으로 돌아왔다.

나는 질긴 천으로 만든 옷을 입었다. 노트를 한데 모아 내 몸에 단단히 묶었다. 심장이 격렬하게 고동치고 있었다. 아무리 애를 써도 심장 박동을 줄일 수가 없었다. 이렇게 걱정과 불안에 사로잡힌 상태로 네모 선장을 만났다면, 틀림없이 비밀이 탄로났을 것이다.

지금 네모 선장은 뭘 하고 있을까? 나는 그의 방문에 귀를 대보았다. 발소리가 들렸다. 선장은 방에 있었다. 아직 잠자리에 들지 않았다. 발소리가 들릴 때마다 네모 선장이 당장이라도 내 방에 나타나 왜 탈출하고 싶어 하느냐고 따질 것만 같았다. 불안이 계속 나를 사로잡았다. 내 상상력이 불안을 더욱 증폭시켰다. 선장이 나타날 것 같다는 느낌이 너무 강해졌기 때문에, 이럴 바에는 차라리 내가 먼저 선장의 방에 들어가 그의 얼굴을 똑바로 응시하면서 내 태도와 눈빛으로 그에게 도전하는 편이 낫지 않을까 하는 생각마저 들었다.

그것은 미치광이의 부추김이었다! 다행히 나는 자신을 억제하고, 몸의 긴장을 풀기 위해 침대에 길게 드러누웠다. 곤두섰던 신경은 다소 가라앉았지만, 흥분한 머릿속을 빠르게 스쳐 지나가는 환상 속에서 나는 '노틸러스'호에서 겪은 일들을 다시 한 번 체험했다. 내가 '에이브러햄 링컨'호에서 실종된 뒤에 일어난 온갖 행복한 사건과 불행한 사건들, 해저 사냥, 토러스 해협,

파푸아의 야만인들, 좌초, 산호 묘지, 수에즈의 해저 터널, 산토리니 섬, 크레타 섬의 잠수부, 비고 만의 보물, 아틀란티스, 유빙, 남극, 얼음 감옥, 대왕오징어와의 격투, 멕시코 만류를 따라가다가 겪은 폭풍우, '방죄르'호, 그리고 승무원을 태운 채 침몰하던 전함의 그 처참한 광경. 이 모든 사건이 무대의 배경막에서 일어나는 장면처럼 눈앞을 지나갔다. 이어서 그 야릇한 배경막에 네모 선장의 모습이 터무니없이 크게 떠올랐다. 그의 배역이 지나치게 강조되어 초인적인 양상을 띠었다. 네모 선장은 나와 같은 인간이 아니라 해양 동물이나 바다의 정령이었다.

아홉 시 반이었다. 나는 머리가 터지지 않도록 두 손으로 감싸쥐었다. 눈을 감았다. 더 이상 생각하고 싶지 않았다. 아직도 30분을 더 기다려야 한다! 30분 동안 악몽을 꾸면 미쳐버릴지도 모른다!

별안간 멀리서 희미한 오르간 소리가 들려왔다. 뭐라고 형언할 수 없을 만큼 구슬픈 곡조였다. 세상과 이어진 끈을 모조리 끊어버리고 싶어 하는 영혼의 넋두리였다. 네모 선장은 세상의 경계 너머로 자신을 이끌어가는 음악의 황홀경에 깊이 빠져 있었다. 나도 네모 선장처럼 황홀경에 빠져, 거의 숨도 쉬지 않고 내 모든 감각을 집중하여 귀를 기울였다.

그때 문득 무서운 생각이 떠올랐다. 네모 선장은 방에서 나간 게 분명하다. 선장은 지금 객실에 있다. 내가 탈출하려면 그 객실을 질러가야 한다. 거기서 나는 마지막으로 선장을 만나게 될 것이다. 선장은 나를 볼 것이고, 어쩌면 말을 걸지도 모른다! 선장이 손끝만 까딱해도 나를 죽일 수 있다! 선장이 한마디만 하면 나를 이 배에 묶어놓을 수 있다!

시계가 열 시를 치려 하고 있었다. 방에서 나가 동료들과 합류해야 할 시간이 왔다.

망설일 시간이 없었다. 네모 선장이 밀려드는 파도처럼 내 앞을 가로막아도 나는 가야 했다. 나는 조심스럽게 방문을 열었다. 그렇게 조심했는데도 돌쩌귀가 놀랄 만큼 큰 소리를 낸 것 같았다. 어쩌면 그 소리는 내 상상 속에만 존재했을지도 모른다!

나는 '노틸러스'호의 어두운 통로를 살금살금 걸어갔다. 심장 박동을 가라앉히기 위해 걸음을 내디딜 때마다 멈춰 서곤 했다.

드디어 객실 문에 이르렀다. 나는 천천히 그 문을 열었다. 객실은 깊은 어둠 속에 잠겨 있었다. 오르간 소리는 여전히 희미하게 울려 퍼지고 있었다. 네모 선장이 거기에 있었다. 선장은 나를 보지 않았다. 선장은 황홀경에 빠져 있었기 때문에, 불이 환하게 켜져 있었다 해도 나를 알아차리지 못했을 것이다.

나는 어떤 물건에도 닿지 않도록 발을 끌면서 카펫 위를 걸어갔다. 어딘가에 부딪쳐 소리가 나면 선장이 내 존재를 알아차렸을지도 모른다. 서재로 통하는 건너편 문까지 5분이 걸렸다.

내가 막 그 문을 열려는 순간 네모 선장이 한숨을 내쉬었다. 나는 그 자리에 못 박히고 말았다. 선장이 일어나는 기척을 느꼈다. 선장의 모습도 보였다. 불 켜진 서재에서 희미한 불빛이 객실까지 스며들고 있었기 때문이다. 선장은 팔짱을 끼고 내 쪽으로 다가왔다. 걷는다기보다 유령처럼 소리 없이 미끄러져 왔다. 슬픔에 짓눌린 그의 가슴이 흐느낌으로 부풀어 올랐다. 선장이 중얼거리는 소리가 들렸다. 마지막 말이 내 귀에 닿았다.

"전능하신 하느님! 이제 됐습니다! 충분합니다!"

이것은 그의 양심에서 우러나온 회한의 말일까?

나는 당황하여 서재로 뛰어 들어갔다. 중앙 층층대를 올라간 다음, 위쪽 통로를 따라 보트에 이르렀다. 그리고 이미 네드와 콩세유가 지나간 출입구를 통과했다.

"가세! 가!" 나는 소리쳤다.

"예, 곧 갈 겁니다." 캐나다인이 대답했다.

'노틸러스'호 선체에 뚫린 출입구를 닫고, 네드가 가져온 멍키스패너로 볼트를 조였다. 보트 자체에 뚫린 출입구도 닫았다. 이어서 캐나다인은 아직도 보트를 잠수함과 연결하고 있는 볼트를 풀기 시작했다.

그때 갑자기 선체 안쪽에서 소리가 들렸다. 많은 사람이 날카로운 목소리로 말을 주고받고 있었다. 무슨 일이지? 우리가 탈출한 게 발각되었나? 나는 네드 랜드가 내 손에 슬며시 칼을 쥐어주는 것을 느낄 수 있었다.

"그래." 나는 중얼거렸다. "우리는 죽을 각오가 되어 있어!"

캐나다인은 작업을 중단했다. 하지만 안에서 수없이 되풀이되는 한 마디, 무시무시한 한 마디가 '노틸러스'호 안에 퍼져가는 소동의 원인을 알려주었다. 승무원들이 동요하는 것은 우리 때문이 아니었다.

그들은 이렇게 외치고 있었다.

"멜스트롬! 멜스트롬!"

멜스트롬![237] 거대한 소용돌이! 지금 이 상황에서 이보다 무서운 말이 있을 수 있을까? 이보다 절망적인 상황이 있을 수 있을까? 그렇다면 여기는 노르웨이 해안 앞의 그 위험한 해역이란 말인가? 하필이면 보트를 띄우려는 순간에 그 소용돌이가 닥치다니! 페로 제도와 로포텐 제도[238] 사이에 갇힌 물이 만조 때 격렬하게 움직인다는 것은 잘 알려져 있다. 그 물이 일으키는 소용돌이에서 벗어날 수 있었던 배는 이제껏 단 한 척도 없었다. 거대한 파도가 수평선 전체에서 맹렬한 기세로 몰려온다. 그 소용돌이는 '바다의 배꼽'이라는 별명에 어울리는 깔때기 모양이다. 소용돌이의 흡인력은 15킬로미터 거리에까지 미친다. 이 소용돌이에 휩쓸리는 것은 배만이 아니다. 그 강력한 흡인력에는 고래와 북극곰까지도 저항하지 못한다.

네모 선장은 '노틸러스'호를 본의 아니게—또는 고의적으로—이 소용돌이로 끌어들였다. 소용돌이는 나선 모양을 그리면서 계속 반지름을 줄여가고 있었다. 아직 뱃전에 매달려 있는 보트도 현기증이 날 만큼 빠른 속도로 돌고 있었다. 나는 그것을 느낄 수 있었다. 너무 오래 회전을 계속하면 눈앞

보트는 거대한 소용돌이 한복판에 내던져졌다.

이 빙빙 돈다. 나는 바로 그 감각을 느끼고 있었다. 우리는 공황 상태에 빠졌다! 극도의 공포! 피는 더 이상 혈관을 돌지 않았다. 신경이 마비되었다. 빈사 상태에 놓인 사람처럼 온몸에서 식은땀이 배어 나왔다. 우리가 타고 있는 작은 조각배 주위에서 들려오는 무시무시한 소리! 사방 수 킬로미터 거리에서 울려 퍼지는 신음 소리! 물이 바닥의 날카로운 바위에 부딪쳐 부서지는 요란한 소리! 아무리 단단한 물체도 거기에 부딪치면 산산조각으로 부서진다. 굵은 나무줄기도 깎여나가, 노르웨이인의 표현을 빌리면 '짐승의 털'처럼 가늘어진다!

이게 어찌된 일인가! 우리는 겁에 질려 부들부들 떨었다. '노틸러스'호는 인간처럼 소용돌이와 싸우고 있었다. 배의 강철 근육이 삐걱거렸다. 때로는 배가 곤두섰고, 배와 함께 우리도 곤두섰다!

"버텨야 합니다." 네드가 말했다. "볼트를 다시 조여야겠어요. '노틸러스' 호에 붙어 있기만 하면 그래도 살아날 가망이……!"

네드가 미처 말을 끝내기도 전에 짧고 날카로운 소리가 들렸다. 볼트가 더 이상 버티지 못하고 굴복한 것이다. 보트는 '노틸러스'호에서 떨어져나가, 고무줄 새총에서 발사된 돌멩이처럼 소용돌이 한복판에 내던져졌다.

나는 철골에 머리를 부딪쳤다. 이 충격으로 나는 그만 정신을 잃고 말았다.

chapter 23
결말

이것이 우리가 겪은 해저 여행의 결말이다. 그날 밤 무슨 일이 일어났는지, 보트가 어떻게 멜스트롬의 무서운 저류(底流)에서 벗어났는지, 네드와 콩세유와 내가 어떻게 깊은 바다 속에서 빠져나왔는지, 나는 모른다. 하지만 정신을 차려보니 나는 로포텐 제도의 어부네 오두막에 누워 있었다. 네드와 콩세유도 무사히 내 곁에 있었다. 그들은 내 손을 움켜잡고 있었다. 우리는 뜨겁게 포옹했다.

지금 이 순간, 프랑스로 돌아가는 것은 생각할 수도 없다. 노르웨이의 남북을 잇는 교통수단은 그리 많지 않다. 그래서 나는 보름에 한 번씩 노르 곶[239]까지 운항하는 기선을 기다려야 한다.

그래서 나는 이곳에서 우리를 구해준 친절한 사람들에게 둘러싸여 이 모험담을 손질하고 있다. 내 이야기는 진솔하고 정확하다. 사실은 단 한 가지도 생략하지 않았고, 아무리 사소한 세부도 과장하지 않았다. 나는 인간이 접근할 수 없는 환경 속에서 이루어진 믿을 수 없는 탐험 여행을 충실하게 기록했다. 과학이 진보하면 언젠가는 그곳도 인간에게 문을 열어줄 것이다.

그거야 어쨌든, 사람들이 과연 내 말을 믿어줄까? 나도 모르겠다. 하지만 그것은 별로 중요하지 않다. 지금 내가 분명히 말할 수 있는 것은, 나에게는 바다와 해저 세계 일주에 대해 말할 권리가 있다는 것이다. 나는 열 달도 채 안 되는 짧은 기간에 바다를 2만 해리나 여행했고, 태평양과 인도양·홍해·지중해·대서양·남극해·북극해의 수많은 경이를 목격했다. 거기에 대해 이야기하는 것은 내 권리다.

그런데 '노틸러스'호는 어떻게 되었을까? 멜스트롬의 포위 공격을 견디냈을까? 네모 선장은 아직 살아 있을까? 그는 아직도 바다 속에서 무서운 복수를 계속하고 있을까? 아니면 마지막 대학살로 복수를 끝냈을까? 그의 생애가 담긴 원고는 언제가 파도에 실려 어딘가로 흘러갈까? 나는 결국 선장의 진짜 이름을 알아낼 수 있을까? 가라앉은 전함의 국적이 네모 선장의 국적을 알려줄까?

그러기를 바란다. 네모 선장의 놀라운 배가 가장 무서운 바다를 이겨내고, 그렇게 많은 배가 목숨을 잃은 그곳에서 살아남았기를 바란다. '노틸러스' 호가 살아남았다면, 네모 선장이 스스로 조국으로 택한 바다에 아직 살고 있다면, 그 거친 가슴속에서 끓어오르는 증오심이 가라앉기를 바란다! 바다의 수많은 경이를 보고 복수심이 사라지기를 바란다! 입법자 노릇을 그만두고, 과학자로서 평화로운 해저 탐험을 계속하기 바란다! 그의 운명은 야릇하지만 숭고하기도 하다. 내가 왜 그것을 모르겠는가? 나는 열 달 동안이나 그 부자연스러운 생활을 하지 않았던가? 따라서 성서가 6천 년 전에 제기한, "너는 바다 속 깊은 곳을 거닐어본 적이 있느냐?"[240]는 질문에 그렇다고 대답할 권리가 있는 것은 모든 인류 가운데 오직 두 사람, 네모 선장과 나뿐이다.

옮긴이의 주

1 조르주 퀴비에(1769~1832), 베르나르 라세페드(1756~1825), 앙리 앙드레 뒤메릴(1812~70), 장 루이 아르망 드 카트르파주(1810~92): 프랑스의 유명한 생물학자들.
2 해리: 해상의 거리를 나타내는 단위. 1929년에 국제수로회의에서 1해리를 1852미터로 통일하기 전에는 나라마다 그 길이가 달랐다. 쥘 베른의 작품에서 1해리(lieue marine)는 약 4킬로미터에 해당한다.
3 알류샨 열도: 북태평양 알래스카 반도와 캄차카 반도 사이에 있는 열도.
4 모비 딕: 미국의 소설가 허먼 멜빌(1819~91)의 대표작 『모비 딕』에 나오는 흰 고래.
5 크라켄: 노르웨이 연안에 출몰하는, 북유럽 전설상의 괴물.
6 아리스토텔레스(BC 384~BC 322): 고대 그리스의 대철학자.
7 대(大) 플리니우스(23~79): 고대 로마의 학자·정치가. 『박물지』를 남겼다.
8 폰토피단 주교(1698~1764): 네덜란드의 신학자. 『노르웨이의 박물학』을 남겼다.
9 파울 에게데(1708~89): 노르웨이의 가톨릭 전도사.
10 「인디언 아키펠라고」: 영국 동인도협회의 기관지(런던, 1867~71). 프랑수아 나폴레옹 무아뇨(1804~84): 프랑스의 예수회 신부·수학자. 「미타일룽겐」: 독일의 지리학자 아우구스트 페터만(1822~78)이 창간한 잡지.
11 카를 폰 린네(1707~78): 스웨덴의 식물학자. 생물분류법을 확립했다.
12 원문은 'la nature ne fait pas de sots.' 린네의 'la nature ne fait pas de sauts'(자연은 비약하지 않는다)를 비튼 것이다.
13 히폴리토스: 그리스 신화에 나오는 미소년. 바다의 신 포세이돈이 보낸 괴물과 싸우다 죽었다.
14 용골: 큰 배 밑바닥 한가운데를, 이물에서 고물에 걸쳐 선체를 받치는 길고 큰 목재.
15 새뮤얼 큐나드(1787~1865): '영국-북아메리카 우편기선회사'(통칭 '큐나드 해운')를 세운 캐나다의 해운업자.
16 수밀실: 배의 외부가 파손되었을 때 침수를 일부분에 그치게 하기 위해 방수 차단벽으로 선체 내부를 여러 방으로 구획하는데, 그 차단벽을 수밀격벽(水密隔壁)이라고 하고, 그 격벽에 의해 구획된 방을 수밀실이라고 한다.
17 클리어 곶: 아일랜드 남쪽 끝에 있는 곶.
18 성 토마: 예수의 열두 제자 가운데 하나. 〈요한복음〉에 따르면, 토마는 의심이 많아서 예수를 직접 보지 않고는 예수 부활을 믿지 않겠다고 고집을 부리다가 예수의 상처를 만져본 뒤에야 믿게 되었다고 한다.
19 샤스포 총: 1866년의 프로이센-오스트리아 전쟁 이후 프랑스 육군이 채택해서 사용한 후장식(後裝式) 라이플. 발명자인 앙투안 샤스포(1833~1905)의 이름에서 유래.
20 '모니터' 호: 19세기(주로 남북전쟁 당시)에 활약한 미국의 소형 전함.
21 측심연: 로프 끝에 추를 매달아 수심을 측정하는 데 쓰는 기구.
22 뉴욕 5번가 호텔: 쥘 베른은 1867년에 뉴욕을 방문

했을 때 이 호텔에 묵었다.

23 홉슨: 가상의 인물이다. 1867년 당시 미국 해군 장관은 기디언 웰즈였다.

24 콩세유(Conseil): 충고·조언을 뜻하는 프랑스어. 이 이름은 친구인 자크 프랑수아 콩세유에게서 빌렸는데, 이 친구는 1858년에 3톤짜리 타원형 잠수함을 시험한 적이 있었다.

25 플랑드르: 프랑스 북서쪽 끝에서 벨기에 서부에 이르는 지방.

26 아르케오테리움, 히라코테리움, 오레오돈, 카이로포타미: 화석 포유류.

27 37개의 별: 1867년 당시 미국은 37개 주였다.

28 샌디훅: 미국 뉴저지 주 동쪽, 뉴욕 만 어귀에 있는 긴 모래톱 반도.

29 리바이어던(레비아탄): 구약성서에 나오는 거대한 바다 괴물.

30 로도스 기사단: 십자군 전쟁 때 성지 수호를 목적으로 설립된 기사단의 대표적인 존재. 1113년 예루살렘의 성 요한 병원에 부설된 병원 기사단으로 창설된 뒤, 1309년에 로도스 섬으로 옮기면서 로도스 기사단이 되었고, 1530년에 신성로마제국 황제 카를 5세로부터 몰타 섬을 양도받아 몰타 기사단으로 명칭이 바뀌어 오늘날까지 존속하고 있다.

31 삭구: 배에서 쓰는 밧줄이나 쇠사슬 따위를 통틀어 이르는 말.

32 아르고스: 그리스 신화에 나오는, 100개의 눈을 가진 거인.

33 1867년도 세계박람회: 프랑스 파리의 샹드마르스에서 열렸다. 4만 3천 개의 전시관에 700만 명의 관광객이 찾았다. 사실주의 미술의 거장 귀스타브 쿠르베와 인상주의의 선도자 에두아르 마네가 전시관을 따로 마련하여 개인전을 연 것으로 유명하다.

34 프랑수아 라블레(1494?~1553): 프랑스의 작가. 프랑스 르네상스의 걸작 『가르강튀아와 팡타그뤼엘』(1534)을 남겼다.

35 호메로스(BC 800?~BC 750): 고대 그리스의 서사시인. 『일리아스』와 『오디세이아』의 저자.

36 파타고니아: 아르헨티나의 남부 지역.

37 마젤란 해협: 남아메리카 대륙 남단과 푸에고 섬 사이에 있는 좁은 해협. 1914년 파나마 운하가 개통되기 전까지 대서양과 태평양을 연결하는 항로로 이용되었다.

38 자크 아라고(1790~1855): 프랑스의 작가. 『세계일주 여행』(1844)을 썼으며, 베른과 절친했다.

39 포클랜드 제도: 남아메리카 대륙 남부, 마젤란 해협 동쪽의 대서양에 있는 제도. 영국령이다.

40 조지 고든 바이런(1788~1824): 영국의 시인. 에드거 앨런 포(1809~1849): 미국의 시인·작가. 바이런은 1810년에 헬레스폰토스 해협(에게 해와 흑해를 잇는 다르다넬스 해협)을 헤엄쳐 건넜으며, 포는 자기가 젊었다면 바이런의 수영 묘기 따위는 아무것도 아니라고 큰소리쳤다.

41 요나: 성서에 나오는 예언자. 신의 명령을 받았으나, 그 사명을 피하려고 배를 타고 달아나다 태풍으로 바다에 던져진 뒤 고래에 먹혀 배 속에서 지내다 사흘 만에 토해진다.

42 보위 나이프: 날이 넓적한 사냥칼. 미국의 군인·개척자인 제임스 보위(1799~1836)의 이름에서 유래.

43 프로방스: 프랑스 남부, 지중해에 면해 있는 지방.

44 드니 디드로(1713~1784): 프랑스의 작가·철학자·계몽사상가로 『백과전서』 등을 저술했다.

45 피에르 루이 그라티올레(1815~1865): 프랑스의 생리학자. 요제프 엥겔(1816~1899): 오스트리아의 해부학자.

46 프랑수아 아라고(1786~1853): 프랑스의 물리학자·천문학자. 마이클 패러데이(1791~1867): 영

옮긴이의 주

47 플랑드르에는 그 지리적 여건 때문에 프랑스어와 독일어를 말하는 사람이 많다.

48 키케로(106~43 BC): 고대 로마의 정치가·저술가·웅변가.

49 스핑크스: 그리스 신화에 나오는, 머리는 사람이고 몸은 날개 돋친 사자인 괴물. 모든 나그네에게 수수께끼를 내서 풀지 못하면 잡아먹었다. 오이디푸스가 수수께끼를 풀자, 스핑크스는 부끄러워하며 스스로 몸을 던져 죽었다.

50 네모(Nemo): 라틴어로 '아무도 아니다'는 뜻.

51 노틸러스(Nautilus): 라틴어 및 그리스어로 '뱃사람'이라는 뜻. 연체동물인 앵무조개의 학명이기도 하다. 앵무조개는 껍데기 속에 있는 30여 칸의 공기실을 조절하여 상승과 하강을 수행한다. 그 행태가 수밀실을 갖춘 잠수함과 비슷하여, 로버트 풀턴이 1800년에 제작한 잠수정에 '노틸러스'라는 이름이 붙었고, 쥘 베른의 이 소설에 나오는 잠수함 이름으로 유명해졌으며, 그 후 1954년에 취항한 세계 최초의 미국 원자력 잠수함에도 '노틸러스'라는 이름이 주어졌다.

52 넵투누스: 로마 신화에 나오는 바다의 신. 그리스 신화의 포세이돈에 해당한다.

53 프랑스의 작가·역사가인 쥘 미슐레(1798~1874)의 『바다』에서 인용.

54 빅토르 위고(1802~85): 프랑스의 시인·소설가·극작가. 크세노폰(BC 430?~BC 355?): 그리스의 철학자·역사가. 조르주 상드(1804~76): 프랑스의 소설가.

55 알렉산더 폰 훔볼트(1769~1859): 독일의 박물학자·지리학자. 레옹 푸코(1819~68): 프랑스의 물리학자·자이로스코프(회전체의 역학적인 운동을 관찰하는 실험기구) 발명가. 앙리 생트 클레르 드빌(1818~81): 프랑스의 화학자·교육자. 미셸 샤를(1793~1880): 프랑스의 수학자. 앙리 밀른 에드워즈(1800~85): 프랑스의 동물학자·반(反)진화론자. 존 틴들(1820~93): 영국의 물리학자. 마르셀랭 베르틀로(1827~1907): 프랑스의 생화학자. 피에트로 앙젤로 세키 신부(1818~78): 이탈리아의 천문학자·예수회 신부. 매튜 폰테인 모리(1806~73): 미국의 해군장교·해양학자. 장 루이 아가시(1807~73): 스위스 태생의 미국 고생물학자·지질학자.

56 조제프 베르트랑(1822~1900): 프랑스의 수학자.

57 아바나: 쿠바의 수도. 담배, 특히 시가의 명산지.

58 라파엘로(1483~1520), 레오나르도 다 빈치(1452~1519), 코레조(본명 안토니오 알레그리, 1494~1534), 티치아노(1488?~1576), 베로네세(본명 파올로 칼리아리, 1528~88): 이탈리아 르네상스의 화가들. 무리요(1617~82), 벨라스케스(1599~1660), 리베라(1588~1652): 스페인의 화가들. 홀바인(아버지 1465?~1524; 아들 1497~1543): 독일의 화가. 루벤스(1577~1640), 테니르스(1610~90): 플랑드르의 화가들. 헤리트 다우(1613~75), 메추(1629~67), 파울 포터(1625~54), 바크호이센(1631~1709): 네덜란드의 화가들. 제리코(1791~1824), 프뤼동(1758~1823), 베르네(1714~89): 프랑스의 화가들.

59 들라크루아(1798~1863), 앵그르(1780~1867), 드캉(1803~60), 트루아용(1813~65), 메소니에(1815~91), 도비니(1817~78): 프랑스의 화가들.

60 베버(1786~1826), 모차르트(1756~91), 베토벤(1770~1827), 하이든(1732~1809), 마이어베어(1791~1864), 바그너(1813~83): 독일의 작곡가들. 로시니(1792~1868): 이탈리아의 작곡가. 에롤(1791~1833), 오베르(1782~1871), 구노(1818~

549

93): 프랑스의 작곡가들.

61 오르페우스: 그리스 신화에 나오는 악사·시인. 아내 에우리디케가 뱀에 물려 죽자 아내를 찾아오려고 저승으로 내려가지만, 지상에 나갈 때까지 뒤를 돌아보지 말라는 금기를 어기는 바람에 아내는 다시 저승으로 떨어지고 만다.

62 프랑수아 1세(1494~1547): 프랑스 국왕(재위 1515~47). 즉위 초에는 이탈리아에 원정하는 등 위세를 떨쳤으나, 나중에는 독일 황제 카를 5세와 싸워 포로로 붙잡히는 수모도 겪었다. 프랑스의 문예부흥에 힘을 쏟았다.

63 장 밥티스트 타베르니에(1605~89): 프랑스의 여행가·무역상. 터키·페르시아·인도를 여섯 차례나 여행하여 그 기행문을 남겼다.

64 무스카트: 아라비아 반도 남동쪽 오만 왕국의 수도. 이맘: 이슬람 공동체의 정치적·종교적 지도자.

65 로베르트 빌헬름 폰 분젠(1811~99): 독일의 화학자. 개량된 전지와 분광기 및 가스버너를 개발했다.

66 하인리히 다니엘 룸코르프(1803~77): 독일 태생이나 프랑스에서 활동한 물리학자. 유도 코일을 발명했다. 『지구 속 여행』에서는 룸코르프가 개발한 램프가 중요한 역할을 한다.

67 피치: 스크루가 1회전할 때마다 나아가는 거리.

68 밸러스트: 선체를 안정시키기 위해 뱃바닥에 싣는 일시적 또는 영구적인 중량물(석탄·돌·쇠 따위).

69 정역학: 물체에 작용하는 힘의 균형을 연구하는 역학. 동역학: 물체의 운동과 힘의 관계를 연구하는 역학.

70 선미재: 용골 끝에 똑바로 서 있는 기둥으로, 키나 스크루의 진동을 견딜 수 있도록 강재(鋼材)로 만들어진다.

71 원문은: 'Je l'aime comme la chair de ma chair!' 여기서 'la chair de ma chair'(내 살 중의 살)는 「창세기」의 '이는 내 뼈 중의 뼈요 내 살 중의 살이라. 이것을 남자에게서 취하였은즉, 여자라고 칭하리라'(2장 23절)를 상기시킨다. '노틸러스'호에 대한 네모 선장의 애착 관계는 이처럼 부성적이고 육체적이다.

72 마린 헨리 얀센(1817~93): 네덜란드의 해양학자.

73 3억 8325만 5800평방킬로미터: 오늘날 추산된 수류분포에 따르면, 지구 표면의 총면적은 약 5억 1천만 평방킬로미터이고, 그중 바다는 3억 6천만 평방킬로미터, 육지는 1억 5천만 평방킬로미터로, 면적비는 약 7대 3이다.

74 갈릴레오 갈릴레이(1564~1642): 이탈리아의 물리학자·천문학자. 지동설을 주장했다가 박해를 받았다.

75 벵골 만: 인도 반도의 동쪽에 펼쳐진 해역. 말라카 해협: 말레이 반도와 수마트라 섬 사이의 해협.

76 솜라르 박물관: 파리 제5구 솜라르 거리에 있는 박물관. 중세 박물관으로 유명하며, 오늘날은 클뤼니 박물관으로 알려져 있다.

77 크리스티안 고트프리트 에렌베르크(1795~1876): 독일의 박물학자.

78 베르나르 라세페드(1756~1825): 프랑스의 정치가·박물학자.

79 브누아 루케롤(1826~75): 프랑스의 기술자. 오귀스트 드네루즈(1838~83): 프랑스의 해군장교. 루케롤이 1860년에 발명한 이 장비는 드네루즈의 개량을 거쳐 해군에서 널리 쓰였다.

80 룸코르프 램프: 옮긴이의 주 66 참조.

81 로버트 풀턴(1765~1815): 미국의 기술자·발명가. 1797~1806년에 프랑스에 머물면서 잠수정과 수뢰정을 실험, 1800년에 잠수정 '노틸러스'호를 진수시키는 데 성공했으며, 그 후 귀국하여 증기선에 의한 정기 항로를 실현하는 데 기여했다.

82 라이덴 병: 네덜란드 라이덴 대학의 뮈센부르크 (1691~1762)가 발명한 축전기.

83 4번 구경: 구경의 단위는 보통 밀리미터나 인치로 나타내지만, 산탄총의 경우에는 4번이니 12번이니 하는 식으로 구경을 나타낸다. 1번은 1파운드(453그램)의 납알이 꼭 맞게 들어가는 크기이고, 4번은 4분의 1파운드, 12번은 12분의 1파운드의 납알이 들어가는 치수를 말한다.

84 아르키메데스(BC 287?~BC 212): 고대 그리스의 과학자·수학자·기술자. 물체의 일부 또는 전체가 유체(액체나 기체) 속에 있을 때 물체에는 그 물체가 차지한 부피만큼 유체의 무게에 해당하는 부력이 작용한다는 '아르키메데스의 원리'를 발견했다.

85 연니: 해저면 이곳저곳을 뒤덮고 있는 석회질의 끈적끈적한 개흙.

86 제임스 쿡(1728~79): 영국의 탐험항해가.

87 클라우디오스 갈레노스(130?~200?): 그리스의 의학자.

88 알시드 데살린 도르비니(1802~57): 프랑스의 박물학자·고생물학자.

89 장 마세(1815~94): 프랑스의 교육자·출판업자. 쥘 베른의 후견인인 쥘 에첼과 함께 1864년에 잡지 「교육과 오락」을 창간했다.

90 선덜랜드: 영국 잉글랜드 동북부의 항구도시.

91 루이 앙투안 드 부갱빌(1729~1811): 프랑스의 항해가·박물학자·군인.

92 파비안 고트리브 폰 벨링스하우젠(1778~1852): 러시아의 해군장교·남극 탐험가.

93 찰스 로버트 다윈(1809~82): 영국의 박물학자. 『종의 기원』을 써서 근대 진화론을 확립했다. 이 책은 1859년에 발표되었고, 프랑스어 번역판은 1861년에 나왔다.

94 '아르고'호, '포르토프랭스'호, '포틀랜드 공작'호: 19세기 초에 남태평양에서 조난된 선박들. 이 배의 선원들은 통가 제도의 원주민들에게 붙잡혀 죽었다.

95 장 프랑수아 드 라페루즈(1741~88): 프랑스의 항해가. 폴 드 랭글(1744~87): 프랑스의 해군장교. 둘 다 남태평양의 섬에서 죽었다.

96 루이 마르셀린 뷔로(1800~34): 프랑스의 항해가.

97 아벨 얀스존 타스만(1603~59): 네덜란드의 항해가.

98 에반젤리스타 토리첼리(1608~47): 이탈리아의 수학자·물리학자.

99 루이 14세(1638~1715): 프랑스 부르봉 왕조의 제3대 왕(재위 1643~1715).

100 브뤼니 드 당트르카스토(1737~93): 프랑스의 항해가. 실종된 라페루즈를 찾아 피지 제도까지 항해했으며, 그 기록을 책으로 남겼다.

101 쥘 세바스티앙 뒤몽 뒤르빌(1790~1842): 프랑스의 항해가.

102 피터 딜런(1785~1847): 아일랜드의 항해가.

103 루키우스 아나에우스 세네카(BC 4?~AD 65): 고대 로마의 스토아 철학자·정치가·극작가.

104 페드루 페르난데스 데 키로스(1560?~1614): 포르투갈의 항해가.

105 바니코로: 솔로몬 제도 동남쪽 산타크루즈 제도의 섬.

106 맹그로브: 열대나 아열대의 해안이나 하구의 모래 늪지에 바닷물의 염분 농도에 견디는 수목이 많이 자라서 생겨난 숲.

107 존 헌터(1738~1821): 영국의 항해가. 나중에 뉴사우스웨일스 총독을 지냈다.

108 샤를 엑토르 자키노(1796~1879): 프랑스의 해군장교.

109 르 고아랑 드 트로믈랭(1786~1867): 프랑스의 해군장교.

110 도메니 드 리엔치(1789~1843): 프랑스의 항해가.

111 루이스 바에스 데 토레스: 스페인의 항해가. 키로스(옮긴이의 주 104 참조) 밑에서 1606년 항해 때 활약했다.

112 뱅상동 뒤물랭(1811~58): 프랑스의 지리학자. 쿠프방 데부아(1814~92): 프랑스의 해군장교. 두 사람은 서로 협력하여 남태평양 해역의 지도를 작성했다.

113 필립 킹(1758~1808): 영국의 해군장교. 뉴사우스웨일스 총독을 지냈으며, 남태평양의 섬들에 관한 책을 펴냈다.

114 마스카렌 제도: 인도양 서부의 마다가스카르 동북쪽에 위치한 레위니옹 섬·모리셔스 섬 등의 총칭.

115 카펀테리아 만: 오스트레일리아 대륙 북쪽 연안의 크고 얕은 만.

116 희망봉: 아프리카 대륙 남단의 곶. 혼 곶: 남아메리카 대륙 남단의 곶.

117 시각: 천체가 자오선을 통과한 뒤 경과한 시간을 나타내는 각도.

118 루이 피에르 그라시올레(1815~65): 프랑스의 생리학자·해부학자. 모캥 탕동(1803~63): 프랑스의 박물학자·의학자.

119 클로드 샤를 드 페이소넬(1727~90): 프랑스의 박물학자. 『산호론』을 썼다.

120 프랑스의 역사가·작가인 쥘 미슐레의 『바다』에서 인용.

121 앙투안 샤스포(1833~1905): 프랑스의 라이플 발명가. 필로 레밍턴(1816~89): 미국의 총기 발명 제작자.

122 로버트 피츠로이(1805~65): 영국 해군의 측량함 '비글'호의 선장. 찰스 다윈은 1831~36년에 이 배를 타고 남아메리카 해안, 남태평양의 섬들, 오스트레일리아 등지를 조사했다.

123 코로만델: 인도 남부의 동해안. 말라바르: 인도 남부의 서해안.

124 아테나이오스: 1세기에 로마에서 활동한 그리스의 의사. 플리니우스(23~79): 로마의 정치가·박물학자. 오피아노스: 2세기에 활동한 그리스의 시인.

125 조르주 퀴비에(1769~1832): 프랑스의 박물학자·비교해부학의 선구자.

126 암보이나(암본): 인도네시아 동부의 몰루카 제도를 이루는 작은 섬.

127 헨리 찰스 서(1807~72)의 책으로, 1850년에 출간되었다.

128 아미앵 조약: 나폴레옹 전쟁 중에 프랑스와 영국이 체결한 조약. 영국은 실론 섬과 트리니다드 제도를 제외한 점령지를 반환했고, 프랑스는 이집트를 오스만 제국에 돌려주고 포르투갈의 점령지로부터 철수했다.

129 로버트 퍼시벌(1765~1827): 『실론 견문록』(1803)의 저자.

130 카피르인: 파키스탄에서 아프가니스탄 북부에 위치하는 힌두쿠시 산맥의 남쪽 사면에 사는 산악민족. 지금은 누리스탄인이라고 부른다.

131 수: 옛날 프랑스에서 사용된 동전. 1수는 현재의 5상팀(20분의 1프랑)에 해당한다.

132 아틀라스: 아프리카 서북부의 산악지대.

133 안다만 제도: 벵골 만 남동부에 있는 활 모양의 열도.

134 진주모: 조가비 안쪽에 층을 이루고 있는 무지갯빛 광택을 띤 부분.

135 카를 5세(1500~58): 신성로마제국 황제(재위 1519~56). 스페인 국왕으로는 카를로스 1세(재위 1516~56). 당시 스페인은 아메리카 대륙에 방대한 영토를 가지고 있었다.

136 세르빌리아: 훗날 카이사르 암살의 주모자가 된 브루투스의 어머니. 재혼을 거절하면서까지 카이

사르의 애인으로 남아 있기를 고집했다.

137 진주박: 모조 진주를 만들기 위해 유리구슬에 바르거나 기타 도료(塗料)에 쓰이는 물고기—특히 잉어과 물고기—의 은빛 비늘.

138 가르강튀아: 프랑스의 풍자작가 프랑수아 라블레(1494?~1553)의 소설『가르강튀아와 팡타그뤼엘』(1534)에 나오는 주인공. 엄청난 대식가다.

139 바스코 다 가마(1469?~1524): 포르투갈의 항해탐험가. 희망봉을 도는 인도 항로를 개척했다.

140 수에즈 운하는 1869년 11월에야 개통되었다.

141 이드리시(1099?~1164?): 아랍의 지리학자·과학자·시인.

142 프톨레마이오스 왕조: 헬레니즘 시대에 이집트를 지배한 마케도니아인의 왕조. 기원전 332년부터 기원전 30년까지, 알렉산드로스 대왕의 장군인 프톨레마이오스 1세부터 클레오파트라 여왕과 그 아들 케사리온에 이르는 약 300년 동안이다.

143 판: 그리스 신화에 나오는 목신(牧神). 산과 들을 자유로이 떠돌아다니며 여자를 좋아했다. 그의 사랑을 받은 님프 에코는 메아리가 되었고, 시링크스는 갈대로 변신했다. 그러자 그는 갈대로 피리를 만들었다고 한다.

144 바르바리: 북아프리카의 리비아·튀니지·알제리·모로코의 지중해 연안부를 총칭하는 지명.

145 알시드 데살린 도르비니(1802~57): 프랑스의 박물학자·고생물학자.

146 스트라본(BC 63?~AD 24?): 그리스의 역사가·지리학자·철학자.

147 에테지안: 지중해 동부, 특히 에게 해에 여름 동안 부는 계절풍.

148 아리아노스(기원후 2세기에 활동), 아가타르키다스(기원전 2세기), 아르테미도로스(기원전 1세기): 고대 그리스의 학자들.

149 모세: 구약성서에 나오는 인물. 이스라엘 민족을 이끌고 이집트를 탈출하여 약속의 땅 가나안까지 인도했다. 홍해에 왔을 때 모세가 손을 내뻗자 바닷물이 좌우로 갈라져 길이 생기고, 이스라엘 민족이 지나간 뒤에 물이 닫혀 이집트 군대를 삼켰다고 한다.

150 세소스트리스 3세: 이집트 제12왕조의 왕(재위 BC 1836~BC 1818).

151 네코 2세: 이집트 제26왕조의 왕(재위 BC 610~BC 595).

152 다리우스 1세: 페르시아의 왕(재위 BC 522~BC 486).

153 프톨레마이오스 2세: 이집트의 왕(재위 BC 285~BC 246).

154 안토니누스 왕조: 2세기의 로마 황제 안토니누스 피우스, 마르쿠스 아우렐리우스, 코모두스를 배출한 왕조(138~192).

155 우마르 1세: 이슬람 정통 제2대 칼리프(재위 634~644).

156 만수르: 이슬람 아바스 왕조 제2대 칼리프(재위 754~775). 모하메드 벤 압달라(764년 사망)는 만수르의 숙부로 시리아 총독이었다. 만수르가 왕위에 오르면서 자신을 제거할 움직임을 보이자 반란을 일으켰다.

157 보나파르트 장군: 나폴레옹 보나파르트(1769~1821).

158 카디스: 스페인 남서부의 항구도시.

159 페르디낭 마리 드 레셉스(1805~94): 프랑스의 외교관. 수에즈 운하 건설자.

160 포트사이드: 수에즈 운하의 지중해 쪽 어귀에 위치한 항구도시.

161 베두인족: 아라비아 반도를 중심으로, 중동과 북아프리카의 사막·반사막 일대에 사는 아랍계 유목민.

162 스포라데스 제도: 그리스 동부, 에게 해에 있는 섬들. 남·북 스포라데스 제도로 이루어져 있다.

163 베르길리우스(70~19 BC): 고대 로마의 시인. 인용된 시는 「농경시」(제4권 387~388행).

164 비텔리우스(15~69): 로마 제국의 황제(재위 69).

165 악티움 해전: 고대 로마 시대의 결전의 하나. 기원전 31년, 이 해전에서 아우구스투스(옥타비아누스)가 이집트 여왕 클레오파트라와 안토니우스의 연합군을 무찔러 패권을 장악했다.

166 마타판 곶: 그리스 펠로폰네소스 반도 남단에 있는 곶. 테나론 곶이라고도 한다.

167 키클라데스 제도: 그리스 동부, 에게 해 남부에 있는 섬 무리. 220여 개의 크고 작은 섬으로 이루어져 있다.

168 플라비우스 마그누스 아우렐리우스 카시오도루스(490~585?): 고대 로마의 정치가·저술가.

169 쥘 미슐레(1798~1874): 프랑스의 역사가·작가.

170 루시우스 리키니우스 루쿨루스(110~56 BC): 로마의 귀족·장군.

171 마르마라 해: 터키 북서부, 아시아와 유럽 사이에 위치하는 바다.

172 아라크네: 그리스 신화에 나오는, 베짜기에 뛰어난 여인. 예술의 여신 아테나와 길쌈을 겨루어 패한 뒤 거미로 변했다.

173 윌리엄 헨리 스마이스(1788~1865): 영국의 해군 제독·저술가.

174 루피우스 페스투스 아비에누스: 4세기에 활동한 고대 로마의 시인·학자.

175 혼 곶: 남아메리카 남단의 곶. 폭풍의 곶: 아프리카 남단에 있는 '희망봉'의 옛 이름.

176 타데우스 코슈추슈코(1746~1817): 러시아의 지배로부터 폴란드의 독립을 쟁취하기 위해 헌신한 장군. 마르코 보자리스(1786~1823): 터키의 지배로부터 그리스의 독립을 위해 헌신한 애국자. 다니엘 오코넬(1775~1847): 아일랜드의 독립을 위해 헌신한 정치 지도자. 조지 워싱턴(1732~99): 미국 독립전쟁의 지도자·초대 대통령. 다니엘레 마닌(1804~57): 오스트리아의 지배로부터 베네치아의 독립을 얻기 위해 투쟁한 애국자. 에이브러햄 링컨(1809~65): 남북전쟁을 승리로 이끌어 노예 해방을 선언한 미국 제16대 대통령. 존 브라운(1800~59): 미국 남부 노예를 무력으로 해방시키려다 붙잡혀 교수형을 당했다.

177 프랑수아 루이 드 샤토르노(1637~1716): 프랑스의 해군 제독.

178 에르난 코르테스(1485~1547): 스페인의 군인. 멕시코의 아스텍 왕국을 정복했다.

179 상로케 곶: 브라질 동쪽 끝, 대서양에 돌출한 곶.

180 하르츠 산지: 독일 중앙부에 동서로 걸쳐 있는 산지. 최고봉은 괴테의 『파우스트』에 나오는 브로켄 산(1142미터)이다.

181 베수비오 화산: 이탈리아 남부, 나폴리 동쪽 약 12킬로미터 지점에 위치한 화산. 토레 델 그레코는 베수비오 산기슭의 항구.

182 폼페이: 이탈리아의 고대 도시. 79년 8월 베수비오 화산 폭발로 매몰되었다가 1748년에 우연히 발견되어 현재까지 80퍼센트 가량 발굴되었다.

183 아틀란티스: 헤라클레스의 기둥(지브롤터 해협) 서쪽에 있었다가 바다 속으로 침몰했다는 전설상의 대륙.

184 테오폼포스(BC 378?~BC 323?): 그리스의 역사가. 플라톤(BC 427?~BC 347?): 그리스의 철학자. 오리게네스 아다만티우스(185?~254?): 초기 기독교 신학자. 포르피리오스(232?~305?): 고대 그리스의 신플라톤주의 철학자. 얌블리코스(330? 사망): 시리아 태생의 그리스 신비주의 철학자.

장 밥티스트 당빌(1697~1782): 프랑스의 지리학자·지도 제작자. 콘라드 말트 브룅(1775~1826): 덴마크 태생의 지리학자·프랑스 지리학회(쥘 베른도 회원이었다) 창립자. 알렉산더 폰 훔볼트(1769~1859): 독일의 박물학자·탐험가. 포시도니오스(BC 135~BC 50): 그리스의 스토아 철학자. 암미아누스 마르켈리누스(330?~395?): 고대 로마의 역사가. 퀸투스 셉티무스 테르툴리아누스(160?~220?): 카르타고의 교부(教父). 장 브누아 셰러(연대 미상): 『신세계의 역사적·지리학적 탐구』(1787)의 저자. 조제프 피통 드 투른포르(1656~1708): 프랑스의 식물학자·내과의사. 조르주 루이 드 뷔퐁(1707~88): 프랑스의 박물학자. 아르망 다브자크(1800~75): 프랑스의 지리학자.

185 솔론(BC 640?~BC 560?): 고대 그리스 아테네의 정치가·시인.

186 사이스: 나일 삼각주에 위치한 고대 도시로, 하(下)이집트의 도읍이었다.

187 오버행(overhang): 암벽이 처마처럼 튀어나온 부분.

188 월터 스콧(1771~1832): 영국의 시인·소설가. 주인공은 『레드곤틀렛』(1824)에 나오는 다시 래티머.

189 스피츠베르겐: 북극해와 노르웨이 해 사이에 있는 섬.

190 사르가소 해: 북대서양의 미국 및 바하마 제도 동쪽의 광대한 해역. 이 해역의 둘레를 싸듯이 멕시코 만류·북적도 해류·카나리아 해류가 시계방향으로 순환한다.

191 매튜 폰테인 모리(1806~73): 미국의 해군장교·해양학자.

192 바스크인: 스페인 동북부, 피레네 산맥 서쪽에 걸쳐 비스케이 만 일대에 살며 바스크어를 사용하는 민족.

193 아스투리아스인: 스페인 서북부, 비스케이 만에 면해 있는 지방 사람.

194 데이비스 해협: 캐나다 동북부의 배핀 섬과 그린란드 사이의 넓은 해협.

195 신드바드의 모험: 『아라비안 나이트』 가운데 가장 잘 알려진 작품의 하나. 선원 신드바드가 일곱 차례나 동방을 항해하며 겪은 모험담이다.

196 배핀 만: 캐나다 동북부, 배핀 섬과 그린란드로 둘러싸인 만.

197 양키 두들: 미국 독립전쟁 당시 유행했고 지금도 널리 애창되고 있는 가요.

198 아프레드 프레돌: 프랑스의 박물학자·의학자인 모캥 탕동(1803~63)의 필명.

199 빙광: 빙원에 햇빛이 반사하여 수평선 위에 나타나는 노르스름하게 반짝이는 빛.

200 크리스토프 한스텐(1784~1873): 노르웨이의 천문학자·물리학자.

201 뒤페레(1786~1865): 프랑스의 수로측량기사.

202 제임스 클라크 로스(1800~62): 영국의 극지 탐험가·해군장교.

203 페로 제도: 영국 북쪽에 있는 덴마크령 섬 무리.

204 트리톤: 그리스 신화에 나오는 바다의 신. 세이렌: 그리스 신화에서 아름다운 목소리로 뱃사람을 유혹하여 조난시킨, 반은 새이며 반은 사람인 바다의 요정.

205 디르크 게리츠(연대 미상), 파비안 벨링스하우젠(1778~1852), 에드워드 브랜스필드(1795~1852), 벤저민 모렐(1795~1835), 조지 파웰(연대 미상), 제임스 웨들(1787~1834), 헨리 포스터(1796~1831), 존 비스코(1794~1843), 뒤몽 뒤르빌(1790~1842), 찰스 윌크스(1798~1877), 존 밸러니(연대 미상): 탐험 항해가들.

206 서북항로: 대서양 서북부의 데이비스 해협과 배핀 만을 지나고 베링 해를 거쳐 태평양으로 빠지는 뱃길.
207 존 데이비스(1550?~1605): 영국의 탐험 항해가. 그린란드 서쪽의 '데이비스 해협'을 개척했다.
208 리처드 호킨스(1562~1622): 영국의 탐험 항해가 · 해군제독.
209 생말로: 프랑스 북서부, 영국 해협의 생말로 만에 면한 도시. 19~20세기 초에는 중요한 어항이었다.
210 알퐁스 투스넬(1803~85): 프랑스의 동물학자.
211 디아나: 로마 신화에 나오는 여신. 원래는 수렵의 여신이며, 농민의 숭배를 거쳐 다산(多産)의 여신이 되었다. 달의 여신으로 간주되기도 한다. 그리스 신화의 아르테미스와 같다.
212 파올로 베로네세(1528~88): 이탈리아 르네상스 시대의 베네치아파 화가. 당시 베네치아 귀족 사회를 반영한 풍속화를 많이 그렸다.
213 셀레네: 그리스 신화에 나오는 달의 여신. 로마 신화의 루나에 해당한다.
214 크라크: 괴물 · 괴짜라는 뜻.
215 크라켄: 노르웨이 연안에 출몰하는, 북유럽 전설상의 괴물.
216 올라우스 마그누스(1490~1557): 스웨덴의 학자 · 성직자.
217 니다로스의 주교: 니다로스(오늘날 노르웨이 제3의 도시인 트론헤임)의 대주교인 에리크 팔켄도르프. 이 사건은 교황 레오 10세(재위 1513~21)에게 보낸 편지에 적혀 있다.
218 폰토피단 주교(1698~1764): 네덜란드의 신학자. 『노르웨이의 박물학』을 남겼다. 베르겐은 노르웨이 남서부에 있는 항구도시.
219 트리에스테: 이탈리아 북동부, 아드리아 해 연안에 있는 항구도시. 몽펠리에: 프랑스 남부, 지중해 연안에 있는 항구도시.
220 르아브르: 프랑스 북서부, 센 강 어귀에 있는 항구 도시.
221 테네리페 섬: 아프리카 북서쪽 모로코 앞 대서양에 있는 카나리아 제도의 주도(主島).
222 메두사: 그리스 신화에 나오는 괴물 세 자매인 고르곤의 하나. 머리털은 뱀이고 황금 날개와 멧돼지의 엄니와 놋쇠 손톱을 가졌으며, 그 눈을 쳐다보는 사람은 돌로 변해버렸다고 한다.
223 히드라: 그리스 신화에 나오는 물뱀. 아홉 개의 머리를 가졌는데, 한 개를 자르면 두 개가 생겨났다고 한다.
224 『바다에서 일하는 사람들』은 프랑스의 시인 · 소설가 · 극작가인 빅토르 위고(1802~85)의 소설로, 『레미제라블』 · 『노트르담의 꼽추』와 더불어 삼부작을 이룬다.
225 비스케이 만: 프랑스 서부와 스페인 북부로 에워싸인 대서양 연안의 후미.
226 항정선: 자오선에 대하여 항상 같은 각도로 교차되는 지구상의 선.
227 노바스코샤: 캐나다 남동부 대서양 연안에 위치한 반도.
228 롱아일랜드: 미국 뉴욕 주 남동부의 섬.
229 사이러스 필드(1819~92): 미국의 사업가.
230 7주 전쟁: 프로이센-오스트리아 전쟁을 말한다. 독일 통일의 주도권을 놓고 1866년 여름 두 나라가 싸웠는데, 7월 3일 보헤미아 쾨니히그레츠 근교의 자도바에서 프로이센 군대가 오스트리아 군대를 격파하여 승리를 굳혔고, 7월 23일 휴전협정이 체결되었다.
231 몽블랑 산: 알프스의 최고봉. 해발고도 4807미터. 프랑스와 이탈리아의 접경에 있다.
232 에메랄드 섬: 아일랜드 섬의 별칭.

233 라푸아프 베르트리외 후작(1758~1851), 샤를 데 스탱 백작(1729~94), 프랑수아 조제프 그라스 백작(1722~88), 루이 토마 빌라레 드 주아외즈(1750~1824), 피에르 장 방스타벨(1746~97): 프랑스의 해군제독들.

234 공화력 2년 목월: 공화력은 프랑스 혁명 때 그레고리력의 결점을 인정하여 개정한 달력. 공화력 2년은 1794년에 해당하며, 목월은 5월 20일부터 6월 18일까지다.

235 방죄르(Vengeur): 복수자·응징자라는 뜻.

236 에드거 앨런 포(1809~49): 미국의 시인·소설가. 『아서 고든 핌의 이야기』(1838)는 포의 유일한 장편소설로, 한 젊은이가 바다로 나가 남극해를 항해하면서 겪는 악몽 같은 이야기를 담고 있다. 포는 쥘 베른이 좋아한 작가의 한 사람이었으며, 『얼음 스핑크스』(1897)는 『아서 고든 핌』의 속편으로 쓴 작품이다.

237 멜스트롬: 노르웨이 북서 해안에 생기는 거대한 소용돌이.

238 로포텐 제도: 노르웨이 북서 해안에 있는 섬 무리.

239 노르 곶: 노르웨이 북쪽 끝의 곶.

240 구약 「전도서」 7장 24절.

쥘 베른과 그의 시대

쥘 베른의 연보

1828년 2월 8일 프랑스 낭트에서 태어남. 아버지는 법률가. 어머니는 낭트의 유복한 집안(대대로 해운업과 무역업에 종사) 출신.

1829년 동생 폴이 태어남. 두 형제는 평생 우애가 깊었음.

1834~36년 기숙학교에 다님.

1837~40년 생-스타니슬라 학교에 다님.

1839년 동갑내기 사촌누이인 카롤린에게 연정을 품고 있던 쥘은 산호 목걸이를 구해서 선물하려고 인도로 가는 원양선에 몰래 탔다가 루아르 강 어귀에서 아버지에게 붙잡혀 엄한 꾸지람을 들었다. 이때 쥘은 "앞으로는 꿈속에서만 여행하겠다"고 맹세했다고 한다.

1840~46년 왕립 낭트 콜레주에 다님. 바칼로레아(대학입학자격) 획득.

1847년 아버지의 뜻에 따라 법조계에 진출하려고 파리로 상경하여 법률 공부를 시작. 한편으로는 시와 극작 소품을 쓰기도 함. 카롤린이 결혼함에 따라 실연의 아픔을 겪음.

1848년 삼촌의 소개로 문학 살롱에 드나들면서 알렉상드르 뒤마 부자(父子)와 만남.

쥘 베른의 시대 발견, 발명, 출간, 정치적 사건들

1831년 패러데이, 전자기유도 발견.

1837년 모스, 전신기 발명.
1839년 다게르, 사진 현상술 개량.

1840년 뒤몽 뒤르빌, 남극대륙의 아델리랜드 발견.

1847년 마르크스·엥겔스, 『공산당 선언』 저술.

1848년 프랑스 2월혁명. 출판업자 쥘 에첼은 제2공화정 정부에 가담했다가 나중에 제2제정이 수립되자 브뤼셀로 망명하게 된다.

쥘 베른의 연보

1849년 법학사 학위 받음. 극작가가 되기로 결심하고, 파리에 계속 체류하면서 아버지에게 이를 설득하는 편지를 보냄.

1850년 단막극 〈찢어진 밀짚모자〉를 뒤마의 테아트르-이스토리크(역사극장)에서 공연하여 호평을 받음.

1851년 두 편의 단편소설을 발표했으나 혹평을 받음.

1852년 테아트르-리리크(서정극장) 감독 쥘 세베스트르의 비서가 되다. 「가정 박물관」지에 단편소설(〈기구 여행〉, 〈마르탱 파스〉 등)을 발표. 아버지의 변호사 업무 승계 제의를 거절함(문학에 전념하기 위해).

1853년 쥘 베른이 대본을 쓴 오페레타 〈콜랭-마야르〉가 큰 성공을 거둠.

1855년 파리에서 열린 국제박람회 참관.

1856년 아미앵에서 열린 결혼식에 갔다가, 두 아이가 딸린 26세의 젊은 과부 오노린 드 비안을 만남.

1857년 첫 번째 저서 『1857년의 살롱』 출간. 오노린과 결혼. '생계를 위해' 처남의 소개로 파리의 증권거래소에 취직.

1859~60년 영국·스코틀랜드 여행. 깊은 인상을 받음. 『영국·스코틀랜드 여행』 집필.

1861년 화물선을 타고 노르웨이·덴마크 여행. 외아들 미셸 태어남.

1862년 열기구를 타고 아프리카를 탐험하는 이야기를 집필. 여러 출판사에서 퇴짜를 맞은 끝에 출판업자 피에르 쥘 에첼을 만남.

1863년 에첼 출판사에서 『기구를 타고 5주간』 출간. 이로써 쥘 베른의 본격적인 문학 인생이 전개되고, 향후 20년에 걸친 쥘 에첼과의 동반자 관계가 시작됨.

1864년 에첼이 창간한 잡지 「교육과 오락」에 정기적으로 작품을 발표하기 시작. 증권거래소에서 퇴직. 『지구 속 여행』 출간.

쥘 베른의 시대 발견, 발명, 출간, 정치적 사건들

1850년 바르트, 니제르 강 하구 탐험. 리빙스턴, 남아프리카 탐험 준비에 착수.

1851년 멜빌의 『모비 딕』 출간.

1852년 푸코, 팡테옹에서 진자 실험을 통해 지구의 자전을 증명.

프랑스 제2제정(~70년)

1854년 앙리 생트-클레르 드빌, 알루미늄 제조에 성공.

1856년 플로베르의 『보바리 부인』 출간.

1857년 버튼·스피크·그랜트, 탕가니카 호와 빅토리아 호 사이 지역 탐험.

1858년 보들레르, 쥘 베른에게 영향을 준 미국 작가 에드거 앨런 포의 『아서 골든 핌의 모험』을 프랑스어로 번역.

1859년 페르디낭 드 레셉스의 감독 아래 수에즈 운하 착공. 사진작가 나다르가 레셉스의 비서였다.

1860년 오스트레일리아 탐험.

에첼, 망명지에서 돌아와 파리에 정착한 뒤 「교육과 오락」 잡지를 창간.

1861년 미국 남북전쟁(~65년)

1863년 퐁통 다메쿠르, 헬리콥터 착상. 나다르, 열기구를 타고 파리 상공 비행.

1864년 카를 마르크스의 지도 아래 제1차 인터내셔널(국제노동자협회)이 영국 런던에서 창립.

쥘 베른의 연보

1865년 『지구에서 달까지』 출간. 이 초기작들을 통해 쥘 베른은 이중의 독자층을 얻게 된다. 청소년들은 신나는 모험담에 빠졌고, 어른 독자들은 과학과 발견의 판타지에 열광했다.

1866년 『그랜트 선장의 아이들』 출간. 에첼과 이탈리아 여행.

1867년 '그레이트 이스턴'호를 타고 대서양을 횡단하여 미국 방문.

1868년 솜 강 어귀에 있는 어촌 크로투아에 집을 마련하고, 낚시용으로 구입한 요트 '생미셸'호 선상에서 『해저 2만 리』의 초고 집필.

1869년 쥘 베른의 대표작으로 꼽히는 『해저 2만 리』 출간. 주인공 네모 선장은 그 고독하고 복잡한 성격과 자유를 향한 열정 등으로, 쥘 베른이 창조한 인물들 가운데 가장 매력적이다.

1870년 프랑스-프로이센 전쟁 중에 크로투아에서 연안경비를 맡음.

1871년 아버지 사망.

1872년 파리를 떠나 아내의 고향인 아미앵으로 이주. 이 무렵부터 쥘 베른은 국민적, 아니 세계적인 명성을 얻게 된다. 책들은 발표되는 족족 베스트셀러가 되었고, 레지옹도뇌르 훈장, 프랑스 아카데미 문학상 등의 명예도 얻었고, 사교계에서도 인기를 얻게 된다.

1873년 『80일간의 세계일주』 출간. 호화 요트를 구입하여 '생미셸 2'호라고 명명.

1874년 『신비의 섬』 출간. 『해저 2만 리』에서 폭풍의 소용돌이 속으로 사라진 네모 선장이 다시 등장한다.

1876년 『황제의 밀사』 출간. 아들 미셸이 문제를 일으키는 바람에 감화원에 위탁. 부자 관계는 오랫동안 혼란스러웠다.

쥘 베른의 시대 발견, 발명, 출간, 정치적 사건들

1865년 천문학자 카미유 플라마리옹의 『공상 세계와 실재 세계』 출간.

1866년 도스토옙스키의 『죄와 벌』 출간.

1867년 노벨, 다이너마이트 발명. 지멘스, 발전기 제작.

1869년 나흐티갈, 사하라 사막의 동부 지역 탐험.

1870년 프랑스 제2제정 몰락.

1871년 파리 코뮌.

1874년 스탠리, 리빙스턴을 찾아서 콩고로 떠남.

1876년 벨, 전화기 발명.

쥘 베른의 연보

1877년 세 번째 요트를 구입('생미셸 3'호). 이 배를 타고 해마다 지중해와 유럽 각지(포르투갈, 스코틀랜드, 알제리, 네덜란드, 덴마크)를 항해.
1878년 『열다섯 살의 선장』 출간.

1879년 『인도 왕비의 유산』 출간.

1883년 프랑스 아카데미에 지원했으나 실패. 결국 쥘 베른은 인기 작가였으나 동료들에게는 인정받지 못했다.
1884년 마지막 지중해 횡단. 거친 폭풍이 그에게서 항해 취미를 앗아가버렸다.
1885년 『마티아스 산도르프』 출간. 요트를 팔아버림.
1886년 쥘 베른에게 인생의 전환점을 안겨준 액운의 해였다. 정신장애를 가진 조카의 총에 맞아 상처를 입었고, 정신적으로도 큰 충격을 받았다. 그의 문학적 안내자라고 할 수 있는 쥘 에첼이 사망한 것도 이 해였다. 이후 그의 소설에는 인간에 대한 불신과 혐오 등 염세적이고 회의적인 분위기가 짙어진다.
1887년 어머니 사망.
1888년 아미앵 시의회 의원에 당선. 아들과 화해. 『15소년 표류기』 출간.

1892년 『카르파티아의 성』 출간.

쥘 베른의 시대 발견, 발명, 출간, 정치적 사건들

1877년 에디슨과 샤를 크로가 동시에 축음기 발명.

1878년 파리에서 국제박람회 개최.
에디슨, 백열전등 발명.
1879년 지멘스, 전기기관차 발명.
1881년 카미유 플라마리옹의 『대중 천문학』 출간.
1882년 다임러, 자동차 발명.
1883년 스티븐슨의 『보물섬』 출간.

1885년 빅토르 위고 사망(1802년~).

1887년 자멘호프, 국제어인 에스페란토 창안.

1889년 파리 국제박람회. 에펠탑 건립.
던롭, 공기타이어 발명.
1890년 클레망 아데르, 비행에 성공.

1893년 난센, 북극 탐험을 떠남.
1894년 드레퓌스 사건.
1895년 뢴트겐, X선 발견.
뤼미에르, 영사기 발명
마르코니, 무선전신기 발명.

쥘 베른의 연보

1896년 『깃발 앞에서』 출간.
1897년 동생 폴 사망. 당뇨병으로 건강이 나빠졌지만 규칙적인 집필 생활을 계속하여 해마다 꾸준히 작품을 발표.

1904년 백내장에 걸려 시력이 나빠짐.
1905년 3월 24일 쥘 베른 사망. 향년 77세.

쥘 베른의 시대 발견, 발명, 출간, 정치적 사건들

1896년 제1회 올림픽대회.
1897년 알래스카의 골드러시.
H.G. 웰스의 『투명인간』 출간. 쥘 베른이 프랑스에서 공상과학소설의 아버지라면, 영국에서는 웰스가 그렇다.
1898년 에밀 졸라, 『나는 고발한다』 발표. 쥘 베른은 반(反)드레퓌스파였다.
웰스의 『우주 전쟁』 출간.
1900년 파리 국제박람회. 쥘 베른의 아들 미셸이 조직위원회에 참여.
1901년 웰스의 『달나라 최초의 인류』 출간.
1902년 조르주 멜리에스, 영화 『달나라 여행』 제작. 쥘 베른의 『지구에서 달까지』를 각색한 것으로, 이후 쥘 베른의 소설은 여러 나라에서 수없이 영화로 만들어지는데, 그중 가장 성공한 영화는 1954년에 리처드 플레셔 감독이 만든 『해저 2만 리』(월트 디즈니 제작)다.
1905년 애니메이션의 창시자인 윈저 맥케이의 만화 『꿈속 나라의 리틀 네모』 출간.
'네모'라는 이름은 상상 세계의 여행과 동의어가 되었다.

옮긴이의 덧붙임

쥘 베른(Jules Verne)은 과학의 시대가 시작될까 말까 한 1828년에 태어나 20세기가 막 시작된 1905년에 세상을 떠났다. 그러니 그는 19세기 사람이었다. 게다가 그는 기술자도 아니고 과학자도 아니었다. 그런데도 그는 20세기에 이룩된 놀라운 과학 기술의 진보에 실질적으로 참여하고 기여했다. 그는 영감을 받은 몽상가, 앞으로 인류에게 일어날 일을 오래전에 미리 '보고' 글로 쓴 예언자였기 때문이다.

베른의 주요 업적은 분명 동시대인들의 과학적·낭만적 열망을 표출한 것이었다. 그는 언뜻 보기에 불가능해 보일 수도 있는 것에다 기존 지식과 그럴듯한 추론을 적용하여, 독자 대중으로 하여금 미래를 미리 맛볼 수 있게 해주었다. 하지만 그는 거기서 그치지 않았다. 베른은 진보와 과학과 산업주의에 대한 믿음을 자극하는 한편, 산업 시대와 불가피하게 결부될 것으로 여겨진 비인간성과 비참한 사회 현실에서 벗어날 수 있는 탈출구를 제공하기도 했다.

하지만 무엇보다도 그는 뛰어난 몽상가였다. 그는 내면의 눈으로 본 장면들을 놀랄 만큼 정확하고 생생하게 묘사했기 때문에, 수많은 독자도 작가만큼이나 또렷하게 그 장면들을 볼 수 있을 정도였다. '경이의 여행' 시리즈를 이루고 있는 60여 편(중편과 작가 사후에 발표된 작품을 포함하면 80편에 이른다)

의 책을 보면, 지상이나 지하나 하늘에 그가 묘사하지 않은 곳이 한 군데도 없고, 실제 과학에서 이루어진 발전들 가운데 그가 풍부한 상상력으로 미래의 상황을 정확히 예측하고 과감하게 이용하지 않은 것이 하나도 없었다.

'알려져 있는 세계와 알려지지 않은 세계'라는 부제로도 알 수 있듯이 '경이의 여행'은 지구의 중심으로 들어가거나, 극지방으로 가거나, 공중으로 떠오르거나, 바다 밑으로 내려가거나, 지구의 대기권을 뚫고 우주로 날아가는 등 웅장한 규모로 펼쳐지는 모험 여행이다. 또한 '경이의 여행'에는 지리학·천문학·동물학·식물학·고생물학 등 많은 정보와 지식이 들어 있기 때문에 '백과사전 여행'으로도 볼 수 있다.

간단히 말해서 쥘 베른은 이 세상에 'SF(Science Fiction)'를 가져다주었다. 물론 신기한 이야기는 오래전부터 있어 왔다. 베른이 한 일은 당시의 과학적 성취를 넘어서지만 인간의 꿈을 이루는 아이디어를 진지하게 다루고 체계적으로 개발한 것이었다. 그는 정보와 이야기를 결합했고, 이 새로운 공식을 근대 테크놀로지의 테두리 안에 도입함으로써 모험과 판타지를 과학소설로 변화시켰다. 뿐만 아니라, 잠수함, 포탄에 의한 우주여행, 비행 기계, 입체 영상 장치, 움직이는 해상 도시 등 현실보다 앞서 작품 속에서 '발명'되거나 실용화된 기계와 장치도 많다. 그런 것이 등장하지 않는 경우에도 베른의 작품은 언제나 학문적인 지식이나 기술적인 정보를 많이 담고 있어서, 계몽적 과학소설의 면모를 갖추고 있다.

『해저 2만 리(Vingt mille lieues sous les mers)』는 쥘 베른의 대표작 가운데 하나로 꼽힌다. 바다 속과 바다 밑이라는 가장 미지의 영역에 도전한 이 책이야말로 '경이의 여행' 시리즈에 어울리는 작품일 것이다. 독자들은 아로낙스 박사와 함께 잠수함 '노틸러스'호를 타고 '경이의 세계'를 보게 된다.

이 작품은 쥘 에첼의 「교육과 오락」 잡지에 1869년 3월부터 이듬해 6월까지 연재된 뒤, 에첼 출판사에서 단행본으로 출간되었다. 이 책에는 '경이'라는 이름에 걸맞은 신기하고 놀라운 세계가 다양하게 전개되어 있다. 지상의 인간은 볼 수 없는, 아니 보는 것이 '금지된' 것에 베른은 교묘하게 진실의 옷을 입혀 웅장한 서사시적 이야기로 만들어냈다. 독자들은 저마다 상상력을 발휘하여, 바다를 방랑하는 수수께끼의 인물 네모 선장이 엮어내는 장엄하고도 신비스러운 드라마를 읽어나갈 수 있을 것이다.

이 작품이 단순한 SF의 테두리를 벗어나 큰 스케일을 갖춘 명작이 된 것은 '네모(라틴어로 '아무도 아니다'라는 뜻)'라는 이름을 가진 '노틸러스'호 선장의 신비성에서 유래하는 게 아닐까. 네모 선장은 탐욕과 싸움으로 얼룩진 지상의 인간 사회를 뛰쳐나가 세계의 바다를 돌아다니는 수수께끼의 항해자, 수수께끼의 유랑자로 등장한다. 하지만 그가 어디서 왔고 어디로 가는지는 독자들도 알 수 없다.

네모 선장은 탁월한 능력을 가진 기술자이자 몇 가지 분야의 전문가이고, 오르간 연주자에다 미술에 조예가 깊은 예술 애호가이기도 한 초인적 풍모를 보여준다. 하지만 그의 참모습은 끝내 밝혀지지 않은 채, 북극해의 소용돌이에 휘말려 모습을 감추고 만다(1874년에 발표된 『신비의 섬』에서 네모 선장의 정체가 밝혀진다).

하지만 국적도 없이 인간 사회를 떠나 바다 속을 방랑하는 네모 선장은 수수께끼의 인물이기 때문에 더욱 독자들의 상상력을 자극하고, 매력 있는 주인공으로서 우리의 시선을 사로잡는 게 아닐까?

어쨌든 베른 연구자들은 이 주인공을 고대 신화나 서사시의 주인공에 비유하기도 한다. 네모 선장은 그리스 신화의 최고신 제우스처럼 번개를 일으킬 수도 있고(즉 전기를 만들어 이용할 수도 있고), 바다의 신 넵투누스처럼 배를 침몰시킬 수도 있고, 호메로스의 서사시 주인공 오디세우스처럼 바다를 표류하면서 모험 여행을 시도할 수도 있기 때문이다.

네모 선장이 잠수함에 '노틸러스'호라는 이름을 붙인 것에서도 베른의 은밀한 의도를 느낄 수 있다. '노틸러스'는—콩세유의 말투를 흉내 내면—두족강·앵무조개과·앵무조개속에 딸린 조개 이름이다. 지상과 인연을 끊고 잠수함이라는 조가비 속에 틀어박힌 네모 선장에게 어울리는 이름이 아닐까. 덧붙여 말하면, 네모 선장의 'N이라는 금박 글씨가 새겨진 검은 깃발'은 본래 해적 깃발을 뜻하지만, 개인의 완전한 자유와 독립을 추구하는 무정부주의자의 상징이기도 하다.

끝으로 한 가지 더 덧붙이자면, 역사상 '노틸러스'호라는 잠수함이 실제로 세 척 있었다. 1800년대 초에 프랑스에서 만들어진 잠수정이 최초의 '노틸러스'호이고, 1886년 영국에서 만든 전동 잠수함 '노틸러스'호가 있었다. 그리고 세 번째 '노틸러스'호는 1954년 미국에서 만들어진 역사상 최초의 원자력 잠수함이다.

해저 2만 리

초판 1쇄 발행일 _ 2011년 5월 16일
초판 14쇄 발행일 _ 2025년 4월 1일

지은이 _ 쥘 베른
옮긴이 _ 김석희
펴낸이 _ 박진숙
펴낸곳 _ 작가정신

주소 _ (10881) 경기도 파주시 광인사길 143 2층
대표전화 _ 031-955-6230
팩스 _ 031-955-6294
이메일 _ editor@jakka.co.kr
블로그 _ blog.naver.com/jakkapub
페이스북 _ facebook.com/jakkajungsin
인스타그램 _ instagram.com/jakkajungsin

출판등록 _ 1987년 11월 14일 제 1-537호

ISBN 978-89-7288-354-8 04860
978-89-7288-353-1 (전 4권)